J. G Evans

# The Text of the Mabinogion

and other Welsh tales from the Red Book of Hergest

J. G Evans

**The Text of the Mabinogion**
*and other Welsh tales from the Red Book of Hergest*

ISBN/EAN: 9783337096656

Printed in Europe, USA, Canada, Australia, Japan

Cover: Foto ©Andreas Hilbeck / pixelio.de

More available books at **www.hansebooks.com**

# The Text

OF THE

# Mabinogion

AND OTHER WELSH TALES

FROM THE

# Red Book of Hergest

EDITED BY

## JOHN RHŶS, M.A.

PROFESSOR OF CELTIC IN THE UNIVERSITY OF OXFORD

AND

## J. GWENOGVRYN EVANS

'We hold the man who gives texts, not before easily accessible, in a handsome and convenient form, to be ten times worthier of the corporation of letters than the man who is perpetually pottering over questions of authorship . . . The possession of the text . . . is what is really worth something; the rest is, if not all, yet in great part, literary leather and prunella.'—*Saturday Review.*

Oxford

𝔒𝔵𝔣𝔬𝔯𝔡

PRINTED AT THE CLARENDON PRESS

BY HORACE HART, PRINTER TO THE UNIVERSITY

TO

THE MOST HONOURABLE

THE MARQUESS OF BUTE, K.T.

**Baron Cardiff of Castle Cardiff**

ETC. ETC. ETC.

THIS WORK IS DEDICATED

IN ACKNOWLEDGMENT OF THE INTEREST

HE TAKES IN

**Welsh Literature**

# Preface.

THE sole object which my co-editor and I have in publishing the present volume is to, place before the student of Welsh literature, without note or comment, the RED BOOK text of the MABINOGION and the Welsh Tales and Romances usually associated with them. No pains have been spared by either of us to make the reproduction as accurate as in us lies. Of course we lay no claim to absolute accuracy, but as compared with the Welsh texts hitherto published, we venture to regard our volume as the fruits of the first sustained effort to meet, in point of accuracy, the requirements of modern philology; moreover, we should not greatly dread to have our work placed in comparison with the best edited publications of the Early English Text Society, or of kindred bodies with a well-earned reputation.

An attempt to give the same text was made by Lady Charlotte Guest, with the aid of *Tegid*, now nearly half a century ago, a time which, so far as concerns a work of this nature, may be said to belong to the pre-scientific era. Still Lady Guest performed her task with great success; in a word, the text of her edition approximates to the original more nearly than that of any other Welsh text of any length. But her edition, always expensive, has for some years been practically out of the reach of the ordinary student, besides that greater accuracy is now imperative. Hence our effort to meet the requirements of a more exacting age. The so-called *History of Taliessin*, which her ladyship thought expedient to include in her edition, is not published in this volume, because it has no claim to rank with the Mabinogion and other tales of the same epoch. We have, on the other hand, inserted as an appendix a version of the Triads, Mythical and Historical, because they throw light on the contents of the rest of the volume.

Since the publication of Lady Guest's handsome volumes, an idea prevails that any Welsh tale of respectable antiquity may be called a *mabinogi*, but there is no warrant for extending the use of the term to any but the 'four branches of the Mabinogi,' namely, Pwyll, Prince of Dyved; Branwen, daughter of Llyr; Manawyđan, son of Llyr; and Math, son of Mathonwy. For, strictly speaking, the word *mabinog* is a technical term belonging to the bardic system; and it means a literary apprentice. In other words, a mabinog was a young man who had not yet acquired the art of making verse, but one who received instruction from a qualified bard. The natural inference is that the Mabinogion meant the collection of things which formed the Mabinog's literary training, his stock in trade so to say, for he was probably allowed to relate the tales forming the 'four branches of the Mabinogion' at a fixed price established by law or custom. If he aspired to a place in the hierarchy of letters he must acquire the poetic art. The supposition that a mabinog was a child on his nurse's lap would be as erroneous as the idea that the Mabinogion are nursery tales, a view which no one who has read them can reasonably take.

It is unnecessary to burden this volume with criticism on the text, or to enter on a discussion of the origin of the romances, together with kindred questions: all this ought to find its place in the critical edition, which we hope some day to be able to issue. If it should be asked whether the Mabinogion are worth so much trouble and expense, I cannot answer the question better than by appealing to the lectures delivered on Celtic Literature in this University years ago: these lectures, I may say by the way, formed bright spots in the grey monotony of my undergraduate days; but I will only cite the following passage :—

' The very first thing that strikes one, in reading the MABINOGION, is how evidently the mediæval story-teller is pillaging an antiquity of which he does not fully possess the secret; he is like a peasant building his hut on the site of Halicarnassus or Ephesus; he builds, but what he builds is full of materials of which he knows not the history, or knows by a glimmering tradition merely;—stones "not of this building," but of an older architecture, greater, cunninger, more majestical. In the mediæval stories of no Latin or Teutonic people does this strike one as in those of the Welsh.'

The more this utterance of Mr. Matthew Arnold is examined in the light of mature study of the originals to which it refers, the more pregnant with meaning it will be found to be.

Lastly, our method of working, as well as questions of palæographical detail, I leave to be set forth by my collaborator, who has devoted years of his life to the careful study of Welsh manuscripts.

JOHN RHŶS.

Oxford, *February* 8, 1887.

# Contents.


|  |  | PAGE |
|---|---|---|
| INTRODUCTORY REMARKS | . . . . . | xiii |

MABINOGION :—

| PWYLL, PRINCE OF DYVED . | . . . | 1 |
| BRANWEN, DAUGHTER OF LLYR . | . . | 26 |
| MANAWYDDAN, SON OF LLYR | . . . | 44 |
| MATH, SON OF MATHONWY | . . . | 59 |

TALES :—

| MAXEN'S DREAM . | . . . . . | 82 |
| LLUDD AND LLEVELYS | . . . . | 93 |
| KULHWCH AND OLWEN | . . . . | 100 |
| RHONABWY'S DREAM . | . . . . | 144 |

ROMANCES :—

| OWEIN AND LUNET | . . . . . | 162 |
| PEREDUR | . . . . . . | 193 |
| GEREINT AND ENID | . . . . . | 244 |

APPENDIX :—

| TRIADS, MYTHICAL AND HISTORICAL . | . | 297 |

| NOTES ON LETTERS WHICH ARE EITHER DOUBTFUL, PECULIAR, OR CORRECTED IN THE MS. | . . | 310 |
| INDEX TO PROPER NAMES, &c. | . . . | 321 |
| CROSS REFERENCES | . . . . . | 340 |
| LIST OF SUBSCRIBERS | . . . . . | 349 |


b 2

# Facsimiles.


| | | | | | |
|---|---|---|---|---|---|
| Words Hard to Read ... | ... | ... | ... | *To face page* xv |
| Column 718 of MS. | ... | ... | ... | „ „ 1 |
| „ 833 „ | ... | ... | ... | „ „ 128 |
| „ 560 „ | ... | ... | | „ „ 149 |
| „ 769 „ | | ... | | „ „ 244 |

# Introductory Remarks.

———

OF all the Welsh MSS. which have come down to us none is so well known by name as the source of the **Source.** present volume. *The Red Book of Hergest* may be described briefly as a Corpus of Kymric Literature, both prose and verse. It consists of 362 foolscap folios in vellum, and the whole is written in double columns in a style which is characteristic of Welsh MSS. belonging to the latter half of the fourteenth century. The present arrangement of the contents is due either to accident or the binder. Still, saving a few folios here and there, the order must, in the main, be that of the time in which the different parts were transcribed. Without a large number of facsimiles it would be impossible to discuss profitably the variety of hands that were engaged on the whole MS., but it may be stated that we find two very distinct styles of calligraphy—that in which the first third is written, and that of the remaining two-thirds, of which a fair notion may be derived from the facsimiles to be found in this volume. These facsimiles, contrary to the usual custom in the case of photolithographs, have not been 'worked' in any way, *i.e.* nothing has been 'touched in,' so that they are as reliable as the ordinary process of photography can make them. No difference of style is perceptible between the handwriting of the facsimile facing page 1 and that facing page 244[1]: the characters, it is true, are slightly smaller in the one case than in the other, which was due probably to a new quill-pen or a better piece of vellum, for the worse the quality of the vellum the larger the characters become. These two facsimiles are typical of the writing in columns 673–831; 840–844; 588–600; while the facsimile facing page 149 (which, it is more than probable, is by a different hand) represents the writing in columns 555–571; 627–672. The calligraphy of the facsimile facing page 128, confined to columns 832–839 of the Red Book, is unquestionably different from that of the other facsimiles: it will interest students of the 'Greal' to know that this writing is identical in style with Hengwrt MS. 49.

When the Series of Old Welsh Texts was first **Aim.** projected, it was resolved to aim at nothing short of a *diplomatic reproduction* of the original manuscripts. A diplomatic reproduction differs from a facsimile chiefly in one particular,—it does not profess to give the special form of the manuscript characters, but it should give character for character, letter for letter, word for word, spacing for spacing, error for error, deletion for deletion, correction for correction, rubric for

---

[1] I did not find out till the book was ready for the binders that photolithographs could be printed in two colours. This facsimile has been reprinted, but there was no time to reprint the other facsimiles.

Ar
agheuedyl
allei·un
arpehetu
bethan [Gur]
vyſ?neit
thatu
choth
tret
diffeithbch
owseles
oilfrethu
ovini
ethel
ennepit
flenidr
gur | ar:
garbridogwon
grimat
Glauen
gwrdiniab
gwaetrym
gwbidab
gwistab

heetratf
hyllyr
kylch
tzyu |mumet
lattin
lleinabe
marrhabe
marrhabe
melnoth
meued
mimmeu
morynyou
uete
perhabt
penaroun
poch
pyscotta
cemllt
uenstabn
vydun
ysthaethach
vm
yllypnit

rubric ; in short, there must be no tampering of any kind, not even with the punctuation. The more faithfully this principle is carried out, the greater the value of the reproduction. Critical texts 'have their day and cease to be,' but a diplomatic reproduction, once thoroughly done, 'goes on for ever.'

The plan adopted in producing this volume, as far as is known to the writer, is a novel one, at least in this country. In order to make the explanation intelligible, the different types used are brought together on the next page.

**Method.**

The **ligatured ll**, in the Red Book and a few other manuscripts, represents the Welsh sound of that consonant, while the doubling of l in a word like 'callon' serves to mark the quality of the preceding vowel.

**Hybrid forms** are by no means of uncommon occurrence, as may be seen by a glance at the facsimile of words hard to read, facing this page. In the case of proper names as well as in that of words whose meaning is uncertain, it is often impossible to distinguish between n and u; between c, r, and t ; between ſc and ſt. A few calligraphic peculiarities tend to show that the scribes were copying an original written in the old Kymric hand which prevailed till the time of the Normans ; for it is difficult to account otherwise for the oft-repeated mistakes between r and ſ in a word like llyſ. Professor Rhŷs first directed my attention to this, and an examination of Old Irish and Old English MSS. will show any one that a final ſ followed by a full stop, or a medial ſ followed by such a letter as o can be easily mistaken by any one who is either a little careless, or ignorant of the language of the text. Let the reader examine the letters j, m, ſ, r, ſ., traced on the body of the curious figure at the head of the facsimile opposite: it ought to be explained, however, that these letters do not belong to the original figure. By the way, these quaint figures are mostly found at the end of 'gatherings,' and call attention to the catch-word. Moreover, it should be noted here that no attempt has been made to reproduce the grotesque ornaments at the top of each column, as exemplified in two of our facsimiles.

| 1 | 2 | 3 | 4 | 5 | 6 | 7 | 8 | 9 |
|---|---|---|---|---|---|---|---|---|
| A | A | a | a | a | a | a | a | a |
| B | B | B | b | b | b | b |   | b |
| C | C | C |   | c | c | c | c | c |
| D | D | D |   | d | d | d |   | d |
| E | E | E | e | e | e | e | e | e |
| F | F | F | ff | f |   | f |   | f |
| G | G | G |   | g | g | g | g | g |
| H | H | H | ħ | h | h | h |   | h |
| I | I | I |   | i j | | i j | i | i |
| K | K | K | k | k | k | k |   | k |
| L | L | L | l ll | l Ⅱ | l | l Ⅱ | l | l Ⅱ |
| M | M | M | ꝳ | m ꝳ | m ꝳ | m | m | m |
| N | N | N |   | n |   | n | n | n |
| O | O | O |   | o | o | o | o | o |
| P | P | P | p | p p | p p | p | | p |
| R | R | R |   | r ɂ |   | r ɂ | r ɂ | r ɂ |
| S | S | S | ſ ff | s ſ | s | s ſ |   | s ſ |
| T | T | T |   | t |   | t |   | t |
| U | U | U |   | u |   | u | u | u |
| V | V | V | v | v | v | v | y | v |
| W | W | W |   | w 6 | 6 | w 6 | 6 | w 6 |
| Y | Y | Y |   | y ẏ | y | y | y | y |

Columns 1, 3, 5, represent the ordinary characters written by the scribe, whether as capitals, semi-capitals, or small letters.

Columns 2, 4, 6, represent capitals, semi-capitals, and small letters which bear the touches of the pen of the rubricator, the mediæval representative of the modern editor.

The **Italics** (col. 7) represent letters or words which have been retraced in modern ink by some bungler 'in his cups,' thus compelling the editors to see such letters through his clouded spectacles.

The **Hair line letters** (col. 8) are used to indicate characters which, though very faint in the MS., are still legible.

( ) Brackets are used to enclose letters which are no longer legible in the MS., but have left their traces there.

[ ] Square brackets enclose all words, or parts of words, introduced from another MS., in those parts where an accident of some kind has happened to the Red Book.

_______ Letters and words which are underlined in the text are filled in above the line in the MS. It is impossible always to tell whether such letters and words are in the hand of the original scribe,—generally the ink is paler, but the characters are mostly the same as those on the line.

. . . All letters with either the *puncta delentia* under them or a stroke through them have thereby been cancelled by the scribe.

˔ When the mark ˔ is placed under a letter, it denotes a substituted character, which is explained in the Notes.

* The asterisk shows the beginning of every fresh column, and the Tudor figures at the top of the page correspond with the number of the column in the MS. The asterisk has, of set purpose, been made inconspicuous, as its only use is to facilitate reference to the original for the purpose of collation.

| It is not unusual to indicate the end of each line in a MS. by a perpendicular stroke, which, however, has been sparingly used in this text, because, as a rule, it answers no earthly purpose and, besides being extremely unsightly, is not in the MS. Let it not be supposed for a moment that this was not done in order to save trouble, for in the writer's transcript each line begins and ends as in the original. Still, in every case where there is any peculiarity in the orthography or ambiguity in the meaning, the end of lines are marked off in the usual way.

The 𝕭lack letter (col. 9), and the Missal capitals at the beginning of each tale, and here and there at the beginning of fresh paragraphs, represent letters written in red ink in the original.

The 𝕿udor fount has been employed for titles, and anything printed in that type will *not* be found in the original.

The **contractions** have been reproduced in cases like ā = a*n* or a*m*; ᵗ = *el*; p = p*er*; and ⁹, which has no fixed meaning : in the cases where the contractions have been extended superior letters have been used to denote such extension, for example, Arth[ur]; gorawen[us] ; gwrag[ed].

The attempt to indicate, with some approach to **Word-Spacing.** accuracy, the distances between the words has cost more trouble, labour, and expense than any reader is likely to imagine; experience alone could make him realize the difficulty. To mark the spacings in the transcript is a work of great delicacy, but the real trouble begins when the compositor has to unlearn all the rules of his craft and serve his apprenticeship anew. But were Caxton himself to rise from the dead, he could not get over the fact of the incompressibility of type, and the perversity of long syllables. Suppose, for instance, a line had been set in type all but the last word, which is, let us say, 'strength[1]' or 'stretched,' while there is only space enough left for four or five letters. Here comes the dilemma; either previous spacings must be altered, and so made untrustworthy, or we must cut up our words into stre-ngth or stret-ched, which shocks our sense of propriety. For two months various experiments were tried with a view to overcome this difficulty, and though but three sheets were 'composed' during that time, yet after endless corrections of the spacings the result is indifferently good in the case of sheets B, C, D. At last the logic of facts was accepted, and with sheet E the division of words into syllables at the end of lines was given up as a thing incompatible with

---

[1] It is the opinion of most Englishmen that 'Welsh is full of consonants,' which implies that their own language is full of vowels, a fact attested, I presume, by such words as *strength*, *stretch'd*, &c.

correct spacing[1]. In this particular one fails in good company, for the scribe observes no particular rule in cutting up his words at the end of lines: for instance, he cuts up 'a wnaeth' into aw|naeth. The rules framed for indicating the spacing in this volume are:—

(*a*) When two or more words are written as one word in the MS., like 'aoꝛuc,' 'aphandeuth,' 'acynyỻe,' they are separated by what may be called *space* 1, as follows: aoꝛuc; aphandeuth; acynyỻe.

(*b*) When two or more words are written very close together but are not actually joined, they are separated in the printed page by *space* 2; for instance, a oꝛuc; a phan deuth; ac yn y ỻe.

(*c*) When words are distinctly separated in the MS., but still by a space less than a full space, this is indicated by *space* 3, thus: a oꝛuc; a phan deuth; ac yn y ỻe; while in a full space these words would be printed: a oꝛuc; a phan deuth; ac yn y ỻe.

In this way it is hoped the requirements of the scholar and the beginner are satisfactorily met; for every scholar, who has any knowledge of manuscripts, will be able to restore in his mind's eye the exact spacing of the original, while the beginner will not be bewildered by treating simple words as compounds.

---

[1] No doubt a line will be found occasionally where the spacing is only relatively correct. In all such cases it was found impracticable to set the spacing right without composing the sheet afresh.

The foregoing rules have been strictly obeyed in the case of spaces 1[1], 2, 3, but the full space will be found to vary slightly, according as necessity dictated. Note, however, (*a*) that where the MS. divides words usually treated in modern Welsh as compounds the exact spacing of the original has been reproduced, as for example, di vud; (*b*) that where the meaning is ambiguous the spacing is similarly reproduced: for instance (on page 100), 'a rec douyd ynt y g6raged weithon' may be construed in two ways, with very different results. The Stuart Mills of matrimony would not hesitate to read, ārec douyd, &c. 'wives are now the gift of God;' while the John Wesleys might with more plausibility, read a rec douyd, &c. 'and wives are become the curse of God.' But really this is a question for bachelors, in whose hands I leave it.

The Index was made under the double disadvantage of illness and constant interruption : **Index.** the result is submitted with diffidence. Still it is right to say that the text has been read twice over for this purpose alone. Excessive familiarity, however, with the text made it extremely difficult for the writer to keep his mind from wandering; still, he hopes the harvest of omissions will be a scanty one. Of course, all the names indexed

---

[1] One unfortunate exception runs right through the volume. Wherever *ym* may be equated with the modern *am* it should in consistency be always separated from the word following it by *space* 1, as ym danat, *not* ymdanat.

are not proper names. Again, there are numerous references to pages where the particular name is represented by a pronoun only,—a feature nearly always neglected in Indices. When a name occurs once or twice on a page, the line or lines are, as a rule, given as well as the page; but when a name occurs thrice or more, the page alone is given. But, it may be asked, why were not the lines numbered throughout the volume? Because the subscriptions did not justify the extra expense. As a substitute a parchment slip has been provided which, if the reader place its top number against the top line of a page, will enable him to find the required line instantly.

Cross references have been added in the hope that this Index to the Index will prove **Cross** of real service to the student, and enable **References.** him not only to find names and epithets mentioned indirectly, but assist him in his genealogical researches. Possibly I shall be told that I have confounded the persons, and printed in italics words which are not epithets, or vice versa. Nothing more likely: I was not born, like some Welsh scholars, full grown; and I hope to learn something from my critics[1].

Such then are the details of the principle which governed the work of editing the Text of the Mabi-

[1] I speak here in the first person, because Professor Rhŷs is only indirectly responsible for the Indices. I shall be extremely grateful for any corrections which readers may be good enough to point out to me: also for hints which may enable us to reproduce the next work after a better ideal.

nogion, &c. No doubt tastes will differ about the artistic merits or demerits of the combination of founts employed, as well as concerning the general effect produced; but respecting the trustworthiness of the reproduction it is confidently anticipated there will be no justification for two opinions. The Editors were mindful of their great responsibility in adding another edition of the Mabinogion to those already in existence, for the consequences of an inaccurate text are well-nigh endless; tastes are vitiated; the love of truthfulness and scientific exactness is weakened; scholars are misled, thus giving birth to a crop of baseless theories which, cat-like, have nine lives; while the way for the appearance of a better work is effectually barred for a generation or two. In the present case the Editors can say honestly they have respectively done everything in their power to make the reproduction final, for every proof-sheet was collated with the original manuscript at least three times,—collated backward as well as forward. They have aimed high, and have spared no effort to hit the mark, in the hope that generations to come need not abandon this enterprise of their predecessors, but may build their superstructure without fear for the foundations.

We are told by Mr. Froude that 'Among causes are included our own exertions, and each of us must do what he can, be it small or great . . . If we work on the right side, coral insects as we are, we may contribute something not wholly useless.' Still, single-handed I should scarcely have dared to give effect to the idea which lay at the root of the scheme for the reproduction of Old Welsh Texts. But my hesitation vanished when Professor Rhŷs expressed his readiness to bear his full share of the labour of collation, for, '*then it was borne in on my mind . . . that I* with co-operation and advice from such a quarter *this book* might edit, *not through boldness of much learning, but because I saw and heard much error in many* Welsh *books, which unlearned men through their simplicity accounted for much wisdom*[1].'

------

I tender my special thanks to the Principal and Fellows of Jesus College, Oxford, for the cordial way in which they assented to my request for permission to transcribe the Amicis gratias agimus. *Red Book of Hergest,* and for placing it in the Bodleian Library for my convenience; to the Bodley Librarian for enabling me to use the MS. in the best possible light, a matter of much importance; to Mr. Macray and Mr. Madan for their readiness at all times to help me in palæographical details. From the Controller of the Clarendon Press, Mr. Horace Hart, I have received all sorts of help, for which I thank

[1] *þa bearn me on mode, . . . þæt ic ðas boc* of Ledenum gereorde to Engliscre spræce awende; *na þurh gebylde mycelre lare, ac forþan þe ic geseah and gehyrde mycel gedwyld on manegum* Engliscum *bocum, þe ungelærede men þurh heora bilewitnesse to micclum wisdome tealdon.* Ælfric.

him cordially, as well as for entering sympathetically into my plans; nor should I fail to record my sense of obligation to the Controller's Assistant, Mr. R. Wheeler, for the benefit of his unobtrusive advice. For the Device of the Texts, which represents the Red Dragon, the Triple Harp, and the Leek—the triadic emblems of the Kymry—I have to thank my wife, who received valuable suggestions from Mr. Madan.

It would be impossible to mention all the friends who have interested themselves actively to make the Series of Welsh Texts known among their immediate circle of acquaintances; but were it not for the exertions of Mr. David Lewis, Barrister-at-Law, Mr. Morfill, Professor Powell, Mr. Marchant Williams, and Mr. Llywarch Reynolds, the publication of this volume would have involved a serious pecuniary loss. To these gentlemen, then, and to others who have given similar aid, the Editors acknowledge their indebtedness and return their heartiest thanks. They desire, also, to express their gratitude to the subscribers for extending to the Welsh Texts scheme the encouragement of their support.

J. GWENOGVRYN EVANS.

Oxford, *February* 8, 1887.

pbv bpt. Dywedaf arglwyd heb hi . Rieinvon
werth heneyo ben byf i anyrwol pilar oniteu
wo po poye. Ac wymymineis nibeu myglw . A
hynny oth giwyat ti. Ac wys myymaf ettwa.
onyit ti anigbzehwr. de p iizvbot oyatteb oi am
hymy poenthum i . Rofi adub heb ynteu bwvll.
Ilyna vy atteb i vtti. per aiffon dulzis arboll dzru
gw amozynyon ybyti. mae ti aocilwiffon . Se heb
hutheu. os by mvy alymny kymu vyrwol vir
arall gbna oer amvi. Cozeu vy gemyffi heb p po
yll vo lzyntaf. ac yny lley myymnych oi gbna yz
vet . Gbnaf arglewyo heb hi .Alvyoyn vhew yu
Ilyse heneyo myi abaraf vot gbled darparedic yu
barabt erbyng oroy not. Pullaizen heb ynteu a
mmheu avpoaf ynyzoet hynwi . Arglewyo heb lu
trie vyniach achoffa gydwiual oy earlzit. ac ynie
itlp yoaf i . Agbathann aihmaethaut . aclyyzchu
adwaeth ef parth aeteidu aemiuer. Sa auwyyn
bynnae avei ganithunt by ybzth y iwzlzyn p clib
coleu ereill vtivoffei ynteu. Gbyna treidav y
Alvyoyn hyt yi anter ailmaethaut . ac ymybear
ad ar ygamuet marchabt. amynet yrygtab a
Ilyse eueyo ben. Ac ef adaeth yz llyse allaiben muikyt
bzthab eclovgynioz alleihenyo ac arlbv mabz aved

# Pwyll, Prince of Dyved.

**Llyma dechreu mabinogi.**

Pwyll penndeuic dyuet a oed yn arglwyd ar
seith cantref dyuet. a threigylgweith ydoed
yn arberth priflys idaw. a dyuot yn yuryt
ac yny vedwl uynet y hela. Sef kyfeir oe gyuoeth
a vynnei y hela glynn cuch. Ac ef agychwynnwys y
nos honno o arberth. ac adoeth hyt ympenn llwyn
diarwya. ac yno y bu y nos honno. a thrannoeth yn
Jeuenctit ydyd kyuodi aoruc adyuot ylynn cuch
y ellwng y gwn dan y coet. Achanu y gorn adechreu
dygyuor yr hela. acherdet yn ol y cwn ac ymgolli
ae gedymdeithon. ac ual ybyd yn ymwarandaw allef
yr erchwys. ef aglywei llef erchwys arall. ac nyt
oedynt vn llef. a hynny yndyuot ynerbyn y erchwys
ef. Ac ef awelei lannerch yny coet ouaes gwastat.
ac ual ydoed y erchwys ef yn ymgael ac ystlys y
llannerch. ef awelei carw ovlaen yr erchwys arall.
a pharth apherued yllannerch llyma yr erchwys
aoed yny ol yn ymordiwes ac ef. ac yny vwrw yr
llawr. Ac yna edrych ohonaw ef ar liw yr erchwys
heb hanbwyllaw edrych ar y carw. Ac or awelsei ef
ohelgwn ybyt. ny welsei cwn un lliw ac wynt. Sef

Lliw oed arnunt. Claerwynn llathzeit. ac eu clusteu
yngochyon. ac ual y llathrei wynnet y cōn y llathzei
cochet y clusteu. ac ar hynny att y kōn y doeth ef.
a gyzru yz erchwys aladyssei y carỽ ymeith. a llithyaỽ
y erchỽys ehunan ar y carỽ. ac ual y byd yn llith-
yaỽ y cōn. ef awelei varchaỽc yn dyuot yn ol yz
erchwys y ar varch erchlas maỽz.* a chozn canu am
y vynỽgyl. agỽisc ovzethyn llỽyttei ymdanaỽ yn wisc
hela. ar hynny y marchaỽc adoeth attaỽ ef. ady-
wedut ual hynn ỽzthaỽ. a vnbenn heb ef mi aỽnn
pỽy ỽyt ti. ac nyfuarchaf i well ytti. Ie heb ef ac
atuyd. y mae arnat oenryded ual nasdylyy. Dioer
heb ef nyt teilygdaỽḍ vy anryded am hetteil y hynny.
a vnbenn heb ynteu beth amgen. Y rofi aduỽ heb
ynteu dy annwybot dyhun. ath ansyberwyt. Pa
ansyberwyt unben aweleist ti arnafi. Dy weleis an-
syberwyt vỽy ar ỽz heb ef. no gyzru yz erchwys
aladyssei y karỽ ymeith. allithyaỽ dy erchwys dy
hun arnaỽ. hynny heb ef ansyberwyt oed. achynnyt
ymdialỽyf athi. y rofi aduỽ heb ef mi awnaf o agclot
itt gỽerth can carỽ. avnben heb ef oz gỽneuth-
um gam mi abzynaf dy gerēnyd. Padelỽ heb yn-
teu ypzyny di. ỽzth ual y bo dy enryded. ac ny
ỽni pỽy ỽyt ti. Brenhin cozonaỽc ỽyfi yny wlat yd
henwyf o honei. Arglỽyd heb ynteu dyd da itt.
a pha wlat yd henỽyt titheu o honei. O annỽuyn
heb ynteu. araỽn vzenhin annỽvyn ỽyfi. arglỽyd
heb ynteu paffuryf y kaffaf i dy gederennyd di.
llyma yz wed ykeffy heb ynteu. Gỽz yssyd gyuerbyn
y gyuoeth amkyuoeth ynneu yn ryuelu arnaf yn

wafftat.  Sef y6 h6nn6.  Hafgan b1enhin o ann6uyn.
ac y1 g6aret go1mes h6nn6 y arnaf.  ahynny aelly
di ynha6d y keffy vygkerennyd.  Minneu awnaf
hynny heb ynteu ynllawen. amanac ditheu ymi
pafuryf y gall6yf hynny.  Managaf heb ynteu. llyna
val y gelly.  Mi awnaf a thi gedymdeithas gadarn.
Sef ual yg6naf. mi ath rodaf di ymlle i yn ann6uyn.
ac arodaf ywreic deckaf aweleift eiryoet y gyfcu y
gyt athi beunoeth. am p1yt ynheu amgofked arnat
ti. hyt nabo g6as yftauell naf6ydya6c nadyn arall
oc am kanlynnwys i eiryoet awypo na bo miui
vych di. ahynny heb ef hyt ym penn y vl6ydyn
o1dyd auo1y. ac an kynnadyl yna yny lle honn.  Ie
heb ynteu kyt b6yfi yno hyt ympenn y vl6ydyn.
pagyfuar6yd avyd ymi o ymgael ar g61 adywedy
di.  Bl6ydyn heb ef yheno ymae oet yrofi ac ef
ar yryt. abyd di ym rith i yno heb ef. acun
dy1na*6t arodych di ida6 ef. ny byd by6 ef oh6nn6.
achyt archo ef ytti y1 eil. nady1o y1 aymbilio athi.
Y1 arod6n i ida6 ef hagen. kyftal achynt ydymladei
a mi d1annoeth.  Ie heb y p6yll beth awnaf i ymkyu-
oeth.  Miawnaf heb y1 ara6n nabo yth gyuoeth
na g61 nag61eic awypo nabo tidi wyfi. amiui aaf
yth le di. ynllawen heb y p6yll amiui aaf ragof.
Dilefteir uyd dyhynt ac ny ruffya dim ragot yny
delych ymkyuoeth i.  Amiauydaf heb1ygyat arnat.
ef aheb1ygya6d yny welas y llys ar kyfuanned.
llyna heb ef y llys arkyuoeth yth uedyant. a chyrch
y llys nyt oes yndi neb nyth adnapo. ac 61th ual
y g6elych yg6affanaeth yndi yd adnabydy voes y

llys. kyꝛchu y llys aoꝛuc ynteu   Ac yn yllys ef
awelei hundyeu aneuadeu ac yftauelloed. ac adurn
teckaf oꝛ awelfei neb o adeiladeu. ac yꝛneuad y
kyrchwys ydiarchenu. ef adoeth mack6yeit ag6eif-
fon ieueinc ydiarchenu. apha6p ual ydelynt kyuarch
g6ell awneynt ida6.   Deu uarcha6c adoeth ydynnu
y wifc hela y amdana6. ac y wifca6 eurwifc obali
ymdana6. ar neuad agyweirywyt. llyna y g6elei
ef teulu a niueroed. ar niuer hardaf a chyweiryaf
oꝛ awelfei neb yn dyuot ymywn. ar urenhines y
gyt ac 6ynt yn deckaf g6ꝛeic oꝛ awelfei neb. ac
eurwifc ymdanei obali llathreit. Ac ar hynny y
ymolchi yd aethant. achyꝛchu y byꝛdeu aoꝛugant.
ac eifted awnaethant ual hynn. Y urenhines oꝛ
neill parth ida6 ef. ar iarll debyg y ei ef oꝛparth
arall. adechꝛeu ymdidan awnaeth ef ar vꝛenhines.
Ac oꝛ awelfei eiryoet 6ꝛth ymdidan ahi. difemylaf
g6ꝛeic a bonhedigeidaf y hann6yt ae hymdidan oed.
a thꝛeula6 awnaethant b6yt allynn a cherdeu Achy-
uedach.   Oꝛ awelfei o holl lyffoed y dayar. llyna y
llys diwallaf o v6yt allynn. ac eur leftᵣⁱ atheyꝛn-
dlyffeu. amfer adoeth udunt y uynet ygyfcu. Ac y
gyfgu ydaethant ef ar urenhines. Ygyt ac ydaeth-
ant yꝛ g6ely ymchoelut y wyneb att yꝛ erchwyn
aoꝛuc ef. ae gevyn attei hitheu. o hynny hyt tran-
noeth. ny dywa6t ef 6ꝛthi hi vngeir. Tꝛannoeth
tirion6ch ac ymdidan hegar auu y ryngtunt. Peth
bynnac ogarueidꝛ6yd avei y ryngtunt ydyd. ny bu
un nos hyt ympenn y vl6ydyn amgen noc auu * y
nos gyntaf. Tꝛeula6 y vl6ydyn awnaeth dꝛ6y hela

acherdeu achyfedach acharueidr6yd ac ymdidan
achedymdeithon. hyt ynos ydoed oet y gyfranc.
Ynoet y nos honno kyftal y doei y gof y2 dyn
eithaf yny2 holl gyuoeth y2 oet. Ac yntev adoeth
y2 oet ag6y2da y gyuoeth y gyt ac ef. Ac ygyt ac
ydoeth y2 ryt. marcha6c agyuodes y vynyd. Ac
adywa6t val hynn. A wy2da heb ef ymwrande6ch
ynda y r6ng y deu v2enhin ymae y2 oet h6nn y
ryngtunt. Ahynny r6ng eudeu go2f elldeu. Aphop
un ohonunt yffyd ha6/62 ar ygilyd ahynny amdir.
adayar. Afegur ydiga6n p6b o hona6ch vot eithy2
gadu y ryngtunt 6y elldeu. Ac ar hynny y deu
urenhin aneffayffant ygyt amperued y ryt. ac ym-
gyuaruot. Ac ar y goffot kyntaf y g62 aoed ynlle
ara6n aoffodes ar hafgan ymperued bogel ydaryan
yny hyllt yn deu hanner ac yny ty2r y2 arueu.  Ac
yny vyd hafgan hyt y v2eich ae palady2 d2os ped2ein
y varch y2lla62. Ac agheua6l dy2na6t ynda6 ynteu.
A unben heb y2 hafgan padylyet oed itti ar vy
angeu i. nyt yttoed6n i yn holi dim ytti. ny wyd6n
acha6s itt heuyt ym llad i. Ac y2 du6 heb ef canys
dech2eueift vyllad, go2ffen. A vnbenn heb ynteu.
ef aeill vot yn ediuar gennyf awneuthun itt. Keis
ath ladho ny ladaf i di. Vyg g6y2da kywir heb
y2 Hafgan dyg6ch vi odyma. neut teruynedic agheu
y mi. nyt oes anfa6d ymi ych kynnal ch6i bellach,
Vygg6y2da ynheu heb y g62 aoed ynlle ara6n
kymer6ch ych kyuar6yd ag6ybyd6ch p6y a dylyy
bot ynwy2 ymi. Argl6yd heb y g6y2da pa6b ae
dylyy. kanyt oes v2enhin arholl ann6vyn namyn ti.

Je heb ynteu adel ynwareda6c ia6n y6 y gymryt.
Ac ar ny del ynvuud. kymheller o nerth cledyfeu.
Jc ar hynny kymryt g6rogaeth y g6yr adechreu
gorefgyn ywlat. Ac erbynn hanner dyd drannoeth
ydoed yny vedyant y d6y deyrnas. Jc ar hynny
ef a gerd6ys parth ae gynnadyl. Ac adoeth y lyn
cuch. Jphandoeth yno ydoed ara6n vrenhin an-
n6uyn yny erbyn. Ila6en vu pob vn 6rth y gilyd
ohonunt. Je heb yr ara6n du6 adalo itt dy gedym-
deithaf mi ae kigleu. Je heb ynteu pandelych
dy hun yth wlat. ti awely awneuthum yrot ti. A
wnaethoft * heb ef yrofi. duw aetalo itt. Yna
y rodes ara6n y ffuryf ae drych e hun y p6yll pen-
deuic dyuet. Ac y kymerth ynteu y ffuryf ehun
aedrych. Jc y kerda6d ara6n racda6 parth aelys
y ann6vyn. ac y bu digryf ganta6 ymwelet ae niuer
ac ae teulu. kanys g6elfei yr yftalym. Wynteu hagen
ny wybuyffynt y eiffeu ef. Ac ny bu newydach
gantunt y dyuodyat no chynt. Y dyd h6nn6 a
drelwys tr6y digrif6ch allewenyd. Ac eifted ac ym-
didan ae wreic ac aewyrda. Aphan vu amferach
kymryt hun no chyuedach y gyfcu ydaethant.
Y wely agyrchwys y brenhin ae wreic aaeth atta6.
Kyntaf y g6naeth ef ymdidan ae wreic. ac ymyrru
ardigrif6ch fercha6l acharyat arnei. Ahynny nyfgor-
dyfynaffei hi yr yf bl6ydyn. Ahynny avedyly6ys hi.
Oi adu6 heb hi paamgen vedwl yffyd ynda6 ef heno
noc ary uu yf bl6ydyn y heno. Amedylya6 awnaeth
ynhir. Ag6edy y med6l h6nn6 dyhuna6 a6naeth ef.
Apharabyl adywa6t ef 6rthi hi ar eil ar trydyd. Ac

atteb nys kauas ef genthi hi yn hynny. Paachaȯs
heb ynteu nadywedy di ȯzthyfi. Dywedaf ȯzthyt
heb hi nadywedeis yſ blȯydyn y gymeint yny kyfryȯ
le ahȯnn. Paham heb ef. ys glut abeth ydymdi-
danyſſam ni. Meuyl im heb hi yz yſblȯydyn y
neithwyz oz pan elem yn yblic yndillat gȯely na
digrifȯch nac ymdidan nac ymchoelyt ohonat dy
wyneb attafi ynchwaethach auei vȯy nohynn oz
bu yrom ni. Ic yna y medylyȯys ef. Oia arglȯyd
duȯ heb ef kadarn avngȯz y gedymdeithas adiffleis
a geueis i yngedymdeith. Ic yna y dywaȯt ef ȯzth
y wreic. Arglȯydes heb ef na chabladi viui. Yrofi
aduȯ heb ynteu ny chyſgeiſ ynneu ygyt athitheu yz
ys blȯydyn y neithwyz. Ac ny ozwedeis. Ic yna
menegi y holl gyfaranc awnaeth idi. Y duȯ ydygaf
vyngkyffes heb hitheu. gauael gadarn ageueiſt ar
gedymdeith ynherȯyd ymlad aphzouedigaeth ygozff
achadȯ kywirdeb ȯzthyt titheu. Irglȯydes heb ef
ſef ar ymedȯl hȯnnȯ ydoedȯn ynheu. tradeweis
ȯzthyt ti. di ryued oed hynny heb hitheu. Ynteu
pȯyll pendeuic dyuet adoeth y gyuoeth ac ywlat.
adechzeu amouyn agȯyzda y wlat beth uuaſſei y
arglȯydiaeth ef arnadunt hȯy y vlȯydyn honno. y
ȯzth ryuuaſſei kynno hynny. Arglȯyd heb ȯy ny bu
gyſtal * dy wybot. ny buoſt gyn hegaret gȯas ditheu.
ny bu gynhaȯſſet gennyt titheu treulaȯ dy da. ny
buwell dy doſparth eiryoet noz ulȯydyn honn. y
rofi aduȯ heb ynteu ys iaȯn abeth yȯ ychȯi diolȯch
yz gȯz auu ygyt achȯi. Allyma ygyfranc ual y bu
ae datkanu oll obȯyll udunt. Ie arglȯyd heb ȯy

diol6ch y du6 kaffel ohonat y gedymdeithas honno.
ar argl6ydiaeth aga6ffam ninheu⸳ y vl6ydyn honno
nys attygy y gennym ot g6nn⸳ nac attygaf y rofy
adu6 heb ynteu b6yll. ac o hynny allan dech2eu
kadarnhau kedymdeithas y ryngtunt. ac anuon o
bop un y gilyd meirch a milg6n a hebogeu. a phob
kyfry6 dl6s o2 a debygei bop vn digrif hau med6l
ygilyd ohona6⸳ Ic oacha6s y d2igyant ef y vl6ydyn
honno yn ann6uyn. ag6ledychu ohona6 yno mo2
l6ydyannus ad6yn yd6y dey2nas yn vn <u>dyd</u> d26y y
dewred ef ae vil62yaeth y diffygywys y en6 ef ar
p6yll penndeuic dyuet. ac y gelwit p6yll penn an-
n6uyn ohynny allan. a th2eigylg6eith yd oed yn
arberth p2if lys ida6 a g6led darparedic ida6 ac y
niueroed ma62 owy2 ygyt ac ef⸳ Ig6edy y b6yta
kyntaf kyuodi y o2ymdeith ao2uc p6yll. achy2chu
penn go2fed aoed uch la6 y llys aelwit go2fed ar-
berth. argl6yd heb un o2 llys kynnedyf y2 o2fed
y6. padyl yeda6c bynnac a eiftedo arnei nat a odyno
heb vn o2 deupeth. ae kymri6 ae archolleu. neu
ynteu awelei ryueda6t. Dyt oes arnaf i ovyn kael
kymri6 neu archolleu ymplith hynn o niuer. Ryued-
a6t hagen da oed gennyf pei afg6el6n. Mi aaf y2
orfed y eifted. Eifted awnaeth ar y2 o2fed. ac
ual y bydant yn eifted 6ynt awelynt g62eic ar uarch
canwel6 ma62 aruchel. ag6ifc eureit lath2eit ymdanei
yn dyuot ar hyt y b2iffo2d agerdei o2 o2fed. Kerdet
araf g6aftat oed gan y march ar uryt y neb ae g6elei⸳
Ic yn dyuot ynogyfuuch ar o2fed. Hawy2 heb y
p6yll aoes ohona6ch ch6i a adnapo y uarchoges racco.

Pac oes argl6yd heb 6ynt. aet vn heb ynteu yny
herbyn. y wybot p6y vo.  Vn a gyuodes ynvud.
aphandoeth yny herbyn yꝛffoꝛd. neut athoed hi
heiba6.  Y hymlit awnaeth ual y gallei gyntaf o
pedeſtric.  A phei vwyhaf vei y vꝛys ef. pellaf vydei
hitheu y * 6ꝛtha6 ef.  A phan welas nathygyei ida6 y
hymlit. ymchoelut aoꝛuc att pwyll adywedut 6ꝛtha6.
argl6yd heb ef ny thyckya y pedeſtyꝛ yny byt y
hymlit hi.  Ie heb ynteu p6yll dos dos yꝛ llys
achymer y march kyntaf awelych a dos ragot yny
hol.  Y march agymerth ac racda6 ydaeth. Y maeſtir
g6aſtat agauas. ac ef adangoſſes yꝛ yſparduneu yꝛ
march.  A phei v6yhaf y lladei ef y march. pellaf
vydei hitheu y 6ꝛtha6 ef.  Yꝛ vn gerdet adechꝛeu-
aſſei hitheu ydoed arna6.  Y varch ef a ballwys.
A phan wybuef ar y varch pallu y pedeſtric. ym-
choelut hyt y lle ydoed p6yll awnaeth. argl6yd heb
ef ny thyckya y neb ymlit yꝛ unbennes racko. Py
wyd6n i varch gynt yny kyuoeth no h6nn. ac ny
thygyei ymi y hymlit hi.  Ie heb y p6yll y mae yno
ry6 yſtyꝛ hut. a6n parth ar llys.  Yꝛ llys y doethant.
athꝛeula6 ydyd h6nn6 awnaethant. A thꝛannoeth
kyuodi y uynyd awnaethant athꝛeula6 h6nn6 ynyoed
amſer mynet y v6yta.  Ag6edy y b6yta kyntaf. Ie
heb ynteu b6yll ni a6n yꝛ vn niuer y buam doe y
penn yꝛ oꝛfed. A thydi heb ef 6ꝛth vn oe uack6yeit.
d6c gennyt y march kyntaf a wypych yny maes.
a hynny awnaeth y mack6y.  Yꝛ oꝛfed agyꝛchaſſant
ar march gantunt.  Ac ual y bydynt yn eiſted wynt
awelynt y wreic ar yꝛ un march. ar vn wiſc ymdanei

yndyuot yꝛ vnffoꝛd. Ⱡyma heb y pⱳyⱡ y uarchog-
eſdoe. Ᵹyd baraⱳt was heb ef y wybot pⱳy yⱳ
hi. arglⱳyd heb <u>ef</u> mi awnaf hynny yn ⱡawen. ᴁr
hynny y uarchogeſ adoeth gyuerbyn ac ⱳynt. Ᵹef
aoꝛuc ymackⱳy yna yſgynnu ar y march. achynn
daruot idaⱳ ymgyweiryaⱳ yny gyſrⱳy. neur ry adoed
hi heibyaⱳ. achynnⱳⱡ y ryngtunt. Ᵹmgen vꝛys gerdet
nyt oed genthi hi noꝛ dyd gynt. Ynteu agymerth
rygig y gan y uarch. ᴁc ef adebygei yꝛ arauet yker-
dei y uarch. yꝛ ymoꝛdiwedei ahi. ᴁhynny nythyg-
yei idaⱳ. Ᵹⱡⱳng y uarch aoꝛuc ⱳꝛth avⱳyneu. nyt
oed ef nes idi yna no chyn bei ar y gam. Ᵹphei
vⱳyhaf y ⱡadei ef y varch. peⱡaf vydei hitheu y
ⱳꝛthaⱳ ef. y cherdet hitheu nyt oed uⱳy no chynt.
Ᵹany welas ef tygyaⱳ idaⱳ y hymlit. * ymchoelut
awnaeth hyt yⱡe ydoed pⱳyll. arglⱳyd heb ef nyt
oes aⱡu gan y march amgen noc aweleiſt ti. Ᵹi
aweleis heb ynteu ny thykya y neb y herlit hi.
Ᵹc yrofi aduⱳ heb ef yd oed neges idi ⱳꝛth rei oꝛ
maes hⱳnn. peigattei ⱳꝛthpⱳyⱡ idi ydywedut. ani
aⱳnparth arⱡys. yꝛ ⱡys ydoethant athꝛeulaⱳ ynos
honno awnaethant dꝛⱳy gerdeu achyuedach ual ybu
lonyd gantunt. Ᵹ thꝛannoeth divyꝛru ydyd awnaeth-
ant yny oed amſer mynet y vⱳyta. aphandaruu
udunt y bⱳyt pⱳyⱡ adywaⱳt. ᴍae yꝛ niuer y buam
ni doe ac echdoe ym penn yꝛ oꝛſed. Ⱡyma arglⱳyd
heb ⱳynteu. aⱳn heb ef yꝛ oꝛſed y eiſted. athitheu
heb ef ⱳꝛth was y uarch. ᴋyfrⱳya vy march ynda
adabꝛe ac ef yꝛ ffoꝛd. adⱳc vy yſparduneu gennyt.
ygⱳaſ awnaeth hynny. Ᵹyuot yꝛ oꝛſed aoꝛugant

y eifted. ny buant hayach o enkyt yno yny welynt
y uarchoges yndyuot yꝛ vnffoꝛd. ac yn vn anfa6d.
ac yn vnvngerdet. Ꝑawas heb y p6yꝉꝉ mi awelaf
y uarchoges yndyuot. moeꝛ vy march. Ꝉc nyt kynt
yd yfkynn ef ar y uarch noc yd a hitheu hebda6
ef. Ꞇꝛoi yny hol aoꝛuc ef. agadel y uarch dꝛythyꝉꝉ
ꝉꝉamfachus y gerdet. ac ef adebygei ar yꝛ eil cam
neu ar y trydyd y goꝛdiwedei. nyt oed nes hagen
idi no chynt. y uarch agymheꝉꝉa6d oꝛ kerdet m6yhaf
aoed ganta6. Ꝉg6elet awnaeth nathygyei ida6 y
hymlit. Yna y dywat p6yꝉꝉ. Ꝁ voꝛwyn heb ef yꝛ
m6yn y g6ꝛ m6yhaf agery arho vi. Ꝁrhoaf ynꝉꝉawen
heb hi ac oed ꝉꝉeffach yꝛ march pei affarchut yꝛ
meittyn. Ꝑeuyꝉꝉ ac arhos aoꝛuc y uoꝛwyn. Ꝁg6aret
yrann adylyei vot am yh6yneb owifc y phenn. Ꝁc
attal ygol6c arna6 adechꝛeu ymdidan ac ef. Ꝉrgl6yd-
es heb ef pandoy di aphagerdet yffyd arnat. kerdet
6ꝛth vy negeffeu heb hi ada y6 gennyf dy welet ti.
graffa6 6ꝛthyt y gennyfi heb ef. Ꝉc yna medylya6
awnaeth bot yndiu6yn gantha6 pꝛyt awelfei eiryoet
o voꝛwyn a g6ꝛeic y6ꝛth yphꝛyt hi. Ꝁrgl6ydes heb
ef adywedy di ymi dim oth negeffeu. Ꝑywedaf y
rof adu6 heb hi. Ꝑennaf neges uu ymi keifa6
dy welet ti. ꝉꝉyna heb y p6yꝉꝉ y neges oꝛeu gennyfi
dydyuot ti idi. ac adywedy di ymi * p6y 6yt. Ꝑywedaf
argl6yd heb hi. Ꝝiannon uerch heueyd hen 6yf i
amrodi y wr omhanvod ydydys. ac ny mynneis
inheu un g6ꝛ. a hynny oth gaꝛyat ti. ac nys mynnaf
ettwa. onyt ti am g6ꝛthyt. ac y wybot dy atteb di
am hynny ydeuthum i. Ꝝof i adu6 heb ynteu b6yꝉꝉ.

Ꝡyna vy atteb i ytti. peicaffŵn dewis ar holl wraged
amoꝛynyon ybyt. mae ti adewiffŵn. Ꝡe heb hitheu.
os hynny avynny kynn vy rodi yŵꝛ arall gŵna oet
ami. Goꝛeu yŵ gennyfi heb y pŵyll bo kyntaf. ac
yny lle ymynnych di gŵna yꝛ oet. Gŵnaf arglŵyd
heb hi. blŵydyn y heno yn llys heueyd mi abaraf
bot gŵled darparedic yn baraŵt erbynḍ dydyuot.
Ꝡnllawen heb ynteu a minheu avydaf yn yꝛ oet
hŵnnŵ. Arglŵyd heb hi tric yniach achoffa gywiraŵ
dy edewit. ac ymeith ydaf i. agŵahanu awnaethant.
achyꝛchu awnaeth ef parth aeteulu aeniuer. Ꝑa
amouyn bynnac avei ganthunt ŵy yŵꝛth yuoꝛwyn
y chŵedleu ereill ytroffei ynteu. Odyna treulaŵ y
vlŵydyn hyt yꝛ amfer awnaethant. ac ymgŵeiraŵ ar
yganuet marchaŵc. amynet yrygtaŵ a llys eueyd
hen. ac ef adoeth yꝛ llys allawen uuwyt ŵꝛthaŵ.
adygyuoꝛ allewenyd ac arlŵy maŵꝛ aoed yny er-
byn. Aholl uaranned yllys ŵꝛth y gyghoꝛ ef y treulŵyt.
Ꝁyweiryaŵ yneuad awnaethpŵyt ac yꝛboꝛdeu ydaeth-
ant. Ꝣef ual ydeiftedyffant heueyd hen ar neilllaŵ
pŵyll. ariannon oꝛparth arall idaŵ. Ꝡam hynny
paŵb ualybei yenryded. ᵬŵyta achyuedach ac ym-
didan awnaethant. ac ar dechꝛeu kyuedach gŵedy
ybŵyt wynt awelynt yndyuot y myŵn. gwas gŵineu
maŵꝛ teyꝛneyd. a gŵifc o pali ymdanaŵ. Aphandoeth
y gynted y neuad. kyuarch gŵell aoꝛuc ypŵyll ae
gedymdeithon. Gꝛaffaŵ duŵ ŵꝛthyt eneit heb y pŵyll
ados y eifted. ᵭac af heb ef eirchat ŵyf am neges
awnaf. gŵna ynllawen heb y pŵyll. Arglŵyd heb
ef ŵꝛthyt ti ymae vyneges i ac y erchi itt ydodŵyf.

Paarch bynnac aerchych di ymi hyt ygall6yf y
gaffel itti y byd.   Och heb y riannon paham yrody
di atteb uelly. neuſ rodes uelly argl6ydes ygg6yd
g6yɪda heb y mack6y.   Eneit heb yp6yll beth y6
dy arch di.   Ywreic v6yaf agaraf ydwyt ynkyſcu
heno genthi.   Ic y herchi hi ararl6y ar darmerth
yſſyd yman y dodwyfi.   Kynhewi aoɪuc p6yll kanybu
atteb a rodaſſei.   6a6 hyt y mynnych heb y riannon.
ny * bu uuſcrellach g6ɪ ar y ſynnwyɪ e hun noc ry
uuoſt ti.   argl6ydes heb ef ny wyd6n i p6y oed ef.
IIyna y g6ɪ ymynnaſſit uy rodi i ida6 omhanuod
heb hi. g6a6l uab clut g6ɪ toɪmynna6ç kyuoetha6c.
achanderw itt dywedut ygeir adywedeiſt dyɪo vi
ida6 rac aglot itt. argl6ydes heb ef ny 6n i pary6
atteb y6 h6nn6. ny allaf i arnaf adywedy di vyth.
Dyɪo di vi ida6 ef heb hi ami awnaf nachaffo ef
viui vyth.   Pa ffuryſ vyd hynny heb y p6yll.   Mi
a rodaf yth la6 got vechan heb hi achad6 honno
ynda.   Ic ef aeirch ywled ar arl6y ar darmerth. ac
nyt oes yth uedyant ti hynny.   a miui arodaf ywled
yɪ niueroed ar teulu heb hi.   a h6nn6 uyd dy atteb
am hynny.   amdanaf ynneu heb hi mi awnaf oet
ac ef vl6ydyn y heno y gyſcu gennyf. ac ympenn y
vl6ydyn heb hi byd ditheu ar got honn gennyt ar
dy ganuet marcha6c yny berllan uchot.   aphan uo
ef ar gana6l ydigrifv6ch ae gyfedach. dyɪet titheu dy
hun y my6n adillat reudus ymdanat ar got yth la6
heb hi.   ac nac arch dim namyn lloneit y got o v6yt.
a minneu abaraf heb hi pei dottit yſſyd yny ſeith
cantref hynn o vwyt a llynnyndi. na bo lla6nach no

chynt. Ag6edy by2yer llawer yndi. ef aovyn itt avyd lla6ndy got ti vyth. Dywet titheu na vyd o ny chyvyt dylyeda6c trachyuoetha6c a g6afcu ae deutroet y b6yt yny got. a dywedut diga6n adodet yman. a minneu abaraf ida6 ef vynet y feghi y b6yt yny got. Aphan el ef tro ditheu y got yny el ef d2os y penn yny got. ac yna llad gl6m ar garreyeu y got. a bit co2n canu da amdy vyn6gyl. aphan uo ef ynr6ymedic yny got. dot titheu lef ar dy go2n. abit hynny yn arwyd y rot athuarchogyon. Panglyw-hont llef dy go2n difgynnent 6ynteu am benn y llys. Arglwyd heb y g6a6l mad6s oed y mi kaffel atteb am aercheis. Kymeint ac aercheift heb y p6yll o2 auo ym medyant i ti ae keffy. Eneit heb hitheu riannon am y wled ar dapar yffyd yma. h6nn6 arodeis i ywy2 dyuet ar teulu ar niueroed yffyd yma. h6nn6 nyt adawafi yrodi y neb. bl6ydyn y heno y byd g6led darparedic yny llys honn y titheu eneit y gyfcu gennyf ynheu. G6a6l agerda6d ryng-tha6 ae gyuoeth. P6yll ynteu adoeth y dyuet. ar vl6ydyn honno ad2eul6ys pa6b o honunt hyt oet y wled oed ynllys eueyd _hen_. G6a6l uab clut adoeth parth ar wled aoed dar*paredic ida6. a chy2chu y llys awnaeth. a llawen uu6yt 6]2tha6. P6yll ynteu penn ann6uyn adoeth y2 berllan ar y ganuet march-a6c ual y go2chymynnaffei rianno _n_ ida6. ar got ganta6. G6ifca6 b2atteu trymyon ymdana6 awnaeth p6yll alloppaneu ma62 am ytraet. Aphan wybu y bot ar dech2eu kyuedach wedy b6yta. dyuot racda6 y2 neuad. a g6edy y dyuot y gynted y neuad. kyf-

uarch g6ell awnaeth y wa6l uab clut. ae gedym-
deithon owyꝛ ag6ꝛaged. du6 arodo da ytt heb y
g6a6l agraeffa6 du6 6ꝛthyt. Argl6yd heb ynteu du6
adalo itt. negeffa6l 6yf 6ꝛthyt. Graeffa6 6ꝛth dy neges
heb ef. Ac os arch gyfuartal aerchy ymi ynꝆawen
ti ae keffy. Kyfuartal argl6yd heb ynteu nyt archaf
onyt rac eiffeu. Sef arch aarchaf Ꝇoneit y got
uechan awelydi ov6yt. Irch didꝛaha y6 honno heb
ef athi ae keffy yn Ꝇawen. Dyg6ch v6yt ida6 heb
ef. Riuedi ma6ꝛ o f6ydwyr agyuodaffant y uynyd.
adechꝛeu Ꝇenwi y got. Ac yꝛ auyrit yndi ny bydei
la6nach no chynt. Ineit heb y g6a6la vyd Ꝇa6n dy
got ti vyth. Đauyd y rof a du6 heb ynteu yꝛ adotter
yndi vyth. ony chyuyt dylyeda6c tir adayar a chyu-
oeth afenghi ae deu troet yb6yt yny got. Adywed-
ut diga6n adodet yma. A geimat heb y riannon kyuot
y uynyd ar vyꝛr 6ꝛth wa6l uab clut. Kyuodaf yn
Ꝇawen heb ef. Achyuodi y uynyd aoꝛuc adodi y
deutroet yny got. Athꝛoi o b6yꝆ y got yny vyd
g6a6l dꝛos y benn yny got. Ac yngyflym kaeu y got
aꝆad cl6m ar y carreyeu. Adodi Ꝇef ar y goꝛn. Ac
ar hynny Ꝇyma y teulu ampenn yꝆys. Ac yna kymryt
pa6p oꝛ niuer adoeth ygyt ag6a6l. aedodi yny gar-
char ehun. Ib6ꝛ6 y bꝛatteu ar Ꝇoppaneu ar yfpeil
dideftyl y amdana6 aoꝛuc p6yꝆ. Ac ual y delei
bob un oeniuer ynteu y my6n y tra6ei dyꝛna6t ar
ygot. Ac y gouynnei beth yffyd yman. Bꝛoch
medynt 6ynteu. Sef kyfry6 ch6are awneynt. tara6
awnaei bop vn dyrna6t ar ygot. ae aedꝛoet ae
athꝛoffa6l. Ic ueꝆy g6are ar got awnaethant. Pa6b

ual y delei a ovynnei pa chware a wneßch chßi uelly.
 6ßare bꝛoch yg cot medynt wynteu. ac yna gyntaf
y gßarywyt bꝛoch yg cot. Arglßyd heb ygßꝛ oꝛ got
pei gßarandaßut uiui nyt oed dihenyd arnaf vy lÌad
ymyßn cot. * arglßyd heb eveyd hen gßꝛ adyweit.
Jaßn yß itt y warandaß. nyt dihenyd arnaß hynny.
Je heb y pßylÌ mi awnaf dygygho ꝛ di amdanaß ef.
lÌyma dy gyghoꝛ di heb y riannon yna. yd ßyt yn ylÌe
y perthyn arnat lÌonydu eircheit a cherdoꝛyon. gat
yno ef y rodi y baßp dꝛoſſot heb hi. a chymer geder-
nit y ganthaß na bo amovyn na dial vyth amdanaß.
adigaßn yß hynny o goſp arnaß. Jf ageiff hynny
yn lÌaßen heb y gßꝛ oꝛ got. a minneu ae kymeraf
yn lÌawen heb y pßylÌ gan gynghoꝛ eueyd a riannon.
ḳynghoꝛ yß hynny y gennym ni heb ßynt. Y gymryt
awnaf heb y pßylÌ keiſ veichev dꝛoſſot. Ḋi avydßn
dꝛoſtaß heb eueyd. yny vo ryd ywyꝛ y vynet dꝛoſtaß.
ac ar hynny ygolÌygßyt ef oꝛ got ac y rydhawyt
yoꝛeugßyꝛ. 6ouyn weithon y waßl veicheu heb eueyd.
ni a atwaenßn y neb a dylyer y kymryt y gantaß.
Ḳiuaß y meicheu awnaeth eueyd. lÌunny ady hun
heb ygßaßl dy amot. Ḋigaßn yß gennyfi heb ypßylÌ
ual ylÌunyaßd riannon. Y meicheu aaeth ar yr
amot hßnnß. Je arglßyd heb y gßaßl bꝛißedic ßyfi
achymriß maßꝛ ageueis. ac enneint yſſyd reit ymi.
ac ymeith ydaf gandy gennyat ti. ami aataßaf
wyꝛda dꝛoſſof yma y atteb y baßp oꝛ ath ovỹno di.
YnlÌawen heb ypßylÌ. agßna ditheu hynny. 6ßaßl
a aeth parth ae gyuoeth. Y neuad ynteu agyweirßyt
y pßylÌ ae niuer. ac y niuer y lÌys yam hynny. Jc

yꝛ boꝛdeu ydaethant yeifted. ac ual yd eiftedyf-
fant vl6ydyn oꝛ nos honno. yd eiftedwys pa6b ynos
honno. B6yta achyuedach awnaethant. ac amfer
adoeth y vynet y gyfcu. ac yꝛ yftauell ydaeth p6yỻ
ariannon. Athꝛeula6 ynos honno dꝛ6y digrif6ch aỻon-
yd6ch a6naethant. I thꝛannoeth ynieuenctit ydyd.
argl6yd heb y riannon kyuot y uynyd. adechꝛeu
lonydu ykerdoꝛyon. ac na omed neb hedi6 oꝛ a
vynno da. Hynny awnaf iynỻa6en heb yp6yỻ
ahedi6 apheunyd tra barhao ywled honn. Ef agy-
uodes p6yỻ y vynyd a pheri dodi goftec y erchi y
hoỻ eircheit acherdoꝛyon dangos. amenegi udunt
yỻonydit pa6b o honunt 6ꝛth y uod ae vymp6y.
a hynny a6naethp6yt. Y wled honno adꝛeul6yt. ac
ny omed6yt neb trabarhaa6d. Aphan daruu y wled.
argl6yd heb y p6yỻ 6ꝛth * eueyd mi agych6ynnaf gan
dy genyat parth adyuet auoꝛy. Ie heb eueyd du6
ar6ydhao ragot. ag6na oet achyfnot ydel riannon
yth ol. Y rof iadu6 heb ynteu b6yỻ ygyt y kerd6n
o dyma. Ie ueỻy ymynny di argl6yd heb yꝛ eueyd.
veỻy yrof adu6 heb yp6yỻ. Wynt agerdaffant
trannoeth parth adyuet. Aỻys arberth agyꝛchyffant.
ag6led darparedic aoed yno udunt. Dygyuoꝛ y wlat
arkyuoeth adoeth attunt oꝛ g6yꝛ goꝛeu ar g6ꝛaged
goꝛeu. o hynny nyt etewis riannon neb heb rodi rod
enn6a6c ida6. Ae ogae. Ae ovodꝛ6y. Ae o vaen g6erth-
ua6ꝛ. G6ledychu y wlat awnaethant yn ỻ6ydyannus
y vl6ydyn honno. ar eil. Ac yny dꝛyded vl6ydyn y
dechꝛeuis g6yꝛ ywlat dala trymuryt yndunt owelct
g6ꝛ kymeint agerynt ae hargl6yd. ac eu bꝛa6tuaeth

yndiettiued. ae dyuynnu attunt aᵬnaethant.  Sef ꝉꝉe
y doethant y gyt. y bꝛeſſelev yn dyuet. argloyd heb
ᵬynt ni aᵬdam na bydy gyuoet ti arei owyꝛ ywlat
honn. ac ynnouyn ni yᵬ na byd itt ettiued oꝛ wreic
yſſyd gyt athi.   Ac wrth hynny kymer wreic araꝉꝉ
y bo ettiued itt ohonei. nyt byth heb ᵬynt yperhey
di. achyt kerychdi vot veꝉꝉy nys diodefᵬn y gennyt.
Ꝑe heb y pᵬyꝉꝉ nyt hir ettwa ydym ygyt. a ꝉꝉaᵬer
damᵬein adigaᵬn bot.  Oetᵬch ami hynn hyt ympenn
y vlᵬydyn.  Ꝑ blᵬydyn yꝛ amſer hᵬnn ni awnaᵬn yꝛ
oet y dyuot ygyt. ac ᵬꝛth ych kynghoꝛ ybydaf.  Yꝛ
oet awnaethant. Kynn penn cᵬbyl oꝛ oet mab aanet
idaᵬ ef. ac yn arberth y ganet.  Ꝑr nos y ganet
y ducpᵬyt gᵬꝛaged ywylat y mab aeuam.  Sef a
wnaeth y gᵬꝛaged kyſcu a mam y mab riannon.   Sef
riuedi o wraged aducpᵬyt yꝛ yſtaueꝉꝉ chwech wraged.
Gᵬylat awnaethant ᵬynteu dalym oꝛ nos.  Ac yn
hȳny eiſſoes kynn hanner nos kyſcu a ᵬnaeth paᵬp
o honunt. a thu arpylgein deffroi. Aphandeffroaſſant
edꝛych aoꝛugant yꝉꝉe ydodyſſynt y mab.  Ac nyt
oed dim ohonaᵬ yno.  Och heb yꝛ un oꝛ gᵬꝛaged
neur goꝉꝉes y mab.  Ꝑe heb araꝉꝉ bychan adial oed
anꝉꝉoſki ni. neu andihenydyaᵬ am y mab. Aoes heb
vn oꝛgᵬꝛaged kyghoꝛ oꝛbyt am hynn.  Oes heb
araꝉꝉ mi aᵬn gyghoꝛ da.  Ꝑeth yᵬ hynny heb ᵬy.
Gellaſt yſſyd yman heb hi achynaᵬon genthi. ꝉꝉadᵬn
rei oꝛ kynaᵬon ac irᵬn y hᵬyneb hitheu riannon
argᵬaet. ae dᵬylaᵬ. a byꝛᵬn yꝛ eſgyꝛn ger y bꝛonn.
athaerᵬn * arnei ehun diuetha y mab. ac nybyd
antaered ni an whech ᵬꝛthi hi ehunan.  Ꝑc ar y

kyghoꝛ hꝛnnꝛ y trigyaſſant. Parth ar dyd riannon
a deffroes ac adywaꝛt. awraged heb hi mae ymab.
Arglꝛydes heb ꝛy na ouyndi yni ymab. nyt oes
ohonam ni namyn cleiſſeu adyꝛnodeu yn ymdaraꝛ
athi adiamheu yꝛ gennym na welſam eiryoet vilꝛꝛ-
yaeth yn vnwreic kymeint ac ynot ti. ac ny thygyaꝛd
yni ymdaraꝛ athi. neur diffetheeiſt dy hun dy uab.
ac na haꝛl ef ynni. A dꝛuein heb y riannon yꝛ yꝛ
arglꝛyd duꝛ awyꝛ pobpeth. na yrrꝛch geu arnafi.
Duꝛ awyꝛ pob peth awyꝛ bot yneu hynny. Ac os
ovynn yſſyd arnaꝛch chꝛi. ymkyffeſſ y duꝛ mi achdi-
fferaf. Dioer heb ꝛy ny adꝛn ni dꝛꝛc arnam ny hunein
yꝛ dyn yny byt. a dꝛuein heb hitheu ny cheffꝛch
un dꝛꝛc yꝛ dywedut y wirioned. Yꝛ adywettei hi
yndec ac yndꝛuan ny chaffei namyn yꝛ un atteb
gan y gꝛꝛaged. Pꝛyll penn annꝛuyn ar hynny agy-
uodes ar teulu ar niueroed. a chelu y damwein
hꝛnnꝛ ny allwyt. Yꝛ wlat ydaeth y chwedyl aphaꝛb
oꝛ gꝛyꝛda ae kigleu. Ar gꝛyꝛda adoethant ygyt
y wneuthur kennadeu att bꝛyll. y erchi idaꝛ yſgar
ae wreic am gyflafan moꝛ anwedus ac awnathoed.
Sef atteb arodes pꝛyll. nyt oed achaꝛs gantunt hꝛy
y erchi ymi yſcar am gꝛꝛeic. namyn am nabydei
blant idi. Plant aꝛn i y uot idi hi. ac nyt yſcaraf
a hi. Oꝛ gꝛnaeth hitheu gam kymeret y phenyt
amdanaꝛ. Bitheu riannon adyuynnꝛys attei athꝛaꝛ-
on adoethon. a gꝛedy bot yndegach genthi kymryt
yphenyt noc ymdaeru ar gꝛꝛaged. y phenyt agy-
merth. Sef penyt adodet arnei bot yny llys honno
yn arberth hyt ympenn y ſeith mlyned. ac yſgynuaen

a oed odieithyꝛ ypoꝛth. eiſted ohonei geyꝛ ꞁa� hꝋnnꝋ
beunyd. a dywedut y baꝋp oꝛ adelei oꝛ adebyckei
naſ *gꝋypei* y gyfranc honno oꞁ. ac oꝛ a attei idi
y dꝋyn. ᴋynnic y weſtei. a pheꞁ*ennic y dꝋyn ar*
y cheuyn yꝛ ꞁys. ꟸdamꝋein ygadei yꝛ vn y dꝋyn.
ꟸc ueꞁy treulaꝋ talym oꝛ vlꝋydyn awnaeth. Ac
ynyꝛ amſer hꝋnnꝋ yd oed yn arglꝋyd ar went is coet
teirnyon tꝋꝛyf vliant. ꟸr gꝋꝛ goꝛeu * yny byt oed.
ꟸc yny ty yd oed caſſec. ꟸc nyt oed yny teyꝛnas
na march. na chaſſec degach no hi. a phob nos
calan ṁei y moei. ꟸc ny wybydei neb ungeir y ꝋꝛth
yhebaꝋl. ꟺef awnaeth teirnon ymdidan noſſweith
ae wreic. ꟸawreic heb ef ꞁibin yd ym bop blꝋydyn
yncadꝋ eppil ynkaſſec heb gaffel yꝛ vn o honunt.
ꟸeth aeꞁir ꝋꝛth hynny heb hi. ꟸial duꝋ arnaf heb
ef nos galanmei yꝋ heno ony wybydaf i padileith
yſſyd yn dꝋyn yꝛ ebolyon. Peri dodi y gaſſec y
myꝋn ty awnaeth. ꟸgꝋiſcaꝋ arueu ymdanaꝋ aoꝛuc
ynteu. adechꝛeu gꝋylat y nos. ꟸc ual ybyd dechꝛeu
nos. moi y gaſſec ar ebaꝋl maꝋꝛ tatrediꝋ. ꟸc ynſeuyꞁ
yny ꞁe. ꟺef awnaeth teirnꝋ kyuodi ac edꝛych ar
pꝛaffter yꝛ ebaꝋl. ꟸc ualybyd ueꞁy. ef aglywei
tꝋꝛyf maꝋꝛ. ꟸc ynol ytꝋꝛyf ꞁyma grauanc trꝋy ffen-
eſtyꝛ aryty. ꟸc yn ymauael arebaꝋl geir y vꝋng.
ꟺef awnaeth ynteu teirnon tynnu cledyf. atharaꝋ
y vꝛeich o not yꝛ elin ymeith. ꟸc yny vyd hynny
oꝛ ureich ar ebaꝋl gantaꝋ ef y myꝋn. ꟸc arhynny
tꝋꝛyf a diſgyꝛ agigleu ygyt. ꟸgoꝛi y dꝛꝋs aoꝛuc ef
adꝋyn ruthur ynol y tꝋꝛyf. ny welei ef y tꝋꝛyf rac
tywyꞁet y nos. ruthur aduc yny ol ae ymlit. ꟸ dyuot

cof idaⱴ adaⱴ ydꝛ6s ynagoꝛet. ac ymchoelut a
wnaeth. ac ⱴꝛth y dꝛ6s Ilyma vab bychan yny goꝛn
g6edy troi Ilenn opali yny gylch. Kymryt y mab
awnaeth attaⱴ aIlyma y mab yngryf ynyꝛ oet oed
arnaⱴ. Dodi caeat ar y dꝛ6s awnaeth achyꝛchu yꝛ
yftaueIl yd oed ywreic yndi. ArgI6ydes heb ef ae
kyfcu yd6yt ti. Dac ef argI6yd heb hi. mi agyfceis
aphan doethoft ti y my6n mi a deffroeis. Ymae yma
vab itt heb ef os mynny yꝛ h6nn ny bu itt eiryoet.
argI6yd heb hi pagyfranc uu hynny. Ilyma oIl heb
y teirnon amenegi y dadyl oIl. Ie argI6yd heb hi
pary6 wifc yffyd am ymab. Ilenn obali heb ynteu.
mab ydynyon m6yn y6 heb hi. argI6yd heb hi di-
grif6ch adidan6ch oed gennyfi bei mynnvt ti. mi
adyg6n wraged yn vn ami. ac adywed6n vymot
yn veicha6c. Miui aduunaf athi yn Ilawen heb ef
amhynny. ac ueIly y g6naethp6yt. Peri awnaethant
bedydya6 y mab oꝛ bedyd awneit yna. Sef en6
adodet arnaⱴ g6ꝛi * waIlt euryn. Yꝛ hynn aoed ar
y benn owaIlt kynuelynet oed ar eur. Meithꝛyn y
mab awnaethp6yt yny Ilys yny oed vl6yd. achynn
y vl6yd yd oed ynkerdet yn gryf. A bꝛeifcach oed
no mab teirbl6yd avei va6ꝛ y d6f ae ueint. ar eil
vl6ydyn y mag6yt ymab. achyn ureifget oed amab
chwe bl6yd. achyn penn y pedwyꝛed vl6ydyn yd oed
ynymopꝛau ag6eiffon y meirch am y adu oe d6yn
yꝛ d6fyꝛ. argI6yd heb y wreic 6ꝛth teirnon mae yꝛ
eba6l a differeift di ynos ykeueift ymab. мi ae
goꝛchymmynneis y weiffon y meirch heb ef. ac aerch-
eis fynnya6 6ꝛthaⱴ. Ponyt oed da itti argI6yd heb

hi peri y hywedu ae rodi yꝛ mab. kanys ynos y
keueift y mab y ganet yꝛ ebaɓl ac y differeift.  Ɲyt
af i ynerbyn hynny heb y teirnon. mi aadaf itti y
rodi idaɓ. argloyd heb hi duɓ adalho it minneu ae
rodaf idaɓ. Ɏna y rodet y march yꝛ mab. ac ydeuth
hi att y gɓaftrodyon ac att weiffon y meirch y oꝛ-
chymun fynnyeit ar y march. ae uot yn hywed er-
byn pan elei y mab y uarchogaeth a chwedyl ɓꝛthaɓ.
Ɏmyfc hynny ɓynt aglyɓfont chɓedyldyaeth y ɓꝛth
riannō ac am y phoen.  Ʃef awnaeth teirnon tɓꝛyf
uliant o achaɓs y douot agawffei ymwrandaɓ am y
chwedyl ac ymouyn ynlut amdanaɓ. yny gigleu gan
laɓer o luoffogrɓyd oꝛ adelei yꝛ llys mynychu kɓynaɓ
truanet damwein riannon ae phoen.  Ʃef aɓnaeth
teirnon ynteu medylyaɓ am hynny. ac edꝛych ar
y mab yn graff. a chael yn y uedɓl ynherɓyd gɓeledig-
aeth na rywelfei eiryoet mab athat kyndebycket
armab y pɓyll penn annɓn. anfaɓd pɓyll hyfpys oed
gantaɓ. Kanys gɓꝛ uuaffei idaɓ kyn no hynny.  Ᵹc
ynol hynny goueileint adelis yndaɓ. o gamhet idaɓ
attal y mab gantaɓ ac ef yngɓybot y vot yn vab y ɓꝛ
arall.  Ᵹphan gauaf gyntaf o yfgaualɓch ar ywreic.
ef a uenegis idi hi nat oed iaɓn udunt hɓy attal
y mab gantunt agadu poen kymeint ac aoed ar
wreicda kyftal a riannon oꝛ achaɓs hɓnnɓ. ar mab yn
vab y pɓyll pennannɓn. a hitheu wreic teirnon agyt-
fynnyɓys ar anuon ymab y pɓyll. a thꝛi pheth arglɓyd
heb hi agaffɓn ni o hynny.  Ᵽiolɓch ac alw*iffen
o ellɓng riannon oꝛ poen y mae yndaɓ. a diolɓch gan
pɓyll am ueithꝛyn y mab ae eturyt idaɓ. ar trydyd

peth os gŵr mŵynvyd ymab. mab maeth ynni vyd
agoreu aallo vyth awna ynni. ac ar y kynghor
hŵnnŵ y trigyaſſant. Ac ny bu hŵy gantunt no
thrannoeth ymgyŵeiryaŵ aoruc teirnon ar y drydyd
marchaŵc. ar mab yn pedwyryd gyt ac ŵynt ar y
march arodaſſei deirnon idaŵ. Acherdet parth ac
arberth awnaethant. ac nybu hir y buant yny doeth-
ant y arberth.   Pan doethant parth ar llys ŵynt
awelynt riannon yn eiſted yn ymyl yr yſgynuaen.
Pan doethant ar ogyfuch a hi. a vnbenn heb hi nac
eŵch bellach hynny mi adygaf bop un o honaŵch
hyt y llys. ahynny yŵ vympenyt amlad ohonaf vy
hun vy mab. ae diuetha. a wreicda heb y teirnon
ny thebygafi y vn ohynn vynet ar dy geuyndi. Aet
ae mynno heb y mab nyt afi.   Dioer eneit heb y
teirnon nyt aŵn ninheu. Y llys agyrchaſſant. adiruaŵr
leŵenyd auu yny herbyn. ac yn dechreu treulaŵ gŵled
yd oedit yny llys.   Ynteu pŵyll oed yndyuot o
gylchaŵ dyuet.   Yr neuad ydaethant ac y ymolchi.
a llaŵen vu pŵyll ŵrth teirnon. ac y eiſted yd aethant.
Sef ual yd eiſtedyſſant.   Teirnon y rŵng pŵyll arian-
non. adeu gedymdeith teirnon uch laŵ pŵyll ar mab
y ryngtunt.   Gŵedy daruot bŵyta ar dechreu kyued-
ach ymdidan aŵnaethant.   Sef ymdidan uu gan
teirnon. menegi y holl gyfranc am y gaſſec ac am
y mab. ac megys y buaſſei y mab ar y hardelŵ hŵy
teirnon ae wreic ac y magyſſynt. ac weldy yna dy
uab arglŵydes heb y teirnon. Aphŵybynnac ady-
wat geu arnat cam awnaeth. a minneu pan gigleu
ygouut aoed arnat. trŵm uu gennyf adoluryaŵ

a6neuthum.   Ac ny thebygaf o2 niuer h6nn oll neb
nyt adnappo vot ymab yn uab y p6yll heb y teirnon.
Nyt oes neb heb y pa6b ny bo diheu ganta6 hynny.
Yrofi adu6 heb y riannon oed efco2 vym p2yder
ymi pei g6ir hynny. argl6ydes heb y pendaran dyuet
da ydenn6eift dy uab. P2yderi. ago2eu y g6eda arna6
p2yderi uab p6yll penn ann6n. Ed2ych6ch heb yrian-
non na bo go2eu y g6edo arna6 y en6 ehun. Mae y2
en6 heb y penndaran dyuet. g62i wallt euryn a dodyf-
fom ni arna6 ef.  P2yderi heb y penndaran uyd y
en6 ef.  Ya6nhaf y6 h6nn6 * heb y p6yll. Kymryt
en6 ymab y62th y geir adywa6t yuam pan gauas
lla6en chwedyl y 62tha6. Ac ar hynny y trigywyt.
Teirnon heb y p6yll du6 a dalo it ueithryn y mab
h6nn hyt y2 a62 honn. aia6n y6 ida6 ynteu o2 byd
g62 m6yn y dalu itti. argl6yd heb y teirnon y wreic
ae mag6ys ef nyt oes yn y byt dyn v6y y galar no
hi yn y ol. Ia6n y6 ida6 coffau ymi ac y2 wreic honno
a wnaethom y2da6.  Y rof i adu6 heb y p6yll tra bar-
hawyfi mi ath gynhalyaf a thi ath gyuoeth. tra all6yf
kynnal y meu vy hun. Os ynteu avyd ia6nach y6
ida6 dy gynnal noc ymi.  Ac os kygho2 gennyt ti
hynny a chan hynn owy2da. canys megeift ti evo
hyt y2 a62 honn. ni ae rod6n aruaeth att benndarā
dyuet o hynn allan. abyd6ch gedymdeithon chwitheu
a thatmaetheu ida6. Kyngo2 ia6n heb y pa6b y6
h6nn6.  Ac yna y rodet y mab y penndaran dyuet
ac yd ymyrr6ys g6y2da y wlat ygyt ac ef. ac y ky-
chwynn6y teirnon to2yf vliant ae gedymdeithon y
ryngta6 ae wlat ac ae gyuoeth gan garyat allew-

edynyd. Ac nyt aeth heb gynnic idaƀ y tlyffeu teccaf
ar meirch goꝛeu ar cƀn hoffaf. ac ny mynnwys ef
dim. Yno y trigyaffant ƀynteu ar eu kyuoeth. ac y
magƀyt pꝛyderi uab pƀyll penn annƀn yn amgeledus
ual ydoed dylyet yny oed delediwaf gƀas atheckaf
achƀplaf o bop camp da oc aoed yny deyꝛnas. Velly
y treulaffant blƀydyn ablƀydyned yny doeth teruyn
ar hoedyl pƀyll penn annƀn ac y bu uarƀ. Ac y
gƀledychƀys ynteu pꝛyderi seith cantref *dyuet* yn
llƀydyannus garedic gan y gyuoeth *a chan paƀb*
yny gylch. Ac ynol hynny y kynydƀys *trichan*tref
yftrat tywi. Aphedwar cantref kered*igya*ƀn. Ac y
gelƀir y rei hynny feith gantref feiffyllƀch. Ac ar
y kynnyd hƀnnƀ y bu ef pꝛyderi uab pƀyll penn
annƀn yny doeth yny vꝛyt wreicka. Sef gƀꝛeic a
vynnaƀd kicua verch wynn gohoyƀ uab gloyƀ wallt
lydan. uab cafnar wledic odylyedogyon yꝛ ynys
honn. Ac uelly y teruyna y geing honn oꝛ mabyn-
nogyon.

# Branwen, daughter of Llyr.



## Hyma yʒ eil geinc oʒ mabinogi.

Bendigeityran vab Ilyʒ aoed vʒenhin coʒonaƀc ar
yʒ ynys honn. Ac arderchaƀc *ogoʒon* lun*d*ein.
A phʒynhaƀngƀeith yd oed yn hardlech yn ardudƀy
ynIlys idaƀ. Ac yn eifted yd*oedynt ar garrec hardlech
uch penn y weilgi. amanaƀydan uab Ilyʒ y vʒaƀt ygyt
ac ef. Adeu vʒoder un uam ac ef. niffyen ac efniffyen.
agƀʒda yam hynny ual y gƀedei ygkylch bʒenhin.
Y deu uroder vnuam ac ef meibon oedynt y eurof-
fƀyd oeuam ynteu penardim uerch ueli uabmynogan.
Ar neiIl oʒ gƀeiffon hynny gƀas da oed. ef a barei
dangneued y rƀng ydeulu pan vydynt lidyaƀckaf.
fef oed hƀnnƀ niffyen. YIlaIl abarei ymlad rƀng
ydeu uroder pan uei uƀyhaf ydymgerynt. Ac ual yd
oedynt yn eifted ueIly ƀynt awelynt teir Ilong ar dec
yndyuot o deheu iwerdon. ac ynkyʒchu parth ac
attunt. A cherdet rugyl ebʒƀyd gantunt. Y gƀynt yn
eu hol ac yn euneffau ynebʒƀyd attunt. Mi awelaf
longeu racco heb y bʒenhin ac yn dyuot ynebʒƀyd
parth ar tir. Ac erchƀch ywyʒ y Ilys wifcaƀ ymdan-
unt. amynet y edʒych pauedƀl yƀ yʒ eidunt. Y gƀyʒ

a wifcẃys ymdanunt. ac aneffayffant attunt y waeret.
gẃedy gẃelet y llongeu o agos dihcu oed gantunt
nawelfynt llongeu gyweiryach y hanfaẃd noc ẃynt.
arwydon tec gẃedus o bali aoed arnunt. Ac ar
hynny nachaf un oꝛ llongeu yn raculaenu rac y rei
ereill. ac y gẃelynt dyꝛchauael taryan yn vch no
bẃꝛd y llong. afẃch ydaryan y uynyd yn arẃyd tang-
neued. ac y neffawys y gẃyꝛ attunt ual yd ymglyw-
ynt ymdidan. Bẃꝛẃ badeu allan awnaethant ẃynteu
aneffav parth ar tir. achyfarch gẃell yꝛ bꝛenhin.
Y bꝛenhin ae clywei wynteu oꝛ lle yd oed ar garrec
uchel uch eu penn. Duẃ arodho da yẃch heb ef a
graeffaẃ ẃꝛthyẃch. Pieu y niuer llongeu hynn. aphẃy
yffyd bennaf arnunt ẃy. Arglẃyd heb ẃynt ymae yma
matholẃch bꝛenhin Iwerdon. ac ef bieu y llongeu.
Beth heb y bꝛenhin a uynnei ef. a vynn ef. dyuot
yꝛ tir. Na vynn arglẃyd heb ẃynt negeffaẃl yẃ
ẃꝛthyt ti onyt y neges ageiff. Py ryẃ <u>neges</u> yẃ yꝛ
eidaẃ ef heb y bꝛenhin. Mynnu ymgyfathꝛachu
athydi arglẃyd heb ẃynt. y erchi bꝛanwen uerch
lyꝛ y doeth ef. Ac os da gennyt ti ef auynn ym-
rẃymaẃ ynys y kedyꝛn ac iwerdon ygyt ual y bydynt
gadarnach. Ie heb ynteu doet yꝛ tir. a chynghoꝛ
agymerẃn ninheu amhynny. Yꝛ atteb hẃnnẃ aaeth
attaẃ ef. Minneu a af yn * llawen heb ef. Ef adoeth
yꝛtir. a llawen uuẃyt ẃꝛthaẃ. Adygyuoꝛ maẃꝛ a vu
yny llys ynos hōno y rẃng y niueroed ef aniueroed
y llys. Yny lle dꝛannoeth kymryt kyngoꝛ. Sef
agahat yny kynghoꝛ hẃnnẃ rodi bꝛanwen y uatholẃch.
a honno oed dꝛyded pꝛif rieni yn yꝛ ynys hoñ teckaf

moz6yn yny byt oed. Ag6neuthur oet yn aberffra6
ygyfcu genthi. ac odyno ygych6ynnu. ac ykych6yn-
naffant yniueroed hynny parth ac ac aberffra6.
Mathol6ch ae niueroed yny llongeu. Bendigeituran
ae niueroed ynteu ar tir yny doethant hyt yn aber-
ffra6. Yn aberffra6 dech,eu y wled ac eifted. Sef
ual ydeiftedaffant. b,enhin ynys y kedy,n. a mana6-
ydan uab lly, o, neillparth. a mathol6ch o,parth
arall. a b,annwen uerch ly, gyt ac ynteu. Nyt
ymy6n ty ydoedynt namyn ymy6n palleu. nyt
eyngaffei vendigeituran eiryoet my6n ty. ar gyued-
ach adech,euaffant. Dilit ygyuedach a6naethant.
ac ymdidan. Aphan welffant bot ynwell udunt
kymrut hun no dilit kyuedach ygyfcu ydaethant.
Ar nos honno y kyfc6ys mathol6ch ab,ann6en ygyt.
Ath,annoeth kyuodi ao,ugant pa6b oniuer yllys.
arf6ydwy, adech,euaffant ymaruar am rannyat y
meirch ar g6eiffon. ac eu rannu a6naethant ympob
kyueir hyt ymo,. ac ar hynny dydg6eith nachaf
efnyffyn g6, an hagneuedus adywedaffam ni uchot
yndywannu y letty meirch mathol6ch. a gofyn a
6naeth pioed y meirch. Meirch mathol6ch b,enhin
iwerdō y6 yrei hynn heb 6y. Beth awnant h6y
yma heb ef. Yma ymae b,enhin iwerdon. ac y, gyfc-
6ys gan v,annwen dy whaer. ae ueirch y6 y rei
hynn. Ae uelly y g6naethant 6y am vo,6yn kyftal a
honno. ac ynch6aer y minneu. y rodi heb vygkenn-
yat i. ny ellynt 6y tremic v6y arnaf i no h6nn6 heb
ef. Ac yn hynny g6an y dan ymeirch. atho,ri y
g6efleu 6,th y danned udunt ar clufteu 6,th ypen-

neu. ar raƀn ƀ₂th y keuyn. ar ny chaei graf ar
y₂ amranneu. y Iladei ƀ₂th y₂ afcƀ₂n. a gƀneuthur
anfuryf ar y meirch uelly. ʜyt nat oed rym a ellit
ar meirch. Ɏ chƀedyl a doeth att uatholƀch. Sef ual
ydoeth. dywedut an ffuruaƀ y veirch ac eu llygru
hyt nat oed un mƀynant * a ellit o honunt. Ɉe arglƀyd
heb y₂ vn dy waratwydaƀ a ƀnaethpƀyt. a hynny
auynnir y wneuthur ytti. Ɖioer eres yƀ gennyf os
vyggƀaradwydaƀ a vynnynt. rodi mo₂ƀyn gyftal kyu-
urd kyn annƀylet gan y chenedyl ac a rodyffant
ym. arglƀyd heb un arall ti awely dangos mae ef.
Ɉc nyt oes itt awnelych namyn ky₂chu dy longeu.
ac ar hynny arouun y longeu awnaeth ef. Ɏ chƀedyl
a doeth at vendigeit uran bot matholƀch yn adaƀ y llys
heb ovyn kenyat. a chennadeu aaeth y ouyn idaƀ
paham oed hynny. Ɉef kennadeu aaeth. Ɉdic uab
anaraƀc. ac eueyd hir y gƀy₂ hynny ae go₂diwedaƀd
ac a ovynnaffant idaƀ pa darpar oed y₂ eidaƀ. a pha
achaƀs yd oed yn mynet ymeith. Ɖioer heb ynteu
pei yfgƀypƀn ny doƀn yma. Ɠƀbyl waratƀyd ageueis.
ac ny duc neb ky₂ch waeth noc adugum i yma. ary-
uedaƀt rygynneryƀ ami. Ɓeth yƀ hynny heb ƀynt.
Ɍodi b₂annwen uerch ly₂ ym yn tryded p₂if rieni
y₂ ynys honn. Ɉc yn uerch y v₂enhin ynys ykedy₂n
achyfcu genthi. agƀedy hynny vygg ƀaradƀydaw.
aryued oed gennyf nat kynn rodi mo₂ƀyn gyftal
ahonno ym y gƀneit y gƀaratwyd aƀnelit ym. Ɖioer
arglƀyd nyt ouod y neb avedei y llys heb ƀynt na
neb oe gygho₂ ygƀnaethpƀyt y gƀaratwyd hƀnnƀ ytti.
a chyt bo gƀaratwyd gennyt ti hynny. mƀy yƀ gan

uendigeit uran. no chennyt ti y tremic hſnnſ ar
gſare. Ie heb ef mi atebygaf. ac eiſſoes ny eill
ef vy niwaratwydaſ i ohynny. Y gſyz hynny aym-
choelaſſant ar atteb hwnnſ parth ar lle yd oed ven-
digeituran. Amenegi idaſ yz atteb arodaſſei uath-
olſch. Ie heb ynteu nyt oes ymwaret oe vynet
ef ynanygneuedus ac nys gadſn. Ie arglſyd heb
ſy anuon ettwa gennadeu ynyol. Anuonaf heb ef.
kyuodſch vanaſydan uab llyz. ac eueyd hir. Ac unic
gleſ yſcſyd. Ac eſch yny ol heb ef amenegſch idaſ.
ef ageiff march iach· am bop un oz alygrſyt. Ac
ygyt ahynny ef ageiff ynwynabwarth idaſ llatheu
aryant auo kyvzef achyhyt ac ef ehun. A chlaſz eur
kyſlet ae wyneb. A menegſch idaſ py ryſ ſz awnaeth
hỹny. Aphanyſ om anuod inneu y gſnaethpſyt
hynny. Ac ymae bzaſt un uam ami awnaeth hynny.*
Ac nat haſd gennyf ynheu nae lad ef nae diuetha.
Adoet y ymwelet ami heb ef. Ami awnaf y dang-
neued aryllun y mynno ehun. Y kennadeu aaethant
ar ol matholſch. ac auanagaſſant idaſ yz ymadzaſd
hſnnſ yngaredic. ac ef ae gſarandewis. Awyz heb
ef ni agymerſn gynghoz. Ef aaeth ynygynghoz. ſef
kynghoz auedylyaſſant. Os gſzthot hynny awnelynt
bot yndebygach gantunt kael kewilid auei vſy.
no chael iaſn avei <u>gymeint</u>. Adiſkynnu awnaeth ar
gymryt hynny. Ac yz llys ydoethant yndangneuedus.
Achſeiryaſ y pebylleu arpalleu awnaethant udunt.
ar ureint kyweirdeb neuad amynet y vſyta. Ac ual
y dechzeuaſſynt eiſted ardechzeu y wled yd eiſted-
aſſant yna. Adechzeu ymdidan aſnaeth matholſch

abendigeituran. ac nachaf yn ardia6c gan vendigeit
uran yn ymdidan ac ynd2ift. <u>amy6arth</u> agaei gan vath-
ol6ch ae lewenyd yn waftat kynno hynny. Imed-
ylya6 ao2uc bot ynath2ift gan y2 unben vychanet
aga6ffei o ia6n am ygam. a 62 heb y bendigeituran
nyt 6yt gyftal ymdidan62 heno ac un nos. ac os y2
bych*en*et gennyt ti dyia6n. ti agey ychwanegu *it*
62*t*h dyvynnu dyhun. ac auo2y talu dy ueirch itt.
argl6yd heb ef du6 adalo itt. Mi adelediwaf dy
ia6n heuyt it heb y bendigeiturā. Mi arodaf it peir.
achynnedyf ypeir y6. yg62 alader hedi6 it. ·y v626
yny peir. ac erbyn auo2y y vot yngyftal ac y
bu o2eu. eithy2 nabyd Ilyueryd ganta6. adiol6ch a
wnaeth ynteu hynny. a dirua62 lewenyd agymerth
ynda6 o2acha6s h6nn6. Ith2annoeth ytal6yt y ueirch
ida6 tra barhaa6d meirch dof. ac odyna y ky2ch-
6yt ac ef kym6t arall ac y tal6yt ebolyon ida6. yny
uu g6byl ida6 ydal. ac 62th hynny ydodet ar y kym-
m6t h6nn6 ohynny allan tal ebolyon. ar eil nos
eifted ygyt a6naethant. argl6yd heb ymathol6ch
pandoeth ytti ypeir arodeift ymi. Ef adoeth ym
heb ef ygan 62 auu yth wlat ti. ac ny 6nn nabo
yno ykaffo. P6y oed h6nn6 heb ef. Ilaffar Ilaef-
gyfne6it heb ef. a h6nn6 adoeth yma o Iwerdon
achymideu kymeinuoll y wreic ygyt ac ef. ac adiang-
yffant o2ty haearn yn iwerdon. pan wnaethp6yt yn
wynnyas yn eu kylch. ac ydihangyffant odyno. ac
eres y6 gennyf i ony wdoft ti dim y 62th hynny. G6n
argl6yd heb ef. * achymeint ac a6nn mi aemanag-
af yti. Ynhela yd oed6n yn iwerdon dydg6eith ar.

beñ goꝛſed aoed uch pen Ŋynn yn Iwerdon. a Ŋynn
ypeir ygelwit. ami awelѵn gѵꝛ melyngoch maѵꝛ
yndyuot oꝛ Ŋyñ apheir ar y geſyn. agѵꝛ athꝛugar
maѵꝛ adꝛycweith auoꝛles arnaѵ oed. agѵꝛeic yny ol.
ac ot oed vaѵꝛ ef mѵy dѵyweith oed ywreic noc
ef. achyꝛchu attaf awnaethant achyſuarch gѵeŊ im.
Ꝥe heb ymi pagerdet yſſyd arnaѵch chѵi. Ŋyna y
ryѵ gerdet arglѵyd yſſyd arnam ni heb ef.   Y wreic
honn ympenn pythewnos amis y byd beichogi idi.
ar mab aaner yna oꝛ toꝛŊѵyth hѵñѵ. ar benn y
pytheѵnos armis y byd gѵꝛ ymlad. Ŋaѵn aruaѵc.
Y kymereis ynneu arnaf ygoſſymdeithaѵ ѵyntѵy. ac
y buant vlѵydyn ygyt ami.   Yny vlѵydyn y keueis
yndiwarauun ѵynt.   Ohyny aŊan y gѵarauunѵyt im.
achyn penn y pedwyꝛyd mis ѵynt ehun ynperi eu
hatgaſſau ac aghynnѵys yny wlat yngѵneuthur ſar-
haedeu. ac yneighaѵ ac yn gouutyaѵ gѵyꝛda a
gѵꝛaged da.  Ѳ hynny aŊan ydygyuoꝛes vygkyuoeth
am vympen y erchi im ymvadeu ac ѵynt. arodi deѵis
im ae vyngkyuoeth aeѵynt.  Ꝥ dodeis ynneu ar gy-
nghoꝛ vyggwlat beth awnelit amdanunt.  Ꝧyt eynt
hѵy oebod nyt oed reit udunt ѵynteu oehanuod
herwyd ymlad vynet.   Ac yna yny kyuyng gynghoꝛ
ykaѵſſant gѵneuthur yſtaueŊ haearn oŊ. agѵedy bot
yn baraѵt yꝛ yſtaueŊ. Ꝧyuynnu aoed oof yn Iwerd-
on yno. oꝛ aoed oberchen geueyl a myꝛthѵl.
apheri goſſot kyuuch achꝛib yꝛ yſtaueŊ olo. apheri
gѵaſſanaethu yndiwaŊ o vwyt aŊyn arnunt arywreic
ae gѵꝛ ae phlant.  Ꝥphan wybuѵyt eu medѵi ѵynteu
ydechꝛeuit kymyſcu ytan ar glo am benn yꝛ yſtaueŊ.

achõythu ymegineu₋ yny vyd yty ynburwenn am
eupenn. Ac yna y bu ykynghoꝛ gantunt ymperued
llaõꝛ yꝛ yſtauell. Ac yd arhoes ef yny vyd y pleit
hayarn yn wenn. Ic rac diruaõꝛ wres ykyꝛchõys y
pleit ae yſcõyd ae tharaõ gantaõ allan. Ac yn yol
ynteu ywreic. Aneb nydihengis odyno namyn ef ae
wreic. Ic yna omtebygu i arglõyd heb y matholõch
õꝛth vendigeituran ydoeth ef dꝛõod attat ti. Yna
dioer heb ynteu ydoeth yma ac yrodes y peir y
minheu. Iadelõ arglõyd yd erbynneiſt ti õyntõy.
Iu rannu * ympob lle yny kyuoeth. Ac ymaent yn
lluoſſaõc ac yndyꝛchauel ympob lle. Ac yn kadarn-
hau yny uann y bont owyꝛ ac arueu goꝛeu awelas
neb₋ Dilit ymdidan awnaethant ynos honno tra
uuda gantunt acherd achyuedach. Aphan welſant
vot yn lleſſach udunt uynet y gyſcu noc eiſted auei
hõy ygyſcu ydaethant. Ac uelly ytreulaſſant ywled
honno trõy digrifõch Ic ynniwed hynny y kychwyn-
nõys matholõch abꝛannwengyt ac ef parth ac iwerdon.
A hynny oaber menei ykychwynnaſſant teir llong
ardec acydoethant hyt yn iwerdon. Yniwerdō
diruaõꝛ lewenyd auu õꝛthunt. Dydoei õꝛ maõꝛ na
gõꝛeicda yn iwerdon yymwelet abꝛannwen ny rodei
hi ae cae ae modꝛõy ae teyꝛndlõs cadwedic idaõ auei
arbennic y welet ynmynet ymeith. Ac ymyſc hynny
y vlõydyn honno aduc hi ynglotuaõꝛ. Ahõyl delediõ
aduc hi o glot achedymdeithon. A beichogi adam-
weinõys idi ygael yn hynny. Igõedy treulaõ yꝛ
amſeroed dylyeduſ mab aanet idi. Sef enõ adodet
arnaõ gõern uab matholõch. Rodi ymab aruaeth

awnaethp6yt y2 unlle go2eu y wy2 yn Iwerdon. a
hynny yny2 eil ul6ydyn llyma ymod62d yn iwerdon
am yg6aratwyd aga6ffei vathol6ch ygkymry. arfom
a6nathoedit ida6 am y veirch. a hynny y urody2 maeth
ar rei neffaf ganta6 ynlliwa6 ida6 hynny heb ygelu.
ac nachaf y dygyuo2 yn iwerdō hyt nat oed lonyd
ida6 ony chaei dial yfarhaet. Sef dial awnaethant
gy2ru b2ann6en o vn yftauell ac ef. ae chymell y bobi
yny llys. apheri y2 kigyd g6edy y bei yn d2yllya6
kic dyuot idi athara6 boncluft arnei beunyd. Ic
uelly y g6naethp6yt y phoen. Ie argl6yd heb y wy2
62th uathol6ch. par weithon wahard y llongeu ar yf-
graffeu ar co2ygeu ual nat el neb y gymry. ac adel
yma o gymry carchara 6ynt hyt nat elont d2acheuyn
rac g6ybot hynn. ac ar hynny y difgynnyffant bl6yn-
yded nyt llei no their y buant uelly. ac ynhynny
meith2yn ederyn d2ytwen a6naeth hitheu ar dal y
noe gyt ahi adyfcu ieith idi. amenegi y2 ederyn y
ry6 62 oed yb2a6t. ad6yn llythy2 y poeneu * ar amarch
aoed arnei hitheu. ar *llythyr* ar6ym6yt am von
efgyll y2 ede2yn. ae anuon parth achymry. ar ederyn
adoeth y2ynys honn. Sef lle ykauas uendigeituran
ygkaerfeint yn aruon yndadleu ida6 dydg6eith. adi-
fgynnu ar y yfc6yd agar6hau y phluf yny arganuuwyt
yllythy2. ac adnabot meith2yn y2ederyn ygkyuanned.
Ic yna kymryt yllythy2 ae ed2ych. aphandarllewyt
y llythy2 dolurya6 a6naeth bendigeituran o glybot y
poen aoed ar v2anwen adech2eu o2 lle h6nn6 anuon
kenadeu ydygyfo2ya6 yr ynys honn ygyt. Ic yna
y peris ef dyuot ll6y2wys pedeirg6lat afeith ugeint

hyt atta6. Ic ehun k6yna6 62th hynny bot y poen
aoed ar y chwaer. Ac yna kymryt kyngho2. Sef
kyngho2 agahat ky2chu iwerdon ac ada6 seithwy2
yntywyffogyon yma. A ch2ada6c uab b2an yn bennaf.
ac eu feith marcha6c. ynedeirnon yd edewit y g6y2
hynny. Ac oacha6s hynny ydodet feith marcha6c
ar yd2ef. Sef feithwy2 oedynt. Grada6c uab b2an.
ac eueyd hir. ac vnic gle6 yfc6yd. ac idic uab
anara6c wallt gr6n. a ffodo2 uab eruyll. ac 6lch
minafc62n. Allafhar uab llaefar llaefgyg6yd. a phen-
*daran* dyuet yn was ieuanc gyt ac 6y. Y feith
hynny a d2icywys yn feith kyn6eiffat yfynnya6 ar y2
ynys honn. Ich2ada6c uab b2an yn bennaf kynnweiff-
yat arnunt. Sendigeituran ar niuer adywedaffam
ni a hwylyaffant parth ac iwerdon. Ic nyt oed ua62
y weilgi yna yueif ydaeth ef. Dyt oed namyn d6y
auon. lli ac archan ygelwit. Ag6edy hynny yd amyl-
ha6ys y weilgi y tey2naffoed. Ic yna ykerd6ys ef
ac aoed ogerd arweft ar y geuyn ehun achy2chu tir
iwerdon. A meicheit mathol6ch oed ar lan y weilgi.
6ynt adoethant att vathol6ch. Irgl6yd heb 6y hen-
pych g6ell. Du6 arodo da y6ch heb ef. ach6edleu
ygennwch. argl6yd heb 6y. mae gennyn ni ch6edleu
enryued. coet rywelfom ar yweilgi. yny lle ny
welfam eiryoet vnp2enn. llyna beth eres heb ef.
Iwel(e6)*ch* ch6i dim namyn hynny. G6elem argl6yd
heb 6y mynydma62 geir lla6 *y* coet. ah6nn6 ar *gerdet.*
ac efgeir aruchel ar ymynyd. Allyn *o pob parth o2*
efgeir. ar coet ar mynyd aphoppeth ohynny oll *ar*
gerdet. Ie heb ynteu nyt oes neb yma awypo (dim)

y6ath hynny onys g6ya bianwen go(uynn6ch idi)*
kennadeu aaeth att uranwen. argl6ydes heb 6y beth
debygy di y6 hynny.  G6ya ynys ykedyan yndyuot
di6ad o glybot vympoen i amhamarch.  Beth y6 y
coet awelat arymoa heb 6y.  G6erneneu llogeu
ah6ylbaenni heb hi.  Och heb 6y beth oed y mynyd
awelit gan yftlys y llongeu.  Bendigeituran vymra6t
i heb hi oed h6nn6 yndyuot yueis. nyt oed log y
kyghanei ef yndi. Beth oed ya efgeir aruchel. ar llynn
obop parth ya efgeir.  Ef heb hi ynedaych ar yaynyf
honn llidia6c y6.  Y deu lygat ef opobparth ydi6yn
y6 y d6y lynn o bopparth ya efceir.  Ac yna dygyuoa
holl wya ymlad iwerdon awnaethp6yt ygyt. ar holl
uoabennyd awnaethp6yt yn gyflym. achyngoa a
gymer6yt.  Argl6yd heb y wyrda 6ath vathol6ch nyt
oes gynghoa namyn kilia6 di6y linon auon aoed yn
iwerdon. agadu llinon yrot ac ef. atho ari y bont yf-
fyd ar ya avon. Ameinfugyn yffyd ygg6aela6t ya
auon. ny eill nallong na llef tya arnei. Wynt agilyaf-
fant di6y ya auon ac a toaraffant ypont.  ᴗ

Bendigeituran adoeth ya tir allyghes ygyt ac ef
parth aglann ya auon. Argl6yd heb y wyada ti a6doft
kynnedyf ya auon. ny eill neb vynet di6ydi. nyt oef
bont arnei hitheu. mae dy gynghoa am bont heb 6y.
Dyt oes heb ynteu. namyn avo penn bit bont. Miui
auydaf bont heb ef. Ac yna gyntaf y dywetp6yt y
geir h6n6 ac ydiaerebir ettwa ohona6. Ac yna g6edy
goawed ohona6 ef ar tra6s ya auon. y byaywyt cl6yteu
arna6 ef. Ac ydaeth yluoed ef arydia6s di6od.  Ar
hynny gyt ac ykuodes ef. llyma gennadeu mathol6ch

yndyuot atta6. ac ynkyuarch g6ell ida6. ac yny an-
nerch ygan uathol6ch ygyuath1ach61. ac yn menegi
oe vodef na haedei arna6 namyn da. Ac ymae
mathol6ch yn rodi b1enhinyaeth iwerdon ywern uab
mathol6ch dynei ditheu uab dychwaer. ac yny ef-
tynnu yth wyd di. ynlle ycam arcodyant awnaeth-
p6yt y v1annwen. ac yny lle ymynnych ditheu. ae
yma ae ynynys ykedy1n goffymdeitha uathol6ch. Je
heb ynteu vendigeit uran ony allafi vy hun cael y
v1enhinyaeth. ac atuyd yfkymeraf gygho1 am ych
kennad61i ch6i. O hynn hyt pandel amgenn ny cheff-
6ch y gennyfi atteb. Je heb 6ynteu. y1 atteb go1eu
agaffom ninneu attat ti ni ado6n ac ef. ac aro di-
*theu yn kennad61i ninheu. arhoaf heb ef a do6ch
yn eb16yd. Ykennadeu agy1chaffant racdu ac att
vathol6ch ydoethanthant. Argl6yd heb 6y kyweira
atteb auo gwell att vendigeituran. ny waranda6ei
dim o1atteb aaeth ygennym ni atta6. Hawy1 heb
ymathol6ch mae ychkyngho1 ch6i. Argl6yd heb 6y
nyt oes itt gygho1 namyn vn. nyt eig6ys ef y my6n
ty eiryoet heb 6y. 66na ty heb 6ynt y geingho ef
ag6y1 ynys y kedy1n yny neillparth y1ty. athitheu
athlu yny parth arall. ady1o dy urenhinyaeth yny
ewyllys ag61ha ida6. Ac oenryded g6neuthur y ty
heb 6ynt. peth nys kauas eiryoet ty y geinghei yn-
da6. ef a tangneuedha athi. Arkennadeu aaethant
ar gennad61i honno gantunt att uendigeit uran. Ac
ynteu agymerth kyngho1. Sef agauas yny gyngho1
kymryt hynny. a th16y gȳgho1 b1anwen uu hynny oll.
ac rac llygru ywlat oed genti hitheu hynny. Y dang-

neued honno agy6eir6yt ar ty aateil6yt yn ua62 ac
ynb2aff. ac yftry6 awnaeth yg6ydyl. fef yftry6 a
wnaethant dodi g6anas obop parth ~~ybopparth~~ y bop
colouyn o cant colofyn aoed yny ty. adodi boly
croen ar bop g6anas. ag62 arua6c ympob un ohon-
unt. ſef a6naeth efnyffyen dyuot ymblaen llu ynys
y kedy2n ymy6n ac ed2ych golygon o2wyllt antru-
gara6c ar hyt yty. ac arganuot y bolyeu cr6yn a
wnaeth arhyt ypyft. ꞩeth yffyd yny boly h6nn heb
ef 62th un o2g6ydyl. ꞵla6t eneit heb ef. ꞩef awnaeth
ynteu y deimla6 hyt pangauaſ y benn. ag6afcu y
benn yny gly6 y vyffed yn ymanodi yny v2eithell
d26y y2 afc62n. ac ada6 h6nn6. adodi y la6 ar vn arall
agouyn beth yffyd yma. bla6t medei y g6ydyl. ꞩef
awnaey ynteu y2 un g6are apha6b ohonunt hyt nat
edewis ef 62 by6 o2holl wy2 o2deucan 62 eithy2 un.
adyuot at h6nn6 agouyn beth yffyd yma. bla6t eneit
heb y g6ydyl. ꞩef awnaeth ynteu y deimla6 ef. yny
gauas y benn. ac ual y g6afcaffei benneu yrei ereill
g6afcu pennh6nn6. fef ycly6ei arueu am benn h6nn6.
nytymedewis ef ah6nn6 yny lláda6d. ꝃc yna canu
eglyn. Yꞟſit yny boly h6nn amry6 vla6t. keimeit
kynniuyeit difgynneit yn trin rac kytwy2 cat bara6t.
ꝃc ar hynny ydothy6 yniueroed y2ty. ac y * doeth
g6y2 o ynys ꝥwerdon y2ty o2 neillparth. a g6y2 o
ynys y kedy2n o2 parth arall. ac yngyn eb26ydet ac
yd eiftedaffant y bu duundeb y ryngtunt. Ac yd
eftynn6yt y urenhinyaeth y2 mab. ꝃc yna g6edy
daruot y dangued gal6 o vendigeituran y mab atta6.
ygan vendigeituran y ky2cha6d ymab att uany6-

ydan. aphawb or ae gwelei yny garu. ygan uanawydan y gelwis nyssyen uab eurosswyd y mab attaw. Y mab aaeth attaw yndiryon. Paham heb yr efnyssyn. na daw uy nei uab vychwaer attafi. kynny bei urenhin ar iwerdon da oed gennyfi ymdirioni ar mab. aet ynllawen heb y bendigeituran. Y mab aaeth attaw ynllawen. Y duw ydygaf vyngkyffes heb ynteu yny uedwl. ys anhebic a gyflauan gan y tylwyth y gwneuthur awnafi yr awrhon. achyuodi y uynyd achymryt y mab herwyd ydraet. Ac heb ohir kynn kael odyn yny ty gauael arnaw yny want y mab ynwysc y benn yny gynneu tan. Aphanwelas branwenn y mab yn boeth yny tan. Hi agyngytywys bwrw neit yny tan orlle ydoed yn eisted rwng ydeu uroder. a chael o uendigeituran hi yny neilllaw. ae taryan yny llaw arall. Ac yna ymgyuoc o bawp ar hyt y ty. allyna y godwrd mwyhaf auu gan niuer unty. pawb ynkymryt y arueu. Ac yna y dywawt Mordwyd tyllyon. Gwern gwngwch uiwch uordwyt tyllyon. ac yny aeth pawp ympenn y arueu. y kynhellis bendigeituran vranwen y rwng y daryan aeyscwyd. Ac yna y dechreuis ygwydyl kynneu tan dan ypeir dateni. ac yna ybyrywt y kalaned ynypeir. yny uei ynllawn. ac ykyuodynt drannoeth yn wyr ymlad yn gystal achynt eithyr na ellynt dywedut. ac yna pan welas efnyssyn y kalaned heb eni yn vn lle owyr ynys y kedyrn ydywawt yny uedwl. Oi aduw heb ef gwae vi vymot yn achaws yr wydwic honn o wyr ynys ykedyrn. Ameuyl ym heb ef onycheissafi waret rac hynn. ac ymedyryaw ymplith calaned y gwydyl. adyuot deu

wydel uonllom idaƀ ae vƀʒƀ yny peir ynrith gƀydel.
Ymeſtynnu idaƀ ynteu ynypeir yny tyʒr ypeir yn
pedwardʒyll. ac yny tyʒr y * gallon ynteu. ac o hynny
ybu y meint goʒuot auu y wyʒ ynys ykedyʒn. Dy
bu oʒuot ohȳny eithyʒ dianc ſeithwyʒ abʒathu ben-
digeituran yny troet agƀenƀyn waeƀ. Sef ſeith wyʒ a
dihengis. Pʒyderi. Manaƀydan. Gliuieri. Hil taran.
Galyeſſin. ac ynaƀc grudyeu uab muryel. Heilyn
uab gƀynn hen. ac yna yperis bendigeituran llad
ybenn. achymerƀch chƀi ypenn heb ef adygƀch hyt
y gƀynurynn yn llundein. a chledƀch yno ef ae wyneb
ar freinc. achƀi avydƀch ar yffoʒd ynhir. yn hardlech
y bydƀch ſeith mlyned ar ginyaƀ. ac adar riannon
yncanu yƀch. arpenn auyd kyſtal gennƀch y gedym-
deithas ac ybu oʒeu gennƀch pan uu arnaf i eiryoet.
ac yggƀaleſ ympenuro ybydƀch pedwarugeint mlyn-
ed. ac yny agoʒoch y dʒƀs parth ac aber henueleu
y tu achernyƀ y gellƀch uot yno. ar penn yndilƀgyʒ
gennƀch. ac oʒpann agoʒoch y dʒƀs hƀnnƀ ny ellƀch
uot yno. kyʒchƀch lundein y gladu y penn. achyʒch-
ƀch chƀi ragoch dʒƀod. ac yna yllas ybenn ef. ac
ykychƀynnaſſant ar penn gantunt dʒƀod y ſeithwyʒ
hynny. abʒanwen ynƀythuet. ac y aber alaƀ yntal
ebolyon y doethant yʒ tir. ac yno eiſted awnaethant
agoʒffowys. Edʒych oheni hitheu ar iwerdon. ac ar
ynys ykedyʒn awelei ohonunt. Oiauab duƀ heb hi
gƀae ui omganedigaeth. yſda dƀy ynys adiffeithƀyt
omachaƀſ i. adodi ucheneit uaƀʒ athoʒri y challon ar
hynny. agƀneuthur bed pedʒyual idi ae chladu yno
ygglan alaƀ. ac arhynny kerdet aƀnaeth y ſeithwyʒ

parth a hardlech ar penn gantunt. Val ybydant
ynkerdet. Ilyma gyweithyd ynkyuaruot ac6ynt owy2
ag62aged. aoes genn6ch ch6i ch6edleu heb ymana6-
ydan. Dac oes heb 6ynt onyt go2efgyn ogaffwalla6n
uab beli ynys y kedy2n. ae vot ynv2enhin co2ona6c
ynIIundein. Pa daruu heb 6ynteu ygarada6c vab
b2an. ar feith wy2 aede6it ygyt ac ef yny2 ynys honn.
Dyuot Kaffwalla6n ameupenn aIIad y chweg6y2.
atho2ri o hona6 ynteu grada6c y gallono Annyuyget.
am welet y cledyf yn IIad y wy2. ac nawydyat p6y
aeIIadei.   Kaffwalla6n ar daroed ida6wifca6 IIen hut
ymdana6. * ac ny welei neb ef ynIIad y g6y2. namyn
ycledyf. Dy mynnei gaffwalla6n ylad ynteu ynei
uab y geuynder6 oed. a h6nn6 uu ytrydyd dyn a
to2res y gallon o niuyget. Penndarar dyuet a oed
ynwas ieuanc gyt ar feithwy2 adihengis y2 coet heb
6ynt. Ac yna y ky2chaffant 6ynteu hardlech ac y
dech2euaffant eifted. ac ydech2eu6yt ymdi6aIIu o v6yt
aIIynn. ac ydech2euaffant 6ynteu v6ytta ac yuet. Dy-
uot tri ederyn adech2eu canu udunt ry6 gerd. ac oc
agly6ffynt o gerd. diu6yn oed pob un y 62thi hi.
a pheII d2emynt oed udunt eu g6elet uch penn y
weilgi aIIan. achyn amlycket oed udunt 6y achyn
bydynt gyt ac 6y. ac arhynny o ginya6 y buant feith
mlyned. Ac ympenn yfeithuet ul6ydyn y kych6yn-
naffant parth a g6alas ympenuro. ac yno ydoed udunt
IIe tec b2enhineid uch benn y weilgi. ac yneuad ua62
aoed yno udunt. ac y2 neuad yky2chyffant. ae deu-
d26s aoed ynago2et. ar trydyd d26s yngayat y2 h6m
tu a cherny6. weldi racco heb y mana6ydan y d26f

nydylyn ni y agoʒi.  Ar nos honno y buant yno
yndiwall. ac yndigrif gantunt.  Ac yʒ awelſynt o
vᴏyt yny gᴏyd. ac yʒ aglywyſ ehun. ny doey ygof
udunt hᴏydim. nac o hynny *nac* o alar yny byt.
Ac yno ytreulyſſant ypedwar ugeint mlyned hyt na
wybuant hᴏy eiryoet. dᴏyn yſpeit digrifach nahyfryd-
ach no honno.  Dyt oed anneſmᴏythach nac adnabot
ovn ar y gilyd y<u>uot</u> yn hynny o amſer no phan doeth-
ant yno.  Dyt oed anneſſmᴏythach gantunt ᴏynteu
gytuot ypenn yna. no phan uuaſſei vendigeit uran
ynvyᴏ gyt ac ᴏynt.  Ac oachaᴏs y pedwar ugeint
mlyned hynny ygelᴏit. Yſpydaᴏt urdaᴏl benn yſpyd-
aᴏt vʒannᴏen a matholᴏch oed yʒ honn yd aethpᴏyt
y iwerdon.  Sef aᴏnaeth heilyn uab gwynn dyd-
gᴏeith.  Meuyl ar uymarafi heb ef onyt agoʒaf ydʒᴏs.
y wybot aegᴏir adywedir am hynny. Agoʒi ydʒᴏs
aᴏnaeth. ac edʒych ar gernyᴏ. ac ar aber henuelen.
Aphan edʒychᴏys yd oed yngynhyſpyſſet gantunt
y geniuer collet agollaſſynt eiryoet. Ar geniuer car
a chedymdeith agollaſſynt. Ar geniuer dʒᴏc adathoed
udunt achyt bei * yna y kyuarffei ac ᴏynt. Ac yn ben-
naf ameu harglᴏyd.  Ac oʒ gyuaᴏʒ honno ny allyſſant
ᴏy oʒfowys. namyn kychᴏynnu arpenn parth allun-
dein.  Pa hyt bynnac y bydynt ar yffoʒd ᴏynt a
doethant hyt yn llundein. Ac agladaſſant ypenn yny
gwynurynn. A hᴏnnᴏ uu y trydyd matcud pancud-
ywyt. Ar trydyd anuat datcud pandatcudywyt. Kany
doey oʒmes byth dʒᴏy voʒ yʒ ynys honn trauei y
penn yny cud hᴏnnᴏ. A hynny adyweit y kyfarwydyt
eukyfranc hᴏy. y gᴏyʒ agychwynnᴏys o iwerdon yᴏ

honno. Yniwerdon nyt edeuit dyn byu namyn pump
guraged beichauc y myun gogof yn diffeithuch iwerd-
on. ar pump guraged hynny ynyr un kyfnot aanet
udunt pumpmeib. Ir pumpmeib hynny auagaſſant
hyt panuuant weiſſon maur. ac yny uedylyaſſant
amwraged. Ic yny uu damunet gantunt eukaffael.
ac yna kyfcu pob un lau heb lau gan uam y gilyd.
a guledychu ywlat ae chyuannhedu. ae rannu y
ryngtunt ell pump. Ic o achaus y rannyat honnu
y geluir ettwa pump rann Iwerdon. ac edrych y wlat
awnaethant ford y buaſſei yr aeruaeu. achael eur ac
aryant yny yttoedynt yn gyuoethauc. Allyna ual y
teruyna ygeinc honn or mabinogi. o achaus paluaut
branuen. yr honn a vu tryded anuat paluaut ynyr
ynys honn. ac o achas yſpadaut bran panaeth niuer
deg wlat afeith ugeint y iwerdon ydial paluaut bran-
uen. ac am yginyau ynhardlech feith mlyned. Ic
am ganyat adar riannon. ac ar yſpydaut benn ped-
war ugeint mlyned.

# Manawyddan, son of Llyr.

Hyma y dzyded geinc oz mabinogi
Gwedydaruot yz feithwyz adywedaffam ni uchot
cladu penn bendigeituran yny gвynvzyn yn
 IIundein. ae wyneb ar freinc. edzych aвnaeth mana-
вydan ar ydref yn IIundein ac ar ygedymdeithon
adodi ucheneit uaвz. A chymryt diruaвz alar ahiraeth
yndaв. Oi aduв hoIIgyuoethawc gвaeui heb ef. nyt
oes neb heb le idaв heno namyn mi. Arglвyd heb
y pzyderi. na uit gyndzymhet genhyt ahynny. dy
geuynderв yffyd urenhin yn ynys ykedyzn. a chyn
gвnel gameu it heb ef. ny buoft ti haвlвz tir adayar
eiryoet. try*dyd IIedyf unbenn вyt. Je heb ef kyt
boet keuynderв y mi ygвz hвnnв. goathzift yв gennyf
gвelet neb yn IIe bendigeituran vy mraвt. ac ny aIIaf
uot yn IIaвen yn unty ac ef. awney ditheu gynghoz
araII heb y pzyderi. Reit oed im вzth gynghoz heb
ef. apha gynghoz yв hвnnв. Seith gantref ry edeвit
ymi heb ypzyderi a riannon uy mam yffyd yno. mi
arodaf itti honno a medyant yfeith gantref genthi.
Achynnybei itti o gyuoeth namyn yfeith cantref
hynny. nyt oes seith cantref weII noc вy. Ricuauerch
wynn gloyв yв vyggвzeic ynneu heb ef. achynn enв-

edigaeth y kyuoeth y mi. bit y mῦynant y ti a rian-
non. aphei mynnvt gyuoeth eiryoet atuyd y kaffut
ti hῦnnῦ. Ɖa uynnaf unbenn heb ef. duῦ adalo it
dy gedymdeithas. Y gedymdeithas oɪeu aallῦyf i
ytti ybyd os mynny. Ɖynnaf eneit heb ef duῦ adalo
itt. ami aaf gyt athi y edɪych riannon. ac y edɪych
y kyuoeth. Jaῦn awney heb ynteu. ɱi a tebygaf
na werendeweiſt eiryot ar ymdidanwreic well no hi.
Yɪ amſer y bu hitheu yny dewred ny bu wreic deled-
iwach nohi. ac ettwa ny bydy anuodlaῦn y phɪyt.
wynt agerdaſſant racdunt. a pha hyt bynnac y bydynt
ar yffoɪd wynt adoethant ydyuet. Gῦled darparedic
oed udunt erbyn eu dyuot yn arberth. a riannon
a chicua wedy y harlῦyaῦ. Jc yna dechɪeu kyt eiſted
ac ymdidan o uanaῦydan ariannon. ac oɪ ymdidan
tirioni awnaeth y vɪyt ae uedῦl ῦɪthi. a hoffi yny
uedῦl na welſei eiryoet gῦɪeic digonach y thecket ae
thelediῦet no hi. Pɪyderi heb ef mi avydaf ῦɪth a
dywedeiſti. Pa dywedῦydat oed hῦnnῦ heb y riannon.
arglῦydes heb ef bɪyderi. mi ath roeſſum yn wreic
y uanaῦydan uab Ɩɩyɪ. a minheu a vydaf ῦɪth hynny
yn Ɩɩaῦen heb y riannon. Ɩɩaῦen yῦ gennyf inneu heb
y manaῦydan. aduῦ adalo yɪ gῦɪ yſſyd yn rodi y min-
neu y gedymdeithas moɪ difleis a hynny. Kynn
daruot y wled honno y kyſcῦyt genthi. ar ny deryῦ
oɪ wled heb y pɪyderi treulῦch chῦi. a minneu aaf
y hebɪῦng vyg gῦɪogaeth y gaſſwallaῦn uab beli hyt
yn Ɩɩoegyɪ. aglῦyd heb y riannon yg kent * y mae
kaſſwallaῦn. athi aelly treulaῦ y wled honn. ae aros
ynteu auo nes. Ɖinheu ae harhoῦn heb ef. ar wled

honno adıeulaffant. Ic dechıeu aбnaethant kylchaб
dyuot ae hela. achymryt eudigrifбch. ac бıth rodyaб
y wlat ny welfynt eiryoet wlat gyuanhedach no hi.
naheldir well. nac amylach ymel ae phyfcaбt no hi.
Ic yn hynny tyuu kedymdeithas y rygtunt yllped-
war hyt na mynnei yı vn vot heb y gilyd na dyd na
nos. ac ym myfc hynny ef aaeth at gaffбallaбn hyt
yn ryt ychen y hebrбng y бıogaeth idaб. a diruaбı
auu yny erbyn yno. adiolбch idaб hebıбng yбıogaeth
idaб. a gбedy yymchoelut kymryt eu gбledeu ae
hefmбythter aoıugant pıyderi a manaбydan. a de-
chıeu gбled aoıugant yn arberth kanys pıiflys oed.
ac ohonei ydechıeuit pob enryded. a gбedy y bбyta
kyntaf y nos honno *tra uei* y gбaffanaeth wyı ynbбyt-
a. кyuodi allan aoıugant achyıchu goıfed arberth a
wnaethant yllpedwar ac eu niuer gyt ac бynt. Ic ual
y bydant yn eifted uelly. llyma dбıyf. achan ueint
ytбıyf llyma gaбat o nyбl yn dyuot hyt na<u>chan</u>hoed
yı un ohonunt hбy y gilyd. ac ynol y nyбl llyma yn
goleuhau poblle. Iphan edıychyffant yfoıd y gбelynt
y pıeideu ar anreitheu arkyuanhed kyn no hynny. ny
welynt neb ryб dim. na thy. nac aniueil. na mбc. na
than. na dyn. na chyuanned eithyı tei yllys ynwac
diffeith angkyfanned heb dyn heb *vil* yndunt. Ieu
kedymdeithon ehun wedy eu colli heb wybot dim
yбıthunt. onyt hбy yll pedwar. Ѳi ar arglбyd duб
heb y manaбydan. mae niuer yllys an niuer ninheu
eithyı hynn. aбn y edrych. dyuot yı neuad aбnaeth-
ant nyt oed neb. kyıchu y kaftell ar hundy[.ny]
welynt neb. Ƴm medgell. nac ygk[egin] nyt oed

namyn diffeith6ch.  D[echreu] awnaethant yllpedwar
treul[a6 y6led] a hela a6naethant. a chymr[yt eu
digriu]6ch. a dech2eu awnaeth pob [un o honunt]
rodya6 ywlat arkyuoeth y[ed2ych a6elynt] ae ty. ae
kyuanhed. a neb ry6 [dim ny wel]ynt eithy2 g6yd-
lydnot. Ig6ed[y treula6]* eu g6led ac eudarmerth
o honunt. dech2eu awnaethant ymborth ar gic hela
aphyfca6t abydafeu. Ic uelly b6ydyn ar eil atreulyf-
fant yndigrif gantunt. ac yny diwed diffygya6 a
6naethant. Dioer heb ymana6ydan ny byd6n ualhynn.
ky2ch6n loegy2 a cheiff6n grefft y kaffon yn hymbo2th.
ky2chu lloegy2 ao2ugant. adyuot hyt yn henffo2d.
a chymrut arnunt g6neuthur kyfr6yeu.  I dechreu
awnaeth ef uana6ydan llunya6 co2feu ac eu lliwa6
arywed y g6elfei gan lafar llaefgyg6yd achalch llafar.
ag6neuthur calch lafar racda6 ual y g6nathoed y g62
arall.  Ic 62th hynny ygel6ir ettwa calch lafar. am
ywneuthur olafar llaefgyg6yd. ac o2 g6eith h6nn6
trageffit gan uana6ydan. ny phrynit gan gyfr6yyd
d2os wyneb hennffo2d na cho2of na chyfr6y. ac yny
adnabubop un o2 kyfr6yydyon yuot ynkolli oe hen-
nill llawer. ac ny ph2ynit dim gantunt onyt g6edy
na cheffit gan uana6ydan. Ic ynhynny ymgynnulla6
ygyt ohonunt. aduuna6 am ylad ef ae gedymdeith.
Ic ynhynny rybud aga6ffont 6ynteu. achymryt
kyngho2 am ada6 yd2ef. Y rof i adu6 heby p2yderi
ny chyngho2af i ada6 yd2ef. namyn llad y taeogyon
racco.  Dac ef heb y mana6ydan bei ymladem ni ac
6ynt6y clot d26c avydei arnam ac an carcharu awneit.
Yfg6ell ynn heb ef ky2chu tref arall yymofmeitha6

yndi. Ac yna kyrchu dinas arall awnaethant ell
pedwar. Pa geluydyt heb y pryderi a gymerón ni
arnam. Gónaón taryaneu heb y manaóydan. A ódom
ninneu dim y órth hynny heb y pryderi. Ni ae pro-
[fón] heb ynteu. Dechreu góneuthur [taryan]eu a orug-
ant. ac eullunyaó ar [óeith ta]ryaneu da awelfynt.
A dodi y [llió adody]ffynt ar y kyfróyeu arnunt. [ar
góeith h]ónnó alóydóys racdunt hyt [na phrynit] tar-
yan ynyrholl dref. onyt [góedy na ch]effit gantunt
hóy. Kyflym [oed eu góei]th óynteu adiueffur a
óne[ynt ac ue]lly ybuant yny dygóydaód * yó kyt-
drefwyr racdunt. Ac yny duunaffant argeiffaó eu llad.
Rybud adoeth udunt óynteu. achlybot bot ygwyr
aebryt ar eu dihenydyaó. Pryderi heb y manaóydan
y mae y góyr hynn ynmynnu an diuetha. Pa chy-
merón ninheu y gan y taeogeu hynny. aón ydanunt
alladón óynt. Dac ef heb ynteu. kaffwallaón aglyw-
ei hynny ae wyr. Areóin vydem. Kyrchu tref arall
awnaón. wynt adoethant y dref arall. Pa geluydyt
yd aón ni órthi heb y manaóydan. Yr honn y myn-
nych or awdam ni heb y pryderi. Dac ef heb ynteu
gónaón grydyaeth. ny byd o gallon gan grydyon nac
ymlad a ni nac ymwaravun. Dyón i dim y órth honno
heb y pryderi. Mi ae gónn heb y manawydan a mi
adyfcaf itti wniaó. Ac nyt ymyrón ar gyweiryaó
lledyr namyn y prynu ynparaót agóneuthur yngóeith
ohonaó. Ac yna dechreu prynu y cordwal teckaf
agafas yny dref. Ac amgen ledyr no hónnó ny phrynei
ef eithyr lledyr góadneu. A dechreu awnaeth ym-
gedymdeithaffu ar eurych goreu yny dref. A pheri

g6aegeu yɩ efgidyeu ac eura6 y g6aegeu a fynnya6
ehun aɩ hynny yny g6ybu. Ac oɩ acha6s h6nn6
y gelwit ef yndɩydyd eurgryd. 6ɩa geffit ganta6 ef
nac efgit na hoffan ny phɩynit dim gan gryd ynyɩ
holl dɩef. Sef awnaeth y crydyon adnabot bot eu
hennill yn pallu udunt. kanys ual yllunyei vana6-
dan y g6eith y g6niei pɩyderi. Dyuot y crydyon a
chymryt kygho1. fef aga6ffant yn eu kyngho1 du-
una6 ar eullad. Pɩyderi heb y mana6ydan y mae
y g6yɩ hynn yn mynnu anllad. Paham y kymer6n
ninneu hȳny y gan y taeogeu lladɩon heb y pɩyderi.
namyn eu llad h6y oll. Dac ef heb y ma6ydan nyt
ymlad6n ac 6ynt. Ac ny byd6n yn lloegyɩ bellach.
kyɩch6n parth a dyuet. ac a6n y hedɩych. Pa hyt
bynnac y buant ar y ffoɩd 6ynt a doethant y dyuet.
ac arberth a gyɩchaffant. Allad tan a wnaethant.
Adechɩeu ymboɩth a hela a thɩeula6 mis uelly. Achyn-
null euk6n attunt. Abot uelly yno vl6ydyn. Aboɩe-
g6eith kyuodi pɩyderi a mana6ydan y hela. Achyweir-
ya6 euk6n amynet odieithyɩ y llys. Sef aw*naeth rei
oɩc6n. kerdet oeblaen amynet y berth vechan aoed
geyɩ eullaw. Ac ygyt ac yd aant yɩ berth kilia6 yn
gyflym acheginwrych ma6ɩ gantunt ac ymchoelut at
y g6yɩ. Deffa6n heb y pɩyderi parth arberth yedɩych
beth yffyd yndi. neffau parth ar berth a wnaethant.
pan neffayffant. llyma uaed coet claerwyn yn kyuodi
oɩ berth. Sef aoɩuc y c6n ohyder y g6yɩ ruthɩaw
ida6. ffef a wnaeth ynteu ada6 y berth achilya6 dalym
y 6ɩth y g6yɩ. Ac yny uei agos y g6yɩ ida6 Kyuarth
arodei yɩ k6n heb gilya6 yrdunt. A phan yghei y

gẃyꝛ y kiliei eilweith ac y toꝛrei gyuarth. ac ynol
y baed y kerddaſſant yny welynt gaer uaẃꝛ aruchel.
agẃeith newyd arnei yny lle nywelſynt namaen na
gẃeith eiryoet. ar baed ynkyꝛchu yꝛ gaer yn vuan
ar kẃn yny ol. a gẃedy mynet y baed ar kẃn yꝛ gaer.
ryuedu awnaethant welet y gaer yny lle ny welſynt
eiryoet weith kynno hynny. ac obenn yꝛ oꝛſed
edꝛych awnaethant ac ymwarandaẃ aꝛ kẃn. Pa hyt
bynnac y bydynt uelly nychlywynt un oꝛkẃn na
dim y ẃꝛthunt. arglẃyd heb y pꝛyderi mi aaf yꝛ gaer
ygeiſſaẃ chẃedleu y ẃꝛth y cẃn. Dioer heb ynteu nyt
da dy gyghoꝛ uynet yꝛ gaer honn nys gẃeleiſt eiryoet.
ac ogẃney vygkyngoꝛ i nyt ey idi. arneb adodes hut
ar y wlat aberis bot y gaer ymma. Dioer heb ypꝛyderi
nymadeuaf i vyg cẃn. Pagyghoꝛ bynnac agaffei ef
ygan uanaẃydan y gaer agyꝛchaẃd ef. Pandoeth yꝛ
gaer nadyn. na mil. nar baed. narcẃn. na thy. nac a-
nhed. nyſgẃelei yny gaer. Ef awelei ual amgymher-
ued llaẃr ygaer ffynnaẃn agẃeith o vaen marmoꝛ
yny chylch. Ac arlan y fynnaẃn. kaẃc eur uchbenn
llech o vaen marmoꝛ. achadẃyneu ynkyꝛchu yꝛ awyꝛ.
a diben nyſgẃelei arnunt. Goꝛawenu aẃnaeth ynteu
ẃꝛth decket yꝛ eur. adahet gẃeith y kaẃc. Adyuot
awnaeth ynyd oed ykaẃc ac ymauael ac ef. ac ual
ydymauaelaẃd ar kaẃc glynu y dẃylaẃ ẃꝛth y kaẃc. ae
dꝛaet ẃꝛth y llech yd oed ykaẃc yn ſeuyll arnei.
adẃyn y lewenyd y gantaẃ hyt na allei dywedut vn*
geir. a ſeuyll awnaeth uelly. ae aros ynteu aẃnaeth
manaẃydan hyt parth adiwed ydyd. A phꝛynhaẃn byꝛ
gẃedy bot yndiheu gantaẃ nachaei chwedleu y ẃꝛth

pɽyderi nac y6ɽth y c6n. dyuot aoɽuc parth arIlys. pan
da6 y my6n. fef awnaeth riannon edɽych arna6.  Mae
heb hi dygedymdeith ti ath g6n. Ilyma heb ynteu vyng
kyfranc aedatkanu oll.  Dioer heb y riannon yfdɽ6c
agedymdeith uuoft di.  ac ysda agedymdeith agoll-
eift di.  achan y geir h6nn6 mynet allan.  ac yɽ artal
y managaffei ef uot y g6ɽ argaer kyɽchu yno awnaeth
hitheu.    Poɽth y gaer awelas yn agoɽet ny bu argel
arnei.  ac ymy6n y doeth.  ac ual ydoeth arganuot
pɽyderi ynymauael arca6c adyuot atta6.    Och ar-
gl6yd hebhi beth awney di yma.  ac ymauael ar
ka6c gyt ac ef.  ac ygyt ac ydymeveil glynu y d6yla6
hitheu 6ɽth y ka6c. ae deutroet 6ɽth y llech hyt na
allei hitheu dywedut ungeir.  ac ar hynny gyt ac
ybu nos Ilyma d6ɽyf arnunt achawat ony6l. achan
hynny difflannu y gaer.  ac ymeith ac 6ynteu.  Pan
welas kicua verch g6yn gloe6 nat oed yny Ilys namyn
hi a mana6ydan. dɽycyɽuerth awnaeth hyt nat oed
well genti yby6 noemar6.  ffef awnaeth mana6ydan
edɽych ar hynny.   Dioer heb ef cam ydwyt arna6.
os rac vy ovyn i y dɽycyɽuerthy di.  mi arodaf du6
yn vach itt naweleifti gedymdeith gywirach noc y
keffy di vi. travynno du6 itt uot uelly.  Yrof adu6
pei yt ue6n i yndechɽeu vy ieuenctit.  mi agad66n
gywirdeb 6ɽth pɽyderi.  ac yrot titheu mi ae cad66n.
ac na vit un ovyn arnat. heb ef. ac yɽof adu6 heb ef.
ti ageffy y gedymdeithas auynnych ygennyfi herwyd
vyggallu i trawelo du6 ynbot yny dihir6ch h6nn ar
goual.  Du6 adalo itt heb hi ahynny adebyg6n i.
Ic yna kymryt Ilewenyd ac ehouyndɽa oɽ uoɽ6yn o

achaᵬs hynny.   Ỿe eneit <u>heb</u> ymanaᵬydan. nytkyfle
ynni trigyaᵬ yma. yn kᵬn a goⅡaſſam. ac ymboᵣth
nys gaⅡᵬn. kyᵣchᵬn loeger. haᵬſſaf yᵬ yni ymboᵣth
yno.   ỾnⅡaᵬen arglᵬyd heb hi <u>ni</u> a wnaᵬn hynny.
Y gyt y kerdaſſant hyt ynⅡoegyᵣ. arglᵬyd heb hi
pa greſt agymery di arnat. kymer vn lannweith *
Ɖychymeraf i heb ef namyn crydyaeth. ual ygᵬneuth-
um gynt. arglᵬyd heb hi nyt hoff honno y glanet y ᵬᵣ
kygynnilet kyuurd athydi. wrth honno ydafi heb ef.
dechᵣeu y geluydyt awnaeth achyweiryaᵬ y weith oᵣ
coᵣdwal teckaf agauas yny dᵣef. Ac ual y dechᵣeuyſ-
fynt ynⅡe araⅡ dechᵣeu gᵬaegu yᵣ yſkidyeu owaegeu
eureit ynyoed ouer a man weith hoⅡ grydyon y dᵣef
y ᵬᵣth yᵣ eidaᵬ ef ehun. athᵣageffit y gantaᵬ nac eſkit
na hoſſan. ny phᵣynit y gan ereiⅡ dim.  A blᵬydyn
ueⅡy a treulᵬys ef yno yny oed y crydyon yn dala
kynuigen a chyghoᵣuynt ᵬᵣthaᵬ. Ac yny doeth ry-
budyeu idaᵬ. amenegi uot y crydyon wedy duunaᵬ
ar ylad.   Ȝrglᵬyd heb y kicua pam ydiodefir hynn
y gan y taeogeu.  Ɖac ef heb ynteu ni aem eiſſoes
y dyuet. dyuet agyᵣchyſſant.  Ȿef aoᵣuc manaᵬydan
pangychᵬynnwys parth adyuet. dᵬyn beich owenith
gantaᵬ. achyᵣchu arbeth. a chyuanhedu yno. Ac nyt
oed dim digriuach gantaᵬ no gᵬelet arberth ar tirog-
aeth ybuaſſei ynhela ef aphᵣyderi a riannon gyt ac
ᵬynt.  Ɖechreu awnaeth kynneuinaᵬ ahela pyſcaᵬt
a Ⅱydnot areugᵬal yno. ac yn ol hynny dechᵣeu
ryuoᵣyaᵬ. ac ynol hynny heu grofft. areil. ardᵣyded.
Ȝc na chaf y gᵬenith ynkyuot ynoᵣeu yny byt. ae
deir grofft ynⅡwydyaᵬ ynvn dᵬf. hyt nawelſei dyn

wenith degach noc ef.  Ɓreulaƃ amſeroed y vlƃydyn
aƃnaeth. natchaſ y kynnhaeaf yndyuot. ac y edꝛych
un oeroffteu ydaeth. nachaf honno yn aeduet.  Ɱi
auynnaf vedi honn auoꝛy heb ef.  Ɗyuot dꝛaegeuyn
ynos honno hyt yn arberth. y boꝛe glaſ dꝛannoeth
dyuot yuynnv medi yrofft. pan daƃ nyt oed namyn
y kalaf ynꝶƃm wedy daruot toꝛri pob un yny doi yny
dywyſſen oꝛkeleuyn. a mynet ymeith ar tywys yn
hoꝶaƃl. ac adaƃ y calaf yno yn ꝶƃm.  Ꝛyuedu hynny
yn uaƃꝛ aƃnaeth adyuot y edꝛych grofft araꝶ. nachaf
honno yn aeduet.  Ɗioer heb ef mi auynnaf uedi
honn auoꝛy.  Ꝛ thꝛannoeth dyuot ar uedwl medi hon-
no. aphandaƃ nyt oed dim namyn y kalaf ꝶƃm.  Ɵi
aarglƃyd duƃ heb ef pƃy yſſyd yngoꝛffen vyn diua
* i. a mi ae gƃnn. yneb adechꝛeuis vyndiua yſſyd
ynyoꝛfen. ac adiuawys y wlat gyt ami.  Ɗyuot y
edꝛych y dꝛyded rofft. pandoeth ny welſei neb wenith
degach. ahƃnnƃ ynaeduet. Meuyl ymi heb ef ony
wylaf i heno. Ꝛr neb aduc yꝛ yt araꝶ adaƃ ydƃyn
hƃnn. ami a wybydaf beth yƃ. Ꝛchymryt y arueu
awnaeth adechꝛeu gƃylat y grofft. a menegi awnaeth
ykicua hynny oꝶ.  ꝵe hebhi beth yſſyd yth vꝛyt ti.
Ɱi awylaf y grofft heno heb ef.  Y wylat y grofft
ydaeth. ac ual ybyd am hanner nos ueꝶy nachaf
tƃꝛyf mƃyhaf yny byt. ꝵef awnaeth ynteu edꝛych.
arhynny ꝶyma eliƃlu y byt olygot. a chyfrif na meſſur
ny eꝶit arhynny. ac ny wydyat yny uyd y ꝶygot
yn gƃan adan y groft. Ꝛphob un yndꝛigyaƃ arhyt y
keleuyn. Ꝛc yny eſtƃng genti. ac yntoꝛri ytywyſſen.
ac yn gƃan ardywyſſen ymeith. ac ynadaƃ y kalaf

yno.   Ac ny wydyat ef uot un keleuyn yno. ny bei
lygodet ambobun. ac agymerynt euhynt racdunt
artywys gantunt. acyna rŵng dicher aꞁit taraŵ ym
plith yꞁygot awnaeth. amŵy noc arygŵydbet neu
yꝛadar yn yꝛ aŵyꝛ ny chytdꝛemei ef ar yꝛ un o
honunt eithyꝛ un awelei ynamdꝛom ual ytebygei
naaꞁei un pedeſtric. ꝟn ol honno y kerdŵys ef aedala
awnaeth aedodi yny uanec. ac aꞁinin rŵymaŵ geneu
y vanet. ae chadŵ gantaŵ. achyꝛchu yꞁys. Ꝑyuot yꝛ
yſtaueꞁ ynyꞁe ydoed kicua. Agoleuhau ytan. Ac
ŵꝛth yꞁinin dodi yuanec ary wanas aoꝛuc. Ᵽeth
yſſyd yna arglŵyd heb y kicua. Ꞁeidyꝛ heb ynteu
ageueis yn Ꞁetratta arnaf. Ᵽaryŵ leidyꝛ arglŵyd
aaꞁut ti ydodi yth uanecheb hi. Ꞁyma oꞁ heb ynteu
amenegi ual yꝛ lygryſſit ac ydiuŵyniſſit ygroffteu
idaŵ. Ac ual y doethant yꞁygot idaŵ yꝛ grofft diwethaf
yny wyd. Ac ꝟn ohonunt oed amdꝛom ac adelleis
inheu ac yſſyd yn vy manec. ac a grogaf inheu avoꝛy.
�runkyffeſ yduŵ bei aſkaffŵnoꞁ mi ae crogŵn. Ar-
glŵyd heb hi di ryued oed hynny. Ac eiſſoes anhŵymp
yŵ gŵelet gŵꝛ kyfurd kymoned athidi yn crogi y ryŵ
bꝛyf hŵnnŵ. Aphei gŵnelut iaŵn nyt ymyꝛrut yny pꝛyf.
namyn y eꞁŵng ym*eith. ꝳeuyl ymi heb ef pei aſ
caffŵn i oꞁ ŵynt onyſcrogrŵn. ac ageueis mi ae crogaf.
Ᵹe arglŵyd heb hi nyt oes achaŵs ymi yuot ynboꝛth
yꝛpꝛyf hŵnnŵ. namyn goglyt anſyberŵyt yti. agwna
ditheu dy ewyꞁys arglŵyd. Ᵽeigŵypŵn ninheu defn-
yd yny byt ydylyut titheu bot ynboꝛth idaŵ ef. mi
avydŵn ŵꝛth dy gynghoꝛ am danaŵ heb y manaŵydan.
Achanys nys gŵnn arglŵydef. medŵl yŵ gennyf y

diuetha. a gwna ditheu yn llawen heb hi. ac yna y
kyzchwys ef ozfed arberth arllygoden gantaw. a fengi
dwy ffozch yn y lle uchaf yn yz ozfed. ac ual y byd
uelly llyma y gwelei yfcolheic yndyuot attaw. a hen
dillat hydzeul tlawt ymdanaw. ac neut oed feith mlyn-
ed kyn no hynny yz pan welfei ef nadyn na mil eithyz
y pedwar dyn y buaffynt ygyt yny golles y deu. Ar-
glwyd heb yz yfcolheic dyd da itt. Duw arodho da
itt agreffaw wzthyt heb ef. Pandoy di yz yfcolheic
heb ef. Pandoaf arglwyd oloygyz oganu. A phaham
y gouynny di arglwyd heb ef. am na weleis heb ef yz
yf feith mlyned undyn onyt pedwardyn ditholedic
athitheu yz awz honn. Te arglwyd heb ef mynet trwy
y wlat honn ydwyf inheu yz awz honn parth amgwlat
vyhvn. a pha ryw weith yd *wyd* yndaw arglwyd. Crogi
lleidyz ageueis yn lletratta arnaf heb ef. Pa ryw
leidyz arglwyd heb yz yfcolheic. pzyf awelaf yth law
di ual llygoden. adzwc ygweda y wz kyfurd a thydi
teimlaw pzyf kyfryw ahwnnw. gellwng ymeith ef. Da
ellyngaf y rof aduw heb ynteu. yn lletratta arnaf
y keueif i ef. achyfreith lleidyz awnaf inheu ac ef.
y grogi. arglwyd heb ynteu rac gwelet gwz kyfurd
athidi yny gweith hwnnw. punt ageueis i o gardotta
mi ae rodaf itti agellwng y pzyf hwnnw ymeith. Da
ellyngaf y rof aduw ac nys gwerthaf. Cwna di arglwyd
heb ef ony bei rac gwelet gwz kyfurd athidi yn teimlaw
y ryw bzyf hwnnw. nym tozey i. ac ymeith ydaeth yz
yfcolheic. Val y byd ynteu ~~ynteu~~ yn dodi y dulath
yny ffyzch. nachaf offeirat yndyuot attaw ar uarch
yn gyweir. arglwyd dydda itt heb ef. Duw arodho

da itt heb y manaỽydan. ath uendith.   Bendyth duỽ*
itt. apharyỽ arglỽyd ydỽyt yn ywneuthur.   Crogi
ỻeidyr ageueis yn ỻetratta arnaf heb ef. Paryỽ leidyr
yỽ hỽnnỽ arglỽyd heb ef.   Pryf heb ynteu ar anfaỽd
ỻygoden. a ỻetratta a wnaeth arnaf. adihenyd ỻeidyr
a wnaf ynneu arnaỽ ef. arglỽyd heb ynteu. rac dy
welet yn teimlaỽ y pryf hỽnnỽ mi ae prynaf eỻwng ef.
Y duỽ y dygaf vyg kyffes nae werthu nae eỻỽng naf
gỽnafi. Cỽir yỽ arglỽyd nyt gỽerth arnaỽ ef dim.
Bithyr rac dywelet ti yn ymhalogi ỽrth y pryf hỽnnỽ.
mi arodaf itt teirpunt a gỽỻỽng ef ymeith. Da vynnaf
yrofi aduỽ heb ynteu vn gỽerth yrdaỽ. namyn yrhỽnn
a dyly y grogi. yn ỻaỽen arglỽyd gỽna dy vympỽy.
Ymeith ydaet yr offeirat. Sef awnaeth ynteu maglu
yỻinin am vynỽgyl y ỻygoden. ac ual yd oed yn y
dyrchauel. ỻyma rỽtter efcob awelei ae fỽmereu ae
niueroed. ar efgob e hun yn kyrchu parth ac attaỽ.
Sef aỽnaeth ynteu gohir ar y weith. arglỽyd efgob
heb ef dy uendyth. Duw a rodho y uendith itt heb ef.
Paryỽ weith yd ỽyt ti yndaỽ.   Crogi ỻeidyr ageueis
yn ỻetratta arnaf heb ef.   Ponyt ỻygoden heb ynteu
awelafi yth laỽ di.   Je heb ynteu. a ỻeidyr uu hi
arnafi.   Je heb ynteu kan deuthum i ar diuetha y
pryf hỽnnỽ mi ae prynaf y gennyt. mi arodaf feith punt
itt yrdaỽ. ac rac gỽelet gỽr kyfurd athi yn diuetha
pryf mor dielỽ ahỽnnỽ goỻỽng ef arda ageffy ditheu.
Da eỻynghaf y rof aduỽ heb ynteu. Kan nys go-
ỻynghy yr hynny mi arodaf it pedeirpunt arhugeint
o aryant paraỽt ageỻỽng ef. Da eỻyngaf dygaf yduỽ
vyngkyffes yr y gymeint araỻ heb ef. Kan nys

geỻyngy *yꝛ hynny heb ef* mi arodaf itt awely o veirch
yny maes hᴠnn. afeith fᴠmer yffyd yma. arfeith
meirch y maent arnunt. Ɖa vynnaf yrof aduᴠ *heb*
*ynteu.* Ȿ*any mynny hynny* gᴠna yr gᴠerth a vyn-
nych. Ꞓᴠnaf heb ynt*eu.* ryd*hau riannon aphꝛyderi.*
Ȣ*i agey hynny* Ɖa vynnaf yrof *aduᴠ.* Ɓeth a*uynny*
di*theu.* Ꞓᴠar*et* yꝛ h*ud* ar Ỻetꝛ*ith y ar feith* cantre*f*
dyuet. Ȣi a *geffy hynny heuyt a* geỻᴠng y Ỻygoden.
Ɖa eỻyngaf yrof *aduᴠ heb* ef. Ꞓᴠybot a*uynnaf* pᴠy
ef y ỻygoden. * Ꝡyggᴠꝛeic i yᴠ hi aphany bei hynny
nys diỻynghᴠn. Ɖaffuryf y doeth hi attafi. Ȳ herwa
heb ynteu. Miui yᴠ Ỻᴠyt uab kil coet. a mi adodeis
yꝛ hut arfeith cantref dyuet. ac ydial gᴠaᴠl uab clut
ogedymdeithas ac ef ydodeis i yꝛ hut. ac ar pꝛyderi
y dieleis i gᴠare bꝛoch ygcot agᴠaᴠl uab clut pan
y gᴠnnaeth pᴠyỻ penn annᴠn. a hynny ynỻys eueyd
hen y gᴠnaeth o aghyghoꝛ. Agᴠedy gᴠybot dy uot
titheu ynkyuanhedu y wlat. y doeth vyn teulu attaf
ynheu ac erchi eurithaᴠ yn Ỻygot y diua dy yt ti.
Ꝥc y doethant y nos gyntaf vyn teulu ehunein. ar eil
nos y doethant heuyt ac y diuayffant y dᴠy groffd.
Ꝥr tryded nos y doeth uyng gᴠꝛeic agᴠꝛaged y Ỻys
attaf yerchi im eu rithaᴠ. Ꝥc yritheis ynheu. a beich-
aᴠc oed hi. Ꝥphany bei ueichaᴠc hi nyfgoꝛdiwedut
ti. Ꝥchanys hynny vu ae dalahi. ᴍi arodaf pꝛyderi
ariannon itt. ac awaredaf yꝛ hut arỻetrith y ar dyuet.
Ɱinneu auenegeis itti pᴠy oed hi. ageỻᴠng hi weithon.
Ɖaeỻygaf y rofi aduᴠ heb ef. Ɓeth a uynny ditheu
heb ef. Ỻyma heb ynteu auynnaf. nabo hut vyth
arfeith cantref dyuet ac na dotter. Ȣi ageffy hynny

heb ef a gellỽng hi. Ɖa ellynghaf myn uyngcret
heb ynteu. Ƀeth avynny ditheu bellach heb ef.
Ỻyma itt heb ef avynnaf. nabo ymdiala arpꝛyderi
ariannon nac arnaf inheu byth amhynn. Ɖynny oll
ageffy. ɑdioer da ymedꝛeiſt heb ef. ef adoei amdy
benn gỽbyl oꝛgouut. Ɉe heb ynteu rac hynny y
nodeis ynneu. Ꝛydhaa weithon vyggỽꝛeic im. Ɖa
rydhaaf yrof aduỽ heb ef. yny welỽyf pꝛyderi a
riannon ynryd gyt ami. weldy yma ỽyntỽy yn dyuot
heb ef. ɑrhynny Ỻyma pꝛyderi ariannon. Ꝭyuodi
aoꝛuc ynteu yn euherbyn aegreſſaỽv. ɑc eiſted ygyt.
ɑ ỽꝛda rydha vyg gỽꝛeic ïm weithon heb yꝛeſcob. ac
neurygeueiſt gỽbyl oꝛ annodeiſt. Ǥellyngaf ynllaỽen
heb ef. ɑc yna y gellyngaỽd ef hi. ɑc y trewis ynteu
hi ahutlath. ac ydatrithỽys hi ynwreic ieuanc deccaf
awelſei neb. Ɉdꝛych yth gylch arywlat heb ef. athi
awely yꝛholl anhedeu arkyuanhed ual ybuant oꝛeu.*
Ɏna kyuodi aoꝛuc ynteu ac edꝛych. Aphan edꝛych-
aỽd ef awelei yꝛholl wlat yngyuanned. ɑc yngyweir
oe holl alauoed ae hannedeu. Ƥaryỽ waſſanaeth ybu
pꝛyderi ariannon yndaỽ heb ef. Ƥꝛyderi auydei ac
yꝛd poꝛth uy llys i amyuynỽgyl. ɑriannon auydei a
mỽeireu yꝛ eſſyn wedy bydynt ynkywein gỽeir am y
mynỽgyl hitheu. ac uelly y bu eucarchar. ɑc oachaỽs
ykarchar hỽnnỽ ygelwit ykyfarỽydyt hỽnnỽ mabinogi.
mynnweir a mynoꝛd. Ɉc uelly y teruyna ygeinc
honn yma oꝛ mabinogi....

# Math, son of Mathonwy.

honn yẞ y bedẞared geinc oꝛ mabinogi

Math uab mathonẞy oed arglẞyd ar wyned. Aphꝛyderi uab pẞyll oed arglẞyd ar vn cantref arhugeint yny deheu. Sef oed y rei hynny. seith cantref dyuet. a seith cantref moꝛganhẞc. Pedwar çantref keredigyaẞn. a thꝛi yſtrat tywi. Ac yn yꝛ amſer hẞnnẞ math uab mathonẞy ny bydei vyẞ. namyn trauei y deutroet ymlyc croth moꝛẞyn. onytkynnẞꝛyf ryuel ae Ileſteirei. Sef yd oed yn uoꝛẞyn ygyt ac ef. Goeẞin uerch pebin o dol pebin yn aruon. ahonno teckaf moꝛẞyn oed yn y hoes. oꝛ a wydit yno. Ac ynteu yg kaer dathyl yn aruon yd oed y waſtatrẞyd. Ac ny aIlei gylchu y wlat namyn giluaethẞy uab don. ac eueyd uab don y nyeint ueibon y chẞaer. ar teulu gyt ac ẞy ygylchu y wlat dꝛoſdaẞ. ar uoꝛẞynoed gyt a math ynwaſtat ac ynteu giluaethẞy uab don adodes yvꝛyt aryuoꝛẞyn. ae charu hyt na wydyat beth a wnaei amdanei. Ac ynhynny nachaf y liẞ ae wed ae anſaẞd yn atueilaẞ oe charyat hyt nat oed haẞd y adnabot. Sef awnaeth gẞydyon y uraẞt ſynyeit dydgẞeith arnaẞ yngraf. Hawas heb ef paderyẞ itti.

Paham hebynteu beth awely di arnafi. Gwelaf arnat
heb ef colli ohonat dy bꝛyt ath li6. aphadery6 itti.
argl6yd vꝛa6t heb ef yꝛ hynn adery6 ymi ny ffr6ytha
im y adef y neb. Beth y6 hynny eneit heb ef. Ti
a6doſt heb ynteu kynnedyf math uab mathon6y.
ba huſtyng bynnac yꝛ yuychanet auo y r6ng dynyon
oꝛ y kyfarffo * y g6ynt ac ef. ef aeg6ybyd. Te heb
yg6ydyon ta6 di bellach. ꝰi a6nn dy ued6l di. caru
goewin yd6yt ti. Sef awnaeth ynteu yna pan wybu
ef adnabot oeura6t y ued6l. dodi ucheneit dꝛomhaf
yny byt. Ta6 eneit ath ucheneida6 hebef. nyt o
hynny y goꝛuydir. Minheu abaraf heb ef kany ellir
heb hynny dygyuoꝛi g6yned aphowys adeheubarth
y geiſſa6 yuoꝛ6yn. abyd la6en di ami ae paraf itt. Ac
ar hynny att uath uab mathon6y ydaethant 6y. Ar-
gl6yd heb y g6ydyon mi agigleu dyuot yꝛ deheu yry6
pꝛyuet ny doeth yꝛ ynys honn eiryoet. P6y y hen6
h6y heb ef. Hobeu argl6yd. Pary6 aniueileit y6
yrei hynny. Aniueileit bychein g6ell eu kic nochic
eidon. bychein ynt 6ynteu. Ac ymaent yn ſymuda6
en6eu. Moch ygelwir weithon. P6y bie6ynth6y.
Pꝛyderi uab p6yll yd anuonet ida6 o ann6n. y gan
ara6n vꝛenhin ann6n. Ac ett6a yd ys yn kad6 oꝛ
en6 .. h6nn6. hanner h6ch . hanner hob. Te heb
ynteu ba ffuryf y keffir 6y y ganta6. Mi af ar vyn
deudecuet yn rith beird argl6yd y erchi y moch. Ef
aryeill ych neckau heb ynteu. Nyt dꝛ6c vyn tra6ſg6yd
iargl6yd heb ef. ny deuaf i heb y moch. Yn lla6en
heb ynteu kerda ragot. Ef aaeth agiluaeth6y a
degwyꝛ gyt ac 6ynt. hyt yg keredigyawn yn y lle

aelwir rudlan. teiui yɪaȱhonn. yn yꞮe yd oed ꞯys
ypɪyderi. ꝛc yn rith beird ydoethant ymyȱn. a ꞯaȱen
uuȱyvt ȱɪthunt. Jr neiꞮlaȱ pɪyderi y goꝼꝼodet gȱyd-
yon ynos honno.  Je heb y pɪyderi da oed gennym
ni kael kyvarȱydyt gan rei oɪ gȱyɪeeinc racko. Ꝏoes
yȱ gennym ni arglȱyd heb y gȱydyon y nos gyntaf
ydelher att ȱɪ maȱɪ dywedut oɪ pennkerd. ꝳi ady-
wedaf gyuarȱydyt yn ꞯaȱen.  ꝶnteu wydyon goɪeu
kyuarȱyd yny byt oed. ar nos honno didanu yꞮys
awnaeth ar ymdidaneu digrif a chyvarȱydyt. ynyoed
hoff gan baȱp oɪꞮys. ꝛc yndidan gan pɪyderi ym-
didan ac ef.  Jc ardiȱed hynny. arglȱyd heb ef ae
gȱeꞮ y gȱna neb uy neges i * ȱɪthyt ti no miui uy
hun.  ꝮaweꞮ heb ynteu tauaȱt ꞯaȱnda yȱ y teu di.
ꞯyma vy neges inheu arglȱyd heb ef. ymadolȱyn
athidi amyɪ aniueileit aanuonet itt o annȱvyn. Je
heb ynteu haȱꝼꝼaf yny byt oed hynny. pany bei āmot
y rof am gȱlat amdanunt. ꝶef yȱ hynny. nat elhont
ygennyf yny hilyont eudeukymeint yny wlat. ꝛr-
glȱyd heb ynteu minneu aaꞮaf dy rydhau ditheu oɪ
geireu hynny. ꝶef ual y gaꞮaf. Ꝯadyɪo ym ymoch
heno. ac na naccaa ui ohonunt. ꝛuoɪy minneu a
dangoꝼꝼaf gyfnewit am danunt ȱy. ꝛrnos honno yd
aethant ef ae gedymdeithon y ꞯetty ar y kynghoɪ.
ꝛwyɪ heb ef nichaȱn ni y moch oc eu herchi. Je
heb ȱynteu. padɪaȱꝼgȱyd y keir ȱynteu. ꝳi abaraf eu
kael heb y gȱydyon. Jc yna yd aeth ef yny geluyd-
odeu. ac y dechɪeuawd dangos y hut. ac ydhudȱys
deudec emyꝼ. adeudec milgi bɪonnwyn du bobun
ohonunt. a deudec toɪch. adeudec kynꞮyuan arnunt.

a neb oꝛ ae gỽelei ny wydyat na beynt eur. a deudec
kyfrỽy ar y meirch. ac am bob lle oc y dylyei hayarn
uot aꞃnunt y bydei eur o gỽbyl.    Ar ffrỽyneu yn un
weith a hynny. ar meirch ac ar kỽn ydoeth ef att
pꝛyderi.    Dyd da itt arglỽyd heb ef.    Duỽ a rodho
da itt heb ynteu a graeſſaỽ ỽꝛthyt.    Arglỽyd heb ef
llyma rydit ytti am y geir a dywedeiſt neithỽyꝛ am y
moch nas rodut ac na ſgỽerthut. titheu a elly gyſnew-
ityaỽ yꝛ auo gỽell.    Minneu a rodaf y deudeg meirch
hynn ual y maent yn gyweir. ac eu kyfrỽyeu ac eu
ffrỽyneu. ar deu dec milgi ac eu toꝛcheu. ac eu kyn-
llyuaneu ual ygỽely. ar deu dec taryan eureit a wely
di racko.    Yrei hynny a rythaſſei ef oꝛ madalch.   Ie
heb ynteu ni agymerỽn gynghoꝛ.    Sef y kaỽſſant yny
kynghoꝛ rodi y moch y wydyon. achymryt y meirch
ar kỽn ar taryaneu y gantaỽ ynteu.    Ac yna y kymer-
aſſant hỽy genhat ac y dechꝛeuaſſant gerdet ar moch.
A geimeit heb y gỽydyon reit yỽ in gerdet yn bꝛyſſur.
ny phara yꝛ hut namyn oꝛ pꝛyt y gilyd.    Ar nos
honno y kerdaſſant hyt yg gỽarthaf keredigyaỽn. Y lle
a elwir ettwa oꝛ achaỽs hỽnnỽ mochdꝛef. A thꝛannoeth
y kymeraſſant eu hynt dꝛos elenit y doethant. * ar
nos honno y buant y rỽng keri ac arỽyſtli. yn y dꝛef
a elwir heuyt oꝛ achaỽs hỽnnỽ mochtref.    Ac odyna
y kerdaſſant racdunt.    Ar nos honno y doethant
hyt yg kymỽt ym powys a elwir oꝛ yſtyꝛ hỽnnỽ heuyt
mochnant. ac yno y buant y nos honno.    Ac odyna
y kerdaſſant hyt yg cantref ros.   Ac yno y buant y
nos honno myỽn y dꝛef a elwir ettwa mochtref.  Ha
wyꝛ heb ygỽydyon ni agyꝛchỽn kedernit gỽyned ar

anniueileit hynn. yd ys ynꞮꞮuydaw yn an hol. Ɛef
ykyꞃchaſſant ydꞃef uchaf oarꞮꞮechwed.   Ac yno
gꞷneuthur creu yꞃ moch. Ɑc oꞃ achaꝑs hꞷnnꞷ ydodet
creuwyꞃyon ar ydꞃef. Ɑc yna gꞷedy gꞷneuthur creu
yꞃ moch. ykyꞃchaſſant at uath uab mathonꞷy hyt
ygkaer dathyl.   Ɑphandoethant yno ydoedit yndy-
gyuoꞃi ywlat Ᵽachꞷedleu yſſyd yma heb ygꞷydyon.
Ᵽygyuoꞃ heb ꞷy ymae pꞃyderi ynychol chꞷi un
cantref arhugeint.  Ꞃyued uu hꞷyꞃet y kerdyſſaꞷch
chꞷi. ᴍae yꞃ anniueileit ydaethaꞷch yneu hꞷyſc heb
ymath.   ꝩ maent gꞷedy gꞷneuthᵘʳ creu udunt yny
cantref araꞮꞮ iſſot heb ygꞷydyon. Ɑrhynny ꞮꞮyma
yclywynt yꞃ utkyꞃn ardygyuoꞃ ynywlat. Ɑr hynny
gꞷiſcaꞷ awnaethant ꞷynteu acherdet yny vydant
ympennard yn aruon. Ɑr nos honno ydymchoeles
gꞷydyon uab don achiluaethꞷy y uraꞷt hyt ygkaer
dathyl. ac ygꞷelei uath uab mathonꞷ dodi giluaethꞷy
agoewin ygytgyſcu. achymeꞮꞮ ymoꞃynyon ereiꞮꞮ
aꞮꞮan yn amharchus. achyſcu genti oehanuod ynos
honno. Ᵽanwelſant ydyd dꞃannoeth kyꞃchu awnaeth-
ant *yꞮꞮe yd* oed math uab mathonꞷy ae lu. Ᵽan
doethant ydoed ygꞷyꞃ hynny yn my*net* y gymryt
kyngoꞃ padu ydarhoynt *pꞃyderi* agꞷyꞃ ydeheu. Ɑc
arykyngoꞃ ydoethant ꞷynteu.   Ɛef agaꞷſſant yn eu
kygoꞃ *aros* ygkedernit gꞷyned ynaruon. Ɑc yg *kym-
perued* ydꞷy uaenaꞷꞃ ydarhoet. mae*naꞷr pennard.*
amaenaꞷꞃ coet alun.   Ɑphꞃy(deri) *ae kyrchꞷy*s yno
ꞷynt.  Ɑc yno y bu *ygyfranc ac yꞮꞮas* ꞮꞮadua uaꞷꞃ
o bop parth *ac y bu reit y wyꞃ y deheu enkil.* Ɛef ꞮꞮe
yd en*kilyaſſant hyt yꞮꞮe aelwir ettwa nant caꞮꞮ ahyt

yno yd ymlitywyt. ac yna y bu yꝛ aerua diueſſur
ymeint. Yna y kiliaſſa hyt y lle a elwir dol penn
maen. ac yna clymu a wnaethant. a cheiſſaб tangneu-
edu. agбyſtlaб a wnaeth pꝛyderi ar y dangneued.
Sef y gбyſtlбys gбꝛgi gбaſtra ar y bedwyꝛyd arhugeint
o veibon gбyꝛda. Agбedy hynny kerdet o honunt
yn eu tangneued hyt y traethmaбꝛ. ac ual ygyt ac
y doethant hyt y uelenryt. y pedyt ny ellit eu reoli o
ymſaethu. Gyꝛru kennadeu o pꝛyderi y erchi gбahard
y deulu. ac erchi gadu yrygtaб ef agбydyon uab don.
kanys ef a baryſſei hynny. att uath uab mathonбy
y doeth y gennat. Ye heb ymath. y rof i aduб os da
gan wydyon uab don mi ae gadaf. Yn llaбen. ny
chymellaf ynneu aꞧneb vynet y ymlad dꝛos wneuthur
o honam ninneu an gallu. Dioer heb y kennadeu.
tec med pꝛyderi oed yꝛgбꝛ awnaeth hynn o gam
idaб. dodi y goꝛff yn erbyn y goꝛff ynteu. agadu y
deulu ynſegur. Dygaf y duб vygkyffes nat archaf
i y wyꝛ gбyned ymlad dꝛoſſof i. aminneu vy hun yn
kael ymlad a phꝛyderi. Miui adodaf vygkoꝛff yner-
byn y eidaб yn llaбen. A hynny a anuonet at pꝛyderi.
Ye heb y pꝛyderi nyt archaf inheu y neb gouyn vy
iaб namyn my hun. Y gбyꝛ hynny a neilltuwyt. ac
a dechꝛeuwyt gбiſcaб ymdanunt. ac ymlad aбnaeth-
ant. ac o nerth grym ac angerd ahut alletrith gбyd-
yon. a phꝛyderi alas. ac ymaen tyuyaбc uch y uelenryt
y cladwyt. ac yno y mae y ued. Gбyꝛ y deheu a
gerdaſſant ac argaꞃ truan gantunt parth ae gбlat.
Ac nyt edryued. eu harglбyd a gollyſſynt. allaбer oc
eu goꝛeugбyꝛ. ac eu meirch ac eu harueu gan mбyaf.

G6y₂ g6yned a ymchoeles d₂acheuyn ynIIa6en o₂a6-
enus. argl6yd heb y g6ydyon 6₂th vath‿ ponyt oed
ia6n ynni eII6ng eu dylyeda6c y wy₂ y deheu a wyſtl-
yſſant inni ar tangneued. ac ·ny dyly6n y garcharu *
Rydhaer ynteu heb y math. ar g6as h6nn6 ar g6yſtl-
on a oed gyt ac ef a eIIyng6yt yn ol g6y₂ y deheu.
Ynteu math a gy₂ch6ys kaer dathyl. Gilaeth6y uab
don ar teulu a uuaſſynt gyt ac ef a gy₂chaſſant y
gylcha6 g6yned mal y gnotayſſynt. a heb gy₂chu
y IIys. Ynteu vath a gy₂ch6ys y yſtaueII. ac a beris
kyweira6 IIe ida6 y benelinya6. ual y kaffei dodi y
d₂aet ym plyc croth y uo₂6yn. argl6yd heb y goewyn
keiſ uo₂6yn a uo is dy d₂aet weithon. g6₂eic 6yf i.
Pa yſty₂ y6 ~~hynny~~ hynny heb ef. Ky₂ch argl6yd
a doeth am vym penn a hynny yn dirgel. ac ny bum
diſta6 inheu. ny bu yn y IIys neb nyſ g6ypei. Sef
ky₂ch a doeth dy nyeint ueibon dy ch6aer argl6yd.
g6ydyon uab don. a giluaeth6y uab don. a th₂eis
arnaf a o₂ugant a che6ilyd y titheu. achyſcu a wnaeth-
p6yt genhyf. a hynny yth yſtaueII ac yth wely di.
Ie heb ynteu y₂ hynn a aIIaf mi ae g6naf mi a baraf
itt gael ia6n yn gyntaf. Ac yn ol vy ia6n y byda(f)
inheu. a thitheu heb ef mi ath gymeraf yn wreic
im. Ac a rodaf uedyant vyg kyuoeth yth la6 ditheu.
ac yn hynny ny doethant 6y yg kyuyl y IIys‿ namyn
trigya6 y gylcha6 y wlat a wnaethant. yny aeth g6a-
hard udunt ar y b6yt ae IIyn. yn gyntaf ny doethant
h6y yn y gyuyl ef. Yna y doethant 6y atta6 ef‿
Argl6yd heb 6ynt. dyd da it‿ Ie heb ynteu ae
wneuthur ia6n y mi y doetha6ch ch6i‿ argl6yd yth

F

ewyllys yd ydym. Bei vy e6yllys ny choll6n o wyꝛ
ac arueu a golleis. vyg kewilid ny ell6ch ch6i y dalu
y mi heb agheu pꝛyderi. achan doetha6ch ch6itheu
ym ewyllys ynheu. mi a dechꝛeuaf boen arna6ch. ac
yna y kymerth y hutlath ac y tre6is giꞏuaeth6y yny
uyd yn daran ewic. ac achub y llall a wnaeth yn
gyflym kyt mynnei dianc nys gallei. ae dara6 ar vn
hutlath yny uyd yn gar6. Kanys y6ch yn r6yme*dig*-
aeth mi a wnaf y6ch *ger*det y gyt. a(ch bot yn)
gymaredic. ac yn vn anyan a(r g6yduilot) yd y6ch yn
eu rith. ac yn yꝛ am(fer y) bo etiued. * udunt h6y.
y uot y chwitheu. a bl6ydyn y hedi6 dowch yma
attaf i. Ym penn yꝛ ul6ydyn oꝛ vndyd llyma y
klywei odoꝛun a dan paret yꝛ yſtauell. a chyfuarthua
c6n y llys am benn y godoꝛun. Edꝛych heb ynteu
beth yſſyd allan. Arglôyd heb yꝛ vn mi ae hedꝛych-
eis y mae yno car6 ac ewic ac elein gyt ac 6ynt.
ac ar hynny kyuodi a oꝛuc ynteu a dyuot allan. a
phan doeth. fef y g6elei y tri llydyn. Sef tri llydyn
oedynt car6 ac ewic ac elein kryf. Sef a wnaeth ef
dyꝛchauel y hut. Yꝛ h6nn a uu o hon a6ch yn e6ic
yr llyned. bit uaed coet eleni. ar h6nn a vu gar6
yꝛ llened. bit garnen eleni. Ac ar hynny eu tara6
ar hutlath. Y mab hagen a gymeraf i ac a baraf
y ueithꝛyn. ae uedydya6. Sef en6 a dodet arna6
hyd6n. E6ch ch6itheu a byd6ch y lleill yn uaed coet
ar llall yn garnen coet. ar anyan a uo yꝛ moch coet.
bit y ch6itheu. a bl6ydyn y hedi6 byd6ch yma y dan
y paret. ac ych etiued gyt a ch6i. Ym penn y ul6ydyn
llyma y clywynt gyuarthua c6n dan paret yꝛ yſtauell.

a dygyuoz y llys y am hynny am eu penn. ar hynny
kyuodi a ozuc ynteu a mynet allan. a phan da6 allan.
tri llydyn awelei.  Sef kyfry6 lydnot awelei. baed
coet. a charnen coet a chzyn ll6dyn da gyt ac 6ynt.
a bzeifc oed yn yz oet oed arna6.  Je heb ef h6n
a gymeraf i attaf ac a baraf y uedydya6.  ae dara6
ar hut lath yny uyd yn uab bzafwineu teledi6.  Sef
en6 a dodet ar h6nn6 hycht6n.  a ch6itheu yz un auu
uaed coet o hona6ch yz llyned. bit vleid aft eleni.
ar h6nn  auu garnen yz llyned.  bit vleid eleni.  ac
ar hynny eu tara6 ar hutlath yny uydant bleid a bleid-
aft.  ac anyan yz aniueileit yd y6ch yn eu rith bit y
ch6itheu.  a byd6ch yma vl6ydyn yz dyd hedi6 ydan
y paret h6nn.  Yz undyd ym penn y vl6ydyn llyma
y cly6ei dygyuoz a chyuarthua c6n y dan baret yz
yftauell.  Ynteu a gyfuodes allan. a phan da6 llyma
y g6elei bleid a bleidaft a chzubothon cryf y gyt ac
6ynt.  H6nn a gymeraf i heb ef ac a baraf * y ued-
ydya6.  ac y mae y en6 yn bara6t.  Sef y6 h6nn6
bleid6n.  Y tri meib yffyd y ch6i ar tri hynny ynt.
Uzi meib giluaeth6y enn6ir. tri chenryffedat kywir.
bleid6n. hyd6n. hychd6n hir.  ac ar hynny eu tara6
6ynteu ell deu ar hutlath yny uydant yn eu cna6t
e hun.  Ha wyz heb ef oz g6naetha6ch gam y mi
diga6n y bua6ch ymhoen. a che6ilyd ma6z a ga6ffa6ch.
bot plant y bop un ohona6ch oe gilyd.  Per6ch en-
neint yz g6yz a golchi eu penneu ac eu kyweirya6.
a hynny a berit udunt. ag6edy ymgyweirya6 ohonunt
atta6 ef y kyzchyffant.  Ha wyz heb ef tangneued
a ga6ffa6ch a cherennyd a geff6ch.  a rod6ch ym gy-

nghoꝛ pa uoꝛƀyn a geiſſƀyf. arglƀyd heb y gƀydyon
uab don haƀd yƀ dy gyghoꝛi. aranrot uerch don.
dy nith uerch dy chƀaer. honno a gyꝛchƀyt attaƀ.
Ỿ uoꝛƀyn a doeth y myƀn. a voꝛƀyn heb ef a wyt
uoꝛƀn di. Ɖy ƀnn i arglƀyd amgen nom bot. yna y
kymerth ynteu yꝛ hutlath ae chamu. camma di dꝛos
honn heb ef. ac ot ƀyt uoꝛƀyn mi a adnabydaf. yna
y camaƀd hitheu dꝛos yꝛ huthlath. ac ar y cam hƀnnƀ
adaƀ mab bꝛafuelyn maƀꝛ aoꝛuc. Ỿn ol diaſpat y mab
kyꝛchu y dꝛƀs a oꝛuc hi. ac ar hynny adaƀ y ryƀ beth-
an o honei. a chyn kael o neb *gƀe*let yꝛ eil olƀc arnei.
gƀydyon ae kymerth. ac a dꝛoes Ịenn o bali yn y
gylch ac ae cudyaƀd. Ꝗef Ịe y cudyaƀd y myƀn
Ịaƀꝛ kiſt is traet ywely. Ꝗe heb ymath mab mathon-
ƀy mi abaraf uedydyaƀ hƀnn ƀꝛth y mab bꝛafuelyn.
Ꝗef enƀ a baraf arnaƀ. dylan. Ɓedydyaƀ a wnaeth-
pƀyt y mab. ac ual y bedydywyt y moꝛ a gyꝛchƀys.
Ꝥc yn y Ịe y gyt ac y doeth yꝛ moꝛ. anyan y moꝛ
a gauas. a chyſtal y nouyei ar pyſc goꝛeu yn y moꝛ.
Ꝥc o achaƀs hynny y gelwit ef. dylan eilton. ny
thoꝛres tonn y danaƀ eiryoet. Ꝥr ergyt y doeth y
agheu o honaƀ a uyꝛyaƀd gouannon y ewythyꝛ. a hƀn-
nƀ a uu dꝛydyd anuat ergyt. Val yd oed wydyon di-
warnaƀt yn y wely ac yn deffroi. ef a glywei diaſpat
yn y giſt is y dꝛaet. kyn ny bei uchel hi. Kyfuch
oed ac y * kigleu ef. Ꝗef a oꝛuc ynteu kyuodi yn
gyflym ac agoꝛi y giſt. ac ual y hegyꝛ ef a welei uab
bychan yn rƀyuaƀ y ureicheu. o blyc y Ịenn ac yn y
gƀaſgaru. ac ef a gymerth y mab y rƀng y dƀylaƀ.
ac a gyꝛchƀys y dꝛef ac ef Ịe y gƀydyat bot gƀꝛeic a

bꝛonneu genti. ac ymobꝛyn aꝰnaeth arwreic ueithꝛyn
y mab. Ɏ mab a uagꝰyt y vlꝰydyn honno. Ɉc yn oet
y vlꝰydyn hoff oed gantunt y vꝛeiſket bei dꝰyulꝰyd.
ạr eil vlꝰydyn⸗ mab maꝰꝛ oed ac yn gaɫu e hun
kyꝛchu y ɫys. Ɏnteu e hun wydyon wedy y dyuot
yꝛ ɫyſ a ſynnyꝰys arnaꝰ. ar mab a ymgeneuinaꝰd ac
ef. ac ae caraꝰd yn vꝰy noc undyn. Ɏna y magꝰyt
y mab yn y ɫys yny uu pedeir blwyd. a hoff oed
y̶ ̶v̶e̶i̶n̶t̶ y uab wyth mlꝰyd uot yn gÿ ureiſcet ac ef.
ạ diwarnaꝰt ef a gerdaꝰd yn ol gꝰydyon y oꝛymdeith
aɫan. Sef a wnaeth kyꝛchu kaer aranrot ar mab gyt
ac ef. ꝰꝰedy y dyuot yꝛ ɫys kyuodi a oꝛuc aranrot
yn y erbyn ae raeſſaꝰu a chyfuarch gꝰeɫ idaꝰ. Ᵽuꝰ
a rodo da itt heb ef. Ᵽa uab yſſyd yth ol di heb
hi. Y mab hꝰnn mab itti yꝰ ef heb ef. Ꝺia ꝰꝛ pa
doi arnat ti vyg kewilydyaꝰ i. a dilyt vyg kewilyd
ae gadꝰ yn gyhyt a hynn. Ꝺny byd arnat ti geꝰilyd
uꝰy no meithꝛyn o honaf i uab kyſtal a hꝰnn. Ɏſ
bychan a beth vyd dy gewilyd. Ᵽꝰy enꝰ dy uab
di heb hi. Ᵽioer heb ef nyt oes arnaꝰ un enꝰ ettwa.
Ɉe heb hi mi a tynghaf dynghet idaꝰ na chaffo ef
enꝰ yny kaffo gennyf i. Ᵽygaf y duꝰ uyg kyffes heb
ef direit wreic ꝰyt. ar mab a geiff enꝰ kyt boet dꝛꝰc
gennyt ti. a thitheu heb ef yꝛ hꝰnn yd ꝰyt ti ac ae
uar arnat am nath elwir yn uoꝛꝰyn. nyth elꝰir beɫach
byth yn uoꝛꝰyn. Ɉc ar hynny kerdet ymeith dꝛꝰy y lit
a wnaeth. a chyꝛchu kaer dathyl. ac yno y bu y nos
honno. Ɉ thꝛannoeth kyuodi a oꝛuc a chymryt y uab
gyt ac ef. a mynet y oꝛymdeith gan lan y weilgi. rꝰng
hynny ac aber menei. Ɉc yn y ɫe y gꝰelas delyſc a

moꝛ6yal ẖuda6 long a6naeth. ac oꝛg6ynnon ardelyſc*
Нuda6 coꝛd6al a wnaeth. a hynny ∏awer. ac eu bꝛitha6
a oꝛuc hyt na welſei neb ∏edyꝛ degach noc ef. ꝺc
ar hynny kyweirya6 h6yl ar y long a wnaeth. a dyuot
y dꝛ6s poꝛth kaer aranrot ef ar mab yn y ∏ong. ꝓc
yna dechꝛeu ∏unya6 eſgidyeu ac eu g6nia6. ac yna
y harganuot oꝛ gaer. ꟼan wybu ynteu eu harganuot
oꝛ gaer. d6yn eu heily6 e hun a oꝛuc a dodi eily6
ara∏ arnunt ual nat adnepit. ꟼa dynyon yſſyd yn y
∏ong heb yꝛ aranrot. Ꝭrydyon heb 6y. Ꝭ6ch y
edꝛych pa ry6 ledyꝛ yſſyd gantunt. a pha ry6 weith
a wnaant. yna y deuthp6yt attunt. ꝺ phan doethp6yt
yd oed ef yn bꝛitha6 coꝛdwal a hynny yn eureit. Ꝥna
y doeth y kennadeu a menegi idi hi hynny. Ꝥe heb
hitheu. dyg6ch ueſſur uyn troet. ac erch6ch yꝛ cryd
wneuthur eſgidyeu ym. Ꝥnteu a lunywys yꝛ eſ-
gidyeu. ac nyt 6ꝛth y meſſur. namyn yn v6y. Ꝭyuot
ar eſgidyeu idi. nachaf yꝛ eſgidyeu yn oꝛmod. Ꝛy
oꝛmod y6 y rei hynn heb hi. ef a geiff werth y rei
hynn. g6naet heuyt rei a uo ∏ei noc 6ynt. Ꝯef a
wnaeth ynteu g6neuthur rei erei∏ yn ∏ei lawer noe
thꝛoet. ae hanuon idi. Ꝭywed6ch ida6 nyt a y mi
y rei hynn heb hi. ef a dywetp6yt ida6 hynny. Ꝥe
heb ynteu. ny lunyaf i eſgydyeu idi yny wel6yf y
thꝛoet. ꝺ hynny a dywetp6yt idi. Ꝥe heb hi mi a af
hyt atta6 ef. ꝺc yna y doeth hi hyt y ∏ong. a phan
doeth yd oed ef yn ∏unya6 ar mab yn g6nia6. Ꝥe
argl6ydes heb ef dyd da itt. Ꝭu6 a rodo da itt heb
hi. Ꝥres y6 gennyf na uedꝛut gymedꝛoli ar wneuthur
eſgidyeu 6ꝛth ueſſur. Ꝭa uedꝛeis heb ynteu. mi ae

metraſ weithon. ac ar hynny llyma y dɪy6 yn ſeuyll
ar v6rd y llong. Sef awnaeth y mab y v6ɪ6. ae uedɪu
y r6ng giewyn y eſgeir ar aſg6ɪn. ſſef awnaeth hitheu
ch6erthin. Dioer heb hi yſ lla6 gyffes y medɪ6ys y
lle6 ef. Se heb ynteu aniol6ch du6 itt neur gauas ef
en6. a da diga6n y6 y en6. lle6 lla6 gyffes y6 bell-
ach. Ic yna difflannu y g6eith yn delyſc ac yn 6im-
on. ar g6eith nys canlyn6ys ef h6y no hynny. ac oɪ
acha6s h6nn6 y gel6it ef yn dɪydyd * eurgryd. Dioer
heb hitheu ny henbydy well di o uot yn dɪ6c 6ɪthyf i.
Dy buum dɪ6c i ettwa 6ɪthyt ti heb ef. Ic yna yd
ellyg6ys ef y uab yn y bɪyt e hun. Se heb hitheu
minheu a dynghaf dynghet yɪ mab h6nn. na chaffo
arueu byth yny g6iſg6yf i ymdanaw. yɪof adu6 heb
ef. handid oth direidi di. ac ef a geiff arueu. Yna y
doethant h6y parth a dinas dinllef. Ic yno meithɪyn
lle6 lla6 gyffes yny allwys marchogaeth pob march.
ac yny oed g6byl o bɪyt a th6f a meint. Ic yna
adnabot a 6naeth g6ydyon arna6 y uot yn kymryt di-
hir6ch o eiſſeu meirch ac arueu. ae al6 atta6 awnaeth.
Da waſ heb ef ni a6n ui a thi y neges auoɪy. a byd
lawenach noc yd6yt. a hynny a wnaf ynheu heb
y g6as. Ic yn ieuenctit y dyd dɪannoeth kyuodi
awnaethant. a chymryt yɪ aruoɪdir y uynyd parth
a bɪynn aryen. ac yn y penn uchaf y geuyn clūtno.
ymgyweira6 ar ueirch a wnaethant. a dyuot parth
a chaer aranrot. ac yna amgenu eu pɪyt a 6naethant.
a chyɪchu y poɪth yn rith deu was ieueinc. eithyɪ bot
yn pɪudach pɪyt gwydyon noc un y g6as. Y poɪtha6ɪ
heb ef dos ymy6n adywet uot yma beird o uoɪgann6c.

Y po2tha62 a aeth. 62aeffa6 du6 62thunt geſſ6ng y
my6n 6y heb hi. Ƿiruawr lewenyd a uu yn eu her-
byn. Yneuad a gyweir6yt y u6yta yd aethant. 66edy
daruot b6yta. ymdidan a6naeth hi a g6ydyon. am
ch6edleu a chyuar6ydt. Ynteu wydyon kyuar6yd da
oed. 66edy bot yn amfer ymada6 a chyuedach. yftau-
eſſ a gyweir6yt udunt h6y. ac y gyfcu yd aethant.
Ƿir bylgeint g6ydyon a gyvodes. Ac yna y gelwis ef
y hut ae aſſu atta6. Ɍrbyn pan oed y dyd yn goleu-
hau yd oed geniweir ac utky2n. a ſſeuein yn y wlat
yn gyghan. Ƿann yttoed y dyd yn dyuot wynt a
gly6ynt tara6 d26s y2 yftaueſſ. Ac ar hynny aranrot
yn erchi ago2i. Ɋyuodi a o2uc y g6as ieuanc ac
ago2i.* Ƿitheu a doeth y my6n a mo26yn y gyt a
hi. Ƿa wy2da heb hi ſſe d26c yd ym. Ɉe heb ynteu
ni a gly6n utky2n a ſſeuein. a beth a debygy di o
hynny. Ƿioer heb hi ni cha6n welet ſſi6 y weilgi gan
bop ſſong ar to2r y gilyd. Ɉc y maent yn ky2chu
y tir yn gyntaf a aſſont. a pha beth a wna6n ni heb
hi. Arglwydes heb y g6ydyon. nyt oef in gygho2 onyt
kaeu y gaer arnam. ae chynhal yn oreu a aſſom. Ɉe
heb hitheu du6 a [da]lo y6ch. a chynheſſ6ch ch6itheu.
Ac yma y keff6ch diga6n o arueu. Ɉc ar hynny yn
ol y2 arueu yd aeth hi. a ſſyma hi yn dyuot a d6y
uo26yn gyt a hi. Ac arueu deu 62 gantunt. Argl6ydes
heb ef g6ifc ymdan y g62aync hwnn. a minneu ui
ar mo2ynyon a wifgaf ymdanaf inheu. Ɋi a gly6af
odo2un y g6y2 yn dyuot. Ƿynny a6naf yn ſſa6en.
a g6ifca6 a6naeth hi ymdana6 ef yn ſſa6en ac yn
g6byl. a der6 heb ef wifca6 ymdan y g62aync h6nn6.

Der6 heb hi. neur der6 y minheu heb ef. Diod6n
an harueu weithon. nyt reit in 62thunt. Och heb
hitheu paham. IIyna y IIynghes yg kylch y ty. Da
wreic nit oes yna un IIynghes. Och heb hitheu pa
ry6 dygyuor a uu o honei. Dygyuo2 heb ynteu y
to2o2ri dy dynghetuen am dy uab. ac y geiffa6 arueu
ida6. ac neur gauas ef arueu heb y diolwch y ti.
Y rof i a du6 heb hitheu g62 d26c 6yt ti. ac ef aaIIei
y IIawer mab coIIi y eneit am y dygyuo2 a bereift ti
yn y cantref h6nn hedi6. Ami a tynghaf dynghet y2
mab heb hi na chaffo g62eic vyth o2 genedyl yffyd
ar y dayar honn y2 a62 honn. Ie heb ynteu direit
wreic uvoft eiryoet. ac ny dylyei neb uot yn bo2th
itt. a g62eic a geiff ef ual kynt. D6ynteu a doethant
att vath uab mathon6y. A ch6yna6 yn luttaf yn y byt
rac aranrot a 6naethant. A menegi ual y paryffei y2
arueu ida6 oII. Ie heb y math. keiff6n ninneu ui
a thi (oc) an hut an IIetrith huda6 g62eic ida6 ynteu
o2 blodeu. Ynteu yna a meint g62 ynda6. ac yn
deledi6haf g6as o2 a welas * dyn eiryoet. ac yna y
kymeraffant h6y blodeu y deri. a blodeu y banadyl.
a blodeu y2 erwein. ac o2 rei hynny aff6yna6 y2 un
uo26yn deckaf a theledíwaf a welas dyn eiryoet. Ae
bedydya6 o2 bedyd a wneynt yna. a dodi blodeuwed
arnei. G6edy y kyfcu y gyt h6y ar y wled. nyt ha6d
heb y g6ydyon y 62 heb gyuoeth ida6 offymdeitha6.
Ie heb y math. mi arodaf ida6 y2 un cantref go2eu
y was ieuanc y gael. Argl6yd heb ef pa gantref y6
h6nn6. Gantref dinodig heb ef. a h6nn6 a elwy2 y2
a62 honn eiwynyd. ac ardud6y. Def IIe ar y cantref

y kyuanhedẟys lys idaẟ. yn y ỻe a elwir mur y cafteỻ.
a hynny yg gẟzthdir ardudẟy. ac yno y kyuanhedẟys
ef ac y gẟledychẟys. A phaẟb a uu uodlaẟn idaẟ ac
y arglẟydiaeth. Ac yna dzeigylgẟeith kyzchu a ẟnaeth
parth a chaer dathyl. y ymwelet a math uab mathon-
ẟy. Y dyd yd aeth ef parth a chaer dathyl. troi o vyẟn
y ỻys a wnaeth hi. a hi a glywei lef cozn. ac yn ol
ỻef y cozn. ỻyma hyd blin yn mynet heibaẟ. a chẟn
a chynnydyon yn y ol. ac yn ol y cẟn ar kynnydyon
bagat o wyz ar traet yn dyuot. Eỻyngẟch waf heb
hi y wybot pẟy y niuer racco. Y gẟas a aeth. a gouyn
pẟy oedynt. ẟzonẟ pebyz yẟ hẟnn. y gẟz yffyd ar-
glẟyd ar penỻynn heb ẟy. ẟynny a dywaẟt y gẟas
idi hitheu. Ynteu a gerdẟys yn ol yz hyd. ac <u>ar</u> auon
gynwael gozdiẟef yz hyd ae lad. ac ẟzth ulingaẟ yz
hyd. a ỻithyaẟ y gẟn ef a uu yny wafcaẟd y nos arnaẟ.
A phan yttoed y dyd yn atueilaẟ ar nos yn neffau. ef
a doeth heb pozth y ỻys. ẟioer heb hi ni a gaẟn
yn goganu gan yz unben. oe adu y pzyttẟn y wlat
araỻ onys gẟahodẟn. ẟioer arglẟydes heb ẟy iaẟnaf
yẟ y wahaẟd. Yna yd aeth kennadeu yn y erbỹ y
wahaẟd. ac yna y kymerth ef y wahaẟd yn ỻaẟen.
ac y doeth yz ỻys. ac y doeth hitheu yn y erbyn ef
y reffaẟu. ac y gyuarch gẟeỻ idaẟ. arglẟydes heb ef
duẟ a dalho it dy leẟenyd. Ymdiarchenu a mynet
y eifted a ẟnaethant. ẟef a ẟnaeth blodeued edzych
arnaẟ ef. ac yz aẟz yd edzychaẟd nyt oed gyueir
arnei hi ny bei yn ỻaẟn oe gary*at ef. ac ynteu a
fynnyẟys arnei hitheu. ar un medẟl a doeth yndaẟ ef
ac a doeth yndi hitheu. ef ny aỻẟys ymgelu oe uot

yn y charu hi. ae uenegi idi a ᚹnaeth. Ᏸitheu a gy-
merth diruaᚹ lewenyd yndi. ac o achaᚹs y ferch ar
caryat a dodaffei bop un o honunt ar y gilyd y bu
eu hymdidan y nos honno. ac ny bu ohir y ymgael
o honunt. nyt amgen noᚱ nos honno. ar nos honno
kyfcu y gyt a ᚹnaethant. a thᚱannoeth arouun a ᚹnaeth
ef ymeith. Ᏸioer heb hi nyt ey y ᚹᚱthyf i heno. Y nos
honno y buant y gyt heuyt. ar nos honno y bu yᚱ
ymgynghoᚱ gantunt pa furyf y keffynt uot yg kyt.
Ᏸyt oes gynghoᚱ heb ef onyt un. keiffaᚹ y gantaᚹ
gᚹybot pa ffuryf y del y angheu. a hynny yn rith am-
geled am danaᚹ. Tᚱannoeth arouun a ᚹnaeth. Ᏸioer
heb hi ny chyghoᚱaf it hediᚹ uynet y ᚹᚱthyf i.
Ᏸioer kanys kynghoᚱy ditheu. nyt af ynheu heb
ef. Ᏽi a dywedaf hagen uot yn berigyl dyuot yᚱ
unben bieu y llys adᚱef. Ᏽe heb hi auoᚱy mi ath
ganhataf di y uynet ymdeith. Ᏽᚱannoeth arouun a
ᚹnaeth ef. ac nys lludywys hitheu ef. Ᏽe heb ynteu
coffa a dywedeis ᚹᚱthyt ac ymdidan yn lut ac ef. a
hynny yn rith yfmalhaᚹch caryat ac ef. Ᏽ dilyt y
gantaᚹ pa ffoᚱd y gallei dyuot y angheu. Ᏽnteu
a doeth adᚱef y nos honno. Ᏽᚱeulaᚹ y dyd a wnaeth-
ant dᚱᚹy ymdidan a cherd a chyuedach. Ᏽr nos honno
y gyfcu y gyt yd aethant. ac ef a dywaᚹt parabyl
ar eil ᚹᚱthi. ac yn hynny parabyl nys kauas ef. Ᏸa
derᚹ ytti heb ef ac a wyt iach di. Ᏽedylyaᚹ yd ᚹyf
heb hi yᚱ hynn nys medylyut ti am danaf i. Ᏸef yᚹ
hynny heb hi goualu am dy angheu di ot elut yn
gynt no miui. Ᏽe heb ynteu duᚹ a dalo itt dy am-
geled. Ᏽnym llad i duᚹ hagen nyt haᚹd vy llad i

heb ef. a wney ditheu yꝛ duб. ac yrof inheu. menegi
y mi pa furyf y galler dy lad ditheu. ᴋanyꝼ gwell yб
uyg cof i бꝛth ymoglyt noꝛ teu di.  Ɗywedaf yn llaбen
heb ef. nyt haбd ꭒy llad i heb o ergyt. a reit oed
uot vlбydyn yn gбneuthur y par ym byꝛyit i ac ef.*
a heb wneuthur dim o honaб namyn pan vydit aryꝛ
aberth duб ful. ae diogel hynny heb hi. Ɗiogel dioer
heb ef.  Ɗy ellir uy llad i y myбn ty heb ef. ny ellir
allan. ny ellir uy llad ar uarch. ny ellir ar uyn troet.
Ᵹe heb hitheu pa delб y gellit dy lad ditheu. ᴍi ae
dywedaf ytti heb ynteu.  Ꞡбneuthur enneint im ar
lan auon. a gбneuthur cromglбyt uch penn y gerбyn.
ae thoi yn da ac yn didos бedy hynny. a dбyn bбch
heb ef ae dodi ger llaб y gerбyn. a dodi ohonaf inheu
y neill troet ar geuyn y bбch. ar llall ar ymyl y ger-
wyn. pбy bynnac a medꝛei i uelly ef a wnaei uy ageu.
Ᵹe heb hitheu diolchaf y duб hynny. ef a ellir rac
hynny dianc yn haбd.  Ɗyt kynt noc y kauas hi yꝛ
ymadꝛaбd. y hanuones hitheu att gronб pebyꝛ. Ꞡꝛonб
a lauurywys gбeith y gбaeб. ar un dyd ym penn y
vlбydyn y bu baraбt. ar dyd hбnnб y peris ef idi hi
gбybot hynny. arglбyd hi yd бyf yn medylyaб pa
delб y gallei uot yn wir a dywedeift dꝛ gynt бꝛthyf i.
ac a dangoffy di y mi pa ffuryf y fauut ti ar ymyl
y gerбyn ar bбch o pharaf inheu yꝛ enneint. Ɗangoffaf
heb ynteu.  Ᵹitheu a anuones att ronб. ac a erchis
idaб uot y ghyfcaбt y bꝛynn a elwir weithon bꝛynn
kyuergyꝛ yg glan auon kynuael oed hynny.  Ᵹitheu
a beris kynnullaб a gauas o auar yn y cantref. ae dбyn
yꝛ parth dꝛaб yꝛ auon gyuarбyneb a bꝛynn kyuergyꝛ.

ạ thɪannoeth hi a dywaɓt. arglɓyd heb hi mi a bereis
kyweiryaɓ y glɓyt ar enneint y maent yn baraɓt. ọe
heb ynteu aɓn y hedɪych yn llaɓen. Wynt a doethant
dɪannoeth y edɪych yɪ enneint. ọi a ey yɪ enneint
arglɓyd heb hi. ạf yn llaɓen heb ef. ọf a aeth yɪ
enneint ac ymeneinaɓ a ɓnaeth. arglɓyd heb hi llyma
yɪ anniueileit a dyɓedeiſt di uot bɓch arnunt. ọe heb
ynteu par dala un o honunt. a phar y dɓyn yma. ef
a ducpɓyt y bɓch. ọna y kyuodes ynteu oɪ enneint.
a gɓiſcaɓ y laɓdyɪ ymdanaɓ. a dodi y neill troet idaɓ
ar ymyl y gerɓyn. ar llall ar geuyn y bɓch. ọnteu
ronɓ a gyuotes y uynyd oɪ bryn a elwir bɪynn kyuer-
gyɪ.* ac ar ben y neill glin y kyuodes. ac ar gɓenɓyn
waeɓ y uɓɪɓ ae uedɪu yn y yſtlys. yny neitta y paladyɪ
o honaɓ. a thɪigyaɓ y penn yndaɓ. ac yna bɓɪɓ ehet-
uan o honaɓ ynteu yn rith eryɪ. a dodi garymleis an-
hegar. ạc ny chahat y welet ef o hynny allan. ọn
gyn gyflymet ac yd aeth ef ymeith. y kyɪchaſſant
ɓynteu y llys. ạr nos honno kyſcu y gyt. ọ thɪann-
noeth kyuodi a oɪuc gronɓ a goɪeſgȳ ardudɓy. ẹɓedy
goɪeſgyn y wlat y gɓledychu a wnaeth yny oed yn y
eidaɓ ef ardudɓy a phenllyn. ọna y chɓedyl a aeth at
math uab mathonɓy. ọɪymuryt a goueileint a gy-
merth math yndaɓ. ạ mɓy wydyon noc ynteu o laɓer.
ạrglɓyd heb y gɓydyon ny oɪffowyſſaf uyth yny
gaffɓyf chwedleu y ɓɪth uy nei. ọe heb y math.
duɓ a uo nerth itt. ạc yna kychɓynnu a ɓnaeth ef
a dechɪeu rodyaɓ racdaɓ. ạ rodyaɓ gɓyned a ɓnaeth
a phoɓys yny theruyn. ẹɓedy daruot idaɓ rodyaɓ
uelly. ef a doeth hyt yn aruon. ac a doeth y ty uab

eillt ym maena6ɪ bennard. Difgynnu yny ty a 6naeth
a thɪigya6 yno y nos honno.  66ɪ y ty ae dyl6yth
a doeth y my6n. ac yn diwethaf y doeth y meichat.
66ɪ y ty a dywa6t 6ɪth y meichat. Ȼa was heb ef
a doeth dy h6ch di heno y my6n.  Ɖoeth heb ynteu.
yɪ a6ɪ honn y doeth att y moch. Ɖa ry6 gerdet heb
y g6ydyon yffyd ar yɪ h6ch honno. . Ɖan ago2er y
creu beunyd yd a allan. ny cheir craff arnei. ac
ny wybydir pa ffo2d yd a. m6y no chynn elei yn y
dayar. ᴀ wney di heb y g6ydyon y rof i nat ago2ych
y creu. yny v6yf i yn y neill parth yɪ creu y gyt a thi.
g6naf yn lla6en heb ef. Ɏ gyfgu yd aethant y nos
honno. ᴀ phan welas y meichat lli6 y dyd. ef a de-
ffroes wydyon. ᴀ chyuodi a 6naeth g6ydyon a g6ifg-
a6 ymdana6. a dyuot y gyt ar meichat. a feuyll 6ɪth
y creu. Ɏ meichat a ago2es y creu. y gyt ac y hegyɪ
llyma hitheu yn b6ɪ6 neit allan. a cherdet yn bɪaff
a 6naeth. a gydyon ae kanlyn6ys. ᴀ chymryt g6ɪth-
6yneb auon a 6naeth. ᴀ chyɪchu nant a 6naeth a el6ir
weithon nant y lle6. ac yno g6aftattau a 6naeth a
pho2i. Ɏnteu wydyon a doeth y dan * y pɪenn. ac
a edɪycha6d pa beth yd oed yɪ h6ch yn y bo2i. ac ef
a welei yɪ h6ch yn po2i kic p6dyɪ a chynron. Ȿef
a wnaeth ynteu edɪych ym blaen y pɪenn. a phan
edɪych ef a 6elei eryɪ ym blaen y pɪenn. ᴀ phan ym-
yfgyt6ei yɪ eryɪ . y fyɪthei y pɪyuet ar kic p6dyɪ o
hona6. ᴀr h6ch yn yffu y rei hynny. Ȿef a 6naeth
ynteu medylya6 mae lle6 oed yɪ eryɪ. a chanu eglyn.
Ɖar a dyf y r6ng deu lenn. go2duwrych awyɪ a glen.
ony dywetaf i eu oulodeu. lle6 pan y6 hynn. Ȿef

a 6naeth ynteu y2 ery2. ymell6ng yny uyd yg ky-
mherued y p2enn. Sef a wnaeth ynteu wydyon canu
eglyn arall.   Dar a dyf yn arduaes. nys g6lych gla6.
nys m6 y ta6d. na6 ugein angerd a bo2thes. yn y blaen
lle6 lla6 gyffes.   Ac yna ymell6ng ida6 ynteu yny
uyd yn y geing iffaf o2 p2enn. 6anu eglyn ida6 ynteu
yna. Dar a dyf dan anwaeret. mirein medur ym
ywet. ony dywedaf i ef. dyda6 lle6 ym harffet. Ac
y dyg6yda6d ynteu ar lin g6ydyon.   Ac yna y tre6is
g6ydyon a hutlath ynteu yny uyd yn y rith e hunan.
Dy welfei neb ar 62 tremynt truanach hagen noc
a oed arna6 ef. nyt oed dim onyt croen ac afc62n.
Yna ky2chu kaer dathyl a wnaeth ef. Ac yno y duc-
p6yt a gahat o uedic da yg g6yned 62tha6. Kyn kyuyl
y2 ul6ydyn yd oed ef yn holliach. Argl6yd heb ef 62th
uath uab mathon6y. mad6f oed y mi kaffel ia6n gan
y g62 y keueis ouut ganta6. Dioer heb y math ny
eill ef ymgynnal ath ia6n di ganta6.   Ie heb ynteu
go2eu y6 gennyf i bo kyntaf y kaff6yf ia6n. Yna
dygyuo2ya6 g6yned a 6naethant. a chy2chu ardud6y.
66ydyon a gerd6ys yn y blaen. a chy2chu mur castell
a o2uc.   Sef a 6naeth blodeued clybot eu bot yn
dyuot. kymryt y mo2ynyon y gyt a hi. a chy2chu y
mynyd. a th26y auon gynuael. ky2chu llys a oed ar
y mynyd. Ac ny wydynt gerdet rac ovyn. namyn ac
eu h6yneb d2ae keuyn Ac yna ny wyb2uant yny fy2th-
affant yn y llynn. ac y bodyffant oll eithy2 hi ehunan.
Ac yna y go2diweda6d gwydyon hitheu. ac y dywa6t
62thi. Dy ladaf i di. mi a 6naf * yffyd waeth itt. Sef
y6 hynny dy ell6ng yn rith ederyn. Ac o acha6s y

kebilyd a wnaethoft di y leb Ilab gyffes. na beidych
ditheu dangos dy wyneb lib dyd vyth. a hynny rac
ouyn yz holl adar. a bot yn anyan udunt dy uaedu.
ath amherchi y Ile yth gaffont. ac na chollych dy enb.
namyn dy alb vyth blodeuwed. Sef yb blodeuwed
tyIluan oz Ieith yz abz honn. ac o achabs hynny y
mae digaffabc yz adar yz tyIluan. ac ef a elwir ettwa
y tyIluan yn vlodeuwed. Ynteu gronb pebyz a gyzch-
bys pennIlynn. ac o dyno ymgennattau a wnaeth.
Sef kennadbzi a anuones. gouyn a wnaeth y leb Ilab
gyffes. a vynnei ae tir ae dayar ae eur ae aryant am
y farhaet. Nachymeraf y dub y dygaf uyg kyffes heb
ef. a Ilyma y peth Ileiaf a gymeraf y gantab. Mynet
yz Ile yz oedbn i o honab ef pan ym byzyabd ar par.
a minheu y Ile yz oed ynteu. a gadel y minheu y
vbzb ef a phar. a hynny yn Ileihaf peth a gymeraf y
gantab. Hynny a uenegit y ronb pebyz. Ie heb
ynteu. dir yb y mi gbneuthur hynny. Vyg gwyzda
kywir am teulu am bzodyz maeth. a oes o honabch
chbi a gymero yz ergit dzoffof i. Nac oes dioer heb
bynteu. ac o achabs gomed o honunt by. diodef un
ergit dzos eu harglbyd. y gelwir bynteu yz hynny
hyt hedib. trydyd aniweir deulu. Ie heb ef mi ae
kymeraf. Ac yna y doethant eIl deu hyt ar lann
auon gynuael. Ac yna y feuif gronb yn y Ile yd oed
Ileb Ilab gyffes pan y byzyabd ef. a Ileb yn y Ile yd
oed ynteu. Ac yna y dwabt gronb pebyz bzth leb.
arglbyd heb ef. kanys o dzyc yftryb gbzeic y gbneuth-
um i ytti a wneuthum. Minneu a archaf y ti yz dub.
Ilech a welaf ar lan yz auon. gadel im dodi honno

y ryngof ar dyꝛnaꝩt.  Dioer heb y Ꝇeꝩ nyth ommedaf
o hynny.  Ie heb ef duꝩ a dalo itt.  Ac yna y kymerth
gronꝩ y Ꝇech. ac y dodes y ryngtaꝩ ar ergit.  Ac yna
y byꝛyaꝩd Ꝇeꝩ ef ar par. ac y gꝩant y Ꝇech trꝩydi.
Ac ynteu dꝛꝩydaꝩ yny dyꝛ y geuyn.  Ac yna y Ꝇas
gronꝩ pebyꝛ. Ac yno y mae y Ꝇech ar lann auon
gynuael yn ardudꝩy ar tꝩꝇ trꝩydi. Ac o ach*aꝩs hynny
ettwa y gelwir hi Ꝇech gronꝩ. Ynteu Ꝇeꝩ Ꝇaꝩ gyffes
eilweith a oꝛefgynnꝩyſ y wlat. ac ae gꝩledychꝩys yn
Ꝇꝩydyannus. a herwyd y dyweit y kyuarwydyt ef auu
arglꝩyd wedy hynny ar wyned. Ac veꝇy y teruyna
y geing honn oꝛ mabinogi....

# Maxen's Dream.



## Llyma vreidvyt maxen wledic.

Maxen wledic oed amheravdyr yn ruuein. a
theccaf gvr oed a doethaf. a goreu awedei
yn amheravdyr or a vu kyn noc ef. a dadleu vren-
hined a oed arnav diwarnavt. ac ef a dywavt y an-
nwyleit. miui heb ef a vynnaf avory vynet y hela.
Trannoeth y bore ef a gychwynnawd ae nifer [698]
ac a doeth y dyffrynn auon a dygvyd y ruuein. Hel-
a y dyffrynn awnaeth hyt pan vu hanner dyd. Yd
oed gyt ac ef hagen deudec vrenhin ar hugeint o
vrenhined coronavc yna yn wyr idav. Hyt yr di-
grifvch hela ydhelei yr amheravdyr yn gyhyt a
hynny. namyn y wneuth{ur} yn gyuurd gvr ac y bei
arglvyd ar y favl vrenhined hynny. ar heul a oed yn
vchel ar yr awyr. uch eu penn. ar gvres yn vavr.
a chyfcu adoeth arnav. Sef awnaeth yweiffon. feuyll
kaftellu eu taryaneu yn y gylch ar peleidyr gvaewar
~~ynygylch~~ rac yr heul. Taryan eur grvydyr a dodaf-
fant dan y penn. Ac uelly y kyfcvys maxen. Ac yna
y gvelei vreidvyt. Sef breidvyt awelei. y uot yn
kerdet dyffrynn yr avon hyt y blaen. ac y vynyd

uchaf oꝛ byt y deuei.  Ef a tebygei vot y mynyd yn
gyfuch ar awyꝛ. aphan deuei dꝛos y mynyd. ef awelei
y uot yn kerdet g6ladoed teccaf a g6aſtattaf awelſei
dyn eiryoet oꝛ parth araỻ yꝛ mynyd.  A phꝛif auonyd
ma6ꝛ awelei oꝛ mynyd yn kyꝛchu y moꝛ. ac yꝛ moꝛ
rytyeu ar yꝛ auonyd y kerdei. Py hyt bynnac y kerdei
veỻy. ef·a doeth y aber pꝛif auon v6yhaf oꝛ awelſei
neb. a phꝛif dinas awelei yn aber yꝛ auon. a phꝛif
gaer yn y dinas. a phꝛif dyꝛoed amyl amliwa6c awelei
ar y gaer. a ỻynghes a welei yn aber yꝛ auon. a m6y-
haf ỻynghes oed honno oꝛ awelſei neb eiryoet. a ỻong
awelei ym plith y ỻynghes. a m6y o la6er a thegach
oed honno noꝛ rei ereiỻ oỻ. a welei ef vch y moꝛ
oꝛ ỻong. y neiỻ yſtyỻen a welei ef yn eureit ar ỻaỻ
yn aryanneit. Pont a welei o aſc6ꝛn moꝛuil oꝛ ỻong
hyt y tir. ac ar hyt y bont y tebygei y vot yn dyuot
yꝛ ỻong.  B6yl a dyꝛcheuit ar y ỻong. ac ar voꝛ a
g6eilgi y kerdit a hi.  Ef a welei y dyuot y ynys
deckaf oꝛ holỻ vyt. a g6edy y kerdei ar dꝛa6s yꝛ ynys
oꝛ moꝛ py gilyd  hyt yꝛ ymyl eithaf oꝛ ynys.  Kȳm-
eu awelei a diff6ys a cherric uchel eithyꝛ agar6 am-
dyfr6ys ny rywelſei eiryoet y gyfry6. Ac odyno ef a
welei yn y moꝛ gyuarwyneb ar tir amd yfr6ys h6nn6.
ynys. ac y rygta6 ar ynys honno y g6elei ef g6lat
a oed kyhyt y maeſtir ae moꝛ. Kyhyt y mynyd ae
choet.  Ac oꝛ mynyd h6nn6 avon awelei yn kerdet
aꝛ tra6ꝛ y m wlat yn kyꝛchu y moꝛ. Ac yn aber yꝛ
auō ef a welei pꝛif gaer deckaf oꝛ a welſei dyn eir-
yoet. a phoꝛth y gaer a welei yn agoꝛet. a dyuot yꝛ
* gaer a wnaeth.  Ef a welei neuad dec yn y gaer.

toat y neuad a tebygei y vot yn eur oll. Gant y neuad
a tebygei y uot yn vein llywychedic gôyrthuaôr ae
gilid. Dôreu y neuad a tebygei eu bot yn eur oll.
lleithigeu eureit a welei yn y neuad. a byrdeu aryant.
ar ar y lleithic kyfarwyneb ac ef y gôelei deu vackôy
wineuon ieueinc yn gôare gôydbôyll. Glaôr aryant
a welei yr wydbôyll. a gôerin eur arnei. Gôisc y
mackôyeit oed bali purdu. A ractaleu o rudeur yn
kynnal eu gôallt. a mein mawrweithaôc llywychedic
yndunt. Rudem a gem pob eilwerf yndunt. ac am-
herodron mein. Gôintaffeu o gordwal newyd am eu
traet. a llafneu o rudeur yn eu kayu. ac ymon <u>colofyn</u>
y neuad y gôelei gôr gôynllwyt y myôn cadeir o afcôrn
eliphant. a delô deu eryr arnei o rudeur. Breich-
rôyfeu eur oed am y vreicheu. a modrôyeu amyl am
y dôylaô. a gordtorch eur am y vynôgyl. a ractal eur
yn kynnal y wallt. ac anfaôd erdrym arnaô. Glaôr
o eur a gôybôyll rac y vronn. a llath eur yn y laô.
a llifeu dur. ac yn torri gôerin gôydbôyll. A morôyn
a welei yn eifted rac y vronn y myôn kadeir o rudeur.
mwy noc yd doed haôd difgôyl ar yr heul pan vei
teckaf. nyt oed haôs difgôyl arnei hi rac y thecket.
Gryffeu o fidan gôynn a oed am y uorwyn. a chaeeu
o rudeur rac y bronn. a sôrcot o pali eureit ym danei.
a ractal o rudeur am y phenn. a rudem a gem yn y
ractal. a mein mererit pob eilwers. ac amherodron
vein. A gwregis o rudeur ym danei. ac yn teckaf
golôc o dyn edrych arnei. a chyuodi a oruc y uorwyn
or gadeir racdaô. A dodi a wnaeth ynteu y dôylaô
am vynôgyl y uorwyn. ac eifted a wnaethant ell deu

yn y gadeir eur.   Ꝛc nyt oed gyuyghach y gadeir
udunt ell deu noc yꝛ uoꝛƀyn e hun.  Ꝛ phan yttoed
ef ae dƀylaƀ am uynƀgyl y voꝛƀyn. ac ae rud ƀꝛth y
grud hitheu. rac angerd y kƀn ƀꝛth eu kynllauann. ac
yſcƀydeu y taryaneu yn ymgyhƀꝛd y gyt. a pheleid<sup>yr</sup>
y gƀaewar yn kyflad. a gƀeryꝛat y meirch ac eu pyſtyl-
at. Ɗeffroi a wnaeth yꝛ amheraƀdyꝛ. Ꝛphan deffroes.
Ƀoedel nac einyoes * na bywyt nyt oed idaƀ am y
voꝛƀyn ry welſei trƀy y hun. Ꝼygƀn vn aſcƀꝛn yndaƀ.
na mynnwes vn ewin yghwaethach lle a vei vƀy no
hƀnnƀ nyt oed ny bei gyflaƀn o garyat y uoꝛwyn. Ꝛc
yna y dywaƀt y teulu ƀꝛthaƀ. Ꝛrglƀyd heb ƀynt. neut
yttiƀ dꝛos amſer itt kymryt dy vƀyt. Ꝛc yna yd
eſgynnƀys yꝛ amheraƀd<sup>yr</sup> ar y balffrey yn dꝛiſtaf gƀꝛ
a welſei dyn eiryoet. ac y kerdwys y ryngtaƀ a ruuein.
Ꝛc uelly y bu yꝛ wythnoſ ar y hyt. Ɖan elhei y teulu
y yvet y gƀin ar med oꝛ eurleſtri⹁ nyt aey ef y gyt
a neb o nadunt ƀy. Ɖan elhynt hƀy y warandaƀ kerd-
eu a didanƀch. nyt aey ef y gyt ac ƀynt. Ac ny cheffit
dim gantaƀ. namyn kyſcu yn gyfynychet ac y kyſgei.
y wreic vƀyhaf a garei a welei trƀy y hun. pꝛyt na
chyſgei ynteu ny handei dim am danei. kany wydyat
oꝛ byt pa le yd oed. Ꝛc y dywaƀt gƀaſ yſtafell ƀꝛthaƀ
diwarnaƀt. ac yꝛ y vot ynwas yſtauell. bꝛenhin ro-
mani oed. Ꝛrglƀyd heb ef y mae dy wyꝛ oll yth gablu.
Ɖaham y cablant ƀy vyui heb yꝛ amheraƀd<sup>yr</sup>.  Ꝏ ach-
aƀſ na chaffant gennyt na neges nac atteb oꝛ a geiff
gƀyꝛ gan eu harglƀyd. Ꝛ llyna yꝛ achaƀs ar cabyl yſſyd
arnat.  Ƀa was heb yꝛ amheraƀd<sup>yr</sup>. dƀc ditheu doeth-
on ruvein ym kylch i. a mi a dywedaf paham yd ƀyf

trift i. Ⱥc yna y ducpȣyt doethon ruvein yg kylch yꝛ amheraȣdʳ. ac y dywaȣt ynteu. doethon ruuein heb ef. Bꝛeudȣyt a weleis i ac yn y vꝛeudȣyt y gȣelȣn moꝛȣyn. Ꝃoedyl na bywyt nac einoes nyt oes im am y voꝛȣyn. Ⱥrglȣyd heb ȣynteu. kanys arnam ni y berneift ti dy gyghoꝛ. ni ath gyghoꝛȣn di. Ⱥ Ꝇyna an kyghoꝛ ni ytti. eꝇȣng kennadeu teir blyned y ter rann y byt. y geiffaȣ dy vꝛeudȣyt. Ⱥ chan y ȣdoft pa dyd pa nos y del chwedleu da attatt hynny o obeith ath geidȣ. Ɏna y kerdȣys y kennadeu hyt ym penn y vlwydyn y grȣytraȣ y byt ac y geiffaȣ chȣedleu y ȣꝛth y vꝛeudȣyt. Ᵽan doethan dꝛacheuyn ym penn y vlȣydyn. ny wydynt vn geir mȣy noꝛ dyd y kychwynnyffant. Ⱥ thꝛiftau a oꝛuc yꝛ amheraȣdyꝛ yna o tebygu * na chaffei byth chwedleu am y wreic vȣyaf a garei. Ⱥc yna y dywawaȣt bꝛenhin romani ȣꝛth yꝛ amheraȣdyꝛ. Ⱥrglȣyd heb ef kychwyn y hela y ffoꝛd y gȣelut dy uot yn mynet ae parth ar dwyꝛein ae parth ar goꝛꝇewin. Ⱥc yna y kychwynnȣys yꝛ amheraȣdyꝛ y hela. ac y doeth hyt yg glann yꝛ auon. Ꝇyma heb ef yd oedȣn i pann weleis y vꝛeudȣyt. ac y ghyueir blaen yꝛ auon y tu ar goꝛꝇewin y kerdȣn. Ⱥc yna y kerdaffant trywyꝛ ar dec yn gennadeu yꝛ amheraȣdyꝛ. ac oe blaen y gȣelfant mynyd maȣꝛ a debygynt y uot ȣꝛth yꝛ awyꝛ. Ᵽef anfaȣd oed ar y kennadeu yn eu kerdetyat. vn Ꝇawes a oed ar gapan pob un o nadunt oꝛ tu racdaȣ yn arwyd eu bot yn gennadeu pa ryueltir bynnac y kerdynt yndaȣ na wnelit dꝛȣc udunt. Ⱥc ual y doethant dꝛos y mynyd hȣnnȣ. wynt a welynt gȣladoed maȣꝛ gwaftat.

a ph ̄if ouonyd d ̄ ̄ydunt yn kerdet. Ꝃlyma heb 6ynt
y tir a welas an hargl6yd ni. Y ̄ mo ̄ rydyeu ar y ̄
auonyd y kerda ſſant ̇ yny doethant y p ̄if auon a wel-
ynt yn ky ̄chu y mo ̄. a ph ̄if dinas yn aber y ̄ auon.
A ph ̄if gaer yn y dinas. a ph ̄if dy ̄oed amliwa6c ar
y gaer. Ꝃlyghes v6yhaf o ̄ byt a welynt yn aber y ̄
auon. a llog oed v6y noc vn o ̄ rei ereill. llyman
ettwa heb y ̄ 6ynt y b ̄eud6yt a welas an hargl6yd ni.
Ꝃc yn y llog ua6 ̄ honno y kerda ſſant ar y mo ̄. ac
y doethant y ynys p ̄ydein. ar ynys a gerda ſſant yny
doethant y eryri. Ꝃlyman ettwa heb y ̄ 6ynt y tir
amdyfrwys a welas an hargl6yd ni. wynt a doethant
racdunt yny welynt mon gyuarwyneb ac wynt. ac
yny welynt heuyt aruon. llyma heb 6ynt y tir a welas
an hargl6yd ni tr6y y hun. ac aber sein a welynt ar
gaer yn aber y ̄ auon. Po ̄th y gaer a welynt yn
ago ̄et. Y ̄ gaer y doethant. neuad a welſant y my6n
y gaer. Ꝃlyman heb 6ynt y neuad a welſam ni tr6y
y hun. wynt a doethant y ̄ neuad. ac wynt a welſant
y deu vack6y yn gware y ̄ wydb6yll. ar y lleithic eur.
Ꝃc a welſant y g6 ̄ g6ynll6yt y mon y golofyn. yn y
gadeir afc6 ̄n yn to ̄ri g6erin y ̄ 6ydb6yll. ac a wel-
ſant y uo ̄6yn yn eiſted y my6n * cadeir o rud eur.
a goſt6ng ar tal eu glinyeu a wnaethant y kennadeu.
amherod ̄es ruuein hanpych g6ell. Ꞅa wy ̄da heb
y uo ̄wyn anſa6d g6y ̄ dylyeda6c a welaf arna6ch ̇ ac
arwyd kenadeu. Pywattwar a wne6ch ch6i amdanafi.
Ꞅa wna6n argl6ydes vn g6attwar am danat. Ꞅamyn
amhera6d ̓ ̔ ruuein ath welas tr6y y hun. Ꞅoedel nac
einyoes nyt oes ida6 am danat ̇ Ꞅewis argl6ydes

a geffy y gennym ni. aedyuot gyt a ni yth wneuthur
ynamherodzes yn ruuein. ae dyuot yz amheraɓdyz
yma yth gymryt yn wreic idaɓ. Ɦa wyzda heb y
uozɓyn amheu yz hynn a dywedɓch chɓi nyſ gɓnaf i.
Ɋae gredu heuyt yn ozmod. Ɋamyn os miui a gar
yz amheraɓdyz. deuhet hyt yman ym ol. ac y rɓng
dyd a nos y kerdaſſant y kenadeu dzacheuyn. ac ual
y diffykyei eu meirch y pzynynt ereiII o newyd. Ic
ual y doethant hyt yn ruuein. kyuarch gɓeII yz am-
heraɓdyz a ɓnaethant. ac erchi eu koeluein. a hynny
a gaɓſſant ual y notteynt. Ɋi a vydɓn gyuarɓyd itt
arglɓyd heb ɓynt ar voz ac ar tir hyt y IIe y mae y
wreic vɓyhaf a gery. a ni a wdam y henɓ ae chyſtlɓn
ae boned. ac yn diannot y kerdɓys yz amheraɓdyz yn
y luyd. ar gɓyz hynny yn gyuarwyd udunt. Ɋarth
ac ynys pᵛdein y doethant dzos voz a gɓeilgi. Ic
y gozeſgynnɓys yz ynys ar veli mab manogan ae
ueibon. ac y gyzrɓys ar uoz wynt. ac y deuth racdaɓ
hyt yn aruon. ac yd adnabu yz amheraɓdyz y wlat
mal y gɓelas. Ac ual y gɓelas kaer aber sein. weldy
racco heb ef y gaer y gɓeleis i y wreic vɓyhaf a garaf
yndi. ac y doeth racdaɓ yz gaer. ac yz neuad. Ic
y gɓelas yno kynan uab eudaf. ac adeon uab eudaf
yn gɓare yz wydbɓyII. ac a welaſ eudaf uab karadaɓc.
yn eiſted y myɓn kadeir o aſcɓzn yn tozri gɓerin yr
ɓydbɓyII. Ɏ uozwyn a welas trɓy y hun ef ae gwelei
yn eiſted y myɓn kadeir o eur. amherodzes ruuein
heb ef hanpych gɓeII. Ʒ mynet dɓylaɓ mynɓgyl idi
a wnaeth yz amheraɓdyz. Ar nos honno y kyſgɓys
genthi. Ʒ thzannoeth y boze yd erchis y uozɓyn y

hag6edi  am y chaffel  yn uo2wyn⸗ ac  yntev  a erchis
idi nodi  y  hagwedi.  a hitheu  a nodes * ynys p2ydein
y6 that.  o vo2 rud  hyt  ym mo2  Iwerdon.  ar teir rac
ynys y dala dan amherod2es ruuein.  a g6neuthur  teir
p2if gaer idi hitheu yn y lle y dewiffei yn ynys p^ydein.
ac yna  y dewiffa6d  g6neuthur  y gaer  uchaf  yn aruon
idi. ac y ducp6yt eg6eryt ruuein yno.  hyt pann uei
iachuffach  y2 amhera6dy2  y gyfcu.  ac y eifted  ac  y
ymdeith.  Odyna  y g6naethp6yt  y d6y gaer ereill idi.
Hyt amgen kaer llion a chaer vy2din.  a diwarna6t
yd aeth  y2 amhera6dy2  y hela  y gaer  vy2din.  ac yd
aeth  hyt  ym penn  y v2evi va62.  a thynnv  pebyll
awnaeth y2 amha6dy2 yno.  A chadeir vaxen y gelw-
ir y pebyllua honno y2 hyt hedi6.  O acha6s ynteu
g6neuthur  y gaer  o vy2d  o wy2  y gelwit kaer vy2din⸗
O dyna ymedylywys elen g6neuthur p2if ffy2d o bob
kaer hyt y gilyd ar tra6s ynys p2ydein. ac y g6naeth-
pwyt  y  ffy2d.  Ac  o acha6s  hynny  ~~yg6naethp6~~  y
gelwir 6ynt ffy2d elen luyda6c 62th y hanuot hi o
ynys p2ydein⸗ ac na wnaei wy2 ynys p2ydein y lluyd-
eu ma62 hynny y neb namyn idi hi.  Seith mlyned
ybu y2 amhera6dy2 yn y2 ynys honn.  Sef oed deua6t
g6y2 ruuein yn y2 amfer h6nn6.  Pa amhera6dy2 byn-
nac a drickyei yg g6ladoed ereill yn kynnydu feith
mlyn<sup>ed</sup>⸗ trickyei ar y o2efcyn.  ac ny chaffei dyuot y
ruvein d2acheuyn.  Ac yna y g6naethāt 6ynteu am-
hera6dy2 new.  ac yna y g6naeth h6nn6 lythy2 byg6th
ar vaxen⸗  Hyt oed hagen o lythy2. namyn o deuy
di ac o deuy di byth y ruuein.  ac hyt yg kaer llion
y doeth y llythy2 h6nn6 ar uaxenn ar ch6edleu.  Ac

o dyna yd anuones ynteu lythyꝛ ar y gȣꝛ adywedei y
uot yn amheraȣdyꝛ yn ruuein. Ꝺyt oed yny llythyꝛ
hȣnnȣ heuyt dim. namyn ot af ynheu y ruuein ac
ot af. Ꝗc yna ykerdwys Maxen yn y luyd parth
a ruuein. Ꝗc y goꝛefgynnȣys ffreinc a bȣꝛgȣyn ar holl
wlatoed. hyt yn ~~ffreinc~~ ruuein. Ꝗc ydeiftedaȣd ȣꝛth
gaer ruuein. Ꝑlȣydyn ybu yꝛ amheraȣdyꝛ ȣth y gaer.
nyt oed nes idaȣ y chael noꝛ dyd kyntaf. Ꝗc yny ol
ynteu y doeth bꝛodyꝛ y elen luydaȣc o ynys ꞃꝛydein
allu bychan gantunt. a gȣell ymladwyꝛ oed yn y llu
by*chan hȣnnȣ. noc eu deu kymeint o wyꝛ ꞃuuein.
Ꝗc y dywefpȣyt yꝛ amheraȣdyꝛ o welet y llu yn dif-
gynnv yn ymyl y lu ynteu ac yn pebyllyaȣ. Ꝗc ny
welfei dyn eiryoet llu degach na chyweirach nac ar-
ȣydon hardach noc oed hȣnnȣ yn y ueint. Ꝗc y doeth
elen y etrych y llu. Ꝗc yd adnabu arȣydon y bꝛodyꝛ.
Ꝗc yna y doeth kynan uab eudaf ac adeon uab eudaf
y ymwelet ar amheraȣdyꝛ. Ꝗc y bu lawen yꝛ am-
hᵉꝛaȣdyꝛ ȣꝛthunt. Ꝗc ydaeth dȣylaȣ mynȣgyl udunt.
Ꝗc yna yd edꝛychaffant ȣy ar wyꝛ ruuein yn ymlad
ar gaer. Ꝗc ydywaȣt kynan ȣꝛth y vꝛaȣt. Ꝺyni a
geiffȣn ymlad ar gaer yn gallach no hynn. Ꝗc yna y
meffuraffant ȣynteu hyt nos uchet y gaer. Ꝗc yd
ellygaffant eu feiri yꝛ koet. Ꝗc y gȣnaethpȣyt yfcaȣl
y pob petwar gȣyr onadunt. Ꝗgȣedy bot hynny yn
baraȣt gantunt. Ꝓeunyd pob hanner dyd y kymerei
y deu amheraȣdyꝛ eu bȣyt. Ꝗc y peidynt ac ymlad
o bop parth yny darffei y baȣp ȣȣytta. Ꝗr boꝛedyd
y kymerth gȣyꝛ ynys eu bȣyt. Ꝗc yvet a wnaethant
yny yttoedynt vꝛȣyfkeit. Ꝗ phan yttoedynt y deu am-

heraßdyꝛ ar eu bßyt y doeth y bꝛytanyeit ßꝛth y gaer
a dodi eu hyſgolyon ßꝛthi. ac yn diannot yd aethant
dꝛos y gaer ymyßn. Ðy chauas yꝛ amheraßdyꝛ newyd
aruot y wiſgaß y arueu ymdanaß. yny doethant am
y penn ae lad. a llawer ygyt ac ef. a theirnos athꝛi-
dieu y buant yn gßaſtattau ygßyꝛ a oedynt yny gaer
ac yn goꝛeſgyn y kaſtell. Ir ranneu ereill onadunt
yn cadß y gaer rac dyuot neb olu maxen idi. yny
darffei udunt hßy gßaſtatau paßb ßꝛth eu kyghoꝛ. Ac
yna y dywaßt ᴍaxen ßꝛth elen luydaßc. Ꝛyued maßꝛ
yß gennyf i arglßydes heb ef nat ymi ygoꝛeſgynnei
dy vꝛodyꝛ di y gaer honn. Irglßyd amheraßdyꝛ heb
hitheu. gßeiſſon doethaf oꝛ byt yß vym bꝛodyꝛ i. ados
ditheu racco yerchi ygaer. ac os ßynteu ae med hi.
ti ae keffy yn llawen. Ac yna ydoeth yꝛ amheraßdyꝛ
ac elen yerchi y gaer. Ac y dywedaſſant ßynteu
ßꝛth yꝛ amheraßdyꝛ. nat oed weithꝛet y neb y gaffel
y gaer. nac yß rodi idaß ynteu. na*myn y wyꝛ ynys
ᴘꝛydein. ac yna yd agoꝛet pyꝛth kaer ruuein. ac yd
eiſtedwys yꝛ amheraßdyꝛ yny gadeir. Ac ygßedwys
idaß paßb owyꝛ ruuein. Ac yna ydywaßt yꝛ amher-
aßdyꝛ ßꝛth gynan ac adeon. Ða wyꝛda heb ef cßbyl
a geueis i om amherodꝛaeth. ar llu hßnn mi ae rodaf
y chßytheu yoꝛeſgyn y gyueir y mynnoch ar y byt. Ac
yna y kerdaſſant ßynteu ac y goꝛeſgynnaſſant gßledyd
a cheſtyll a dinaſſoed. ac y lladaſſant eu gßyꝛ oll. ac
y gadaſſant y gßꝛaged yn vyß. Ac uelly y buant yny
yttoed y gßeiſſon ieueinc a dathoed ygyt acßynt yn
wyꝛ llwydon. rac hyt y buaſſynt yny goꝛeſgyn hßnnß.
Ac yna y dywaßt kynan ßꝛth adeon y vꝛaßt. Ðeth

a vȳny di heb ef ae trigya6 yn y wlat honn. ae mynet
yɀ wlat yd han6yt o honei. Sef y kauas yn y gygho ɀ
mynet y wlat allawer y gyt ac ef. Ic yno y trigywys
kynan ar rann arall gyt ac ef y pɀeſſ6yla6. Ic y
ka6ſſant yn eu kygho ɀ llad tauodeu y g6ɀaged. rac
llygru eu hieith. Ac o acha6s tewi o ɀ g6ɀaged ac eu
hieith. y gel6it gwyɀ llyda6 bɀytaen. Ac odyna y doeth
yn vynych o ynys pɀydein ac ettwa y da6 yɀ ieith
honno. Ar chwedyl h6nn a elwir. bɀeud6yt maxen
wledic amhera6d$^{yr}$ ruuein. Ac yman y mae teruyn
arna6.

# Lludd and Llevelys.



## Nyma gyfranc llud a lleuelis.

Y2 beli ma62 uab manogan y bu tri meib. llud.
a chaffwalla6n. a nynnya6. a her6yd y kyuar-
wydyt pedweryd mab ida6 uu lleuelys. ag6edy
mar6 beli a dyg6yda6 tey2nas ynys p2ydein yn lla6
llud. y uab y2 hynaf. ae llywya6 o lud hi yn ll6yd-
yann^us. ef a atnewydwys muroed llundein. o anriu-
edic ty2oed ae damgylchyn6ys. ag6edy hynny a
o2chymynn6ys y2 kiwtawtwy2 adeilat tei yndi megys
na bei yn y tey2nassoed. tei kyfurd ac a uei yndi.
Ic y gyt a hynny ymladw2 da oed. a hael ac ehal-
aeth y rodei v6yt a dia6t y ba6b or ae keiffei. a chyt
bei lawer o gey2yd a dinassoed ida6 honn a garei ef
yn v6y no2 vn. ac yn honno y p^rff6ylei y rann v6yhaf
o2 vl6ydyn. ac 62th hynny y gelwit hi kaer lud. ac
o2diwed kaer lundein. ag6edy dyuot eftra6n gen-
edyl idi. y gelwit hi lundein. neu ynteu l6nd2ys.
* M6yhaf oe v2ody2 y karei lud y lleuelys. kanys
g62 p2ud a doeth oed. ag6edy clybot ryuar6 b2en-
hin heb ada6 etiued ida6 namyn vn uerch. ac ada6
y kyuoeth yn lla6 honno. ef a doeth att lud y v2a6t

y erchi kygho2 a nerth ida6. Ac nyt yn v6yhaf y2 lles
ida6 ef. namyn y2 keiffa6 achwanegu enryded ac
v2das a theilyngda6t y eu kenedyl o gallei vynet y
tey2nas ffreinc y erchi y uo26yn honno yn wreic ida6.
Ac yn y lle y v2a6t a gytfynnya6d ac ef. ac auu da
ganta6 y gygho2 ar hynny. Ac yn y lle paratoi llong-
eu ac eu llan6 o varchogyon arva6c. a chychwyn
parth a ffreinc. Ac yn y lle g6edy eu difgynnu. Anuon
kenadeu a o2ugant y uenegi y wy2da freinc yfty2 y
neges y dothoed oe cheiffa6. Ac o gyt gygho2 g6y2da
freinc ae thywyffogyon y rodet y uo2wyn y leuerys
a cho2on y dey2nas y gyt a hi. A g6edy hynny ef
a lywya6d y gyuoeth yn p2ud ac yn doeth. ac yn
detwyd hyt tra barhaa6d y oes. A g6edy llith2a6
talym o. amfer. teir go2mes a dyg6ydwys yn ynys
p2ydein. ar ny welfei neb o2 ynyffed gynt eu kyfry6.
Kyntaf o nadunt oed ry6 genedyl a doeth a elwit
y co2anneit. a chymeint oed eu g6ybot ac nat oed
ymad2a6d d2os wyneb y2 ynys y2 iffet y dywettit
o2 kyuarffei y g6ynt ac ef nys g6ypynt. Ac 62th hynny.
ny ellit d26c udunt. Y2 eil o2mes oed. diafpat adodit
pob nos kalan mei. vch bob ael6yt yn ynys p2dein.
A hono a aei tr6y gallonneu y dynyon. ac ae hofn-
ockaei yn gymeint ac y collei y g6y2 eu lli6 ac eu
nerth. ar g62aged eu beichogyeu. ar meibon ar
merchet a gollynt eu fynh6y2eu. ar holl aniueileit
ar g6yd ar dayar. ar dyfred a edewit yn diffr6yth.
T2yded o2mes oed y2 meint uei y darmerth ar arl6y.
a barattoit yn llyffoed y b2enhin. kyt bei arl6y vl6ydyn
o v6yt adia6t. ny cheffit vyth dim o hona6. namyn

a treulit yꝛ vn nos gyntaf. ar dꝺy oꝛmes ereiłł nyt oed
neb a wyppei pa yſtyꝛ oed ud|dunt.  Ꝛc ꝺꝛth hynny
mꝺy gobeith oed kaffel gꝺaret oꝛ gyntaf. noc oed oꝛ
eil neu oꝛ dꝛyded.  Ꝛc ꝺꝛth hynny łłud vꝛenhin a
gymerth pryder maꝺꝛ a goual yndaꝺ. kany wydyat
pa ffoꝛd y kaffei waret rac y goꝛmeſſeu hynny. Ꝛ galꝺ
attaꝺ a oꝛuc hołł wyꝛda y gyuoeth. Ꝛ gouyn kyghoꝛ
udunt pa beth a wnelynt yn erbyn y goꝛmeſſoed hynny.
Ꝛc ogyf*fred gyghoꝛ y wyꝛda. łłud uab beli a aeth att
leuelis y vꝛaꝺt bꝛenhin freinc. kanys gꝺꝛ maꝺꝛ y gygoꝛ
a doeth oed hꝺnnꝺ y geiſſaꝺ kyghoꝛ y gantaꝺ. Ꝛc yna
parattoi łłyghes a wnaethant. Ꝛ hynny yn dirgel ac
yn diſtaꝺ. rac gꝺybot oꝛ genedyl honno yſtyꝛ y neges.
nac o neb dy eithyꝛ y bꝛenhin ae gyghoꝛwyꝛ. Ꝙgꝺedy
eu bot yn baraꝺt ꝺynt a aethant yn eu łłynghes. łłud
ac aethole y gyt ac ef. Ꝛ dechꝛeu rꝺygaꝺ y moꝛoed
parth a freinc.  Ꝛ gꝺedy dyuot y chwedleu hynny att
leuelis. kany wydyat achaꝺs łłyghes y vꝛaꝺt. y doeth
ynteu oꝛ parth arałł yn y erbyn ef. a łłynghes gantaꝺ
diruaꝺꝛ y meint. Ꝛ gꝺedy gꝺelet o lud hynny. ef a
edewis y hołł longeu ar y weilgi ałłan dy eithyꝛ vn
łłong. Ꝛc yn yꝛ vn honno y doeth yn erbyn y vꝛaꝺt.
Ꝙnteu y myꝺn vn łłong arałł a doeth yn erbyn y
vꝛaꝺt. Ꝛ gꝺedy eu dyuot y gyt pob un onadunt a aeth
dꝺylaꝺ mynꝺgyl y gilyd. Ꝛc o vꝛaꝺdoꝛyaꝺl garyat pob
vn a reſſawaꝺd y gilyd o nadunt.  Ꝙgꝺedy menegi
o lud y vꝛaꝺt yſtyr y neges. łłeuelis a dywaꝺt y gꝺyd-
yat e hun yſtyꝛ y dyuodyat yꝛ gꝺladoed hynny. Ꝛc
odyna y kymeraſſant kyt gyghoꝛ y ymdidan am eu
negeſſeu yn amgen no hynny. megys nat elei y gꝺynt

am eu hymad2a6d. rac g6ybot o2 co2annyeit a dy-
wettynt. Ac yna y peris Ileuelis g6neuthur co2n
hir o euyd. a th26y y co2n h6nn6 ymdywedut. A phy
ymad2a6d bynnac a dywettei y2 vn o nadunt 62th y
gilyd. tr6y y co2n. ny dodei ar y2 vn o nadunt. namyn
ymad2a6d go atcas g62th6yneb. A g6ed g6elet o leuelis
hynny a bot y kyth2eul yn eu Ilesteirya6. Ac yn ter-
uyscu tr6y y co2n. yperis ynteu dodi g6in yn y co2n
ae olchi. a th26y rinnwed yg6in gy2ru y kyth2eul o2
co2n. A g6edy bot ~~eubot~~ eu hymad2a6d yn dilesteir.
y dywa6t Ileuelis 62th y v2a6t y rodei ida6 ry6 b2yuet.
A gadu rei o nadunt yn vy6 y hilia6. rac ofyn dyuot
eilweith o damwein y ry6 o2mes honno. a chymrỵ
ereill o2 p2yuet ae b2iwa6 ym plith d6uy2. ac ef a
gadarnhaei bot yn da hynny y dist2i6 kenedyl y
co2anyeit. Dyt amgen g6edy y delei ad2ef y dey2nas.
dyuynnu y2 holl bobyl y gyt y genedyl ef. a chen-
edyl y co2anyeit y2 vn dadleu. Ar ued6l g6neuthur
tageued y ryg*tunt. A phan vei ba6p o nadunt y gyt.
kymrỵ y d6uy2 rinweda6l h6nn6. ae v626 a pa6p yn
gyfredin. Ac ef a gadarnhaei y g6enn6ynei y d6fy2
h6nn6 genedyl y co2annyeit. ac na ladei. ac nat eid-
igauei neb oe genedyl ehun. Y2 eil o2mes heb ef
yssyd yth gyuoeth di. d2eic y6 honno. a d2eic estra6n
genedyl arall yssyd yn ymlad a hi. Ac yn keissa6
y go2esgynn. ac 62th hynny heb y dyt ych d2eic ch6i
diaspat engirya6l. Ac ual hynny y gelly kaffel g6ybot
hynny. 6wedy delych atref. par uessura6 yr ynys
oe hyt ae Ilet. ac yn y Ile y keffych di y p̧nt perued
yn ia6n. par gladu y Ile h6nn6. ac odyna par dodi

kerᵥyneit oꝛ med goꝛeu aaller ywneuthᵘʳ ymyᵥn
yclad hᵥnnᵥ. allenn opali arwyneb y gerwyn. ac
odyna yth perſon dy hunan. byd yn gᵥylaᵥ. ac yna
ti awely ydꝛeigeu yn ymlad ynrith aruthter aniueil-
eit. ac oꝛ diwed ydant yn rith dꝛeigeu ynyꝛ awyꝛ.
ac yn diwethaf oll gᵥedy darffo udunt o engiryaᵥl
agirat ymlad vlinaᵥ. ᵥynt aſyrthant yn rith deu
barchell hyt ar yllenn. ac aſudant gantunt y llenn.
acae tynnant hyt yggᵥaelaᵥt ygerwyn. acayvant
y med yngᵥbyl. ac agyſcant gᵥedy hynny.  Ac yna
yny lle plycca ditheu y llenn yneu kylch ᵥynteu. ac
yny lle kadarnhaf ageffych yth gyfoeth y myᵥn kiſt
uaen clad ᵥynt. achud y myᵥn ydaear. a hyt tra
vont hᵥy yny lle kadarn hᵥñᵥ. ny daᵥ goꝛmes y ynys
pꝛydein ole arall. achaᵥſ y tryded oꝛmes yᵥ heb ef.
Ᵹᵥꝛ lleturithaᵥc kadarn yſſyd yn dᵥyn dy vᵥyt athlyn
ath darmerth. a hᵥnnᵥ teᵥ yᵥ y hut aeleturꝡth abeir
y baᵥp kyſcu.  Ac ᵥꝛth hynny y mae reit y titheu
yth perſſon dy hun gᵥylaᵥ dywledeu ath arᵥyleu. ac
rac goꝛuot oe gyſcu ef arnat. bit gerᵥynet o dᵥfyꝛ oer
geyꝛ dy laᵥ. aphan vo kyſgu yntreiſſaᵥ arnat. dos
ymyᵥn ygerwyn. ac yna ydymchoeles llud dꝛa-
cheuyn ywlat. ac yndiannot y dyuynnᵥys attaᵥ paᵥb
ynllᵥyꝛ oegenedyl ef. ac oꝛ coꝛanneit. ac megys y
dyſgaᵥd lleuelis idaᵥ. bꝛiwaᵥ y pꝛyuet aoꝛuc ymplith
ydᵥfyꝛ. a bᵥꝛᵥ hᵥnnᵥ yngyffredin ar baᵥp. ac yn
diannot ydiffeithaᵥd holl giwtaᵥt y coꝛanneit uelly
heb echꝛys ar neb oꝛ bꝛytanyeit. ac ympenn yſpeit
gᵥedy hynny. llud a beris meſſuraᵥ yꝛ ynys aryhyt
ac ar yllet. * ac ynrytychen y cauas y pᵥynt

perued. ac yn y lle honn6 y peris cladu y dayar. ac
yn yclad honn6 goſſot kerwyn yn lla6n o2 med go2eu
a allwyt y wneuthur. a llenn opali ar y wyneb. Ac
ef e hun ynos honno yng6ylyat. ac ual yd oed uelly.
ef awelas yd2eigeu yn ymlad. A g6edy blina6 onad-
unt adiffygya6. 6ynt a diſgynnaſſant ar warthaf y
llenn. ae thynnu gantunt hyt yg g6aela6t y ger6yn.
a g6edy daruot ud|dunt yuet ymed. kyſcu ao2ugant.
ac yneu k6ſc llud ablyg6ys y llenn yneu kylch. ac
yny lle diogelaf agauas yn eryri y my6n kiſt vaen
ae kudywys. Sef ffuruf y gelwit y lle honn6 g6edy
hynny. dinas emreis. a chyn no hynny dinas ffara-
on dande. T2ydyd crynweiſſat uu honn6 a to2res y
gallon anniuiged. ac uelly y peidywys ydymheſtlus
diaſpat aoed yny kyuoeth. A g6edy daruot hynny.
llud v2enhin a beris arl6y g6led dirua62 y meint.
a g6edy y bot yn bara6t goſſot kerwyn yn lla6n od6ſy2
oer gey2 y la6. Ac ef ehun yny p2ia6t perſon ae
g6ylwys. ac ual y byd uelly yn wiſcedic o arueu.
val am y tryded wylua o2 nos. nachaf y cly6 llawer
o didaneu odida6c. ac amryuaelyon gerdeu. a hun
yny gymell ynteu y gyſcu. Ac ar hynny ſef ao2uc
ynteu rac lleſteirya6 ar y darpar ae o2th2ymu oe hun.
mynet yn vynych yn y d6ſy2. ac yny diwed nachaf
g62 dirua62 y veint yn wiſcedic o arueu trymyon
kadarn yn dyuot y my6n achawell ganta6. ac megys
y gnottayſſei yndodi y2 holl darmerth ar arl6y ov6yt
allyn yny cawell. ac yn kychwynv ac ef ymeith. ac
nyt oed dim ryuedach gan lud noc eiga6 yn y kawell
honn6 peth kymeint a hynny. ac ar hynny llud

vꝛenhin agychwynnꝺys yny ol. ac adywaꝺt ꝺꝛthaꝺ
val hyñ. arho arho heb ef. kyt rywnelych di farhaedeu
llawer a cholledeu kynno hynn. nys gꝺney
bellach. ony barn dy vilwryaeth dy uot yn dꝛech
ac yn dewrach no mi. ac yn diannot ynteu aoffodes
y kawell ar y llaꝺꝛ. ac ae arhoes ef attaꝺ. ac angerd-
aꝺl ymlad avu y rygtunt. yny oed y tanllachar yn
ehedec oꝛ arueu. ac oꝛ diwed ymauael aoꝛuc llud
ac ef. ar dyghetuen awelas damwheinaꝺ y uudugol-
yaeth y lud. gan vꝺꝛꝺ yꝛ oꝛmes yryngtaꝺ ar * daear.
Igꝺedy goꝛuot arnaꝺ o rym ac angerd. erchi naꝺd
aoꝛuc idaꝺ. Pawed heb y bꝛenhin ygallꝺn i rodi
naꝺd ytti wedy y gyniuer collet afarhaet rywnaeth-
oft titheu ymi. Dy holl golledeu eiryoet heb yꝛ
ynteu oꝛ awneuthum i ytti. mi ae hennillaf itt yn
gyftal ac ydugym. ac ny wnaf ygyffelyb o hynn
allan. a gꝺꝛ ffydlaꝺn vydaf i ytti bellach. Ir bꝛenhin
agymerth hynny y gantaꝺ. Ic uelly y gꝺaredaꝺd
llud y teir goꝛmes yar ynys pꝛydein. ac ohynny hyt
yndiwed y oef yn hedꝺch lꝺydyannus y llywyaꝺd
llud uab beli ynys pꝛydein. ar chwedyl hꝺnn aelwir
kyfranc llud a lleuelys. ac uelly y teruynha.

# Kulhwch and Olwen.

Klyd   mab  kelydon  wledic  a uynnei  wreic
kynmwyt ac ef.   Sef g62eic a vynnna6d goleu-
dyd  merch  anla6d  wledic.   Gwedy  y weft
genthi.  mynet  y  wlat  yg g6edi  malka6n  a geffynt
ettiued.  a chaffel  mab o honunt tr6y wedi y wlat.  Ac
o2 a62 y dellis beichogi.  ydaeth  hitheu  yggwylltta6c
heb  dy gredu  anhed.  Pan  dyuu  y thymp  idi.  ef a
dyuu  y hia6nb6yll  idi.   Sef  y dyuu.  mynyd  yd oed y
meichat  ynkad6  kenuein o uoch.  Ac rac 6uyn  y moch
engi  ao2uc  y v2enhinef.  a  chymryt  y  mab  ao2uc  y
meichat  hyt  pan dyuu  y2  llys.  a bedydya6  y  mab
a wnaethp6yt.  a  gy2ru  kulh6ch  arna6.  62th  y  gaffel
yn retky2r h6ch.  Bonhedic  hagen oed  y mab.  keuyn-
der6  y  arthur  oed.  a rodi  ymab  awnaethp6yt  ar
ueith2in.   Ag6edy  hynny  cleuychu  mam  y mab
goleudyd  merch  anla6d  wledic.   Sef ao2uc hi gal6
y chymar  attei.   Ac  yna  ydywat  hi 62tha6 ef.  mar6
uydaf i o2 cleuyt  h6nn.  ag62eic  arall a uynny ditheu.
arecdo6yd  ynt  y g62aged  weithon.   D26c  y6 itti
hagen  llygru  dy uab.   Sef y harchaf itt na mynnych
wreic.  hyt  pan welych  d2yffien  deu peina6c ar vym
bed i. Ac ada6 ao2uc ynteu hynny idi.   Gal6 y hath2o

attei aozuc hitheu. ac erchi idab amlynu y bed bop
blbydyn hyt nathyuei dim arnab.  Marb uu y vzen-
hines.  Sef abnaei y bzenhin gyzru gbas bop boze y
edzych adyuei dim arybed.  Gballocau aozuc yz
athzo ympenn y feith mlyned yz hynn aadabffei yz
urenhines.  Diwarnabt yn hely y brenhin. dy gyzchu
y gozdlan aozuc y bzenhin. gbelet y bed a vynnei
trb y kaffei wreicka. a gbelet y dzyffien aozuc. Ac
mal y gbelas. mynet aozuc y brēhin ygkyghoz pale y
kaffei wreic. Heb un oz kynghozwyr. "mi awydbn
wreicka da itt awedei." Sef yb honno gbzeic doget
vzenhin. Kynghoz uu gantunt y chyzchu. a llad
y bzenhin. adbyn y wreic gantunt aozugant. ac un
uerch oed idi gyt ahi. agozefgyn tir y bzenhin a
bnaethant. * Dydgbeith ydaeth y wreicda allan y
ozymdeith. y deuth ydy hen wrach oed yny dzef heb
dant yny phenn. Ac y dywabt y urenhines. ha wrach
adywedy di y mi ypeth a ovynnaf itt yz dub. ble mae
plant y gbz am llathrudabd yggozdby. Heb y wrach
nyt oes blant idab. Heb y urenhines. gbae uinneu
vyndyuot at anuab. Ac yna y dybabt y wrach. nyt
reit itti hynny. Darogan yb idab kaffel etiued o
honat ti. yz naf kaffo o arall. Dawna dziftit heuyt
un mab yffyd idab. Mynet aozuc ywreic da yn llaben
atref. Ac y dywabt hi bzth y chymar. Pa yftyz yb
gennyt ti kelu dy blant ragof .i. Heb y bzenhin.
aminheu nyf kelaf weithon. Kennattau y mab a
ozucpbyt. adyuot ac ef yz llys. Dywedut aozuc y
lyfuam bzthab. Gbzeic yffyd da itti y chael. amerch
yffyd imi gbib y bob gbzda yny byt. Y dywabt y

mab. nyt oet ymi ettwa wreicka. Ac yna y dywa6t
hitheu. Mi atynghaf dynghet itt nachyflado dy
yftlys 6zth wreic. hyt pan geffych olwen merch yfpad-
aden pennka6z. Lliwa6 aozuc y mab. amynet ferch
y uoz6yn ympob aela6t ida6 yz naf g6elfei eiryoet.
Ic yna y dywa6t ydat 6ztha6. Ha uab py liuy di.
Py dz6c yffyd arnat ti. Vy Llyffuam adyngh6ys im
na chaff6yf wreicbyth hyt panngaff6yf olwen merch
yfpadaden benn ka6z. Hawd y6 itti hynny heb
y dat 6ztha6. Arthur yffyd geuynder6 itt. dos att
arthur y diwyn dy wallt. ac erchych hynny ida6
yngyuar6s itt. Mynet aozuc y mab ar ozwyd penn
Lluchl6yt pedwar gayaf gauyl gyg6ng karn gragen.
a ffr6yn eur kymibia6c yn y benn. a chyfr6y eur
anlla6d y dana6. a deupar aryannhyejt Lliueit yny
la6. Gleif penntirec yny la6. kyuelin dogyn g6z
odz6m hyt a6ch. y g6aet ar y g6ynt adygyzchei. bydei
gynt noz g6lithin kyntaf oz k6nyn hyt y lla6z pan uei
u6yhaf y g6lith vis meheuin. Gledyf eurd6zn ar y
glun. a racllauyn eur ida6. a chzoes eur gr6ydyz[7]
arna6. alli6 lluchet nef yndi. a llugozn eliffeint yndi.
a deu vilgi uronwynnyon vzychyon tu racda6. a g6zd
tozch * rudem am vyn6gyl pob un ogn6ch yfg6yd.
hyt yfgyuarn. yz h6nn auei oz parth affeu avydei
oz parth deheu. Ar h6nn a uei oz parth deheu
auydei oz parth affeu. mal d6y uozwenna6l yndarware
yny gylch. Pedeir tywarchen aladei bedwarcarn
y goz6yd. mal pedeir g6enna6l ynyz a6yz uch y benn.
g6eitheu uchot. g6eitheu iffot. Llenn o bozffoz pedeir
ael ymdana6. ac aual eur 6zth bop ael idi. canmu

oed werth pob aual. Gwerth try chan mu o eur
gwerthua6ı oed yn y archenat. ae warthafleu ſang-
nar6y o benn y glun hyt ym blaen y vyſ. Dy chıym-
ei vlaen ble6yn y dana6 rac yſca6net tuth, y goıwyd
oed y dana6 yn kyıchu poıth llys arthur. y dywa6t
y mab. "a oeſ boıtha6ı." Oes athitheu ny bo teu dy
benn byır y kyuerchy di. Mi auydaf boıtha6ı y
arthur bop du6 kalan iona6ı. am raclouyeit hagen
y vl6ydyn eithyı hynny. Nyt amgen huanda6.
a gogig6c. a llaeskenym. a phennpingyon a ymda ar y
benn yı arbet y dıaet, nyt 6ıth nef. nyt 6ıth dayar.
namyn ual maen treigyl ar la6ı llyſ. "agoı y poıth."
Dac agoıaf." "Py yſtyı naſ agoıy di." "Kyllell aedy6
ym b6yt allynn ym bual. ac amſathyı neuad arthur.
namyn mab bıenhin g6lat teithia6c, neu y gerda6ı
a dycko y gerd. ny atter y my6n. llith yth g6n ac yth
ueirch. agol6ython poeth pebıeid y titheu. ag6in
goıyſgala6c. adidan gerdeu ragot. B6yt degwyı
ar ugeint a da6 attat yı yſpytty. Yno y b6yta pellen-
nigyon. a mabyon g6ladoed ereill. nyt ergyttyo
kylch yn llys arthur. Dy byd g6aeth inn yno. no
chyt ac arthur yny llys. G6ıeic y gyſcu genthi.
a didan gerdeu rac dy vıonn. auoıy pıyt anterth pan
agerer y poıth rac y niuer a deuth yma hedi6. Byd-
ha6t ragot ti gyntaf ydagoıir y poıth. achyfeiſted
awnelych yny lle ade6iſſych yn neuad arthur. oe
g6arthaf hyt y g6aela6t. "Dywedut aoıuc y mab "ny
wnaf i dim o hynny. Ot agoıy ypoıth da y6. Onyſ
agoıy mi adygaf angclot ythargl6yd. * adıyc eir
y titheu. a mi adodaf teir diaſpat ardı6ı y poıth h6nn.

hyt na bo agheuach ym penn pengŵaed yng kernyŵ. ac
yggŵaelaŵt dinsol yny gogled. ac yn esgeir ŵeruel yn
iwerdon. ac yssyd o wreic ueichaŵc yny llys honn
methaŵd eu beichogi. ac ar nyt beichaŵc onadunt
ymchoelaŵd eu kallonnev yn ŵzthzŵm heint arnadunt
mal na bont ueichaŵc byth o hediŵ allan. Heb y
gleŵlŵyt gauaelŭaŵz. Pa diaspettych di bynnac am
gyfreitheu llys arthur. nyth ellyngir di y myŵn. yny
elŵyfi y dywedut y arthur gyffeuin....

Ac yna y doeth gleŵlŵyt yz neuad. ac y dywaŵt
arthur ŵzthaŵ. Ghŵedleu pozth gennyt. Yf
ethyŵ gennyf deuparth vy oet. a deuparth y teu dith-
eu. Mi a uum gynt yg kaer fe. ac affe. yn fach. a fal-
ach. yn lotoz. a ffotoz. Mi a uum gynt yny india uaŵz.
ar india vechan. Mi a vum gynt yn ymlad deu ynyz. pan
ducpŵyt y deudec gŵystyl olychlyn. a mi a uum gynt
yn yz egrop. a mi a uum yn yz affric. ac yn ynyffed coz-
fica. ac yg kaer bzythŵch. a bzythach. a nerthach. Mi
a uum gynt pan ledeift di deulu cleis mab merin. Pan
ledeift mil du mab ducum. Mi a uum gynt pan ozef-
gynneift roec ŵzth parth y dŵzein. Mi a uum gynt yg
kaer oeth. ac anoeth. Ac yg kaer neuenhyz naŵ
naŵd teyzn. dynyon tec a welfam ni yno. ny weleis i
eiryoet dyn kyuurd ar hŵnn yffyd yn dzŵs y pozth yz
aŵz honn. ac y dywaŵt arthur. Os ar dy gam y doeth-
oft y myŵn. dos ar dy redec allan. ar faŵl a edzych
y goleu. ac aegyz y lygat. ac ae kae anghengaeth
idaŵ. A gŵaffanaethet rei o vuelin gozeureit. ac
ereill a golŵython poeth pybzeid hyt pan vo paraŵt
bŵyt allyn idaŵ. Ys dyhed a beth gadu dan wynt a

glaỽ y kyfryỽ dyn adywedy di. Heb y kei. myn llaỽ
vygkyueillt pei gỽnelhit vygkyghoz i ny thozrit kyf-
reitheu y llys yzdaỽ. Ha wir kei wynn yd ym wyzda
hyt tra yn dygyzcher. yd yt uo mỽyhaf y kyuarỽf
arodhom. Mỽy vỽy vyd * yn gỽzdaaeth ninneu ac an
clot. ac anhetmic. ac y doeth glewlỽyt yz pozth. ac
agozi y pozth racdaỽ. ac yz y paỽb difgynnu ỽzth y
pozth ar yz yfgynnvaen. nysdifgynnaỽd ef. namyn ar
y gorỽyd y doeth y myỽn. ac y dywaỽt kulỽch. hen-
pych gỽell penteyzned yz ynys honn. ny bo gỽaeth yz
gỽaelaỽt ty. noc yz gỽarthaf dy. Poet yn gyftal yth
deon ath niuer ath gatỽzidogyon y bo y gỽell hỽnn.
Ny bo didlaỽt neb o honaỽ mal y mae kyflaỽn y kyu-
ercheis i well itti. Poet kyflaỽn dy rat titheu. ath
glot ath etmic ynyz ynys honn. Henpych gỽell dith-
eu heb yz arthur. Eifted y rỽg deu oz milwyz a
didangerd a geffy rac dy uron. a bzeint teyzn arnat
gỽzthzychyat teyznas py hyt bynnac y bych yma.
Iphan rannỽyf uynda y ỽfpeit a phellennigyon. Bint
yth laỽ pan y dechzeuwyf yny llys honn. Heb y mab.
ny deuthum i yma yz ffraỽdunyaỽ bỽyt a llyn. Hamyn
oz kaffaf vygkyuarỽs y dalu ae uoli awnaf. Onys
kaffaf dỽyn dy agclot ti awnaf hyt y bu dy glot ym
pedzyual byt bellaf. Heb yz arthur yna. Kan ny
thzigyy di yma unben. ti ageffy ykyfarỽs a notto dy
benn ath dauaỽt. hyt y fych gỽynt. hyt y gỽlych glaỽ.
hyt y treigyl heul. hyt yd amgyffret moz. hyt yd ydiỽ
y dayar. eithyz vy llong. am llenn. achaletuỽlch uyg
cledyf. a rongomyant uyggỽaeỽ. ac wyneb gỽzth
ucher uyn taryan. acharnwenhan vygkyllell. a gỽen-

hɓyuar vyg gɓꝛeic.  Gɓir duɓ arhynny ti ae keffy
yn llawen.  Ðot a nottych.  Ðiwyn vyg gɓallt a uyn-
naf.  Ði a geffy hynny.  ꝗymryt crip eur o arthur.
a gɓelleu a doleu aryant idaɓ. achꝛibaɓ y benn a
oꝛuc. a gouyn pɓy oed aoꝛuc arthur. mae vyg
callon yn tirioni ɓꝛthyt. mi aɓn dy hanuot om gwaet.
dywet im pɓy ɓyt.  Ðywedaf heb y mab. ꝗul-
hwch mab kilyd. mab kyledon wledic. o oleudyd
merch anlaɓd wledic vy mam.  Gɓir yɓ hynny heb
yꝛ arthur. keuynderɓ ɓyt titheu y mi.  Ðot anottych
a thi aekeffy. a notto dy benn ath dauaɓt. gɓir duɓ
im arhynny a gɓir dy deyꝛnas ti ae keffy yn llawen. *
Ðodaf arnat. ꝗaffel im olwen merch yſpadaden pen
kaɓꝛ. ae haſſɓynaɓ awnaf ar dy uilwyꝛ. Aſſwyn-
aɓ y gyuarɓs o honaɓ ar gei a bedwyꝛ. a greidaɓl
galldouyd. agɓythyꝛ uab greidaɓl. a greit mab eri.
a chyndelic kyuarɓyd. a thathal tɓyll goleu. a mael-
ɓys mab baedan. a chnychɓꝛ . m^{ab} . nes. a chubert m.
daere. aphercos . m. poch.  A lluber beuthach. a
choꝛuil beruach. a gɓyn .m. eſni.  A gɓynn .m. nɓyf-
ure. a gɓynn m. nud. ac edern m. nud. ac adɓy mab
gereint. a ffleɓdur fflam wledic.  A ruaɓn pebyꝛ m.
doꝛath. a bꝛatwen ꝵ. moꝛen mynaɓc. a moren myn-
aɓc ehun. a dalldaf eil kimin cof. a mab alun dyuet.
a mab ſaidi. a mab gɓꝛyon. ac uchtrut ardywat kat.
a chynwas curuagyl. a gɓꝛhyꝛ gɓarthecuras. ac Iſperyꝛ
ewingath. a gallcoyt gouynynat. a duach. a grathach.
a nerthach.  Ꝺeibon gɓaɓꝛdur kyꝛuach. o ɓꝛthtir
uffern pan hanoed y gɓyꝛ hynny. a chilyd canhaſtyꝛ.
a chanhaſtyꝛ kanllaɓ.  A choꝛs cant ewin. ac eſgeir

gulh6ch gouynka6n. a d2uft62n hayarn. a gle6l6yt
gauaelua62. a Iloch Ila6wynnya6c. Ac annwas adein-
a6c. a finnoch mab feithuet. a g6enn6ynwyn mab na6.
a bedy6 mab feithuet. a gob26y m. echel uo2d6yt t6Il.
Ac echel uo2d6yt t6Il ehun. a mael .ꝺ. roycol.   A
datweir dallpenn. A gar6yli eil g6ytha6c g6y2. a g6yth-
a6c g6y2 ehun. a go2mant .ꝺ. ricca. a men6 .ꝺ.
teirgwaed. a digon ꝺ alar. a felyf m. finoit. a gufc
.ꝺ. atheu. A nerth ꝺ kedarn. A d2utwas .ꝺ. try-
ffin. a th62ch ꝺ perif. a th62ch ꝺ ann6as. a Iona
urenhin ffreinck. a sel ꝺ felgi. a theregut ꝺ Iaen. a
fulyen ꝺ Iaen. a bratwen ꝺ Iaen. a mo2en m. Iaen.
a sia6n ꝺ Iaen. A ch2ada6c ꝺ Iaen.   G6y2 kaer
tathal oedynt kenedyl y arthur o bleit y dat. Ꝺirmyc
ꝺ ka6. a Iuftic ꝺ ka6. ac etmic ꝺ ka6. ac anga6d ꝺ
ka6.   Ac ouan. mab ka6. a chelin ꝺ ka6. a chonnyn
ꝺ ka6. a mabfant ꝺ ka6.   A g6yngat ꝺ ka6. a
Il6yby2 ꝺ ka6. a choch ꝺ ka6. a meilic ꝺ ka6.
A chynwas ꝺ ka6. ac ard6yat ꝺ ka6. ac ergy2yat
ꝺ ka6. a neb ꝺ ka6. a gilda ꝺ ka6. * a chalc-
as ꝺ ka6. a hueil mab ka6. nyt aff6yn6ys eir-
yoet yn Ila6 argl6yd. a famfon uinfych. a theleeffin
penn beird. amama6ydan ꝺ Ily2. a Ilary ꝺ kafnar
wledic. Ac yfperin ꝺ fflergant b2enhin Ilyda6. a
faranhon ꝺ glythwy2. a Ila62 eil er6. ac annyanna6c
ꝺ men6 .ꝺ. teirg6aed. A g6ynn ꝺ n6yv2e. a fflam
ꝺ n6yv2e. a gereint ꝺ erbin. Ac erinit ꝺ erbin.
A dyuel ꝺ erbin. a g6ynn ꝺ ermit. a chynd26yn ꝺ
ermjt. a hyueid unllenn. ac eidon ua62 urydic. a
reid6n ar6y. a go2mant ꝺ ricca. b2a6t y arthur o

barth y uam. Þenn hynef kernyƀ y tat. A Ilaƀnrodet
uaruaƀc. a nodaƀl varyf tƀ2ch. a berth ᴂ kado. a
reidƀn ᴂ beli. ac Afcouan hael. ac Afcawin ᴂ panon.
a mo2uran eil tegit. ny dodes dyn y araf yndaƀ yg
kat gamlam rac y haccret. pawb a debygȳt y uot yn
gyth2eul canho2thƀy. bleƀ oed arnaƀ ual bleƀ hyd.
A fande b2yt agel. ny dodes neb y waeƀ yndaƀ yg
kat gamlan. rac y decket. Þaƀb a debygynt y uot yn
agel kanho2thƀy. a chynnƀyl ſant. Y trydyd gƀ2
a dihengis o gat kamlan. ef a yfgarƀys diwethaf ac
arthur y ar hen groen y uarch. ac uchtryt ᴂ erim.
ac eus ᴂ erim. A henwas adeinaƀc ᴂ erim. a hen-
befty2 ᴂ erim. ac sgilti yfcaƀntroet ᴂ erim. Ɠeir
kynnedyf a oed ar y trywy2 hynny. Ħenbedefty2 ny
chauaſ eiryoet ae kyfrettei o dyn. nac ar uarch. nac
ar d2oet. Ħenwas adeinaƀc ny allƀys mil pedwar
troetaƀc eiryoet y ganhymdeith hyt un erƀ. yg-
hwaethach a ue bellach no hynny. Sgilti yfgaƀn-
d2oet pan uei wyn hƀyl kerdet yndaƀ ƀ2th neges y
arglwyd. ny cheiffƀys fo2d eiryoet am gƀypei pa le
yd elei. namyn tra uei y myƀn coet ar vric y coet y
kerdei. ac yn hyt y oes ny fflygƀyſ konyn dan y
d2oet. yghwaethach to2ri rac y yfgaƀnet. Ɠeithi
hen . ᴂ . gƀynhan. a o2efgȳnƀys mo2 y kyuoeth. ac
y dihengis ynteu o v2eid. ac y doeth att arthur.
a chynnedyf a oed ar y gyllell. y2 pandeuth yma ny
th2igyaƀd carn arnei vyth. ac ƀ2th hynny y * tyuaƀd
heint yndaƀ. a nychtaƀt hyt tra uu uyƀ. ac o hynny
y bu uarƀ. a charnedy2 ᴂ. gouynyon hen. Agƀen-
wynƀyn ᴂ <u>naf</u> gyffeuin ryffƀ2 arthur. a Ilyfgat rud

emys. a g6rbothu hen. ewythred arthur oedynt
vrodyr y uam. Kuluana6yt o) goryon. a llenulea6c
wydel o bentir gamon. a dyuynwal moel. a dunart
brenhin y gogled. Teirnon t6ryf bliant. a thecuan
gloff. a thegyr talgella6c. G6rdiual mab ebrei. a mor-
gant hael. G6yftyl mab. Run o) n6ython. a ll6ydeu
o) n6ython. I g6ydre o) ll6ydeu. o wennab6y merch
ka6 y uam. Bueil y ewythyr ae g6ant. Ic amhynny
ybu gas r6ng hueil ac arthur am yr archoll. Drem
vab dremidyt. awelei o gelli wic ygkerny6. hyt ym
penn blathaon ym prydein. pan dyrchauei y g6yd-
bedyn y bore gan yr heul. ac eidyol o) ner. a gl6y-
dyn faer. awnaeth ehang6en neuad arthur. Kynyr
keinuarua6c. Kei adywedit y uot yn vab ida6. ef
adywa6t 6rth y wreic. o fit rann y mi oth uab di
uor6yn oer vyth vyd y gallon. ac ny byd g6res yny
d6yla6. kynnedyf arall arna6. Os mab imi uyd
kyndynnya6c uyd. Kynnedyf arall auyd arna6. Pan
dycko beich na ma6r na bychan uo. ny welir vyth
nac rac y wyneb na thraegeuyn. Kynnedyf arall
heuyt auyd arna6. ny pheit neb a d6uyr ac athan
yn gyftal ac ef. Kynnedyf arall auyd arna6. ny byd
g6affanaeth6r na f6ydwr mal ef. Ben was. a hen wyn-
eb. a hen gedymdeith y arthur. G6allgoyc un arall.
ydref y delhei. Kyt bei trychant tei yndi. or bei
eiffeu dim arna6. ny adei ef hun vyth ar lygat dyn
tra uei yndi. Ber6yn mab gerenhir. a pharis brenhin
ffreinc. ac am hynny y gelwir kaer baris. ac ofla
gyllellua6r. a ymdygei bronllauyn verr llydan. pan
delei arthur aeluoed y uronn llifd6r y keiffit lle

kyuing ar y dӧuyʒ. ac y dodit y gyllell yn y gӧein
ar dʒaӧs y llifdӧʒ. digaӧn o bont uydei y lu teir ynys
pʒydein. ae their rac ynys ac eu hanreitheu. Ӧӧydaӧc
ӕab meneſtyʒ * a ladaӧd kei. ac arthur a lladaӧd
ynteu. ae urodyʒ yn dial kei. Ӧaranwyn mab kei. ac
amren ӕab bedwyʒ. ac ely a myʒ. a reu rӧyd dyʒys.
a run rudwern. ac eli. a thʒachmyʒ penkynydyon
arthur. a llӧydeu mab kelcoet. A hunabӧy mab
gӧʒyon. a gӧynn got yſron. a gӧeir dathar wennidaӧc.
A gӧeir ӕ kadellin tal aryant. a gӧeir gӧʒhyt enn-
wir. a gӧeir baladyʒ hir. ewythʒed y arthur vʒodyʒ
y uam. Ӕeibon llӧch llaӧwynnyaӧc oʒ tu dʒaӧ y uoʒ
terwyn. llenlleaӧc wydel. ac arderchaӧc pʒydein.
Ӧas mab ſaidi. Ӧӧʒvan gӧallt auӧyn. a gӧyllennhin
bʒenhin ffreinc. a gӧittart mab oed bʒenhin Jwerdon.
Ӧarſelit wydel. Panaӧʒ pen bagat. A fflendoʒ mab
naf. Ӧӧynn hyuar maer kernyӧ a dyſneint. y naӧuet
gӧʒ a yſtoues katgamlan. Keli. a chueli. a gilla goes
hyd. try channerӧ a lammei yn y un llan penn llem-
hidyd Jwerdon oed hӧnnӧ. Sol. a gӧadyn oſſol.
a gwadyn odyeith. Sol a allei ſeuyll undyd ar y
untroet. Ӧwadyn oſſol. pei ſafhei ar benn y mynyd
mӧyhaf yn y byt. ef a uydei yn tyno gӧaſtat dan
y traet: Ӧӧadyn o deith kymeint ar vas tӧym pan
tynnit oʒ eueil oed tan llachar y wadneu. pan gyuarffei
galet ac ӧynt. ef a arllӧyſſei ffoʒd y arthur yn y llud.
Hir erӧm. a Hir atrӧm y dyd y delynt y weſt. try
chantref a achubit yn eu kyf|ueir gӧeſt hyt naӧn a
wneynt a diotta hyt pan vei nos pan elynt y gyſgu.
Ac yna penneu y pʒyuet a yſſynt rac newyn mal pei

nat yſſynt uϬyt eiryoet. Ƿan elhynt y weſt nyt edew-
ynt Ϭy na theϬ. na thenev. na thϬym. nac oer. na
ſur. na chꝛoeϬ. nac ir na haⅡt. na bꝛϬt. nac of. Ᵹuar-
war mab aflaϬn a nodes ywala ar arthur yny gy-
uarϬs. trydyd goꝛdibla kernyϬ vu pan gahat y wala
idaϬ. ny cheffit gϬynn gϬen arnaϬ vyt. namyn tra uei
laϬn. ϬϬare gϬaⅡt euryn. Ƿeu geneu gaſt rymi.
gϬydꝛut. a gϬydneu aſtrus. Ƨugyn ꝍ. ſucnedyd.
a ſucnei y moꝛaϬl y bei * dꝛychan Ⅱong arnaϬ. hyt
na bei namyn traeth ſych. Ᵹꝛon Ⅱech rud a oed
yndaϬ. ꝚacymϬꝛi gϬas arthur. dangoſſit yꝛ yſcubaϬꝛ
a uynnjt idaϬ. kyt bei rϬyf dec erydyꝛ ar hugeint
yndi. ef ae traϬei a ffuſt hayarn hyt na bei weⅡ yꝛ
rethꝛi ar troſtreu. ar dulatheu. noc yꝛ man geirch yng
gϬaelaϬt yꝛ yſcubaϬꝛ yny ueiſcaϬn. a dygyflϬng ac
anoeth ueidaϬc. a hir eidyl. a hir amren deu was y
arthur oedynt. a ϬϬeuyl mab gϬeſtat. y dyd y bei dꝛiſt
y goⅡyngei y ⅡeiⅡ weuyl idaϬ y waeret hyt y uogel.
ar ⅡaⅡ a uydei yn pennguch ar y penn. Ⅴchdꝛyt
uaryf dꝛaϬs. a uyꝛyei y uaryf goch ſeuydlaϬc a oed
idaϬ dꝛos Ϭyth dꝛaϬst a deugeint a oed yn neuad
arthur. Ᵽlidyꝛ gyfarwyd˷ yſkyꝛdaf. ac yſcudyd. deu
waſ y wenhϬyuar oedynt. kynn ebꝛϬydet oed eu traet
Ϭꝛth eu neges ac eu medϬl. Ᵹꝛys uab bꝛyſſethach o
dal y redynaϬc du o bꝛydein. a GꝛudlϬyn goꝛr. ꝽϬlch.
a chyuϬlch. a ſefϬlch. ᴍeibon cledyf kyfϬlch. wyꝛon
cledyf difϬlch. Ꙇeir goꝛwen gϬenn eu teir yſgϬyd.
Ꙇꝛi gouan gϬann eu tri gϬaeϬ. Ꙇꝛi benyn byneu eu
tri chledyf. ϬΙas. ϬΙeſſic. ϬΙeiſꝛat. eu tri chi. ꝀaⅡ.
ϬuaⅡ. ϬauaⅡ. eu tri meirch. ꝽϬyꝛdydϬc. a dꝛϬcdydϬç.

a ll6yr dyd6c. eu teir g6raged.   Och. ag arym. a diaſ-
pat. eu teir wyryon. lluchet. a neuet. ac eiſſiwet. eu
teir merchet. Dr6c. a G6aeth. a g6aethaf oll. Eu teir
mor6yn. Eheubryt merch kyf6lch. Goraſc6rn merch
nerth.   G6aedan merch kynuelyn keuda6t p6yll han-
ner dyn. D6nn dj eſſic unben. Eiladyr mab penn
llarcan. Kyuedyr wyllt ỽab hett6n tal aryant. Sa6yl
benn uchel. G6alchmei ỽab g6yar. G6alhauet ỽab
g6yar. G6rhyr g6aſta6t ieithoed. yr holl Jeithoed
awydyat. ar kethtr6m offeirat. Gluſt mab cluſt-
ueinat. pei cledit ſeith cup|pyt yn y dayar. deng milltir
a deugeint y clywei y mor grugyn y bore pan gych6yn-
nei y ar y l6th. Medyr vab methredyd. a uetrei y
dry6 yn eſgeir oeruel yn Iwerdon tr6y y d6y goes
yn gythrymhet o gelli wic. G6ia6n lygat cath. a ladei
onggyl ar lygat * y g6ydbedyn. heb argywed. Ol
mab ol6yd ſeith mlyned kyn noe eni a ducp6yt moch
ydat.   A phan dyrchaua6d ynteu yn 6r yd olrewys
y moch. ac y deuth adref ac 6ynt yn ſeith kenuein.
Betwini eſcob a uendigei v6yt a llynn arthur. yr
m6yn merchet eur dyrchogyon yr ynys honn.

Y am wenh6yuar penn rianed yr ynys honn. a
g6ennh6yach y chwaer. A rathtyeu merch
unic clememhill. A relemon merch kei. A
thannwen merch weir dathar wenida6c. G6ennalarch
merch kynn6yl canh6ch. Eurneit merch clydno eidin.
eneua6c merch uedwyr. Enrydrec merch tutuathar.
G6ennwledyr merch waledur Kyruach. Erdutuul.
ỽerch tryffin. Eurolwen merch wdolwyn gorr. Gel-
eri merch peul. Jndec ỽerch ar6y hir. Moruud merch

uryen reget.    Ꝺꝺenllian dec y uoꝛꝺyn uaꝺꝛ vꝛydic.
Ꝺreidylat merch llud llaꝺ ereint. y uoꝛꝺyn uꝺyhaf
y maꝺꝛhed auu ynteir · ynys y kedyꝛn. ae their rac
ynys. Ꝥc am honno y mae gꝺythyꝛ ꝡab greidaꝺl.
agꝺynn mab nud yn ymlad bob duꝺ kalan mei vyth
hyt dydbꝛaꝺt. Ꝓllylꝺ merch neol kynn croc. a honno
a uu teir oes gꝺyꝛ yn vyꝺ. Ꝓffyllt vinwen ac effyllt
vingul. Ꝃrnadunt oll y haffꝺynꝺynꝺys kulhꝺch ꝡab
kilyd y gyuarꝺs.

Ꝃrthur adywaꝺt yna. a unbenn ny ꝛy giglef i
eirmoet dim y ꝺꝛth y uoꝛꝺyn adywedy di.
nae rieni. Ꝙi aellyngaf gennadeu oe cheiffaꝺ yn
llaꝺen. dyꝛo ym yfpeit y cheiffaꝺ. Ꝥmab adyꝺaꝺt
rodaf yn llaꝺen oꝛ nos heno hyt y llall ympenn y
vlꝺydyn. Ꝥc yna y gyꝛrꝺys arthur y kennadeu
y bop tir yny deruyn y geiffaꝺ y uoꝛꝺyn honno. Ꝃc
ympenn y vlꝺydyn y doeth kennadeu arthur dꝛache-
vyn. heb gaffel na chꝺedyl na chyuarꝺydyt y ꝺꝛth
olwen mꝺy noꝛ dyd kyntaf. Ꝥc yna y dywaꝺt kulꝺch.
paꝺb agauas y gyuarꝺs aminneu ydꝺyf yn eiffywedic
ettwa. Ꝙynet a wnaf i ath wyneb di a dygaf i
gennyf. Yna y dywaꝺt kei. a unben rꝺy y gꝺerthey
di arthur. Ꝑy gyꝛch di gennym ni hyt pan dywet-
tych di nat ydiꝺ y uoꝛꝺyn honno  *  yny byt. neu
ninneu. ae kaffom. ꞃyt yfcarꝺn athi. Ꝕyuodi kei
yna. Ꝃngerd oed argei. naꝺ nos a naꝺ diꝺarnaꝺt hyt
y anadyl. y dan dꝺfyꝛ. Ꝑaꝺ nos a naꝺ diwarnaꝺt y
bydei heb kyfgu. Ꝺleuydaꝺt kei ny allei uedic
y waret. Ꝕudugaꝺl oed gei. Kyhyt ar pꝛenn uchaf
yny coet vydei pan uei da gantaꝺ. kynnedyf arall

oed arnaỽ. pan uei uỽyaf yglaỽ. dyꝛnued uch ylaỽ. ac arall is y laỽ y bydei yn sych. vꝛhynn a uei yny laỽ rac meint y angerd. A phan uei vỽyhaf y annỽyt ar y gedymdeithon diskymon uydei hynny udunt y gynneu tan. Galỽ a oꝛuc arthur ar uedwyꝛ yꝛ hynn nyt arsỽydỽys eiryoet yꝛ neges y delei gei idi vynet. nyt oed neb kyfret ac ef yn yꝛ ynys honn. namyn arthur a dꝛych eil kibdar. A hynn heuyt kyt bei un llofyaỽc. nyt anwaedwys tri aeruaỽc yn gynt noc ef yn un uaes ac ef. Angerd arall oed arnaỽ un archoll a uydei yny waeỽ. A naỽ gỽꝛthwan. Galỽ o arthur ar gyndelic kyuarỽyd. Dos di yꝛ neges honn gyt ar unbenn. achaỽs nyt oed waeth kyfuarỽyd yny wlat nys ry welsei eiryoet noc yny wlat ehun. Galỽ gỽꝛhyꝛ gỽalltaỽt ieithoed. achaỽs yꝛ holl ieithoed a wydyat. Galỽ gỽalchmei mab gỽyar kanny deuth adꝛef eiryoet heb y neges yd elhei y cheissaỽ. Goꝛeu pedestyꝛ oed a goꝛeu marchaỽc. nei y arthur uab y chwaer. ac geuynderỽ oed. Galỽ o arthur ar uenỽ uab teirgỽaed. kanys ot elynt y wlat angkret. mal y gallei yꝛru lledrith arnadunt a hut. hyt nas gỽelei neb ỽynt. ac ỽyntỽy a ỽelynt paỽb...

Mynet a oꝛugant hyt pan deuthant y uaestir maỽꝛ. yny uyd kaer uaỽꝛ a welynt teckaf o geyꝛyd y byt. Kerdet a oꝛugant y dyd hỽnnỽ hyt ucher. Pan debygynt hỽy eu bot yn gyuagos yꝛ gaer. nyt oedynt nes noꝛ boꝛe. Ar eildyd ar trydyd dyd y kerdassant. Ac o vꝛeid y doethant hyt yno. A phan deuant ym bꝛonn y gaer. yny uyd dauattes uaỽꝛ a ỽelynt heb ol. * a heb eithaf idi. A

heuſſaꝛ yncadꝛ y deveit arbenn goꝛſedua. aruchen
o grꝛyn ymdanaꝛ. agauaelgi kedenaꝛc ach ylaꝛ. oed
vꝛy noc amꝛs naꝛgayaf. Peuaꝛt oed arnaꝛ nychollet
oen eiryoet ganthaꝛ. agwhaethach llꝛdyn maꝛꝛ. Pyt
athoed gyweithyd hebdaꝛ eiryoet. ny wnelei ae anaf
ae adoet arnei.   Y faꝛl uarꝛbꝛenn athꝛympath auei
arymaes. a loſgei y anadyl hyt y pꝛid dilis. yna
y dywaꝛt kei. gꝛꝛhyꝛ gꝛalſtaꝛt ieithoed.   Dos y
gyfrꝛch ardyn racco.   Kei heb ef nyt edeweis i
uynet namyn hyt yd elut titheu.   Doꝛn ninheu
ygyt yno heb y kei.   Heb y menꝛ mab teirgwaed.
nauit amgeleꝛ gennꝛch. mynet yno.   Mi ayꝛraf let-
rith ar yki hyt nawnel argywed y neb.   Pyuot
aoꝛugant mynyd oed yꝛ heuſſaꝛ. ac ydywedaſſant
ꝛꝛthaꝛ. berth yd ꝛyt heuſſaꝛ." "Py bo berthach byth
y boch chꝛi no minneu." "Mynduꝛ kan ꝛyt penn." nyt
oes anaf ymllygru. namyn vympꝛiaꝛt."   Pieu y
deꝛeit agedwy di neu bieu y gaer racko."  "Meredic
awyꝛ yꝛch dꝛos y byt ygꝛys panyꝛ kaer yſpadaden
penkaꝛꝛ yꝛ." "Peu ditheu pꝛy ꝛyt." Guſtennin yn
gelwir uab dyfnedic. ac am vympꝛiaꝛt ym rylygrꝛys
vym bꝛaꝛt yſpadaden pen kaꝛꝛ. Peu chꝛitheu pꝛy
yꝛch." Kennadeu arthur yſſyd yma ynerchi olwen
merch yſpadaden penn kaꝛꝛ. Vb wyꝛ naꝛd duꝛ
ragoch. yꝛ y byt na wneꝛch hynny. ny doeth neb
eiryoet y erchi yꝛ arh honno a elei ae vywyt gantaꝛ.
Kyuodi aoꝛuc yꝛ heuſſaꝛ y uynyd. ac ual y kyuyt
rodi modꝛꝛy eur aoꝛuc culhꝛch idaꝛ. Keiſſaꝛ gꝛiſgaꝛ
y uodꝛꝛy honno o honaꝛ. ac nyt aei idaꝛ. ae dodi
aoꝛuc ynteu ymys y uanec. A cherdet aoꝛuc atref.

a rodi y uanec att y gymhar y gad6. Achymryt
ao2uc hitheu y uod26y or uanec. pan y ryattei. y
dywa6t hitheu. g62 y uod26y hon nyt oed vynych itt
gaffel bud. Mi aeuthum heb ef. y geiffa6 mo2u6yt
y2 mo2. nachaf kelein awel6n yn dyuot gan y tonneu.
ac ny weleis i eirmoet kelein degach no hi. Ac y vys
ef y keueis y uod26y honn. Oi a62 kanyat ymo2
ma*r6 dl6s ynda6. dangos ymi y gelein honno.
Ha wreic y neb pieu y gelein ti ae g6ely yma y
ch6infaf. P6y y6 h6nn6 heb y wreic. Kulh6ch mab
kilyd. mab kelydon wledic. o oleudyd merch anla6d
wledic y uam. a doeth y erchi olwen yn wreic ida6.
Deu fynn6y2 oed genthi. Ilawen oed genti dyuot
y nei vab y chwaer attei. A th2ift oed genthi. kany
welfei eiryoet y uynet ae eneit gantha6 a delei y erchi
y neges honno. Ky2chu ao2ugant h6y po2th Ilys
cuftenin heuffa62. clybot o honei hitheu eu tr6ft 6y
yn dyuot. Redec o honei yn eu herbyn o le6enyd.
Coglyt ao2uc kei ymp2enn o2 glut weir. ae dyuot
hitheu yn eu herbyn y geiffa6 mynet d6yla6 myn6gyl
udunt. goffot o gei eiraf y r6ng yd6yla6. C6afcu
o honei hitheu y2 eiras yny yttoed yn 6den diednedic.
Ha wreic heb y kei pei mi awafcut uelly ny o2uydei
ar arall vyth rodi y ferch arnaf. d2ycferch oed h6nn6.
Dyuot ao2ugant h6y y2 ty. a g6neuthur eu g6affan-
aeth. Ympenn g6ers pan aeth pa6b allan y ch6are.
ago2i kib uaen aoed yn tal y penntan ao2uc y wreic.
achyuodi gwas pengrych melyn o honei. Heb y
g62hy2 yf oed gryffyn kelu y ry6 was h6nn. C6nn nat
y d26c ehun adielir arna6. Heb y wreic yf gohilyon

h6nn. tri meib arhugeint a lada6d yfpadaden penn-
ka6ꝛ ymi. nyt oes oueneic y mi o h6nn m6y noc oꝛ rei
ereill.  Ic yna y dywa6t kei. dal||let gedymdeithas
a mi. 8c nyn lledir namyn y gyt. B6ytta o honunt.
8c y dywat y wreic. pa neges y doetha6ch ch6i yma
oe hacha6s. Di a doetham y erchi olwen yꝛ g6as
h6nn. Beb y wreic yna. Yꝛ du6 canych g6elas neb
oꝛ gaer ettwa. ymchoel6ch dꝛacheuyn. Du6 awyꝛ nat
ymchoel6n hyt pann welhom y uoꝛ6yn. Beb y kei
a da6 hitheu yma yn teruyn y gweler. Di a da6
yma bop du6 fad6ꝛn y olchi y phenn. 8c yny lleftyꝛ
yd ymolcho yd edeu y modꝛ6yeu oll. na hi nae
chennat nyda6 byth·amdanunt. 8 da6 hi yma ony
chennetteir. Du6 awyꝛ na ladafi vy eneit. na
th6yllafi am cretto. Damyn orod6ch gret na wneloch
gam idi. mi aekan*nattaaf. Rod6n heb 6ynteu.
y chennattau aoꝛucp6yt. Dyuot aoꝛuc hitheu. 8
chamfe fidan flamgoch ymdanei. 8 g6ꝛddoꝛch rud eur
am vyn6gyl y uoꝛ6yn. 8 mererit g6erthua6ꝛ yndi a rud
emeu. Delynach oed y phenn no blodeu y banadyl.
G6ynnach oed y chna6t no diftrych tonn. Tegach
oed y d6yla6 ae byffed no channa6an gotr6yth o blith
man gaean ffynna6n ffynhonws. Da gol6c heba6c
mut. na gol6c g6alch trimut nyt oed ol6c degach noꝛ
eidi. G6ynnach oed y d6yuron no bꝛonn alarch
g6ynn. Gochach oed y deurud noꝛffuon cochaf. Y
fa6l ae g6elei kyfla6n vydei oe ferch. Pedeir
meillonen g6ynnyon. auydei yny hol pa ffoꝛd bynnac
y delhei. 8c am hynny y gelwit hi olwen. Dyuot
yꝛ ty aoꝛuc. ac eifted geyꝛ lla6 kulh6ch ar dalueinc.

ac ual y gwel y hadnabu. ac y dywa6t kulhuch 6ᵣthi.
Ba uoᵣ6yn ti agereis. dyu̯ot awnelhych gennyf. rac
eirychu pecha6t itti ac yminneu. Ⅱawer dyd yth
rygereis. Dy aⅡafi dim o hynny. Gret aerchis
uyntat im nat elwyf heb y gyghoᵣ. Kanyt hoedel
ida6 namyn hyt pan el6yfi gan 6ᵣ. vffyd yffit hagen
cufful arodaf itt os aruoⅡy. Dos di ym erchi i ym
tat. aphobpeth oᵣ anotto ef arnat ti y gael. adef
y gel aminneu a gey. ac ot amheu ef dim mi nys
keffy. ada y6 itt oᵣ dihengy ath uywyt gennyt. Mi
a ada6af hynny oⅡ. ac ae kaffaf heb ynteu. Kerdet
aoᵣuc hi y hyftaueⅡ. ᴋyuodi o honunt 6ynteu yny
hol hi yᵣ gaer. a Ⅱad y na6 poᵣtha6ᵣ aoed ar y na6
poᵣth. heb difgyᵣya6 un g6ᵣ. a na6 gauaelgi heb
wicha6 vn. a dyuot raꞔdunt aoᵣugant ac yᵣ neuad.
Benpych g6eⅡ heb 6y yfpadaden penka6ᵣ odu6 ac
odyn. Deuch6itheu pan doetha6ch. neur doetham
y erchi olwen dy uerch y gulh6ch mab kilyd mab
kelydon wledic. Mae vyng6eiffon dᵣ6c am direitwyᵣ.
dyᵣcheu6ch y ffyᵣch y dan vyn d6y ael a dyg6yda6d
ar vyⅡygeit hyt pan welwyf defnyd vynda6. Hynny
a wnaethp6yt. Do6ch yma auoᵣy ch6i a geff6ch atteb.
Kyuodi ymeith aoᵣugant 6y. ac ymauael * aoᵣuc
yfpadaden penka6ᵣ yn un oᵣ tri Ⅱechwae6 g6enn6yn-
nic oed geir y la6. ae dodi ar eu hol. ae aruoⅡ aoᵣuc
bedwyᵣ aꬲodif ynteu. a g6an yfpadaden pennka6ᵣ
tr6y aual y garr yn gythᵣymet. Y dywa6t ynteu.
Ymendigeit ann6ar da6 hanbyd g6aeth byth yd
ymdaaf gan ann6aeret. mal dal cleheren ym toftes
yᵣ haearn g6enn6ynic h6nn. boet ymendigeit y gof

ae digones. ar eingon y digonet arnei moɀ doſt yɓ.
Ɓɓeſt aoɀugant y noſ honno heuyt yn ty guſtennin
heuſſaɓɀ. Ƴɀ eil dyd gan uaɓɀed. agyɀru gɓiɓ grib
ymyɓn gɓall y doethant yɀ gaer ac y myɓn yɀ neuad.
Ɖywedut aoɀugant. yſpadaden penn kaɓɀ. dyɀo in dy
uerch dɀos y hengɓedi ae hamwabyɀ y titheu aedɓy
gares. ac onys rody dy angheu ageffy amdanei.
Ƴ dywaɓt ynteu. ʜi ae phedeir goɀhenuam. ae phed-
war goɀhendat. yſſyd vyɓ ettwa. reit yɓ im ymgyghoɀ
ac ɓynt. Ɖybi itti hynny heb ɓynt. aɓn yn bɓyt.
Mal y kyuodant kymryt aoɀuc ynteu yɀeil ɫech waeɓ
aoed ach y laɓ. ae odif ar eu hol. ae aruoɫ aoɀuc
ᴍenɓ mab teirgɓaed. ae odif ynteu ae wan yn alauon
y dɓy uron. hyt pandardaɓd yɀ meingeuyn aɫan.
Ƴmendigeit annwar daɓ heb ynteu. maldala gel
bendoɫ ym toſtes yɀ hayarn dur. Ɉoet ymendigeit
y ffoc y berɓit yndi ar gof ae digones moɀ doſt yɓ.
pan elɓyf yn erbyn aɫt atuyd ygder dɓyuron arnaf
weithon. achyɫagɓſt. a mynych lyſuɓyt. Ƙerdet
aoɀugant hɓy y eu bɓyt. a dyuot y trydyd dyd yɀ
ɫys. Ƴ dywaɓt yſpadaden pennkaɓɀ. Ɗa ſaethutta
vi beɫach onyt dy uarɓ a uynny. Ɱae vygɓeiſſon.
dyɀcheuɓch y ffyɀch vy aeleu a ſyɀthɓys ar aualeu
vy ɫygeit hyt panngaffɓyf edɀych ar defnyd uyndaɓ.
Kyuodi aoɀugant hɓy. ac ual y kyuodant. kymryt
aoɀuc yſpadaden pennkaɓɀ ~~yɀ eil~~ trydyd ɫechwaeɓ
gɓennɓynnic. ac odif ar eu hol. ae aruoɫ a oɀuc
culhɓch. ae odif ynteu ual y rybuchei. ae wan trɓy
aual y lygat hyt pan aeth trɓy y wegil aɫan. Ƴmen-
digeit anwar daɓ. hyt tra ymgatter. yn vyɓ hanbyd

gwaeth dꝛem vy Ilygeit panelwyf ynerbyn gỽynt. ◡ *
berwi awnant. atuyd gal penn aphendꝛo arnaf
ar ulaen pob Iloer.   Poet emendigeit ffoc yt gỽeirỽyt
yndi. maldala ki kanderaỽc yỽ gennyf mal ymgỽant
yꝛ hayarn gỽennỽynnic hỽnn.   Mynet onadunt yeu
bỽyt. Gꝛannoeth ydoethant yꝛ Ilys. Ac y dywedaſſant.
na ſaethutta ni bellach. namyn anaf ac adoet. a
merthyꝛolyaeth yſſyd arnat. ac auo mỽy os mynny.
Dyꝛo inn dy uerch. Aconys rody ti ageffy dyagheu
ymdeni.   Mae yneb yſſyd yn erchi vymerchi◡ dos
yma Ile ydymwelwyf athi.   Kadeir a dodet y danaỽ
wyneb yn wyneb ac ef.

Y dywaỽt yſpadaden penn kawr. Ae ti a eirch
uy merch i.   Mi heb y kulhwch.   Gret a uyn-
naf gennyt na wnelych waeth no gỽir arnaf.
Pan gaffỽyf anottỽyf arnat ti. titheu a geffy vy merch◡
ti agehy ynIlawen heb y kulhỽch◡ notta yꝛ hynn a
vynnych.   Dodaf heb ynteu. awely di y garth maỽꝛ
dꝛaỽ.   Gỽelaf.   Diwreidaỽ hỽnnỽ oꝛ dayar auynnaf
ae loſgi ar wyneb y tir. hyt pan uo yn Ile teil idaỽ◡ ae
eredic ae heu yn undyd ae uot yn aeduet. a hynny
gouot undyd. Ac oꝛ gỽenith hỽnnỽnnỽ. y mynnaf i
gỽneuthur bỽyt a Ilynn tymeredic yth neithaỽꝛ di ti
ammerch i.   A hynny oll auynnaf y wneuthur yn un
dyd.   Haỽd yỽ gennyf kaffel hynny. Kyt tybyckych
di nabo haỽd.   Kyt keffych hynny yſſyd ny cheffych.
amaeth a amaetho y tir hỽnnỽ nac ae digonho moꝛ
dyꝛys yỽ nyt oes. namyn amaethon uab don. nydaỽ
ef oeuod y gennyt ti. ny elly ditheu dꝛeis arnaỽ ef.
Haỽd y kaffafi hynny kyt tebyckych di nabo haỽd.

Ќyt keffych ditheu hȳny yſſit naſ keffych. ℰouannon
uab don y dyuot y penn y tir y waret yₐ heyₐnₐ ny
wna ef weith oe uod namyn y urenhin teithia6c. ny
eꞏꞏy ditheu dₐeis arna6 ef. 𝕭a6d y6 gennyf i hynny.
Ќyt keffych di hynny. yſſit naſ keffych. 𝕯eu ychen
g6lwlyd wineu yn deu gyt pₐeinya6c y eredic y tir
dyₐys dₐa6 yn wych. nys ryd ef oe uod. ny eꞏꞏy ditheu
* (dₐ)eis arna6 ef. 𝕭awd y6 gennyf i kaffel hynny.
𝕶yt keffych hynny yſſit naſ kaffy. 𝖄 melyn g6ann-
6yn. ar ych bₐych yn deu gyt bₐeina6c a uynnaf a uynn-
naf. Ha6d y6 gennyfi kaffel hynny. Ќyt keffych
hynny yſſit naſ keffych. 𝕯eu ychen banna6c. y ꞏꞏeiꞏꞏ
yſſyd oₐ parth h6nt yₐ mynyd banna6c. ar ꞏꞏaꞏꞏ oₐ parth
yma. ac eu d6yn y gyt adan yₐ un aradyₐ. 𝕾ef y6 y
rei hynny. nynnya6. apheiba6 arith6ys du6 yn ychen
am y pecha6t. 𝕭a6d y6 gennyf kaffel hynny. Ќyt
keffych hynny yſſit naſ keffych. 𝕬wely di y keibedic
rud dₐa6. ℰ6elaf. 𝕻an gyuaruum gyſſeuin amam
y uoₐ6yn honno. yd hewyt na6 heſta6ₐ ꞏꞏinat ynda6 na
du na g6yn ny deuth o hona6 ettwa. 𝕬r meſſur h6n-
n6 yſſyd gennyfi ettwa. 𝕬r ꞏꞏinat h6nn6 a uynnaf i y
gaffel y heu yn y tir newyd dₐa6. hyt pan uo ef a uo
penꞏꞏiein g6ynn am penn uym merch i ar dy neitha6ₐ
di. 𝕭a6d y6 gennyf kaffel hynny kyt tebyckych di
na bo ha6d. 𝕶yt keffych di hynny yſſit naſ keffych.
𝕸el auo chwechach na6 mod no mel kynteit. heb
wychi ac heb wenyn ynda6 a vynnaf y vₐagodi y
wled. 𝕭a6d y6 gennyf kaffel hynny. ᴋyt tebyckych
di na bo ha6d. Ќib ꞏꞏ6yₐ uab ꞏꞏ6yₐyon yſſyd benꞏꞏat
yndi. ᴋan nyt oes leſtyₐ yny byt adalyo y ꞏꞏyn kadarn

h6nn6. namyn hi. nys keffy di hi oe uod ef. ny elly
ditheu d2eis arna6 ef.    Ha6d y6 gennyf kaffel hynny
kyt tebyckych na bo ha6d.    Kyt keffych hynny. yffit
naf keffych. M6ys g6ydneu garanhir. kyt delei y byt y
gyt bop trina6 wy2. y b6yt a vynno pa6b 62th y uryt a
geiff yndi. mi a vynnaf v6ytta o honno y nos y kyfco
vym merch gennyt. nys ryd ef oe uod y neb. ny elly
ditheu y d2eiffa6 ef.    Ha6d y6 gennyf gaffel hyñy kyt
tybyckych di na bo ha6d.    Kyt keffych hynny. yffit
naf keffych.    Go2n g6lga6t gogodin y walla6 arnam y
nos honno. nyfryd ef oe uod ny elly ditheu y d2eiffa6
ef.    Ha6d y6 gennyf kaffel hynny. kyt tebyckych na
bo ha6d. Kyt keffych hynny yffit naf keffych. Gelyn
teirtu ymdidanu y nos honno. * Panuo da gan dyn
f'canu awna e hunan. pan uynner idi tewi hi a teu. a
honno nyfryd ef oe uod. ny elly ditheu d2eis arna6 ef.
Ha6d y6 gennyf kaffel hynny. Kyt tebyckych na bo
ha6d. Kyt keffych hynny yffit naf keffych. Peir
di62nach wydel. maer odgar mab aed b2enhin iwerd-
on. y uer6i b6yt dyneitha62.    Hawd y6 gennyf
kaffel hynny kyt tebyckych na bo ha6d.    Kyt keffych
hynny yffit naf keffych.    Reit y mi olchi vym penn ac
eilla6 uym baraf. yfkithy2 yfkithy2wyn penn beird a
uynnaf y eilla6 ym. ny han6yf well o hona6 onyt yn
vy6 y tinnir oe penn.    Ha6d y6 gennyf kaffel hynny
kyt tebyckych na bo ha6d. kyt keffych hynny. yffit
naf keffych.    Nyt oes yn y byt ae tynho oe penn
namyn odgar mab aed b2enhin iwerdon.    Ha6d y6
gennyf kaffel hynny.    Kyt keffych hynny yffit naf K.
Nyt ymdiredaf y neb o gad6 y2 yfkithy2. namyn y

gado o prydein. trugein cantref prydein yssyd y danaw ef. ny daw ef oe uod oe deyrnas. ny elly ditheu dreis arnaw ynteu Hawd yw gennyf kaffel hynny kyt tebyckych na bo hawd. Kyt keffych hynny yssit nas keffych. Reit yw ym estynnu uymblew wrth eillaw ym. nyt estwng vyth o ny cheffir gwaet y widon ordu. merch y widon orwenn o pennant gouut yg gwrthtir uffern. Hawd yw gennyf kaffel hynny. Kyt tebyckych na bo h'a. Kyt K. Ny mynnaf y gwaet onyt yn dwym y keffych. nyt oes lestyr yny byt a gattwo gwres y llynn a dotter yndaw. namyn botheu gwidolwyn gorr a gatwant gwres yndunt. pan dotter yny dwyrein yndũt y llynn. hyt pan deler yr gorllewin. nys ryd ef oe uod. ny elly ditheu y dreissaw ef. Hawd yw gennyf ꝛ cet'a. Kyt K. llefrith a whennych rei. nyt aruaeth kaffel llefrith y bawp nes kaffel botheu rinnon rin barnawt. ny sura uyth llynn yndunt. nys ryd ef oe uod y neb ny elly ditheu dreis arnaw ef. Hawd yw gẽnyf K. Kyt keffych h'. Nyt oes yny byt crib a gwelleu y galler gwrteith uyggwallt ac wynt rac y rynnet. namyn * y grib ar gwelleu yssyd y rwng deuglust twrch trwyth mab tared wledic. nys ryd ef oe uod ꝛ cet'a. Hawyd yw gennyf. Kyt keffych. h'. ꝛ c'. Ny helir twrch trwyth yny gaffer drutwyn keneu greit mab eri. Hawd yw. Kyt keff'. Nyt oes yny byt kynllyuan a dalyo arnaw. namyn kynllyuan kwrs cant ewin. Hawd yw g'. Kyt keff'. h'. Nyt oes torch yny byt a dalhyo y gynllyuan. namyn torch canhastyr canllaw. Hawd ꝛ c'. Kyt keffych hynny yssit nas keffych. Kadwyn Kilyd canhastyr y dala y dorch gyt ar gynllyuan. Hawd yw.

Kyt Ϟ. ₮ c°. Nyt oes yn y byt kynyd a digono kynnyd-
yaeth ar ki h6nn6. onyt mabon mab mod2on. a duc-
p6yt yn teir noffic y 62th y vam. ny wys pa du y mae.
na pheth y6 ae by6 ae mar6. Ɇa6d y6. Kyt Ϟ ₮ c°.
G6ynn mygd6n march g6ed6 kyneb26ydet y6 a thonn.
y dan vabon y hela y t62ch tr6yth. nyfryd ef oe uod.
₮ c°. Ɇa6d y6 g°. Ϟ. Ϟeffych. h°. Ɖy cheffir mabon
uyth kany wys pa tu y mae. nes caffel eidoel y gar
kyffeuin mab aer. kanys diuudya6c uyd yn y geiffa6.
y geuynder6 y6. Ɇa6d ₮ c°. Kyt Ϟ. Garfclit wydel
pennkynyd iwerdon y6. ny helir t62ch tr6yth vyth
hebda6. Ɇa6d y6. Kyt Ϟ. Ϟynllyuan ouaryf diffull
uarcha6c. kanyt oes a dalhyo y deu geneu hynny. na-
myn hi. Ac ny ellir m6ynnyant a hi. onyt ac ef yn
vy6 y tynnir oe uaryf. ae gnithya6 achyllell b2enneu.
ny at oe uywyt g6neuthur hynny ida6. ny m6ynha
hitheu yn uar6 kanys b2eu vyd. Ɇa6d y6. Kyt
keffych hynny. ₮ c°. Ɖyt oes kynyd yn y byt a dalyo
y deu geneu hynny. namyn kynedy2 wyllt mab hett6n
glafy2a6c. g6ylltall na6 mod y6 h6nn6 no2 gwydl6dyn
g6ylltaf yn y mynyd. nyf keffy di ef byth. na merch
inneu nyf keffy. Ɇa6d y6 g. Kyt keff°. Ɖy helir
t62ch tr6yth nef kaffel g6ynn uab nud. a ry dodes du6
aryal dieuyl ann6uyn ynda6 rac re6innya6 y b2effen.
ny hebko2ir ef o dyno. Ɇa6d y6. Kyt. Ϟ. Ɖyt oes
uarch yn y byt adycko y wynn y hela t62ch tr6yth.
namyn du march mo2o oerueda6c. Ɇa6d y6. Kyt.
Ϟ. h°. * Ɖes dyuot gilennhin urenhin ffreinc. ny helir
t62ch tr6yth vyth hebda6. Hagy2 y6 ida6 ada6 y dey2n-
af y2 ot ti. ac ny da6 ef vyth yma. Ɇa6d y6. Kyt Ϟ.

⁊ c°. Ny helir tỽꝛch trỽyth vyth heb gaffel mab alun
dyuet. geỻ|ỻyngỽꝛ dayỽ hỽnnỽ. Haỽd yỽ. Kyt.
⁊ cet°a. Ny helyꝛ tỽꝛch trỽyth vyth nes caffel anet ac
aethlem. kynebrỽydet ac awel wynt ynt. ny eỻyngỽyt
eiryoet ar lỽdyn nyſ ledynt. Haỽd ⁊ c°. Kyt keffych
h°. Arthur ae gedymdeithon y hela tỽꝛch trỽyth. gỽꝛ
kyuoethaỽc yỽ. Ac ny daỽ ef yꝛot ti. ny eỻy ditheu
dꝛeis arnaỽ ef. Haỽd. ⁊ c°. Kyt. K. ⁊ c°. Ny eỻir
hela tỽꝛch trỽyth vyth neſ kaffel bỽlch a chyuỽlch. a
syuỽlch. meibon kilyd kyfuỽlch. wyꝛyon kledyf
diuỽlch. teir goꝛwenn gỽenn eu teir yſcỽyd. Tꝛi
gouan gỽan eu tri gỽaeỽ. Tꝛi benyn byn eu tri chled-
yf. Glas. Gleiſſic Gleiſſac. eu tri chi. Gaỻ. Guaỻ
Gauaỻ. eu tri meirch. Hỽyꝛ dydỽc. a Dꝛỽc dydỽc. a
Ỻỽyꝛ dydỽc. eu teir gỽꝛaged. Och agaram. a diaſpat.
eu teir gỽꝛeichon. Kluchet. a vynet. Ac eiſſiwet. eu
teir merchet. Dꝛỽc. Agỽaeth. A gỽaethaf oỻ. eu teir
moꝛỽyn. Y trywyꝛ hynny aganant eu kyꝛn. Aphaỽp
oꝛ rei ereiỻ adiaſpedant. yny debycko paỽb dygỽyd-
aỽ y nef ar y dayar. Haỽd yỽ ⁊ c°. Kyt. K. Gledyf
ỽꝛnach gaỽꝛ. nyledir vyth. namyn ac ef. nys ry ef
oe uod nac ar werth nac yn rat. ny eỻy ditheu dꝛeis
arnaỽ ef. Haỽd yỽ. ⁊ c°. Kyt keffych. Anhuned heb
gyſcu nos ageffy yn keiſſaỽ hynny. ac nys keffy. am
merch inneu nyſ keffy. Meirch agaffaf ĩneu amarch-
ogaeth. am harglỽyd gar arthur ageiff imi hynny oỻ.
Ath verch ditheu a gaffaf i. Ath eneit a goỻy ditheu.
Kerda nu ragot. ny oꝛuyd arnat na bỽyt na diỻat ym
merch i tra geiſſych hynny. A phangeffych hynny
oỻ oꝛ anoetheu. vy merch inneu ageffy yn ueu itt.

Kerdet aozugant hvy y dyd hvnnv educher.
yny uyd kaer uavz awelynt. vvyhaf oz byt.
Dachaf vz du mvy oed no thrywyz y*ny byt
hvnn yn dyuot oz gaer. Ac y dywedaffant vynteu
vzthav. Pan deuy di vz. oz gaer awelwch chvi racco.
Pieu ygaer heb vynt. Meredic awyz yvch chvi. nyt
oes yny byt ny wypo pieu y gaer honn. vznac gavz
bieu. Py uoes yffyd y ofp a phellennic ydifkynnu
yny gaer honn. Ha unben duv ach nodho. ny deuth
gvestei eiryoet o honei ae vywyt gantav. ny edir neb
idi namyn adycko y gerd gantav. Kyzchu y pozth a
ozugant. heb y gvzhyz gvalftavt ieithoed. Aoes bozth-
avz. Oes. A thitheu ny bo teu dy dauavt yth benn.
pyrac y kyuerchy di. Agoz y pozth. Dac agozaf. Py
yftyz nas agozy di. Kyllell aedyv ymbvyt allynn ym
bual. ac amfathyz yn neuad vznach gavz. namyn y
gerdavz adycko y gerd y myvn nyt agozir yma heno
bellach. Heb y kei yna. Y pozthavz y mae kerd gen-
nyfi. Pagerd yffyd gennyt ti. Yflipanvz cledyueu
gozeu yny byt vyf i. Mi aaf y dywedut hynny y vz-
nach gavz. ac adygaf atteb itt. Dyuot aozuc ypozth-
avz y myvn. Ac y dywavt vrnach vzthav. Chwedl-
eu pozth y gennyt. Yf ydynt gennyf kyweithyd yf-
fyd yndzvs ypozth auynnynt dyuot y myvn. A ouyn-
neift di aoed gerd gantunt hvy. Gouynneis heb ef.
Ac uno nadunt adywavt gvybot yflipanu cledyueu
o honav ynda. Az oed reit ynni vzth hvnnv. Yf gvers
yd vyf yn keiffav aolchei vygcledyf. ac nys keueis.
Gat hvnnv y myvn. kan oes gerd ganthav. Dyuot
aozuc ypozthavz ac agozi ypozth. Adyuot kei y myvn

ehun. a chyuarch g6ell ao2uc ef y 62nach ga62.
Kadeir adodet y dana6 gey2 b2on g62nach. Ac y
dywa6t 62nach 62tha6. Ha62 ae g6ir adywedir arnat
ti. y g6doft yflipanu cledyveu. Mi a6nn hynn ynda
heb y kei. P6yn cledyf 62nach awnaethp6yt atta6.
Kymryt agalen gleis ao2uc kei y dan y geffeil. agouyn
o2 deu p6y oed o2eu ganta6. ae gwynfeit ae gr6mfeit.
Y2 h6nn auo da gennyt ti malpei teu uei g6na ar-
na6.   6lanhau ao2uc hanner y lleill gyllell ida6. ae
rodi yn y la6 ao2uc. areinc dy uod di hynny. * Oed
g6ell genhyf noc yffyd ym g6lat pei bei oll ual hynn.
Dyhed abeth bot g62 kyftal athi heb gedymdeith.
Oi a62da ymae ymi gedymdeith. kyn ny dycko y
gerd hoñ. P6y y6 h6nn6. aet y po2tha62 allan. a mi
adywedaf ida6 y arwydon. Penn y wae6 ada6 y ar
y balady2. ac yffef adygy2ch y g6aet y ar y g6ynt.
ac adifkyn ar y palady2 eilweith. ago2i y po2th a
wnaethpwyt. a dyuot bedwy2 y my6n. ac ydywa6t
kei. Buduga6l y6 bedwy2. kyn ny wypo y gerd honn.
Padleu ma62 a uu gan y g6y2 aoed allan am dyuot
bedwy2 a chei y my6n. Adyuot g6as ieuanc oed gyt
ac 6ynt y my6n. vn mab cuftennin heuffa62. Sef
a6naeth ef ae gedymdeithon yg glyn 62tha6 dyuot
d2os y teir katlys hyt pann yttoed y my6n y gaer.
Y dywedaffant y ged̄deithon 62th uab cuftennin.
ti ao2ugoft hynn. go2eu dyn 6yt. Ac o hynny allan
y gelwit ef go2eu Mab cuftennin. G6afcaru ao2ugant
6y y eu llettyeu. mal y keffynt llad eu llettywy2. heb
wybot y2 ka62. Y cledyf a daruu y 62teith. ae rodi
ao2uc kei yn lla6 62nach ga62. y malphei y ed2ych

a ranghei y uod ida6 y g6eith. ac y dywa6t y ka62.
Da y6 y g6eith. a ranc bod y6 gennyf. Y dywa6t
kei. dy wein di a lygr6ys dy gledyf. dy2o di y mi
y diot y ky11e11 b2enneu o honei. Ac y wneuthur
erei11 o newyd ida6. A chymryt y wein o hona6.
ar cledyf yny 11a6 ara11. a dyuot o hona6 uch
penn y ka62 mal pei y cledyf adottei yny wein.
Y offot ao2uc ynteu ym penn y ka62. a 11ad y benn
y ergyt * y arna6. Diffeitha6 y gaer. a d6yn a
vynnaffant o2da ar tlyffeu. Ac ygkyuenu y2 un-
dyd ym penn y vl6ydyn y deuthant y lys arthur.
a chledyf 62nach ga62 gantunt

DYwedut a6naethant y arthur y ual y daruu
udunt. Arthur a dywa6t. Pa beth yffyd
ia6naf y geiffa6 gytaf o2 annoetheu hynny. Ja6n-
af y6 heb 6ynteu keiffa6 Mabon uab mod2on. ac
nyt kaffel arna6 nes kaffel eidoel uab aer y gar.
yn gyntaf. Kyuodi a o2uc arthur a milwy2 ynys
p2ydein ganta6 y geiffa6 eidoel. A dyuot ao2ugant
hyt yn rackaer glini yny 11e yd oed eidoel yg karch-
ar. Seuy11 ao2uc glini ar vann y gaer. Ac y dywa6t.
Arthur py holy di y mi p2yt nam gedy yny tarren
honn. nyt da im yndi ac nyt digrif. nyt g6enith. nyt
keirch im. kynny cheiffych ditheu wneuthur cam
im. Arthur a dywa6t. Dyt y2 d26c itti y deuthum i
yma. namyn y geiffa6 y karchara62 yffyd gennyt. Mi
a rodaf y carchara62 itti ac ny darparyffwn y rodi y
neb. Ac ygyt a hynny vy nerth am po2th a geffy
di. Y g6y2 a dywa6t 62th arthur. Argl6yd dos di
ad2ef ny e11y di uynet ath lu y geiffa6 peth mo2 uan

arthur. a chleof vrnach gawr gawtuint.
Dylledut abnaeth eut y arthur y
ual ydarvu uouirt. Arthur ady
uzabt. ya beth yssywo iabuaf y geillab gy
taf oz annoethen wrinny. Jabuaf yb heb
ynten keillav mabon uab mozron.
de uyt kaffd arnav ned kaffel eidoel
uab aer ygar. yngrutaf. Kyuodi ao
zne arthur a milwyr ynyo ydein gan
tab y geillab eidel. adynot aozugant
byt ynrackaer glynn ywylle yoeo eido
el ygkarthar. Scryll aozne glynn ar
vann. ygaer. ac yoydzavt: Arthur yr
holyoi y nu pzyt nam gredy yny tartni
boin. nyt da in pndi ac nyt oignf.
nyt gvenith. nyt keirch un. kynny
cyerssych oithenlb neuthir cain un.
Arthur adyllavt. Nyr yr ozbc itti ydeu
thniin i yina. nannyn y geillab ykarch
arav: yssyo gennyt. an aivdaf y cnrha

ar rei hynn. Arthur a dywaбt. Gбɪhyɪ gбalftaбt
ieithoed itti y mae iaбn mynet yɪ neges honn. Yɪ
holl ieithoed yffyd gennyt. a chyfyeith бyt ar rei
oɪ adar ar anniueileit. Kidoel itti y mae iaбn myn-
et y geiffaб dy geuynderб yб. gyt am gбyɪ i. Kei
a bedwyɪ. gobeith * yб gennyf y negef yd eloch
ymdanei y chaffel. Kбch im yɪ neges honn. Kerdet
aoɪugant racdunt hyt att vбyalch gilgбɪi. Gouyn
aoɪuc gбɪhyɪ idi yɪduб aбdoft ti dim yбɪth uabon
uab modɪon. a ducpбyt yn teir noffic ody rбng y vam
ar paret. Y uбyalch a dywaбt. pan deuthum i yma
gyntaf. eingon gof aoed yma. a minneu ederyn
ieuanc oedбn. ny wnaethpбyt gбeith arnei. namyn
tra uu uyggeluin arnei bob ucher. Hediб nyt oes
kymmeint kneuen o honei heb dɪeulaб. dial duб arnaf
o chigleu i dim y бɪth y gбɪ aovynnбch chбi. Peth
yffyd iaбn hagen. adylyet y mi y wneuthur y gen-
nadeu arthur mi ae gбnaf. Kenedlaeth vileit yffyd
gynt rithбys duб nomi. mi aaf yn gyuarwyd ragoch
yno. Dyuot aoɪugāt hyt yn lle yd oed karб redynure.
Karб redynure yma y doetham ni attat. kennadeu
arthur kany бdam aniueil hyn no thi. dywet. awdoft
di dim y бɪth uabon uab modɪon. a ducpбyt yn deir
noffic y бɪth y uam. Y karб a dywaбt. Pan deuthum i
yma gyntaf. nyt oed namyn vn reit o bop tu ym penn.
ac nyt oed yma goet namyn un o gollen derwen. ac
y tyfwys honno yn dar can keing. Ac y dygбydбys
ydar gбedy hynny. a hediб nyt oes namyn бyftyn
coch o honei. Yɪ hynny hyt hediб yd бyf i yma. ny
chigleu i dim oɪ neb aouynnбch chбi. Miui hagen

a uydaf gyfar6yd y6ch * kanys kennadeu arthur y6ch
hyt Ile ymae aniueil gynt arith6ys du6 no mi. Dyuot
ao2ugant. hyt Ile ydoed cuan cum ka6l6yt. cuan c6m
ca6l6yt yma y mae kennadeu arthur. a6doft di dim
y62th vabon vab mod2on aducp6yt ⁊ c⁰⸗ Pei afg6yp6n
mi aedywed6n. Pan deuthum i yma gyntaf. y c6m
ma62 awel6ch glynn coet oed. ac ydeuth kenedlaeth
o dynyon ida6. ac y diua6yt. ac y tyu6ys y2 eil coet
ynda6. ar trydyd coet y6 h6nn. a minneu neut ydyd-
ynt yn gynyon boneu vy efgyll. y2 hynny hyt hedi6.
ny chiglefi dim o2 g62 aouynn6ch ch6i⸗ Mi hagen
a uydaf gyuarwyd y genadeu arthur. yny deloch hyt
Ile ymae y2 anniueil hynaf yffyd yny byt h6nn. a
m6yf a d2eigyl⸗ ery2 g6ern ab6y. 662hy2 adywa6t.
Ery2 gwern ab6y ni adoetham gennadeu arthur
attat. youyn itt a 6doft dim y 62th vabon uab mod2on
a duc ⁊ c⁰ ⸗ Y2 ery2 adywa6t. Mi adeuthum yma y2
yfpell o amfer. aphann deuthum yma gyntaf. Maen
aoed ym. ac y ar y benn ef y pig6n yfy2 bop ucher.
weithon nyt oes dy2nued yny uchet. y2 hynny hyt
hedi6 yd6yf i yma. Ac ny chiglef i dim y 62th y g62
aouynn6ch ch6i. onyt un treigyl yd euthum y geiffa6
uym b6yt hyt yn Ilynn Ily6. Aphann deuthum i yno
y Iledeif uyg cryuangheu y my6n eha6c o debygu bot
vym b6yt ynda6 we2s va62. Ac y tynn6ys ynteu ui hyt
y2 aff6yf. hyt pann uu ab2eid im ymdianc y ganta6.
Sef a6neuthum inheu mi am [836] holl garant myn-
et ygg62yf 62tha6 y geiffa6 ydiuetha. Kennadeu a
y2r6ys ynteu y gymot a mi. Adyuot ao2uc ynteu
attaf i. y diot dec tryuer a deugeint oe geuyn. onyt

ef awyꝛ peth oꝛ hynn ageiſſ6ch ch6i. ny 6nn i neb
ae g6ypo. Mi hagen a uydaf gyuar6yd y6ch hyt ꝉꝉe
ymae. Ðyuot aoꝛugant hyt ꝉꝉe yꝛ oed. Ðywedut
aoꝛuc yꝛ eryꝛ. Ʒha6c ꝉꝉyn ꝉꝉi6 mi adeuthum attat.
gan gennadeu arthur youyn a6doſt dim y6ꝛth vabon
uab modꝛon aducp6yt yn teir noſſic y6ꝛth yuam.
Y gymeint awyp6yfi mi ae dywedaf. Ɠan bob ꝉꝉan6
ydaf i ar hyt yꝛ auon uchot hyt pandel6yf hyt ym
ach mur kaer loy6. ac yno y keueis i. ny cheueis eir-
moet odꝛ6c ygymeint. Ac mal ycrettoch doet un ar
uynd6y yſg6yd i yma o hona6ch. Ac yſef ydaeth
ard6y yſg6yd yꝛ eha6c. kei a g6ꝛhyꝛ g6alſta6t ieithoed.
Ʒc y kerdaſſant hyt pann deuthant am yuag6yꝛ ar
karchara6ꝛ. yny uyd k6ynuan agriduan aglywynt am
yuag6yꝛ ac 6y. Ɠ6ꝛhyꝛ adywa6t. padyn ag6yn yny
maendy h6ñ. Ði a6ꝛ yſſit le ida6 y g6yna6 yneb
yſſyd yma. Mabon uab ᴍodꝛon yſſyd yma ygcarch.
ac ny charchar6yt neb kyn doſtet yn ꝉꝉ6ꝛ6 carchar
ami. na charchar ꝉꝉud ꝉꝉa6 ereint. neu garchar greit
mab eri. Ðes obeith gennyt ti ar gaffel dy eꝉꝉ6ng ae
yꝛ eur ae yꝛ aryant ae yꝛ golut pꝛeſſenna6l. ae yꝛ
catwent ac ymlad. Y gymeint o honof i a gaffer
ageffir dꝛ6y ymlad. Ymchoelut o honunt 6y odyno.
a dyuot hyt * ꝉꝉe ydoed arthur. Ðywedut o honunt
y ꝉꝉe yd oed mabon uab modꝛon ygkarchar. Ɠ6yſſya6
aoꝛuc arthur milwyꝛ yꝛ ynys honn. amynet hyt
ygkaer loy6 yꝉꝉe yd oed mabon ygkarchar. Mynet
aoꝛuc kei abedwyꝛ ar d6y yſc6yd y pyſc. tra yttoed
vilwyꝛ arthur yn ymlad ar gaer. r6yga6 o gei yuag6yꝛ
a chymryt y carchara6ꝛ ar y geuyn. Ac ymlad ar g6yꝛ

ual kynt ar g6yz.  At ref  y doeth  arthur  amabon
ganta6 yn ryd⏜ ⏜

Dywedut  ao₂uc  arthur.  beth  Ia6nhaf  weithon
y geiſſa6  yn gyntaf  o₂ annoetheu.  Ia6nhaf
y6 keiſſa6 deu geneu gaſt rymhi.  awys heb y₂ arth<sup>ur</sup>
pa du  y mae hi.  Y mae heb y₂ un  yn aber deu gledyf.
Dyuot ao₂uc arth<sup>ur</sup> hyt yn ty tringat yn aber cledyf.
A gouyn ao₂uc 6₂tha6.  aglyweiſt ti  y 6₂thi hi yma.
Py rith  y mae hi.  Yn rith bleidaſt heb ynteu.  ae
deu geneu genthi  yd ymda.  Hi a lada6d vy yſgrybul
yn vynych.  ac y mae hi  iſſot  yn aber  cledyf  y my6n
gogof.   Sef ao₂uc arthur gy₂ru  ym p₂yt wenn  y long
ar uo₂.  Ac ereill  ar y tir  y hela  y₂ aſt.  ae chylchynu
uelly hi ae deu geneu.  ac eu dat ritha6  o du6  y arth<sup>ur</sup>
yn eu rith  e hunein.   Gwaſcaru ao₂uc llu arthur  bob
un  bob deu ⏜ ⏜ ⏜

A6 ual ydoed g6ythy₂ mab greida6l.  dydg6eith
yn kerdet d₂os vynyd.  y clywei leuein  a grid-
ua girat.  a garſcon oed eu clybot.  Achub ao₂uc ynteu
parth ac yno.  Ac mal y deuth yno * diſpeila6  cledyf
a wnaeth.  A llad y t6yn path 6₂th y dayar.  ac e̱ diffryt
uelly rac  y tan.  Ac  y dywedaſſant 6ynteu 6₂tha6⏜
D6c uendyth du6 ar einym gennyt.  Ar hynn  ny allo
dyn vyth  y waret.  ni ado6n  y waret itt.  H6ynt6y
wedy hynny a doethant ar na6 heſta6₂ llinat.  a nodes
yſpadaden penn ka6₂ ar culh6ch  yn ueſſuredic oll heb
dim yn eiſſeu o honunt eithy₂ un llinhedyn.  ar mo₂-
grugyn cloff a doeth ah6nn6  kynn y nos⏜

Pan yttoed gei a bedwy₂ yn eiſted ar benn pum-
lumon.  ar garn g6ylathy₂ ar wynt m6yaf yn y

byt. edɪych aѢnaethant yneukylch. ac Ѣynt aѢelynt
vѢc maѢɪ parth ardeheu ympeⅡ y Ѣɪthunt heb dɪoffi
dim gan y gѢynt. Ac yna ydywaѢt kei. myn ⅡaѢ
vyngkyueiⅡt. fyⅡdy racco tan ryffѢɪ. ᵱryffyaѢ a
oɪugant parth ar mѢc. Adyneffau parth ac yno dan
ymardifgѢyl obeⅡ. yny uyd diⅡuş uareuaѢc yndeiuaѢ
baed coet. Ⅱyna hagen yryffѢɪ mѢyaf aochelaѢd
arthur eiryoet.  Ꝃeb y bedwyɪ yna Ѣɪth gei. Ae hat-
waenoft di ef. Atwen heby kei. Ⅱyna dillus uarruaѢc.
nyt oes yny byt kynⅡyuan adalyo dɪutwyn. keneu
greit uab eri. namyn kynⅡyuan ouaryf ygѢɪ awely
di racko. Ac ny mѢynhaa heuyt onyt yn vyѢ y tynnir
achyⅡeⅡpɪenneu oe uaraf. kanys bɪeu uyd yn uarѢ.
ᵯae ankynghoɪ ninneu Ѣɪth hynny heb ybedwyɪ.
ᵭadѢn ef heb ykei yyffu ywala oɪ kic. agѢedy
hynny kyfcu aѢna. ᵬɪa yttoed ef yn * hynny y
buant Ѣynteu yngѢneuthur kyⅡeⅡbɪenneu. ᵱanѢybu
gei yndiheu yuot ef ynkyfcu. gѢneuthur pѢⅡ aoɪuc
dany dɪaet mѢyhaf yny byt. AtharaѢ dyɪnaѢt arnaѢ
anueitraѢl yueint aoɪuc. Ae wafcu yny pѢⅡ hyt pan
daroed udunt y gnithiaѢ ynⅡѢyɪ ar kyⅡeⅡbɪenneu y
uaryf. AgѢedy hynny ylad yngѢbyl. Ᵹc odyna
ydaethant eⅡdeu hyt ygkeⅡi wic ygkernyѢ. a chyn-
Ⅱyuann ouaryf diⅡus uaruaѢc gantunt. Ae rodi a
oɪuc kei yn ⅡaѢ arthur. Ac yna y kanei arthur yɪ
eglyn hѢnn. ᵲynnⅡyuā aoɪuc kei. o uaryf diⅡus
uab eurei. ᵽei ᵲach dy angheu uydei. Ᵹc amhynny
y foɪres kei hyt pan uu abɪeid yuilwyɪ yɪ ynys honn
tangneuedu y rѢng kei ac arthur.  Ᵹc eiffoes nac yɪ
anghyfnerth ar arthur. nac yɪ Ⅱad ywyɪ. nyt ymyɪ-

rỽys kei yn reit gyt ac ef o hynny allan. Ac yna y
dywaỽt arthur. Beth iaỽnaf weithon y geiffaỽ oꝛ
annoetheu. Iaỽnaf yỽ keiffaỽ dꝛutwyn keneu greit
uab eri. Kynno hynny ychydic yd aeth creidylat
uerch lud laỽ ereint gan wythyꝛ mab greidaỽl. a
chynn kyfcu genthi dyuot gỽynn uab nud ae dỽyn
y treis. Kynnullaỽ llu o wythyꝛ uab greidaỽl. a dyuot
y ymlad a gỽynn mab nud. a goꝛuot o wyn‿ a dala
greit mab eri. aglinneu eil taran. a gỽꝛgỽft letlỽm.
a dyfnarth y uab. a dala o penn uab nethaỽc. a
nỽython. a chyledyꝛ wyllt y uab. a llad nỽython aoꝛuc
a diot y gallon. a chymhell ar kyledyꝛ yffu callon y
dat. Ac am hynny yd aeth kyledyꝛ yg gỽyllt. Clybot
o arthur hynny. a dyuot hyt y gogled. a dyuynnv
aoꝛuc ef gỽynn uab nud attaỽ. * a gellỽng y wyꝛda
y gantaỽ oe garchar. a gỽneuthur tangneued y rỽng
gỽynn mab nud a gỽythyꝛ mab greidaỽl. Sef tang-
neued a wnaethpỽyt. gadu y uoꝛỽyn yn ty y that yn
diuỽyn oꝛ dỽy barth. Ac ymlad bob duỽ kalan mei
uyth hyt dyd bꝛaỽt oꝛ dyd hỽnnỽ allan. y rỽng gỽynn
a gỽythyꝛ. ar un a oꝛffo o nadunt dyd bꝛaỽt kymeret
y uoꝛỽyn. A gỽedy kymot y gỽyꝛda hynny uelly. y
kauaf arthur mygdỽn march gỽedỽ‿ a chynnllyuan
cỽꝛs cant ewin. Gỽedy hynny yd aeth arthur hyt
yn llydaỽ. a mabon uab mellt gantaỽ. a gỽare gỽallt
euryn y geiffaỽ deu gi glythmyꝛ lewic. A gỽedy eu
kaffel yd aeth arthur hyt yg goꝛllewin iwerdon y
geiffaỽ gỽꝛgi feueri. Ac odgar uab aed bꝛenhin iwerdỽ
gyt ac ef. Ac odyna yd aeth arthur yꝛ gogled. ac y
delis kyledyꝛ wyllt. Ac yd aeth yfkithyꝛwynn penn-

beid. ac ydaeth mabon mab mellt adeugi glythuyꝛ
ledewic yn y laϐ. adꝛutwyn geneu greit mab eri. ac
ydaeth arthur ehun yꝛ erhyl. a chauall ki arthur
yn y laϐ. Ic yd efgynnϐys kaϐ o bꝛydein ar lamrei
kaffec arthur. ac achub yꝛ kyfuarch. Ic yna y kym-
erth kaϐ o bꝛydein nerth bϐyellic. ac yn wychyꝛ
trebelit y doeth ef yꝛ baed. ac y hollde‌r y benn yn
deu hanner. Ichymryt aoꝛᶜ kaϐ yꝛ yfgithyꝛ. Ɗyt
y kϐn anottayffei yfpaden ar gϐlhϐch aladaϐd y baed.
namyn kauall ki arthur ehun.

A ϐϐedy llad yfgithyꝛwyn bennbeid yd aeth ar-
thᵘʳ ae niuᵉʳ hyt yngkelli * wic yngkernyϐ.
ac odyno y gyꝛrϐys menϐ mab teirgϐaed y edꝛych
a uei y tlyffeu y rϐng deugluft tϐꝛch trϐyth. rac fal-
wen oed uynet y ymdaraϐ ac ef. ac ony bei y tlyffeu
gantaϐ. diheu hagen oed y uot ef yno. Ɗeur daroed
idaϐ diffeithaϐ traean iwerdon. Ɱynet aoꝛuc menϐ
y ymgeis ac ϐynt. Sef y gϐelas ϐynt ynefgeir oeruel
yn Iwerdon. Ic ymrithaϐ aoꝛuc menϐ ynrith eder-
yn. a difgynnu aϐnaeth uchpenn y gϐal. a cheiffaϐ
yfglyffyaϐ un oꝛ tlyffeu y gantaϐ. ac ny chauas dim
hagen namyn un oe wrych. Ʀyuodi aoꝛuc ynteu
yn wychyꝛda. ac ymyfgytyaϐ hyt pan ymoꝛdiwed-
aϐd peth oꝛ gϐenϐyn ac ef. O dyna ny bu dianaf
menϐ uyth. Ɠyꝛru o arthur gennat gϐedy hynny
ar odgar uab aed bꝛenhin iwerdon. y erchi peir di-
ϐꝛnach wydel maer idaϐ. Ɉrchi o otgar idaϐ y rodi.
Ɏ dywaϐt diϐꝛnach. duϐ awyꝛ pei hanffei well o
welet un olϐc arnaϐ naf kaffei. adyuot o gennat arth-
ur anac genthi o Iwerdon. Ʀychϐynnu aoꝛuc arthᵘʳ

ac yſgaſn niuer ganthaſ amynet ympzytwen y long.
adyuot y ywerdon. adygyzchu ty diſznach ſydel a
ozugant. Sſelſant niuer otgar eu meint. agſedy
bſyta o nadunt ac yuet eudogyn. erchi ypeir aozuc
arth. Ẏ dywaſt ynteu pei aſrodei y neb. y rodei
ſzth eir odgar bzenhin Ẏwerdon. Sſedy Ⅱeueryd
nac udunt. ĸyuodi aozuc bedwyz ac ymauael yny
peir. ae dodi ar geuyn * hygſyd gſas arthur. bzaſt
oed hſnnſ unuam ygachamſzi gſas arth. ẟef
oed y ſſyd ef yn waſtat ymdſyn peir arthur adodi
tan ydanaſ. ẟeglyt o lenⅡeaſc ſydel yg kaletvſlch.
ae eⅡſng ar yrot. aⅡad diſznach wydel ae niuer
achan. Ꝺyuot Ⅱuoed Ẏwerdon ac ymlad ac ſy. ä
gſedy ffo y Ⅱuoed achlan. mynet arthur ae wyz yn
eugſyd yn y Ⅱong. ar peir yn Ⅱaſn o ſſⅡt iſerdon
gantunt. adiſkynnu yn ty Ⅱſydeu mab kel coet ym
pozth kerdin yndyuet. ac yno y mae meſſur y peir. ᵕᵕ
Aſ yna ykynnuⅡſys arth aoed o gynifyſz
yn teir ynys pzydein. ae their rac ynys.
äc aoed ynfreinc aⅡydaſ. ä nozmandi agſlat yz haf.
äc aoed o gicſz dethol. a march clotuaſz. äc yd
aeth ar niueroed hynny oⅡ hyt yn iſerdon. äc y bu
ouyn maſz ac ergryn racdaſ yn Iwerdon. A gſedy
diſgynnu arthur yz tir. dyuot ſeint Iwerdon attaſ y
erchi naſd idaſ. Ac yrodes ynteu naſd udunt hſy.
ac yrodaſſant ſynteu eu bendyth idaſ ef. Ꝺyuot a
ozuc gſyz iwerdon hyt att arth arodi bſyttal idaſ.
Ꝺyuot aozuc arthur hyt yn eſgeir oeruel yn Iſerdon.
yn y Ⅱe ydoed tſzch trſyth. ae ſeithlydyn moch gant-
aſ. geⅡſng kſn arnaſ o bop parth. y dyd hſnnſ

educher yd ymladaƀd y gƀydyl ac ef.  Ƴɿhynny pym-
het ran y iwerdon aƀnaeth yndiffeith. athrannoeth
ydym*ladaƀd teulu arthur ac ef. namyn agaƀffant o
dɿƀc y gantaƀ. ny chaƀffant dim o da.  Ƴ trydyd dyd
yd ymladaƀd arthur ehun ac ef naƀnos. a naƀ nieu.
nyladaƀd namyn un parchell oe uoch.  Ɓouynnƀys y
gƀyɿ y arthur peth oed yftyɿ yɿ hƀch hƀnnƀ.  Ƴ dy-
waƀt ynteu. bɿenhin uu. ac am y bechaƀt y rithƀys
duƀ ef ynhƀch.  Ɓyɿru aƀnaeth arthur gƀɿhyɿ gƀal-
ftaƀt ieithoed. y geiffaƀ ymadɿaƀd ac ef. Ꝝynet aoɿuc
gƀɿhyɿ ynrith ederyn. adifgynnv aƀnaeth vchbenn y
wal ef ae feithlydyn  moch. a gouyn aoɿuc <u>gƀɿhyɿ</u>
gƀalftaƀt <u>ieithoed</u> idaƀ.  Ƴɿ y gƀɿ athwnaeth ar y
delƀ honn. oɿ gellƀch dywedut. yharchaf dyuot un o
honaƀch y ymdidan ac arthur. Gƀɿtheb aƀnaeth
grugyn gƀɿych ereint. mal adaned aryant oed y
wrych oll y ffoɿd y kerdei argoet ac ar uaes  y gƀelit
ual y llithɿei y wrych. Ꞩef atteb arodes grugyn. Myn
y gƀr an gƀnaeth ni ar y delƀ honn. ny wnaƀn. ac ny
dywedƀn dim yɿ arth<sup>ur</sup>. Ꝋed digaƀn odɿƀc aƀnathoed
duƀ ynni. an gƀneuth<sup>ur</sup> ar ydelƀ hon. ᴋyny deleƀch
chƀitheu y ymlad ani.  Mi adywedaf yƀch ydymlad
arth<sup>ur</sup> am y grib ar ellyn ar gƀelleu yffyd rƀng deu
gluft tƀɿch trƀyth.  Ᵹeb y grugyn hyt panngaffer y
eneit ef yn gyntaf. ny cheffir y tlyffeu hynny.  Ꝛr
boɿe auoɿy ykychƀynnƀnni odyma. ac ydaƀn y wlat
arth<sup>ur</sup> ar meint mƀyhaf aallom ni o dɿƀc aƀnaƀn yno.
Ᵹychƀyn aoɿugant hƀy ar ymoɿ parth a chymry. ac
ydaeth [840] arthur ae luoed ae ueirch ae gƀn ym
pɿytwen. atharaƀ lygat ymwelet ac ƀynt. Ꝺifgynnu a

6naeth t6ꝛch tr6yth ym poꝛth cleis yn dyuet. Dyuot a
oꝛuc arthur hyt ym myny6 y nos honno. Tꝛannoeth
dywedut y arthur eu mynet heiba6. ac ymoꝛdiwes a
oꝛuc ac ef yn llad g6arthec kynnwas k6ꝛ y uagyl. A
g6edy llad a oed yn deugledyf odyn a mil kynn dyuot
arthur.    Oꝛ pan deuth arthᵘʳ y kych6ynn6ys t6ꝛch
tr6yth odyno hyt ym pꝛeffeleu. Dyuot arthur alluoed
y byt hyt yno. Gyꝛru aoꝛuc arthur y wyꝛ yꝛ erhyl.
Ely. a thꝛachmyꝛ. a dꝛutwyn keneu greit mab eri yn
y la6 ehun. a g6arthegyt uab ka6 yghongyl arall. a
deu gi glythmyꝛ letewic yn y la6 ynteu.    A bedwyꝛ a
chauall ki arthur yn y la6 ynteu. a reftru aoꝛuc y
milwyꝛ oll o deu tu nyuer. Dyuot tri meib cledyf
div6lch. g6yꝛ a gauas clot ma6ꝛ yn llad yſgithyꝛwyn
pennbeid. Ac yna y kych6ynn6ys ynteu olynn ny-
uer. ac y doeth y g6m ker6yn. Ac y rodes kyuarth
yno.    Ac yna y llada6d ef bedwar ryſſ6ꝛ y arthur.
g6arthegyd mab ka6 a thara6c allt cl6yt. a reid6n uab
eli atuer. ac iſcouan hael. a g6edy llad y g6yꝛ hynny.
y rodes yꝛ eil kyuarth udunt yn y lle. ac y llada6d
g6ydꝛe uab arthur. a garfelit wydel. a gle6 uab yſca6t.
Ac iſca6yn uab panon. ae dolurya6 ynteu yna a
6naethp6yt.    Ar boꝛe ym bꝛonn y dyd dꝛannoeth yd
ymoꝛdiweda6d rei oꝛ g6yꝛ ac ef. Ac yna y llada6d
huanda6. a gogig6ꝛ. a phenn pingon. tri g6eis gle6l6yt
gauaelua6ꝛ. hyt naſ g6ydyat du6 was yn y byt ar y
hel6 ynteu. eithyꝛ llaeſgenym ehunan g6ꝛ ny hanoed
well neb ohona6. Ac y gyt a hynny y llada6d lla6er
o wyꝛ y 6lat. a g6lydyn faer penfaer y arthur. Ac
yna yd ymoꝛdiweda6d arthur ym pelumya6c ac ef. Ac

yna yꞁꞁadaꝺd ynteu madaꝺc mab teithyon. aᵹꝺyn mab
tringat ꝩab neuet * ac eiryaꝺn pennꞁloꝛan.  Ic odyna
yd aeth ef hyt yn aber tyꝺi. ac yno y rodes kyuarth
udunt. ac yna yꞁꞁadaꝺd ef kynlas mab kynan. a
gꝺilenhin bꞛein freinc. odyna yd aeth hyt ygglynn
yſtu.  Ic yna ydymgoꞁꞁaſſant ygꝺyꞛ ar cꝺn ac ef.
Dyuynnu aoꞛuc arth<sup>ur</sup> gꝺyn uab nud attaꝺ. agouyn id-
aꝺ aꝺydyat ef dim y ꝺꞛth tꝺꞛch trꝺyth. ꞃdywaꝺt ynteu
naſ gꝺydyat. Y hela ymoch yd aeth y kynnydyon yna
oꞁꞁ. hyt yndyffryn ꞁꞁychꝺꞛ. ac ydigribyꝺys grugyn
gꝺaꞁꞁt ereint udunt. a ꞁꝺydaꝺc gouynnyat. ac y ꞁꞁadaſſ
ykynnydyon hyt na diengis dyn yn vyꝺ o nadunt.
namyn un gꝺꞛ.  Sef aoꞛuc arth<sup>ur</sup> dyuot ae luoed hyt
ꞁꞁe ydoed grugyn aꞁꞁꝺydaꝺc. a geꞁꞁꝺng yna arnad-
unt aoed ogi rynodydoed yn ꞁꞁꝺꞛ. Ac ꝺꞛth yꞛ
aꝺꞛ a dodet yna ar kyuarth. y doeth tꝺꞛch trꝺyth
ac y diffyꞛth ꝺynt.  Ac yꞛ pan dathoedynt dꞛos uoꞛ
iwerdon. nyt ymwelſei ac ꝺynt hyt yna. Dygꝺydaꝺ a
ꝺnaethpꝺyt yna agꝺyꞛ a chꝺn arnaꝺ.  Ymrodi y
gerdet ohonaꝺ ynteu. hyt ym mynyd amanꝺ. Ic
yna y ꞁꞁas banꝺ oe uoch ef. ac yna yd aethpꝺyt eneit
dꞛos eneit ac ef. ac y ꞁꞁadꝺyt yna tꝺꞛch ꞁaꝺin. ac yna
y ꞁꞁas araꞁꞁ oe voch. gꝺys oed y enꝺ. ac odyna yd
aeth hyt yn dyffrynn amanꝺ. ac yno y ꞁꞁas banꝺ a
bennwic.  Dyt aeth odyno gantaꝺ oe uoch ynvyꝺ.
namyn grugyn gꝺaꞁꞁt ereint. a ꞁꝺydaꝺc gouynnyat.
Oꞛ ꞁꞁe hꝺnnꝺ yd aethant hyt yn ꞁꞁꝺch eꝺin. ac ydymoꞛ-
diwedaꝺd arthur ac ef yno.  Rodi kyuarth aꝺnaeth
ynteu yna. ac yna yꞁꞁadaꝺd ef echel uoꞛdꝺyt tꝺꞁꞁ. ac
arꝺyli eil gꝺydaꝺc ~~gꝺydaꝺc~~ gꝺyꞛ. aꞁꞁaꝺer owyꞛ a chꝺn

heuyt. ac yd aethant odyna hyt ynllṽch taṽy. Yſcar
aṽnaeth grugyn gṽrych ereint acṽynt yna. ac yd aeth
grugyn odyna hyt yndintywi. Ac odyna yd aeth
hyt ygkeredigyaṽn. ac eil. a thꝛachmyꝛ gantaṽ. a
lliaṽs gyt acṽynt heuyt. ac ydoeth hyt yggarth
gregyn. ac yno y * y llas llṽydaṽc gouynnyat yn y
myſc. ac y lladaṽd ruduyṽ rys. a llaṽer gyt ac ef.
Ac yna yd aeth llṽytaṽc hyt yn yſtrat yṽ. Ac yno y
kyuaruu gṽyꝛ llydaṽ ac ef. ac yna y lladaṽd ef hir
peiſſaṽc bꝛenhin llydaṽ. a llygatrud emys a gṽꝛbothu.
eṽythred arth^{ur} vꝛodyꝛ y uam. Ac yna y llas ynteu.
Ṫꝛch trṽyth aaeth yna y rṽng taṽy ac euyas. Gṽyſ-
fyaṽ kernyṽ adyfneint oarthur yny erbyn hyt yn
aber hafren. adywedut aoꝛuc arthur ṽꝛth vilṽyꝛ yꝛ
ynys honn. Ṫꝛch trṽyth aladaṽd llaṽer om gṽyꝛ.
ᴍyn gṽꝛhyt gṽyꝛ nyt ami yn uyṽ yd aho ef y gernyṽ.
nys ymlityafi ef bellach. namyn mynet eneit dꝛos
eneit ac ef awnaf. Gṽneṽch chṽi aṽnelhoch. Ꞩef a
daruu o gyghoꝛ gantaṽ ellṽng kat o uarchogyon. a
chṽn yꝛ ynys gātunt hyt yn euyas. ac ymchoelut
odyno hyt yn hafren. ae ragot yno ac aoed o vilwyꝛ
pꝛouedic ynyꝛ ynys honn. ae yꝛru anghen yn anghen
yn hafren. amynet aṽnaeth mabon uab modꝛon gan-
taṽ ar wynn mygdṽn march gṽedṽ yn hafren. a goꝛeu
mab cuſtennin. a menṽ. ꙏab teirgṽaed y rṽng llynn
lliṽan ac aber gṽy. adygṽydaṽ o arthur arnaṽ. a ryſſ-
wyꝛ p^{ry}dein gyt ac ef. Ꝺyneſſau aoꝛuc oſla gyllell-
uaṽꝛ. a manaṽydan uab llyꝛ. a chacmṽri gṽas arth^{ur}.
a gṽyngelli. adygrynnyaṽ yndaṽ. Ac ymauael yn
gyntaf yny traet. ae gleicaṽ o honunt yn hafren. yny

yttoed yntten6i ody uchta6.  Bꝛathu am6s o uabon
uab modꝛō oꝛ neilparth. achael yꝛ etteu y ganta6.  Ic
oꝛ parth aratt y dygyꝛch6ys kyledyꝛ wytte y ar am6s
aratt ganta6 yn hafren. ac yduc y g6etteu y ganta6.
Ꝁynn kaffel diot y grib. kaffel dayar o hona6 ynteu
aedꝛaet. ac oꝛ pan gauas y tir ny att6ys na chi na dyn
na march y ganhymdeith hyt  pan aeth  y gerny6.
Ɗoc agaffat odꝛ6c yn keiffa6 y tlyffeu hynny y ganta6.
g6aeth agaffat ynkeiffa6 diffryt y deu 6ꝛ rac eubodi.
Ꝁacm6ꝛi ual y tynnit ef yuynyd y tynnei deu uaen
ureuan ynteu * yꝛ aff6ys.  Ofla gyttettua6ꝛ yn redec
yn ol yt6ꝛch. y dyg6yd6ys y gyttett oe wein ac y kottes.
ae wein ynteu g6edy hynny yntta6n oꝛ d6fyꝛ. ual y tyn-
nit ef y uynyd y tynnei hitheu ef yꝛ aff6ys.  Odyna yd
aeth arthur attuoed hyt  pan ymoꝛdiweda6d acef yg
kerny6. 6are oed a gafat o dꝛ6c ganta6 kynno hynny
y 6ꝛth a gaffat yna ganta6  yn keiffa6 y grib.  O dꝛ6c y
gilyd ykaffat ygrib y ganta6.  Ac odyna y holet ynteu
o gerny6. ac y gyꝛr6yt yꝛ moꝛ yny gyueir. Ɗy wybu-
6yt vyth o hynny attan pale yd aeth ac anet ac aeth-
.lem ganta6.  Ic odyno yd aeth arth<sup>ur</sup> y ymeneina6 ac
y u6ꝛ6 y ludet y arna6 hyt ygketti wic ygkerny6.

DYwedut o arth<sup>ur</sup> ~~aoef~~. aoes  dim weithon  oꝛ
anoetheu heb gaffel.  Ƴ dywa6t vn oꝛ g6yꝛ.
oes. g6aet y widon oꝛdu merch y widon oꝛwen openn
nant gouut ygg6ꝛthtir uffern. Ꝁych6yn aoꝛuc arth<sup>ur</sup>
parth ar gogled. a dyuot hyt tte ydoed gogof y
wrach.  I chynghoꝛi owynn uab nud. ag6ythyꝛ uab
greida6l gett6ng kacm6ꝛi. ahyg6yd y ura6t. y ymlad
ar wrach. Ac ual ydeuthant y my6n yꝛ ogof y hachub

aoꝛuc y wrach. Ac ymauael yn hygꝩyd herꝩyd
gꝩallt y benn. ae daraꝩ yꝛllaꝩꝛ deni. Ac ymauel o
gacmꝩꝛi yndi hitheu. herꝩyd gꝩallt yphenn. ae thynnu
yar hygꝩyd yꝛ llaꝩꝛ. ac ymchoelut aoꝛuc hitheu ar
kacmꝩꝛi. ac eu dygaboli yll deu. ac eu diaruu. <u>ae gyꝛru</u>
allan dan euhub ac eu hob. a llidyaꝩ aoꝛuc arth<sup>ur</sup>
o welet ydeu was hayachen. <u>wedy</u> <u>eu</u> <u>llad</u> acheiſſaꝩ
achub yꝛ ogof. ac yna y dywedaſſat gꝩynn a gꝩythyꝛ
ꝩꝛthaꝩ. nyt dec ac nyt digrif genhym dy welet yn
ymgribyaꝩ agꝩꝛach. gellꝩng hiramren ahir eidyl
yꝛ ogof. a mynet aoꝛugant. Ac oꝛ budꝛꝩc trafferth
y deu gynt. gꝩaeth uu dꝛafferth ydeu hynny. hyt naſ
gꝩypei duꝩ y vn ohonunt ell pedwar allu mynet
oꝛ lle. namyn mal ydodet ell pedwar. ar lamrei kaſſec
arthur. Ac yna achub aoꝛuc arth<sup>ur</sup> dꝛꝩs yꝛ ogof. ac
y ar ydꝛꝩs a uyꝛyei y wrach acharnwennan y gyllell.
ae tharaꝩ am y hanner yny uu yn deu gelꝩꝛn hi.
a * chymryt aoꝛuc kaꝩ o bꝛydein gꝩaet y widon
ae gadꝩ ganthaꝩ...

Aꝩ yna y kychꝩynnꝩys kulhꝩch. a goꝛeu uab
   cuſtennin gyt ac ef. ar ſaꝩl a buchei dꝛꝩc y
yſpadaden pennkaꝩꝛ. ar anoetheu gantunt hyt ylys.
A dyuot kaꝩ o bꝛydein y eillaꝩ y uaryf. kic achꝛoen
hyt aſgꝩꝛn ar deugluſt yn llꝩyꝛ. ac y dyꝩaꝩt kulhꝩch.
a eillꝩyt itti ꝩ. Eillꝩyt heb ynteu. ae meu y min-
neu dy uerch di. weithon. Meu heb ynteu. ac nyt reit
itt diolꝩch y mi hynny. namyn diolꝩch y arthur y gꝩꝛ
ae peris itt. Om bod i nys kaffut ti hi vyth. am
heneit inheu ymadꝩs yꝩ ydiot. Ac yna ydymauael-
aꝩd goꝛeu mab cuſtennin yndaꝩ herꝩyd gꝩallt ypenn.

Ae lufga6 yn yol y2 dom. aᙅad y penn ae dodi ar ba6l
y gatlys.  Ꭺ go2efgyn y gaer ao2uc ae gyuoeth. Ꮽr
nos honno y kyfc6ys kulh6ch gan olwen. Ꮽhi auu
un wreic ida6 trauu vy6.  Ꭺg6afcaru ᙅuoed arth<sup>ur</sup>
pa6b y wlat.  Ꭺc ueᙅy y kauas kulh6ch olwen merch
yfpadaden penn ka62. . . .

# Rhonabwy's Dream.

## bꝛeudᷤyt ronabᷤy.

Madaᷤc uab maredud aoed idaᷤ powys yny theruyneu. Sef yᷤ hynny opoꝛfoꝛd hyt yg gwauan yg gwarthaf arwyftli. Ac ynyꝛ am-fer hᷤnnᷤ bꝛaᷤt aoed idaᷤ. nyt oed kyuu*rd* gᷤꝛ ac ef. Sef oed hᷤnnᷤ Joꝛwoerth uab maredud. Ahᷤnnᷤ a gymerth goueileint maᷤꝛ yndaᷤ a thꝛiftᷤch owelet yꝛ enryded ar medyant aoed y vꝛaᷤt ac ynteu heb dim. Ac ymgeiffaᷤ aoꝛuc ae gedymdeithō ae vꝛod-oꝛyon maeth. ac ymgyghoꝛ acᷤynt beth awnelei am hynny. Sef a gaᷤffant yn eu kyghoꝛ. elᷤng rei o nadunt y erchi goffymdeith idaᷤ. fef y kynnigywys madaᷤc idaᷤ. y pennteuluaeth a chyftal ac idaᷤ ehun. a meirch ac arueu. ac enryded. a gᷤꝛthot hynny a oꝛuc ioꝛwoerth. a mynet ar herᷤ hyt ynlloeger. a llad kalaned allofgi tei. adala karcharoꝛyon aoꝛuc Joꝛwerth. a chyghoꝛ agymerth madaᷤc agᷤꝛ poᷤys ygyt ac ef. Sef y kaᷤffant yn eu kyghoꝛ goffot kanwr ym pop tri chymᷤt ympowys oe geiffaᷤ. A chyftal y gᷤneynt rychtir powys. o aber ceiraᷤc ym allictᷤn ver ynryt wilure ar ef yꝛnᷤy. ar tri chymᷤt goꝛeu

oed ym powys. ar ny vydei da idaƀ ar *teulu* ym po-
wys. ar ny bei da idaƀ yny rychtir hƀnnƀ. a hyt yn
nillyftƀn trefan yny rychtir ħƀnnƀ yd ymrannaffant
y gƀyz hynny. a gƀz aoed ar y keis hƀnnƀ. fef oed
y enƀ Ʀonabƀy. * ac y doeth ronabƀy a chynnwric
vzychgoch gƀz o vaƀdƀy. achadƀgaƀn vzas gƀz o voel-
ure ygkynꝉeith y ty heilyn goch uab kadƀgaƀn uab
idon yn ran. Ʒphan doethant parth ar ty. Ʒef y
gƀelynt hen neuad purdu tal unyaƀn. a mƀc o honei
digaƀn y ueint. Ʒ phan doethant y myƀn y gƀelynt
laƀz pyꝉaƀc an waftat. yn y ꝉe y bei vzynn arnaƀ. a
bzeid y glynei dyn arnaƀ rac ꝉyfnet y ꝉaƀz gan viff-
ƀeil gƀarthec ae trƀnc. yn y ꝉe y bei bƀꝉ dzos vyn-
ƀgyl y troet ydaei y dyn gan gymyfc dƀfyz a thzƀnc
y gƀarthec. a gƀzyfc kelyn yn amyl ar y ꝉaƀz. gƀedy
ryyffu oz gƀarthec eu bzic. Ʒphan deuthant y kynt-
ed y ty y gƀelynt partheu ꝉychlyt goletlƀm. a gƀz-
wrach yn ryuelu ar y neiꝉparth. aphan dę elei annƀyt
arnei y byryei arffedeit oz us am penn y tan hyt
nat oed haƀd y dyn oz byt diodef y mƀc hƀnnƀ yn
mynet y myƀn y dƀy ffroen. ac ar y parth araꝉ y gƀel-
ynt croen dinaƀet melyn ar y parth. a blaenbzen oed
gan vn onadunt a gaffei vynet ar y croen hƀnnƀ.
a gƀedy eu heifted gofᵐ aozugant yz wrach pa du yd
oed dynyon y ty. ac ny dywedei y wrach ƀzthunt
namȳ gƀzth gloched. ac ar hynny nachaf y dynyon
yn dyuot. gƀz coch goaruoel gogrifpin. a beich gƀzyfc
ar y gefyn. a gƀzeic veinlas vechan. a cheffeilƀzn genti
hithev. a glafreffaƀu awnaethant ar y gƀyz. a chyn-
neu tan gƀryfc udūt a mynet y pobi aozuc y wreic.

a d6yn y b6yt udunt. bara heid a cha6s aglaft6fyz
Ilefrith. ac ar hynny nachaf dygyuoz owynt a gla6
hyt nat oed ha6d yneb vynet yz aghenedyl. ac rac
an*nefm6ythet gantunt eu kerdet dyffygya6 aozug-
ant a mynet y gyfgu. Aphan edzych6yt y dyle nyt
oed arnei namyn byzwellt dyfdlyt ch6einIlyt. a boneu
g6zyfc yn amyl tr6yda6. a g6edy ryuffu oz dinewyt
ymeint g6ellt aoed uch eu penneu ac is eu traet
arnei. Bzeckan l6ytkoch galetlom toll a dann6yt
arnei. a Ilenlliein vzaftoll trychwana6c ar uchaf y
vzeckan. a gobennyd Iletwac athudet govudyz ida6
ar warthaf y Ilenlliein. ac y gyfcu yd aethant. a chyf-
cu a difgynn6ys ar deu gedymdeith ronab6y yn tr6m.
g6edy y goualu oz chwein ar an nefm6ythder. A ron-
ab6y hyt na allei na chyfcu na gozffowys. medylya6
aozuc bot yn Ilei boen ida6 mynet ar groen y dina-
wet melyn yr parth y gyfgu. Ac yno y kyfg6ys. Ac
yngytneit ac y daeth hun yn y lygeit y rodet dzych
ida6 y vot ef ae gedymdeithon yn kerdet ar tra6s
maes. ar gygroec ae ohen ae vzyt a debygei y uot
parth a ryt y groes ar hafren. Ac val yd oed yn kerdet
y clywei t6zyf. a chynhebz6yd yz t6zyf h6nn6 nyfry-
gly6ffei eiryoet. Ac edzych aozuc dzae gefyn. Sef y
g6elei g6zaenc penngrych melyn. ae varyf yn newyd
eilla6 y ar varch melyn. Ac open yd6ygoes athal y
deulin y waeret yn las. a pheis o bali melyn am y
marcha6c. wedy ry wnia6 ac adaued glaf. a chledyf
eurd6zn ar y glun. ag6ein o gozdwal newyd ida6.
A charrei oledyz ewic. Ag6aec erni o eur. Ac ar
warthaf hynny Ilenn o pali melyn wedy ry wnia6 a

ſidan glas. agodꝛeon y Ꝉenn las ac aoed las o wiſc
y marcha6c ae uarch aoed kynlaſſet ~~aoed kynlaſſet~~
a deil y * ffenitwyd. ac aoed velyn o honei aoed kyn
uelynet a blodeu y banadyl. a rac dꝛuttet yg6elynt y
marcha6c. dala ofyn a wnaethant adechꝛeu ffo. ac
euhymlit aoꝛuc y marcha6c. a phanrynnei y march
y anadyl y 6ꝛtha6 y peꝈaei yg6yꝛ y 6ꝛtha6. Aphan
ytynnei atta6 y neſſeynt 6ynteu atta6 hyt ym bꝛon
ymarch. aphan ygoꝛdiweda6d erchi na6d aoꝛug-
ant ida6. 6h6i ae keff6ch yn Ꝉa6en. ac na vit ofyn ar-
na6ch. Ba vnbeñ kan rodeiſt na6d ynn. a dywedy
ynn p6y 6yt heb y ronab6y. Dy chelaf ragot vyg
kyſtl6n. Ida6c uab mynyo. Ac nyt om hen6 ym
clywir yn v6yaf. namyn om Ꝉyſen6. adywedy di ynni
p6y dy lyſſen6. dywedaf. Ida6c coꝛd pꝛydein ym
gelwir. Ba vnbenn heb y ronab6y pa yſtyꝛ yth elwir
ditheu veꝈy. Mi aedywedaf itt yꝛ yſtyꝛ. vn oed6n
oꝛ kenadeu yg katgamlan y r6ng arthur a medꝛa6t
y nei. ag6ꝛ ieuanc dꝛythyꝈ oed6n i yna. ac rac vy
chwannocket y vꝛ6ydyꝛ y tᵉʳvyſgeiſ y rygtunt. Sef y
ry6 teruyſc aoꝛugū. pan ymgyꝛrei .i. yꝛ amhᵉʳa6dyꝛ
arthur ʹy venegi y vedꝛa6t y uot yndatmaeth ac yn
ewythyꝛ ida6. ac rac Ꝉad meib6̄ teyꝛned ynys pꝛyd-
ein ae g6yꝛda y erchi tagnefed. A phan dywettei
arthur yꝛ ymadꝛa6d teckaf 6ꝛthyf oꝛ a aꝈei. y dy-
wedwn ynneu yꝛ ymadꝛa6d h6nn6 yn haccraf a aꝈ6n
6ꝛth vedꝛa6t. ac o hynny y gyꝛrwyt arnaf ynneu id-
a6c coꝛd bꝛydein. ac o hynny ydyſtovet y gatgam-
lan. Ac eiſſoes teirnos kynn goꝛffen y gatgamlan. yd
ymedeweis ac6ynt. Ac y|deuthum hyt ar y Ꝉech

las ymp1ydeī ypenytya6. Ac yno y bum feith mlyned
yn penydya6.    A th1ugared a gefeis. ar hynny nach-
af y clywynt t61yf oed v6y o la6er no1 t616f gynt.
A phan ed1ychaffant tu ar t61yf. nachaf war melyn-
goch ieuanc heb varyf aheb * d1a6ff6ch arna6. Jì
gofged dylyeda6c arna6 y ar varch ma61. Jìc openn
yd6y yfg6yd. athal y deulin y waeret y1 march yn vel-
yn. a g6ifc ymdan y g61 opali  coch g6edy rywnia6 a
fidann melyn. a god1eon y Ilen yn velyn. ac araoed
velyn oewifc ef ae varch aoed kynuelynet a blodeu
y banadyl. ac aoed goch o honunt yngyngochet ar
g6aet cochaf o1 byt. Jìc yna nachaf ymarcha6c yn
eugo1diwes. ac yngofyn y Jìda6c a gaffei ran o1 dyn-
yon bychein hyñy ganta6. Yran aweda ymi y rodi
mi aerodaf. bot yngedymdeith udunt ual y bun yn-
neu. a hynny ao1uc ymarcha6c a mynet ymeith. Jìd-
a6c heb y ronab6y p6y oed y marcha6c h6nn. R6a6n
byby1 uab deo1thach wledic.    Jìc yna y kerdaffant
ar tra6s maes ma61 ar gygroec hyt yn ryt y groes ar
hafren. a miIltir y 61th yryt o pob tu y1 ffo1d y g6el-
ynt y Iluefteu ar pebyIleu. a dygyfo1 olu ma61. Jìc
y lan y ryt y deuthant.    Sef y g6elynt arthur yn
eifted my6n ynys waftat is y ryt. ac o1 neiIlparth
ida6 betwin efcob. ac o1 parth araIl g6arthegyt vab
ka6. ag6as g6ineu ma61 yn feuyIl rac eu b1onn. ae
gledeu tr6y y wein yn y la6. Jì pheis achapan o pali
purdu ymdana6. Jìc yngyn wynnet ywyneb ac afc61n
y1 eliffant. ac yn gyn duet y aeleu ar muchud. Jìc
ny welei dyn dim oe ard61n y r6ng y venic ae lewys.
G6ynnach oed no1 ala6. ab1eifgach oed no mein ef-

ydoe beth achiberov d̄ . Ŵabe
beb yr arthur . nyt chwerthin abuae
nauym trauuet genuyf bot oynnos
lzy bablet alynyn yugbarhaob
yz ynys hoyn . gbeoy gbyr krstal
ac ar y barchetilns gynt . Ac ynia
yoyuabt yrhc . Ronabor aibely
d̄ y voozby ar unnen yndi arlab
yzmnhaboyz . gbclaf beb ef . Vu
ornnuedu ynneu yb . oynnt ar yn
albelent ynna beuo . aphei uanhelut
ti y nnaen npader got yrn dini olyri
odzo . a gbeoylynnuy ybeler by
onnkynoynot tu ar ryt . ydabe heb
yrunabby yneu y byom rachzo .
yeoynnartyon rbabni peby: uab
dyzthach isleoic . Ary byz rachzo a
trabbant med a bzagabt ymeuy doz.
ac agbabbant gozderchu uerchet tr
yzneo ynnyz pzydein midibzarabni
ac by nteu acdylpant hynnuy . ka
nyz ynnpob reit ydeuant ynyp bla
en ac ynyol . ac nyikelei aingeu lio
nac arbnrthi nacarslz oz bydin leu

keir mil6ı. ac yna dyuot o Ida6c ac 6ynteu ygyt
ac ef hyt rac bıonn arthᵘʳ. achyfarch g6ell id-
a6. Pu6 arodo da ytt heb yı arthᵘʳ. Pa du ida6c y
keueiſt di ydynyon bychein hynny. Mi ae keueis
argl6yd uchot ar y foıd. ſſef aoıuc yı amhera6dʸʳ
glas owenu. argl6yd heb * Ida6c beth a chwerdy
di. Ida6c heb yı arthur. nyt ch6erthin a 6naf nam-
yn truanet gennyf vot dynyō ky va6het a hynn yn
g6archad6 yıynys honn. g6edy g6yı kyſtal ac ae
g6archetwis gynt. Ac yna ydywa6t Ida6c. Ronab6y
awely di y vodı6y ar maen yndi arla6 yı amhᵉʳa6dyı.
g6elaf heb ef. ⱱn o rinwedeu y maen y6. dyuot cof
yti aweleiſt yma heno. aphei nawelut ti y maen ny
doei gof ytti dim o hyñ o dıo. a g6edy hynny y g6elei
vydịn yn dyuot tu ar ryt. Ida6c heb y ronab6y pieu
y vydin racko. Kedymdeithon r6a6n pebyı uab de-
oıthach wledic. Ar g6yı racko a gaffant med a bıa-
ga6t yn enrydedᵘˢ. ac a gaffant goıderchu merchet
teyıned ynys pıydein yndiwaravun ac 6ynteu aẹ dy-
lyant hynny. kanys ympob reit y deuant yny vlaen
ac yny ol. ac ny welei amgen li6 nac ar varch nac ar
6ı oı vydin honno. namyn eu bot yn kygochet ar
g6aet. Ac oı g6ahanei vn oı marchogyon y 6ıth
y vydin honno. Kynhebic y poſt tan vydei ynkych-
wynnu yı a6yı. Ar vydin honno yn pebyllya6 uch
yryt. Ac ar hynny y g6elynt vydin arall yn dyuot
tu ar ryt. Ac oı koıueu blaen yı meirch y uynyd yn
gywynnhet ar ala6. ac o hynny y waeret yn gy duet
ar muchud. ſſef y g6elynt varcha6c yn racvlaenu ac
yn bıathu march yny ryt yny yſgein6ys y d6fyı am

penn arthur ar eſcob. ac a oed yny kyghoꝛ y gyt ac 6ynt. yny oedynt kyn wlypet a chyt tynnit oꝛ auon. Ac ual yd oed yn troſſi penn y varch. ac a tra6ei y g6as oed yn ſeuyll rac bꝛonn arthur y march ar y d6yffroen ar cledyf tr6y y wein. yny oed * ryued bei trewit ardur na bei yſſic ygkwa|aethach aikic neu aſc6ꝛn. A thynnu a oꝛuc y marcha6c y gledyf hyt am y hanner y wein. a goſyn ida6 paham y treweiſt ti vy march i. ae yꝛ amarch y mi ae yꝛ kyghoꝛ arnaf. Reit oed itt 6ꝛth gyghoꝛ. Pa ynvydꝛ6yd a wnaei y tti varchogaeth yn gy dꝛuttet ac y hyſteynei y d6ſyꝛ oꝛ ryt am penn arthur ar eſgob kyſſegredic. ac eu kyghoꝛwyꝛ yny oedynt kyn wlypet a chyt tynnit oꝛ auon. Minneu ae kymeraf yn lle kyghoꝛ. ac ymchoelut penn y uarch dꝛachefyn tu ae vydin. Ida6c heb y ronab6y p6y y marcha6c gynneu. Y g6as ieuanc kymhennaf a doethaf a wneir yn y teyꝛnas honn. adaon uab teleſſin. P6y oed y g6ꝛ a dꝛewis y varch ynteu. G6as tra6s fenedic. elphin uab g6ydno. Ac yna y dywa6t g6ꝛ balch teledi6. ac ymadꝛa6d banga6 eha6n ganta6. bot yn ryued kyſſeiga6 llu kymeint a h6nn yn lle ky gyfyghet a h6nn. Ac a oed ryuedach gantha6 bot yma yꝛ a6ꝛ honn a ada6ei eu bot yg g6eith uadon erbynn hanner dyd yn ymlad ac oſla gyllellwar. A dewis di ae kerdet ae na cherdych. Miui a gerdaf. G6ir a dywedy heb yꝛ arthur. a cherd6n ninneu y gyt. Ida6c heb y ronab6y p6y y g6ꝛ a dywa6t yn gyn aruthꝛet 6ꝛth arthur. ac y dywa6t y g6ꝛ gynneu. G6ꝛ a dylyei dywedut yn gyn ehofnet ac y mynnei 6ꝛtha6. karada6c vꝛeichuras uab llyꝛ mariui penn kyghoꝛ6ꝛ

ae gefynder6. Ac odyna Jda6c agymerth ronab6y
is y gil. ac y kych6ynnyffont y llu ma6ɩ h6nn6 bop
bydin yny chyweir parth a chevyn digoll. J g6edy
eu dyuot hyt ym perued y ryt ar hafren. troi aoɩuc
ida6c penn y varch dɩaegefyn ac edɩych aoɩuc . ron-
ab6y ar dyffryn hafren. Sef y g6elei d6y vydin waraf
yn dyuot tu ar ryt ar hafren. A bydin eglurwenn *
yn dyuot. a llenn o bali g6yn am bop un o nadunt. a
godɩyon pob vn yn purdu. a thal eu deulin a phenneu
eu d6y goes yɩ meirch yn purdu. ar meirch yn gan-
wel6 oll namyn hynny. ac eu harwydon yn purwynn.
A blaen pob un o honunt yn purdu. Jda6c heb y
ronab6y p6y y vydin burwenn racco. 66yɩ llychlyn
y6 y rei hynny. a march uab meircha6n yn tywyffa6c
ar nadunt. Kefynder6 y arthur y6 h6nn6. Jc odyna
y g6elei vydin a g6ifc purdu am bop un o nadunt.
a godɩeon pob lleñ yn purwynn. ac o penn eu d6y
goes a thal eu deulin yɩ meiɩch yn purwynn. ac eu
har6ydon yn purdu. J blaen pob vn o honunt yn
purwynn. Jda6c heb y ronab6y p6y y vydin purdu
racco⸗ 66yɩ denmarc. ac edern uab nud yn tywyf-
fa6c ar nadunt. J phan oɩdiwedaffant y llu. neur
difgynnaffei arthur aelu y kedyɩn od is kaer vadon.
Ar ffoɩd y kerdei arthur y g6elei ynteu y uot ef ac
ida6c yn kerdet. J g6edy y difgynnv y klywei t6ɩyf
ma6ɩ abɩ6yfgyl ar y llu. Jr g6ɩ auei ar ymyl y llv
yɩ a6ɩ honn. a vydei ar eu kana6l elch6yl. Ar h6nn a
vydei yn y kana6l a vydei ar yɩ ymyl⸗ ac ar hynny
nachaf y g6elei varcha6c yn dyuot a lluruc ymdana6.
ac am y varch ky wynnet y modɩ6yeu ar ala6 g6yn-

naf. achyngochet y hoelon ar g6aet cochaf. ah6nn6
yn marchogaeth ymplith y IIu. Ida6c heb y ronab6y
ae ffo awna y IIu ragof. ny ffoes y2 amh<sup>er</sup>a6dy2 arthur
eiryoet. aphei clywit arnat y2 ymad2a6d h6nn g62
diuethaf vydut. namỹ y marcha6c awely di racko.
Kei y6 h6nn6. teckaf dyn a varchocka yn IIys arthur
y6 kei. ar g62 ar ymyl y IIu yffyd yn b2yffya6 ynol y
ed2ych ar kei yn marchogaeth. ar g62 yn y kanol
yffyd yn ffo y2 ymyl rac * y v2iwa6 o2 march. A hynny
y6 yfty2 kynn62yf y IIu. Ar hynny fef y clywynt gal6
ar gad62 iarII kerny6. nachaf ynteu yn kyuot. achled-
yf arthur yn y la6. a IIun deu farf ar y cledyf o eur.
Aphan tynnit y cledyf oe wein. ual d6y fflam o tan
awelit o eneueu y feirf. Ahynny nyt oed ha6d y neb
ed2ych arna6 rac y aruth2et. Ar hynny nachaf y IIu
yn arafhau ar kynn62yf yn peida6. Ac ymchoelut
o2 iarII y2 pebyII. Ida6c heb y ronab6y p6y oed y
g62 a duc y cledyf y arthur. Kad62 iarII kerny6
g62 a dyly g6ifga6 y arueu am y b2enhin yn dyd
kat ac ymlad. ac arhynny y clywynt gal6 ar eiryn
wych am heibỹ g6as arthur g62 gar6goch anhegar.
a th2a6ff6ch goch ida6. a ble6 feuedla6c arnei. nachaf
ynteu yn dyuot ar uarch coch ma62. g6edy rannu
y v6ng o boptu y vyn6gyl. a f6mer ma62 teledi6 gan-
ta6. A difgyn ao2uc y g6as coch ma62 rac b2on arth<sup>ur</sup>.
athynnu kadeir eur o2 f6mer a IIenn o pali kaera6c.
Athānu y IIenn ao2uc rac b2onn arthur. Ac [a]ual
rudeur 62th bop koghyl idi. agoffot y gadeir ar
y IIenn. Achymeint oed y gadeir ac y gaIIei tri mil62
yn arua6c eifted. G6enn oed en6 y IIenn. Ac vn

o genedueu y Ilenn oed. y dyn y dottit yny gylch.
ny welei neb euo ac euo a welei baѬp. ac ny thѥigyei
liѬ arnei vyth. namyn y IliѬ ehun. Ic eifted aoѥuc
arth<sup>ur</sup> ar y Ilenn. Ic owein uab uryen yn feuyll rac
y uron. Owein heb arthur a chwaryy di wydbѬll.
Ѭwaryaf arglѬyd heb owein. I dѬyn oѥ gѬas coch yѥ
wydbѬyll * y arthur ac owein. ѬѬerin eur. a claѬѥ
aryant. adechѥeu gѬare a wnaethant. I phan yttoed-
ynt uelly yn digrifaf gantunt eugѬare uch yѥ wydbѬyll.
nachaf y gѬelynt o pebyll gѬynn penngech adelѬ farf
purdu aѥpenn y pebyll. a Ilygeit rudgoch gѬenwynic
ym penn y farf. ae dauaѬt yn fflamgoch yny vyd
mackѬy ieuanc pengrych melyn Ilygatlas yn glaffu
baryf yn dyuot. a pheis a fѬѥcot o pali melyn ymdanaѬ.
a dѬy hoffan o vѥethyn gѬyѥdvelyn teneu am y traet.
ac uchaf yѥ hoffaneu dѬy wintas o goѥdwal bѥith.
achaeadeu o eur ~~o eur~~ am vynynygleu y dѥaet yn eu
kaeu. achledyf eurdѬѥn trѬm tri chanaѬl. agѬein
o goѥdwal du idaѬ. afѬch o rudeur coeth arpenn
y wein yn dyuot tu ar Ile yd oed yѥ amh<sup>er</sup>aѬd<sup>yr</sup> ac owein
yn gѬare gѬydbѬyl. achyuarch gѬell aoѥuc y mackѬy
yѻwein. aryuedu o owein yѥ mackѬy gyuarch gѬell
idaѬ ef ac naf kyfarchei yѥ amheraѬd<sup>yr</sup> arth<sup>ur</sup>. a gѬybot
aѬnaeth arthur panyѬ hynny auedylyei owein. a
dywedut Ѭѥth owein. ĭa vit ryued gennyt yѥ mackѬy
gyfarch gѬell ytt yѥ aѬѥ honn. ef ae kyfarchѬys y
minheu gynneu. ac attat titheu ymae y neges ef. Ic
yna y dywaѬt y mackѬy Ѭѥth owein. ArglѬyd ae oth
gennyat ti ymae gѬeiffon bychein yѥ amh<sup>er</sup>aѬdyѥ ae
uackѬyeit yn kipѥis ac yn kathefrach <u>ac</u> yn blinaѬ dy

vꝛein. Ꝥc onyt oth gennyat. par yꝛ amhᵉʳaꝋdyr eu
gꝋahard. Ꝥrglꝋyd heb yꝛ owein. ti aglywy a dyweit
ymackꝋy os da genhyt gꝋahard ꝋynt y ꝋꝛth vy mranos.
Ꝡꝋare dy chware heb ef. Ꝥc yna yd ymchoeles y
mackꝋy tu ae bebyll. Ꞇeruynu y gꝋare hꝋnnꝋ a
ꝋnaethant. a dechꝛeu arall. Aphan yttoedynt am
hannᵉʳ y gꝋare Ilyma * was Ɉeuanc coch gobengrych
gꝋineu Ilygadaꝋc hydꝋf gꝋedy eillaꝋ y varyf yn dyuot
o pebyll puruelyn. a delꝋ Ileꝋ purgoch ar penn y pebyll.
a pheis o pali melyn ymdanaꝋ yn gyfuch a mein y
efceir. gꝋedy y gꝋniaꝋ ac adaued o fidan coch. a dꝋy
hoffan am y dꝛaet o vꝋckran gꝋyn teneu. Ꝥc ar
uchaf yꝛ hoffaneu dꝋy wintas o goꝛdwal du am y
dꝛaet. a gwaegeu eureit arnadunt. a chledyf maꝋꝛ
trꝋm tri chanaꝋl yn y laꝋ. a gꝋein o hydgen coch idaꝋ.
a fꝋch eureit ar y wein yn dyuot tu ar Ile yd oed
arthur ac owein yn gꝋare gꝋydbꝋyll. a chyuarch gꝋell
idaꝋ. a dꝛꝋc yd aeth ar owein gyuarch gꝋell idaꝋ. ac
ny bu waeth gan arthur no chynt. Ɏ mackꝋy a dyw-
aꝋt ꝋꝛth owein ae oth anuod di y mae mackꝋyeit yꝛ
amheraꝋdyꝛ. yn bꝛathu dy vꝛein. ac yn Ilad ereill. ꝶc
yn blinaꝋ ereill. Ꝥc os anuod gennyt. adolꝋc idaꝋ y
gꝋahard. Arglꝋyd heb owein. gꝋahard dy wyꝛ os da
gennyt. Ꝡware dy whare heb yꝛ amhᵉʳaꝋdyr. Ꝥc
yna yd ymchoeles y mackꝋy tu ae pebyll. Ɏ gꝋare
hꝋnnꝋ a teruynꝋyt a dechꝛeu arall. ꝶc ual yd oedynt
yn dechꝛeu y fymut kyntaf ar y gꝋare. Ɉef y gꝋelynt
ruthur y ꝋꝛthunt pebyll bꝛychuelyn mꝋyhaf oꝛ a welas
neb. a delꝋ eryꝛ oeur arnaꝋ. a maen gꝋerthuaꝋꝛ ym
penn yꝛ eryꝛ. Ɏn dyuot oꝛ pebyll y gꝋelynt vackꝋy

ag6allt pyby2uelyn ar y benn yntec gofgeidic. allenn
o pali glas ymdana6. ag6aell eur yny llenn ary2
yfg6yd deheu ida6. kynv2affet a garanvys mil62.
a d6y hoffan am y traet otwtneis teneu. ad6y efgit
o go2dwal b2ith am y traet. ag6aegeu eur arnadunt.
Y g6af yn vonhedigeid y b2yt wyneb g6yn grudgoch
ida6. allygeit ma62 hebogeid. Ynlla6 ymack6y
ydoed palady2 b2afv2ith uelyn. aphenn ne6ydlif ar-
na6. ac ar ypalady2 yftondard aml6c. Dyuot ao2uc
y mack6y ynllidya6c * angerda6l. athuth eb26yd
ganta6 tu ar lle yd oed arthur yn g6are ac owein vch
peñ y2 6ydb6yll. ac adnabot ao2ugant y vot yn
llidia6c. Achyuarch gwell eiffoes y owein ao2uc ef.
adywedut ida6 rydaruot llad y b2ein arbennickaf
onadunt. ac ar ny las onadunt 6ynt a v2ath6yt ac
a v2iwyt yngymeint ac nadiga6n y2vn onadūt kych-
6ynnv y hadaned un g62yt y 62th y dayar. Argl6yd
heb y2 owein g6ahard dy wy2. 66are heb ef os
mynny. Ac yna y dy6a6t owein 62th y mack6y. dos
ragot ac yn y lle y g6elych y v26ydy2 galettaf. dy2chaf
y2 yftondard y vynyd. ac avynno du6 derffit. Ac yna
y kerd6ys y mack6y racda6 hyt y lle yd oed galettaf y
v26ydy2 ar y b2ein. ady2chauel y2 yftondard. Ac ual
y dy2chefit y kyuodant 6ynteu y2 a6y2 yn llidia6c
angerda6l o2a6enus. y ell6ng g6ynt yneu hadaned ac y
v626 y lludet yarnunt. A g6edy kaffel eu hangerd.
ac eu budugolyaeth. yn llidya6c o2awen[us] yngytneit y
goftygaffant y2 lla62 am penn y g6y2. awnathoedynt
lit agoueileint a chollet udunt kyn no hynny.
Penneu rei adygynt. llygeit ereill. achlufteu ereill.

abɿeicheu ereiłł. ae kyuodi yɿ awyɿ a wneynt. a
chynnbɿyf mabɿ a uu yn yɿ awyɿ gan aſgełłwrych
y bɿein goɿawenus ac eu kogoɿ. achynnbɿyf mabɿ
arałł gan diſgyɿyein ygbyɿ. yn eu bɿathu ac yn
eu hanauu ac yn łład ereiłł. achan aruthɿet uu gan
arthur. achan owein vch benn yɿ wydbbyłł kly-
bot y kynnbɿyf. Aphan edɿychant y klywynt march-
abc ar varch erchlas yn dyuot attunt. Łłib enryued
a oed ar yuarch yn erchlas. ar vɿeich deheu idab yn
purgoch. oc o penn y goeſſeu hyt y mynwes yewin-
ed y <u>garn</u> yn puruelyn idab. y marchabc yngyweir
ae varch oarueu trymyon eſtronabl. Cbnſałłt yvarch
oɿ goɿof vlaen idab y vynyd yn ſyndal purgoch. Ac
oɿ goɿof y waeret yn ſyndal puruelyn. Cledyf eurdbɿn
mabɿ unmin arglun y gbas. a *gbein* burl*as idab newyd
a ſbch* ar *y we*in o lattbn yɿ yſpaen. gbɿegys y cledyf
o goɿdbal ewyɿdonic du. a thɿoſtreu goɿeureit arnab.
a gbaec o aſgbɿn elifant arnab. A ba*labc purdu ar y
waec. Belym eureit arpenn y marchabc. amein mabɿ
weirthabc gbyɿthuabɿ yndi. Ac ar penn yɿ helym delb
łłebpart melyn rud. adeu vaen rudgochyon yny peñ.
mal ydoed aruthur y vilbɿ yɿ kadarnet vei y gallon
edɿych yn wyneb y łłewpart ā̄ghwaethach yn wyneb
y milbɿ. Cbaełł paladyɿlas hirtrbm yny lab. ac oedbɿn
y vynyd yn rudgoch. Penn y paladyɿ gan waet y
bɿein ac eu pluf. Dyuot aoɿuc y marchabc tu ar łłe
ydoed arthur ac owein vch penn yɿ wydbbyłł. Ac
adnabot aoɿugant y uot yn łłudedic lityabcvlin yn
dyuot attunt. Y makby a gyuarchabd gbełł y arthur
ac adywabt vot bɿein owein yn łład y weiſſon bychein

ae vack6yeit. Jc ed2ych ao2uc arthurth<sup>ur</sup> ar owein.
a dywedut. g6ahard dy v2ein. Jrgl6yd heb y2 owein
g6are dy chware. a g6are a6naethant. Ymchoelut
ao2uc y marcha6c d2achefyn tu ar v26ydy2. ac ny
wahard6yt y b2ein m6y no chynt. a phan yttoedynt
g6edy g6are talym. ſef y klywynt kȳn62yf ma62.
a diſgy2yein g6y2. a chogo2 b2ein yn d6yn y g6y2 yn
eu ny2th y2 awy2 ac yn eu hyſcoluaethu rydunt. ac yn
eu goll6ng ynd2ylleu y2 lla62. Jc y62th y kynn62yf
y g6elynt uarcha6c yn dyuot ar uarch kanwel6. ar
ureich aſſeu y2 march yn purdu hyt ymynn6es y garn.
Y marcha6c yngyweir ef aevarch o aruev trymleiſſon
ma62. C6nſallt ymdana6 o pali kaera6c melyn. a go-
d2eon y g6nſallt yn las. K6nſallt yuarch yn purdu. ae
od2eon yn puruelyn. Jr glun y mack6y yd oed gled-
yf hird26m trichana6l. a g6ein oledy2 coch yſgyth2-
edic ida6. Ar g62egis o hydgen newydgoch. Ath2o-
ſtreu eur amyl arna6. Ag6aec oaſg62n mo2uil ar-
na6. a bala6c purdu arna6. * Belym eureit ampenn
y marcha6c. a mein ſaffir rinweda6l yndi. Ac ar penn
y2 helym. del6 lle6 melyngoch. ae daua6t yn fflam-
goch troetued oepenn allan. allygeit rudgochyon
g6enn6ynic yny benn. y marcha6c yndyuot a phalady2
llinon b2as yny la6. a phenn newyd g6aetlyt arna6.
allettēmeu aryant ynda6. a chyfarch g6ell ao2uc y
mack6y y2 amh<sup>er</sup>a6dy2. Jrgl6yd heb ef. neur der6
llad dyuack6yeit ath weiſſon bychein ameibon g6y2-
da ynys p2ydein. hyt na byd ha6d kynnal y2 ynys
honn byth o hedi6 allan. Owein heb arthur. g6ahard
dy v2ein. C6are argl6yd heb o6ein y gware h6nn.

Daruot awnaeth y gware honnó adechreu arall. a
phan yttoedynt ar diwed y góare honnó. nachaf y
klywynt gynnóɪyf maóɪ. adifgyɪyein góyɪ aruaóc.
a chogoɪ bɪein ac eu hafgellwrych ynyɪ awyɪ. ac yn
gollóng yɪ arueu yn gyfan yɪ llaóɪ. Ac yngollóg y góyɪ
armeirch yn dɪylleu yɪ llaóɪ. Ac yna ygóelynt uarch-
aóc yar varch olwyn du pennuchel. a phenn y goef
affeu yɪ march yn purgoch. ar vɪeich deheu idaó hyt
ymynwes y garn yn purwyn. Ymarchaóc ae uarch
yn aruaóc oarueu bɪychuelynyon. wedy eubɪithaó
a lactón yɪ yfpaen. a chónfallt ym danaó ef ac ymdan
y uarch deu hanner góynn aphurdu. a godɪeon y
gónfallt opoɪffoɪ eureit. ac aruchaf y gónfallt cled-
yf eurdóɪn gloeó trichanaól. góɪegis y cledyf o eurllin
melyn. agóaec arnaó o amrant moɪuarch purdu. a
balaóc o eur melyn ar y waec. Helym loyw am penn
ymarchaóc o lactónn melyn. a mein criftal gloeó yndi.
Ac ar penn yɪ helym llun ederyn egrifft. amaen
rinwedaól yny penn. Paladyɪ llinwyd palatyɪ grón
yny laó. góedy y liwaó ac afur * glas. penn newyd
góaetlyt ar y paladyɪ. góedy y lettēmu ac aryant
coeth. Adyuot aoɪuc ymarchaóc ynllidiaóc yɪ lle
ydoed arthur adywedut daruot yɪ bɪein lad ydeulu
ameibon góyɪda yɪ ynys hoñ. Ac erchi idaó peri y
owein wahard y vɪein. Yna yderchis arthᵘʳ y owein
wahard yurein. Ac yna y góafgóys arthᵘʳ y werin
eur aoed ar y claóɪ yny oedynt yn dóft oll. Ac yd
erchis y owein wers uab reget goftóng y vaner. Ac
yna ygoftyghóyt ac y tagnouedwyt pob peth. Yna
y govynnóys ronabóy y Idaóc póy oed y trywyɪ kyn-

taf adeuth at owein. y dywedut idaꝟ uot yn llad y
vꝛein. ac y dywaꝟt idaꝟc. gꝟyꝛ oed dꝛꝟc ganthunt dy-
uot collet y oꝟein. Kytunbynn idaꝟ achedymdeith-
on. Selyf uab kynan. garwyn o powys. agꝟgaꝟn
gledyfrud. agꝟꝛes uab reget. y gꝟꝛ aarwed y uaner
yndydkat acymlad. Pꝟy heb y ronabꝟy y tryꝟyꝛ
diwethaf adeuthant att arthur. y dywedut idaꝟ ryuot
y bꝛein yn llad y wyꝛ. Y gꝟyꝛ goꝛeu heb yꝛ Idaꝟc a
deꝟꝛaf. a hackꝛaf gantunt golledu arth^ur o dim. bla-
thaon uab mꝟꝛheth. a rꝟaꝟn pebyꝛ uab deoꝛthach
wledic. a hyueid unllenn. Jc ar hynny nachaf
pedwar marchaꝟc ar hugeint yn dyuot y gan offa
gyllellwaꝟꝛ. y erchi kygreir y arthur hyt ympenn
pythewnos amis. Sef awnaeth arthur kyuodi a
mynet y kymryt kyghoꝛ. fef ydaeth tu ar lle ydoed
gꝟꝛ pen grych gꝟineu maꝟꝛ rynaꝟd y ꝟꝛthaꝟ. ac yno
dꝟyn y gyghoꝛwyꝛ attaꝟ.

Betwin efcob. agꝟarthegyt uab kaꝟ. amarch
uab meirchaꝟn. a chradaꝟc ureichuras. a gꝟalchmei
uab gꝟyar. ac edyꝛn uab nud. a rꝟaꝟn pebyꝛ uab de-
oꝛthach wledic. a riogan uab bꝛenhī Jwerdon. a
gꝟenvynnwyn uab naf * Howel uab emyꝛ llydaꝟ.
ꝟꝟilim uab rꝟyf freinc. a danet ꜹ^ab. oth. a goꝛeu cuf-
tennin. amabon ꜹ^ab modꝛon. a pheredur paladyꝛ hir.
J heneidꝟn llen. a thꝟꝛch. m^ab. perif. Herth ꜹ^ab.
kadarn. a gobꝛꝟ. m^ab. echel uoꝛdꝟyt twyll. gꝟeir m^ab
gꝟeftel. ac adꝟy uab gꝟereint. Dyꝛftan mab talluch.
Moꝛyen manaꝟc. granwen mab llyꝛ. allacheu mab
arthur. a llaꝟuroded uaryfaꝟc. achadꝟꝛ iarll kernyꝟ.
Moꝛuran eil tegit. aryaꝟd eil moꝛgant. a dyuyꝛ uab

alun dyuet. gϬzyr gwalſtot ieithoed. adaon mab tel-
yeſſin. a llara uab kaſnat wledic. I ffleudur fflam.
a greidyal gall dofyd. Gilbert mab katgyffro. MenϬ
mab teirgϬaed. gyzthmϬl wledic. HaϬzda uab karad-
aϬc vzeichuras. Gildas mab kaϬ. karieith mab ſeidi.
a llawer owyz llychlyn a denmarck. a llaϬer owyz
groec y gyt ac Ϭynt. I digaϬn olu adeuth yz kyg-
hoz hϬnnϬ. IdaϬc heb y ronabϬy. PϬy y gϬz gϬineu
y deuthpϬyt attaϬ gynneu. Run uab maelgϬn gϬyned
gϬz y mae o vzeint idaϬ dyuot paϬp y ymgyghoz ac
ef. Pa achaϬs y ducpϬyt gϬas ky ieuanghet ygkyg-
hoz gϬyz kyvurd arrei racko. mal kadyzieith mab
ſaidi. Ϭzth nat oed ympzydein gϬz Ϭzdarch y gyghoz
noc ef. ac ar hȳny nachaf ueird yndyuot y datkanv
kerd y arthur. ac nyt oed dyn aadnapei y gerd honno.
namyn kadyzieith ehun. eithyz yuot ynuolyant y
arth<ur>. Ac ar hynny nachaf pedeir aſſen ar ugeint ac
eu pynneu o eur ac aryant yndyuot. ag Ϭz lludedic vlin
ygyt a phob un ohonunt yn dϬyn teyznget y arthur
o ynyſſed groec. Yna yd erchis kadyzieith mab ſaidi
rodi kygreir y oſla gyllellwaϬz hyt ym penn pythew-
nos a mis. a rodi yz aſſennoed * a dathoed ar teyznget
yz beird. ac aoed arnunt ynlle gobyz ymaros. Ac
ynoet y gygreir talu eu kanu udunt. Ac ar hynny
y trigywyt. RonabϬy heb Idaϭc ponyt cam gwar-
auun yz gϬas ieuanc arodei gyghoz kyhelaethet
a hϬnn vynet ygkyghoz y arglϬyd. Ac yna y kyuodes
kei ac y dywaϬt. pϬy bynnac a vynno kanlyn arthur.
bit heno yghernyϬ gyt ac ef. Ac ar nys mynno. bit
yn erbyn arthur hyt ynoet y gygreir. ac rac meint y

kynn626f h6nn6 deffroi a o2uc ronab6y.  I phan de-
ffroes ydoed ar groen ydinawet melyn. g6edy rygyfcu
o hona6 teir <u>nos</u> ath2i dieu. ar yfto2ya honn aelwir
b2eidwyt ronab6y. allyma y2 acha6s na6y2 neb y
v2eidwyt. na bard na chyfarwyd heb lyuy2. o acha6s
y geniuer lli6 aoed ar ymerch a hynny o amrauael
liw odida6c ac ar y2aruev ac eu kyweirdebeu. ac ar y
llenneu g6erthua62 armein rinweda6l. .

# Owein and Lunet.

YR amheraɓdyꝛ arthur oed yg kaer llion arwyſc.
ꞡef yd oed yn eiſted diwarnaɓt yny yſtauell.
ac y gyt ac ef owein uab uryen. a chynon
uab clydno. a chei uab kyner. a gɓenhwyuar
ae llaɓuoꝛynyon yn gɓniaɓ ɓꝛth ffeneſt°. a
chyt dywettit uot poꝛthaɓꝛ ar lys arthur. nyt
oed yꝛ vn. Ꙡlewlɓyt gauaelaɓꝛ oed yno hagen ar
ureint poꝛthaɓꝛ yaruoll yſp aphellennigyon. ac y
dechꝛeu euhanrydedu. ac y uenegi moes y llys ae
deuaɓt udunt. yꝛ neb adylyei vynet yꝛ neuad neu yꝛ
yſtauell oe venegi idaɓ. Yꝛ neb adylyei letty oe
venegi idaɓ. Ac ymperued llaɓꝛ yꝛ yſtauell ydoed
yꝛ amheraɓdyꝛ arth{ur} yneiſted. ar demyl oirvꝛwyn a
llenn o bali melyngoch ydanaɓ a gobennyd ae dud-
et o bali coch dan penn y elin. Ar hynny y dywawt
arthur. Ꞡawyꝛ pei nam goganeɓch heb ef mi a gyſ-
kɓn tra uewn ynaros vy mɓyt. ac ymdidan aellɓch
chɓitheu. a chymryt yſteneit o ved a golɓython ygan
gei. Achyſcu aoꝛuc yꝛ amheraɓdyꝛ. A gofyn aoꝛuc ky-
non uab klydno y <u>gei</u> yꝛ hynn a adawſſei arthur udunt.
Minneu a vynnaf yꝛ ymdidan da aedewit y minneu
heb y kei. Ꞡa wr heb y kynon teckaf yɓ itti wneuth{ur}

edewit arthur yngyntaf.  Ac odyna yꝛ ymdidan goꝛeu
awypom ninneu ni ae dywedᴠn itti.  Mynet aoꝛuc
kei yꝛ gegin. ac yꝛ vedgell. adyuot ac yſteneit o ved
gantaᴠ. Ac agoꝛvlᴠch eur. Ac alloneit y dᴠꝛn o vereu.
a golᴠython arnadunt. Achymryt y golᴠython awnae-
thant. adechꝛeu yvet y med.  Weithon heb y kei
chwitheu bieu talu yminneu uy ymdidan.  Kynon
heb yꝛ owein tal y ymdidan y gei.  Dioer heb y kyn<u>on</u>
hyn gᴠꝛ ᴠyt agwell ymdidanᴠꝛ no mi. a mᴠy a *weleiſt*
o betheu odidaᴠc. tal di y ymdidan y gei.  Dechꝛeu
di heb yꝛ oweī * oꝛ hynn odidockaf awypych.  Mi a
wnaf heb y kynon.  Damyn vn mab mam a that
oedᴠn i. A dꝛythyll oedᴠn. amaᴠꝛ oed vy ryvic.  Ac
ny thybygᴠn yny byt aoꝛffei arnaf o neb ryᴠ gamhᴠꝛi.
A gᴠedy daruot im goꝛuot ar bob camhᴠꝛi oꝛ aoed
yn vn wlat ami.  Ymgyweraᴠ awneuthum a cherdet
eithauoed byt a diffeithwch. Ac yny diwed.  Ac yn
y diwed dywannu aᴠneuthum ar yglynn teckaf yny
byt. agᴠyd gogyfuch yndaᴠ. Ac avō regedaᴠc oed ar
hyt yglynn. a ffoꝛd gan yſtlys yꝛ auon. acherdet y
ffoꝛd awneuthum hyt hanner dyd.  Ar parth arall a
gerdeis hyt pꝛyt naᴠn.  Ac yna ydeuthum y uaes
maᴠꝛ. Ac yn nibenn y maes yd oed Kaer uaᴠꝛ lyw-
ychedic. agᴠeilgi yngyꝛagos yꝛ gaer.  a pharth ar
gaer ydeuthum. Ac nachaf y gᴠelᴠn deu was pen-
grych velyn. a ractal eur am penn pop un o honunt. A
pheis obali melyn am bop unonadunt. agᴠaegeu eur
am vynygleu eu traet yn eu traet.  A bᴠa o aſgᴠꝛn
eliphant yn llaᴠ pob un o nadunt. Ac eu llinynneu o
ieu hyd. ae ſaetheu ac eu pelydyꝛ o aſgᴠꝛn moꝛuil.

M 2

gwedy eu hafgellu ac adaned pawin. a phenneu eur
ar y pelydyr.    A chylleill a llafneu eur udunt.
Ac eu karneu o afgwrn moruil yn nodeu udunt.    Ac
wynteu yn faethu eu kylleill. a rynnawd y wrthunt
ygwelwn wr penngrych melyn yny dewred. ae uaryf
ynnewyd eillaw.    A pheis amantell o pali melyn ym-
danaw. ac yfnoden o eurllin ympenn y uantell. a
dwy wintas o gordwal brith am y draet. adeu gnap o
eur yn eu kaeu.    A phan y gweleif i euo. dyneffau a
wneuthum attaw. a chyfarch gwell awneuthum idaw.
Ac rac dahet y wybot ef. kynt y kyuarchawd ef well
ymi. no miui idaw ef.    Adyuot gyt ami aoruc parth
ar gaer.    Ac nyt oed gyuanhed yny gaer. namyn a
oed yn vn neuad.    Ac yno ydoed pedeir morwyn ar
hugeint. yn gwniaw pali wrth ffeneftyr.    A hynn ady-
wedaf ytti gei vot * yntebic gennyf bot yntegach yr
hacraf onadunt hwy nor vorwyn deckaf aweleift ti
eiryoet yn ynys prydein.    Yr an hardaf onadunt.
hardach oed no gwenhwyuar gwreic arthur pan uu
hardaf eiryoet duw nadolic. neuduw pafc wrth offer-
en. Achyuodi aorugant ragof. a chwech o nadunt
agymerth uy march ac amdiarchenwys inneu. a
chwech ereill onadunt agymerth vy arueu ac ae golch-
affant y mywn rol yny yttoedynt gynwynet ar dim
gwynnaf.    Ar trydyd chwech o nadunt adodaffant
llieineu ar ybyrdeu. ac a arlwydaffant vwyt.    Ar ped-
wyryd chwech adiodaffant vy lludeticwifc. adodi
gwifc arall amdanaf. nyt amgen. crys allawdyr or
bliant.    Apheis a fwrcot a mantell o bali melyn. a
gorffoys llydan yny vantell.    A thynnu gobennydyeu

amhyl a thudedeu oꝛ bliant coch udunt. y danam ac
yn kylch.    Ic eiſted aoꝛugam yna. ar chwech onad-
unt a gymerth vy march ae goꝛugant yn diwall oe holl
yſtarn. yn gyſtall ar yſweineit goꝛeu yn ynys pꝛydein.
Ic ar hynny nachaf gaƀgeu aryant adƀfyꝛ y ymolchi
yndunt. athyƀeleu ovliant gƀyꝛd. a rei gwynnyon. ac
ymolchi aoꝛugam. a mynet y eiſted yꝛ bƀꝛd aoꝛuc y
gƀꝛ gynneu. a minneu yn neſſaf idaƀ argƀꝛaged oll is
vy llaƀ inneu. eithyꝛ y rei oedyn gwaſſanaethu.    Ic
aryant oed y bƀꝛd. a bliant oed lieineu y bƀꝛd.    Ic
nyt oed un lleſtyꝛ yn gwaſſanaethu y bƀꝛd namyn eur
neu aryant. neu vueli. an bƀyt adeuth in. adiheu oed
iti gei. na weleis i eirmoet bƀyt nallynn ny welƀn yno
y gyffelyp.    Ʒithyꝛ bot yn well kyweirdeb y bƀyt ar
llynn aweleis i yno noc yn lle arall eiryoet. abƀytta a
oꝛugam hyt am hanner bƀyt. ac ny dywat nar gƀꝛ nac
vn oꝛ moꝛynyon vn geir ƀꝛthyf i hyt yna.    Iphan
uu debic gan y gƀꝛ bot yn well gennyf ymdidan no
bƀyta. amofyn aoꝛuc ami pa ryƀ ƀꝛ oedƀn. adyƀedut
aoꝛugum inneu bot yn da gennyf i kaffel aymdidanei
ami.    Ic nat oed yny * llys bei kymeint ac eu
dꝛycket ymdidan dynyon.    Ʒa unbenn heb y gƀꝛ. ni
aymdidanem athi. ony bei leſteir ar dy vƀyt.    Ic
weithon ni aymdidanƀn athi.    Ic yna y menegeis i
yꝛ gƀꝛ pƀy oedƀn. ar kerdet oed arnaf. adywedut vy
mot yn keiſſaƀ aoꝛffei arnaf. neu vinneu aoꝛffei ar
baƀp. ac yna edꝛych aoꝛuc y gƀꝛ arnafi a gowenu. a
dywedut ƀꝛthyf. bei na thybyckƀn. dyuot goꝛmod o
ovut itt. mi auanagƀn itt yꝛ hynn ydwyt yny geiſſaƀ.
I chymryt triſtit agoueileint awneuthum ynof am

hynny. ac adnabot awnaeth ygѡꝛ arnaf hynny. a
dywedut ѡꝛthyf. ĸanys gѡell yѡ gennytti heb ef.
menegi o honaf i ytti dy afles noth les mi ae managaf
itt. ĸѡꝼc yma heno heb ef. achyuot yn uoꝛe y uynyd.
a chymer y ffoꝛd ydwyt ar hyt y dyffrynn uchot. yny
delych yꝛ koet ydoethoſt trѡydaѡ. Ꝺc ynrynnaѡd yn
y coet ef agyſeruyd gwahanffoꝛd athi. ar y tu deheu
itt acherda arhyt honno. yny delych y lannerch uaѡꝛ
o uaes. agoꝛſed ymperved y ꝉannerch. Ꝺ gѡꝛdu
maѡꝛ awely ympenn yꝛ oꝛſed. ny bo ꝉei odim no deu-
wr owyꝛ y byt hѡnn. ac untroet yſſyd idaѡ. ac un ꝉy-
gat ygknewiꝉꝉyn y tal. a ffonn yſſyd idaѡ ohayarn.
a diheu yѡ itti nat oes deuwr yny byt ny chaffo eu
ꝉwyth yny ffonn. Ꝺc nyt gѡꝛ anhegar ef. gѡꝛ hagyꝛ
yѡ ynteu. ac wtwart yѡ ar y koet hѡnnѡ. athi awely
mil oanniueileit gѡyꝉt ynpoꝛi yny gylch. agofyn idaѡ
ffoꝛd y uynet oꝛ ꝉannerch. ac ynteu a vyd gѡꝛthgroch
ѡꝛthyt ti. ac ef a vennyc ffoꝛd itti ual y keffych yꝛ
hynn ageiſſy. Ꝺ hir uu gennyf i y nos honno. ar
boꝛe trānoeth kyfodi aoꝛugum agѡiſgaѡ amdanaf. ac
yſcynnu ar vy march. a cherdet ragof arhyt y dy-
ffrynn yꝛ coet. Ꝺc yꝛ wahanffoꝛd a venegis ygѡꝛ y
deuthum hyt y ꝉannerch. a phan deuthum yno. hoff-
ach oed gennyf awelѡn yno oaniueileit gѡyꝉt. no
* thꝛi chymeint ac y dywaѡt ygѡꝛ. Ꝺr gѡꝛ du aoed
yno yneiſted ympenn yꝛ oꝛſed. Maѡꝛ ydywaѡt y gѡꝛ
imi y vot ef. mѡy o lawer oed ef no hynny. ar ffonn
hayarn a dywedaſſei y gѡꝛ y mi uot ꝉѡyth deuwr yndi.
Ꞥyſpys oed gennyf i gei uot ꝉѡyth pedwar milѡꝛ yndi.
a honno oed ynꝉaѡ y gѡꝛ du. ac ny dywedei ynteu

6ithyfi. namyn g6ithgloched.  Ic gofyn a wneuthum
ida6. pa vedyant oed ida6. ar yi aniueileit hynny.  Mi
aedangoffaf itti dyn bychan heb ef.  Ic chymryt y
ffonn yny la6. a thara6 kar6 ahi dyinaut ma6i.  Yny
ryd ynteu vieuarat ma6i. ac 6ith y viefarat ef y doeth
o aniueileit. yny yttoedynt gynamlet ar fyi ynyi awyi.
Ic yny oed gyfyg ymi feuyỻ yny ỻannerch y gyt ac
6ynt. a hynny o feirff ag6iberot. ac amryuael aniueil-
eit.  Ic ediych aoiuc ynteu ar nadunt h6y. ac erchi
udunt vynet y boii. Ac eft6ng eu penneu aoiugant
6ynteu. ac adoli ida6 ef. val g6yi g6aredau c y eu
hargl6yd.  Ic yna y dywa6t y g6i du 6ithyf. a wely di
dyn bychan y medyant yffyd y mi ar yi aniueileit
hynn.  Ic yna gofyn ffoid a6neuthum ida6. agar6 uu
ynteu. ac eiffoer gofyn aoiuc ef ymi pa le y mynn6n
vynet. A dywedut aoiugum ida6 py ry6 6i oed6n. a
phy beth ageiff6n. amenegi aoiuc ynteu ymi. Kymer
heb ynteu y ffoid y tal y ỻannerch. a cherda ȳ erbyn
yi aỻt uchot yny delych oe pheñ. Ac odyna ti awely
yftrat megys dyffrynn ma6i.  Ic ymperued yi yftrat
ti awely pienn ma6i. aglaffach y6 y viic noi ffenytwyd
glaffaf. Ac ydan y pienn h6nn6 ymae ffynna6n.  Ic
yn ymyl y ffynna6n y mae ỻech varmoi. ac ar y ỻech
y mae ka6c aryant 6ith gad6yn aryant. mal na eỻir
eu g6ahanu. A chymer y ka6c a b6i6 ga6geit oi d6fyi
am benn y ỻech.  Ic yna ti agly6y d6iyf ma6i. Athi
a tebygy ergrynu y nef ar dayar gan y t6iyf.  Ic
yn * ol y t6i6f y da6 kawat adoer. ac abreid vyd itti
y diodef hi yn vy6. A chenỻyfc vyd y ga6at. ac ynol y
ga6at hinon a vyd.  Ic ny byd un dalen ar ypieñ ny

darffo yꝛ gawat euдбyn. ac ar hynny y daб kaбat o
adar. a difgynnu ar y pꝛenn aбnant. Ac ny chlyweift
eiryoet yth wlat dy hun kerd kyftal ac aganant. A
phan vo digrifaf gennyt gerd yꝛ adar. Ti aglywy
duchan. a chбynuan yn dyuot ar hyt y dyffrynn tu ac
attat. Ac ar hynny ti awely varchaбc ar varch pur-
du. a gбifc o bali purdu ymdanaб. ac yftondard o
vliant purdu ar y waeб. Athgyꝛchu awna yngyntaf
y gallo. O ffoy di racdaб. ef ath oꝛdiwed. Os arhoy
ditheu euo. a thi yn uarchaбc. ef ath edeu yn bedeftyꝛ.
ac ony cheffy di yno ofut. nyt reit itti amofyn gofut
tra vych vyб. A chymryt y ffoꝛd aoꝛugum hyt pan
deuthum y benn yꝛ allt. ac odyno y gбelбn mal y
managyffei y gбꝛ du ymi. ac y ymyl y pꝛeñ ydeuthum.
Ar ffynnaбn awelбn dan y pꝛenn. ar llech uarmoꝛ yn
y hymyl. arkaбc aryant бꝛth y gadwyn. a chymryt y
kaбc awneuthum. a bбꝛб kaбgeit oꝛ dбfyꝛ ampeñ y
llech. ac ar hynny nachaf y tбꝛбf yndyuot yn vбy yn
da noc y dywedaffei y gбꝛ du im. Ac ynol y tбꝛyf y
gawat. adiheuoed gennyfi ġei. na dihangei nadyn
nallбdyn yn vyб oꝛ aoꝛdiwedei y gaбat allan. Kany
oꝛfafei vn genllyfgen ohonei. nac yꝛ croen nac yꝛ kic
yny hatalyei yꝛ afgбrn. ac ymchoelut pedꝛein uy
march ar y gaбat awneuthum. adodi fбch vyntaryan.
ar penn vy march ae vбng. a dodi y baryflen ar vym
penn vy hum. ac uelly poꝛthi y gawat. A phan
edꝛycheis ar y pꝛenn. nyt oed un dalen arnaб. ac yna
yd hinones. ac ar hynny nachaf yꝛ adar yndifgynnu
ar ypꝛenn. Ac yn kanu. A hyfpys yб gennyfi gei. na
chynt na gбedy na chiglefi kerd kyftal [633] a hon-

no eiryoet. Iphan oed digrifaf gennyf gwaranda6 ar
y2 adar. nachaf tuchan yn dyuot ar hyt y dyffryn yn
dyuot parth ac attaf. ac yndywedut 62thyf.  I varch-
a6c heb ef beth ahut ti ymi. pad26c digoneis inheu yt-
ti pan wnelut titheu ymi. ac ym kyf byth awnaeth-
oft hedi6.  Pony wydut ti nat edewis ygawat hedi6
nadyn na ll6dyn yn vy6 ymkyfoeth o2 agauaf all-
an.  Ic ar hynny nachaf uarcha6c ar varch pur-
du. ag6ifc o bali purdu ymdana6. ac arwyd ovliant
purdu ymdana6.  Ic ymgy2chu ao2ugam.  Ichyn
beid2ut hynny. ny bu hir ynymby2rywyt i.  Ic y-
na dodi ao2uc ymarcha6c arlloft ywae6 d26y av6yn
ffr6yn vy march. Ac ymdeith yd aeth ar deu varch
ganta6. am ada6 ynneu yno.  Dy wnaeth yg62 ym-
danafi o va62ed. kymeint am karcharu.  Dyt yf-
peil6ys ynteu vi.  I dyuot ao2ugum inneu d2achef-
en y ffo2d ydeuthum gynt.  Iphan deuthum y2 llan-
nerch ydoed yg62 du yndi. Am kyffes adygaf itti gei.
mae ryued na thodeis yn llynn ta6d rac kewilyd. gan
agefeis owattwar gan y g62 du.  Ic y2 gaer ybuaff6n
ynos gynt. ydeuthum y nos honno.  I llawenach
uuwyt 62thyf y nos hōno. no2 nos gynt. a g6ell ym
po2thet. ar ymdidan a vynn6n gan wy2 achan wraged
agaff6nn.  Ic ny chaff6n i neb agy2b6yllei 62thyf i
dim am vyg ky2ch y2 ffynna6n.  Dys ky2b6ylleis yn-
neu 62th neb. Ic yno y bum y nos honno.  Iphan
gyfodeis y vynyd y bo2e trannoeth. ydoed balffrei
g6ineudu. amygen burgoch ida6 kyngochet arkenn
yn bara6t g6edy y yftarnu yn gywei. a g6edy g6ifga6
vy arueu.  Ic ada6 vy mendyth yno. adyuot hyt vy

Ilys vy hun.   Ar march hỽnnỽ ymae gennyfi etto yn
yꝛ yſtauell racko.   Ac yrof aduỽ gei naſ rodỽn i euo
ettwa yꝛ y palffrei goꝛeu ynynyſ pꝛydein.   Aduỽ a
wyꝛ gei nac adeuaỽd * dyn arnaỽ ehun chỽedyl veth-
edigach no hỽnn eiryoet.   Ac eiſſoes rac odidocket
gennyfi. nachiglef eirmoet na chynt. nac gỽedy a
wypei dim yỽꝛth y chỽedyl hỽnn. namyn hynny.   A
bot deſnyd y chỽedyl hỽnn ygkyſoeth yꝛ amheraỽ-
dyꝛ arthur heb dywanu neb arnaỽ.   Ba wyꝛ heb
yꝛ owein ponyt oed da mynet y geiſaỽ dywanu ar
ylle hỽnnỽ.   Mynnllaỽ vygkyſeillt heb ykei. myn-
ych ydywedut ar dy dauaỽt yꝛ hynny peth nyſ gỽnelut
ar dy weithꝛet.   Duỽ awyꝛ heb ygwenhỽyfar ys oed
gỽell dy grogi di gei. no dywedut ymadꝛaỽd moꝛ
warthaedic a hỽnnỽ ỽꝛth ỽꝛ mal owein.   Myn llaỽ vyg
kyſeillt wreicda heb y kei. nyt mỽy o volyant y owein
adywedeiſt di. no minneu.   Ac ar hynny deffroi a
oꝛuc arthur. agofyn agyſgaſſei hayach.   Do arglỽyd
heb yꝛ owein dalym.  Ae amſer ynni ~~vynet~~ vynet yꝛ
byꝛdeu.  Amſer. arglỽyd heb yꝛ owein.   Ac yna
kanu koꝛn ymolchi awnaethpỽyt. Amynet awnaeth
yꝛ amheraỽdyꝛ ae deulu oll y vỽytta.   A gỽedy daruot
bỽytta. difflan aoꝛuc owein ymdeith.   A dyuot y letty
a pharattoi y varch ae arueu aoꝛuc.

APhan welas ef y dyd dꝛannoeth.  gỽiſgaỽ y
arueu aoꝛuc. Ac yſgynnu ar y uarch. Acherdet
racdaỽ aoꝛuc eithafoed byt. Adiffeith vynyded.
Ac yn y diwed y dywanaỽd ar y glynn a uanagaſſei
gynon idaỽ. ual ygỽydyat yn hyſpyſ panyỽ hỽnnỽ oed,
Acherdet aoꝛuc ar hyt y glynn gan yſtlys yꝛ auỽ.

Ir parth arall yꝛ auon y kerdaб́d yny doeth yꝛ dyff-
rynn. Ir dyffrynn agerdaб́d yny welei y gaer. I
pharth ar gaer y deuth. Sef y gб́elei y gб́eiſon yn
ſaethu eu kyꝇeiꝇ yn y ꝇe y gб́elſei gynon. ar gб́ꝛ
melyn bieuoed y gaer ynſeuyꝇ ger eu ꝇaб́. I phan
yttoed owein yn mynnv kyuarch gб́eꝇ yꝛ gб́ꝛ melyn.
kyuarch gб́eꝇ aoꝛuc ygб́ꝛ y owein. a dyuot yny
vlaen parth ar gaer. ac ef awelei yſtaueꝇ yn y gaer.
I phan deuth yꝛ yſtaueꝇ ef awelei y moꝛynyon yn
gб́nyaб́ * pali y myб́n kadeireu eureit. I hoffach o
lawer oed gan owein e tecket. ac eu hardet. noc y
dywaб́t kynon idaб́. I chyſodi awnaethant y waſſan-
aethu owein mal y gб́aſſanaethaſſynt gynon. a̅ hoffach
vu ga̅ owein y boꝛthant. no chan gynon. ac am han-
ner bб́ytta amofyn aoꝛuc y gб́ꝛ melyn ac owein. py
gerdet oed arnaб́. Ic ydywaб́t owein gб́byl oe gerd-
et idaб́. ac y̅ ymgeiſſaб́ ar marchaб́c yſſyd yn gб́ar-
chadб́ y ffynnaб́nn y mynnб́n vy mot. a gowenu aoꝛuc
y gб́r melyn. abot yn anhaб́d gantaб́ menegi y owein
y kerdet hб́nnб́. mal y bu anhaб́d gantaб́ y uenegi y
gynon. ac eiſſoes menegi aoꝛuc y owein gб́byl y б́ꝛth
hynny. ac y gyſgu yd aethant. ar boꝛe dꝛannoeth y
bu baraб́t march owein gan y moꝛynyon. I cherdet
aoꝛuc owein racdaб́ yny deuth yꝛ ꝇannerch yd oed y
gб́ꝛ du yndi. a hoffach uu gan owein meint y gб́ꝛ du
no chan gynon. agofyn ffoꝛd aoruc owein yꝛ gб́ꝛ du.
ac ynteu ae menegis. a cherdet aoꝛuc owein y ffoꝛd
ual kynon. yny doeth yn ymyl y pꝛenn glas. Ic ef
awelei y ffynnaб́n. ar ꝇech yn ymyl y ffynnaб́n. ar
kaб́c erni. a chymryt y kaб́c aoꝛuc owein a bб́ꝛб́ kaб́-

geit oz dovfyz ar y llech. Ic ar hynny nachaf y tozyf.
ac yn ol y tozyf y gavat. Movy olawer noc ydywedaf-
fei gynon oedynt. A gvedy ygavat goleuhau aozuc
yz awyz. I phan edzychavd owein ar y pzenn. nyt
oed vn dalen arnav. Ac ar hỹny nachaf yz adar yn
difgynnu ar ypzeñ ac ynkanu. I phan oed digrifaf
gan owein gerd yz adar. ef awelei varchavc ỹ dyuot
arhyt y dyffryn. Ae erbynnyeit aozuc owein. ac ym-
wan ac ef yndzut. I thozri ydeu baladyz aozugant.
Adifpeilav deu gledyf awnaethant. ac ymgyfogi. Ic
ar hynny owein adzewis dỹznavt ar ymarchavc trõy
y helym. ar pennffeftin. ar penngvch põzqvin. A thzvy
y kroen ar kig ar afgvzn. yny glvyfavd ar yz emen-
nyd. Ic yna adnabot aozuc y marchavc duavc ry
gaffel dyz*navt agheuavl o honav. Ic ymchoelut peñ
y varch aozuc affo. Ie ymlit aozuc owein. Ac nyt
ymgaffei owein ae vaedu ar cledyf. nyt oed bell idav
ynteu. Ic ar hynny owein awelei gaer uavz lyw-
ychedic. Ic y pozth y gaer ydeuthant. ac ellvng y
marchavc duavc avnaethpvyt ymyvn. Ac ellvng doz
dyzchauat awnaethpvyt ar owein. I honno ae me-
dzavd odis y pardvgyl y kyfrvy yny dozres ymarch
yn deu hanner trvydav athzoelleu yz yfparduneu gan
yfodleu owein. ac yny gerda ydoz hyt y llavz. athzo-
elleu yz yfparduneu adzyll y march y maes. Ic
owein y rvng ydvydoz ardzyll arall yzmarch. Ardoz
y myvn agaewyt ual na allei owein vynet odyno. Ic
yg kyfyg gyghoz ydoed owein. ac ual ydoed owein
uelly. fef y gvelei trvy gyffvllt ydoz heol gyfarvyneb
ac ef. Ac yftret o tei obop tu yz heol. Ic awelei

mo2byn benngrech uelen aractal eur am yphenn.
a gbifc o bali melyn ymdanei. a dby wintaf o go2dwal
b2ith am y th2aet.  Ic yndyuot y2 po2th. ac erchi
ago2i ao2uc. Dub awy2 unbennes heb y2 owein na
ellir ago2i ytti o dyma. mby noc y gelly ditheu waret
yminneu odyna. Dub awy2 heb y uo2byn oed dyhed
mab2 na ellit gbaret itti. ac oed iabn y wreic wneuthur
da ytti. Dub awy2 na weleis i eirmoet waf well no
thidi b2th wreic.  O bei gares itt go2eu kar gb2eic
oedut. O bei o2derch itt go2eu go2derch oedut. ac
b2th hynny heb hi y2 hynn aallaf i o waret itti mi
ae gbnaf. Bbde di y votrby honn adot am dy vys.
a dot y maen hbnn y mybn dy lab. a chae dy db2n
am y maen. a th2a gudyych ti euo euo ath gud ditheu.
I phan hambbyllont hby o2lleon y deuant by yth
gy2chu di yth dihennydyab am y gb2. I gbedy na
welont hby dydi d2bc vyd gantunt. a minneu a vydaf
ar y2 efgynuaen racko yth aros di. I thydi amgbely
i. kany welbyf i dydi. ady2et titheu adot dy lab ar
penn * vy yfgbyd i. Ic yna ygbybydaf i dy dyfot
titheu attaf fi. Ir ffo2d ydelbyf i odyno dy2et titheu
gyt a mi. ac ar hynny mynet ao2uc odyno yb2th
owein. ac owein awnaeth aerchis y vo2byn idab oll.
ac ar hynny y deuth ygby2 o2llys y geifab owein
oe dihenydu. I phan deuthant y geiffab. ny welfant
dim namyn hanner y march. I d2bc ydaeth arnunt
hynny. a difflannu oaruc owein oc eu plith. adyuot
att y vo2byn. adodi y lab ar y hyfgbyd. a chychbyn
ao2uc hitheu racdi. ac owein ygyt ahi yny deuth-
ant y drbf llofft uab2 deledib. ac ago2i y lloft ao2uc

y vo2byn. adyuot y mybn. achaeu yꝉofft ao2ugant.
Ic ed2ych ar hyt y ꝉoft ao2uc owein. ac nyt oed
yn y ꝉofft un hoel heb y ꝉiwab a ꝉib gwerthuab2. Ic
nyt oed un yftyꝉen heb delb eureit arnei yn amry-
ual. I chynnu tan glo ao2uc y vo2byn. achymryt
kabc aryant ao2uc hi adbfy2 yndab. athbel o vliant
gbynn ar y hyfgbyd. a rodi dbfy2 y ymolchi ao2uc y
owein. I dodi bb2d aryant go2eureit rac y v2onn.
abliant melyn yn ꝉiein arnab. adyuot ae ginyab idab.
I diheu oed gan owein. na welfei eiryoet neb ryb
vbyt. ny welei yno digabn o honab. eithy2 bot yn
weꝉ kyweirdeb ybbyt awelei yno. noc yn ꝉe araꝉ
eiryoet. Ic ny welas eiryoet ꝉe kyn amlet anrec
odidabc ovbyt a ꝉynn ac yno. Ic nyt oed vn ꝉefty2
yn gbaffanaethu arnab. namyn ꝉeftri aryant neu eur.
a bbytta ac yuet ao2uc owein yny oed p2yt nabn hir.
Ic ar hynny nachaf y clywynt diafpedein yn y gaer.
a gofyn ao2uc owein y2 uo2byn py weidi yb hbnn.
Dodi oleb ary gb2da ~~bieu~~ bieu y gaer heb y uo2byn.
ac y gyfgu ydaeth owein. a gbib oed y arthur dahet
y gbely abnaeth y uo2byn idab. o yfgarlat agra a
phali a fyndal abliant. Ic am hanner nos y clywynt
diafpedein girat. Py diafpedein yb hbnn weithon
heb y2 owein. Y gb2da bieu ygaer yf*fyd uarb y2
ab2 honn heb y vo2byn. Ic am rynnawd o2 dyd.
y clywynt diafpedein agbeidi. anueitrabl eu meint.
I gofyn ao2uc owein y2 uo2byn pa yftyr yffyd y2
gbeidi hbnn. Mynet acho2ff y gb2da bieu y gaer
y gaer y2 ꝉann. achyuodi ao2uc owein y vynyd a
gbifgab ymdanab. ac ago2i ffenefty2 ar y ꝉofft. ac

ed₂ych parth ar gaer. ac ny welei nac ymyl nac
eithaf y₂ ſſuoed yn ſſewni y₂ heolyd. ahynny yn ſſaƀn
aruaƀc. agƀ₂aged ſſawer y gyt ac wynt ar ueirch ac
ar traet. a ch₂efydwy₂ y dinas oſſ ynkanu. Ꝛc ef ate-
bygei owein bot y₂ awy₂ yn ed₂inaƀ rac meint y gƀei-
di ar utky₂nn. ar crefydwy₂ ynkanu Ꝛc ym perued
y ſſu hƀnnƀ ef y₂ elo₂. aſſenn o vliant gƀynn arnei.
aphyſt kƀy₂ yn ſſoſgi yn amyl yn y chylch Ꝛc nyt
oed vndyn dan y₂ elo₂ lai no barƀn kyuoethaƀc. Ꝛ
diheu oed gan owein na welſei eiryoet niuer kyhard-
et a hƀnnƀ o bali a feric a fyndal. Ꝛc ar ol y ſſu
hƀnnƀ y gƀelei ef gƀ₂eic velen ae gƀaſſt d₂os y dƀy
yſgƀyd. ac agƀaet briƀ amyl yny b₂igeu. a gƀifc o
bali melyn ymdanei gƀedy yrƀygaƀ. a dƀy wintas
o go₂dwal b₂ith amy thraet. Ꝛ ryued oed na bei
yſſic penneu y byſſed rac dyckynet y maedei y
dƀylaƀ y gyt. ahyſpys oed gan owein na welſei ef
eiryoet gƀ₂eic kymryt a hi beyt uei ar y ffuryf iaƀn.
ac uch oed ydiaſpat. nƀc aoed o dyn acho₂n yny
ſſu. a phann welas ef y wreic ennynu aƀnaeth oe
charyat yny oed gyflaƀn pop ſſe yndaƀ. Ꝛ gofyn
ao₂uc owein y₂ uo₂ƀyn pƀy oed y wreic. Ꝯuƀ a wy₂
heb y uo₂ƀyn gƀ₂eic y geſſir dywedut idi y bot yn
deckaf o₂ gwraged. ac yn diweiraf. ac yn haelaf. ac
yn doethaf. ac yn vonhedickaf. vy arglƀydes i yƀ
honn racko. a iarſſes y ffynnaƀn y gelwir gƀ₂eic y
gƀ₂ a * ledeiſt di doe. Ꝯuƀ a wy₂ heb y₂ owein
arnaf. mae mƀyhaf gƀ₂eic agarafi yƀ hi. Ꝯuƀ a wy₂
heb yuo₂ƀyn nachar hi dydi na bychydic na dim.
Ꝛc ar hynny kyuodi ao₂uc y vo₂ƀyn achynneu tan

glo. a llan6 crochan od6fyz ae dodi y d6yma6. a
chymryt t6el ovliant g6yñ aedodi am vyn6gyl owein.
achymryt gozfl6ch o afc6zn eliphant. a cha6c aryant.
ae lan6 ozd6fyz t6ym. agolchi peñ owein. ac odyna
agozi pzenuol athynnu ellyn. ae charn o afg6zn eliph-
ant. Ꝛ deu gana6l eureit ar yz ellyn. Ꝛc eilla6 y
uaraf aozuc afychu y benn ae vyn6gyl ar t6el. Ꝛc
odyna dyzchafel aozuc y uoz6yn rac bzonn owein.
a dyuot ae ginya6 ida6. Ꝛ diheu oed gan owein. na
chafas eiryoet kinya6 kyftal ahonno nadiwallach y
wafanaeth. Ꝛ g6edy daruot ida6 y ginya6. kyweirya6
aozuc y uoz6yn y g6ely. Ꝑos yma heb hi y gyfcu a
minneu aaf yozderchu itti. Ꝛmynet aozuc owein y
gyfgu. Ꝛchaeu dz6s y llofft aozuc y voz6yn amynet
amynet parth ar gaer. Ꝛ phandeuth yno nyt oed yno
namyn triftyt a goual. Ꝛr iarlles ehun yn yz yftau-
ell heb diodef g6elet dyn rac triftit. a dyuot aozuc
lunet attei achyuarch g6ell idi. ac nyf atteba6d yz
iarlles. a blyghau aozuc y uoz6yn adywetut 6zthi. Ꝑy
der6 ytti pzyt nat attep|pych y neb hedi6. Ꝗunet
heb yz iarlles py wyneb yffyd arnat ti. pzyt na delut
y edzych y gofut auu arnaf i. ac aoed itti. ac yf
g6neuthum i dy ti ȳ gyfoetha6c. Ꝛc aoed kam itti.
na delut y edzych y gofut auu arnaf i. ac oed kam
itti hynny. Ꝑioer heb y lunet. ny thebyg6n i na bei
well dy fyn6yz di noc ymae. Ꝺed well ytti geiffa6
goualu am ennill y g6zda h6nn6. noc am peth arall.
ny ellych byth y gaffel. Ꝺ rof i adu6 heb yz iarlles.
ny all6n i vyth ennill vy argl6yd i odyn arall. * yn
ybyt. Ꝿallut heb y Lunet g6zhag6z a vei gyftal ac

ef neuwell noc ef. Ɏ rof i a duб heb yʒ Ꝺarlles pei
na bei бʒthmun gennyf peri dihenydyaб dyn aпackбn
mi abarбn dy dihenydyaб. amgyffelybu бʒthyf peth
moʒ aghywir ahynny. apheri dy dehol ditheu mi ae
gбnaf.   Ꝺa yб gennyf heb y lunet  nat achaбʒ itt|y
hynny. namyn am uenegi ohonafi ytti dy les. Ile
nys metrut dyhun. a mevyl idi ohonam ygyntaf
ayrro att ygilyd. amiui yadolбyn gбahaбd itti. ae
titheu ym gбahaбd inneu.   Ꝺc arhynny mynet aoʒuc
lunet ymeith. achyfodi aoʒuc yʒ iarlles  hyt ardʒбs
yʒ yſtauell  yn ol  lunet. a pheſſychu yn uchel. Ꝭc
edʒych aoʒuc Lunet tu dʒaechefyn.   Ꝺc emneidaб
aoʒuc yʒ iarlles ar lunet. adyuot dʒachefyn aoʒuc
Lunet att yʒ iarlles. Ɏ rof i aduб heb yʒ iarlles бʒth
lunet dʒбc yб dy anyan. achanys vy Iles i ydoedut
ti yny uenegi im. manac pa ffoʒd vei hynny.   Ꝓi
aemanagaf heb hi. Ꝧi awdoſt na ellir kynnal dy
gyfoeth di namyn o vilбryaeth ac arueu. ac am hynny
keis yn ebʒбyd aekynhalyo. Ꝕa ffoʒd y gallafi hynny
heb yʒ iarlles ᴍanagaf heb y lunet.   Ꝋny elly di gyn-
nal y ffynnaбn. ny elly gynnal dy gyuoeth. Ꝺy eill
kynnal y ffynnaбn namyn vn o teulu arthur.   Ꝺ min-
neu aaf heb y lunet hyt yn Ilys arthur. Ꝭ mefyl im
heb hi o deuaf odyno heb uilбʒ a gattбo y ffynnaбn
yngyſtal neu ynwell noʒ gбʒ ae kedwis gynt. Ꝭnhaбd
yб hynny heb yʒ iarlles. Ꝭc eiſſoes dos ybʒofi yʒ hynn
adywedy. Ꝗychбyn aoʒuc lunet ar uedбl mynet ylys
arthur.   Ꝺ dyuot aoʒuc yʒ Ilofft att owein.   Ꝺc yno
ybu hi gyt ac owein yny oed amſer idi dyuot olys
arth<sup>ur</sup>. Ꝺc yna gбiſgaб ymdanei aoʒuc hi a dyuot y

N

ymwelet ar iarlles. a llawen uu y iarlles ßithi. chßed-
leu o lys arthur gennyt heb yi iarlles. Goieu chßedyl
gennyf arglßydes heb hi kaffel o honaf vy neges. a
pha biyt y mynny di dangos itt yi un*benn adoeth
gyt ami. Dyiet ti ac ef heb yi iarlles am hanner
dyd avoiy. y ymwelet ami. a minneu abaraf yſgy-
falhau y dief erbyn hynny. A dyuot awnaeth hi
adief. Ac amhann er dyd trannoeth y gßiſgßys owein
ymdanaß peis aſßicot a mantell obali melyn. ac oi-
ffreis lydan yny vantell o eurllin. A dßy wintas o
goidwal biith am y diaet. allun lleß o eur yn eu kaeu.
a dyuot aßnaethnt hyt yn yſtauell y iarlles. A llawen
uu y iarlles withunt. Ac ediych ar owein yn graff
aoiuc y iarlles. Lunet heb hi nyt oes wed kerdetßi
ar yi unben hßnn. Py dißc yß hynny arglßydes. heb
y lunet. Y roffi aduß heb y iarlles naduc dyn eneit
vy arglwydi oe goiff namyn y gßi hßnn. Bandit
gßell itt arglßydes. peinabei diech noc ef nyſdygei
ynteu y eneit ef. Dy ellir dim ßith hynny heb hi
kan deryß. Eßch chßi diachefyn atref heb yi iarlles.
a minneu agymeraf gyghoi. A pheri dyfynnu y holl
gyuoeth y unlle diannoeth aoiuc y iarlles. A menegi
udunt uot y hiarllaeth yn wedu. ac na ellit y chynnal
onyt o uarch ac arueu amilßiyaeth. Ac yſef y
rodaf inneu ar awch deßis chßi. ae un ohonaßch chßi
am kymero i. ae vyg kannyadu ynneu y gymrut gßi
ae kanhalyo o le arall. Sef agaßſant yn eu kyghoi
kanhadu idi gßia o le arall. Ac yna y duc hitheu
eſcyb ac archeſcyb oe llys y wneuthur y phiiodas
hi ac owein. Agßihau aoiugant gßyi y iarllaeth y

owein. Ꝕc owein a gedwis y ffynnaꝸn o waeꝸ a
chledyf. Ꞩef mal y kedꝸis a delei o varchaꝸc yno.
owein ae byꝛyei. ac ae gꝸerthei yꝛ y laꝸn werth. Ꝕr
da hꝸnnꝸ arannei owein y varꝸnyeit ae uarchogyon
* hyt nat oed vꝸy gan y gyfoeth garyat dyn oꝛ byt
oll noꝛ eidaꝸ ef. Ꝕ their blyned y buef uelly.

Aꝸ ual ydoed walchmei diwarnaꝸt yn goꝛym-
deith y gyt ar amheraꝸdyꝛ arthur. Edꝛych
aoꝛuc ar arthur ae welet yn triſt gyſtudedic.
a doluryaꝸ aoꝛuc gꝸalchmei yn uaꝸꝛ o welet arthur
yn y drych hꝸnnꝸ. A gofyn aoꝛuc idaꝸ. arglꝸyd heb py
derꝸ itti. Ꝡ rof aduꝸ walchmei heb yꝛ arthur hir-
aeth yſſyd arnaf am owein. a golles y gennyf meint
teir blyned. Ꝕc o bydaf y bedwared vlꝸydyn heb
y welet ny byd vy eneit ym koꝛff. a mi aꝸn yn hyſpys
panyꝸ o ymdidan kynon mab clydno y kolles owein
y gennym. Ꝑyt reit itti heb y gꝸalchmei luydyaꝸ
dy gyfoeth yꝛ hynny. namyn ti agꝸyꝛ dy ty a eill dial
owein oꝛ llas. neu y rydhau ot ydiw yg karchar. Ac os
buꝸ y dꝸyn gyt athi. Ac ar a dywaꝸt gꝸalchmei y
trigywyt. Ac ymgyweiryaꝸ a wnaeth arthur agꝸyꝛ
y dy gyt ac ef y geiſſaꝸ owein. Ꞩef oed meint y niſer
teir mil heb amlaꝸ dynyon. achynon mab clydno yn
gyfarꝸyd udunt. Ꝕ dyuot aoꝛuc arthur hyt y gaer
y buaſſei gynon yndi. A phan deuthant yno ydoed y
gꝸeiſſon yn ſaethu yn yꝛ unlle. Ar gꝸꝛ melyn yn ſeuyll
ach eu llaꝸ. Ꝕ phan welas ygꝸꝛ melyn arthur. Kyu-
arch gwell aoꝛuc idaꝸ ae wahaꝸd. achymryt gꝸahaꝸd
aoꝛuc arthur. Ꝕc yꝛ gaer yd aethant. A chyt bei
maꝸꝛ eu niuer. ny wydit eu hyſtyꝛ yn y gaer. A chyuodi

ao2uc y mo2ynyon y eug6affanaethu. a bei a welfant
ar bop g6affanaeth eiryoet eithy2 g6affanaeth y
g62aged. ac nyt oed waeth gwaffanaeth g6eiffon y
meirch y nos * honno. noc vydei ar arthur yny lys
ehun. I r bo2e trannoeth y kych6ynn6ys arthur. a
chynon yn gyfar6yd ida6 odyno. ac wynt a deuthant
hyt lle ydoed y g62 du. a hoffach o lawer oed gan
arthur meint yg62 du noc ydywedyffit ida6. ac hyt
ympenn y2 allt ydeuthant. ac y2 dyffryn hyt yn ymyl
yp2enn glas. ac yny welfant y ffynna6n ar ka6c ar
llech. Ic yna ydoeth kei ar arth^ur. I dywedut
argl6yd heb ef. mi a 6nn acha6s y kerdet h6nn oll.
Ac eruyn y6 gennyf. gadu y mi b62d y d6fy2 ar y llech.
ac erbynyeit y gofut kyntaf adel. ae ganhadu ao2uc
arthur. I b62d ka6geit o2 d6fy2 ar y llech ao2uc kei.
Ic yny lle arol hynny y deuth y t62yf. ac yn ol y t62-
yf y gawat. ac ny chlywyffynt eiryoet twryf acha6-
at kyffelyb y rei hynny. allawer oamla6 dynyon a
oed yg ky6eithas arthur alada6d y gawat. I g6edy
peidya6 y ga6at y goleuha6ys y2 a6y2. I phan ed2ych-
affant ar yp2en nyt oed un dalen arna6. a difgynnu
ao2uc y2 adar ar y p2enn. a diheu oed gantunt na
chly6yffynt eiryoet kerd kyftal ar adar yn kanu. Ic
arhynny yg6elynt uarcha6c y ar varch purdu. ag6ifc
o bali purdu ymdana6. a cherdet g62d ganta6. ae
erbynnyeit ao2uc kei. ac ymwan ac ef. Ic ny bu hir
y2 ym6an kei a vy2ywyt. Ic yna pebyllya6 ao2uc
y marcha6c a phebyllya6 ao2uc arthur ae lu y nos
hōno. I phan gyfodant y bo2e trannoeth y vynyd.
ydoed arwyd ymwan ar wae6 y marcha6c. a dyuot

aoꝛuc kei ar arthur adywedut ꝩrthaꝩ. argloyd heb
ef kam ymbyrywyt i doe. ac aoed <u>da</u> yti y mi hediꝩ
vynet y ymwan ar marchaꝩc. ꝩa*daf heb yꝛ arthur.
amynet aoꝛuc kei yꝛ marchaꝩc. Ac yny lle bꝩꝛꝩ kei
aoꝛuc ef. ac edꝛych arnaꝩ ae wan ac arlloſt y waeꝩ
yny tal yny tyꝛ y helym ar penffeſtin ar croen ar kic
hyt yꝛ afgꝩꝛn kyflet aphenn y paladyꝛ. Ac ymchoel-
ut aoꝛuc kei ar y gedymdeithon dꝛachefyn. Ac o hyn-
ny allan yd aeth teulu arthur bop eilwerſ y ymwan
ar marchaꝩc. hyt nat oed un heb y vꝩꝛꝩ oꝛ march-
aꝩc namyn arthur a gꝩalchmei. Ac arthur awifgaꝩd
ymdanaꝩ y vynet y ymwan ar marchaꝩc. Och ar-
glꝩyd heb y gꝩal<u>ch</u>mei gat y mi vynet y ymwan ar
marchaꝩc yn gyntaf. ꝺe adu awnaeth arthur. Ac ynteu
aaet<u>h</u> y ymwan ar marchaꝩc. a chꝩnfallt o bali ymda-
naꝩ aanuonaffei uerch iarll rāgyꝩ ymdanaꝩ ac am y
varch. ꝩꝛth hynny nys atwaenat neb oꝛ lluef. Ac
ymgyꝛchu awnaethant ac ymwan y dyd hꝩnnꝩ hyt
ucher. Ac ny bu agos yꝛ un o nadunt abꝩꝛꝩ ygilyd
yꝛ llaꝩꝛ. athꝛannoeth ydaethant y ymwan a pheleidyꝛ
godeuaꝩc gantunt. Ac ny oꝛfu yꝛ un o nadunt ar y
gilyd. Ar trydyd dyd ydaethant y ymwan. a pheleid-
yꝛ kadarnuras godeuaꝩc gan bob un onadunt. Ac
ennynnv olit awnaethant ac ymgyꝛchu aꝩnaethant
amhanner dyd ehun. a hꝩꝛd arodes pob un onadunt
y gilyd. yny toꝛres holl gegleu eu meirch. Ac yny
vyd pob un o nadunt dꝛos bedꝛein y varch yꝛ llaꝩꝛ.
ꝺchyuodi y vynyd aoꝛugant yn gyflym. ꝺ thynnu
clefydeu ac ymffuſt. ꝺ diheu oed gan y nifer ae gꝩel-
ei ꝩynt uelly. na welſynt eiryoet deu ꝩꝛ kyn wych-

et ar rei hynny. na chyn gryfet. aphei tywyll y nos
hi avydei oleu gan y tan oe harueu. Ac ar hynny dyꝛ-
nao̅t arodes y marchao̅c y walchmei hyt pan troes yꝛ
helym y ar y wyneb. * mal y hadnabu y march-
ao̅c panyo̅ go̅alchmei oed. Ac yna ydywao̅t owein.
arglo̅yd walchmei nyt atwaeno̅n i didi o achao̅s dy
go̅nfallt am kefyndero̅ o̅yt. Ho̅de di uyg kledyfi am
harueu. O̅idi owein yffyd arglo̅yd heb y go̅alchmei.
a thi aoꝛuu. a chymer di vyg cledyfi. Ac ar hynny yd
arganuu arthur o̅ynt. a dyuot attunt aoꝛuc. Arglo̅yd
arthur heb y go̅alchmei llyma owein. go̅edy goꝛuot
arnafi. ac ny mynn uy arueu y gennyf. Arglo̅yd heb
yꝛ owein euo aoꝛuu arnafi. ac ny mynn vyg cledyf.
Moeffo̅ch attafi heb yꝛ arthur ao̅ch clefydeu. Ac ny
oꝛuu yꝛ vn ohonao̅ch ar y gilyd gan hynny. Amynet
do̅ylao̅ myno̅gyl y arthur aoꝛuc owein. Ac ymgaru
aoꝛugant. a dyuot aoꝛugant y llu attunt  yna gan
ymfag a bꝛys y geiffao̅ go̅elet owein. yuynet do̅ylao̅
myno̅gyl idao̅. Ac ef auu agos abot kalaned ynyꝛ
ymfag ho̅no̅. Ar nos honno ydaethant yeu pebyllyeu.
A thꝛannoeth arofyn aoꝛuc arthur ymeith. Arglo̅yd
heb yꝛ owein nyt uelly y mae iao̅n itt. teir blyned yꝛ
amfer ho̅nn yd euthum i y o̅ꝛthyt ti arglo̅yd. ac ymae
y meu i y lle ho̅nn. Ac yꝛ hynny hyt hedio̅ yd wyfi
yn darparu go̅led ytti. kan go̅ydo̅n y dout ti ym keiffao̅.
a thi adeuy gyt ami y vo̅ꝛo̅ dyludet ti ath wyꝛ. ac
enneint a geffo̅ch. A dyuot aoꝛugant oll hyt yg kaer
iarlles y ffynnao̅n. Y gyt ar wled y bu̅o̅yt deir blyn-
ed yn y darparu. yn un trimis y treulo̅yt. Ac ny bu
efmo̅ythach udunt wled eiryoet na go̅ell no honno.

Ic yna arofyn ao2uc arthur ymeith. agy2ru kennad-
eu ao2uc arthur att y2 yarlles y erchi idi ellong
owein y gyt ac ef oe dangos y wy2da ynys p2ydein.
ae g62agedda vn trimis. ar iarlles ae kanhada6d *
ac anha6d uu genthi hynny. Idyfot ao2uc owein y
gyt ac arthur y ynys p2ydein. I g6edy y dyuot
ym plith y genedyl ae gyt gyfedach6y2. ef a trigywys
teir blyned yg kyfeir y trimis.

A6 ual ydoed owein diwarna6t yn b6yta ar y
b62d yg kaer llion ar wyfc. nachaf uo26yn yn
dyuot ar uarch g6ineu mynggrych. ae vyghen
a gaffei. ag6ifc ymdanei o bali melyn. Ir ffr6yn
ac awelit o2 kyfr6y eur oed oll. a hyt rac b2onn
owein ydeuth. a chymryt y uotr6y oed ar la6 owein
a wnaeth. Val hynn heb hi yg6neir y t6yll62 b2at62
aghywir y2 mefyl ar dy uaryf. Ic ymchoelut penn
ymarch ac ymeith. ac yna y doeth cof y owein y
gerdet hōno. I th2iftau ao2uc. a phandaruu b6yta
dyuot y letty ao2uc. agofalu ynos honno. I th2an-
noeth y kyuodes. ac nyt y llys agy2ch6ys. namyn
eithafoed bydoed. adiffeith vynyded. ac ef a uu uelly
yny daruu y dillat oll. ac yny daruu y go2ff hayach.
Ic yny tyfa6d ble6 hir tr6yda6. achyt gerdet a6na-
ei a b6yftuileit. a chyt ymbo2th ac 6ynt yny oedynt
gynefin ac ef. ac yn hynny g6anhau ao2uc ef heb
allu eu kanhymdeith. Ic eft6ng o2 mynyd y2 dyff-
rynn. a chy2chu parc teccaf o2 byt. a iarlles wed6
bioed y parc. I diwarna6t mynet ao2uc y iarll-
es ae lla6uo2ynyon y o2ymdeith gan yftlys llynn a
oed yny parc hyt ar gyfeir y chana6l. Ic 6ynt a

welynt yno eilun dyn aedel6. ac ualdala ofyn rac-
da6 ao2ugant. Ac eiffoes neffau ao2ugant atta6
ae deymla6 ae ed2ych. ffef y g6elynt g6ythi yn lla6n
ar na6. Ac yntev yng6ywa6 62th y2 heul. Adyuot
ao2uc y2 iarlles d2achefyn y2 kaftell. a chymryt
lloneit go2flo6ch oireit g6erthua62. ae rodi yn
lla6 un o2 lla6 uo2ynyon. Dos heb hi a h6nn gen-
nyt a d6c y march racko ar dillat gennyt. * a dot
ger lla6 y dyn gynneu. ac ir ef ar ireit h6nn ar gyfeir
y gallon. Ac o2 byd eneit ynda6 ef agyfyt gan y2
ireit h6nn. ag6ylya beth awnel. ar uo26yn adeuth rac-
di. A ch6byl o2 ireit arodes arna6. ac ada6 y march
ar dillat ach y la6. A mynet ruthur y 62tha6. ac
ymgudya6 adifg6yl arna6. Ac ym penn rynna6d hi
ae g6elei ynkoffi y v2eicheu. Ac ynkyfodi y uynyd
ac yned2ych ar y gna6t. a chymryt kewilyd ao2uc mo2
hagy2 oed y del6 aoed arna6. ac arganfot ao2uc y
march ar dillat y 62tha6. Ac ymlith2a6 ao2uc yny
gafas tynnu y dillat atta6 o2 kyfr6y. ac eu g6ifga6. ac
efgynnu ar y march o ab2eid ao2uc. Ac yna ym-
dangos ao2uc y uo26yn ida6. achyuarch g6ell ida6. a
llawen uu ynteu 62th y vo26yn. a gofyn ao2uc idi py
dir oed h6nn6 aphyle. Dioer heb yuo26yn iarlles
wed6 bieu y kaftell racko. A phan uu uar6 y g62 ef a
edewis genthi d6y iarllaeth. ahedi6 nyt oes ar y hel6
namyn y2 unty h6nn nys ry dycko iarll ieuanc yffyd
gymoda6c idi. am nat aei yn wreic ida6. T2uan y6
hynny heb y2 owein. acherdet ao2uc owein ar uo26yn
y2 kaftell. Adifgynnu awnaeth owein yn y caftell.
ar uo26yn aeduc y yftauell efm6yth. achynneu tan

idaȣ ae adaȣ yno. Ꝺ dyuot aoꝛuc y voꝛȣy̅ att yꝛ iarll-
es. Ꜳrodi y gorvlȣch yny llaȣ. Ᵽaa voꝛȣyn heb yꝛ
iarlles mae yꝛ ireit oll. neur golles oll heb hi. Ᵽa
voꝛȣyn heb yꝛ iarlles. nyt haȣd gennyfi dy atneiryaȣ
di yꝛ hynny. Ꝺed diryeit hagē y minneu treulaȣ
gȣerth ſeith ugeint punt oireit gȣerthuaȣꝛ ȣꝛth dyn
heb wybot pȣy. Ꝺc eiſſoes uoꝛȣyn heb hi gȣaſſan-
aetha di euo. * yny vo diwall ogȣbyl. ꜳ hynny a
oꝛuc y uoꝛȣyn ywaſſanaethu ar vȣyt adiaȣt athan a
gȣely ac enneint yny vu iach. ar bleȣ aaet ŷar owein
yn toꝛuenneu kennoc. ſef y bu yn hynny tri mis. ꜳ
gȣynnach oed ygnaȣt yna. noc y buaſſei gynt. Ꝺc
ar hynny y clywei owein diwarnaȣt kynnȣꝛyf yny caſ-
tell. a dȣyn arueu y myȣn. Ꝺ gofyn a oꝛuc owein yꝛ
uoꝛȣyn. py gynnȣꝛyf yȣ hȣnn. Ᵽ iarll heb hi adywed-
eis i ytti yſſyd yndyuot ȣꝛth y kaſtell. y geiſaȣ diua
y wreic honn a llu maȣꝛ gantaȣ. Ꝼofyn aoꝛuc owein
aoes uarch ac arueu yꝛ iarlles. Ꝺes heb y voꝛȣyn y
rei goꝛeu oꝛ byt. ꜳey di y erchi ymi benffic march ac
arueu heb yꝛ oweī pei gallȣn uynet yn edꝛychyat ar
y llu. ꜳf heb y uoꝛȣyn. adyuot att yꝛ iarlles aoꝛuc.
Ꝺ dywedut ȣꝛthi y hymadᵐȣd o gȣbyl. Ꞩef aoꝛuc yꝛ
iarlles chȣerthin. Ᵽ rofi aduȣ hebhi mi a rodaf idaȣ
uarch ac arueu byth. Ꝺc ny bu ar y helȣ eiryoet
march ac aruev kyſtal acȣynt. ꜳda yȣ gennyfi eu
kymryt o honaȣ. rac eu kaffel om gelynyon auoꝛy om
hanuod. Ꝺc nyȣn beth avynn acȣynt. ꜳdyfot a
wnaethpȣyt agȣaſgȣyn du telediw a chyfrȣy offawyd
arnaȣ. ac adogon o arueu gȣꝛ a march. Ꝺgȣiſgaȣ a
oꝛuc owein ymdanaȣ. ac eſgynnu ar y varch. a mynet

ymeith adeu uackôy gyt ac ef yngyweir o veirch ac
arueu. aphan deuthant parth a Ilu yꝛ iarll. ny welynt
nac ol nac eithaf idaô. Agofyn aoꝛuc owein yꝛ mac-
kôyeit. pa vydin yd oed yꝛ iarll yndi. Y vydin y mae
y pedeir yſtondard melynyon yndi racko heb ôynt.
dôy yſſyd yny vlaen a dôy yny ol. Ie heb yꝛ owein
eôch chôi dꝛachefyn. ac arhoôch viui ynymyl poꝛth y
kaſtell. Ymchoelut aoꝛugant hôy. a cherdet aoꝛuc
ynteu racdaô yny gyferuyd ar iarll. Ie tyn*nu aoꝛuc
owein oe gyfrôy. yny uyd yrydaô a choꝛof. ac ymchoe-
lut penn y uarch parth ar kaſtell. A pha ofut bynnac
agafas ef a deuth ar iarll y boꝛth y caſtell. at ymac-
kôyeit. Ac y myôn ydeuthant. ac owein arodes y iarll
ỹ anrec yꝛ iarlles. adyôedut ôꝛthi. welydi yma y
ti bôyth yꝛ ireit bendigedic. ar Ilu abebyllywys yg
kylch y kaſtell. ac yꝛ rodi bywyt yꝛ iarll y rodes yn-
teu y dôy iarllaeth idi dꝛachefyn. Ac yr rydit id-
aô yrodes hanner y gyfoeth ehun. achôbyl oe heur
ae haryant ae thlyſſeu ae gôyſtlon ar hynny. Ac
ymeith ydaeth owein. ae wahaôd aônaeth yꝛ iarll-
es idaô. ef ae holl gyfoeth. Ac nymynnôys owein nam-
yn kerdet racdaô eithafoed byt adiffeithôch. Ac
ual yd oed ynkerd|det ef aglywei difgrech uaôꝛ y
myôn koet ar eil ar dꝛyded. a dyuot yno aoꝛuc owein.
A phan doeth yno. ef awelei clocuryn maôꝛ ygkanaôl
y koet. acharrec lôyt ynyſtlys y bꝛyn. a hollt aoed
yny garrec. a farff aoed ynyꝛ hollt. A Ileô purdu aoed
yn ymyl y garrec. A phan geiffei y Ileô vynet o dyno
y neidei y farff idaô oe vꝛathu. Sef aoꝛuc owein dif-
peilaô cledyf a neffau att y garrec. Ac ual ydoed y

sarff yn dyuot oz garrec. y tharaб aozuc owein achled-
yf yny vyd yndeu hanner. a fychu y gledyf. a dyfot yz
ffozd ual kynt. Sef y gбelei y Ileб yny ganlyn. Ic
yn gбare yny gylch ual milgi auackei ehun. a
cherdet aozugant ar hyt y dyd hyt ucher. I phan
uu amfer gan owein ozffowys. difgynnu aozuc. a
gellбng y uarch ymyбn dol goedaбc waftat. a Ilad tan
aozuc * a phan uu baraбt y tan gan owein. yd oed
gan y Ilew dogon o gynnut. hyt ym penn teirnos.  I
difflannu aozuc y Ileб y бzthaб.  Ic yny Ile nachaf y
Ileб yndyuot attaб a chaeriwrch maбz telediб gātaб.
Ie vбzб gerbzonn owein. amynet am y tan ac ef. a
chymryt aozuc owein y kaeribzch ae vlighaб. adodi
golбython ar uereu ygkylch y tan. I rodi y iбzch
namyn hynny yz Ilew oe yffu. ac ual ydoed owein
uelly ef aglywei och uaбz ar eil ar dzyded yn gyfag-
os idaб. I gofyn aozuc owein aedynbydaбl. Ie yf
gбir heb y dyn. Fбy бyt titheu heb yz oweI. Dioer heb ·
hi Lunet бyfi Ilaбuozбyn iarlles y ffynnaбn.  Beth
awney di yma heb yz owein. Vygkarcharu heb hi
yd ydys. o achaбs marchaбc adoeth olys arthur y
uynnu y iarlles yn pziaбt. ac auu rynnaбd gyt ahi. ac
yd aeth y dzeiglaб Ilys arthur. Ic ny doeth vyth
dzachefyn. achedymdeith y mi oed ef mбyaf agarбn
oz byt. Sef aozuc deu weiffon yftauell y iarlles y
oganu ef ae alб yn tбyIlбz. Sef y dywedeis i na
allei y deu gozff hбy. amryffon ae uncozff ef. Ic
amhynny vygkarcharu yny Ileftyz maen. adywedut
nabydei vy eneit ym cozff onydelei ef ym amdiffyn i
yn oet y dyd. Ic nyt pellach yz oet no thzennyd. ac

nyt oes ymi neb aekeissaỽ ef. Sef yỽ ynteu owein uab uryen. Aoed diheu gennyt titheu pei gỽyppei y marchaỽc hỽnnỽ hynny y deuei yth amdiffyn. Diheu y rof i aduỽ heb hi. Aphanuu dogyn poethet y golỽython. eu rannu aoꝛuc owein yn deu hanner y ryngtaỽ ar uoꝛỽyn. A bỽytta aoꝛugant. Agỽedy hynny ymdidan yny vu dyd dꝛannoeth. Tꝛannoeth gofyn aoꝛuc owein yꝛ uoꝛỽyn aoed le y gallei ef kaffel bỽyt allewenyd y nos honno. Oes arglỽyd heb hi. dos yna dꝛỽod. acherda y ffoꝛd gan ystlys yꝛ auon. Ac ym penn rynnaỽd ti awely gaer uaỽꝛ. athyꝛeu * yn amyl arnei. Ar iarll bieu y gaer hõno goꝛeu gỽꝛ am vỽyt yỽ oꝛ byt. Ac yno y gelly di uot heno. Ac ny wylỽys gỽylỽꝛ y arglỽyd eiryoet yn gystal ac y gỽylỽys y lleỽ owein y nos honno. Ac yna y kyweirygỽys owein y uarch. ac y kerd|dawd racdaỽ trỽy y ryt yny welas y gaer. Ac y doeth yꝛ gaer. Ae aruoll aỽnaethpỽyt idaỽ yno yn enrydedus. A chyweiryaỽ y uarch yn diwall. adodi dogyn. o vỽyt rac y uronn. A mynet aoꝛuc y lleỽ y bꝛesseb y march y oꝛwed. hyt na lyfassei neb oꝛ gaer uynet yg kyfyl y march. A diheu oed gan owein. na welas eiryoet lle kystal y wassanaeth a hỽnnỽ. Achyn dꝛistet oed bop dyn yno achyn bei agheu ym pop dyn onadunt. A mynet aoꝛugant y vỽyta. Ac eisted aoꝛuc yꝛ iarll ar y neill laỽ y owein. Ac un verch oed idaỽ ar y tu arall y owein. A diheu oed gan owein na welas eiryoet vn voꝛỽyn delediwach no honno. A dyuot aoꝛuc y llew rỽng deutroet owein dan y bỽꝛd. Ac owein ae poꝛthes o bop bỽyt oꝛ aoed idaỽ ynteu. Ac

ny welas owein bei kymeint yno a thᵣiftyt y dynyon.
Ꝇc am hanner bᵥytta greffaᵥu owein aoᵣuc y iarꝉ.
Ꝑadᵥs oed itt bot yn ꝇawen heb yᵣ owein. Ꝑuᵥ a
ᵥyᵣ yni nat ᵥᵣthyt ti ydym dᵣift ni. namyn dyuot
deunyd triftit in a gofal. Ꝑeth yᵥ hynny heb yᵣ
owein. Ꝑeu uab oed im. a mynet uyn deu uab yᵣ
mynyd doe y hela. Ꝑef y mae bᵥyftuil yno a ꝇad
dynyon a wna. ac eu hyffu. Ꝇ dala vy meibon aoᵣuc.
ac auoᵣy y mae oet dyd y rofi ac ef y rodi y voᵣᵥyn
honno idaᵥ. neu ynteu a ladho vy meibon ymgᵥyd. ac
eil|lun dyn yffyd arnaᵥ. Ꝇc nyt ꝇei ef no chaᵥᵣ.
Ꝑioer heb yᵣ owein. truan yᵥ hynny. a phyun a wney
ditheu o hynny. Ꝑuᵥ awyᵣ arnaf heb yᵣ iarꝉ uot yn
diweirach gennyf diuetha vy meibon a gafas om han-
uod. no rodi uy merch idaᵥ om bod. * oe ꝇygru. ae
diuetha. ac ymdidan a wnaethant am betheu ereiꝉ.
Ꝇc yno y bu owein y nos honno. ar boᵣe trannoeth
ᵥynt aglywynt tᵥᵣyf anveitraᵥl y ueint. Ꝑef oed
hynny y gᵥᵣ maᵥᵣ yn dyuot ar deu uab gantaᵥ. A
mynnu kadᵥ y gaer aoᵣuc y iarꝉ racdaᵥ a dilyffu y
deu vab. Ꝿᵥifgaᵥ aoᵣuc owein y arueu ymdanaᵥ. a
mynet allā. ac ymbᵣaᵥf ar gᵥᵣ. Ꝇr ꝇeᵥ yny ol. Ꝇ
phan welas y gᵥᵣ owein yn aruaᵥc. y gyᵣchu aoᵣuc.
Ꝇc ymlad ac ef. agᵥeꝉ o laᵥer yd ymladei y ꝇeᵥ ar
gᵥᵣ maᵥᵣ noc owein. Ꝿ rofi aduᵥ heb y gᵥᵣ ᵥᵣth
owein. nyt oed gyfyg gennyf ymlad athidi bei na bei
yᵣ anifeil gyt athi. Ꝇc yna y byᵣyaᵥd owein y ꝇeᵥ
yᵣ gaer. a chaeu y poᵣth arnaᵥ. Ꝇ dyuot y ymlad ual
kynt ar gᵥᵣ maᵥᵣ. a difgrech aoᵣuc y ꝇeᵥ am glybot
gofut ar owein. a dᵣigyaᵥ yny vyd arneuad yᵣ iarꝉ.

Ac yar y neuad hyt ar y gaer. Ac yar y gaer y neid-
ya6d yny uu gytac owein. Aphalua6t atrewis ylle6 ar
beñ yfg6yd y g62 ma62 yny uyd y balaf tr6y bleth y
d6yclun. ual yg6elit y holl amyfgar yn llith2a6 o hon-
a6. Ic yna y dyg6yd6ys y g62 ma62 yn var6. Ac yna
y rodes owein y deu vab y2 iarll. A g6aha6d owein a
o2uc y2 iarll. Ac nyfmynna6d owein. namyn dyuot
racda6 y2 dol ydoed Lunet yndi. Ic ef awelei yno
kynneu ua62 o tan. I deu was penngrych wineu
deledi6 yn mynet ar uo26yn oe b626 yny tan. I go-
fyn ao2uc owein py beth aholynt y2 uo26yn. A dat-
kanu eu kyfranc ao2ugant ida6. mal ydatkanaffei y
uo26yn y * nos gynt. Ac owein a pall6ys idi. Ic
am hynny y llofg6n ninneu hi. Dioer heb y2 owein
marcha6c da oed h6nn6. Aryued oed gennyfi pei
g6ypei ef uot ar y uo26yn hynny. nadelei y hamdi-
ffyn. Aphei mynne6ch ch6i vyui d2ofta6 ef. miui
aa6n y ch6i. Mynn6n heb y gweiffon mynny g62 an
g6naeth. a mynet ao2ugant y ymdiot ac owein. a go-
fut agafas owein gan y deuwas. Ic ar hynny y lle6
a nerth6ys owein. Ac ao2uuant ar y g6eiffon. Ic
yna ydywedaffant 6ynteu. Ha unbenn. nyt oed amot
ynni ymlad namyn athydi dy hun. Ic yfanha6s
ynni ymlad ar anifeil racko noc athydi. Ic yna y
dodes owein y lle6 yn y lle y buaffei y uo26yn yg
karchar. a g6neuthur mur maen ar y d26s. I mynet
y ymlad ar g6y2 mal kӯt. Ac ny dothoed owein y
nerth ettwa. I hydy2 oed ydeuwas arna6. Ar
llew vyth yn difgrechu am vot gouut ar owein. a
r6yga6 ymur ao2uc y llew yny gauaf ffo2d allā. Ic

yn gyflym y ỻadaỽd y neiỻ oꝛ gỽeiſſon. ac yny ỻe y ỻadaỽd y ỻaỻ. Ac ueỻy ydifferaſſant hỽy Lunet rac y ỻoſgi. Ac yna ydaeth owein a Lunet gyt ac ef y gyfoeth iarỻes y ffynnaỽn. a phan doeth odyno y duc y iarỻes gantaỽ y lys arthur. A hi a uu wreic trauu vyỽ hi.

Ac yna ydeuth ef ffoꝛd y lys y du traỽs. ac ymladaỽd ac ef. ac nyt ymedewis y ỻeỽ ac owein yny oꝛuu ar y du traỽs. A phan doeth ef ffoꝛd y lys y du traỽs y neuad a gyꝛchỽys. Ac yno y gỽelas ef pedeir gỽꝛaged ar hugeint. telediwaf oꝛ a welas neb eiryoet. ac nyt oed diỻat ymdannunt werth pedeir ar hugeint o aryant. A chyn triſtet oedynt ac * agheu. A gofyn a oꝛuc owein udunt yſtyꝛ eu triſtit. Y dywedaſſant ỽynteu panyỽ merchet ieirỻ oedynt. Ac ny dothoedynt yno namyn ar gỽꝛ mỽyhaf a garei bop un onadunt gyt a hi. A phan doetham ni yma ni a gaỽſſam lewenyd a pharch ac an gỽneuthur yn vedỽ. A gỽedy y beym uedỽ y deuei y kythꝛeul bieu y ỻys honn. ac y ỻadei an gỽyꝛ oỻ. ac y dygei an meirch ninneu ac an diỻat ac an eur ac an aryant. A choꝛffoꝛoed y gỽyꝛ yſſyd yn yꝛ un ty a ỻawer o galaned ygyt ac ỽynt. a ỻyna itti unben yſtyꝛ an triſtit ni. a dꝛỽc yỽ gennym ni unben dy dyuot titheu yma rac dꝛỽc itt. A thꝛuan uu gan owein hynny. a mynet a oꝛuc y oꝛymdeith aỻann. Ac ef a welei uarchaỽc yn dyuot attaỽ. ac yny aruoỻ trỽy lewenyd a charyat ual bei bꝛaỽt idaỽ. Sef oed hỽnnỽ y du traỽs. Duỽ a ỽyꝛ heb yꝛ owein nat y gyꝛchu dy lewenyd y dodỽyf i yma. Duỽ a wyꝛ heb ynteu naſ keffy dith-

eu. Ic yny Ite ymgyɪchu aϬnaethant. Ic ymadoydi
yndɪut. ac ymdihauarchu ac ef aoɪuc owein ac ef. ae
rϬymaϬ ae dϬylaϬ ar y gefyn. ꝹnaϬd aerchis y du traϬs
y owein. Idywedut ϬɪthaϬ. arglϬyd owein heb ef.
darogan oed dydyuot ti yma ym dareftóng i. a thi-
theu adeuthoft. ac aoɪugoft hynny. Ic yfpeilϬɪ uum
i yma. ac yfpeilty uu uyn ty. Ꝺdyɪo im vy eneit. I
mi aaf yn yfpyttyϬɪ. ami agynhalyaf y ty hϬnn yn
yfpytty ywann ac y gadarn. tra vϬyf vyϬ rac dy eneit
ti. Ic owein agymerth hynny gantaϬ. Ꝺc yno y bu
owein y nos honno. Ꝺ thɪannoeth y kymerth ypedeir
gϬɪaged arhugeint ae meirch. ae diItat. ac adathoed
gantunt oda athlyffeu. Ic y kerdϬys ac Ϭynt gyt ac
ef hyt yn Itys arthur. I Itawen uuaffei arthur ϬɪthaϬ
gynt pan y koItaffei. Ꝺ ItaϬenach yna. Ꝺr gϬɪaged hỹny
yɪ honn a vynnei dɪigyaϬ yn Itys arth^ur * hi ae
kaffei. Ꝺr honn a vnnei vynet ymeith elei. Ic owein
a trigywys yn Itys arthur o hynny aItann yn penn-
teulu. Ic yn annϬyl idaϬ yny aeth ar y gyfoeth
ehun. Ꝼef oed hynny trychant <u>cledyf</u> kenuerchyn
ar vɪanhes. Ic yɪ Ite ydelei owein ahynny gantaϬ.
goɪuot aϬnaei. Ꝺr chwedyl hϬn aelwir chwedyl.
iarItes y ffynnaϬn. _ _ _

# Peredur.

Effra6c iarll bioed iarllaeth y gogled.   A seith
meib a oed ida6. Ac nyt o gyuoetheu yn v6yaf
yd ymbo2thei efra6c. namyn o t62neimeint a
ryueloed. ac ymladeu. Ac ual y mae mynych y2 neb
a ymkanlyno ac ymladeu a ryueleod. ef a las ae ch6e
meib. Seithuet mab aoed ida6 pered^ur oed yen6.
a ieuhaf oed h6nn6.   Ac nyt oed oet ida6 vynet y
ymlad nac y ryuel.  Pei oet ida6. ef a ladyssit mal y
llad6yt y tat. ae v2ody2.  G62eic ystrywyat kymet
oed yn vam ida6. Aphryderu ao2uc yn ua62. am y
hun mab ae chyfoeth. ffef agafas yn y chygho2 ffo
y ynyal6ch a diffieith6ch did2am6yeit. ac ymada6 ar
kyfannedeu.   Ny ada6d neb yn y chedymdeithas na-
my g62aged a meibon. adynyon did2aha. ny ellynt
nac ny wedei udunt nac ymlad. na ryfelu.  Ny lyu-
affei neb yn y lle y clywei y mab. Kynnulla6 na meirch
nac arueu. rac dodi y v2yt o2 mab arnunt. Ac y2 ffo2-
est ydaei y mab beunyd y ch6are ac y taflu llyfg-
yon. ac yfky2yon. a diwarna6t ef a welei. gatwan geif-
y2 y uam.  Ad6y ewic yn gyfagos y2 geify2 yn fef-
yll. Ac ereffu yn ua62 ao2uc ymab bot y d6y hynny
heb gy2n. achy2n ar yrei ereill. Athyby a6 eu bot yn

hir ar goll. ac am hynny kolli eukyn onadunt. Ac
y ty aoed ym benn y fforeſt yz geifyz. o vilƀzyaeth
a phedeſtric. ef a gymhellƀys yz ewiged y gyt ar geifyz
y myƀn. Ef adeuth peredur dzachefyn att yuam.
Y mam heb ef peth ryued ryweleis * yghot. Dƀy
oth eifyz di gƀedy ryuynet gƀylltineb yndunt. arygolli
eukyn. rac meint hyt y buant ar goll dan y koet.
Ac ny chafaſ dyn gyſtec uƀy noc ageueis yn eu gyrru
ymyƀn. Ac ar hynny kyſodi aozuc paƀb adyſot y
edzych. Aphanwelſant yz ewiged ryfedu yn uaƀz
aozugant. Adiwarnaƀt ƀynt awelynt tri marchaƀc yn
dyuot ar hyt marchaƀcffozd gan yſtlys yffozeſt. Sef
tri marchaƀc oedynt. Gwalchmei uab gƀyar. a geneir
gƀyſtyl. ac owein uab uryen. Ac owein yn kadƀ yz
ol y̅ ymlit y marchaƀc. arannaſſai yz|yzaualeu yn llys
arthur. Vy mam heb yperedᵘʳ beth yƀ yrei racko.
Egylyon ynt vy mab heb hitheu. llyma vy ffyd heb
y peredᵘʳ yd af yn egyl gyt ac ƀynt. Ac yz ffozd yn eu
herbyn ydeuth peredur. Dywet eneit heb yz owein
aweleiſt di varchaƀc yn mynet heibaƀ. nahediw na
doe. Daƀn heb ynteu beth yƀ marchaƀc. y ryƀ beth
ƀyfi heb yz owein. Bei dywetut ti ymi y peth a
ovynnaf ytti. Minneu adywedƀn y titheu yz hƀnn
aovynny ditheu. Dywedaf yn llawen heb yz owein.
Beth yƀ hƀnn heb y peredur ƀzth y kyfrƀy. Kyfrƀy
yƀ heb yz owein. Amovyn aozuc yn llƀyz beth oed
y kyweirdebeu awelei ef ar y gƀyz ar meirch. ar
arueu. A phabeth a vynnynt ac ƀynt. ac aellynt
o honunt. Oowein a uenegiſ idaƀ yn llƀyz pob peth
o aellit ac ƀynt. Dos ragot heb y peredᵘʳ. mi a

weleis y kyfryꝧ aovynny titheu. a minneu aaf yth
ol ti.  Yna ymchoelut aoꝛuc peredᵘʳ att y uam. ar
nifer.  Ymā heb ef nyt egylyon oed y rei gynneu.
namyn marchogyon urdo*lyon.  Yna y dygꝧydaꝧd
y uam yn varꝧ lewic.  Ac ydaeth peredᵘʳ hyt ɭɭe
ydoed keffyleu a gywedei gynnut udunt. ac a dygei
vꝧyt aɭɭynn oꝛ kyfanned yꝛ ynyalꝧch. a cheffyl bꝛych-
welꝧ yſkyꝛnic cryuaf a tebygei a gymerth. aphynn-
yoꝛec awaſgꝧys yn gyfrꝧy idaꝧ. ac owydyn danwaret
y kyweirdabei awelſei ar y meir ac ar boppeth aoꝛuc
peredᵘʳ. a thꝛachefyn y deuth peredᵘʳ att y uam.  ar
hynny datlewygu aoꝛuc yꝛ iarɭɭes. Ie vy mab kychꝧyn
a vynny.  Ieu heb ef gan dy genyat. arho ygennyf
i gyghoꝛeu kȳn dy gychꝧynnu.  Yn ɭɭawen heb ef
dywet ar vꝛys.  Dos ragot heb hi y lys arthur yn ɭɭe
mae goꝛev y gꝧyꝛ. a haelaf. adewraf. ɭɭe y gꝧelych
eglꝧys. kan dy pader ꝧꝛthi.  O gwely vwyt adiaꝧt oꝛ
byd reit itt ꝧꝛthaꝧ. ac na bo owybot adayoni y rodi
itt. kymer dy hun ef.  Oꝛ clywy diaſpat dos ꝧꝛthi.
adiaſpat gꝧꝛeic annat diaſpat oꝛ byt.  Oꝛ gꝧely tlꝧs
tec. kymer ef. a dyꝛo y araɭɭ. ac o hynny clot ageffy.
Oꝛ gꝧely wreic tec. goꝛdercha hi. kynnyth uynno.
gꝧeɭɭgꝧꝛ aphenedigach yth wna o hynny no chynt
A gꝧedy yꝛ ymadꝛaꝧd hꝧnnꝧ yſgynnv aoꝛuc peredur
ar y uarch. adyꝛneit o aſlacheu blaenɭɭym yn y laꝧ. a
chychwyn racdaꝧ ymeith aoꝛuꝅ  Ac y bu deudyd a
dꝧynos. yn keꝛdet ynyalꝧch ffoꝛeſtyd. ac amryꝧ le
diffeith heb vꝧyt ac heb diaꝧt. ac yna y doeth y goet
maꝧꝛ ynyal. ac ympeɭɭ yn y coet ef awelei lannerch
dec waſtat. ac yn y ɭɭannerch y gꝧelei bebyɭɭ.  Ac yn

rith egl6ys ef agant ypader 62th y pebyll.  A pharth
ar pebyll ydoeth. ad26s ypebyll ao*ed yn ago2et.
achadeir eureit oed  yn  agos  y2 d26s.   Amo26yn
wineu deledi6 ynygadei yn eifted. a ractal eur amy
thal. amein llywychedic yny ractal. amod26y eururas
am y lla6. adifgyn ao2uc peredur. a dyuot racda6
y my6n. a llawen uu y uo26yn 62tha6. a chyfarch g6ell
ida6.   Ar tal y pebyll ef awelei v6yt. ad6y goftrel
yn llawn owin. ad6y do2th o vara cann.  A gol6ython
o gic meluoch.   Vy mam heb y pered<sup>ur</sup> aerchis ymi
pale bynnac y g6el6n v6yt adiawt y gymryt.  Dos
titheu unben yn llawen y2 b6yt a greffa6 62thyt.  Yna
y kymerth pered<sup>ur</sup> hanner y b6yt. ar llynn ida6 e hun.
Ac ada6 y llall y2 uo26yn.  A phandaruu y peredur
v6yta. dyuot ao2uc a goft6ng ar tal y lin rac b2onn y
uo26yn.   Vy mam heb ef aerchif ymi yn lle y g6el6n
tl6s tec y gymryt.   Kymer titheu eneit eneit heb hi.
Y uotr6y a gymerth pered<sup>ur</sup>. a chymryt y uarch. a
chychwyn ymeith.  Yn ol hynny llyma y marcha6c bi-
euoed y pebyll yndyuot.  Sef oed h6nn6 fyber6 y
llannerch.   Ac ol ymarch awelei.  Dywet heb ef
62th y uo26yn. p6y auu yma g6edy mivi.  Dyn enry-
ued y anfa6d argl6yd heb hi.  A menegi anfa6d
peredur ae gerdet yn ll6y2.  Dywet heb eff. a vu ef
gennyt ti a ag6neuthur anuod arnat.  Da vu myn
vygcret heb hi na cham nyfgo2uc ym.  Myn vygcret
nyth gredaf. ac yny ymgaff6yf ac efo y dial vyg
kewilyd am llit ny cheffy ditheu trigya6 d6y nos yn
vnty. achyuodi ao2uc y marcha6c y ymgeiffa6 a
pheredur.  Ac ynteu beredur agychwynna6d parth

allys arthur.  I chynn y dyuot ef y lys arthur. ef
a dathoed marchaὑc arall y lys arthur. ꝛc a rodes
modꝛὑy eur uras yn dꝛὑs y poꝛth yꝛ dala y uarch.  Ic
ynteu a deuth yꝛ neuad yn lle ydoed arthur ar teulu.
a gὑenhwyfar ae rianed. a gὑas yſtafell yn * yn gὑaſſan-
aethu ooꝛvlὑch eur ar wenhὑyuar.  Yna y marchaὑc
a dineuaὑd y llyn a oed yndaὑ am y hὑyneb ae bꝛonffoll.
ꝺ rodi boncluſt maὑꝛ y wenhὑyfar.  Idywedut. oꝛ
byd neb ky ehofnet. ac amὑyn y goꝛulὑch hὑnn ꝛ mi.
a dial ſarhaet gὑenhὑyfar. deuet ymol yꝛ weirglod a
mi ae harhoaf yno. ꝺy varch a gymerth y march ar
weirglod a gyrchὑys.  Sef aoꝛugant paὑb oꝛ teulu
goſtὑng eu penneu. rac adolὑyn y un vynet y dial
ſarhaet gὑenhὑyfar. a thebygolyaeth oed gantunt na
wnaei neb chὑaen kȳehofnet a hynny. ony bei uot
arnaὑ vilwryaeth. ac angerd. neu letrith. ual na allei
neb ymdial ac ef.  Ir hynny llyma peredur yn dyuot
yꝛ neuad ar geffyl bꝛychwelὑ yſgyꝛnic. a chyweirdabeu
muſgrell arnaὑ. ac yn anhydὑf yn llys kyfurd a honno.
Sef yd oed gei yn ſeuyll ym perued y neuad. Dywet
heb y peredur y gὑꝛ hir racko mae arthur.  Beth
avynnut ti heb y kei ac arthur.  Vy mam a erchis
ymi dyuot ym urdaὑ yn varchaὑc vrdaὑl att arthur.
Myn vygkret heb y kei ry aghyweir yd wyt o uarch
ac arueu.  Ic ar hynny y arganuot oꝛ teulu a bὑꝛὑ
lluſkyon idaὑ. Ir hynny llyma goꝛ yn dyuot ymyὑn.
a dathoed vlὑydyn kynno hynny y lys arthur. ef
a choꝛres. y erchi trὑydet y arthur. a hynny a gaὑſſant.
Ic yg gouot y vlὑydyn ny dywedaſſei un ohonunt vn
geir ὑꝛth neb. ꝺ phan arganvu ycoꝛ peredᵘʳ. haha heb

ef groffa6 du6 6ithyt pered<sup>ur</sup> dec uab efra6c. arbennic
milwyi a blodeu marchogyon.  Dioer heb y kei Ilyna
vediu yn di6c bot vl6ydyn yn Ilys arthur yn vut yn
kael dewis dy ymdidan6i. agal6 y kyfry6 dyn ah6nn
yg g6yd arthur ae deulu. ae dyftu yn arbennic milwyi.
a blodeu marchogyon. a rodi boncluft ida6 yny vyd
yi Ila6i yny var6 lewic. ar hynny Ilyma y goires ha-
ha heb hi groffa6 du6 6ithyt pered<sup>ur</sup> dec uab efra6c.
blodeu y milwyi achann6Il ymarchogyon.  Ie voi-
6yn * heb y kei.  Ilyna vedi yn di6c bot vl6ydyn yn
vut yn Ilys arthur. a gal6 y kyfry6dyn h6nn yn ymod
y gelweift. ag6an g6th troet ogei yndi yny vyd yi
Ila6i yn var6 lewic.   Y g6i hir heb y pered<sup>ur</sup> manac
ym  mae arthur. Ga6 ath fon heb y kei.  dos ynol y
marcha6c a aeth o dyma yi weirgla6d. a d6c y goivl6ch
y ganta6. a b6i6 ef. achymer y varch ae arueu. ag6edy
hynny ti ageffy dy urda6 yn varcha6c urda6l. Y g6r
hir minneu awnaf hynny ac ymchoelut penn y varch
ac alla. ac yi weirglod. aphan deuth ydoed y march-
a6c yn marchogaeth yn ryuygus oe allel aedewred
oe tebygolyaeth ef.  Dywet heb y marcha6c a weleift
di neb oi Ilys yn dyuot ymol i.   66i hir oed yno heb
ef.  aerchis ymi dy v6i6 di achymryt ygoirul6ch ar
march ar arueu y my hun.  Ga6 heb y marcha6c. dos
diachefyn yi Ilys. ac arch y gennyf y arthur dyuot ae
ef ae arall y ymwan a mi. ac onyda6 yn gyflym nyf
arhoaf i euo.  Myn vyg cret heb y pered<sup>ur</sup>. dewis di
ae oth  vod ae oth anvod. mivi avynnaf y march ar
arueu ar goifl6ch. ac yna y gyichu oi marcha6c ef
yn Ilidya6c. ae wan ac arlloft y wae6 yr6ng yfg6yd

a mynwgyl· dyınaßt maßı doluryus. aha was heb y
peredᵘʳ. ny chßaryei weiſſon vy mam a mivi veſſy.
Ḿinneu achßaryaf athitheu ual hynn. ae vßıß ef
a gaflach blaenſſym. ae vedıu yny lygat yny vyd trßy
y wegil aſſan. ac ynteu yn varß yn gytneit. Ḿioer heb
yı owein uab uryen ßıth gei. dıßc y medıeiſt am dyn
ffol a yrreiſt yn ol y marchaßc. Ḿc un o deu a derß idaß
ae lad ae vßıß. os y vßıß a derß yı marchaßc. rif gßı *
mßyn oıſſys a vyd arnaß gan y marchaßc. ac aglot
dıagywydaßl y arthur ae vilwyı. Ḿs y lad a derß yı
aglot a gerda val kynt. ae pechaßt arnaß ynteu. yn
ychwannec. a ſſyma vy ffyd ydafi. y wybot py gy-
franc yß yı eidaß ef. ac y doeth owein yı weirglaßd.
Ḿef y gßelei owein peredᵘʳ ynſſuſgaß y gßı ar hyt y
weirglaßd. Ḿeth a wney di ueſſy heb owein. Ḿy
daß vyth heb y peredᵘʳ y beis hayarn y amdanaß. tym
yß gennyf pany o honaß ehunan pan henyß. Ḿna
y dioſcles owein yı arueu ar diſſat. ſſyma eneit heb
ef uarch ac arueu gweſſ. noı rei ereiſſ. a chymer yn
ſſaßen ßynt. a dyıet ygyt a mi hyt att arthur yth
durdaß yn varchaßc urdaßl. ᴋanys ti aedylyy. Ḿy
chatßyf vy wneb ot af heb y peredur. ·namyn dßc dj
y goıflßch y gennyf i y wenhwyuar. a dywet y arthur
pa le bynnac y bßyf i gßı idaß vydaf. ac o gallaf ſſes a
gßaſſanaeth idaß mi ae gßnaf. a dywet na deuaf y lys
vyth yny ymgaffßyf ar gßı hir yſſyd yno ydial ſar-
haet y koı ar goıres. Ḿna y deuth owein dıachefyn
yı ſſys. a menegi y gyfranc y arthur a gßenhßuar.
ac y baßp oı teulu ar bygßth ar gei. Ḿc ynteu peredᵘʳ
a gychßynnßys ymeith. ac ual ybyd yn kerdet. ſſyma

uarcha6c yn kyuaruot ac ef. Pale pan deuy di heb
ymarcha6c. pandeuaf olys arthur heb ypered<sup>ur</sup>. ae
g6ı y arthur 6yt ti heb ef. Ie myn vygkret heb y
pered<sup>ur</sup>. Ja6nIIe yd wyt yn ymardel6 acarthur. Paham
heb ypered<sup>ur</sup>. mi ae dywedaf itt heb ef. herwr ar arthur
vum eiryoet. ac agehyıd6ys ami yn wyı ida6 mi ae
IIedeis. Dy bu h6y yryngtunt no hynny ymwan a
oıugant. ac ny bu hir yny vyrya6d pered<sup>ur</sup> ef dıos
pedıein y varch yı IIa6ı. Da6d aerchis y marcha6c
ida6. na6d ageffy heb y p<sup>ur</sup>. gan rodi dy l6 arvynet
y lys arth<sup>ur</sup>. amenegi yarthur maemi ath vyrywys
yı enryded a g6affanaeth ida6 ef. * a manac nadeuaf
vyth y lys yny gaff6yf dial farhaet y coır ar goıres.
ar marcha6c arodes y gret ar hynny. ac agychwyn-
n6ys racda6 ylys arthur. ac aoıuc hynny. ar byg6th
argei. ac ynteu p<sup>ur</sup>. agych6ynn6ys racda6. ac ynyı
vn wythnos ef agyfaruu ac ef. vn marcha6c arbym-
thec. ac ef. p<sup>ur</sup>. ae byıywys yngywelydyus. aca
aethant y lys arthur. ar vn ry6 ymadıa6d gantunt
ac adothoed gan ymarcha6c kyntaf. ar vn byg6th gan
p<sup>ur</sup>. ar gei. acheryd agauas Kei gan arthur. agou-
alus uu ynteu gei am hynny. Ynteu pered<sup>ur</sup> agych-
wynn6ys racda6. Sef ydeuth y goet ma6ı ynyal.
ac ȳ yftlys y coet ydoed IIynn. ac ar y tu araII yd
oed kaer dec. arlann y IIyn y g6elei g6ı gynIIwyt
telediw yneifted ar obennyd o bali. ag6ifc o bali
ymdana6. ag6eiffon yn pyfcotta ar y IIynn honno.
Val ygwelas yg6ı g6ynII6yt p<sup>ur</sup>. yn dyuot. ĸyuodi
aoıuc tu ar gaer. achloff oed yı hen6ı. ynteu p<sup>ur</sup>.
agyıchwys y IIys ar poıth. a oed yn agoıet. àc yı

neuad ydeuth. Ic ydoed y gẁr gẁynllẁyt yn eifted
ar obennyd. a ffyꝛyfdan maẁꝛ yn llofgi rac y vꝛon.
Ꜳchyfodi aoꝛuc yteulu ar niuer yn erbyn. pᵘʳ. ae
diarchenu. Ꜳc erchi awnaeth y gwr yꝛ mackẁy eifted
ar tal y gobēnyd. Ꜳchyt eifted ac ymdidan aoꝛugant.
Ꭵ phan vu amsᵉʳ goffot byꝛdeu amynet y vẁyta. Ac
ar yneillaẁ yꝛ gẁꝛ bioed y llys yd oed. pᵘʳ. yn
eifted. Ꮆwedy daruot bẁyta. govyn aoꝛuc y gẁꝛ
ypereredur. awydyat llad achledyf ynda. na ẁn heb
y peredᵘʳ pei kaffẁn dyfc naf gẁypẁn. Ꜳ wypei chware
a ffonn atharyan ynda. ef awybydei ymlad achledyf.
Ꝑeu vab oed yꝛ gẁꝛ. gẁas melyn agwas gẁineu. Ky-
fodẁch weiffon heb ef y chware a ffynn. ac athar-
yaneu. Ic yna ychware a ffynn ydaethant. Ꝑywet
eneit heb y * gẁꝛ. pẁy oꝛeu oꝛ gẁeiffon dybygy di a
achware. vyntebic yẁ heb y peredᵘʳ y gallei y gẁas
melyn wneuthur gẁaet ar yllall pei as mynnei. Ꝃy-
uot titheu eneit achymer y ffonn ar daryan olaẁ y
gẁas gẁineu. agẁna waet ar y gwar melyn os gelly.
Ꝑeredᵘʳ agyfodes amynet y chware ar gẁas melyn.
adyꝛchauel llaẁ arnaẁ. ae daraẁ dyꝛnaẁt maẁꝛ yny
dygẁydaẁd yꝛ ael ar y llygat. ae waet ynteu yn rydec.
Ꭵeu eneit heb y gẁꝛ. dor y eifted bellach. Ꜳ goꝛeu
dyn alad achledyf ynyꝛ ynys honn vydy di. Ith
ewythyꝛ ditheu vꝛaẁt dy vam ẁyf ynneu. Ꜳchyt a
mi y bydy ywerf honn yndyfcu moes ac aruer y
gẁladoed ae mynutrẁyd. Ꝃyuartalrẁyd ac adfẁynder
ac unbenrẁyd. ac ymadaw weithon a ieith dy vam.
ami a vydaf athꝛo itt. ac ath urdaf yn varchaẁc urdaẁl
o hynn allan. a llyma awnelych. kyt gẁelych beth

avo ryued gennyt. nac amouyn am dana6. ony byd
o wybot y venegi itt. nyt arnat ti y byd y keryd. na-
myn arnaf i. Kanys mi yffyd ath2o itt. ac amryfael
enryded ag6affanaeth agymeraffant. I phan uu am-
fer y gyfcu yd aethant. Pan doeth y dyd gyntaf.
kyuodi ao2uc. pur. achymryt y varch achan gennyat
y ewythy2 kychwyn ymeith. Ic ef adoeth y goet
ma62 ynyal. ac yn niben y coet y deuth y dol. ar tu
arall y2 dol waftat y g6elei gaer va62. athu ar lle
h6nn6 y ky2ch6ys. pur. arpo2th agauas ynago2et. ac
y2 neuad y deuth. fef y g6elei g62 g6ynll6yt telediw
yn eifted ar yftlys y neuad. a mack6yeit yn amyl yn
y gylch. a chyfodi ao2ugant yn v2daffeid ae erbyn-
nya6. ae dodi y eifted ar y neill la6 y2 g62 bioed y
llys. Ic ymdidan ao2ugant. a phan uu amfer mynet
y2 b6yt. dodi. pur. a6naethp6yt y eifted ar neill la6
y g62 m6yn y v6yta. I g6edy daruot b6yta ac yvet
eu hamkann. * gofyn ao2uc y g62da y pur. awydyat
ef lad achledyf. Pei kaff6n dyfc tebic oed gennyf
y g6yd6n heb y pur. ffef ydoed yft6ff6l ma62 yn lla62
y neuad amgyffret mil62 ynda6. Kymer heb y g62
62th pur. y cledyf racko athara6 y2 yft6ff6l hayarn. a
pheredur agyfodes ac a d2ewis y2 yft6ff6l yny vu yn
deud2yll ar cledyf yndeud2yll. B626 yd2yllyeu y gyt
achyuanna 6ynt. Peredur ae dodes y gyt a chyuann-
hau ao2ugant ual kynt. ar eilweith y trewis y2 yf-
t6ff6l yny vyd yndeud2yll ar cledyf yndeud2yll. Ic
ual kynt kyuannhav ao2ugant. ar d2yded weith y ky-
ffelyb dy2na6t a trewis ae b626 y gyt ac ny chyuan-
haei nar yft6ff6l nar cledyf. Ie was heb y g62 dos

y eiſted bellach am bendith ytt. Yny teyrnas goreu
dyn a lad a chledyf 6yt. Deuparth dy dewred a geueiſt.
ar trayan yſſyd heb gael. a g6edy keffych yn g6byl
ny thyckya y neb amryſſon a thi. ath ewythyr 6yf yn-
neu 6ra6t dy vam. brodoryon ym ni ar g6r y buoſt
neithwyr yn y ty. Ic yna ymdidan ae ewythyr aoruc
p<sup>ur</sup>. ar hynny y g6elei deuwas yn dyuot yr neuad. ac
yn mynet yr yſtauell. agwaew gantunt anveitra6l y
veint. a thri ffr6t o waet yn redec or m6n hyt y lla6r.
A phan welas ef y niuer h6nn6. lleuein a drycyruerth
a orug gant. Ic yr hynny ny thorres y gwr y ymdi-
dan a ph<sup>ur</sup>. Yr hynny ny dywat ef y bered<sup>ur</sup> yr yſtyr.
nyſ gofynna6d ynteu. G6edy tewi yſpeit vechan. ar
hynny llyma d6y vorwyn yn dyuot. a dyſgyl va6r y
ryngtunt. a phenn g6r yny dyſgyl. a g6aet yn amyl
yn y chylch. Ac yna diaſpedein a orugant yn va6r
niuer y llys. yny oed vlin trigya6 yn vn llys ac 6ynt.
Ic or diwed tewi o * honunt. A phan vu amſer y
gyſgu ydaeth. p<sup>ur</sup>. y yſtauell tec. A thrannoeth. p<sup>ur</sup>.
a gychwynnwys gan genyat y ewythyr racda6 ymeith.
O dyna ef a doeth y goet ac ym pell yn y coet ef a
glywei diaſpat. Sef y g6elei wreic wineu deledi6. a
march a chyfr6y arna6 yn ſeuyll geyr y lla6 a chel-
ein yn y hymyl. ac yn keiſſa6 b6r6 y gelein ar y march
yn y kyfr6y. y dyg6ydei ynteu yr lla6r. ac y dodei hi-
theu diaſpat. Dywet vy chwaer heb y p<sup>ur</sup> pa diaſped-
ein yſſyd arnat. O y a yſgymunedic pered<sup>ur</sup> bychan
waret vyggovit a geueis eiryoet gēnyt ti. Paham
heb y p<sup>ur</sup>. y byd6n yſgymun .i. Am dyuot yn acha6s
y lad dy uam. Kanys pan gychwynneiſt oe hanuod y

neidyaѣd gѣaeѣ yn y challonn ac ohynny y bu uarѣ.
Ac am hynny yd ѣyt yn yſgymun. ar coꝛr ar goꝛres
a weleiſt yn Ilys arthur. coꝛreit dy dat ti ath uam
oedynt. achwaeruaeth itt ѣyſ ynneu. am gоꝛ pⁿaѣt
oed hѣnn. ae Iladaѣd y marchaѣc yſſyd yn y Ilannerch
yn y coet. Ac na dos ditheu yn y gyvyl ef rac dy lad
o honaѣ. Vy chwaer cam ydwyt ymkerydu. am vy
mot yn gyhyt ac y bum y gyt a chwi. abꝛeid vyd ym
y oꝛuot. Aphei bydѣn a vei hѣy anaѣd vydei ym y
oꝛuot. Athitheu taѣ bellach ath dꝛycyꝛuerth. kany
thykya amgen. Ami agladaf y gelein. A gѣedy hȳny
mi aaf hyt Ile mae y marchaѣc yedꝛych a allwyf y
dial arnaѣ. A gѣedy cladu y gѣꝛ ohonaѣ. Ꝑyuot a
oꝛugant yꝛ Ile ydoed y marchaѣc yn marchaeth yn
ryuygus yn y Ilannerch. Ar hynt gofyn oꝛ marchaѣc
y peredᵘʳ py le pan doei. pan deuaf o lys arthur. ae
gѣꝛ y arthᵘʳ ѣyt ti. Ieu myn vygkret. Iaѣn Ile yd
ymgyſtlyny o arthur. Ꝑy bu * hѣy no hynny ym-
gyꝛchu a oꝛugant. Ac yn y Ile pᵘʳ a vyryaѣd y march-
aѣc. Anáѣd a erchis ynteu y beredᵘʳ. Ꝑaѣd a geffy
heb y pᵘʳ. gan gymryt y wreic honn yn pⁿaѣt. a
gwneuthᵘʳ y parch ar anryded goꝛeu a ellych idi. am
lad ohonat titheu y gѣꝛ pꝛiaѣt hi yn wirion. a mynet
ohonat y lys arthur. a menegi idaѣ mae mi ath vy-
ꝛywys yꝛ enryded a gѣaſſanaeth y arthur. A menegi
idaѣ na deuaf i vyt y lys ef yny ymgaffѣyſ ar gѣꝛ
hir yſſyd yno y dial ſarhaet y coꝛr ar goꝛres arnaѣ.
Achedernit ar hynny a gymerth y gan y marchaѣc. a
chyweiraѣ y wreic yn gyweir o varch a dillat gyt ac
ef y lys arthᵘʳ. Amenegi y arthur y gyfranc. ar bѣgѣth

ar gei. Ⓐcheryd agauas kei gan arth·ur· ar teulu am
wylltu o honaỽ gỽas kysstal aphered·ur· o lys arthur.
Ꝋeb yꝛ owein uab uryeṅ. ny daỽ y mackỽy hỽnnỽ
vyth yꝛ llys. nyt a kei oꝛllys allan. Ꝋyn vyg cret
heb arthur mi a geissaf yny alỽch ynys pᵣʸdein am
danaỽ yny caffỽyf. ac yna gỽnaet pob un onadunt a
allo waethaf y gilyd. Ⓨnteu p·ur· a gychwynnwys
racdaỽ. ac a deuth y coet ynyal. Ⓐmfathyꝛ dynyon
nac alanot nys gỽelei. namȳ gỽydweli a llysseu. Ⓐc
yn dibenn y coet ef awelei gaer uaỽꝛ. a thyꝛeu ka-
darn amyl erni. Ⓐc yn agos yꝛ poꝛth hỽy oed y
llysseu noc ynlle arall. Ⓐc arlloft ywaeỽ ef affuftaỽd
y poꝛth. ar hynny llyma was melyngoch achul ar
vỽlch y gaer. Ⓓewis unbenn heb ef ae mi a agoꝛ-
wyf y poꝛth itt. ae menegi yꝛ neb pennaf dy uot tith-
eu yndꝛỽs y poꝛth. Manac vy mot yma heb y p·ur·.
ac oꝛ mynnir vy nyvot ymyỽn mi a deuaf. Ⓨmackỽy
a deuth dꝛachefyn ac a agoꝛes y poꝛth y p·ur·. Ⓐphaꞁ
deuth yꝛ neuad ef awelei deunaweis o weisson culyon
cochyon vndỽf ac vnpꝛyt. ac vnwifc. ac unoet. ar
gỽas a agoꝛassei y poꝛth racdaỽ. Ⓐ da vu eu gỽybot
ae gỽassanaeth. ae diarchenu a oꝛugant. Ⓔifted ac
ymdidan a oꝛugant. * Ⓐr hynny llyma pump moꝛỽyn
yndyuot oꝛ yftauell yꝛ neuad. Ⓐr Ⳡⲟꝛwyn pennaf o
nadunt. Ⓓieu oed gantaỽ na welfei dꝛemeint kyn
decket a hi eiryoet ar arall. a henwifc o bali rỽyllaỽc
ymdanei a uuassei da gynt. yny welit y chnaỽt trỽy-
daỽ. Ⓐ gỽynnach oed no blaỽt y kriffant. y gỽallt
hitheu ae dỽyael duach oedynt noꝛ muchud. deu
uann gochyon vychein yn y grudyeu. cochach oed-

ynt noz dim cochaf. Kyuarch gɓell y pered^ur aozuc
y vozɓȳ amynet dɓylaɓ mynɓgyl idaɓ. ac eifted ar y
neillaɓ. Hyt oed pell yn ol hynny. ef awelei dɓy
vanaches yndyuot. achoftrel yn llaɓn owin gan y
lleill. a chwethozth ovara cann gan y llall. Arglɓyd-
es heb ɓy duɓ awyz na bu y gymeint arall a hynn
o vɓyt allynn yz koveint hɓnt heno. Odyna yd
aethant yvɓyta. Aphered^ur aadnabu ar y uozɓyn myn-
nu rodi oz bɓyt arllynn idaɓ ef mɓy noc yarall. Tydi
vy chwaer heb ypered^ur. Myvi a rannaf y bɓyt ar
llynn. Hac ef eneit heb hi. Hyma vy ffyd mae mi
ae rannaf. Pered^ur agymerth attaɓ y bara. ac arodes
y baɓp gyftal aegilyd. Ic y ueffur ffiol oz llynn
ef arodes y baɓp gyftal aegilyd. Pan oed amfer
mynet y gyfcu. yftauell a gɓeirɓyt y p^ur. ac y gyfcu
ydaeth. Hyma vy chɓaer heb ygɓeiffon ɓzth y vozɓyn
deckaf a phennaf onadunt agyghwn i ytti. Beth yɓ
hynny heb hi. Mynet att y mackɓy yz yftauell uchot
yymgynnic idaɓ. ynywed y bo da gantaɓ ef aeyn
wreic ae yn ozderch. Hyna heb hi beth ny weda.
mivi heb achaɓs eiryoet agɓz. Ic ymgynnic ohonaf
ynneu idaɓ ef. ym blaen vyggozderchu o honaɓ. ny
allaf i hynny yz dim. Dygɓn y duɓ an kyffes ony
wney di hȳny. yth adaɓn yth elynnyon yma y
wneuthur a vynnont athi. Ic rac ofyn hynny kych-
wynnv aozuc y vozɓyn. a than ellɓḡ y dagreu dyu-
ot racdi yz yftauell. achan dɓzɓf y doz yn agozi. de-
ffroi aozuc pered^ur. Sef ydoed y vozɓyn yn wy-
laɓ. ac yn dzycaruerthu. Dywet vy chwaer heb y
per^ed^ur. Pa yftyz ydwyt ynwylaɓ. Mi aedywedaf

* ytt argl6yd heb hi.  Vyntat i bioed y kyuoeth h6nn
yn veu ida6 ehun. ar llys honn ar iarllaeth ydanei go2-
eu yny gyuoeth.  Sef yd oed mab iarll arall ym erchi
ynneu ymtat. nyt a6n ynneu om bod atta6 ef. nym
rodi ynneu vynn tat om hanuod ida6 ef nac y iarll
o2 byt.   Ac nyt oed o blant ym tat i namyn myvi
vy hun. Ag6edy mar6 vyntat y dyg6ydwys y kyuo-
eth ymlla6 ynheu. ah6y2ach ymynn6n euo yna no
chynt. Sef ao2uc ynteu yna ryuelu arnaf i. ago2ef-
gynn y kyuoeth eithy2 y2 vn ty h6nn.   Ac rac daet
y g6y2 aweleift di b2odo2yon maeth ymi. achadarn-
et y ty. ny cheit vyth tra barhaei v6yt allynn. A
hynny aderyw. namyn ual yd oed y mynacheffeu a
weleiftdi yn po2thi ni herwyd bot yn ryd udunt h6y
y kyfoeth ar wlat.   Ac weithon nyt oes udūt 6ynteu
na b6yt na llynn. Ac nyt oes oet bellach noc auo2y
yny del y iarll ae holl allu ganta6 ampenn y lle
h6nn. Ac os mivi a geiff ef. ny byd g6ell vyndihenyd.
nem rodi y weiffon y veirch. A dyuot y ymgynnic y
tithev argl6yd yny wed y bo hegaraf gennyt. y2 bot
yn nerth ynni. yn d6yn odyma neu yn amdiffynn
ninheu yma. Dos vy chwaer heb ef y gyfgu. Ac nyt
af y 62thyt kyny wnel6yf dim oc adywedy. yny wy-
p6yf a allwyf a nerth y6ch.   Drachefyn y deuth y
uo26yn y gyfgu. T2annoeth y bo2e y kyuodes y uo2-
6yn ac y deuth hyt lle yd oed pᵘʳ. A chyvarch g6ell
ida6.   Du6 a rodo da ytt eneit a pha ry6 ch6edleu
yffyd gennyt. Nyt oes namyn da argl6yd tra vych
iach di. namyn bot y iarll ae holl allu g6edy ry
difgynnu 62th ypo2th. Ac ny welas neb lle amlach

pebylleu. na marchaṽc yn galṽ ar arall y ymwan.
Ieu heb y p<sup>ur</sup>. ᴋyweirer y minneu vy march. Yna
y varch a gyweirwyt y beredur. ac yn*teu agyfodes
ac agyᴢchṽys y weirglaṽd. Sef ydoed marchaṽc
yn marchogaeth yn ryuygus yn y weirglaṽd gṽedy
dyᴢchafel arwyd ymwan. Ic yna ymwan aoᴢugant.
I phered<sup>ur</sup> a vyᴢyaṽd y marchaṽc dᴢos pedᴢein y
varch yᴢ llaṽᴢ. Ic yn diwed y dyd ef a deuth march-
aṽc arbennic y ymwan ac ef. a bṽᴢṽ hṽnnṽ aoᴢuc pe-
red<sup>ur</sup>. Naṽd a erchis hṽnnṽ. Pṽy ṽyt ti heb y pered<sup>ur</sup>.
Dioer heb ef penteulu y iarll. Beth yſſyd o gyfoeth
y iarlles yth uedyant ti. Dioer heb ef y trayan.
Ieu heb ef eturyt idi dᴢaean y chyuoeth yn llṽyᴢ.
ac a geueiſt o da o honaṽ a bṽyt kan ṽᴢ. ac eu llynn
ac eu meirch ac eu harueu heno yn y llys idḍi. athi-
theu yn garcharaṽᴢ idi eithyᴢ na bydy eneit uadeu.
A hynny a gahat yn diannot. Ir uoᴢṽyn y nos honno
yn hyfryt lawen. gṽedy caffel kṽbyl o hynny. I
thᴢannoeth ped<sup>ur</sup> a gyᴢchṽy y weirglaṽd. a lluoſſog-
rṽyd o honunt a vyᴢyaṽd. ef y dyd hṽnnṽ. Yn diwed
y dyd hṽnnṽ ef a deuth marchaṽc ryuygus arbennic.
a bṽᴢṽ hṽnnṽ aoᴢuc p<sup>ur</sup>. a naṽd a erchis hṽnnṽ y p<sup>ur</sup>.
Pa vn ṽyt titheu heb y p<sup>ur</sup>. Diſtein llys heb ef. Beth
heb y p<sup>ur</sup>. yſſyd o gyuoeth y uoᴢṽyn yn veu ytti.
Gᴢayan y kyuoeth heb ef. Ieu heb y p<sup>ur</sup> y kyu-
oeth yᴢ voᴢṽyn. ac a geueiſt o da o honaṽ yn llwyᴢ. a
bṽyt deukannṽᴢ ac eu llynn ac eu meirch ac euhar-
ueu. athitheu yn garcharaṽᴢ idi. A hynny ynn dian-
not a gahat. Ar trydyd dyd y deuth p<sup>ur</sup>. yᴢ weirglod.
a mṽy a vyᴢyṽys ef y dyd hṽnnṽ noc undyd. Ic

yn diwed ydyd ef adoeth iarll y ymwan idaꞇ. ac ef
ae byꝛywys a naꞇd aerchis ynteu. Pꞇy ꞇyt titheu
heb y pᵘʳ. Mi y Iarll heb ef nyt ymgelaf. Ieu
heb y pᵘʳ. y hyarllaeth yngꞇbꞇl yꝛ voꝛꞇyn. ath iarll-
aeth titheu heuyt yn achwanec. A bꞇyt trych|channꞇꝛ
ac eu llynn ac eu meirch ac eu harueu. a thitheu yn
y medyant. Ac uelly y bu yn gꞇbꞇl. Ac y trigyaꞇd
pᵘʳ. teir wythnof yn peri teyꝛnget a da*reftyngedig-
aeth yꝛ uoꝛꞇyn ar kyuoth ꞇꝛth y chyghoꝛ. gan dy
genyat heb y pᵘʳ. mi agychꞇynnaf ymeith. Ae
hynny vy mraꞇt avynny. Ieu myn vygcret. aphei
na bei ogaryat arnat ti ny bydꞇn yma hyt y bum.
Eneit heb hi pa vn ꞇyt titheu. Paredᵘʳ uab efraꞇc
oꝛ gogled. Ac oꝛ daꞇ nagofut arnat nac enpytrꞇyd.
manac attaf. ami ath amdiffynnaf os gallaf. Odyna
kychwyn aoꝛuc pᵘʳ. Ac ym pell odyno ef agyferuyd
marchoges ac ef. A march achul gochꞇys y danei.
A chyuarch gꞇell aoꝛuc hi yꝛ mackꞇy. Pa le pan
deuy di vy chwaer. Menegi aoꝛuc idaꞇ yꝛ achaꞇs
ydoed ar y kerdet hꞇnnꞇ. fef oed honno gꞇꝛeic fy-
berꞇ y llannerch. Ieu heb ef mi yꞇ y marchaꞇc
y keueift di y gofut hꞇnn oe achaꞇs. Ac ediuar
vyd yꝛ neb aegꞇnaeth. ar hynny llyma y marchaꞇc
yn dyꝏot ac yn amovyn aphᵘʳ. awelfei ef y kyfryꞇ
uarchaꞇc ydoed ef yny geiffaꞇ. Ꞇaꞇ ath fon heb
y pᵘʳ mi yd wyt yny geiffaꞇ. Ac myn vyg kret dꝛꞇc
ꞇyt ar deulu ꞇꝛth y voꝛꞇyn achaꞇs gꞇiryon yꞇ o
honaf i. Ymwan eiffoes aoꝛugant. Ac ny bu hir
yꝛ ymwan pᵘʳ. auyꝛꝛyaꞇd y marchaꞇc. a naꞇd aerchis
ynteu y bᵉꝛedᵘʳ. Naꞇd ageffy heb y pᵘʳ. gan vynet

dɾacheuyn y foɾd y deuthoſt y venegi kaffel y voɾ6yn
yn wirion. Ac yn wynabwerth idi hitheu dy v6ɾ6 o
honaf i. Y gret ar hynny arodes y marcha6c. Ac
ynteu p<sup>ur</sup> agerda6d racda6. Ac ar vynyd y 6ɾtha6 ef
a welei gaſteỻ. apharth ac yno y deuth. a g6an y
poɾth aoɾuc ae waew. Ar hynny Ỻyma was g6ineu
teledi6 yn agoɾi y poɾth. a meint mil6ɾ ynda6. Ac
oedɾan mab arna6. A phan deuth p<sup>ur</sup>. yɾ neuad. yd
oed g6ɾeic va6ɾ deledi6 yneiſted ymy6n kadeir. a
Ỻawuoɾynyon yn amyl yny chylch. * A Ỻawen uu y
wreicda 6ɾtha6. A phan vu amſer gantaunt mynet
y v6yta aoɾugant. G6edy daruot b6yta. da oed yti
vnben heb hi vynet y gyſcu y le araỻ. Pony cha6n
gyſcu yma heb y p<sup>ur</sup>. Ꝺa6 g6idon eneit yſſyd yma
o widonot kaer loy6. ae tat ae mam gyt ac wynt.
Ac nyt nes an dianc ni erbyn ydyd noc udunt yn
Ỻad. Ac neur der6 udunt goɾeſgyn y kyuoeth ae di-
ffeitha6 o nyt yɾ vnty h6nn. Ieu heb y p<sup>ur</sup>. yma y
byd6n heno. Ac os gofut ada6 arna6ch oɾ gaỻaf i
les mi ae g6naf. afles nys g6naf ynneu. Ac ygyſcu
yd aethant. Ac ygyt ar dyd p<sup>ur</sup>. aglywei diaſpat en-
girya6l. A chyuodi yn gyflym aoɾuc p<sup>ur</sup>. oe grys ae
la6dyɾ ae gled|dyf am yvyn6gyl. Ac aỻan y doeth.
ſef y g6elei g6idon yn ymoɾdiwes a g6iỻ6ɾ. Ac ynteu
yn diaſpedeit. Pered<sup>ur</sup>. a gyɾchwys y widon. ac ae
trewis a chledyf ar y phenn yny leda6d yɾ helym ae
phenffeſtin ual dyſcyl ar y phenn. Ꝺy na6d p<sup>ur</sup>. dec
uab efra6c ana6d du6. Paham wrach yg6doſt di
mae p<sup>ur</sup>. 6yf i. Tyghetuen a g6eledigaeth yni odef
gofut y gennyt. Ac y titheu kymryt march ac arueu

y gēnyf ynneu. Ic y gyt a mi y bydy yn dyſcu march-
ogaeth a theimla6 dy arueu.　Val hynn heb y p<sup>ur</sup> y
keffy na6d.　Dy gret na wnelych gam vyth yg kyu-
oeth y iarꝇes. ĸedernyt ar hynny agymerth p<sup>ur</sup>. a
chan ganyat y iarꝇes kych6yn y gyt ar widon y lys
y g6idonot. Ic yno y bu ef teir wythnos ar vntu.
ac yna dewis y uarch ae arueu. a chy6ynnu racda6.
a diwedyd ef a doeth y dyffrynn. ac yn diben y dyff-
rynn ef a doeth y gudygyl meudwy. a ꝇa6en uu y
meud6y 6ztha6. ac yno y bu ef ynos hōno. * Ꞇzan-
noeth y boze ef a gyfodes o dyno. I phan deuth
aꝇan yd oed gawat o eiry g6edy ry odi y nos gynt.
ag6alch wyꝇt wedy ꝇad h6yat yntal y kudugyl.
a chan d6zyf y march kilya6 oz walch ~~a difgyn~~ a diſ-
gyn bzan ar gic yz ederyn. Sef aozuc p<sup>ur</sup>. ſeuyꝇ a
chyffelybu duet y vzan. ag6ynder yz eiry. a chocht<sup>er</sup>
y g6aet y waꝇt y wreic u6yaf a garei a oed kynduhet
ar muchud. ae chna6t oed kynwynnet ar eiry. a
chochter y g6aet ynyz eiry yz deu vann gochyon
oed yny grudyeu. ar hynny yd oed arthur ae deulu
yn keiſſa6 p<sup>ur</sup>. a wda6ch ch6i heb yz arth<sup>ur</sup> p6y y
marcha6c paladyz hir. a ſeif yny nant uchot. Ir-
gl6yd heb vn mi aaf y wybot pa vn y6. Yna y
doeth y mack6y hyt y ꝇe yd oed p<sup>ur</sup>. a gofyn ida6
beth a wnaei ef ueꝇy. a ph6y oed. ac rac meint
med6l p<sup>ur</sup>. ar y wreic v6yaf a garei. ny rodes atteb
ida6. Sef aozuc ynteu goſſot ag6aew ar p<sup>ur</sup>. ac yn-
teu p<sup>ur</sup>. ay mchoela6d ar y mack6y. ac ae g6ant dzos
bedzein y uarch yz ꝇa6z. ac ol ynol ef a doeth ped-
war mack6y ar hugeint atta6. ac nyt attebei yz vn

m6y noe gilyd. namyn yz un g6are a phob un. y
wan ar un goſſot yz IIa6z. Ynteu gei a deuth atta6
ef. ac a dywa6t yn difgethzin anhegar 6zth p<sup>ur</sup>. a
phered<sup>ur</sup> ae kymerth ag6ae6 ydan y dwyen. ac ae
byrywys ergyt y6ztha6. yny dozres y vzeich a g6aeII
y yfg6yd. a marchogaeth vn weith arhugeint dzofta6.
Ac ual yd oed yn y uar6 lewic rac meint y dolur a
ga6ſſei. yd ymhoela6d y uarch a thuth garw ganta6
gra6th. A phan welfant y teulu y march yn dyuot
heb y g6z arna6. y kych6ynnaſſant ar vzys. parth
arIIe y buaſſei y gyfranc. A phan deuthant yno tyb-
ygu ry lad kei. wynt a welfant hagen oz kaffei vedic
da. y bydei vy6.     Dy symuda6d p<sup>ur</sup> y ved6l m6y
no chynt yz g6elet y pennyal aoed am beñ kei. . *
Ac y deuthp6yt achei hyt ym pebyII arthur. Ac y peris
arthur d6yn medygon kywreint atta6. Dz6c uu gan
arthur kyfuaruot a chei y gofut h6nn6. Kanys ma6z
y karei. Ac yna ydywa6t g6alchmei. ny dylyei neb
kyffroi marcha6c urda6l y ar y med6l y bei arna6 yn
agkyfuartal. kanys ac attoed ae coIIet ar dathoed
ýda6. ae ynteu yn medylya6 am ywreic v6yhaf a
garei. Ar agkyuartal6ch h6nn6 ac attuyd agyuaruu
ar g6z aymwelas ac ef yn diwethaf. Ac oz byd da
gennyt ti argl6yd. miui aaf y edzych afymuda6d y
marcha6c y ar y med6l h6nn6. Ac os ueIIy y byd. mi
aarchaf ida6 yn hygar dyuot y ymwelet a thi. Ac
yna y fozres kei ac y dywa6t geireu dic kenuigennus.
G6alchmei heb ef hyfpys y6 gennyfi ydeuy di ac ef
herwyd y av6yneu. Glot bychan hagē ac etmyc y6
ytt ozuot y marcha6c IIudedic g6edy blina6 yn ymlad.

velly hagen y goꝛuuoſt di ar lawer onadunt ẃy. ac
hyt tra barhao gennyt ti dy dauaẃt ath eireu tec.
digaẃn vyd itt o arueu. Ɖeis o vliant teneu ymdanat.
ac ny byd reit itt toꝛri na gẃaeẃ na chledyf yꝛ ymlad
ar marchaẃc a geffych ynyꝛ anſaẃd honno. Ȝc yna
ydywaẃt gẃalchmei ẃꝛth gei. Ɠi aallut dywedut
a uei hygarach pei aſmynhut. ac nyt arnafi y perth-
yn itti dial dy lit ath digyoueint. Ɠebic yẃ gennyf i
hagen y dygafi y marchaẃc gyt a mi heb toꝛri na
bꝛeich nac yſgẃyd ymi. Ɏna ydywaẃt arthur ẃꝛth
walchmei. mal doeth a phẃyllic y dywedy di. Ⱥdos
ditheu ragot a chymer digaẃn o arueu ymdanat.
Ⱥdewis dy uarch. Ɠẃiſgaẃ a wnaeth gẃalchmei ym-
danaẃ. Ⱥcherdet racdaẃ ynchweric ar gam y varch.
parth ar lle yd oed peredur. Ȝc yd oed ynteu yn
goꝛffowys ẃꝛth paladyꝛ ywaeẃ ac yn medylyaẃ yꝛ vn
medẃl. Ɖyuot aẃnaeth gẃalchmei attaẃ heb arẃyd
creulonder gantaẃ. Ⱥdywedut ẃꝛthaẃ. Ɖei gẃypẃn
vot yn da gennyt ti mal y mae da gennyfi. ẃi a ym-
didanẃn athi. Ȝiſſoes negeſſaẃl ẃyfi y gan arthur
attat. y atolẃyn itt dyuot y ymwelet ac ef. Ⱥdeuẃꝛ
adoeth kyn no mi ar y negeſ honno. Ɠẃir yẃ hynny
heb y peredur. * ac anhygar y doethant. ymlad
a wnaethant a mi. Ac nyt oed da gennyf ynneu hynny.
gyt ac nat oed da gennyf vyndẃyn yar y medẃl yd
oedẃn arnaẃ. Ɏn medylyaẃ ydoedẃn am y wreic
uẃyhaf agarẃn. Ɉef achaẃs y doeth cof im hynny.
yn edꝛych ydoedẃn ar yꝛ eira. ac ar y uran. ac ar y
dafneu o waet yꝛ hẃyat a ladyſſei ywalch ynyꝛ eira.
Ȝc yn medylyaẃ yd oedẃn bot yn gynhebic gẃynder

yꝛ eira. Aduhet y gᴠallt ae haeleu yꝛ uran. ar deuvann
gochyon aoed yny grudyeu yꝛ deudafyn waet. Heb
y gᴠalchmei   nyt oed anuonhedigeid y medᴠl hᴠnnᴠ.
Adiryued oed kynny bei da gennyt dy dᴠyn yarnaᴠ.
Heb ypered<sup>ur</sup>. Adywedy di ymi ayttiᴠ kei ynllys
arthur. yttiᴠ heb ynteu. ef oed y marchaᴠc diwethaf
aymwanaᴠd a thi. Ac ny bu da y doeth idaᴠ yꝛ ym-
wan hᴠnnᴠ. toꝛri awnaeth y vꝛeich deheu idaᴠ a
gᴠahell y yſkᴠyd gan y kᴠymp agauas oᴠth dy pala-
dyꝛ di.   Ie heb y pered<sup>ur</sup>. nym taᴠꝛ dechꝛeudial
ſarhaet y coꝛr ar goꝛres velly.   Sef awnaeth gᴠalch-
mei enryuedu y glybot yn dywedut am y coꝛr ar
goꝛres. Adyneſſau attaᴠ amynet dᴠylaᴠ mynᴠgyl
idaᴠ. Agovyn pᴠy oed yenᴠ.   P<sup>er</sup>edur uab efraᴠc
ymgelwir i heb ef. athitheu pᴠy ᴠyt.   Gwalchmei
ymgelwir i heb ynteu. Da yᴠ gennyf dy welet heb
ypered<sup>ur</sup>. Dy glot ry giglef ympob gwlat oꝛ y bum
o vilwryaeth a chywirdeb. Ath gedymdeithas yſſyd
adolᴠyn gennyf y gaffel. keffy myn vygcret. Adyꝛo
ditheu ymi y teu.   Ti ageffy yn llawen heb y ped<sup>ur</sup>.
Kychᴠyn awnaethant ygyt ynhyfryt gyt|tuun parth
ar lle yd oed arthur. Aphan gigleu gei eubot yn dyuot.
ef adywaᴠt. Mi awydᴠn na bydei reit y gei ymlad
ar marchaᴠc. Adiryued yᴠ idaᴠ caffel clot. Mᴠy awna
ef oe eireu tec no nini onerth an harveu. Amynet
awnaeth ped<sup>ur</sup> agᴠalchmei hyt yn llueſt walchmei
ydiot eu harueu. Achymryt aoꝛuc pedur yꝛyᴠ wiſc ac
aoed y walchmei. Amynet awnaethant laᴠ ynllaᴠ hyt
y lle yd oed arthur. Achyuarch gᴠell idaᴠ. Hlyma ar-
glᴠyd heb y gᴠalchmei [675] y gᴠꝛ y buoſt yꝛ yſtalym

o amſer yny geiſſaỽ. Gꝛaeſſaỽ ỽꝛthyt unbenn heb yꝛ arthur. a chyt ami y trigyy. a pheigỽypwn vot dy gynnyd ual y bu. nyt aut y ỽꝛthyſi pann aethoſt. Hỽnn hagen a daroganỽys y coꝛr ar goꝛres itt a uu dꝛỽc kei ỽꝛthunt. a thitheu ae dieleiſt. Ac ar hynny nachaf y vꝛenhines ae ỻaỽ voꝛynyon yn dyuot. a chyvarch gỽeỻ a wnaeth peredur udunt. a ỻaỽen uuant ỽynteu ỽꝛthaỽ ae reſſaỽv a oꝛugant. parch ac enryded maỽꝛ a wnaeth arth$^{ur}$ am peredur. Ac ymchoelut a oꝛugant parth a chaerỻion. Ar nos gyntaf y deuth pered$^{ur}$ y gaerỻion y lys arthur. ac yd yttoed yn troi yn y gaer wedy bỽyt. nachaf ygharat laỽ euraỽc yn kyuaruot ac ef. Myn vygkret vy chwaer heb.y p$^{ur}$. moꝛwyn hygar garueid wyt. a mi a aỻỽn arnaf dy garu yn vỽyhaf gỽꝛeic pei da gennyt. Miui a rodaf vygcret heb hi val hynn. na charaf i dydi ac nath vynnaf yn dꝛagywydaỽl. Minneu a rodaf vygcret heb y pered$^{ur}$. na dywedaf yn-neu ei vyth ỽꝛth griſtaỽn yny adeuych ditheu arnat vygcaru i yn vỽyhaf gỽꝛ. Tꝛannoeth ef a gerdaỽd .p$^{ur}$. ymeith. ar pꝛiffoꝛd ar hyt keuyn mynyd maỽꝛ a dilyn-ỽys. Ac ar dibenn y mynyd ef a welei dyffryn crỽnn. a goꝛoꝛeu y dyffryn yn goedaỽc carrecgaỽc. a gỽaſtat y dyffrynn oed yn weirglodyeu. ac yn dired ar y rỽng y gỽeirglodyeu ar coet. Ac ym mynnỽes y coet y gwelei tei duon maỽꝛ anuanaỽl eu gỽeith. a diſgynnu a ỽnaet ac arwein y varch tu ar coet. Ac am talym oꝛ coet ef a welei ochyr carrec lem. ar ffoꝛd yn kyꝛchu ochyꝛ y garrec. a ỻew yn rỽym ỽꝛth gadwyn. ac yn kyſcu ar ochyꝛ y garrec. a phỽỻ dỽfynn athꝛugar y veint a welei dan y ỻeỽ. ae loneit yndaỽ o eſgyrn

dynyon ac aniueileit. Ath ynnv cledyf awnaeth p<sup>ur</sup>
athara6 y Ne6. yny dyg6yd yn dibin 62th y gadwyn.
vch penn y p6Π. ac ar y2 eil dy2na6t tara6 y gad6yn
ao2uc yny ty2r. ac yny dyg6yd y Πew yny p6Π. ac
ar tra6s ochy2 y garec ar6ein y varch ao2uc pered<sup>ur</sup>.
yny doeth y2 dyffrynn. Ic ef awelei am gana6l y
dyffryn̄ * cafteΠ tec. athu ar cafteΠ y deuth. ac ar
y weirgla6d 62th y cafteΠ ef awelei g62 ΠOyt ma62 yn
eifted. m6y oed no gwr o2 awelfei eiryoet. a deu was
ieueinc yn faethu karneu eu kyΠeiΠ o afg62n moruil.
y neiΠ ohonunt yn was g6ineu. ar ΠaΠ yn was melyn.
a dyuot racda6 awnaeth hyt y Πe ydoed y g62 Πwyt.
achyvarch gweΠ ao2uc peredur ida6. ar g62Πwyt
a dywa6t. mevyl ar varyf vym po2tha62. ac yna y
dyaΠa6d pered<sup>ur</sup> pany6 y Πe6 oed y po2tha62. Ic yna
yd aeth y g62ΠOyt ar g6eiffon gyt ac ef y2 cafteΠ. ac
ydaet pered<sup>ur</sup> gyt ac6y. a Πe tec enryded<sup>us</sup> awelei ef
yno. ar neuad a gy2chaffant. ar by2deu oed g6edy eu
dy2chauel. a b6yt a Πynn yn didla6t arnadunt. ac ar
hynny ef awelei yn dyuot o2 yftaueΠ g62eic ohen
ag62eic ieuanc. am6yhaf g62aged o2 awelfei eiryoet
oedynt. ac ymolchi ao2ugant. amynet y v6ytta. ar
g6r ΠOyt aaeth y benn y b62d yn uchaf. ar wreic ohen
yn neffaf ida6. a phered<sup>ur</sup> ar uo26yn adodet y gyt. ar
deu was ieueinc yn g6affanaethu arnadunt. Ic ed2-
ych awnaeth y uo26yn ar peredur a th2iftau. agovyn
ao2uc pered<sup>ur</sup> y2 vo26yn paham yd oed trift. Tydi
eneit y2 pann yth weleis gyntaf agereis yn v6yhaf
g62. athoft y6 gennyf welet arwas kyn uonhedicket
athi. y dihenyd avyd arnat auo2y. aweleift ti y tei

duon llawer ym bronn y coet. gŵyr yŵ y rei hynny ym
tat i oll ygŵr llwyt racko. a chewri ynt oll. ac auory
wynt a dygyforant am dy penn ac ath ladant. ar dyffryn
crŵnn ygelwir y dyffrynn hŵnn. Oi a uorwyn dec
a bery di bot vym march i am arueu yn vn lletty a mi
heno. Paraf y rof i a duŵ os gallaf yn llawen.   Pan
vu   amferach   gantunt   kymrut   hun   no chyuedach.
y gyfgu yd aethant. Ar uorŵyn aberis bot march ped^{ur}
ae arueu yn vn lletty ac ef. Ath rannoeth ped^{ur} a glywei
gordyar gŵyr a meirch ygkylch y caftell. A pheredur
a gyuodef. ac a wifgaŵd y arueu ymdanaŵ. Ac ymdan
y uarch.   Ac ef a deuth   yr weirglaŵd.   Ac y deuth y
wreic hen   ar uorŵyn   att   y gŵr llŵyt.   Arglŵyd   heb
hŵy kymer gret ymackŵy na dywetto dim or aŵelas
yman.   A ni   a vydŵn droftaŵ   y keidŵ.   Na chymeraf
myn vyg kret heb y gŵr llŵyt.   Ac * ymlad a wnaeth
peredur ar llu.   ac erbyn   echwyd   neur daroed idaŵ
llad trayan y llu heb argywedu   neb arnaŵ ef.   Ac
yna ydywaŵt y wreic ohen.   neur derŵ yr mackŵy llad
llawer oth lu.   A dyro naŵd idaŵ.   Na rodaf myn vyg
cret heb yr ynteu.   Ar wreic ohen.   ar uorŵyn dec yar
vŵlch ygaer ydoedynt yned ̣ych.   Ac ynhynny ym-
gyvaruot o pedur ar gŵas   melyn ae lad.   Arglŵyd heb
y uorŵyn dyro naŵd yr mackŵy.   na rodaf y rof i a duŵ
heb y gŵr llŵyt.   Ac ar hynny ymgyvaruot o ped^{ur} ar
gŵas gŵineu ae lad.   Buaffei well   itti pei rodaffut
naŵd yr mackŵy kynn llad  dy deu uab o honaŵ. Ac
abreid vyd y titheu dy hun or dihegy.   Dos ditheu
vorŵyn ac adolŵyn yr mackŵy rodi naŵd ynni. kannys
rodaffam ni idaw ef. Ar vorŵyn adoeth yr lle yd oed

peredur. ac erchi na6d y that ao2uc. ac y2 fa6l a
dihagyffei oe wy2 yn vy6. Keffy dan amot mynet oth
tat apha6b o2 yffyd y dana6 y 62hau y2 amhera6dy2
arthur. ac ydywedut ida6 pany6 pered<sup>ur</sup> g62 ida6
awnaeth y g6affanaeth h6nn. G6na6n y rofi adu6
ynllawen. a chymryt bedyd ohona6ch. aminneu
aanuonaf att arthur. y erchi ida6 rodi ydyffryn̄ h6nn
ytti. ac yth ettiued byth g6edy ti. ac yna y doethant
y my6n. a chyuarch g6ell awnaeth y g62 ll6yt ar wreic
vawr y pered<sup>ur</sup>. Ac yna ydywa6t yg62ll6yt. Yr
pan yttwyf ynn medu ydyffrynn h6nn. mi ny weleif
grifta6n aelei ae eneit ganta6 namyn ti. aninne
aa6n y wrhau y arthur ac y gymryt cret abedyd.
Ac yna ydywa6t peredu2 diolchaf ynneu y du6. na
tho2reis vy ll6 62th ywreic v6yhaf agaraf. nadywed6n
un geir 62th grifta6n. G2igya6 yno a6naethant y nos
honno. G2annoeth y bo2e ydaeth y g62 ll6yt ae niuer
ganta6 y lys arthur. ac y g62hayffant y arthur. ac y
para6d arthur eubedydya6. Ac y dywa6t y g62 ll6yt
y arthur pany6 ped<sup>ur</sup> ae go2uuaffei. ac arthur arodes
y2 g62 ll6yt aeniuer y dyffryn oe gynnal y dana6 ef
mal yd erchis ped<sup>ur</sup>. a chan gennat arthur yg62 ll6yt
aaeth ymeith parth ar dyffryn cr6nn. Peredur ynteu
agerda6d * y bo2e d2annoeth racda6 talym ma62
odiffeith. heb gaffel kyuanned. Ac yny diwed ef
adoeth y gyuanned bychann amdla6t. ac yno y
clywei uot sarff yn go2wed ar uod26y eur. heb adel
kyfuanned seith milltir obop parth idi. Ac yd aeth
pedur y2 lle y clywei vot y sarff. ac ymlad awnaeth
arfarff yn llidya6cd2ut ffenedicualch. Ac ynydiwed

y lladaƀd. ac y kymerth y votrƀy idaƀ e hun. ac uelly
y bu ef yn hir yn yꝛ agherdet hƀnnƀ. heb dywedut vn
geir ƀꝛth neb ryƀ griſtaƀn. ac o hynny yd yttoed yn
kolli y liƀ ae wed o tra hiraeth yn ol llys arthur ar
wreic vƀyaf a garei. ae gedymdeithon.   Odyna y
kerdaƀd raꞔdaƀ y lys arthur. ac ar y ffoꝛd y kyfuar-
uu ac ef teulu arthur. a chei yn eu blaen yn mynet
y neges udunt.   Peredur aatwaenat baƀp onadunt.
ac nyt atwaey neb oꝛ teulu euo.   Pandeuy di vnbenn
heb ykei. a dƀyweith a their. ac nyt attebei ef.
Y wan aoꝛuc kei a gƀaeƀ trƀy y uoꝛdƀyt.   Ac rac
kymell arnaƀ dywedut athoꝛri ygret mynet heibyaƀ
aoꝛuc heb ymattiala ac ef.   Ac yna y dywaƀt gƀalch-
mei.   Y ꝛofi aduƀ gei  dꝛƀc y medꝛeiſt kyflauanu ar
uackƀy ual hƀnn yꝛ na allei dywedut. ac ymchoelut
dꝛaegeuyn ylys arthur. arglƀydes heb ef ƀꝛth wen-
hƀyuar. awely di dꝛycket y gyflauan aoꝛuc kei ar y
mackƀy hƀnn  yꝛ na allei dywedut. ac yꝛ duƀ ac yrof
ynneu  par di  y uedeginyaethu ef  erbyn pandelƀyf
dꝛachefyn. a mi adalaf y pƀyth itt. achynn dyuot y
gƀyꝛ oc eu neges ef a deuth marchaƀc yꝛ weirglaƀd y
ymyl llys arthur y erchi gwr  y ymwan. a hynny
a gauas. abƀꝛƀ hƀnnƀ awnaeth pered<sup>ur</sup>. ac wythnos
y bu yn bƀꝛƀ marchaƀc beunyd.   A diwarnaƀt ydoed
arthur ae teulu yn dyuot yꝛ eglƀys.   Sef y gƀelynt
marchaƀc gƀedy dyꝛchauel arwyd ymwan. Ha wyꝛ
heb yꝛ arthur. myn gƀꝛhyt gƀyꝛ nyt af odyma yny
gaffwyf vy march am arueu yvƀꝛƀ y ianghƀꝛ racko.
Yna yd aeth gƀeiſſon yn ol y uarch ae arueu y arthur.
A phered<sup>ur</sup> agyfaruu ar gƀeiſſon yn mynet heibaƀ. ac

agymerth ymarch ar arueu arweirgla6d agy2cha6d.
Sef awnaeth pa6p oe welet ef ynkyuodi ac yn mynet
y * ymwany2 marcha6c. mynet ar benn y tei ar b2yn-
neu ar IIe aruchel y ed2ych ar y2 ymwan. Sef a
wnaeth pered^ur emneida6 ae la6 ar ymarcha6c y erchi
ida6 dech2eu arna6. Ar marcha6c a offodes arna6. ac
nyt yfgoges ef o2 IIe y2 hynny. Ic ynteu peredur
ao2dinhaa6d ac ae ky2cha6d ynIIitya6cd2ut engirya6l
chwer6 awydualch. Ac ae g6ant dy2na6t g6en6yniclym
toftd2ut mil62yeidffy2yf ydan yd6yen ae d2ych|chauel
oe gyfr6y. ae v626 ergit ma62 y62tha6. Ac yd ymchoel-
a6d d2acheuyn ac ydedewis y march ar arueugan y
g6eiffon mal kynt. Ic ynteu ar y d2aet agy2cha6d
y IIys. Ar mack6y mut y gelwit pedur yna. Ar hynny
nachaf agharat Law eura6c yn kyuarfot ac ef. Y2ofi
adu6 vnbenn heb hi ys oed gryffyn na aIIut dywedut.
A phei gaIIut dywedut mi ~~ath~~ ath gar6n yn v6yhaf g62.
Ac myn vygcret kynnyfgeIIych mi ath garaf yn
v6yhaf g62. Du6 atalo itt vyg whaer heb ypered^ur.
ac my̅ vyg cret minneu ath garaf di. Ic yna y g6y-
buwyt pany6 pered^ur oed ef. Ac yna y dellis ef gedym-
deithas ag6alchmei ac ac owein vab uryen. ac apha6b
o2 teulu ac y trigywys yn IIys arthur.

Arthur a oed yg kaer IIion ar wyfc. amynet a
wnaeth y hela. a phered^ur gyt ac ef. Ipher-
ed^ur aeIIyga6d y gi ar hyd. ar ki alada6d y2
hyd ymy6ndiffeith6ch. Acympenn ruthur y62tha6
ef awelei arwyd kyuanhed. A thu ar kyfanhed y
deuth. Ac ef awelei neuad. Acar d26f y neuad ef
awelei tri g6eis moelgethinyon yng6are g6ydb6yII.

A phan deuth y myȯn. ef awelei teir moꝛȯyn yn eifted
ar leithic. ac vn ryȯ wifcoed ymdanunt ual ydylyei
amdylyedogyon. ac ef aaeth y eifted attunt yꝛ lleith-
ic. ac vn oꝛ moꝛynyon aedꝛychaȯd arpered<sup>ur</sup> yn graff.
ac wylaȯ awnaeth. A pheredur aovȳnaȯd idi beth
awylei. Rac dꝛycket gennyf ȯȯelet lleaffu ȯȯafkyn
decket athi. Pȯy am lleaffei i heb y peredur. Pei
nabei hyt ytt arhos ynylle hwnn. mi aedywedȯn
itt. Yꝛ meint uo ygȯꝛthꝛet arnaf ynarhos. mi ae
gȯarandawaf. Y gȯꝛ yffyd tat y mi heb yuorȯyn.
bieu yllys honn. a hȯnnȯ aladpaȯb oꝛadel yꝛllys
honn heb yganhyat. Pa gyfryȯ ȯꝛ yȯ * aȯch tat
chȯi panallo lleaffu paȯb uelly. Ȯȯꝛ awna treis ac
anuod ar y gymodogyon. ac ny wna iaȯn yneb am
danaȯ. ac yna ygwelei ef ygȯeiffon ynkyꝛodi ac ȳ
arllȯyffaȯ yclaȯꝛ oꝛwerin. ac ef aglywei dȯꝛyf maȯꝛ.
ac yn ol y tȯꝛyf ef aȯelei wr du maȯꝛ unllygeitaȯc
yndyuot y myȯn. ar moꝛynyon agyuodaffant yny
erbyn adiot ywifc y amdanaȯ awnaethant. ac ynteu
aaet y eifted. A gȯedy dyuot ybȯyll idaȯ ac aryf-
hau edꝛych aoꝛuc ar peredur. agouyn pȯy y march-
aȯc. arglȯyd heb yꝛ vn oꝛ moꝛynyon. y gȯas ieuanc
teckaf abonhedickaf oꝛ aweleift eiryoet. ac yꝛ duȯ
ac yꝛ dyfyberȯyt pȯylla ȯꝛthaȯ. Yꝛot ti mi abȯyllaf
aca rodaf y eneit idaȯ heno. ac yna pered<sup>ur</sup> adoeth
attunt ȯꝛth ytan. Ac agymerth bȯyt allynn. ac
ymdidan ar rianed aoꝛuc. Ac yna ydywaȯt pered<sup>ur</sup>
gȯedy y vꝛȯyfcaȯ ȯꝛth y gȯꝛ du. Ryued yȯ gennyf
kadarnet ydywedy di dy uot. Pȯy adiodes dy lygat
ti. Vn omkennedueu oed heb y gȯꝛ du. pȯy byn-

nac aovynhei imi y2 hynn yd6yt ti yn y ouyn. ny
chaffei y eneit gennyf nac yn rat nac ar werth. Ar-
gl6yd heb yuo26yn kyt dywetto ef overed ov26yſged
a med|da6t parth ac attat ti. Kywirha y geir a dy-
wedeiſt gynneu ac a edeweiſt 62thyf i. A minheu a
wnaf hynny yn ƚƚawen y2ot ti heb yg62 du. Mi a
adaf y eneit ida6 yn ƚƚa6en heno. Ac ar hynny y
trigyaſſant ynos honno. I th2annoeth kyuodi ao2uc
y g62 du. Ag6iſca6 arueu ymdana6. Ac erchi ypered^ur.
Kyuot dyn y uynyd ydiodef aghev heb y g62 du. Pe-
red^ur a dywa6t 62tha6. G6na yneiƚƚpeth y g62 du. os
ymlad a vynny a mi. ae diot dy arueu y ymdanat.
ae titheu arodo arueu ereiƚƚ y mineu y ymlad a thi.
Ha dyn heb ef ae ymlad aƚƚut ti pei kaffut arueu.
Kymer y2 arueu a vynnych. Ac ar hynny ydoeth y
uo26yn ac arueu y pered^ur aoed hoff ganta6. Ac ym-
lad a wnaeth ef ar g62 du. yny uu reit y2 g62 du erchi
na6d y pered^ur. Y g62 du ti ageffy na6d trauych yn
dywedut ym pun wyt. a ph6y a tynna6d dy lygat.
* Argl6yd minhe aedywedaf. Yn ymlad ar p2yf du o2
garn. Gruc yſſyd a elwir y cruc galar^us. Ac yny cruc
y mae karn. Ac yny garn y mae p2yf. Ac yn ƚƚoſc62n
yp2yf ymae Maen. A rinnwedeu ymaen ynt. p6y
bynnac ae kaffei yny neiƚƚla6. A uynnei o eur ef ae
kaffei ar y ƚƚa6 araƚƚ ida6. Ac yn ymlad ar p2yf h6nn6
y koƚƚeis i vy ƚƚygat. Am hen6 ynneu y6 ydu traha6c.
Sef acha6s ymgelwit ydu t^raha6c. ny ad6n un dyn
ym kylch nyſ treiſſ6n. a Ia6n nys g6na6n y neb. Ie
heb y peredur. py gy beƚƚet odyma y6 y cruc ady-
wedy di. Mi ariſaf itt ymdeitheu hyt yno ac a dy-

wedaf itt py gy bellet y6. Ydyd y kychwynnych
odyma ti adoy ylys meibon y bꝛenhin y diodey-
ueynt. Paham ygelwir 6ynt uelly. a danc llynn
aellad 6ynt beuny unweith. Pandelych odyno ti
adeuy hyt ynllys iarlles y kampeu. Py gampeu
heb yped^ur yffyd erni hi. Tꝛychanwr teulu yffyd
idi. Pob g6ꝛ dieithyꝛ oꝛ adel yꝛllys ef adywedir ida6
campeu y theulu. Sef acha6s y6 hynny. y trychann
wr teulu aeifted ynneffaf yꝛ argl6ydes. Ac nyt yꝛ
amharch yꝛ g6efteion. namyn yꝛ dywedut kampeu
y theulu. Ydyd y kych6ynnych odyno ti a ey y gruc
galarus. ac yno y maent perchen trychant pebyll yg
kylch y cruc yn kad6 y pꝛyf. Gan buoft heb ypered^ur
yn oꝛmes yngyhyt ahynny. mi awnaf nabych byth
bellach. Aelad awnaeth pered^ur ida6. ac yna ydy-
wa6t y uoꝛ6yn adechꝛeuaffei ymdidan ac ef. Bei
bydut tla6t yndyuot yma. Kyuoetha6c vydut bellach
o dꝛyfoꝛ y g6ꝛ du aledeift. Athi awely y fa6l uoꝛyn-
yon hygar yffyd yny llys honn. ti agaffut oꝛderchat
ar yꝛ un a vynnvt onadunt. Py deuthum i yma om
g6lat argl6ydes yꝛ g6ꝛeicka. namyn g6eiffon hegar a
welaf yna. ymgeffylybet ba6p o hona6ch aegilyd
mal ymynno. Adim oc a6ch da nys mynnaf. ac nyt
reit ym 6ꝛtha6. Odyna y kychwynna6d peredur rac-
da6. acydeuth ylys meibon bꝛenhin ydiodeiueint.
Aphann deuth yꝛ llys ny welei namyn g6ꝛaged. ar
g6ꝛag^ed agyuodaffant racda6. ac avuuant lawen 6ꝛth-
a6. Ac ar dechꝛeu eu hymdidan. ef aw*elei varch yn
dyuot achyfr6y arna6. a chelein yny kyfr6y. Ac vn
oꝛ g6ꝛaged agyuodes y|yuynyd ac agymerth y ge-

lein oꝛ kyſr６y. ac aeheneina６d ymy６n aoed is la６ y
dꝛ６s a d６fyꝛ t６ym yndi. ac adodes eli g６erthua６ꝛ ar-
na６. arg６ꝛ agyuodes yn vy６. ac adeuth yꝛ ĺĺe yd oed
pedur ae raeſſawu aoꝛuc. abot yn ĺĺawen ６ꝛtha６. ä
deu ６ꝛ ereiĺ adoethant ymy６n yn eu kyſrwyeu. ar
un dywygyat awnaeth y uoꝛ６yn yꝛ deu hynny ac yꝛ
vn gynt. Ẏna ygovynna６d pered^ur yꝛ vnbeñ paham
yd oedynt ueĺĺy. äc ６ynteu adywedaſſant bot adanc
my６n gogof. ä h６nn６ ae ĺĺadei ６y un weith beunyd.
äc ar hynny ytrigyaſſant ynos honno. äthꝛannoeth
ykyuodes ymack６yeit racdunt. äc yderchis ped^ur yꝛ
m６yn eu goꝛdercheu yadel gyt ac ６ynt. äc wynteu
ae gomedaſſant. adywedut. pei athledit ti yno. nyt
oed itt ath wnelei yn vy６ dꝛacheuyn. äc yna yker-
daſſant ６y racdunt. äc ykerda６d ped^ur yn eu hol. a
g６edy eudiffiannu ６y hyt naſg６elei ef. Ẏna yky-
uaruu ac ef yn eiſted ar benn cruc. ywreic deckaf
oꝛawelſei eiryoet. Ǎi a６n dy hynt heb hi. mynet
yd６yt yymlad ar adanc. ac ef athlad. äc nyt oe
dewred namyn oe yſtry６. Ğogof yſſyd ida６. äphiler
maen yſſyd ardꝛ６s yꝛ ogof. äcef awyl pa６b oꝛadel
ymy６n. äc nys g６yl neb euo. Ǎc aĺĺechwae６ g６en-
n６ynic ogyſga６t ypiler yĺĺad ef ba６p. Ǎpheirodut
ti dy gret vygcaru i yn v６yhaf g６ꝛeic mi arod６n itt
uaen ual yg６elut euo pan elut ymy６n. ac ny welei
ef dydi. Ŕodaf mynvygkret heb yped^ur. Yꝛ pan
yth weleis gyntaf mi ath gereis. äpha le ykeiſſ６n i
dydi. Ｐangeiſſych di vyui keis parth ar india. Ǎc
yna ydifflann６ys y uoꝛ６yn ymeith g６edy rodi y
maen ynĺĺa６ pered^ur. äc ynteu adeuth racda６ parth

a dyffrynn auon. Agororeu y dyffryn oed yngoet. ac
opobparth yr ~~dyffrynn~~ auon ynweirglodyeu gvaftat.
Ac orneillparth yr avon ygwelei kadv odeueit gvyn-
yon. Ac or parth arall ygvelei cadv o deueit duon.
Ac ual ybreuei vn or deueit gvynnyon y deuei vn
or deueit duon drved. Ac y bydei yn wenn. Ac ual
y breuei vn or deueit duon. y deuei vn or deueit
gvynnyon drved ac ybydei yndu. Aphrenn hir a
welei ar lann yr auon.    Ar * neill hanner aoed idav
yn llofci or gwreid hyt y ulaen. ar hanner arall a
deil ir arnav. Ac uch lav hynny y gvelei mackvy
yn eifted ar benn cruc. a deu vilgi vronnwynnyon
vrychyon myvn kynllyuaneu yn gorwed geyr ylav.
Adiheu oed gantav na welfei eiryoet mackvy kyn
deyrneidet ac ef. Ac yny coet gyfuarwyneb ac ef
y clywei ellgvn ynkyuodj hydgant. Achyuarch gvell
awnaeth yr mackvy. Ar mackvy agyuarchavd well y
pered<sup>ur</sup>. Atheir fford awelei pered<sup>ur</sup> yn mynet yvrth
y cruc.   Y dvy fford yn vavr ar dryded yn llei. Ago-
vyn aoruc peredur pale ydaei y teir fford. vn or
ffyrd hynn a a ym llys i.   Ac un or deu agyghoraf i
ytti aemynet yr llys or blaen att vyg gvreic i yffyd
yno. ae titheu aarhoych yma athi awely y gellgvn
yn kymell yr hydot blin orcoet yr maes. Athi awely
ymilgvn goreu or aweleift eiryoet aglevhaf ar hydot
yn eullad ar ydvfyr geyr anllav. Aphan uo amfer
ynn vynet ynbvyt ef adav vyg gvas am march ym
herbyn athi ageffy lewenyd yno heno. Duv a diolcho
itt. ny thrigyafi. namyn ragof ydaf.  Y neill fford
aa yr dinas yffyd yma ynagos. ac yn hwnnv y keffir

bỽyt aȝȝynn ar werth. ar ffoꝛd yffyd lei noꝛ rei ereiȝ
aa parth a gogof yꝛ adanc. Ȣan dy ganhyat vackỽy
parth ac yno yd afi. adyuot awnaeth peredur parth
ar ogof. a chymryt y maen yny ȝaỽ affeu. ae waeỽ
yny ȝaỽ deheu. Ȝc ual y daỽ y myỽn. arganuot yꝛ
adanc aỽnaeth ae wan agỽaeỽ trỽydaỽ. aȝȝad y benn.
Ȝ phan daỽ y maes oꝛ ogof. nachaf yn dꝛỽs yꝛ ogof
y tri chedymdeith. a chyuarch gỽeȝ awnaethant y
ped^{ur}. Ȝdywedut panyỽ idaỽ ydoed darogan ȝad
yꝛ oꝛmes honno. Ȝrodi y penn awnaeth p^{ur} yꝛ
mackỽyeit. a chynnic awnaethant ỽynteu idaỽ yr vn
a vynnynt oe teir chwioꝛyd yn bꝛiaỽt. a hanner eu
bꝛenhinyaeth ygyt ahi. Ȝy deuthum i yma yꝛ gỽꝛ-
eika heb ypered^{ur}. Ȝ phei mynnỽn unwreic ac
atuyd. awch | haer chỽi a vynnỽn yn gynntaf. a
cherdet racdaỽ awnaeth peredur. ac ef aglywei
tỽꝛỽf ynyol. Ȝc edꝛych awnaeth ynteu yny ol. Ȝc
ef awelei gỽꝛ ar gevyn * march coch. ac arueu co-
chyon ymdanaỽ. ar gỽꝛ adeuth ar ogyvuch ac ef.
achyuarch gỽeȝ awnaeth yperedur o duỽ ac o dyn.
Ȝc ynteu pered^{ur} agyuarchaỽd gỽeȝ yꝛ mackỽy yn
garedic. Ȝrglỽyd dyuot y erchi itti ydỽyfi. Ȝeth
aerchy di heb ypered^{ur}. vygkymryt yn ỽꝛ itt. Ȝỽy
agymerỽn ynneu ynỽꝛ pei ath gymerỽn. Ȝy chelaf
vygkyftlỽn ragot. Ȝtlym gledyf coch ymgelwir iarȝ
oyftlys ydỽyꝛein. Ȝyued yỽ gennyf i ymgynnic o
honat ynỽꝛ y ỽꝛ ny bo mỽy ygyuoeth no thi. nyt
oes yminneu namyn iarȝaeth araȝ. achanys gỽiỽ
gennyt ti dyuot ynỽꝛ ymi. ꝣi athgymeraf yn ȝawen.
Ȝc y doethant parth aȝys yꝛ iarȝes. a ȝawen uuwyt

6ıthunt yn y llys. a dywedut 6ıthunt awnaethp6yt.
nat yı amarch arnunt ydodit ifla6 y teulu. namyn
kynnedyf y llys aoed y velly.. Kanys y neb a vyıyei
y thıychann6ı teulu hi. b6yta agaffei yn neffaf idi.
a hi ae carei yn v6yhaf g6ı. A g6edy y b6ı6 operedur
y thıychann6ı teulu yı lla6ı. ac eifted ar y neill la6.
y dywa6t y iarlles. Y diolchaf y du6 kaffel g6as kyn
decket a chyn dewret athi. kany cheueis yg6ı m6yhaf
a gar6n.. P6y oed yg6ı m6yhaf agarut titheu.. Myn
vygcret etlym gledyf coch oed y g6ı m6yhaf agar6n
i. ac nyfg6eleis eiryoet. Dioer heb ef. kedymdeith
ymi y6 etlym.. a llyma evo. ac yı y v6yn ef y deuth-
um i y chware ath teulu di. Ac euo ae gallei yn
well no myvi pei afmynnei. aminneu ath rodaf di
ida6 ef. Du6 adiolcho ytitheu uack6y tec. aminn-
eu agymeraf y g6ı m6yaf agaraf. Ar nos honno
kyfcu awnaeth etlym ar iarlles ygyt. athıannoeth
kychwynnu awnaeth peredur parth ar cruc galar[us].
Myn dy la6 di argl6yd mi a af ygyt athi heb yı et-
lym. Wynt adeuthant racdunt hyt y lle y g6elynt
y cruc ar pebylleu. Dos heb y pered[ur] att y g6yı
racko 6ıth etlym. ac arch udunt dyuot y 6ıhau ynni.
Ef adeuth etlym attunt. ac a dywa6t 6ıthunt ual
hynn. Dewch y wrha ym hargl6yd i. P6y y6 dy
argl6yd di heb yı 6ynteu. Pered[ur] baladyı hir y6 vy
argl6yd i heb yı etlym. * Pei dylyedus diuetha ken-
nat. nyt aut dıacheuyn yn vy6 att dy argl6yd. am
erchi arch moı dıahaus y vıenhined a ieirll a bar6n-
eit a dyuot y wrhau yth argl6yd di. Pered[ur] aerchis
ida6 vynet dıacheuyn attunt. a rodi dewis udunt ae

gózhau idaó. ae ymwan ac ef. Wynt adewiſſaſſant
ymwan ac ef. Apheredᵘʳ auyzryaód perchen cant
pebyll ydyd hónnó yz llaóz. athzannoeth ef avyzyaód
perchen cant ereill yzllaóz. Ar trydyd dyd cant a
gaóſſant yneukyghoz gózhau yperedᵘʳ. Apheredur
aovynnaód udunt. Beth awneynt yno. Ac óynteu a
dywedaſſant panyó góarchadó ypzyf yny vei varó.
Ac yna ymlad awnaem ninneu am ymaen. Ar neb
auei dzechaf ohonam agaffei ymaen. Arhoóch vi
yma heb yperedᵘʳ mi aaf yymwelet ar pzyf. Ɖac
ef arglóyd heb wynt. Awn ygyt yymlad ar pzyf.
Ɉe heb yperedur nymynnafi hynny. Ɉei lledit y
pzyf ny chaffónn i oglot vóy noc un ohonaóch
chwitheu. Amynet awnaeth ef yz lle yd oed ypryf
ae lad. Adyuot attunt wyntev. Adywedut ózthunt.
Ʉyfriuóch aóch treul yr pandoethaóch yma. Ami ae
talaf yóch areu heb yperedur. Af adalaód udunt
kymeint ac adywaót paób y dylyv ohonaó. Ac nyt
erchis udunt namyn adef eubot ynwyz idaó ef. Ac
ef adywaót ózth etlym. Att y wreic vóyhaf agery
yd ey di. Aminneu aaf ragof. Ac adalaf itt dyuot
ynózim. Ac yna yrodes ef ymaen y etlym. Ɖuó
adalho itt. aróydheyt duó ragot. Ac ymeith yd aeth
peredᵘʳ. ac ef adoeth y dyffryn avon deckaf awelſei
eiryoet. A llawer obebylleu amlió awelei ef yno. A
ryuedach oed gantaó nohȳny góelet y ſaól awelei
ovelineu dófyz. a melineu góynt. Af agehyzdaód ac
ef góz góineu maóz agóeith ſaer arnaó. A govyn
póy oed aozuc pedᵘʳ. Ɖenn melinyd óyfi heb ef ar
y melineu racko oll. Agaſſafi letty gennyt ti heb y

peredᵘʳ. Keffy heb ynteu ynllawen. ef a doeth pedᵘʳ
y ty y melinyd. Ic ef a welas lletty hoff tec yꝛ
melinyd. ac erchi a wnaeth pedur * aryant yn ech-
wyn yꝛ melinyd y bꝛynu b6yt allynn ida6 ac ydy-
lwyth y ty. ac ynteu a talei ida6 kynny vynet odyno.
6ouyn ao꜀uc yꝛmelinyd py acha6s yd oed y dygy-
uoꝛ h6nnw yno. Y dywa6t y melinyd 6ꝛth pᵘʳ. mae
y neillpeth. ae tydi yn6ꝛ obell. ae titheu yn ynvyt.
Yna y mae amherodꝛes criftinobyl ua6ꝛ. ac ny mynn
honno namyn y g6ꝛ dewraf. kanyt reit idi hi da.
ac ny ellit d6yn b6yt yꝛ fa6l vilioed yffyd yma. ac
oacha6s hynny y mae y fa6l velineu hynn. Ir nos
honno kymryt eu heffm6ythter a wnaethant. I thꝛann-
noeth kyuodi y uynyd ao꜀uc pedᵘʳ. ag6ifca6 ym-
dana6 ac ymdan yuarch y uynet yꝛ t6ꝛneimeint. ac
ef awelei bebyll ymplith y pebylleu ereill teckaf oꝛ
awelfei eiryoet. a moꝛ6yn dec awelei yn yftynnv y
phenn tr6y ffenefty꜀ ar y pebyll. Ic ny welfei eir-
yoet moꝛ6yn degach. ac eur wifc obali ymdanei. ac
edꝛych a wnaeth ar y uoꝛ6yn yn graff. a mynet y cha-
ryat ynda6 yn va6ꝛ. ac uelly y bu yn edꝛych ar y
uoꝛ6yn oꝛ boꝛe hyt hanner dyd. ac ohanner dyd yny
oed pꝛyt na6n. Ic yna neur daroed y t6ꝛneimeint.
a dyuot ao꜀uc y letty. a thynnu y arueu y amdana6.
ac erchi aryant yꝛ melinyd yn echwyn. I dic vu
wreic y melinyd 6ꝛth peredᵘʳ. ac eiffoes y melinyd
a rodes aryant yn echwyn ida6. I thꝛannoeth y
g6naeth yꝛ vnwed ac awnathoed y dyd gynt. ar
nos honno y doeth y letty ac y kymerth aryant yn
echwyn y gan y melinyd. ar trydyd dyd pan yttoed

yn yꝛ vnlle ynedꝛych ar y uoꝛꝟyn. ef aglywei dyꝛnaꝟt
maꝟꝛ rꝺng yſgꝺyd amynꝺgyl idaꝟ amynybyꝛ bꝺyall.
Aphan edꝛychaꝟd dꝛaegeuyn ar y melinyd. Ỿ mel-
inyd adywaꝟt ꝟꝛthaꝟ. Ꝑꝺna y neillpeth heb y melin-
yd. ae tydi adynho dybenn ymeith. Ae titheu ael
yꝛ tꝺꝛneimeint. Ꝓgowenv awnaeth pᵘʳ. ar y melin-
yd. Amynet yꝛ tꝺꝛneymeint. Acagyuaruu ac ef y
dyd hꝺnnꝟ. ef ae byꝛyaꝟd oll yꝛ llaꝟꝛ ꝟynt. Achy-
meint ac avyꝛyaꝟd ef aanuones y gꝺyꝛ yn anrec yꝛ
amherodꝛes. Ar meirch ar arueu yn anrec y wreic y
melinyd. yꝛ ymarhos am y haryant echwyn. Ꝓylin
aoꝛuc pedur y tꝺꝛneimeint yny vyꝛyaꝟd * Paꝟb yꝛ
llaꝟꝛ. Ac anuon y gꝺyꝛ aoꝛuc y garchar yꝛ amherod-
ꝛes. Ar meirch ar arueu y wreic ymelinyd yꝛ ymar-
hos am yꝛ aryant echwyn. Ỿꝛ amherodꝛes aanuones
att varchaꝟc y velin. y erchi idaꝟ dyuot y ymwelet
ahi. Aphallu awnaeth peredᵘʳ yꝛ gennat gyntaf. ar
eil aaeth attaꝟ. A hitheu ydꝛyded weith aanuones
cant marchaꝟc y erchi idaꝟ dyuot yymwelet ahi. Ac
ony delei oe vod erchi udunt y dꝺyn oe anuod. Ac
ꝟynt adoethant attaꝟ. ac adywedaſſant eu kennadꝟꝛi
y ꝟꝛth yꝛ amherodꝛes. Ỿnteu awharyaꝟd acꝟynt yn
da. ef abaraꝟd eu rꝺymaꝟ ꝟynt rꝺymat iꝟꝛch. Ꝓc
eu bꝟꝛꝟ ygklaꝟd y velin. Ꝓr amherodꝛes aovynnaꝟd
kyghoꝛ y ꝟꝛ doeth aoed ynychyghoꝛ. Ꝓhꝺnnꝟ a
dywaꝟt ꝟꝛthi mi aaf attaꝟ ardygennyat. Adyuot
att pᵘʳ. achyuarch gꝟell idaꝟ. Ac erchi idaꝟ yꝛ mꝺyn
y oꝛderch dyuot y ymwelet ar amherodꝛes. Ac ynteu
a deuth ef ar melinyd. Ac yny gyueir gyntaf y deuth
yꝛ pebyll eiſted aꝟnaeth. Ꝓhitheu adeuth ar y neill

laꝟ. a byꝛr ymdidan auu yrygtunt. a chymryt ken-
nat awnaeth pedᵘʳ. a mynet y letty. Ꞇꝛannoeth
ef aaeth y ymwelet a hi. A phann doeth yꝛ pebyll
nyt oed vn gyueir ary pebyll auei waeth y gyweir-
deb noe gilyd. kany wydynt hꝟy py le yd eiſtedei ef.
Eiſted aoꝛuc pedᵘʳ ar neill laꝟ yꝛ amherodꝛes. ac
ymdidan awnaeth yn garedic. Pan yttoedynt uelly
ꝟynt awelynt yndyuot y myꝟn gꝟꝛ du agoꝛflꝟch eur
yny laꝟ yn llaꝟn owin. A dygꝟydaꝟ aoꝛuc arpenn
y lin geyꝛ bꝛonn yꝛ amherodꝛes. ac erchi idi naſ
rodei onyt yꝛ neb a delei y ymwan ac evo ymdanei.
a hitheu aetrychaꝟd ar peredᵘʳ arglꝟydes heb ef
moes ymi y goꝛulꝟch. ac yuet y gꝟin aoruc pedᵘʳ.
a rodi y goꝛvlꝟch ywreic y melinyd. A phann yttoed-
ynt velly nachaf wr du oed vꝟy noꝛ llall. ac ewin
pꝛyf yny laꝟ ar weith goꝛflꝟch ae loneit owin. ae
rodi yꝛ amherotꝛes. ac erchi idi naſ rodei onyt yꝛ
neb aymwanei ac ef. arglꝟydes heb y peredᵘʳ moes
ymi. ae rodi y pedᵘʳ awnaeth hitheu. ac yuet y gꝟin
aoꝛuc pᵘʳ. a rodi y goꝛflꝟch y wreic y melinyd. Pan
yttoedynt uelly nachaf gꝟꝛ penngrych coch oed
vꝟy noc un oꝛ gꝟyꝛ ereill agoꝛflꝟch o vaen criſſyalt
yny laꝟ * aeloneit o win yndaꝟ. a goſtꝟng ar penn
y lin ae rodi yn llaꝟ yꝛ amherodꝛes. ac erchi idi naſ
rodei onyt yꝛ neb aymwaney ac euo am danei. ae
rodi awnaeth hitheu y peredur. ac ynteu ae han-
uones ywreic y melinyd. ꝟ nos honno mynet y letty
aoꝛuc pedᵘʳ. A thꝛannoeth gꝟifgaꝟ ymdanaꝟ ac ym-
dan y varch. a dyuot yꝛ weirglaꝟd allad y trywyꝛ a
oꝛuc peredᵘʳ. Ac yna y deuth yꝛ pebyll. A hitheu

adywa6t 6ʒth peredur. Peredur dec coffa dygret
arodeift ti ymi pan rodeif i ytti y maen pan ledeift
yʒ aʒadanc. Argl6ydes heb ynteu g6ir adywedy.
a minneu ae coffaaf. Ac y g6ledych6ys peredur gyt
ar amheroiʒes pedeir blyned ar dec. megys y dyweit
yʒ yftoʒya.

Aʒthur aoed ygkaer Ilion ar wyfc pʒif lys ida6.
Ac ygkena6l Ila6ʒ ynewad ydoed pedwar gwyʒ
yn eifted ar lenn o bali. Owein uab uryen.
ag6alchmei uab g6yar. a howel uab emyʒ Ilyda6.
apheredur baladyʒ hir. Ac ar hynny 6ynt a welynt
yn dyuot y my6n moʒ6yn benngrech du ar gevyn mul
melyn. Acharreieu anuana6l yny Ila6 yn gyrru ymul.
aphʒyt anuana6l agharueid arnei. Duach oed y
hwyneb ae d6yla6. noʒ hayarn duhaf adarffei y bygu.
Ac nyt y Ili6 hackraf. namyn y Ilun. Gʒudyeu aruch-
el oed idi. ac wyneb kyckir y waeret. A thʒ6yn byʒr
ffroenvoIl. ar neiIl lygat yn vʒithlas tra theryIl. ar IlaIl
yn du ual y muchud ygkeuynt y phenn. Danned
hiryon melynyon melynach no blodeu y banadyl. ae
chʒoth ynkychwynnu o gledyʒ y d6yvʒon. yn vch noe
helgeth. Afc6ʒn y chevyn aoed arweith bagyl. Y d6y
clun aoed yn Ilydan yfcyʒnic. ac yn vein oIl o hynny
ywaeret. eithyʒ y thʒaet ae glinyeu aoedynt vʒeifc.
Kyuarch g6eIl yarthur ae teulu oIl eithyʒ ypedur
aoʒuc. Ac 6ʒth pered^ur ydywa6t geireu dic anhegar.
Peredur ny chyuarchafi weIl itti. kanys dylyy. Dall
uu y tyghetuen pan rodes itti' da6n achlot. Pan
doethoft y lys y bʒenhin cloff. a phan weleift yno y
mack6y ynd6yn y g6ae6 Iliueit. aco vlaen y g6ae6

dafyn o waet. a h6nn6 yn rydec yn raeady2 hyt yn
d62n y mackwy. ac *enr*yuedodeu ereill heuyt a weleift
yno. ac ny * ofynneift eu hyfty2 nac eu hacha6s.
a phei as gofynnut iechyt a gaffei y b2enhin. ae gyuo|
uoeth yn hed6ch. a bellach b26ytreu ac ymladeu a
cholli marchogyon. ac ada6 g62aged yn wed6. a rianed
yn diofymdeith. a hynny oll oth acha6s di. ac yna
y dywa6t hi 62th arthur. gan dy ganyat argl6yd pell
y6 vy lletty i odyma. nyt amgen yg kaftell fyber6 ny
6nn aglyweift y 62tha6. ac yn h6nn6 y mae chwech
marcha6c a th2ugeint a phumcant o varchogyon v2d-
a6l. ar wreic v6yhaf a gar pob un gyt ac ef. a ph6y
bynnac a vynno ennill clot o arueu ac o ymwan. ac
o ymlad. ef ae keiff yno os dirper. a uynnei hagen
arbennicr6yd clot ac etmyc. g6nn y lle y kaffei. Gaftell
yffyd ar vynyd aml6c. ac yn h6nn6 y mae mo26yn. ac
yny gyveiftydya6 yd ydys. A ph6y bynnac aallei y
rydhau. penn clot y byt a gaffei. ac ar hynny kych-
wynnv ymeith ao2uc. Heb y g6alchmei. myn vyg
cret ny chyfcaf hun lonyd nes g6ybot a all6yf ell6ng y
vo26yn. allawer o deulu arthur a gyttuuna6d ac ef.
amgen hagen y dywa6t peredur. Myn vyg cret ny
chyfgaf hun lonyd nes g6ybot ch6edel ac yfty2 y
g6ae6 a dywa6t y vo26yn du am dana6. Iphann
yttoed pa6p yn ymgyweirya6. nachaf uarcha6c yn
dyuot y2 po2th a meint mil62 ae angerd ynda6 yn
gyweir o dillat ac arueu. ac a deuei racda6 ac a gy-
uarchei well y arthur ae deulu oll. eithy2 y walchmei.
Ac ar yfg66yd y marcha6c ydoed taryan eurgr6ydy2.
a th2a6ft olaffar glaf yndi. ac yn vnlli6 a hynny ydoed

yꝛ arueu ereill oll. ac ef adywaꝫt ꝫꝛth walchmei. Ꝫi
aledeiſt vyarglꝫyd oth tꝫyll ath vꝛat. a hynny mi ae
pꝛofaf arnat. Kyuodi awnaeth gꝫalchmei y uynyd.
Ilyma heb ef vyg gꝫyſtyl yth erbyn ae yma ae yn y lle
y mynnych nat wyf i na thwyllꝫꝛ na bꝛatꝫꝛ. geyꝛ bꝛonn
y bꝛenhin yſſyd arnafi y mynnafi bot y gyfranc y rof
athi heb y marchaꝫc. Yn llawen heb y gꝫalchmei.
dos ragot mi yth ol. Kacdaꝫ yd aeth y marchaꝫc.
ac ymgyweiryaꝫ awnaeth gꝫalchmei. allawer *oarueu*
agynnigywyt idaꝫ. ac ny mynnaꝫd onyt yrei eidaꝫ.
Gꝫiſgaꝫ awnaeth gꝫalchmei apheredur ym danunt. ac
y kerdaſſant yny ol o achaꝫs eu kedymdeithas. a
meint yd ymgerynt. ac nyt ymganlynnaſſant y gyt.
namyn pob un yny gyueir. Gꝫalchmei yn ieuenctit
ydyd adeuth y dyffrynn * ac yny dyffryn y gꝫelei
kaer allys uaꝫꝛ yny gaer. a thyꝛeu aruchelualch yn
y chylch. ac ef awelei varchaꝫc yndyuot yꝛ poꝛth a-
llan yhela yar balffre gloewdu ffroenuoll ymdeithic. a
rygig waſtatualch eſcutlym didꝛamgꝫyd gantaꝫ. Ƿef
oed hꝫnnꝫ y gꝫꝛ bioed y llys. Kyuarch gwell awnaeth
gꝫalchmei idaꝫ. Ɖuꝫ arodo da itt un benn. aphan
doy ditheu. Pandeuaf heb ef olys arthur. ae gꝫꝛ y
arthur ꝫyt ti. Ɉe myn vyg cret heb y gꝫalch". Mi
aꝫnn gyghoꝛ da itt heb y marchaꝫc. Ƀlin alludedic
yth welaf. Ɖos yꝛ llys ac yno y trigyy heno os da
gennyt. da arglꝫyd aduꝫ adalho itt. Hꝫde vodꝛꝫy
yn arꝫyd att y poꝛthaꝫꝛ. ados ragot yꝛ tꝫꝛ racco.
achwaer yſſyd y minheu yno. Ac yꝛ poꝛth y doeth
gꝫalchmei. adangos y votrꝫy awnaeth achyꝛchu y
tꝫꝛ. aphan doeth y myꝫn. yd oed ffyꝛyſdan maꝫꝛ yn

llosgi. afflam oleu uchel div6c o hona6. a moꝛ6yn
ua6ꝛhydic deledi6 yn eifted ymy6n kadeir 6ꝛth y tan.
Ar uoꝛ6yn a vu lawen 6ꝛtha6 ae reffa6u aoꝛuc. a chy-
chwỹnv yny erbyn. ac ynteu a aeth y eifted ar neill
la6 y uoꝛ6yn. eu kinya6 a gymeraffant. A g6edy eu
kinya6 dala ar ymdidan hygar aoꝛugant. Aphan ytt-
oedynt uelly. llyma yn dyuot ymy6n attunt g6ꝛ g6yn-
ll6yt teledi6. Oi a achenoges butein heb ef. pei g6y-
put ti ia6net itt chware ac eifted ygyt ar g6ꝛ h6nn6.
nyt eiftedut ac ny chwaryut. athynnu y benn allan
ac ymeith. Ha vnbenn heb y uoꝛ6yn pei g6nelut
vyg kyghoꝛ rac ofyn bot pyt gan y g6ꝛ itt. ti a gaeut
y dꝛ6s. 6walchmei agyuodes y vynyd. aphan da6
tu ar dꝛ6f. yd oed y g6ꝛ ar y trugeinuet yn lla6n aru-
a6c yn kyꝛchu y t6ꝛ y uynyd. Sef aoꝛuc g6alchmei a
chla6ꝛ g6ydb6yll diffryt rac dyuot neb y uynyd o
nadunt yny doeth y g6ꝛ ohela. Ar hynny llyma y
iarll yn dyuot. Beth y6 hynn heb ef. Peth hagyꝛ
heb y g6ꝛ g6ynll6yt. bot yꝛ achenoges racko yn eifted
educher ac yn b6yta gyt ar g6ꝛ alada6d awch tat. A
g6alchmei uab g6yar y6. Peit6ch bellach heb yꝛ
iarll miui a af ymy6n. Y iarll a vu lawen 6ꝛth walch-
mei. Ha vnbenn heb ef cam oed itt dyuot yan llys oꝛ
g6yput lad an tat o honat. Kyn *naa*llom ni y dial
du6 ae dial arnat. Eneit heb *y g6al*chmei llyna ual
y mae amhynny. nac y * adef llad a6ch tat ch6i nac
y diwat ny deuthum i. Neges yd 6yfi yn mynet y
arthur. ac y myhun. archaf i oet vl6ydyn hagen yny
del6yf om neges. ac yna ar vyg cret vyn dyuot yꝛ
llys honn y wneuthur vnoꝛdeu ae adef ae wadu. Yꝛ

oet agauas yn llawen. Ac yno y bu y nos honno. Trannoeth kychwyn ymeit a oꝛuc. Ac ny dyweit yꝛ yſtoꝛya am walchmei hỽy no hynny yn y gyueir honno. A pheredur a gerdaỽd racdaỽ. Crỽytraỽ yꝛ ynys a wnaeth peredur. y geiſſaỽ chwedylyaeth y ỽꝛth y uoꝛỽyn du. Ac nys kauas. Ac ef a deuth y dir nyſ atwaenyat ymyỽn dyffryn avon. Ac ual yd yttoed yn kerdet y dyffrynn. ef a welei varchaỽc yn dyuot yn y erbyn. ac arỽyd balaỽc arnaỽ. Ac erchi y vendyth a wnaeth. Och a truan heb ef ny dylyy gaffel bendyth. Ac ny phꝛỽytha itt. am wiſgaỽ arueu dyd kyuuch ar dyd hediỽ. A pha dyd yỽ hediỽ heb y peredur. Duỽ gỽener y croclith yỽ hediỽ. Na cheryd ui ny wydỽn i hynny. Blỽydyn y hediỽ y kychwynneis om gỽlat. Ac yna diſgynu yꝛ llaỽꝛ a wnaeth ac arwein y uarch yn y laỽ. A thalym oꝛ pꝛiffoꝛd a gerdaỽd yn y gyuaruu ochelffoꝛd. Ac yꝛ ochelffoꝛd trỽy y coet. ar parth arall yꝛ coet. ef a welei gaer voel ac arwyd kyuanned a welei oꝛ gaer. A pharth ar gaer y doeth. Ac ar boꝛth y gaer y kyuaruu ac ef y balaỽc a gyuaruuaſſei ac ef kynno hynny. Ac erchi y vendyth a oꝛuc. Bendyth duỽ itt heb ef. A iaỽnach yỽ kerdet uelly. a chyt a mi y bydy heno. A thꝛigyaỽ a wnaeth pedur y nos honno yno. Trannoeth arofun a wnaeth peredur ymeith. Nyt dyd hediỽ y neb y gerdet. ti a vydy gyt a mi hediw. ac avoꝛy a thꝛennyd. A mi a dywedaf itt y kyuarwydyt goꝛeu a allwyſ am yꝛ hyn̄ yd wyt yn y geiſſaỽ. Ar pedwyꝛyd dyd arofun a wnaeth pedur y ymdeith. Ac adolỽyn yꝛ balaỽc dywedut kyfarwydyt yỽꝛth gaer yꝛ enryuedodeu. Kymeint

ac awyp6yfi mi ae dywedaf itt. Dos d𝑧os ymynyd
racko. a thu h6nt y𝑧 mynyd ymae afon. ac yndyffrynn
y𝑧 avon y mae llys b𝑧enhin. ac yno y bu y b𝑧enhin y
pafc. ac o𝑧 keffy ynvnlle chwedyl y 6𝑧th gaer y𝑧
enryuedodeu. ti ae keffy yno.    Ic yna y kerda6d
ped^{ur} * racda6. ac y deuth y dyffryn y𝑧 avon. ac y
kyfaruu ac ef niuer owy𝑧 yn mynet y hela.  Ac ef
awelei ymplith y niuer g6𝑧 urdedic. a chyuarch ida6
ao𝑧uc pered^{ur}.  Dewis di vnbenn ae ti aelych y𝑧 llys.
ae titheu adelych gyt ami y hela.  ae minneu a y𝑧-
ro vn o𝑧 teulu yth o𝑧chymun y verch yffyd im yno.
y gymryt b6yt allynn yny del6yf o hela. ac o𝑧 byd
dy negeffeu hyt y gallwyf i eu kaffel ti ae keffy yn
llawen. agy𝑧ru awnaeth y b𝑧enhin g6as by𝑧ruelyn
gyt ac ef.   Iphandoethant y𝑧llys ydoed y𝑧 vn-
bennes g6edy kyfodi ac yn mynet y ymolchi. ac
ydeuth pedur racda6. ac y greffawa6d hi peredur yn
llawen. ae gynn6ys ar y neilllla6. a chymryt eu |eu
kinya6 ao𝑧ugant. a pheth bynnac adywettei peredur
6𝑧thi. chwerthin awnay hitheu yn vchel. mal yclywei
pa6p o𝑧 llys.  Ic yna y dywa6t y g6as by𝑧uelyn 6𝑧th
y𝑧 unbennes.  Myn vyg cret heb ef o𝑧 bu 6𝑧 itti eir-
yoet y mack6y h6nn auu. ac ony bu 6𝑧 itt ymae dy
v𝑧yt ath ved6l arna6.  Ir g6as by𝑧uelyn aaeth parth
ac att y b𝑧enhin. ac adywa6t mae tebyckaf oed gan-
ta6 bot y mack6y agyuaruu ac ef ynwr oe verch. ac
onyt g6𝑧 mi adebygaf ybyt g6𝑧 idi yny lle onyt
ymogely racda6. Mae dy gygho𝑧 di was heb y b𝑧en-
hin.  Kygho𝑧 y6 gennyf ell6ng dewrwy𝑧 am y benn
ae dala. yny wypych diheur6yd am hynny. ac ynteu

a ellynghaᵦd gᵦyꝛ am benn peredᵘʳ oe dala. ac y dodi
y myᵦn geol. ar voꝛᵦyna doeth yn erbynn y that ac
a ovynnaᵦd idaᵦ. py achaᵦs y paraſſei carcharu y
mackᵦy olys arthur. Dioer heb ynteu ny byd ryd
heno nac auoꝛy na thꝛenhyd. ac ny daᵦ oꝛꝡe ymae.
Ꝥy ᵦꝛthneuaᵦd hi ar y bꝛenhin yꝛ hynn a dywaᵦt. a
dyuot att y mackᵦy. ae anigryf gennyt ti dy uot
yma. Ꝥym toꝛei i kyn ny beᵦn. Ꝥy byd gwaeth dy
wely ath anſaᵦd noc un y bꝛenhin. Ar kerdeu goꝛeu
yn y ꝡys ti ae keffy ᵦꝛth dy gyghoꝛ. a phei djdanach
gennyt titheu no chynt vot vynggᵦely i yma. y ym-
didan a thi ti ae kaffut yn ꝡawen. Ꝥy wrthneuafi
hynny heb y peredur. Ᵽf a uu yg karchar y nos hon-
no. ar uoꝛᵦyn a gywiraᵦd yꝛ hyn̄ a adaᵦſſei idaᵦ. a
thꝛannoeth y clywei ꝑedᵘʳ * kynnᵦꝛyf yny dinas.
Ᵽia voꝛᵦyn dec py gynnᵦꝛyf yᵦ hᵦnn heb y peredᵘʳ.
ꝡu y bꝛenhin ae aꝡu yſſyd yn dyuot yꝛ dinas hᵦnn
hediᵦ. Ᵽeth a vynnant hᵦy ueꝡy. Ᵽarꝡ yſſyd yn
agos yma adᵦy iarꝡaeth idaᵦ. a chy gadarnet yᵦ
a bꝛenhin. a chfranc a vyd y rygtunt hediᵦ. adolᵦyn
yᵦ gennyfi y ti heb y peredur peri y mi varch ac
arueu y vynet y difgᵦyl ar y gyfranc. ar vyg kywirdeb
ynheu dyuot ym carchar dꝛachevyn. Ᵽn ꝡawen heb
hitheu mi a baraf itt varch ac arueu. a hi a rodes idaᵦ
march ac arueu a chᵦnſaꝡt purgoch aruchaf y aru-
eu. a tharyan uelen ar y yſgᵦyd. a dyuot yꝛ gyfranc
a wnaeth. ac a gyfaruu ac ef owyꝛ yꝛ iarꝡ y dyd
hᵦnnᵦ ef ae byꝛyaᵦd oꝡ yꝛ ꝡaᵦꝛ. ac ef adoeth dꝛᵃ-
chevyn y garchar. Ᵽovyn chwedleu a wnaeth y voꝛ-
ᵦyn y ꝑedur. ac ny dywaᵦt ef vn geir ᵦꝛthi. a hitheu

aaeth y ofyn chwedleu y that. a govyn a wnaeth pôy
auuaſſei oʒeu oe deulu. Ynteu a dywaôt nas at-
waenat. gwr oed a chônſaĺt coch aruchaf y arueu
a tharyan velen ar y yſgôyd. agowenu a wneth hi-
theu. adyuot yʒ ĺe yd oed pered<sup>ur</sup>. ada vu y barch y
nos honno. a thʒi dieu ar untu y ĺadaôd ped<sup>ur</sup> wyʒ
yʒ iarĺ. A chynn caffel o neb wybot pôy vei y doey
y garchar dʒacheuyn. Ar pedwyʒyd dyd y ĺadaôd
ped<sup>ur</sup> y iarĺ ehunan. adyuot aoʒuc y voʒwyn yn
erbyn y that. agovyn chôedleu idaô. Ôhwedleu da
heb y bʒenhin. Ĺad yʒ iarĺ. a minneu bieu y dôy
iarĺaeth. aôdoſt ti arglôyd pôy ae ĺadaôd ef. Gôn
heb y bʒenh. Marchaôc y cônſaĺt coch ar taryan
uelen ae ĺadaôd. Arglôyd heb hi miui aôn pôy yô
hônnô. Yʒ duô heb yʒ ynteu pôy yô ef. arglôyd heb
hi y marchaôc yſſyd yg karchar gennyt yô hônnô.
Ynteu adoeth hyt ĺe ydoed peredur. achyuarch
gôeĺ idaô awnaeth. adywedut idaô y gôaſſanaeth
awnathoeth. y talei idaô megys y mynnei ehun. A
phan aethpôyt y vôyta. Peredur adodet ar neiĺ laô
y bʒenhin. ar uoʒôyn y parth araĺ y pered<sup>ur</sup>. Mi
arodaf itt heb y bʒenhin vym merch yn bʒiaôt. a
hanner vym bʒenhinyaeth genthi. ardôy iarĺaeth a
rodaf itt yth gyuarôs. arglôyd duô a dalho itt heb y
peredur. ny deuthum i yma yʒ gôʒeicka. * Beth a
geiſſy ditheu vnbenn. Keiſſaô chedleu yd ôyf i y ôʒth
gaer yʒ enryuedodeu. Môy yô medôl yʒ vnbenn noc
ydym ni yn y geiſſaô heb yuoʒôyn. Ôhwedleu y ôʒth y
gaer ti ae keffy. a chynhebʒygyeit arnat trô y gyuoeth
vyn tat a thʒeul digaôn. athydi unbenn yô y gôʒ môy-

haf agarafi. Ac yna y dywa6. Dos d2os y mynyd
racco. a thi a wely lynn achaer o vy6n y llynn. a
h8no aelwir kaer y2 enryuedodeu. ac ny wdam ni
dim oe hanryuedodeu hi eithy2 y gal6 velly. a dyuot
a o2uc pedur parth ar gaer. a pho2th y gaer oed yn
ago2et. a phandoeth tu ar neuad. yd2Gs oed yn
ago2et. ac val y doeth y my6n. g6ydb6yll awelei yny
neuad. aphob vn o2 d6y werin yn g6are yn erbyn y
gilyd. ar vn y bydei bo2th ef idi. agollei y g6are. ar
llall a dodei a62 yn vnwed a phey bydynt g6y2. Sef
awnaeth ynteu digya6 achymryt ywerin yn y arffet
athaflu y cla62 y2 llynn. A phan yttoed ef uelly.
nachaf y uo2wyn du yndyuot y my6n. ac yn dywedut
62th p<sup>ur</sup>. Dy bo greffa6 du6 62thyt. Wynychach it
wneuthur d26c no da. Beth a holy di y mi y uo26yn
du heb ypedur. Golledu o honat y2 amherod2es oe
chla62 ac ny mynnei hi hynny y2 y amherod2aeth.
Oed wed ykeffit y cla62. oed beielhut y gaer yf-
bidinongyl. ymae yno 62 du yndiffeitha6 llawer o
gyuoeth y2 amherod2es. allad h6ñ6 ohonat ti agaffut
y cla62. ac ot ey di yno ny doy yn vy6 d2acheuyn. a
vydy di gyuar6yd y mi yno heb ypedur. Mi auan-
agaf ffo2d itt yno heb hi. Ef adeuth hyt ygkaer
yfbidinongyl. ac aymlada6d ar g62 du. ar g62 du
aerchis na6d y pered<sup>ur</sup>. Mi arodaf na6d it par vot
y cla62 yny lle yd oed pan deuthum i y2 neuad. ac
yna y doeth y uo26yn du. adywedut 62tha6. Ie heb
hi. Amelltith du6 itt yn lle dy lauur. am ada6 y2
o2mes yn vy6. yffyd yn diffeitha6 kyuoeth y2 amher-
od2es. Mi aedeweis heb yperedur ida6 yeneit y2

Ywna mal y troythir oydexp
a gerrïut uad erbin.

Athir adruodes dala llys ygtaer=
llion arwye. ac y dilis arunti
seith midteuot pasc . exphnmp nad
lic. Ar sulgwyn orergyldterth dala llys
aoruc pno . Bauys lygwrchaf Ue mp gr
wveth oed gwer llioti y ar uor ac par on.
A dygywor aoruc attav nab bzenhin azona
vc. adeoynt ßyz wav lyyt mo . Ac pgrt a
hymmp leull abarbneit . Bauys gwahoddwz
wab upoet prei hymmy ymybybyvi arbenuc
onybet uabz aghenyon yn eu lluoynes .
Aphamvei et ygtaerllion yn dala llys . teir
eglwys ardr aachubit vzth vofferunneu .
Sef uad yoachubit . eglwys yartinur ae de
yzneo ae dwahootkyz . Ar eil y dzehinniar . ae
rianeo. Ar dzyno auyde yz orltein ardze euth
eut. ar bedwarvo y          frauc ar sbydo
gyon ereill . A uab eglwys ervill auyoei yz
nab yemutenlu . ae ydzalehnnei yn beunaf.
Bauyz et oerderdioervvodot mllorvaeth ar
urdas voneo oed beunaf ar ynab yemiteulu.
ae uyt anghei yn vn oz eglwysleu nibp noe
advilzerlsem ni uchot . Gledzlbve gwuadua

peri y cla6ꝛ.  Dyt ytti6 ycla6ꝛ y lle kyntaf y kefeiſt.
Dos dꝛacheuyn allad ef.  Mynet aoꝛuc pedur allad y
g6ꝛ du.  Aphandoeth yꝛ llys yd oed y uoꝛ6yn du yn
y llys.  Ba uoꝛ6yn heb y pedur mae yꝛ amherodꝛes.
Yꝛofi a du6nys * g6ely di hi yna6ꝛ. ony bei lad
goꝛmes yſſyd yny ffoꝛeſt racko ohonat.  Py ry6
oꝛmes y6 hònn6.  Kar6 yſſyd yno achynebꝛ6ydet y6
ar adeinya6c kyntaf. ac un coꝛn yſſyd yny dal. kyhyt
aphaladyꝛ g6ae6. achynvlaenllymet y6 ardim blaen-
llymhaf. a thoꝛri awna bꝛic y coet ac avo owell yn
y ffoꝛeſt. allad pob aniueil awna oꝛ agyfarffo ac ef
yndi. ac arnys llado. mar6 vydant o newyn.  X
g6aeth no hynny.  Dyuot awna beunoeth ac yuet y
byſcotlyn yn y dia6t. agadu y pyſca6t yn noeth a
meir6 vyd eu kanm6yhaf. kynndyuot d6fyꝛ idi dꝛach-
efyn. a voꝛwyn heb y peredur adoy di y dangos ymi
yꝛ aniueil hònn6.  Dac af ny lyuaſſ6ys dyn uynet yꝛ
ffoꝛeſt yꝛ ys bl6ydyn.  Mae yna gol6yn yꝛ argl6ydes.
ahònn6 agyfyt y kar6 ac ada6 attat ac ef. ar kar6 ath
gyꝛch di.  Ycolwyn aaeth yngyfarwyd y pered^ur. ac
agyuodes y car6. ac adoeth parth ar lle yd oed ped^ur
ac ef. Jr kar6 agyꝛcha6d ped^ur. ac ynteu aellygh6ys
y ohen heiba6. ac atrewis y benn yarna6 achledyf.
aphan yttoed ynedꝛych ar penn y kar6. ef awelei
varchoges yn dyuot atta6. ac ynkymryt y col6yn yn
llawes ychapann. ar penn y rygthi achoꝛyf. Ar toꝛch
rudeur aoed am yvyn6gyl. avnben heb hi anſyber6
y g6naethoſt. llad y tl6s teckaf oed ymkyuoeth. arch
auu arnaf y hynny. Jc aoed wed y gall6n i kaffel
dy gerennyd di. Oed. dos yvꝛonn ymynyd racko.

ac yno ti awely l6yn. ac ymon yll6yn ymae llech. ac
yno erchi g62 y ymwan deirg6eith.ti agaffut vygker-
enhyd. Peredur agerda6d racda6. ac adeuth y ymyl
yll6yn. ac aerchis g62 y ymwan. Ac ef agyuodes
g62 du y dan y llech. a march yſky2nic y dana6. ac
arueu rytlyt ma62 ymdana6 ac ymdan y uarch. ac
ymwan awnaethant. Ac ual y by2yei peredur y g62
du y2 lla62 y neityei ynteu yny gyfr6y d2acheuyn. a
diſgynnv ao2uc pered<sup>ur</sup> athynnv cledyf. ac yn hynny
difflannu ao2uc y g62 du a march p<sup>ur</sup> ganta6. ac ae
varch ehun hyt nawelas ef y2 eil ol6c arnvnt. ac ar
hyt y mynyd kerdet awnaeth peredur. ar parth arall
y2 mynyd ef awelei gaer yn dyffryn auon. apharth
ar gaer y doeth. ac ual y da6 y2 gaer. neuad * awelei.
ad26s y neuad yn ago2et. ac y my6n y doeth. ac ef
awelei 62 ll6yt cloff yn eiſted ar dal y neuad. ag6alch-
mei yn eiſted ar y neill la6. ae varch aducſei y g62
du. awelei yn vn p2eſſeb amarch g6alchmei. allawen
uuant 62th pedur. amynet y eiſted ao2uc y parth
arall y2 g62ll6yt. ac ar hynny nachaf was melyn yn
dyg6yda6 ar penn y lin gey2 b2on pered<sup>ur</sup>. ac yn erchi
kerennyd yperedur. Argl6yd heb y g6as mi adeu-
thum yn rith y uo2wyn du y lys arthur. aphan vy2-
yeiſt y cla62. aphan ledeiſt y g62 du oyſbidinongyl.
a phan ledeiſt y kar6. a phan vuoſt yn ymlad ar g62
o2 llech. ami adeuthum ar penn ynwaetlyt ar ydyſcyl.
ac arg6ae6 yd oed y ffr6t waet o2 penn hyt y d62n ar
hyt y palady2. ath geuynder6 bioed y penn. ag6id-
onot kaerloy6 ae lladyſſei. ac 6ynt agloffaſſāt dy
ewythy2. ath geuynder6 6yf ynneu. a darogan y6

ytti dial hynny. a chygoꝛ vu gan pedur agꝟalchmei
anuon att arthur ae deulu y erchi idaꝟ dyuot am benn
y gꝟidonot. adechꝛeu ymlad awnaethant ar gꝟidon-
ot. allad gꝟꝛ yarthur geyꝛ bꝛonn pered<sup>ur</sup> awnaeth
vn oꝛ gꝟidonot. ae gꝟahard aꝟnaeth ped<sup>ur</sup>. Ar eil-
weith llad gꝟꝛ awnaeth ywidon geyꝛ bꝛonn pedur.
ar eilweith y gꝟahardaꝟd pedur hi. Ar tryded weith
llad gꝟꝛ awnaeth y widō geyꝛ bꝛonn ped<sup>ur</sup>. athynnv
y gledyf awnaeth peredur. atharaꝟ y widon aruchaf
y helym yny hyllt yꝛ helym. ar arueu oll. ar penn yn
deu hanner. A dodi llef awnaeth ac erchi yꝛ gꝟidon-
ot ereill ffo. adywedut pan yꝟ peredur oed. y gꝟꝛ a
vuaffei yn dyfcu marchogaeth gyt ac ꝟynt yd oed
tyghet eullad. Ac yna y trewis arthur ae deulu gan
y gꝟidonot. ac yllas gꝟidonot kaer loyꝟ oll. Ac
uelly y treythir ogaer yꝛ enryuedodeu.

# Gereint and Enid.

## Llyma mal y treythir o ystoꝛy- a gereint uab erbin.

ARthur a deuodes dala llys yg kaer llion ar wyſc. Ac y delis ar untu ſeith ~~mlyned~~ paſc. a phump nadolic. Ar ſulgwyn dꝛeigylweith dala llys a oꝛuc yno. kanys hygyꝛchaf lle yny gyuoeth oed gaer llion y ar uoꝛ ac y ar dir. A dygyuoꝛ a oꝛuc attaỽ naỽ bꝛenhin coꝛonaỽc. a oedynt wyꝛ idaỽ hyt yno. Ac y gyt a hynny Ieirll a barỽneit. kanys gỽahodwyꝛ idaỽ uydei y rei hynny ym pob gỽyl arbennic ony bei uaỽꝛ aghenyon yn eu lludyas. A phan vei ef yg kaer llion yn dala llys. teir eglỽys ar dec a achubit ỽꝛth y offerenneu. Sef ual yd achubit. eglỽys y arthur ae deyꝛned ae wahodwyꝛ. Ar eil y wēhỽyuar. ae rianed. Ar dꝛyded a uydei yꝛ diſtein ar ~~dię~~ eircheit. Ar bedwared y franc ar ſỽydogyon ereill. A naỽ eglỽys ereill a uydei yꝛ naỽ pennteulu. Ac y walchmei yn bennaf. Kanys ef o arderchocrỽyd clot milỽꝛyaeth ac urdas boned oed bennaf ar y naỽ pennteulu. Ac nyt anghei yn vn oꝛ eglỽyſſeu mỽy noc a dywedaſſam ni uchot. Glewlỽyt gauaeluaỽꝛ oed penn poꝛthaỽꝛ idaỽ. Ac nyt ymyꝛrei ef yg gỽaſſanaeth. na-

myn yn vn oꝛ teir gỽyl arbennic. namyn ſeithwyꝛ a
oedynt y danaỽ yn gỽaſſanaethu. arennynt y vlỽyd-
yn y ryngtunt. Nyt amgen. grynn.        a
phenn pighon. aỻaes gymyn. a gogyfỽlch. a gỽꝛd-
nei lygeit cath. awelei hyt nos yngyſtal ac hyt
dyd. A dꝛem uab dremhitit. Achluſt uab cluſtueinyt
aoedynt wylwyꝛ y arthur. A duỽ maỽꝛth ſulgỽyn
ual yd oed yꝛ Amheraỽdyꝛ yn y gyuedach yn eiſted.
nachaf was gỽineu hir yn dyuot y myỽn. Apheis a
ſỽꝛcot obali caeraỽc ymdanaỽ. a chledyf eurdỽꝛn
am y vynỽgyl. adỽy eſgit iſſel o goꝛtwal am y dꝛaet.
adyuot aoꝛuc hyt rac bꝛonn arthur * Henpyth
gỽeỻ arglỽyd heb ef. Duỽ arodho da it heb yꝛ
ynteu. agreſſo duỽ ỽꝛthyt. ac aoes chỽedleu onewyd
gennyt ti. Oes arglỽyd heb yꝛ ynteu. Nyt atwen
i dydi heb yꝛ arthur. Ryued yỽ gennyf i nam
atwaenoſt. affoꝛeſtỽꝛ itti arglỽyd ỽyf i yn foꝛeſt y
dena. a madaỽc yỽ vy enỽ i uab tỽꝛgadarn. Dywet
ti dy chwedleu heb yꝛ arthur. Dywedaf arglỽyd heb
ef. Kaꝛỽ aweleis yn y foꝛeſt. ac ny weleis yꝛ moet y
gyfryỽ. Pabeth yſſyd arnaỽ ef heb yꝛ arthur. pꝛyt
na welut eiryoet y gyfryỽ. Purwyn arglỽyd yỽ. ac
ny cherda gyt ac un aniueil o ryuic a balchder rac
y urenhineidet. ac y ouyn kyngoꝛ itti arglỽyd y
dodỽyf beth yỽ dy gynghoꝛ am danaỽ. Iawnaf y
gỽnaf i heb yꝛ arthur. mynet y hela ef auoꝛy yn
ieuenctit y dyd. Apheri rybud heno ar baỽb oꝛ ỻet-
tyeu. ac ar ryfuerys oed bennkynyd y arthur. Ac
ar eliuri oed benn mackỽy. ac ar baỽb y am hynny.
Ac ar hynny y trigyaſſant. a geỻỽng y mackỽy oꝛ

blaen aozuc. Ic yna y dywa6t g6enh6yuar 6zth
arthur. Argl6yd heb hi agennhedy di vyvi auozy
y uynet y edzych ac y waranda6 ar hela y kar6 a
dy6a6t y mack6y. Ᵹanhadaf ynIla6en heb yz arthur.
ɯinneu aaf heb hi. Ac yna ydywa6t g6alchmei 6zth
arthur. Irgl6yd heb ynteu ponyt oed ia6n ytitheu.
kanhadu yz neb y delei h6nn6 atta6 yny helua. Ilad
y benn ae rodi yz neb ymynhei ae y ozderch ida6
ehun ae y ozderch y gedymdeith ida6. na marcha6c
na phedeftyz y del ida6. Ᵹanhadaf yn Ilawen heb
yz arthur. a bit y keryd ar y diftein ony byd par-
a6t pa6p auozy y uynet y hela. a thzeula6 y nos a
ozugant dz6y gymodzolder o gerdeu adidan6ch ac
ymdidaneu a diwaIl waffanaeth. Iphan uu amfer
gan ba6p onadunt vynet y gyfcu 6ynt aaethant.
ᴀ phan doeth y dyd dzannoeth deffroi aozugant. ᴀ
gal6 aozuc arthur ar y g6eiffon agadwei y wely. Ɖyt
amgen. pedwar mack6y. ᵴef rei oedynt. Ᵹadyz-
ieith uab poztha6z gand6y. Ac ᴀmhzen uab bedwyz.
Ac ᴀmhar uab arthur. ᴀ gozeu uab Ᵹuftennyn. Ir
g6yz hynny adoethant att arthur. Ac agyuarchaf-
fant weIl ida6. Ac awifc*affant ymdana6. a ryuedu
aozuc arthur na deffroes g6enh6yuar. Ac nat ym-
dzoes yny g6ely. ar g6yz a uynnyffynt y deffroi. Ɖa
deffro6ch hi heb yz arthur. kanys g6eIl genthi gyfcu
no mynet y edzych ar yz hela. Ac yna y kerda6d
arthur racda6. ac ef a gly6ei deu gozn yn canu. vn
yn ymyl Iletty y pennkynyd. ar IlaIl yn ymyl Iletty
y penn mack6y. aIl6yz dygyuoz k6byl oz niuezoed
adoethant att arthur. acherdet aozugant parth ar

ffozeft. **I** gổedy mynet arthur odieithyz y Ilys y deffroes gổenhổyuar. agalổ ar y mozynyon aozuc a gổifcaổ ymdanei. **A** uozynyon heb hi. mi agymmereif gennat neithổyz y uynet yedzych ar yz hela. **Ac** aet un ohonaổch yz yftabyl apharet dyuot aca uo o uarch oz awedo y wraged eu marchogaeth. **Ac** ef aaeth vn onadunt. ac ny chahat ynyz yftabyl namyn deu uarch. **A** gổenhổyuar ac un oz mozynyon aaeth-ant ar y deu uarch. ac ổynt adoethant dzổy wyfc. **A**llufc y gổyz ar meirch a gynhalyffant. **Ic** ual y bydynt yn kerdet uelly ổynt aglywynt tổzyf maổz angherdaổl. **Ac** edzych aozugant dzae keuyn. ac ổynt awelynt uarchaổc ar ebaổluarch helyclei athzu-gar y ueint. **A**mackổy gổyneu **I**euanc efgeirnoeth teyzneid arnaổ. **A** chledyf eurdổzn ar y glun. apheis a fổzkot o bali ymdanaổ. **A**dổy efkit iffel ogozdwal am ydzaet. **A**llenn o bozffoz glas ar warthaf hynny. ac aual eur ổzth bop cổzr idi. **A** cherdet yn uchel-ualch dzybelit ffraeth gyffonuyz awnaei y march. ac ymozdiwes agổennhổyuar aozuc. a chyuarch gổell idi aozuc. **D**uổ arodho da itt ereint heb yz hitheu. a mi ath adnabuum pann yth weleif gyntaf gynneu. a greffaổ duổ ổzthyt. **A**phaham nat aethoft di gyt ath arglổyd yhela. **A**m na wybuum pan aeth heb ef. Minneu aryuedeis heb hi gallu o honaổ ef vynet yndirybud ymi. **I**e arglổydes heb ef. kyfcu awneuth-um i ual na wybuum pan aeth ef. **A** gozeu vn kedӯ-deith genhyf i heb hi vyg kedymdeithas arnaổ yny kyuoeth oll wyt ti owas ieuanc. **Ac** ef aallei uot yngyn digriuet ymi oz hela ac udunt ổynteu⸗ kanys

ni a glywn y * ky2n pan ganer. ac agly6n yc6n
pann ellynger. a phan dech2euont al6. ac 6ynt a
doethant y yſtlys y fo2eſt. ac yno ſeuyll a6naeth-
ant. Ni agly6n odyma heb hi pan ellynger yk6n.
ac ar hynny t62yf agly6ynt. ac ed2ych yg g62th6yn-
eb y t626f ao2ugant. ac 6ynt a6elynt co2r yn march-
ogaeth march uchelde6 ffroenuoll maſwehyn ka-
darnd2ut. Ac yn lla6 yco2r yd oed ffrowyll. Ac
yn agos y2 co2r y g6elynt wreic y ar uarch canwel6
teledi6. a phedeſtric waſtatualch ganta6. ac eurwiſc
o bali ymdanei. Ac yn agos idi hitheu marcha6c y
ar gatuarch ma62 tomlyt. ac arueu tr6m gloy6 ym
dana6 ac am y uarch. A diheu oed ganthunt na wel-
ſynt eiryoet g62 amarch ac arueu hoffach gantunt
eu meint noc 6ynt. A phob un onadunt yn agos y
gilyd. Gereint heb y g6enh6yuar a atwaenoſt di y
marcha6c racco ma62. nac atwen heb y2 ynteu. ny
at y2 arueu eſtrona6l ma62 racco welet nae wyneb
ef nae b2yt. Dos uo26yn heb y g6enh6yuar a gouyn
y2 co2r p6y y marcha6c. mynet ao2uc y uo26yn yn
erbyn yco2r. Sef ao2uc y co2r kyuaros y uo26yn
pan ygwelas yn dyuot atta6. A gouyn ao2uc y uo26yn
y2 co2r p6y y marcha6c heb hi. Nys dywedaf ytti
heb ef. Kanys kynd26c dy wybot heb hi ac nas
dywedy ymi. mi ae gouynnaf ida6 ehun. Na ouynny
myn uyg cret heb ynteu. Paham heb y2 hi. Am nat
6yt yn enryded dyn a wedo 62tha6 ymdidan am har-
gl6ydi. Sef ao2uc y uo26yn yna troſſi penn ymarch
tu ar marcha6c. Sef ao2uc y co2r yna y thara6 ar
ffrowyll aoed yn y la6 ard2a6s y h6yneb ae llygeit

yny uyd y g6aet yn hidleit.  Sef a6naeth yuo2byn
o dolur  y dy2na6t. dyuot d2acheuynt at wenh6yuar.
dan g6yna6 y dolur.  Hagy2 ia6n heb y gereint y
go2uc y co2r athi.  Oi aaf heb y gereint y wybot
p6y y marcha6c.  Dos heb y g6enh6yuar. dyuot a
o2uc gereint att y co2r.  P6y ymarcha6c racko heb
y gereint.  Dys dywedaf ytti heb y co2r.  Oi ae
gouȳnaf y2 marcha6c ehun heb ynteu.  Da ovȳny
mynn vygcret heb y co2r.  nyt 6yt vn en*ryded di
ac y dylyych  ymdidan  am  argl6yd i.  Miui heb y
gereint aymdideneis ag62 yffyd gyftal ath argl6yd
di. ath2offi penn  y uarch ao2uc parth ar marcha6c.
Sef ao2uc y co2r. ymo2diwes  ac ef  ae dara6  yny
gyueir y tra6fei y uo2byn. yny oed y g6aet ynlliwa6
y llenn oed am ereint.  Sef ao2uc gereint dodi y
la6  ard62n y gledyf. achymryt kyngho2  yny ued6l
ac yfty2ya6 ao2uc nat oed  dial ganta6 llad y co2r.
ar marcha6c arua6c yny gael ~~yny gael~~ ynrat aheb
arueu. Adyuot d2acheuyn ao2uc hyt lle ydoed wen-
h6yuar.  Doeth aph6ylla6c y med2eift heb hi.  Ar-
gl6ydes heb ef miui etwa aaf yny ol gan dy gen-
nyat ti. ac ef ada6 yny diwed y gyuanned y kaff-
6yf i arueu. ae eu benffic ae ar 6yftyl. ual y kaff6yf
ymbra6 ar marcha6c.  Dos ditheu heb hi ac nac
ymwafc ac ef yny geffych arueu da. agoual ma62
uyd genyfi ymdanat ti heb hi yny gaff6yf ch6edleu
y 62thyt.  Os by6 uydaf i heb ef erbyn p2yt na6n
auo2ycher ti aglywy ch6edleu odianghaf. ac ar
hynny kerdet ao2uc.  Sef ffo2d y kerdaffant is la6
y llys ygkaer llion.  Ac y2 ryt ar wyfc mynet d2wod.

a gſaſtat tir tec erdıym aruchel a gerdaſſant yny
doethant y dinaſtref. Ac ympenn y dıef ygſelynt
kaer a chaſteⅡ. Ac y benn y dıef y doethant. ac ual
y kerdei y marchaſc dıſy y dıef y kyuodei tylſyth
pob ty y gyuarch gſeⅡ idaſ ac y reſſaſu. Aphan
doeth gereint yı dıef edıych awnaei ympob ty y
geiſſaſ adnabot neb oı aſelei. Ac nyt atwaenat ef
neb na neb ynteu. ual y gaⅡei ef gaffel kym|mſyn-
as o arueu ae o venffic ae ar wyſtyl. Aphob ty a
welei ynⅡaſn o wyı ac arueu a meirch. ac yn Ⅱath-
ıu taryaneu. Ac yn yſleipanu cledyfeu. Ac yn golchi
arueu. ac yn pedoli meirch. Ar marchaſc ar uarch-
oges ar coır agyıchaſſant y caſteⅡ aoed ynydıef.
Ⅱaſen oed baſp ſıthunt oı kaſteⅡ. Ac ar y bylcheu
ar pyıth ympob kyueir yd ymdoıuyn|nyglynt y gy-
uarch gſeⅡ. ac y uot ynⅡaſen ſıthunt. SeuyⅡ ac
edıych aoıuc gereint auydei dim gohir arnaſ yny
caſteⅡ. Aphan wybu yn hyſpys y drigyaſ. edıych
aoıuc yny gylch. ac ef awelei ar dalym oıdıef hen-
Ⅱys * atueiledic ac yndi neuad dıydoⅡ. Ac ſıth nat
atwaenat neb yny dıef mynet aoıuc yı henⅡys. A
gſedy dyuot ohonaſ parth ar Ⅱys. ny welei hayach
namyn lofft aſelei. aphont o uaen marmoı yn dyuot
oı lofft. Ac ar y bont y gſelei gſı gſynⅡſyt yn eiſted.
a hen diⅡat atueiledic ym danaſ. Sef aoıuc gereint
arnaſ yngraff hirhynt. ſſef y dywaſt y gſı gſynⅡſyt
ſıthaſ. A uaccſy heb ef. pa uedſl yſ y teu di. Me-
dylyaſ heb ynteu am na ſn pale ydaf heno. Adeuy
di ragot yma unben heb ef. athi ageffy oıeu a
gaffer itt. A dyuot racdaſ aoıuc achyıchu aoıuc y

g6z g6ynll6yt ~~y g6z g6ynll6yt~~ yz neuad oe vlaen. A
difgynnv aozuc yny neuad ac ada6 yno y uarch. a
dyuot racda6 tu ar lofft ef ar g6z g6ynll6yt. Ac ar
y lofft y g6elei gohenwreic yn eifted ar obennyd. a
hen dillat atueiledic o bali ymdanei. A phan uuaf-
fei yny lla6n ieuenctit. tebic oed ganta6 na welffei
neb wreic degach no hi. A moz6yn gyz ylla6 a
chzys allenlliein ymdenei gohen yndechzeu at-
ueila6. A diheu oed ganta6 na welfei eiryoet un uoz6-
yn gyfla6nach o amylder pzyt agofked atheledi6-
r6yd no hi. Ar g6z g6ynll6yt adywa6t 6zth y uoz6yn.
Dyt oes was y uarch y mack6y h6nn heno namyn
tydi.	Y g6affanaeth gozeu aall6yfi heb hi mi ae
g6naf ac ida6 ac y uarch. Adiarchenu y mak6y aozuc
y uoz6yn. Ac odyna diwallu y march owellt ac yt. A
chyzchu yz neuad ual kynt adyuot yz loft dzacheuyn.
Ac yna y dywa6t y g6z g6ynll6yt 6zth y uoz6yn. Dos
yz dzef heb ef ar tra6fg6yd gozeu ac aellych ov6yt
allynn par dyuot yma ac ef. Mi awnaf yn lla6en
argl6yd heb hi. Ac yz dzef y doeth y uor6yn. ac ym-
didan aozugant 6ynteu tzauu y uoz6yn yny dref. Ac
yny lle nachaf y uoz6yn yn dyuot a g6as y gyt ahi. a
choftrel ar y geuyn yn lla6n oued g6erth. a ch6arth-
a6z eidon ieuanc. Ac y r6ng d6yla6 y uoz6yn yd oed
talym ouara g6ynn. Ac un coeffet yny llenlliein. ac
yz lofft ydoeth. Dy elleis i heb hi tra6ffg6yd well no
h6nn. Ac ny cha6n uygcredu ar well no hynn. Da
diga6n heb y gereint. apheri ber6i y kic aozugant.
A phanuu bara6t eu b6yt 6ynt aaethant y eifted. Dyt
amgen. [775] Gereint aeifteda6d y r6ng y g6z g6yn-

ll6yt ae wreic. ar uo26yn awaffanaetha6d arnunt. a
b6yta ac yuet ao2ugant. Jg6edy daruot b6yta. dala
ar ymdidan ar g62 g6ynll6yt ao2uc gereint. agouyn
ida6 ae ef gyntaf bioed y llys yd oed yndi. a)i yfg6ir
heb ef ae hadeila6d. ami bieiuu y dinas ar caftell
a6eleift ti. Och a62 heb y gereint. paham y colleift
ditheu h6nn6. a)i agolleis heb ynteu iarllaeth ua62
ygyt ahynny. a llyma paham y colleis. ]ei uab
b2a6t aoed im. achyuoeth h6nn6 armeu vyhun
agymereis i attaf. a phan doeth nerth ynda6 holi y
gyuoeth awnaeth. Jef y kynheleis ynheu y gyuoeth
racda6 ef. ]eri ao2uc ynteu ryuelu arnafi. achyn-
uydu c6byl o2 aoed ymlla6. a62da heb y gereint
auenegy di y mi pa dyuotyat uu un y marcha6c a
doeth y2 dinas gynneu. ar uarchoges ar co2r. a
phaham y mae y darpar aweleis i arg6eirya6 arueu.
managaf heb ef. ]arpar y6 auo2y archware yffyd
gan y2 iarll Jeuanc. ]yt amgen dodi ymy6n g6eir-
gla6d yffyd yno d6y ffo2ch. ac ar y d6y ffo2ch g6ial-
geing aryant. a llamhyftaen a dodir ar y wialgeing.
a th62neimeint auyd am y llamhyfdaen. Jr niuer
aweleift di yny d2ef oll owy2 ameirch ac arueu ada6
y2 t62neimeint. ar wreic v6yhaf agarho ada6 ygyt
aphob g62. ac ny cheiff ymwan am y llamyftaen y
g62 ny bo gyt ac ef y wreic v6yhaf agarho. ar mar-
cha6c aweleift di agauas y llamhyftaen d6y vlyned.
ac o2 keiff y d2yded ul6ydyn y hanuon a6neir ida6
pob bl6ydyn wedy hynny. ac ny da6 ehun yno. a
marcha6c y llamhyftaen y gel6ir y march o hynn
allan. a 62da heb y gereint mae dy gyngho2 di y mi

am y marchaƀc hƀnnƀ. am ſarhaet ageis gan y goɋr
ac agauas moɋƀyn y wenhƀyuar gƀɋeic arthur. a
menegi yſtyɋ y ſarhaet aoɋuc gereint yɋ gƀɋ gƀynllƀyt.
Ɖyt haƀd ym rodi kynghoɋ itt kanytoes na gƀɋeic na
moɋƀyn ydymardelƀych o honei. yd elut y ymwan
aef. arueu aoed y mi yna y rei hynny agaffut ti. ac
oɋ bei well gennyt uy march i noɋ teu dy hun. a
wrda heb ynteu duƀ adalo it. da digaƀn yƀ gennyfi
vy march vy hun yd ƀyf i yn gynneuin * ac ef. ath
arueu ditheu. a phony edy ditheu ƀɋda ymi ardelƀ oɋ
uoɋƀyn racco yſſyd uerch y titheu. ynoet ydyd auoɋ-
y. Ac oɋdianghafi oɋ tƀɋneimeint. vygkywirdeb am
karyat a uyd ar y uoɋƀyn tra uƀyf i vyƀ. Ɵny dianghaf
inheu. kyn diweiret uyd y uoɋƀyn achȳt. Miui heb
y gƀɋ gƀynllƀyt awnaf hynny yn llaƀen. a chanys ar
ymedƀl hƀnnƀ ydƀyt titheu yn trigyaƀ. reit vyd itt
pan uo dyd auoɋy bot dy uarch ath arueu yn baraƀt.
Kanys yna ydyt marchaƀc y llamhyſtaen goſtec. Ɖyt
amgen erchi yɋ wreic vƀyhaf agar kymryt y llam-
hyſtaen. kanys goɋeu y gƀeda itti. a thi ae keueiſt
med ef yɋ llyned ac yɋ dƀy. Ac oɋ byd ae gƀarauunho
itt hediƀ o gedernit. mi ae hamdiffynnaf itt. ac am
hynny heb ygƀɋ gƀynllƀyt ymae reit y titheu uot yno
pan vo dyd. a ninheu yntri a vydƀn gyt athi. ac ar
hynny trigyaƀ aoɋugant. Ac yn y lle oɋ nos ydaethant
y gyſgu. a chyn y dyd kyuodi aoɋugant a gƀiſcaƀ ym
danunt. Ɉphanoed dyd yd oedynt ƀynteu yll ped-
war ar glaƀd ynſeuyll. Ɉc yna yd oed marchawc y
llamhyſtaen yndodi yɋ oſtec Ac yn erchi y oɋderch
kyɋchu y llamhyſtaen. Ɖa chyɋch heb y gereint y

mae yma uo2ỽyn yffyd degach a thelediwach a dyly-
edogach. ac aedyly yn weꝉ no thi. Os tydi a gynhely
y ꝉamhyftaen yn eidi hi dy2et ragot y ymwan amiui.
Dyuot racdaỽ ao2uc gereint hyt ym penn y weirglaỽd.
yn gyweir o varch ac arueu tr6m rytlyt dielỽ eftronaỽl
ym danaỽ ac ym da y uarch. ac ymgy2chu ao2ugant.
atho2ri to obeleidy2. a tho2ri y2 eil. a tho2ri y d2yded
do. a hynny bob eilwers. ac ỽynt ae to2rynt ual y dy-
git attunt.    I phann welei y iarꝉ ae niuer marchaỽc
y ꝉamhyftaen yn hydy2. dolef a ꝉewenyd a go2aỽen
auydei gantaỽ ef aeniuer. a th2iftau aỽnaei y gỽ2
gỽynꝉỽyt aewreic ae uerch. ar gỽ2 gỽynꝉỽyt awaf-
fanaethei y ereint o2 peleidy2 ual y to2rei. ar co2r
awaffanaethei uarchaỽc y ꝉamhyftaen.    Ic yna y
doeth y gỽ2 gỽynꝉỽyt att ereint. a unben heb ef wely
dy yma y palady2 aoed ym ꝉaỽ i y dyd ym urdỽyt yn
uarchaỽc urdaỽl. ac y2 hynny hyt hediỽ ny tho2reis i
ef. * ac ymae arnaỽ penn iaỽnda. kany thyckya un
palady2 gennyt. Gereint agymerth y gỽaeỽ gan y
diolỽch y2 gỽ2 gỽynꝉỽyt. ar hynny nachaf y co2r yn
dyuot agỽaeỽ gantaỽ ynteu y arglỽyd. wely dy yma
y titheu waeỽ nyt gỽaeth heb y co2r. achoffa na
fauaỽd marchaỽc eiryoet gennyt kyhyt ac ymae hỽnn
yn feuyꝉ.    Y rof aduỽ heb y gereint onyt angheu
eb2ỽyd am dwc i. ny henbyd gỽeꝉ ef oth bo2th di. ac
o beꝉ y ỽrthaỽ go2dinaỽ y varch ao2uc gereint. ae
gy2chu ef gan y rybudyaỽ a goffot arnaỽ dy2naỽt
toftlym creulaỽn d2ut. ygkedernit y daryan yny hoꝉ-
des y daryan Ic yny ty2r y2 arueu ygkyueir y gof-
fot. ac yny ty2 y gegleu. ac yny vyd ynteu ef ae

gyfrꝺy dꝛos bedꝛein y uarch yꝛ llaẟꝛ. ac yn gyflyn
difgynnu aoꝛuc gereint a llidiaẟ. a thynnu cledyf ae
gyꝛchu ynllityaẟclym.  Ỿ kyuodes y marchaẟc ynteu
a thynnu cledyf arall yn erbyn gereint. ac ar eu traet
ymffuft achledyfeu yny yttoed arueu pob un onad-
unt yn ferigyluriẟ gan y gilyd. ac yny yttoed y chẟys
ar gẟaet yndẟyn lleuuer eu llygeit racdunt.  Ꝓphan
uei hyttraf gereint y llaẟenhaei y gẟꝛ gẟynllẟyt ae
wreic ae uerch.  Ꝓphan uei hytraf y marchaẟc y llaẟ-
enhaei y iarll ae bleit.  Ꝓphan welas y gẟꝛ gẟynllẟyt
ereint wedy kaffel dyꝛnaẟt maẟꝛdoft. neffau aoꝛuc
attaẟ yn gyflym adywedut ẟꝛthaẟ. aunbenn heb ef
coffa y farhaet ageueift ygan y coꝛr. a phonyt y
geiffaẟ dial dy farhaet y deuthoft di yma. afarhaet
gẟenhẟyuar gẟꝛeic arthur.  Ꝑyuot aoꝛuc y ereint
ymadꝛaẟd y gẟꝛ ẟꝛthaẟ. a galẟ attaẟ y nerthoed. adyꝛ-
chauel y gledyf. a goffot ar y marchaẟc yggẟarthaf y
benn yny tyꝛ holl arueu y benn. ac yny tyꝛr y kic oll
ar croen. ac yny iat. yny glẟyua ar yꝛ afgẟꝛn. ac yny
dygẟyd y marchaẟc ar ydeulin. a bẟꝛẟ y gledyf oe laẟ
aoꝛuc. ac erchi trugared y ereint. a rywyꝛ heb ef
ygadaẟd vygkam ryuic am balchder ym erchi naẟd.
Ꝓc ony chaf yfpeit y ymwneuthur aduẟ am vym pe-
chaẟt. ac y ymdidan ac offeireit. ny hannẟyf well *
o naẟd.  Ꝑi arodaf naẟd itt gan hynn heb y gereint.
Ꝑy uynet hyt at wenhẟyuar gẟꝛeic arthur. y wneuthur
iaẟn idi am farhaet y moꝛẟyn oth goꝛr.  Ꝑigaẟn yẟ
gennyf inheu awneuthum i arnat ti am ageueis ofar-
haet gennyt ti ath goꝛr. ac na difgynnych oꝛ pan
elych odyma hyt rac bꝛonn gẟenhẟyvar y wneuthur

ia6n idi ual y barnher yn llys arthur. a minheu a6naf
hynny yn lla6en. a ph6y 6yt titheu heb ef. Mi ereint
uab erbin. amanac ditheu p6y 6yt. Mi edern uab
nud.   Ic yna y by2ywyt ef ar y uarch ac y doeth
racda6 hyt ynllys arthur. ar wreic u6yhaf agarei yny
vlaen ae go2r. ad2ycy2uerth ma62 gantunt. a datkan
y ch6edyl ef hyt yna. Ic yna y doeth y Iarll bychan
ae niuer hyt lle yd oed ereint achyuarch g6ell ida6
ae wahawd gyt ac ef y2 castell. Ia vynnaf heb y
gereint. y2 lle y bum neith6y2 yd af heno. Iany
uynny dy waha6d. ti auynny diwallr6yd o2 a allwyfi
y beri itt ir lle y buoft neith6y2. ami abaraf enneint
itt a b626 dy vlinder ath ludet y arnat. Iu6 adalo
itt heb y gereint aminheu aaf ymlletty. ac uelly y
doeth gereint. a ny6l iarll ae wreic ae uerch. I phan
doethant y2 lofft. yd oed g6eiffon yftauell y iarll
ieuanc ae g6affanaeth g6edy dyuot y2llys. ac ynky-
weirya6 y tei oll ac yn eu diwallu o wellt athan. ac ar
oet by2r yn bara6t y2 enneint. ac yd aeth gereint
ida6. a golchj y benn awnaethp6yt. Ic arhynny
y doeth y Iarll ieuanc ar y deugeinuet o uarchogyon
urdolyon. y r6ng y wy2 ehun ag6ahodwy2 o2 t62nei-
meint. Ic yna y doeth ef o2 enneint. ac yd erchis
y2 iarll ida6 vynet y2 neuad y v6yta. Mae yn6l iarll
heb ynteu ae wreic ae uerch. I maent yny lofft rac-
ko heb y g6as yftauell y iarll. yn g6ifca6 ymdan-
unt y g6ifgoed a beris y iall y d6yn udunt. Ia wif-
cet y uo26yn heb ynteu dim ymdanei onyt y ch2ys
ae llenlliein yny del y lys arthur y wifga6 o wenh6y-
uar y wifc a vynno ymdanei. ac ny wifga6d y uo26yn.

Ic yna ydoeth pa6b y2 neuad onadunt. ac ymolchi
ao2ugant amynet y eifted ac y v6yta.  Sef ual yd
eifted*affant.   O2 neill tu y ereint yd eifteda6d y iarll
ieuanc. ac odyna yny6l iarll. o2 tu ararall y ereint yd
oed y uo26yn ae mam.  I g6edy hynny pa6b ual y
racvlaenei y enryded. a b6yta awnaethant adidla6t
waffanaeth  ac amylder o amryuael anregyon a ga6f-
fant. ac ymdidan ao2ugant. Dyt amgen no g6aha6d
o2 iarll ieuanc ereint trannoeth. Da uynnaf y rof a
du6 heb ygereint. y lys arthur yd afi ar uo26yn honn
auo2y. adiga6n y6 gennyf hyt ymae yny6l iarll ar
dlodi agouut. ac ygeiffa6 aghwanegu goffymdeith
ida6 ef yd afi ynbennaf. a unben heb y2 iarll ieuanc
nyt omkam i ymae yny6l heb gyuoeth.   Myn uyg
cret iheb  y gereint ny byd ef  heb y gyuoeth  onyt
agheu eb26yd amd6c i.  Da unben heb ef am auu
o anghyffondeb y rofi ac yny6l. mi auydaf 62th dy
gygho2 di ynlla6en gan dyuot yngyffredin ar y
ia6nder y rynghom.   Dyt archaf i heb y gereint
rodi ida6. namỹ y dylyet ehun ae amrygoll y2
pan golles y gyuoeth hyt hedi6. a minheu awnaf
hynny ynllawen y rot ti heb ef. Ie heb y gereint
auo yma o2 adylyho bot yn 62 y yny6l g62haet
ida6 o2lle. a hynny ao2uc yg6y2 oll. ac ar y tag-
neued honno y trigywyt. ae gaftell ae d2ef ae gy-
uoeth aedewit y yny6l. ach6b6l o2 agollaffei hyt
yn oet y tl6s lleihaf agafas. Ic yna y dywa6t yn-
y6l 62th ereint. a unben heb ef y uo26yn a ymard-
elweift ohonei hyt y bu y t62neimeint. para6t y6 y
wneuthy2 dy ewyllys a llyma hi yth uedyant. Dy

mynnaf i heb ynteu namyn bot y uoꝛ6yn ual ymae
yny del y lys arthur. Ac arthur ag6enh6yuar a vyn-
naf eu bot yn rodyeit ar y uoꝛ6yn. A thꝛannoeth y
kych6ynnaffant racdunt y lys arthur. Kyfranc ge-
reint hyt yma :·

Ilyma weithon ual yd hel|la6d arthur y car6. ran-
nu yꝛ erhyluaeu oꝛ g6yꝛ ar c6n. agell6ng y c6n arna6
aoꝛugant. a diwethaf ki aellyngh6yt arna6 ann6ylgi
arthur. cauall oed y en6. Ac ada6 yꝛ holl g6n aoꝛuc
a rodi yftum yꝛ car6. Ac ar yꝛ eil yftum y doeth
yꝛ car6 y erhylua arth^ur. * Ac arthur a ymgauas ac
ef. A chynn kyflauanu o neb arna6. neur daroed y
arthur lad y benn. Ac yna kanu coꝛn Ilad a wnaeth-
p6yt. Ac yna dyuot a oꝛugant pa6p y gyt. A dyuot
a oꝛuc kadyꝛieith att arthur a dy6edut 6ꝛtha6. Ar-
gl6yd heb ef ymae racco wenh6yvar heb neb gyt
a hi namyn un uoꝛ6yn. Arch ditheu heb yꝛ arthur
y gildas uab ka6 ac y yfcolheigon y Ilys oll kerdet
gyt ag6enh6yuar parth ar Ilys. A hynny a wnaeth-
ant 6ynteu. Ac yna y kerd6ys pa6b onadunt a dala
ar ymdidan a oꝛugant am benn y car6 y b6y y rodit.
ꝩn yn mynnu y rodi yꝛ wreic v6yhaf a garei ef.
Arall yꝛ wreic v6yhaf a garei ynteu. A pha6b oꝛ teulu
ar marchogyon yn amryffon yn ch6er6 am y penn. Ac
ar hynny y doethant yꝛ Ilys. Ac y gyt ac y kicleu
arthur ag6enh6yuar yꝛ amryffon am y penn. y dy-
wa6t g6enh6yuar yna 6ꝛth arthur. Argl6yd heb hi.
Ilyma vygkygho ꝛ i am benn y car6. na rodher yny
del gereint uab erbin oꝛ neges yd edy6 idi. A dy-
wedut y arthur yftyꝛ y neges a oꝛuc g6enh6yuar.

G6neler hynny ynlla6en heb y2 arthur. ar hynny y
trigy6yt. ath2annoeth y peris g6enh6yuar. bot dif-
g6yleit ar y gaer am dyuotyat gereint. a g6edy
hanner dyd y g6elynt god2umyd odyn bychan ar
uarch. ac yny ol ynteu g62eic neu uo26yn debygynt
h6y ar uarch. ac yny hol hitheu marcha6c ma62 go-
ch26m penn iffel goath2ift. ac arueu b2i6edic amdla6t
ymdana6. Achynn eudyuot ygkyuyl y po2th y
doeth un o2 difg6yleit hyt lle ydoed wenh6yuar.
a dywedut idi y ry6 dynyon awelynt ar ry6 anfa6d
oed arnunt. Ny 6nn i p6y ynt h6y heb ef. mi ae
g6nn heb yg6enh6yuar llyna y marcha6c ydaeth
gereint ynyol. a thebic y6 gennyf nat gan yuod
ymae yndyuot. ac ymo2diweda6d gereint ac. neur
diala6d farhaet y uo26yn pan uo lleihaf. ac arhyny
nachaf y po2tha62 yndyuot hyt lle ydoed wenh6y-
uar. argl6ydes heb ef ymae yny po2th marcha6c.
ac nywelas dyn eiryoet gol6c mo2 ath2ugar ed2ych
arna6 ac ef. Arueu b2i6edic amdla6t yffyd ymdana6.
* alli6 y waet arnunt ynd2ech noc eu lli6 ehun. a
6doft di p6y y6 ef heb hi. g6nn heb ynteu. Edy2n
uab nud y6 med ef. nyt atwen inheu ef. ac yna
ydoeth g6enh6yuar y2 po2th yny erbyn. ac ymy6n
ydoeth. ac y bu doft gan wenh6yuar g6elet y2 ol6c
awelei arna6. pei na attei gyt ac ef y co2r yn
gynd26c ywybot ac ydoed. ar hynny kyuarch a
o2uc edy2n y wenh6yuar. Du6 arodo da itt heb y2
hitheu. argl6ydes heb ef dy annerch ygan ereint
uab erbin yg6as go2eu adewraf. a ymwelas ef a
thi heb hi. do heb ef ac nyt y2lles ymi. ac nyt ar-

na6 ef ydoed hynny namyn arnafi argl6ydes. Ith annerch y gan ereint. a chan dy annerch ef am kymhella6d i hyt yma. y wneuthur dy ewyllys di am godyant dy uoꝛ6yn y gan y coꝛr. Ynteu madeuedic y6 ganta6 y godyant ef. am a oꝛuc arnafi. kann tebygei vy mot yn enbeitr6yd am vy eneit. A chymhellyat cadarndꝛut g6ꝛa6l mil6ꝛyeid a oꝛuc ef arnaf i hyt yma. y wneuthur ia6n itti argl6ydes. Oi a 6ꝛ pale yd ymoꝛdiweda6d ef a thi. yny lle ydoedem yn ch6are ac yn amryſſon am lamhyſtaen. yny dꝛef a elwir yꝛ a6ꝛ honn kaerdyff. Ac nyt oed gyt ac ef o niuer. nam|myn tri dyn godla6t atueiledic eu hanſa6d. Nyt amgen g6ꝛ g6ynll6yt gohen. a g6ꝛeic oeta6c. a moꝛ6yn ieuanc deledi6. a hen dillat atueiledic ymdanunt. ac ar del6 caru y uoꝛ6yn o ereint yd ymyꝛra6d yn y t6ꝛneimeint am y llamhyſtaen. A dywedut bot yn well y dylyei y uoꝛ6yn honno y llamhyſtaen. noꝛ uoꝛ6yn yma a oed gyt a miui. Ac am hynny ymwan a oꝛugam. ac ual y g6ely di argl6ydes y gedewis ef vivi. A 6ꝛ heb hi pa bꝛyt y tebygy di dyuot gereint yma. Auoꝛy argl6ydes y tebygaf i y dyuot ef ar uoꝛ6yn. Ac yna y doeth arthur atta6 a chyuarch g6ell a oꝛuc ef y arthur. Ac edꝛych hir hynt a oꝛuc arthur arna6. a bot yn aruthyꝛ ganta6 y welet uelly. ac ual tybyeit y adnabot. a gouyn ida6. Ae edern uab nud 6yt ti. Mi argl6yd heb ynteu g6edy ry gyhurd a mi dirua6ꝛ ouut a g6elioed annodefedic a menegi c6byl oe angherdet y arth^ur^. Ie heb yꝛ arth. Ia6n y6 y wenh6yuar uot [782] yn dꝛugara6c 6ꝛthyt wrth agly6afi. Y dꝛugared a uynnych di argl6yd heb hi mi ae

g6naf ac ef. 6ith uot yn gymeint gewilyd itti argl6-
yd kyhyidu ke6ilyd amiui ac athy hun. Hyna yffyd
ia6naf am hynny heb yi arthur. gadel medegynaeth-
u y g6i yny wyper auo b6y. Ac os by6 vyd g6naet
ia6n mal y barno goieug6yi y Hys. achymer ueicheu
ar hynny. Os mar6 uyd ynt. goimod uyd agheu g6as
kyftal ac edern yn farhaet moi6yn. Da y6 genhyfi
hynny heb y g6enh6uar. Ac yna yd aeth arth^ur yn
oiuoda6c diofta6. achiada6c uab Hyi. a g6alla6c uab
Henna6c. Ac owein uab nud. a g6alchmei. adiga6n
yam hynny. Ac y peris arthur gal6 moigan tut
atta6. penn medygon oed h6nn6. Kymer attat edern
uab nud aphar gyweira6 yftauell ida6. Aphar ued-
eginyaeth ida6. yn gyftal ac y parut ymi pei be6n
urathedic. ac na at neb y yftauell y aflonydu arna6.
namyn ti ath difgyblon ae medeginyaetho. mi a6naf
hynny yn Hawen argl6yd heb y moigan tut. Ac
yna y dywa6t y diftein. Da le y mae ia6n argl6yd
goichymun y uoi6yn. Y wenh6yuar ae Ha6 uoiyn-
yon heb ynteu. ar diftein ae goichymynna6d:- Du
chwedyl 6ynt hyt yma.

Diannoeth y doeth gereint parth ar Hys. a dif-
g6yleit oed ar y gaer y gan wenh6yuar rac y dyu-
ot yn dirybud. Ar difg6ylat adoeth hyt He yd oed
wenh6yuar. Argl6ydes heb ef mi adebygaf y g6el-
af ereint ar uoi6yn gyt ac ef. Ac ar uarch y mae a
phedyt wifc ymdana6. Y uoi6yn hagen ual goiwyn
y g6elaf a thebic y lieinwifc a6elaf ymdanei. Ym-
g6eir6ch oll wragedin. a do6ch yn erbyn gereint y
reffa6u. ac y uot yn Hawen 6itha6. A dyuot a oiuc

g6enh6yuar yn erbyn gereint ar uo2byn. aphanda6
gereint hyt lle ydoed g6enh6yvar kyuarch g6ell a
o2uc idi. Du6 arodo da itt heb hi agreffa6 62thyt.
ahynt ffr6ythla6n donya6c hyrr6yd glotua62 adugoft.
adu6 adalo itt heb hi peri ia6n ym yn gyn ualchet
ac y pereift. argl6ydes heb ef mi abuch6n peri ia6n
itt 62th dy ewyllys. a llyma y uo2byn ykeueift ti dy
warth2ud oe hacha6s. Ie heb y g6enh6yuar greffa6
du6 62thi. ac nyt cam bot yn lla6en 62thi. Dyuot
y my6n ao2ugant adifgynnv amynet ge*reint hyt
ll ydoed arthur achyuarch g6ell ida6. Du6 arodo
da itt heb y2 arthur agreffa6 du6 62thyt. achyt caffo
edern uab nud gouut a chl6yueu gennyt ti hynt l6yd-
yannus adugoft. nyt arnaf i y bu hynny heb y
gereint. namyn ar ryuic edern uab nud ehun nat
ymgyftlynei. nyt ymada6n inheu ac ef yny wyp6n
p6y uei. neu yny o2ffei y lleill ar y llall. a 62 heb y2
arth$^{ur}$ pale ymae y uo2byn agiglef y bot yth ardel6
di. Ymae g6edy mynet gyt ag6enh6yuar y hyfta-
uell. Ic yna ydeuth arthur y welet y uo2byn. a
lla6en uu arthur ae gedymdeithon apha6b o2 llys oll
62th y uo2byn. a hyfpys oed gan ba6p onadunt pei
kyt rettei goffymdeith y uo2byn aeph2yt. na welfynt
eiryoet un wympach no hi. ac arthur auu rodyat
ar y uo2byn y ereint. ar r6ym awneyit yna r6ng deu-
dyn awnaethp6yt y r6ng gereint aruo2byn. a dewis
ar holl wifcoed g6enh6yuar y2 uo2byn. ar neb awelei
y uo2byn yny wifc honno ef awelei ol6c wedeidl6ys
deledi6 arnei. ar dyd h6nn6 ar nos honno atreulaf-
fant d26y dogynder o gerdeu. ac amylder e anreg-

yon wirodeu. aⅡuoſſyd o waryeu.  Iphann vu amſer
gantunt uynet y gyſgu wynt a aethant. Ac ynyꝛ yſta-
ueⅡ yd oed wely arthur agѠenhѠyuar y gѠnaethpѠyt
gѠely y ereint ac enit. ar nos honno gyntaf y kyſ-
gaſſant ygyt.  I thꝛannoeth y ⅡonydaѠd arthur yꝛ
eircheit dꝛos ereint. o didlaѠt rodyon. a cheneuinaѠ
aoꝛuc y uoꝛѠyn ar Ⅱys. adѠyn kedymdeithon idi o
wyꝛ agѠꝛag<sup>ed</sup> hyt na dywedit am vn voꝛѠyn yn ynys
pꝛydein vѠy noc am danei. Ic yna y dywaѠt gѠen-
hѠyuar. IaѠn ymedꝛeis i heb hi am benn y carѠ na
rodit y neb yny delei ereint. a Ⅱyma le iaѠn y rodi
ef. y enit uerch ynyѠl y uoꝛѠyn glotuoꝛaf. Ac ny the-
bygaff i ae gѠarauuno idi.  Ɪanyt oes ryngthi aneb
o nyt yſſyd o garyat a chedymdeithas. Ganmoledic
uu gan baѠb hynny a chan arthur heuyt. Irodi
penn y karѠ awnaethpѠyt y enit Ac o hynny aⅡan
Ⅱuoſſogi y chlot. ae chedymdeithon o hynny yn vѠy
no chynt. Sef aoꝛuc gereint o hynny aⅡan caru
carѠ tѠꝛneimeint achyfrangeu calet. abudugawl y
deuei ef o bop un. A blѠydyn a dѠy a their y bu ef
yn * hynny yny yttoed y glot yn ehedec dꝛos wyneb
y deyꝛnas. A thꝛeigylgweith ydoed arthur yn dala
Ⅱys ygkaer Ⅱion ar wyſc y ſulgѠyn. nachaf yndyuot
attaѠ kennadeu doethpꝛud. dyſcedyclaѠn ymadꝛaѠd-
lym ac yn kyuarch <u>gѠeⅡ</u> y arthur. DuѠ arodho da
yѠch heb yꝛ arthur agreſſaѠ duѠ Ѡꝛthywch. ac o pa
le pan deuwch chѠi. Pan deuѠn arglѠyd heb Ѡy o
gernyѠ. achennadeu ym ni ygan erbin uab cuſten-
nin dy ewythyꝛ di.  Ic attat y mae yn kennadѠꝛi.
athannerch y ganthaѠ. mal ydyly ewythyꝛ annerch

y nei. ac ual y dyly gẅr annerch y arglẅyd. Ac y
uenegi ytti yuot ef yn amdɺymmu ac ynỻeſcu ac
yndyneſſau ar heneint. ae gyttirogyon o wybot hyn-
ny yn camderwynnu ẅthaẅ. ac yn chwennychu y dir
ae gyuoeth. Ac yn adolẅc y mae y ti arglẅyd eỻẅng
geɺeint y uab attaẅ y gadẅ y gyuoeth ac y wybot y
deruyneu. a menegi y mae idaẅ bot yn weỻ idaẅ
treulaẅ blodeu y Ieuenctit ae deẅɺed yn kynnal y
deruyneu ehun. noc yn tẅɺneimeint diffrẅyth kyt
caffo clot yndunt. Ie heb yɺ arthur eẅch y ymdi-
archenu. a chymerẅch ych bẅyt. abyɺyẅch aẅch
blinder y arnaẅch. I chynn ych mynet ymeith atteb
a geffẅch. Y vẅytta yd aethant. Ac yna medylyaẅ
aoɺuc arthur. nat oed haẅd gantaẅ eỻẅng gereint
y ẅthaẅ. nac o unỻys ac ef. Ɖyt oed haẅd na thec
ganthaẅ ynteu. uot y geuynderẅ yn gẅarchadẅ y gyu-
oeth ae deruyneu cany aỻei y dat eu kynnal. Ɖyt
oed lei goual gẅenhẅyuar ae hiraeth hi ar hoỻ
wraged ar hoỻ uoɺynyon. rac ouyn mynet y uoɺẅyn
y ẅthunt. Y dyd hẅnnẅ. arnos honno adɺeulyſſant
dɺẅy diwaỻrẅyd o bop peth. ac arth<sup>ur</sup> a uenegis y
ereint yſtyɺ y gennadẅɺi. a dyuotyat y kennadeu o
gernyẅ attaẅ ef yno. Ie heb y gereint yɺ adel nac
oles nac o afles ymi arglẅyd o hynny. dy uynnv di
a wnaf. am y gennadẅɺi honno. Ỻyma yẅ dy gynghoɺ
am hynny heb yɺ arthur. ᴋyt boet dy hir gennyf i
dy uynet ti. mynet o honat y gyuanhedu dy gyuoeth.
ac y gadẅ dy deruyneu. achymer y niuer a vyn*nych
gyt athi amẅyhaf a gerych om fydlonyon i ynheb-
ɺyngyeit arnat. ac ath garant ditheu athgytuarch-

ogyon.  Duo adalo itt a minneu aonaf hynny heb
ygereint. Pa odozd heb y goennhoyuar a glywafi y
gennoch choi.  ac am hebzyngyeit ar ereint parth ae
wlat.  Ie heb yz arthur.  Reit yo y minneu uedyl-
yao heb hi.  am hebzyngyeit a diwallroyd ar yz un-
bennes yffyd gyt a minneu.  Iaon aoney heb yz
arthur.  Ac y gyfgu yd aethant ynos honno. Ath^mn-
noeth yd ellyngoyt y kennadeu y ymdeith.  I dy-
wedunt udunt y deuei ereint yn euhol. Y trydyd
dyd goedy hynny y kychoynnaod gereint. Sef niuer
aaeth gyt ac ef goalchmei uab goyar.  a riogoned
uab bzenhin iwerdon.  ac ondyao uab duc bozgoin.
Goilim uab royf ffreinc.  Howel uab emyz Ilydao.
Iliury anao kyzd.  Goynn uab tringat.  Gozeu uab
cuftennin.  Goeir gozhyt uaoz.  Carannao uab golith-
mer.  Peredur uab efraoc.  Goynn Ilogell.  goyz ynat
Ilys arthur.  Dyuyz uab alun dyuet.  Gozei goalftaot
ieithoed.  Bedwyz uab bedzaot.  Badozy uab gozyon.
Rei uab kynyz.  Odyar ffranc.  Yftiwart Ilys arthur.
Ac Idern uab nud.  Heb ygereint a glywaf i digaon
uarchogaet a uynnaf gyt ami.  Ie heb yz arthur ny
weda itti doyn y goz honno y gyt a thi.  kyt boet
iach.  yny wneler tangneued y ryngtao agoenhoyuar.
If ar allei y wenhoyuar y ganhadu y gyt a mi ar
ueicheu.  Os kanhatta.  kanhadet heb ueicheu. Kanys
digaon ogymoeu a gouutyeu yffyd ar y goz ynlle far-
haet y uozoyn y gan y cozr.  Ie heb y goenhoyuar
awelych di yuot yniaon am hynny ti a gereint mi
ae gonaf yn Ilaoen argloyd.  Ac yna y kanhadaod
hi edern y uynet yn ryd.  a digaon y am hynny a

aeth yn hebꝛygeit ar ereint. achychⱱyn aoꝛugant. a
cherdet ynⱱympaſ niuer oꝛ aⱱelas neb eiryoet parth
a hafren. Ac ar y parth dꝛaⱱ y hafren yd oed goꝛeu-
gⱱyꝛ erbin uab cuſtennin. ae datmaeth yn eu blaen
yn aruoll gereint yn llawen. a llaⱱer o * wraged y
llys ygan y uam ynteu yn erbyn enit uerch ynyⱱl
y wreic ynteu. A diruaⱱꝛ oꝛuoled allewenyd agym-
erth paⱱp oꝛ llys yndunt. ac oꝛ holl gyuoeth yn erbyn
gereint. rac meint y kerynt ef. ac ꞃac meint y kyn-
nullaſſei ynteu glot yꝛ pan athoed y ⱱꝛthunt hⱱy. Ac
am uot y uedⱱl ynteu ar oꝛeſkyn y gyfoeth ehun.
Ac y gadⱱ y deruyneu. Ac yꝛ llys ydoethant. Ꝥc
yd oed yn yllys udunt ehalaethꝛⱱd diwallualch o
amryuael anregyon ac amylder gⱱirodeu. a didlaⱱt
waſſanaeth. ac amryuaelon gerdeu agⱱaryeu. Ac o
anryded gereint. y gⱱahodet holl wyꝛda y kyuoeth
y nos honno y ymweleint a gereint. Ar dyd hⱱnnⱱ a
dꝛeulaſſant ar nos honno dꝛⱱy gymedꝛolder o eſ-
mⱱythtra. Ac yn Ieuenctit y dyd dꝛannoeth kyuodi
aoꝛuc erbin. a dyuynnu attaⱱ ereint. ar goꝛeugⱱyꝛ
a dathoed y hebrⱱng. a dywedut ⱱꝛth ereint. gⱱꝛ am-
dꝛⱱm oedaⱱc ⱱyfi heb ef. Athꝛa elleis i gynnal y
kyuoeth ytti ac y my hun mi ae kynnheleis. a thith-
eu gⱱas ieuanc ⱱyt. ac ym blodeu dy dewred ath ieu-
enctit yd ⱱyt. Kynnal dy gyuoet weithon. Ie heb
y gereint. om bod i ny rodut ti medyant dy gyu-
oeth ym llaⱱ i yꝛ aⱱꝛ honn. ac nym dygut ettwa o
lys arthur. Yth laⱱ di nu y rodaf i. a chymer heuyt
hediⱱ wrogaeth dy wyꝛ. Ac yna y dywaⱱt walch-
mei. Iaⱱnaf yⱱ itt lonydu yꝛ eircheit hediⱱ. Ac

auoꝛy kymer ᵬꝛogaeth dy gyuoeth. Ꝉc yna y dyuyn-
nᵬyt yꝛ eircheit y un Ɬe. Ꝺc yna y doeth kadyꝛieith
attunt y edꝛych eu haruedyt. ac y ouyn y ᵬaᵬb beth
aeruyn|nynt.    Ꝉ theulu arthur a dechꝛeuwys rodi.
Ꝺc yny Ɬe y doeth gᵬyꝛ kernyᵬ ac y rodaſſant ᵬyn-
teu. Ꝺc ny bu hir y buant yn rodi rac meint bꝛys
paᵬb onadunt y rodi. Ꝺc oꝛ adoeth y erchi da yno.
nyt aeth neb ymeith o dyno. namyn gan y uod. Ꝉr
dyd hᵬnnᵬ ar nos honno adꝛeulaſſant dꝛᵬy gymed-
ꝛolder o eſmᵬythdꝛa. Ꝺ thꝛannoeth ynieuenctit y dyd
yderchis erbin y ereint anuon kennadeu ar y wyꝛ
y ovyn vdunt aoed diᵬꝛthꝛᵬm gantunt y dyuot y *
gymryt eu gᵬꝛogaeth. ac aoed ganthunt ae bar ae
enniwet o dim a dottynt yny erbyn. Ƴna y gyꝛraᵬd
gereint gennadeu ar wyꝛ kernyᵬ y ovyn udunt
hynny. Ꝺc ydywedaſſant ᵬynteu nat oed gantunt
namyn kyflaᵬnder o lewenyd agogonyant gan baᵬp
o nadunt am dyuot gereint y gymryt eu gᵬꝛogaeth.
Ꝺc yna y kymerth yntev gᵬꝛogaeth aoed yno o nad-
unt. Ꝺc yno y gyt y buant y dꝛyded nos. Ꝉthꝛannoeth
yd arouunaᵬd teulu arthur ymeith. ꝶy yghyꝛth yᵬ
yᵬch uynet ymeith ettwa. Ꝺrhoᵬch ygyt ami yny
darffo ym gymryt gᵬꝛogaeth vyggoꝛeugᵬyꝛ oꝛ aer-
kyttyo o nadunt dyuot attaf. ac ᵬynt a dꝛigyaſſant
yny daruu idaᵬ ef hynny. Ꝺc y kychwynnaſſant hᵬy
parth aɬys arthur. Ꝉc yna yd aeth gerein y eu
hebꝛᵬng ef ac enit hyt yndiganhᵬy. ac yna y gᵬahan-
yſſant. Ꝉc yna y dywaᵬt ondyaᵬ uab duc bᵬꝛgᵬyn
ᵬꝛth ereint. Kerda heb ef eithauoed dy gyuoeth yn
gyntaf. Ꝺc edꝛych yn Ɬᵬyꝛgraf deruynev dy gyuoeth.

Ac o2 go2th2ymha gouut arnat. manac ar dy gedym-
deithon.    Du6 adalo itt heb ef a mīneu awnaf
hynny.    Ac yna y kerda6d gereint eithauoed y
gyuoeth. a chyva26ydyt hyſpys gyt ac ef. o oreug6y2
y gyuoeth. ar amcan peſſaf adangoſſet ida6 a getwis
ynteu ganta6.    Ac ual y gnottayſſei trauu ynſſys
arthur. ky2chu t62neimeint a6naei. ac ymwybot ar
g6y2 de62af achadarnaf. yny oed glotua62 yny gyueir
honno ual ybuaſſei yn ſſe araſſ gynt.    Ac yny gyuoe-
thoges y lys ae gedymdeithon ae wy2da. o2 meirch
go2eu ar arueu go2eu. ac o2 eurdlyſſeu arbennickaf
ago2eu. Ac ny o2ffo6yſſa6d ef o hynny yny eheda6d y
glot d2os 6yneb y dey2nas.    A phann 6ybu ef hynny.
dech2eu caru eſm6ythder ac yſga6nr6yd ao2uc ynteu.
Kanyt oed neb adalei aruot yny erbyn. Acharu y
wreic a g6aſtatr6yd yny lys. A cherdeu adidan6ch. a
chartreuu ynhynny dalym ao2uc. Ac ynol hynny
karu yſcafal6ch oe yſtaueſſ ae wreic. hyt nat oed
digrif dim ganta6 namyn hynny. yny yttoed yn
koſſi * callon y wy2da ae hela ae digrif6ch. achallon
c6byl o niuer y lys. ac yny oed ymod62d agogan
arna6 gan la6gan dyl6yth y ſſys. am y uot yn y2ngoſſi
yn gyn l6y2et a hynny ac eu kedymdeithas 6y o gar-
yat g62eic. ar geireu hynny aaeth hyt att erbin. A
g6edy clybot o erbin hynnẏ. Dywedut ao2uc ynteu
hynny y enit. Agouyn ao2uc idi ae hihi oed yn peri
hynny y ereint. Ac yndodi y dana6 ymada6 ae l6yth
ac aeniuer. Da vi myn vyg kyffes y du6 heb hi. ac
nyt oes dim gaſſach gennyfi no hynny. Ac ny wydyat
hi beth a6naei. kanyt oed ha6d genthi adef hynny y

ereint. Ꝑyt oed haƀs genthi hitheu warandaƀ ar
aglywei heb rybudyaƀ gereint ymdanaƀ. agoueileint
maƀꝛ adellis hi yndi am hynny. A boꝛegƀeith yꝛ haf
ydoedynt yn eu gƀely ac ynteu ƀꝛth yꝛ erchƀyn. ac
enit oed heb gyſcu y myƀn yſtaueⅡ wydꝛin. ar heul
yn tywynnu ar y gƀely. ar diⅡat gƀedy ry lithꝛaƀ y ar
ydƀyuron ef ae dƀyureich. ac ynteu yn kyſcu. Ꞩef
aoꝛuc hitheu edꝛych. tecket ac aruthꝛet yꝛ olƀc aƀel-
ei arnaƀ. adywedut. Ꝿwae ui heb hi oſom achaƀs i y
mae y bꝛeicheu hynn ar dƀyuronn yn koⅡi clot amil-
ƀꝛyaeth kymeint ac aoed eidunt. a chan hynny eⅡƀng
y dagreu yn hidleit. yny dygƀydaſſant ar y dƀyuronn
ef. Ꝛc un oꝛ petheu ae deffroes ef uu hynny y gyt
ar ymadꝛaƀd adywaƀt hi kynno hynny. a medƀl
araⅡ ae kyffroes ynteu nat yꝛ medƀl ymdanaƀ ef
ydywedaſſei hi hynny. namyn yꝛ yſtyꝛyaƀ karyat ar
ƀꝛ araⅡ dꝛoſtaƀ ef. Ꝛdamunaƀ yſcaualƀch hebdaƀ ef.
ac ar hynny ſef aoꝛuc gereint antangneuedu yny
uedƀl. agalƀ ar yſqƀier idaƀ. adyuot hƀnnƀ attaƀ. Ꝑar
yngyflym heb ynteu kyweiryaƀ uy march am arueu.
ac eubot ynbaraƀt. achyuot titheu heb ef ƀꝛth enit a
gƀiſc ymdanat. Ꝛphar gyweiraƀ dy uarch. adƀc y wiſc
waethaf ar dy helƀ gennyt ƀꝛth uarchogaeth. a
meuyl ymi heb ef oꝛ deuy di yma yny wypych di
agoⅡeis i vy nerthoed yn ky gƀplet ac ydywedy di.
Ꝛc y gyt a hynny oꝛ byd kyn yſgaualhet itt ac yd oed
dy damunet y geiſſaƀ yſgaualƀch am yneb ymedylyut
ymdanaƀ. * Ꝛchyuodi aoꝛuc hitheu a gƀiſcaƀ yſcaeluſ
wiſc ymdanei. Ꝑy ƀnn i heb hi dim oth uedylyeu
di arglƀyd. Ꝑyſgƀybydy di yꝛ awrhonn heb ef. Ꝛc

yna yd aeth gereint y ymwelet ac erbin. aⱱrda heb ef
neges yd wyf yn mynet idi. ac nyt hyſpys gennyf i
pabryt y deuaf dracheuyn. aſynnya di heb ef ⱱrda
ⱱrth dy gyuoeth yny delwyfi dracheuyn. Mi awnaf
heb ef. ac eres yⱱ gennyf mor deiſſyuyt yd ⱱyt yn
mynet. aphⱱy a gerda gyt athi ⱱrth nat ⱱyt ⱱrdi y
gerdet tir Roegyr yn unic. Dy daⱱ gyt amiui namyn
un dyn araŀŀ. Duⱱ ath gyghoro nu mab heb yr erbin.
a ŀŀaⱱer dyn ae haⱱl arnat yn Roegyr. ac yr Ŀŀe yd
oed y uarch y doeth gereint.    Ac yd oed y uarch yn
gyweir o arueu trⱱm eſtronaⱱl gloyⱱ. Ac erchi aoruc
ynteu y enit yſgynnu ar y march acherdet orblaen. a
chymryt ragor maⱱr. ac yr awelych nac yr aglywych
heb ef arnaf i. nac ymchoel di dracheuyn. ac ony dy-
wedafi ⱱrthyt ti na dywet ti vngeir heuyt. Acherdet
racdunt aorugant. ac nyt yffordd digrifaf achyuan-
hedaf a beris ef y cherdet. namyn y ffordd diffeithaf a
diheuaf uot ŀŀatron yndi. aherⱱyr aⱱⱱyſtuileit gⱱenn-
ⱱynic. adyuot yr brifford ae chanlyn aorugant a
choet maⱱr awelynt y ⱱrthunt. a ffarth ar coet y
deuthant.    Ac yn dyuot or koet aŀŀan ygⱱelynt ped-
war marchaⱱc aruaⱱc. ac edrych aorugant arnunt. a
dywedut aoruc un o honunt. Ŀŀyma le da ynni heb
ef y gymryt y deu uarch racko ar arueu ar wreic
heuyt. ahynny agaffⱱn ynſegur yr yr vn marchaⱱc
pendrⱱm goathriſt racco Ŀŀibin. ar ymdidan hⱱnnⱱ
agigleu enit. ac ny wydyat hitheu beth aⱱnaei rac
ouyn gereint ae dywedut hynny ae tewi. Dial duⱱ
arnaf heb hi onyt dewiſſach gennyf vy agheu oe laⱱ
ef noc o laⱱ neb. a chyt ymlado a mi. mi aedywedaf

idaô rac gôelet angheu arnaô ef yndybꝛyt. achyuaros
gereint aoꝛuc yny uyd yn agos idi. arglôyd heb hi
aglywy di geireu y gôyꝛ ymdanat. Ꝑyꝛchauel y
wyneb aoꝛuc ynteu ac edꝛych arnei yn Ilidiaôc. Ꝑyt
oed reit ytti heb ef namyn cadô y geir. aarchyffit itt.
fef oed hônnô tewi. * Ꝑyt amgeled gennyf yteu. ac
nyt rybud. achyt mynnych di gôelet vy angheu i am
diuetha oꝛ gôyꝛ racko. nyt oes arnafi un argyffôꝛ.
Ꝗc ar hynny eftông gôaeô aoꝛuc y blaenaf o honunt
agoffot ar ereint.    Ac ynteu ae herbynnaôd ef ac
nyt ual gôꝛ Ilefc. agellông y goffot heibaô aoꝛuc. Ꝗ
goffot aoꝛuc ynteu ar y marchaôc ynteôder y daryan.
yny hyIlt y daryan ac yny dyꝛ yꝛ arueu. ac yny uyd
dogyn kyuelin uaôꝛ yndaô ynteu oꝛ paladyꝛ. Ac yny
vyd hyt gôaeô gereint dꝛos pedꝛein y uarch yꝛ Ilaôꝛ.
Ꝗr eil marchaôc ae kyꝛchaôd ynIlidiaôc amlad y
gedymdeith. ac ar ungoffot y byꝛyaôd ef hônnô ac
y Iladaôd ual y Ilall. Ꝗr trydyd ae kyꝛchaôd. ac uelly
y Iladaôd. Ꝗc uelly y Iladaôd y pedwyꝛyd. Ꝝꝛift ac
aflaôen oed y uoꝛôyn yn edꝛych ar hynny. Ꝑifcynnu
aoꝛuc gereint adiot arueu y gôyꝛ Iladedic. aedodi yn
eu kyfrôyeu. affrôynglymhu y meirch aoꝛuc. Ꝗc yf-
gynnu ar y uarch. Wely di awnelych heb ef kymer
di y pedwarmeirch agyꝛ rac dy vꝛonn. Ꝗcherda oꝛ
blaen ual yd ercheis itt gynneu. Ꝗc nadywet ti vn
geir ôꝛthyfi yny dywettôyf i yn gyntaf ôꝛthyt ti. Ꝗ᷑m
kyffef y duô heb ef os hynny nys gôney ny byd
diboen itt. Ꝙi aônaf vyg gaIlu am hynny arglôyd
heb hi ôꝛth dy gynghoꝛ di. Ꝥynt agerdaffant rac-
dunt y goet. Ꝗc adaô y coet aoꝛugant adyuot y

waſtattir ma6z. ac ym perued y g6aſtattir ydoed byz-
goet pende6 dyzys. Ac y 6zth h6nn6 y g6elynt tri
marcha6c yndyuot attunt. yn gyweir oueirch ac arueu
hyt y lla6z ymdanunt ac ymdan eu meirch. Sef
aozuc y uoz6yn edzych yn graff arnunt. A phann
doethant yn agos. Sef ymdidan agly6ei gantunt.
llyma dyuot da ynni heb 6ynt yn ſegvr. pedwar
meirch aphedwar arueu. Ac yz y marcha6c llaeſtriſt
racko rat y kaſſ6n 6ynt. ar uoz6yn heuyt yn medyant
y byd. G6ir y6 hynny heb hi blin y6 y g6z o ymh6zd
ar g6yz gynneu. dial du6 arnaf o nys rybudyaf heb hi.
Ac aros gereint aozuc y uoz6yn yny uyd yn agos idi.
Argl6yd heb hi pony chlywy di * ymdidan y g6yz
racko ymdanat. Beth y6 hynny heb ef. Dywedut
y ryngtunt ehunein y maent y caffant hynn o yſpeil
yn rat. Yzofi adu6 heb ef yſtrymach gennyfi noc
adyweit y g6yz 6zthyf. na thewy di 6zthyf i. ac na
bydy 6zth vyg kynghoz. argl6yd heb hi rac dy gaffel
yn diaruot y6 gennyfi. Ga6 bellach a hynny nyt
amgeled gennyf y teu. ac ar hynny eft6ng g6ae6 a
ozuc un oz marchogyon. a chyzchu gereint agoſſot
arna6 yn ffr6ythla6n debygei ef. Ac yſgaelu y ky-
merth gereint y goſſot ae dara6 heiba6 aozuc. ae
gyzchu yntev a goſſot arna6 yny gymherued. achan
h6zd y g6z ar march ny thygya6d y riuedi arueu yny
uyd penn y g6ae6 allan a thalym oz paladyz tr6yda6.
Ac yny uyd ynteu hyt y ureich ae baladyz dzos bed-
zein y uarch yz lla6z. Y deu uarcha6c ereill adoethant
bob eilwers ac ny bu well eu kyzch 6ynt noz llall. Y
uoz6yn yn ſeuyll ac yn edzych ar hynny. goualus oed

o2 lleillparth o debygu b2iwa6 gereint yn ymh62d ar
g6y2. Ac o2 parth arall o lewenyd y welet ynteu yn
go2uot. Yna y difgynna6d gereint. ac y r6yma6d y
tri arueu yny tri chyfr6y. ac a ffr6ynglyma6d y meirch
y gyt. yny oed yna feith meirch y gyt ganta6. Ac
efgynnu ar y uarch ehun a o2uc a go2chymun y2 uo2-
6yn gy2ru y meirch. ac nyt g6ell im heb ef dywed-
ut 62thyt no thewi kany bydy 62th vyg kygho2.
Bydaf argl6yd hyt y gall6yf heb hi. eithy2 na allaf
kelu ragot y geireu engirya6lch6er6 agly6yf yth
gyueir argl6yd. y gan eftrona6l giwta6doed a gerd-
o diffeith6ch mal y rei hynny. Y rof adu6 heb ef
nyt amgeled gennyf y teu. Atha6 bellac. a)i awnaf
argl6yd hyt y gall6yf. A cherdet ao2uc y uo26yn
ryngthi ar meirch aoed rac y b2onn. Achad6 y rago2
ao2uc. Ac o2 p2yfc gynneu adywetp6yt uchot r6yddir
arucheldec g6aftatl6ys erd2ym agerdaffant. Ac ym
pell y 62thunt 6ynt awelynt coet. Ac eithy2 g6elet
y2 ymyl neffaf attunt. ny welynt wedy hynny nac
ymyl nac eithaf y2 coet. Ac 6ynt adoethant parth
ar coet. Ac yn dyuot o2 koet 6ynt awelynt pump mar-
*cha6c awyd d2ut kadarnffy2yf y ar gatueirch cadarn-
dew efky2nb2af mafwehynn ffroeuolld2ut. a dogynder
o arueu am y g6y2 ac am y meirch. A g6edy eu dy-
uot yn agos ygyt. Sef ymdidan aglywei enit gan y
marchogyon. Weldy yma ynni dyuot da yn rat. ac
yn dilauur heb 6ynt. hynn oll o ueirch ac arueu a
gaff6n ar wreic heuyt y2 y2un marcha6c llibind26m
goath2ift racco. Goualu ao2uc y uo26yn yn ua62 am
glybot ymad2odyon y g6y2 hyt na wydat o2 byt pa

T

wnaei. ac yny diwed y kauaſ yn y chynghoꝛ rybud-
yaƀ gereint. Ath2oſſi aoꝛuc penn y march tu ac
attaƀ. argloyd heb hi beiclyƀut ti ymdidan y mar-
chogyon racko mal y kiglef i. moy uydei dy oual noc
ymae. Ƃlas chƀerthin digius engiriaƀlchwerƀ aoꝛuc
gereint. adywedut. Ꝏi athglyƀaf di heb ef yn toꝛri
pobpeth oꝛ a wahardwyf i ytti. ac ef a allei uot yn
ediuar gennyt ti hynny ettwa. Ꝭc yn y lle nachaf
y gƀyꝛ yn kyuaruot ac ƀynt. ac yn uudugaƀl oꝛawenᵘˢ
goꝛuot aoꝛuc gereint ar y pum | wyꝛ. Ꝭr pump arueu
a rodes yn y pump kyvꝛƀy. Ꝭ ffrƀynglymu y deudeg
meirch aoꝛuc y gyt. ac eu goꝛchymū y enit a wnaeth.
Ꝭc ny ƀnn i heb ef pa da yƀ y mi dy oꝛchymun di. ar
un weith honn ar ureint rybud itt mi ae goꝛchymyn-
naf. a cherdet racdi yꝛ coet aoꝛuc y uoꝛƀyn. a ragoꝛ
a erchis gereint idi y gadƀ hi ae kedwis. Ꝭ thoſt oed
gantaƀ edꝛych ar dꝛallaƀt kymeint a hƀnnƀ ar uoꝛƀyn
kyſtal a hi gan y meirch pei as gattei lit idaƀ. Ꝭr coet
agyꝛchaſſant. adƀvyn oed y coet a maƀꝛ. Ꝭr nos
a doeth arnunt yn y coet. Ꝭ uoꝛƀyn heb ef ny thykya
y nꝰ keiſſaƀ kerdet. Ꝭe argloyd heb hi a uynnych di
ni ae gƀnaƀn. Ꝭaƀnaf yƀ y ni heb ef troſſi yꝛ coet y
oꝛffowys ac aros dyd y gerdet. Ƃƀnaƀn ninneu yn
llaƀen heb hi. a hynny aoꝛugant. Ꝭ diſkynnu aoꝛuc ef.
ae chymryt hitheu yꝛ llaƀꝛ. Ɖy allaf i heb ef yꝛ dim
rac blinder na chyſgƀyf. agƀylha ditheu y meirch ac
na chƀſc. Ꝏi a wnaf argloyd heb hi. a chyſcu aoꝛuc
ynteu yn y arueu. a thꝛeulaƀ y nos. Ꝭc nyt oed hir yn
yꝛ amſer hƀnnƀ. Ꝭphan welas hi aƀꝛ dyd yn ymdang-
os y [793] lleuẏer. edꝛych yn y chylch aoꝛuc a yttoed

ef yn deffroi. Ac ar hynny yd yttoed ef yn deffroi.
argl6yd heb hi mi a uynnaff6n dy duhuna6 y2 mei-
tin.  Kynhe6i ao2uc ynteu oulinder 62thi hi am nat
archyffei idi dywedut. A chyuodi ao2uc ynteu ady-
wedut 62thi. kymer y meirch heb ef a cherda ragot.
Achynnal dy rago2 ual y kynheleift doy. Ac ar dalym
o2 dyd ada6 y koet ao2ugant. adyuot y uaeftir goam-
noeth ag6eirglodyeu oed o2 neilltu udunt. aphalad-
urwy2 yn llad y g6eirglodyeu. Ac y auon yn eu blaen
ydoethant. A geftng ao2uc y meirch ac yuet y d6uy2
a6naethant. Ady2chauel ao2ugant o2 auon y riw ar-
uchel. Ac yno y kyuaruu ac 6ynt glaffwas goaduein a
th6el am y vyn6gyl. ab62nn a6elynt yny t6el. ac ny
wydynt h6y beth. aphiffer glas bychan yny la6. A
ffiol ar wyneb y piffer. A chyuarch g6ell ao2uc y g6as
y ereint.  Du6 a rodho da itt heb y gereint ac o bale
pan deuy di.  Pan deuaf heb ynteu o2 dinas yffyd
yth ulaen yna. Argl6yd heb y2 ynteu ae d26c gennyt
ti ouyn pa le pan deuy ditheu.  Na d26c. d26y y coet
racko.  Nyt hedi6 y deuthoft di d26y y coet.  Nac
ef heb ynteu yny coet y buum neith6y2.  Mi adebyg-
af heb y g6as yna na bu da dy anfa6d yno neith6y2.
ac na cheueift na b6yt na dia6t.  Nado y rof adu6
heb ynteu. Awney di vyg kygo2 i heb y g6as. kym-
ryt y gennyfi dy ginna6.  Pa ry6 ginnya6 heb yn-
teu.  Bo2e vwyt yd oed un yny anuon y2 paladur-
wy2 racco.  Nyt amgen no bara a chic ag6in. Ac os
mynny di 62da ny chaffant 6y dim.  Mynnaf heb
ynteu. adu6 adalo itt. Adifgynnu ao2uc gerein. a
chymryt ao2uc y g6as y uo26yn y2 lla62. Ac ymolchi

aorugant a chymryt eu kinya6. ar g6as a dauella6d y
bara ac arodes dia6t udunt. ac ae g6affanaetha6d o
g6byl. Ag6edy daruot udunt hynny. y kyuodes y
g6as ac ydywat 6ith ereint. argl6yd gan dy gennyat
miui aaf ygyichu b6yt yi paladurwyi. Dos yi dief
heb y gereint yngyntaf. adala * letty y mi yny
Ile goieu awypych ac ehangaf yi meirch. a chymer
ditheu heb ef yi un march auynnych ae arueu gyt ac
ef yntal dy waffanaeth ath anrec. Du6 adalo itt ar-
gl6yd heb y g6as. adiga6n oed hynny yntal g6affan-
aeth a uei v6y noiun awneuthum i. ac yi dief yd
aeth y g6as. adala Iletty goieu ac efm6ythaf a wydyat
yn y dief awnaeth. ag6edy hynny yd aeth yi Ilys ae
uarch ae arueu ganta6. adyuot aoiuc hyt Ile yd oed
y iarIl a dywedut y gyfranc oII ida6. a miui aaf ar-
gl6yd yn erbyn y mack6y y uenegi yletty ida6. Dos
ditheu yn Ila6en heb ynteu. a Ilewenyd ageiff ef
yman pei af mynnei yn Ilawen. Ac yn erbyn gereint y
doeth y g6as adywedut ida6 y kaffei lewenyd gan yi
iarIl yn y lys ehun. Ac ny mynna6d ef namyn mynet
y letty ehun. Ac yftaueII efm6yt agauas adiga6n
owellt adiIlat yndi. aIle ehang efm6yth a gauaf y
ueirch. adogyn o diwaIlr6yd a beris y g6as udunt. A
g6edy ymdiarchenu onadunt ydywa6t gereint 6ith
enit. Dos di heb ef yi tu dia6 yi yftaueII. ac na
dyiet ti yi tu h6nn yi ty. a gal6 attat wreic y ty of
mynny. Mi awnaf argl6yd heb hi ual y dywettych
di. Ac ar hynny ydoeth g6i y ty att ereint. ae reffa6u
aoiuc. A unben heb ef aleweift ti dy ginnya6. Do
heb ef. Ac yna y dywa6t y g6as 6itha6. a uynny di

heb ef ae diaᵥt ae dim. kynn dy uynet y ymwelet ar
iarll. Oynnaf yſgᵥir heb ynteu. Ac yna yd aet y
gᵥas yꝛ dꝛef. ac y doet. adjaᵥt udunt. a chymryt diaᵥt
aoꝛugant. Dy allaf i na chyſgᵥyf heb ef. Ȝe heb y
gᵥas tra uych di yn kyſcu. minneu aaf y ymwelet ar
iarll. Dos yn llawen heb ynteu. a dyꝛet yma dꝛach-
euyn pan ercheis i ytti dyuot. a chyſcu aoꝛuc gereint.
a chyſcu aoꝛuc enit. A dyuot aoꝛuc y gᵥas hyt lle
yd oed yꝛ iarll. a gouyn aoꝛuc yꝛ iarll idaᵥ pale yd
oed lletty y marchaᵥc. ac y dywaᵥt ynteu. Ȝeit yᵥ
ymi heb ef vynet y waſſanaethu arnaᵥ ef y chᵥinſaf.
Dos heb ynteu ac annerch y gennyf i ef. a dywet
idaᵥ mi aaf y ym*welet ac ef y chᵥinſaf. Oi awnaf
heb ynteu. A dyuot aoꝛuc y gᵥs pan oed amſer ud-
unt deffroi. a chyuodi aoꝛugant agoꝛymdeith. A
phan uu amſer gantunt kymryt eu bᵥyt. ᵥynt ae
kymeraſſant. ar gᵥas auu yn gᵥaſſanaethu arnunt. a
gereint a ouynnaᵥd y ᵥꝛ y ty a oed gedymdeithon
udunt avynnei eu gwahaᵥd attaᵥ. oes heb ynteu.
Dᵥc ditheu ᵥynt yma y gymryt digaᵥn ar vyg koſt i
oꝛ hynn goꝛeu agaffer yn y dꝛef ar werth. Y niuer
goꝛeu auu gan ᵥꝛ y ty ef ae duc yno y gymryt digaᵥn
argoſt gereint. Ar hynny nachaf y iarll yn dyuot y
ymwelet a gereint ar y deudecuet marchaᵥc urdaᵥl.
a chyuodi aoꝛuc gereint ae reſſawv. Duᵥ arodo da
itt heb yꝛ iarll. Mynet y eiſted aoꝛugant paᵥp ual y
raculaenei y enryded idaᵥ. Ac ymdidan aoꝛuc y iarll
a gereint. Agouyn idaᵥ pa ryᵥ gerdet oed arn|naᵥ.
Dyt oes gennyfi heb ef. namyn edꝛych damweineu.
a gᵥneuthur negeſſev auo da gennyf. Ȝef aoꝛuc y iarll

yna ed2ych ar enit yngraff ſythedic. a diheu oed
gantaб na welſei eiryoet vo2бyn degach no hi na
gбympach. adodi y v2yt ae vedбl ao2uc arnei. a go-
vyn ao2uc y ereint. a gaf i gennyt ti gennat y uynet
att y uo2бyn d2aб y ymdidan a hi. megys ar didaбl
y б2thyt y gбelaf. Ҟeffy yn Ꞁawen heb ef adyuot
ao2uc ynteu hyt Ꞁe ydoed y uo2бyn adywedut б2thi.
a uo2бyn heb ef nyt digrif itt yny kerdet hбnn gyt
ar gб2 racco. Ɖyt annigrif heb hi gennyfi nu ger-
det y ffo2d y kerdo ynteu. Ɖy cheffy heb ynteu
na gбeiſſon na mo2ynyon ath waſſannaetho. Ҙe heb
hitheu. digriuach yб gennyf i. canlyn y gб2 racko.
no chyt caffбn weiſſon a mo2ynyon. Ꝺi aбn gyngho2
da itt heb y2 ynteu. Mi arodaf vy IarꞀaeth yth
uedyant ath2ic gyt a mi. Ɖa uynnaf y rof aduб
heb hitheu. ar gб2 racco yd ymgredeis i yn gyntaf
eiryoet. Ac nyt annбadalaf y б2thaб. Ꞓam awney
heb ynteu. Ꝺ Ꞁadafi y gб2 racko. mi ath gaf di
tra yth vynnбyf. agбedy nath uynnбyf mi ath dyrraf
ymeith. Ꝺs oth uod y gбney * ditheu y2of i. ᴋyſ-
ſondeb tragywyd di wahan a uyd yrom tra uom vyб.
Ɱedylyaб ao2uc hitheu am adywaбt ef. Ac oe medбl
y kauaſ yny chyngho2 rodi ryuic idaб am aerchis.
Ꞁyma yſſyd iaбnaf ytti unben heb hi. rac gy2ru ar-
naf i mбy no meſſur o anniweirdeb. Ɖyuot yma
auo2y ym kymryt ual na wypбn i y б2th hynny. Ꝺin-
neu awnaf hynny heb ef achyuodi ao2uc ar hynny.
achymryt kennyat a mynet ymeith ac ef ae wy2.
Ac ny dywaбt hi y ereint yna dim o ymdidan y gб2
a hi. rac tyuu aeꞀit ae gofual yndaб ae aflonydбch.

Ymynet y gyfcu yn amfer aoꝛugant. Adechꝛeu nos
kyfcu ychydic aoꝛuc hi. Ac am hanner nos deffroi
aoꝛuc. achveirav arueu gereint ygyt ual y bydynt
baravt vꝛth y gvifcav. Ac yn ofnavc eryneig^us y doeth
hi hyt yn ymyl gvely gereint. Ac yn davel araf y
dywavt vꝛthav. Arglvyd heb hi deffro agvifc ym
danat. A llyma ymdidan y iarll amiui arglvyd ae
uedvl am danaf heb hi. adywedut y ereint y holl ym-
didan aoꝛuc. Achyt bei lidiavc ef vꝛthi hi. ef a
gymerth rybud ac awifcavd ymdav. A gvedy llofgi
cannvyll o honei hi yn oleuat idav ef vꝛth ymwifcav.
adav yna y gannvyll heb ef ac arch y vꝛ y ty dyuot
yma. Mynet aoꝛuc hitheu agvꝛ y ty adoeth attav.
Ac yna gouyn aoꝛuc gereint idav. A vdoft di pa
amkan adylyy di ymi. Ychydic adebygaf i y dy-
lyu itti vꝛda heb ef. Beth bynnac nu adylyych.
kymer yꝛ un march ardec ar vn arueu ardec. Duv
adalo itt arglvyd heb ef. ac ny thꝛeuleis i vꝛthyt
ti gverth vn oꝛ arueu. Pathavꝛ heb ynteu henbydy
kyuoethogach. A wr heb ef adeuy di yn gyuarwyd
y mi odieithyꝛ y dꝛef. Af heb ynteu yn llawen. Apha
dꝛavs y mae dy uedvl ditheu arnav. Yꝛ parth arall
yꝛ lle y deutham yꝛ dꝛef y mynnvn vynet. Gvꝛ y
lletty ae hebꝛynghavd yny uu gvbyl gantav yꝛ heb-
ꝛyghyat. Ac yna yd erchis ef yꝛ voꝛvyn kymryt rag-
oꝛ oꝛ blaen. Ahitheu * ae kymerth. ac agerdavd
racdi. Ar poꝛthmon adoeth adꝛef. Ac ny daroed idav
namyn dyuot yꝛ ty. nachaf y tvꝛvf mvyhaf aglyvf-
fei neb yn dyuot ~~yn dyuot~~ am benn y ty. A phann
edꝛychavd allan. nachaf y gvelei. petwar ugeint

marchaỽc yngkylch y ty yn llaỽn arueu. Ar iarll dỽnn oed oc eu blaen. Mae y marchaỽc oed yma heb yꝛ Iarll. Myn dy laỽ di heb ef y mae ar dalym odyma. Ac yꝛ meitin yd aeth odyma. Paham uilein heb ynteu y gadut ti ef heb y uenegi ymi. Arglỽyd heb ynteu nys goꝛchymynneiſt di euo ymi. pei aſgoꝛchym|mynnaſſut nyſgadỽn. Pa barth heb ynteu y tebygy di y uynet ef. Na ỽnn heb ynteu. namyn yꝛ heol uaỽꝛ agerdaỽd. Troi penneu eu meirch aoꝛugant ỽynteu yꝛ heol uaỽꝛ. a gỽelet oleu y meirch awnaethant. Achanlyn yꝛ oleu aoꝛugāt a dyuot y bꝛiffoꝛd uaỽꝛ. Sef awnaei y uoꝛỽyn edꝛych yny hol pann welas oleuat y dyd. A hi awelei yny hol tarth a nyỽl maỽꝛ. A neſnes attei y gỽelei. A goualu aoꝛuc hi am hynny. a thebygu bot y iarll aelu yndyuot yny hol. Ac yn hynny hi awelei uarchaỽc yn ymdangos oꝛ nyỽl. Myn vygcret heb hi kyt ymllado i. gỽell yỽ gennyf vy anheu oe laỽ ef. no gỽelet y lad ef heb y rybudyaỽ. Arglỽyd heb hi pony wely di y gỽꝛ yth gyꝛchu a gỽyꝛ ereill llawer gyt ac ef. Gỽelaf heb ynteu. ac yꝛ aoſteckeꝛ arnat ti ny thewy di byth. Ac ymchoelut aoꝛuc ar y marchaỽc. Ac ar y goſſot kyntaf y vỽꝛỽ yꝛ llaỽꝛ ydan dꝛaet y uarch. A thꝛa barhaaỽd yꝛ un oꝛ pedwar ugeint marchaỽc. ar y goſſot kyntaf y byꝛyawd pob un onadunt. Ac ooꝛeu y oꝛeu y doethant attaỽ eithyꝛ yꝛ iarll. Ac yn diwethaf oll y doeth yꝛ iarll attaỽ. A thoꝛri paladyꝛ. a thoꝛri yꝛ eil. ſſef aoꝛuc ynteu ereint ymchoelut arnaỽ agoſſot a gỽaeỽ yn teỽder y daryan yny hyllt y daryan. ac yny tyꝛr yꝛ holl arueu yn y gyueir hon-

no.   Ac yny uyd ynteu d2os bed2ein y uarch y2
IIa62. ac yny oed ym perigyl am y eneit. * A neffau
ao2uc gereint atta6. achan d62yf y march datlywygu
ao2uc y2 iarII. Argl6yd heb ef 62th ereint dy na6d.
a na6d arodes gereint ida6. Ac yr6ng calettet i dayar
IIe yby2ywyt y g62. ad2uttet y goffodeu aga6ffant.
nyt aeth y2 un onadunt heb g6ymp agheua6l chwer6
cl6yfedicdoft b2i6edicffy2yf y 62th ereint. A cherdet
ao2uc gereint racda6 ar y p2iffo2d ydoed arnei. Ar
uo26yn agedwis y rago2. Ac yn agos udunt 6ynt a
welynt. dyffryn teccaf o2 awelfei neb eiryoet. A ph2if
auon ar hyt y dyffryn. A phont awelynt ar y2 auon.
Ar p2iffo2d yn dyuot y2 bont. Ac uch la6 y bont o2
tu d2a6 y2 auon 6ynt awelynt gafteII d2ef teccaf a
welfei neb eiryoet. Ac ual y ky2chei ef y bont ef
awelei 62 yn dyuot tu ac atta6 tr6y vy2goet bychan
te6 y ar uarch ma62 uchel ymdeith waftat hywed-
ualch. Ba uarcha6c heb y gereint o pale pan deuy
di. Pan deuaf heb ynteu o2 dyffryn iffot. A 62 heb
y gereint a dywedy di y mi pieu y dyffryn tec h6nn.
ar cafteII d2ef racco. Dywedaf yn IIawen heb y2
ynteu. G6iffert petit y geil6 y ffreinc. ar b2enhin
bychan y geil6 y kymry ef. ae y2 bont racco heb y
gereint yd afi. ac y2 b2iffo2d iffaf y dan y d2ef. Ba
dos di heb y marcha6c ar y d62r ef o2 tu d2a6 y2
bōt ony mynynny ymwelet ac ef. Kanys y gyn-
nedyf y6 na da6 marcha6c ar y dir ef na mynno ef
ymwelet ac ef. Y rof a du6 heb y gereint miui a
gerdaf y2 h6n6 vy ffo2d. Gebyckaf y6 gennyfi heb
y marcha6c os ueIIy y g6ney nu. y keffy gewilyd

agỽarthaet yn orulỽng gal||lonnaỽcdic. Kerdet aoꝛ-
uc gereint y ffoꝛd ual yd oed y uedỽl kynno hynny.
Ac nyt y ffoꝛd a gyꝛchei y dꝛef oꝛ bont a gerdaỽd
gereint. namyn y ffoꝛd a gyꝛchei y kal||lettir erdꝛym
aruchel dꝛemhynuaỽꝛ. Ac ual y byd uelly yn kerdet
ef a welei uarchaỽc yny ol y ar gatuarch kadarndeỽ
kerdet dꝛut llydangarn bꝛonehang. Ac ny welſei eir-
yoet gỽꝛ lei noc a oed ar y march. A dogynder o arueu
ym danaỽ ac am y uarch. A phann ymoꝛdiwedaỽd a
gereint. y * dywaỽt ỽꝛthaỽ. Dywet unbenn heb ef
ae o annỽybot. ae ynteu ae o ryuic y keiſſut ti colli
o honafi vym bꝛeint. a thoꝛri vyg kynnedyf. Nac ef
heb y gereint ny wydỽn i kaethau ffoꝛd y neb.
Kanys gwydut heb ynteu dyꝛet gyt a myui ym llys
y wneuthur iaỽn im. Nac af myn vyg cret heb ynteu
ereint. Nyt aỽn y lys dy arglỽyd onyt arthur yỽ dy
arglỽyd. Myn llaỽ arthur nu heb ef mi a vynnaf
iaỽn y gennyt. neu uinneu a gaffỽyf y gennyt ti dir-
uaỽꝛ ouut. Ac yn diannot ymgyꝛchu a oꝛugant. Ac
yſſwein idaỽ ef a doeth y waſſanaethu ar beleidyꝛ ual
y toꝛrynt. A dyꝛnodeu calet toſt a rodei baỽp o nad-
unt y gilyd yny golles y taryaneu eu holl liỽ. Ac
ampꝛytuerth oed y ereint ymwan ac ef rac y vych-
anet. ac anhaỽſſet craffu arnaỽ. A chalettet y dyꝛn-
odeu a rodei ynteu. Ac ny dyffygyaſſant ỽy o hynny
yny dygỽydaỽd y meirch ar eu glinyeu. Ac yn y diwed
y byꝛyaỽd gereint ef yn ol y benn yꝛ llaỽꝛ. Ac yna
yd aethant ar eu traet y ymffuſt. A dyꝛnodeu kyflym-
dic toſtdꝛut kadarnchỽerỽ a rodei bob un o nadunt
ygilyd. a thꝛydyllu y helmeu a bꝛiwaỽ y paeledeu ac

eſſigaб yꝛ arueu aoꝛugant. yny oed eu Ꝉygeit yn
coꝉꝉi eu Ꝉeuuer gan y chбys ar gбaet. Ac yn y diwed
Ꝉidiaб aoꝛuc gereint. a galб attaб y nerthoed. ac yn
Ꝉidiaбcdꝛut gyflym|wychyꝛ greulaбnffyꝛyf. dyꝛchauel
y gledyf aoꝛuc ae daraб yggбaſtat y benn dyꝛnaбt
agheuaбldoſt gбenбyniclym engiriaбlchбerб. yny dyꝛ
hoꝉꝉ arueu y penn ar croen ar kic. ac yny vyd clбyf
ar yꝛ aſcбꝛn. ac yny uyd y gledyf olaб y bꝛenhin bych-
an. yn eithaf y maes y бꝛthaб. ac erchi yꝛ duб naбd
gereint ae dꝛugared aoꝛuc yna. Ꞇi a geffy naбd
heb y gereint. ac ny bu da dy wybot. ac ny buoſt
gyuartal. gan dy uot yn gedymdeith. ac nat elych
ym herbyn yꝛ eilweith. Ac ochlywy ouut arnaf y
achubeit o honat. Ꞇi ageffy hynny arglбyd yn Ꝉaбen.
ae gret agymerth ar hynny. A thitheu arglбyd heb
ef adeuy gyt ami ym Ꝉys racco y vбꝛб dy ludet ath
ulinder y arnat. Ꝑac af yrof aduб heb ynteu. ac
yna edꝛych * gбiffert petit ar enit yn Ꝉe yd oed.
athoſt uu gantaб welet Ꝉuoſſogrбyd o ouut. ar dyn
kyn uonedigeidet ahi. Adywedut yna aoꝛuc бꝛth
ereint. Arglбyd heb ef cam awney na chymery
ardymhereu ac eſmбythder. ac o chyueruyd caledi
athi ynyꝛ anſaбd honno ny byd haбd itt y oꝛuot. Ꝑy
mynnaбd gereint namyn kerdet racdaб. ac eſgynnv
ar y varch yn greulyt an eſmбyt. Ar uoꝛwyn a gyn-
helis y ragoꝛ. ac бynt agerdaſſant parth achoet a
welynt y бꝛthunt. ar tes oed yn uaбꝛ ar arueu dꝛбy
chбys ar gбaet yn glynu бꝛth y gnaбt. Agбedy eu
dyuot yꝛ coet. ſeuyꝉꝉ aoꝛuc ydan bꝛenn y ochel y
tes. adyuot cof idaб y dolur yna yn vбy. no phan

y kaᵦſſei. A ſeuyll aoꝛuc y uoꝛᵦyn ydan bꝛenn arall. Ac ar hynny ᵦynt a glyᵦynt kyꝛn adygyuoꝛ. Sef yſtyꝛ oed hynny. Arthur ae niuer oed yn diſgynnu yny coet. Sef aoꝛuc ynteu medylyaᵦ pa ffoꝛd yd aei y eugochel ᵦynt. Ac ar hynny nachaf bedeſtyꝛ yny arganuot. Sef ydoed yno gᵦas yꝛ diſtein. a dyuot aoꝛuc att y diſtein. adywedut idaᵦ welet y kyfryᵦ ᵦꝛ ac a welſei yny coet. Sef aoꝛuc y diſtein yna peri kyfrᵦyaᵦ y uarch. achymryt y waeᵦ ae daryan adyuot hyt lle yd oed ereint. A varchaᵦc heb ef beth a wney di yna. Seuyll dan bꝛenn gooer a gochel y bꝛᵦt ar teſ. Pa gerdet yſſyd arnat ti a phᵦy ᵦyt ti. Edrych damwheineu a cherdet y ffoꝛd y mynnᵦyf. Ie heb y kei dyꝛet ti gyt amiui y ym-welet ac arthur yſſyd yma yn agos. Nac af y rof aduᵦ heb yntev ereint. Ef auyd reit itt dyuot heb y kei. A gereint a atwaenat gei. ac nyt atwaenat gei ereint. Agoſſot aoꝛuc kei arnaᵦ ual y gallaᵦd ef oꝛeu. a blynghau aoꝛuc gereint. Ac ac arlloſt y waeᵦ y wan yny uyd yn ol y benn yꝛ llaᵦꝛ. Ac ny mynnaᵦd gᵦneuthur idaᵦ waeth no hynny. Ac yn wyllt ofnaᵦc y kyuodes kei. Ac yſgynnu ar y uarch adyuot y letty. Ac odyno mynet aoꝛuc y oꝛym-deith hyt ym pebyll gᵦalchmei. A ᵦꝛ heb ef ᵦꝛth walchmei. mi a giglef gan vn oꝛ gᵦeiſſon gᵦelet yn y coet uchot marchaᵦc bꝛiᵦedic. ac arueu amdlaᵦt ym danaᵦ. ac oꝛ * gᵦney iaᵦn ti aey y edꝛych ae gᵦir hynny. Nym taᵦꝛ i vynet heb y gᵦalchmei. ky-mer dy uarch nu heb y kei apheth oth arueu. mi a giglef nat diᵦꝛthgloch ef ᵦꝛth y neb adel attaᵦ.

Gvalchmei agymerth y waev aedaryan. ac a efgyn-
navd ar y uarch. ac adoeth hyt lle ydoed ereint. a
uarchavc heb ef pa ryv gerdet yffyd arnat ti. Kerdet
vzth vy negesfeu. ac yedzych damwheineu y byt.
a dywedy di y mi pvy vyt. neu adeuy y ymwelet ac
arthur yffyd yn agos yma. Nyt ymgyftlynafi vzthyt
ti. ac nyt af y ymwelet ac arthur heb ef. ac euo
a atwaenat walchmei. ac nyt atwaenat walchmei ef.
Ny chlywir arnaf vyth heb y gvalchmei dy adu y
vzthyf. yny wypvyf pvy vych ae gyrchu agvaev a
goffot yny daryan yny vyd y paladyz yn yffic vziv.
ar meirch daldal. Ac yna edzych arnav yn graff a
ozuc gvalchmei ae adnabot. Och ereint heb ef ae
tidi yffyd yma. Nac wyf ereint i heb ef. Gereint
yrof aduv heb ynteu. acherdet agkyghozus truan
yv hvnn. Ac edzych yny gylch aozuc. ac arganuot
enit. ae graeffavu abot yn llawen vzthi. Gereint heb
y gvalchmei dyret y ymwelet ac arthur dy arglvyd
yv ath geuyndev. Nac af heb ynteu. nyt yttvyfi yn
anfavd ygallvyf ymweled aneb. ac arhynny nachaf
un oz mackvyeit yn dyuot ynol gvalchmei y chwed-
leua. Sef aozuc gvalchmei gyzru hvnnv y uenegi
y arthur uot gereint yno yn vriwedic. ac na deuei
ef y ymwelet ac arthur. ac ydoed dziuan edzych ar
yz anfavd yffyd arnav. Ahynny heb vybot y ereint
ac yn huftyng y ryngtav ar mackvy. ac arch y arthur
heb ef neffau y bebyl ar y ffozd. kany dav ef y ym-
welet oe uod ac ef. Ac nat havd ydiriav ynteu yn
yz agved ymae. Ar mackvy adoeth att arth{ur} ac a
dywavt idav hynny. Ac ynteu afymudavd y bebyll

ar ymyl y ffo2d. A llaɓenhau ao2uc medɓl y uo2ɓyn
yna. a chynnhɓyllaɓ gereint ao2uc gɓal<u>ch</u>mei. ar hyt
y ffo2d. y2 lle yd oed arthur yn pebyllaɓ. ae uackɓyeit
yn tynnu pebyll yn yftlys y ffo2d. arglɓyd heb y
gereint hennpych gɓell. * Duɓ arodo da it heb y2
arthur. aphɓy ɓyt ti. Gereint heb y gɓalchmei yɓ
hɓnn. ac oeuod nyt ymwelei a thydi hed. Te heb y2
arthur yn y aghyngo2 ymae. ac ar hynny enit a doeth
hyt lle yd oed arthur. achyuarch gɓell idaɓ. Duɓ
arodo da itt heb y2 arthur. kymeret vn hi y2 llaɓ2. ac
vn o2 makɓyeit ae kymerth. Och aenit heb ef pa
gerdet yɓ hɓnn. Ða ɓnn arglɓyd heb hi. namyn dir
yɓ y mi. gerdet y ffo2d y <u>kerdo</u> ynteu. arglɓyd heb y
gereint ni a aɓn ymeith gan dy gennyat. Ða le uyd
hynny heb y2 arthur. ny elly di vynet y2 aɓ2 honn. o
nyt ey y o2ffen dy angheu. Ðy adei ef y mi heb y
gɓalchmei gɓahawd arnaɓ. Ef ae gat y mi heb y2 ar-
thur. ac y gyt ahynny. nyt a ef odyma yny uo iach.
Go2eu oed gennyf i arglɓyd heb y gereint. pei gattut
uiui ymeith. Ða adaf yrof a duɓ heb ynteu. ac yna
y peris galɓ ar y uo2ɓyn yn erbyn enit oe dɓyn y
bebyll yftauell gɓenhɓyuar. a llaɓen uu wenhɓyuar
ɓ2thi ar gɓ2aged oll. a gɓaret y marchaɓcwifc y am
danei. a rodi arall ym danei. a galɓ ar gady2ieith ao2uc
ac erchi idaɓ tynnu pebyll y ereint ae uedygon. a
dodi arnaɓ peri diwallrɓyd o bop peth ual y gouynnit
idaɓ. A hynny ao2uc kady2ieith ual y derchit idaɓ
oll. adɓyn mo2gant tut ae difgyblon ao2uc att ereint.
Ac yno ybu arthur aeniuer agos y uis wrth uedegin-
yaethu gereint. a phann oed gadarn y gnaɓt gan

ereint y deuth at arthur. ac yd erchis kennat y uyn-
et y hynt. Dy ßnn aßyt iach iaßn ettwa. wyf yſgßir
arglßyd heb y gereint. Dyt tydi agredaf i am hynny.
namyn y medygon auu ßzthyt. A dyuynnu y medyg-
on attaß aozuc. a gouyn udunt aoed wir hynny.
Gßir arglßyd heb y mozgant tut. Gzannoeth y kan-
hadawd arthur ef y uynet ymeith. ac yd aeth ynteu
y ozffen y hynt. Ar dyd hßnnß yd aeth arthur odyno.
ac erchi aozuc gereint y enit kerdet oz blaen. achadß
y ragoz ual y gßnathoed kynno hynny. a hitheu * a
gerdaßd. ar bziffozd adilynaßd. ac ual ybydynt uelly
ßynt aglywynt diaſpat grochaf oz byt yn agos udunt.
Saf di yma heb ef achyuaro. a minneu aaf y edzych
yſtyz ydiaſpat. Mi aßnaf heb hi. amynet aozuc
ynteu. a dyuot y lannerch aoed yn agos yz ffozd. ac ar
y llannerch y gßelei deu uarch un achyfrßy gßz arnaß.
ar llall achyfrßy gßzeic arnaß. A marchaßc aearueu
ymdanaß yn uarw. ac uch benn y marchaßc y gßelei
mozßyn wreic ieuanc. ae marchaßc wiſc ym danei. ac
yndiaſpedein. a unbennes heb y gereint pa derß itti.
Yma yd oedßn yn kerdet ui ar gßz mßyhaf a garßn.
ac ar hynny y doeth tri chaßz ogeßzi attam. a heb
gadß iaßn oz byt ac ef y lad. Pa ffozd yd eynt hßy
heb y gereint. Yna yz ffozd uaßz heb hi. Dyuot
aozuc ynteu att enit. dos heb ef att yz unbennes
yſſyd yna obzy ac aro ui. yno y deuaf. Goſt uu gen-
thi erchi idi hynny. Ac eiſſoes dyuot aozuc att y
uozßyn. ac irat oed warandaß arnei. Adiheu oed
genthi na deuei ereint uyth. yn ol y keßzi yd aeth
ynteu. ac ymozdiwes acßynt aozuc. Amßy oed bob

un o nadunt no th1ywy1. A chl6ppa ma61 oed ar
yſg6yd pob un onadunt. Sef ao1uc ynteu. d6yn
ruthur y vn onadunt. ae wan a g6a6 tr6yda6 berued.
A thynnu y wae6 o h6nn6. ag6an araſſ onadunt tr6y-
da6 heuyt. Ar trydyd a ymchoela6d arna6 Ac ae
tre6is a chl6ppa yny hyſſt y daryan. Ac yny ettellis y
yſg6yd ynteu. ac yny ymegy1 y hoſſ welioed ynteu.
ac yny uyd y waet yn coſſi oſſ. Sef ao1uc ynteu yna
tynnv cledyſ ae gy1chu ef ae dara6 dy1na6t toſtlym
ath1ugar angerda6ld1ut. yg g6arthaf y benn yny hyſſt
y benn ae vyn6gyl hyt yd6y yſg6yd. ac yny dyg6yd
ynteu yn uar6. Ac eu hada6 yn uar6 ao1uc ueſſy. a
dyuot hyt ſſe ydoed enit. A phan welas ef enit. y
dyg6yda6d yn var6 y1 ſſa61 y ar y uarch. Diaſpat
ath1ugar aruchel didaweldoſt a dodes enit. Adyuot
uch y benn ſſe y dyg6ydaſſei. Ac ar hynny nachaf yn
dyuot 61th y diaſpat iarſſ lim61is. a niuer a oed ygyt
ac ef a oedynt yn kerdet yffo1d. Ac o acha6s y diaſpat
y doethant * d1os y ffo1d. Ac yna y dywa6t y Jarſſ
61th enit. A unbennes heb ef padery6 ytti. A 61da heb
hitheu ſſad y1 undyn m6yaf a gereis y1moet ac agaf
vyth. Pa beth heb ef ader6 y titheu 61th y ſſaſſ. ſſad
y g61 m6yaf a gar6n heb hi heuyt. Pa beth ae ſſada6d
6ynt heb ef. Ke61i heb y1 honno alada6d y g61
m6yaf a gar6n .i. Ar marcha6c araſſ heb hi aaeth yn
eu hol. Ac ual y gwely di ef. y doeth y 61thunt. Ae
waet yn coſſi m6y no meſſur. athebic y6 gennyf heb
hi na doeth y 61thunt heb lad ae rei onadunt ae
k6byl. Y iarſſ aberis cladu y marcha6c aede6ſſit
yn uar6. Ynteu adebygei uot peth o1 eneit y my6n

gereint ettwa. ac aberis y dᵕyn gyt ac ef y edᵤych
auei vyᵕ ymplyc y daryan ac ar eloᵤ. Jr dᵕy uoᵤᵕyn
adoethant yᵤ Ilyf.    J gᵕedy eudyuot yᵤ Ilys. y dodet
gereint ar eloᵤ wely ar dal voᵤt aoed yny neuad.
Diarchenu aoᵤuc paᵕb onadunt. ac erchi aoᵤuc y
iarll y enit ymdiarchenu. achymryt gᵕifc arall ym
danei. Da uynnaf y rof aduᵕ heb hi. a unbennes
heb ynteu na uyd gyndᵤiftet ti ahynny. anaᵕd iaᵕn
yᵕ vyghynghoᵤi i amhynny heb hi. Mi aᵕnaf itt heb
ynteu hyt nat reit itt uot yn dᵤift beth bynnac auo y
marchaᵕc racco na byᵕ na marᵕ. Ymae yma iarllaeth
da ti ageffy honno yth uedyant. a minneu gyt ahi
heb ef. a byd laᵕen hyfryt bellach. Da vydaf lawen
ym kyffes y duᵕ heb hi tra vᵕyf i vyᵕ bellach. Dyᵤet
y uᵕytta heb ef. Dac af y rof aduᵕ heb hi. Deuy y
rof aduᵕ heb ynteu. ae dᵕyn gyt ac ef yᵤ uoᵤt oe
hanuod. ac erchi idi vᵕyta yn uynych. Da vᵕytaaf
ym kyffes y duᵕ heb hi yny vᵕyttao y gᵕᵤ yffyd ar yᵤ
eloᵤ racço. Dy elly di gywiraᵕ hynny heb yᵤ iarll.
Y gᵕᵤ racco neut marᵕ haeach. Mi abᵤofaf y allu heb
hi. Sef aoᵤuc ynteu. kynnic ffioleit o lynn idi hi.
Yf heb ynteu y ffioleit honn. ac ef aamgena dy fynn-
ᵕyᵤ. Meuyl y mi heb hi ot yfaf i diaᵕt yny hyuo
ynteu. Je heb yᵤ iarll nyt gᵕell ymi uot yn hegar
ᵕᵤthyt ti noc yn anhegar. arodi boncluft aoᵤuc idi.
Sef aoᵤuc hitheu. dodi diafpat uaᵕᵤ arucheldoft. * a
doluryaᵕ yn vᵕy yna o laᵕer no chyn no hynny. adodi
y dan y medᵕl pei byᵕ gereint na boncluftit hi uelly.
Sef oᵤuc gereint yna datlywygu odatfein y diafpat.
achyuodi yny eifted achaffel y gledyf ymplyc y dar-

yan. ad6yn ruthur hyt lle yd oed yꝛ Iarll. ae dara6
dyꝛna6t eidiclym g6enn6ynicdoſt kadarnffyꝛyf yng
g6arthaf y benn. yny holltes ynteu. ac yny etteil y
voꝛt y cledyf. Sef aoꝛuc pa6p yna ada6 y boꝛdeu
affo allan. ac nyt ouyn y g6ꝛ by6 oed v6yaf arnunt.
namyn gwelet y g6ꝛ mar6 yn kyuodi y eu llad. ac
edꝛych aoꝛuc gereint ar enit yna. adyuot ynda6
deu dolur. vn o honunt owelet enit wedyꝛgolli y lli6
ae g6ed. ar eil onadunt. g6ybot y bot hi ar yꝛ ia6n.
argl6ydes heb ef. a6doſt di pale y mae an meirch ni.
G6nn argl6yd heb hi. pale yd aeth dy uarch di. ac
ny 6nn i pale yd aeth y llall. Yꝛ ty racco yd aeth dy
uarch di. Ynteu adeth yꝛ ty. ac a tynna6d y uarch
allan. ac yſgynnv aoꝛuc arna6. a chymryt enit. y ar y
lla6ꝛ. ae dodi y ryngta6 ar goꝛyf. acherdet racda6
ymeith. ac ual y bydynt uelly yn kerdet ual y r6ng
deugae. ar nos yn goꝛuot ar y dyd. nachaf y gwelynt
y ryngtunt ar n6yure ar euhol peileidyꝛ gwewyꝛ a
th6ꝛyf meirch aglywynt agod6ꝛd yniuer. Ai aglyw-
af dyuot yn hol heb ef. ami athꝛodaf dꝛos y kae ae
rodi aoꝛuc. ac ar hynny nachaf uarcha6c yny gyꝛ-
chu ynteu. Ac yn eſt6ng y wae6. A phann welas hi
hynny y dywa6t. aunbenn heb hi pa glot a geffy di
yꝛ llad g6ꝛ mar6 p6y bynnac auych. Och du6 heb
ynteu ae gereint y6 ef. Ie y rof adu6. aph6y 6yt
titheu. Ai y6 y bꝛenhin bychan heb ynteu yn dyuot
yn boꝛth itti. amglybot bot gouut. A phei g6nelut ti
vyghygoꝛ ny chyhyꝛdei agyhyꝛda6d o galedi athi.
Ny ellir dim heb y gereint 6ꝛth auynno du6. lla6er
da heb ynteu ada6 o gyghoꝛ. Ie heb y bꝛenhin

bychan.  ꟿi aꞘnn gyghoꞃ da itti weithon dyuot gyt
a mi ylys daꞘ gan chꞘaer y mi yꟘyd yn agos yma. yth
uedeginyaethu. * oꞃ hyn goꞃeu a gaffer yny deyꞃnaꟘ.
aꞘn yn ꟙawen heb y gereint. a march un oyffweineit
y bꞃenhin bychan a rodet y dan enit. Ꝺ dyuot racdunt
a oꞃugant y lys y barꞘn. a ꟙawen uuwyt Ꞙꞃthunt yno.
Ꝺc ymgeled a gaꞘffant. a gꞘaffanaeth. a thꞃannoeth y
boꞃe yd aethpꞘyt y geiffaꞘ medygon. Ꝺc ar oet byꞃr
Ꞙynt a doethant. Ꝺ medeginyaethu gereint a wnaeth-
pꞘyt yna yny oed hoꟙiach.  Ꝥ thꞃa uuwyt yn y vede-
ginyaethu ef y peris y bꞃenhin bychan kyweiryaꞘ y
arueu yny oedynt gyꟘtal ac y buaffynt oꞃeu eiryoet.
a pheneꞘnos a mis y buant yno.  Ꝣc yna y dywaꞘt
y bꞃenhin bychan Ꞙꞃth ereint.  Ᵹi aꞘn parth am ꟙys
inneu weithon y oꞃffowys ac y gymryt efmꞘythder.
Ᵽeida gennyt ti heb y gereint ni agerdem un dyd
ettwa. ac odyna ymchoelut dꞃacheuyn.  Ᵹn ꟙawen
heb y bꞃenhin bychan kerda ditheu.  Ꝣc yn Ᵹeueng-
tit y dyd y kerdaffant.  Ꝺ hyfrytach a ꟙawenach y
kerdaꞘd enit y gyt ac Ꞙy y dyd hꞘnnꞘ noc eiryoet. Ꝺc
Ꞙynt a doethant y ffoꞃd uaꞘꞃ. Ꝺc Ꞙynt ae gꞘelynt yn
gꞘahann yn dꞘy. Ꝺc ar hyt y neiꟙ o nadunt Ꞙynt a
welynt pedeꟘtyꞃ yn dyuot yn eu herbyn. Ꝺ gouyn a
oꞃuc gꞘiffart yꞃ pedeꟘtyꞃ pa du pan deuei. Ᵽan deuaf
heb ynteu o wneuthur negeffeu oꞃ wlat. ᵭywet heb
y gereint pa ffoꞃd oꞃeu y mi y cherdet oꞃ dꞘy hynn.
Ꞡoꞃeu itt gerdet honno heb ef.  Ꝋt ey y honn ny
deuy dꞃacheuyn byth.  Iffot heb ef ymae y kae
nyꞘl. Ꝺc y mae yn hꞘnnꞘ gꞘaryeu ꟙetrithaꞘc. Ꝺr
geniuer dyn a doeth yno. ny dodyꞘ vyth dꞃacheuyn.

a llys owein iarll yffyd yno. ac nyt at neb y lettya
yny dref. namyn a del atta6 y lys. Y rof a du6 heb y
gereint y2 fford iffot yd a6n ni. Ic y honno y doeth-
ant yny deuant y2d2ef. ar lle hoffaf a theccaf gantunt
yny dref ydalyaffant letty ynda6. Ic ual y bydynt
uelly. nachaf was Ieuanc yndyuot attunt ac yn
kyuarch g6ell udunt. Du6 a rodo * da itt heb 6y. a
wy2da heb ef padarpar y6 y2 ein6ch ch6i yma. Dala
lletty heb 6ynteu. a th2igya6 heno. Dyt deua6t gan
y g62 bieu y d2ef gadu neb y lettya6 yndi o dynyon
m6yn. namyn a del atta6 ef ehun y2 llyf. ach6itheu
do6ch y2 llys. a6n yn lla6en heb y gereint. a mynet
ao2ugant gyt ar mack6y alla6en uuwyt 62thunt yny
llys. ar iarll adoeth y2 neuad yn eu herbyn. ac a
erchis kyweirya6 y bo2deu. ac ymolchi ao2ugant a
mynet y eifted. Sef ual yd eiftedaffant gereint o2
neilltu y2 iarll. ac enit o2 tu arall. Yn neffaf y enit y
b2enhin bychan. Odyna y iarlles yn neffaf y ereint.
Pa6b g6edy hynny ual y gwedei udunt. ac ar hyn-
ny medylya6 ao2uc gereint am y g6are. a thebygu
na chaffei ef uynet y2 g6are. a pheida6 a b6ytta o
acha6s hynny. Sef ao2uc y iarll ed2ych ar ereint a
medylya6. a thebygu pany6 rac mynet y2 g6are yd
oed yn peidya6 a b6ytta. Ac ynd26c ganta6 g6neuthur
y g6aryeu hynny eiryoet. kyn ny bei namyn rac colli
g6as kyftal a gereint. ac ot archei ereint ida6 peida6
ar g6are h6nn6. ef a beidei vyth yn lla6en ac ef. Ic
yna ydywa6t y iarll 62th ereint. Pa ued6l y6 dy teu
di unben p2yt na b6yttehych. Os petruffa6 yd 6yt ti
uynet y2 g6are ti a geffy nat elych. ac nat el dyn vyth

ida6 oth enryded ditheu.  Du6 adalo itti heb y ger-
eint. ac ny mynnaf i namyn mynet y2 g6are am
kyfar6yda6 ida6.  Os go2eu gennyt ti hynny ti ae
key yn llawen.  Go2eu yfg6ir heb ynteu. a b6ytta a
o2ugant. a dogynder o waffanaeth. ac amylder o an-
regyon. a lluoffogr6yd o wirodeu a geffynt.  A phan
daruu b6ytta. kyuodi a o2ugant. a gal6 a o2uc gereint
am y uarch ae arueu. a g6ifga6 ymdana6 ac am y
uarch a o2uc. adyuot a o2ugant y2 holl niueroed. yny
vydant ynymyl y kae. ac nyt oed is y kae awelynt
no2 d2emynt uchaf awelynt yn y2 a6y2.  ac ar bop
pa6l oc awelynt yn y kae ydoed penn g62. eithy2 deu
ba6l. ac amyl ia6n oed y polyon yn y cae a th2byda6.
Ac yna ydywa6t * y b2enhin bychan.  ageiff neb
vynet y gyt ar unben namyn ef ehun.  Da cheiff heb
y2 owein iarll.  Pa gyueir heb y gereint ydeir yma.
Da 6n i heb y2 owein namyn y gyueir y mynnych ac
y bo ha6ffaf gennyt dos.  Ac yn ehouyn dipetrus
mynet a o2uc gereint racda6 y2 ny6l.  A phan edewis
y ny6l ef adoeth y berllan ua62. a llannerch awelei
yn y berllan.  a phebyll o bali pengoch awelei yn y
llannerch. a d26f y pebyll awelei yn ago2et. ac auallen
aoed ygkyueir d26s y pebyll.  ac ar yfc62 o2 auallen
ydoed co2n canu ma62. adifgynnv a o2uc ynteu yna
adyuot y2 pebyll y my6n.  Ac nyt oed yn y pebyll
namyn vn vo26yn yn eifted ymy6n cadeir eureit. a
chadeir arall gyuerbyn a hi yn waac.  Sef a o2uc
gereint eifted yn y gadeir waac. a unben heb y
uo26yn. ny chyngho2af i ytti eifted yn y gadeir honno.
Paham heb y gereint.  Y g62 bieu y gadeir honno ny

diodeua6d eiryoet y aralł eiſted yny gadeir. Ɲym
ta6ɽ i heb y gereint kyt boet dɽ6c ganta6 ef eiſted
yny gadeir. Ɉc ar hynny wynt aglywynt tó̵ɽyf
ma6ɽ ygkylch y pebyłł. ac edɽych aoɽuc gereint pa
yſtyɽ oed yɽ tó̵ɽyf. Ɉc ef awelei uarcha6c ałłan ar
gatuarch ffroen uołłdɽvt awydua6ɽ efgyɽnbɽaff. a
ch6nſałłt deu hanner ym dana6. ac am y uarch. a
dogynder o arueu y dan hynny. Ɖywet unben heb
ef 6ɽth ereint pó̵y aerchis itti eiſted yna. Myhun heb
ynteu. Ƨam oed itt wneuthur kewilyd kymeint a
hó̵nn6 imi a g6arthaet. a chyuot ti o dyna y wneuthur
ia6n ymi amdy agkymhenda6t dy hun. a chyuodi
aoɽuc gereint. Ac yndiannot mynet y ym6an a
oɽugant. a thoɽri to o belydyɽ aoɽugant. a thoɽri yɽ
eildo. a thoɽri y dɽyded do. a dyɽnodeu caletchwer6
kyflymdɽut a rodei bob un o nadunt y gilyd. Ɉc
yny diwed łłidia6 aoɽuc gereint. a goɽdina6 y uarch
ae gyɽchu. a goſſot arna6 yghedernit y daryan. yny
hyłłt ac yny uyd penn ywae6 yn y arueu. ac yny dyɽr
y hołł gegleu. ac yny uyd ynteu dɽos bedɽein y uarch
yɽ łła6ɽ hyt g6ae6 gereint. a hyt y vɽeich yn wyſc y
benn. Ɵch * argló̵yd heb ynteu dy na6d. athi a
geffy a vynnych. Ɲy mynnaf i heb ynteu namyn na
bo yma vyth y g6are hó̵nn nar cae nyó̵l. nar hut nar
łłetrith aryuu. Ƭi ageffy hynny yn łła6en argló̵yd.
Ɉar ditheu heb ef vynet y nyó̵l ymeith oɽ łłe. Ƨandi
ycoɽn racco heb eff. ac yɽ a6ɽ y kenych ef aa y nyó̵l
ymeith. ac yny canei ef uarcha6c am byɽyei i nyt aei
y nyó̵l vyth o dyma. a thɽiſt a goualus oed enit yny
łłe yd oed rac goual am ereint. ac yna dyuot aoɽuc

gereint achanu y coɾn. ac yɾ aƀɾ y rodes unllef arnaƀ
ydaeth ynyƀl ymeith. ac y doeth y niuer y gyt. ac y
tagnouedƀyt paƀp o nadunt aegilyd.    Ar nos honno
ygƀahodes   y  iarll  ereint  ar brenhin  bychan.    A
thɾannoeth y boɾe y gƀahanyffant. ac yd aeth gereint
parth ae gyuoeth ehun. ac y wledychu o hynny allan
yn llƀydyannus. ef ae uilƀɾyaeth ae wychdɾa yn parhau
gan glot ac etmic idaƀ. ac y enit o hynny allan.

# Triads,

## Mythical and Historical.

---

### tri dynyon agaoffant gampeu adaf.

Tri dyn agauas kedernit adaf. Ercwlf gadarn. Ac
ector gadarn. a fompfon gadarn. kyngadarnet oed-
ynt yll tri. ac adaf e hun. Tri dyn agauas pryt adaf.
Abfolon abdauyd. a Iafon uab efon. apharis uab priaf.
Kyndecket oedynt yll tri ac adaf ehun. Tri dyn
agauas doethineb adaf. Sado hen. a beda. a fib-
li doeth. kyndoethet oedynt ell tri ac adaf e hun.
Teir gôraged agauas pryt eua yn tri thraean. dia-
dema gordeich eneas yfcôydwyn. ac elen uannaôc
y wreic y bu diftriwedigaeth tro drôy y phenn. apho-
lixena uerch priaf hen vrenhin tro.

### Pann aeth llu y lychlyn.

Porth aaeth y gan yrp luydaôc hyt yn llychlyn.
ar gôr hônnô adoeth ~~yn~~ * yman ynoes gadyal
y byry y erchi dygyfuor or ynys honn. ac ny
doeth gantaô namyn ef amathuthauar y was. ac yf
ef a archei o dec prifgaer ~~arhugaer~~ arhugeint yffyd

yn yꝛ ynys honn. deu kymmeint a elei ganthaỽ y
bob un onadunt ydyuot ganthaỽ o honunt ymeith.
Ac ny doei gantaỽ yꝛ gaer gyntaf. namyn ef aewas.
Ac y bu arduſtur gan wyꝛ yꝛ ynys honn hynny. ac
y rodaſſant idaỽ. A hỽnnỽ uu lỽyꝛaf llu oꝛ a aeth oꝛ
ynys honn. Ac ef aoꝛefgynnaỽd argỽyꝛ hynny y
ffoꝛd y kerdaỽd. Ac yfef lle y trigyaỽd y gỽyꝛ hynny
yn y dỽy ynys ynymyl moꝛ groec. Nyt amgen. clas
ac auena. Ar eil a aeth gan elen luydaỽc. A maxen
wledic hyt yn llychlyn. Ac ny doethant byth yꝛ ynys
honn. Ar trydyd a aeth gan gaſſwallaỽn uab beli. a
gỽennỽynwyn. a gwanar. veibon lliaỽ uab nỽyfre.
Ac aryanrot verch veli eu mam. Ar gỽyꝛ hynny o
erch aheled pannanhoedynt. Ac a aethant gyt a
chaſſwallaỽn eu hewythyꝛ ar ỽyfc y keſſaryeit oꝛ ynys
honn. Sef lle ymae y gỽyꝛ hynny yggỽafgỽyn.
Sef riuedi a aeth gan bob un onadunt. vn vil ar
hugeint. ar rei hynny uu tri aryan llu ynys pꝛydein.
Tꝛywyꝛ g̶ỽ̶y̶ꝛ̶ gỽarth auu ynynys pꝛydein. vn o
nadunt. Auarỽy uab llud. uab beli. ef adyuynnaỽd
Julius acefar agỽyꝛruuein yꝛ ynys honn yn gyntaf.
Ac aberis talu teir mil o bunnoed aryant bop blỽy-
dyn yn deyꝛnget oꝛ ynys honn y wyꝛ ruuein. o gyf-
ryſſed achaſſwallaỽn y ewythyꝛ. Ar eil yỽ gỽꝛtheyꝛn
gỽꝛtheneu. a rodef tir gyntaf yſaeſſon yn yꝛ ynys honn.
ac a ymdywediaỽd yngyntaf ac ỽynt. ac a beris llad
cuſtennin uychan uab cuſtennin uendigeit oe vꝛat a
dehol y deu uꝛoder. emrys wledic ac uthur penn-
dꝛadon oꝛ ynys honn. hyt yn llydaỽ. a chymryt y
goꝛon ar urenhinyaeth oe dỽyll yny eidaỽ ehun. Ac

yny diwed uthur ac emrys alofgaffant wrtheiȝ. yg
kaftell gȫerthȝynyaȫn arlann gȫy unfflam y dial eu
bȝaȫt.　Ȝȝydyd gȫaethaf uu vedraȫt pan edewis
arthur lyw*odȝaeth ynys pȝydein ganthaȫ pan aeth
ynteu dȝȫy voȝ yn erbyn ĺles amheraȫdyȝ ruuein
aanuonaffei gennadeu att arthur hyt ygkaer ĺlion
y erchi teyȝnget idaȫ oȝ ynys honn. ac y wyȝ ruuein
ar ymeffur y talpȫyt y gatwaĺlaȫn uab beli hyt yn
oef guftennin uendigeit. teit arthur. Ŝef atteb a
rodes arthur y gennadeu yȝ amheraȫdyȝ. nat oed
weĺl ydylyei wyȝ ruuein deyȝnget y wyȝ ynys pȝyd-
ein. noc y dylyei wyȝ ynys pȝydein udunt ȫynteu.
Kanys bȝan uab dyuynwal. achuftennin uab elen.
auuaffynt amherodȝon yn ruuein. adeu ȫȝ oȝ ynys
honn oedynt. Ac yna y ĺluydaȫd arthur goȝdethol-
wyȝ y gyuoeth dȝȫy uoȝ yn erbyn yȝ amheraȫdyȝ.
Ac y kyuaruuant ytu hȫnt yuynyd mynneu. ac an-
eirif o nadunt o bop parth a las y dyd hȫnnȫ. Ac yn
y diwed y kyuaruu arthur ar amheraȫdyȝ. ac arthur
ae ĺladaȫd. Ac yno y ĺlas goȝeugȫyȝ arthur. A phan
gigleu vedȝaȫt gȫahanu niuer arthur. yd ymchoel-
awd ynteu ynerbyn arth^{ur}. ac y duunaȫd faeffon a
ffichteit. ac yfcottyeit. ac ef y gadȫ yȝ ynys honn
rac arthur. A phangigleu arthur hynny yd ymchoel-
aȫd dȝacheuyn. ac adihengis gantaȫ oe niuer. Ac
y dȝeis y ar vedȝaȫt y kauas dyuot y dir yȝ ynys
honn. Ac yna y bu weith camlan y rȫng arthur
amedȝaȫt. ac y ĺladaȫd arthur uedȝaȫt. Ac y bȝath-
ȫyt arthur yn angheuaȫl. Ac o hynny y bu uarȫ. Ac
y myȫn plas yn ynys auaĺlach y cladȫyt.

### Dechreu y trioed yv y rei hynn.

Tri goruchel garcharaur ynys prydein. Llyr Lledyeith. Amabon uab modron. A geir uab geiryoed. Ac un oed oruchelaur nor tri. ef auu deirnos ygkarchar hut adan lech echymeint. sef oed honnv arthur. Ac un gvas aegellyngaud or tri charchar hynny. nyt amgen goreu uab cuftennin y geuynderv. Tri gvyn deyrn ynys prydein. owein uab uryen. a run * uab maelgvn. Aruaun pebyr uab dorarth wledic. Tri ouer uard ynys prydein. Arthur. Araaut eilmorgant. achatwallaun uab katuan. Tri matkud ynys prydein. penn bendigeituran uab Llyr aguduwyt yn y gvynuryn yn Llundein. ae wyneb ar ffreinc. ahyt tra uu ynyr anfaud y dodet yno. ny doei ormes faeffon byth yr ynys honn. Yr eil amatkud. Y dreigeu yn ninas emreis agudyaud Llud uab beli. Ar trydyd efgyrn gvertheuyr uendigeit. ympriif pyrth yr ynys honn. a hyt tra vydynt ~~yn yr~~ yn y kud honnv. ny doei ormes o faeffon byth yr ynys honn. A Llyna y tri anuatkud pan datkudywyt. a gvrtheyrn gvrtheneu adatkudyawd efgyrn gvertheuyr uendigeit yr ferch gvreic. · Sef oed honno ronnven baganes. Ac ef a datkudyaud y dreigeu. Ac arthur a datkudyaud penn bendigeituran or gvynn vrynn. Kannyt oed dec gantav kadv yr ynys honn o gedernit neb. namyn or eidav ehun. Tri marchlvyth ynys prydein. du y moroed march elidyr mvynuaur. a duc feithnynn̄ ahanner arnav. o benn Llech elidir yny gogled. hyt ympenn Llech elidyr ym mon. Sef feithnyn oedynt. elidyr mvynuaur. ac eurgein uerch vaelgvn ywreic.

ag6ynn da gyued. ag6yn da reimat. a mynach na6-
mon y gḥygho262. a phetryle6 vynefty2 y wallouyat⸱
ac aran uagyl y was. ac albeinwyn y goc. anoeues
aed6yla6 ar bed2ein y uarch. ah6nn6 uu hanner y
dyn⸱ ar eil marchl6yth aduc co2uann march meib-
on eliffer gofgo2dua62. aduc g62gi apheredur arna6.
ac nyfgo2diweda6d neb namyn diuogat uab kynan
garwynn y ar y kethin kyflym ac aruidia6t. ac aglot
agauas y2 hynny hyt hediw. aduna6t wr uab pabo.
achynuelyn d26fgyl y ed2ych ar vygedo2dh llu g6en-
doleu yn arderyd⸱ Y trydyd marchl6yth aduc erch
march * meibon grythm6l wledic. aduc arna6 ach-
leu. ac archanat. yn erbyn ri6 uaela62 ygkeredigya6n
y dial eu tat. Teir llynghes gynniweir ynys p2ydein⸱
llynghes lary uab yryf. a llynghes dignif uab alan.
allynghes folo2 uab urnach⸱ Teir g6ith balua6t
ynys prydein. vn o nadunt a trewis mathol6ch wydel
ar v2anwen uerch ly2. ar eil a d2ewis g6enh6yfach
ar wenh6yuar. ac o acha6s hynny y bu weith kat
gamlan wedy hynny. Ar d2yded ad2ewis golydan
uard ar gadwalady2 vendigeit. Teir d2ut heirua
ynys prydein. vn onadunt pandoeth med2a6t y lys
arthur ygkelli wic ygkerny6. nyt edewis nab6yt
nadia6t yny llys nyf treulei. athynnu g6enhyuar
heuyt oechadeir urenhinyaeth. ac yna y trewis pal-
ua6t arnei. Y2 eil d2ut heirua pandoeth arthur y
lys med2a6t. nyt edewis yny llys nac yny cantref
na b6yt na dia6t⸱

Tir neges agahat o bowys. vn onadunt yͼ
kyꝛchu myngan o veigen. hyt ynꞁꞁan ſilin. er-
byn anterth dꝛannoeth. y gymryt kynnedueu y gan
gadwallaͼn vendigeit. wedy ꞁꞁad ieuaf agryffri. Yꝛ
eil yͼ kyꝛchu griffri hyt ymbꝛynn griffri erbyn y boꝛe
dꝛannoeth. wꝛth ymchoelut ar etwin. Y dꝛyded uu
kyꝛchu howel uab Ieuaf hyt yg keredigyaͼn. owein
gͼyned y ymlad a Ieuaf ac a Iago ynyꝛ aerua
honno.

## Tꝛioeͼ yͼ y rei hynn.

Tir pꝛif riein arthur. Ͼͼennhͼyuar uerch gͼꝛyt
gͼent. a gͼenhͼyuar uerch uab greidyaͼl. a
gͼenhͼyuar uerch ocuran gaͼꝛ. ae deir karedic wreic
oed yꝛei hynn. Indec uerch arͼy hir. a garwen
uerch henin hen. a gͼyl verch * endaͼt. Teir gͼꝛ-
uoꝛͼyn ynys pꝛydein. vn onadunt ꞁꞁewei uerch ſeit-
wed. aroꝛe verch uſber. a mederei badeꞁꞁuaͼꝛ. Teir
goſgerd advwyn ynys pꝛydein. goſgoꝛd mynydaͼc
yg katraeth. a goſgoꝛd dꝛeon leͼ yn rotwyd arderys.
Ar dꝛyded goſgoꝛd velyn oleyn erythlyn yn ros. Teir
pꝛif hut ynys bꝛydein. hut mat uab mathonͼy. a
dyſgaͼd y wydyon uab don. a hut uthur penndꝛag-
on. a dyſgaͼd y uenͼ uab teirgͼaed. Ar dꝛyded hut
rudlͼm goꝛr a dyſgaͼd a dyſgaͼd y goꞁꞁ uab coꞁꞁ ureͼy
y nei. Tri chynnweiſſyeit ynys bꝛydein. gͼydar uab
run uab beli. ac owein uab maxen wledic. a chaͼꝛdaf
uab kradaͼc. Tri deiſnyaͼc ynys pꝛydein. riwaꞁꞁaͼn
waꞁꞁt banhadlen. agͼaꞁꞁ uab gͼyar. a ꞁꞁacheu uab
arthur. Tꝛi anuat gyghoꝛ ynys pꝛydein. rodi y ul
keſſar a gͼyꝛ ruuein ꞁꞁe y karneu blaen y eu meirch

ar y tir ympꝅyth meinlas. ꝛr eil gadel hoꝛs aheyn-
gyſt a ronnꝅen yꝛ ynys honn. ar trydyd rannu o
arth^{ur} y wyꝛ deirgꝅeith amedꝛaꝅt yg kamlan. Ꞡꝛi
thaleithaꝅc ynys pᵞdein. gꝅeir uab gꝅyſtyl. achei
uab kynyꝛ. ꞇ dꝛyſtan uab tallꝅch. Ꞡꝛi rud uoaꝅc
ynys bꝛydein. Ꞃun uab beli. ꞇ llew llaꝅ gyffes. a
moꝛgan mꝅynuaꝅꝛ. ꞇc un oed ruduogach noꝛ tri.
arthur oed y enꝅ. blꝅydyn ny doei na gꝅellt ~~nagꝅellt~~
na llyſſeu y ffoꝛd y kerdei yꝛ un oꝛ tri. ꞇ ſeith mlyn-
ed ny doey y ffoꝛd y kerdei arthur. Ꞡꝛi llyngheſ-
ſwr ynys pꝛydein. gereint uab erbin. amarch uab
meirchyon. agꝅennꝅynnwyn uab naꝅ. Ꞡꝛi unbenn
llys arthur. gronꝅ uab echel. a ffleudꝅꝛ fflam uab go-
do. achaedyꝛⱡeith uab ſeidi. Ꞡꝛi tharꝅ unben ynys
bꝛydein. adaon uab talyeſſin. a chynhafal uab argat.
ꞇc elinꝅy uab kadegyꝛ. Ꞡꝛi unben deiuyꝛ a bꝛyneic
ꞇ thꝛi beird oedynt. athꝛi meib diſſynyndaꝅt a
wnaethant y teir mat gyflauan. Ᵽiffeidell * uab diſ-
ſyuyndaꝅt. ꞇ wnaethant y teir mat gyflauan. diffeidell
uab diſſyuyndaꝅt aladaꝅd gꝅꝛgi garꝅlꝅyt. ar gꝅꝛ hꝅnnꝅ
aladei gelein beunyd oꝛ kymry. ꞇ dꝅy bop ſadꝅꝛ rac
llad un y ſul. Ᵽgafynell uab diſſynyndaꝅt. aladaꝅd
edelfflet ffleiſſaꝅc urenhin lloegyꝛ. Ꞡꝅall uab diſ-
ſyuyndaꝅt aladaꝅd deu ederyn gꝅendoleu y rei oed-
ynt yn kadꝅ y eur ae aryant. a deudyn a yſſynt
beunyd yn eu kinyaꝅ. ꞇr gymmeint arall yn eu kꝅynos.
Ꞡꝛi gꝅythꝅꝛ ynys bꝛydein awnaethant y teir anuat
gyflauan. llofuan llaw diffro aladaꝅd uryen uab
kynuarch. llongat grꝅm uargot eidin aladaꝅd auon
uab talyeſſįn. ꞇheiden uab euengat. aladaꝅd aueir-

in g6a6tryd verch tey2nbeird. Ÿ g62 arodei ganmy6
bob fad62n ygher6yn enneint yn talhaearn. ae tre6js
abwyeꝗ gynnut yny phenn. 2 honno oed yd2yded
v6yeꝗa6t. 2r eil kyn|nuntei o aberffra6. a d2e6is go-
lydan a b6yaꝗ yny benn. 2r tryded uab beli a d2ewis
y 62 ehun a b6yaꝗ yny benn. Ꞇ2i aerueda6c ynys
b2ydein. Selyf uab *kyna*n garwyn. ac auaon uab
talyeffin. a g6aꝗa6c uab ꝗenna6c. ᵴef acha6s y
gelwit 6y yn eruedogyon. 62th dial eu kam oc eu bed.
Ꞇ2i poft kat ynys p^rydein. duna6t uab pabo. a
chynuelyn d26fgyl. 2c uryen uab kynuarch. Ꞇ2i
hael ynys b2ydein. a ryderch hael uab tutwal tut-
klyt. anud hael uab fennꝗt. 2 mo2daf hael uab
ferwan. Ꞇ2i gle6 ynys p^rydein. grudnei. ahenb2ien.
ac aedena6c. ny doynt o gat namyn ar eugelo2eu. 2c
yfef oedynt y2ei hynny. tri meib gleiffiar gogled.
o haernwed urada6c eu mam. Ꞇ2i traha6c ynys
b2ydein. g6ibei d2aha6c. a fa6yl benn uchel. 2rnua6n
peny2 d2aha6c. Ꞇ2i ꝗedyf unben ynys p2ydein.
ᵯana6ydan uab ꝗy2. aꝗywarch hen. 2g6gon g62on
uab peredur uab eliffer. Ᵹc yfef acha6s y gelwit
6ynt yn ꝗedyf * unbe̥nn. 62th na cheiffynt gyuoeth.
2c na aꝗei neb y ludyas udunt. Ꞇ2i galouyd ynys
b2ydein. greida6l galouyd. 2 d2yftan uab taꝗ6ch.
2 g6gon g62on. Ꞇ2i efgemyd aeren ynys p2ydein.
mo2uran eil tegit. ag6gon gledyfrud. agilbert kat
gyffro. Ꞇ2i pho2tha62 g6eith perꝗan uango2. g6gon
gledyfrud. a mada6c uab run. 2 g6iwa6n uab kyn-
dy2wynn. 2th2i ereiꝗ o bleit ꝗoegy2. Ᵹawyftyl
d2aha6c. a g6aet|cym herwuden a g6iner. Ꞇ2i eur

gelein ynys bɪydein. madaƀc uab bɪƀyn. acheugan
peillyaƀc. Aruaƀn peuyɪ ab gƀydno. Ƭɪi hualhogeon
deulu ynys bɪydein. teulu kadwallaƀn llaƀir. ado-
daffant hualeu eu meirch ar dɪaet pob un onadunt
yn ymlad aferygei wydel ygkerric gƀydyl ym mon.
Ar eil teulu riwallaƀn uab uryen yn ymlad a faeffon.
atheulu belen o leyn yn ymlad ~~yn ymlad~~ ac etwin
ymrynn etwin yn ros. Ƭɪi diweir deulu ynys pɪyd-
ein. teulu katwallaƀn. yny buant hualogyon. a theulu
gafran uab aedan. pan uu y diuakoll. A theulu gƀen-
doleu ab keidyaƀ yn arderyd. adalyaffant yɪ ymlad
pythewnos amis gƀedy llad eu harglƀyd. Ʃef oed
eiryf pob un oɪ teulu oed un kan wr arhugeint. Ƭɪi
anniweir deulu ynys bɪydein. teulu gronƀ peuyɪ o
bennllyn aomedaffant eu harglƀyd o erbyn y gƀen-
nƀynwaeƀ y gan leƀ llaƀ gyffes. a theulu gƀɪgi a
pheredur. aadaƀfant euharglƀyd ygkaer greu a
chynoeth ac ymlad udunt dɪānoeth. ac eda glin gaƀɪ.
Ac yna y llas ell deu. Ar trydyd teulu ar lan ffergan.
aymadaƀffant ac eu harglƀyd yn lledɪat y ar y ffoɪd
yn mynet gamlan. riuedi pob un oɪ teuluoed un
cann ƀɪ arhugeint. Ƭri hualo eur ynys bɪydein.
riwallaƀn wallt banhadlen. arun amaelgƀn achad-
waladyɪ uendigeit. Ac y fef achaƀs y gelwit y gƀyɪ
hynny yn hualogyon. ƀɪth na cheffit meirch aberth-
ynei udunt. rac * eu meint. namyn dodi hualeu eur
am eu hegƀytled ar bedɪein eu · eu meirch dɪaekefyn-
eu. adƀy badell eur. adan eu glinyeu. Ac ƀɪth hynny
y gelwir padellec y glin. Ƭɪi charƀ ellyll ynys pɪy-
dein. ellyll gƀidawl. Ac ellyll llyɪ marini. ac ellyll

x

gyꝛthniỽl wledic. Tꝛi gỽyd ellyll ynys pꝛydein. ellyll manaỽc. ac ellyll ednyuedaỽc dꝛythyll. ac ellyll melen. Tꝛi trỽydedaỽc llyſ arthur. a thꝛi anuodaỽc. llywarch hen. allemennic a heled. Tꝛi diweir ynys prydein. ardun wreic gatcoꝛ uab goꝛoluyn. ac eneilian wreic wydyꝛ dꝛỽm. ac emerchꝛet wreic uabon uab dewengen. Tꝛi gỽaeỽ rud ynys pꝛydein. degyneỽ vard owein. ac arouan uard ſelen uab kynan. ac auan uedic uard katwallaỽn uab katuan. Tri goꝛuchel garcharaỽꝛ ynys pꝛydein. llyꝛ lledyeith a uu gan euroſwyd yg karchar. ar eil mabon uab modꝛon. ar trydyd gỽeir uab gỽeiryoed. Ac vn oed goꝛuchelach noꝛtri a uu deir nos yg karchar yg kaer oeth ac anoeth. Ac a uu teir nos yg karchar gan wenn benn dꝛagon. ac a uu deir nos yg karchar hut y dan lech echymeint. Ac yſef oed y goꝛuchel garcharaỽꝛ hỽnnỽ. arthur. Ar un gỽas ae gollygaỽd oꝛ tri charchar hynny. Ac yſef oed y gỽas hỽnnỽ. goꝛeu uab cuſtennin y gefynderỽ. . .

## Tꝛioed ymeirch yỽ yrei hynn.

Tri rodedic uarch ynys bꝛydein. Meinlas march kaſſwallaỽn uab beli. A melyngan gamre march lleỽ llaỽ gyffes. A lluagoꝛ march karawc ureichuras. Tri phꝛifuarch ynys bꝛydein. du hir tynedic march kynan garwyn. ac Awydaỽc ureich hir. march kyhoꝛet eil kynan. A rud bꝛoen tuth bleid march gilbert uab kat gyffro. Tꝛi anreithuarch ynys pꝛydein. Karnaflaỽc march owein uab uryen. a thauaỽt hir. march Kadwallaỽn uab katuan. a bucheſ lom march [597] gỽgaỽn gledyſ rud. Tꝛi thom edyſtyꝛ ynys bꝛydein.

g6ineu g6d6c hir. march kei. agrei march ed6in. a
Iluyd march alfer uab maelg6n. &zi goıderch uarch
ynys bıydein. fferlas march dalldaff eil kunin. agwel6-
gan gohoewgein march keredic uab g6all6c. ag6ı
bıith march raa6t. &zi penn uarch ynys bıydein a
dvgant y tri marchl6yth y mae eu henweu dıacheu-
yn. &zi g6ıueichyat ynys bıydein. Pıyderi uab
p6yll penn annwn. 6ıth uoch penndaran dyuet y
datmaeth. ac yf ef moch oedynt y feithlydyn a duc
p6yll penn ann6nn. ac ae rodes y pendaran dyuet y
datmaeth. ac yfef y Ile y katwei yglynn cuch yn em-
lyn. ac yfef acha6s y gelwit h6nn6 yn6ıueichat. kany
allei neb nath6yll na thıeis arna6. ar eil dıyftan
uab tall6ch 6ıth voch march uab meirchyon. tra
aeth y meichyat yn gennat ar effyIlt. arth[ur]. a march.
achei. abedwyı. a uuant ell petwar. ac ny cha6ffant
kymmeint ac un ban6. nac o dıeis. nac o d6yll. nac
o ledıat y ganta6. Ar trydyd coll uab kallureu6y.
6ıth uoch dallwyı dallbenn ygglynn (da)llwyı yg
kerny6. ac un oı moch oed doıra6c. hennwen oed
y hen6. adarogan oed yı hanuydei waeth ynys pıyd-
ein oı toıll6yth. ac yna y kynnulla6d arthur Ilu ynys
bıydein. ac yd aeth y geiffa6 y diua. ac yna yd aeth
hychen yggoıdod6. ac ym pennrynn ha6ftin ygker-
ni6 yd aeth yny moı. ar g6ıdueichyat yny hol. ac
ymaef g6enith yg6ent y dotwes ar wennithen a
g6ennynen. ac yı hynny hyt hedi6 y mae goıeu Ile
g6enith a g6enyn maes g6enith yg6ent. ac yn Ilou-
yon ym pennuro y dotwes ar heiden a g6enhith-
en. amhynny y diaerhebir o heid Ilouyon. ac yn ri6

gyfuerthѵch yn aruo y dodwes ar geneu cath. ɑ
chyѵ eryʒ. ɑc y roet y bleid y uergaed. Ꝓc y roet yʒ
eryʒ y vʒeat tywyſſaѵc oʒ gogled. ɑc ѵynt a hanuu-
ant waeth onadunt. ɑc yn ꝉanueir yn * aruon a
dan y maen du y dotwes ar geneu cath. ɑc y ar y
maen y byʒyaѵd y gѵʒueichyat yn y moʒ. a meibon
paluc ym mon ae magaſſant yʒ drѵc udunt. a honno
uu gath baluc. ac auu un o deir pʒif oʒmes. mon
a uagѵyt yndi. ɑr eil oed daronѵy. ɑr dʒyded etwin
urenhin ꝉoegyʒ. Ꝍri annѵyl ꝉys arthur. a thʒi chat-
uarchaѵc. ɑc ny mynnaſſant pennteulu ar nadunt
eiryoet. ɑc y cant arthur eglyn. Ꞩef yѵ vyn tri
chatuarchaѵc mened. a ꝉud ꝉurugaѵc. a cholovyn
kymry ~~kymry~~ karadaѵc. Ꝍʒi eurgryd ynys bʒydein.
Caſſwaꝉaѵc uab beli. pan aeth y geiſſaѵ flur hyt yn
ruuein. ɑ manaѵydan uab ꝉud pan uu hut ar dyuet.
ɑ ꝉew ꝉaѵgyffes pan uu ef agѵydyon yn keiſſaѵ enѵ
ac arueu y gan a ranrot y uam. Ꝍʒi bʒenhin a uuant
o ueibon eiꝉon. Ꞡѵʒyat uab gѵʒyan yn y gogled. a
chadauel uab kynuedѵ yg gѵyned. a hyueid uab
bleidic yn deheubarth. Ꝍʒi budyʒ hafren. katwaꝉ-
aѵn pann aeth y weith digoꝉ. a ꝉu kymry gantaѵ. ɑc
etwin oʒ parth araꝉ. a ꝉu ꝉoegyʒ gantaѵ. Ꝓc yna
y budʒaѵd hafren oe blaen hyt y haber. ɑr eil ky-
uarѵs golydan y gan einyaѵn uab bed bʒenhin ker-
nyѵ. ɑr dʒyded. calam uerch Idon uab ner y gan
uaelgwn.

## En6eu ynys prydein aerac ynyssed

Kyntaf en6 auu ar yr ynys honn. kyñ noe chael nae chyuanhedu. claf myrdin. A g6edy y chael ae chyuanhedu y vel ynys. A g6edy y gor- esgynn o brydein uab aed ma6r y dodet arnei ynys prydein. Teir prif rac ynys yffyd idi. A feith rac ynys arhugeint. yffyd y danei. Sef ynt y teir rac ynys. Mon. A Mana6. ac ynys weir. Athri prif aber a seith ugeint y danei. Aphed6ar prif porth ardec adeugeint. A their prif gaer ardec arhug- eint. Dytamgen. Kaer alclut. Kaer lyr. Kaer ha6yd. Kaer efra6c. Kaer gent. Kaer wyranghon. Kaer lun- dein. Kaer lirion. Kaer golin. Kaer loy6. Kaer gei. Kaer firi. Kaer wynt. Kaer went. Kaer grant. Kaer da6ri. Kaer l6ytkoet. Kaer vyrdin. Kaer yn aruon. Kaer gorgyn. Kaer Lleon. Kaer gorcon. Kaer cufrad. Kaer urnas. Kaer felemion. Kaer mygeid. Kaer lyf- fydit. Kaer beris. Kaer Llion. Kaer weir. Kaer grad- a6c. Kaer wida6l wir.

# Notes

## On letters which are either doubtful, peculiar, or corrected in the MS.

------

cor. = corrected.
fac. = facsimile.
or. w. = originally written.
Italics denote the letters to which reference is made.

PAGE. LINE.

2, 23. ac *n*y.   Begun as *r*; cor. into *c*; there is a kind of dot over the first limb of *n*.

3, 19. ar*c*ho.   W. *t*; cor. above line into *c*.

4, 15. debyg*y*ei.   Or. w. *o*?; cor. into *y* by a late hand.

5, 10. haƀ*l*ƀι.   Or. letter scratched out; cor. (partially by a late hand) into *l*.

9, 11. yd aeth.   MS. reads y daeth.

15, 16. geimat.   See fac. and cf. penardim, &c.

18, 2. dy*u*et.   MS. reads dy*n*et.

24, 3. *ƀ*o, ?*v*o.   Cf. *ƀ*ydynt, col. 727, l. 44.

24, 16. Arglƀy*d*.   Or. w. *s*; cor. into ƀ in red ink.

24, 18. *i*daƀ.   Read jdaƀ.

26, 9. penardim.   See fac. and cf. geimat, &c.

31, 7. byche*n*et.   *ene* retraced by a late hand, but one can still see the word was or. w. bych*a*net.

31, 27. diha*ng*y*ſſ*ant.   Letters -*ngyſſ*- are very faint.

33, 13. a*c*.   The *c* is irregular in form.

33, 17. gy*ſ*cu.   *y* looks very like *ƀ*.

35, 12. kyn*ƀ*eiſſat.   Cor. *ƀ*.

35, 19. chy*ι*ch*u*.   *u* is a late insertion.

PAGE. LINE.

35, 26. wel(e*b*)ch.   Read wele*b*ch.

35, 30. nyt oes neb yma a wypo.   Faint in MS.

36,  1. b*ı*anwen go-.   Faint in MS.

36, 19. Ⅱe*ſty*ʑ.  *ſ* is in pale ink; *t* has 'run' or 'spread,' the or. letter having been scratched out; *y* and *ʑ* are slightly retraced.

36, 30. mathol*b*ch.   Or. w. *ʑ* ?; cor. into *c*.

39,  1. uana*b*ydan.   Or. w. *t*; cor. into *y*.

39, 14. urod*er*.   Or. w. *y*; cor. into something resembling *e* which has a punctum delens under it and an *e* written over it.

40,  7. *𝕲*liuieri.   See fac.

41,  4. Mana*b*ydan.   Or. w. *b*; cor. into *y*.

41, 15. niuyget.   *an-* has been inserted above line in a late hand.

41, 15. Pendara*r*.   Apparently the scribe attempted to cor. *r* into *n*.   Read Pendara*n*.

45,  4. g*e*dymdeithas.   Cor. letter.

45,  5. o*s*.   Cor. letter.

46,  2. dyuot.   Manifestly an error.   Read Dyu*e*t.

46, 27. mae.   Faint in MS.

46–48. The lacunae on these pages are due to a corner of the MS. having been torn away. The readings are supplied from the WHITE BOOK, i.e. Hengwrt MS. 4.

49, 21. o*ʑ*.   Probably by a late hand.

50,  2. kerddaſſant.   Read kerd|daſſant.

50. 14. ymma.   Read ym|ma.

52,  1. *heb*.   The scribe wrote or. *h**.   Being unable to make his second letter legible, he drew the pen through both letters and wrote *heb* over them.

53, 22. bet*h*.   The *h* is in late hand.

54, 7. aℓℓei un.   MS. reads aℓℓei ᵈun.   See fac.

54, 9. vane*l*.   Read vane*c*.

55, 2. ganta*b*.   The *ab* are by a later hand.

57, 16. gᴃnnaeth.   Read gᴃn|naeth.

58, 12. *ac*.   Cor. letters, which are also retraced.

60, 24. enᴃ..   Two letters have been scratched
out here.   Apparently the word was or. wr.
en*beu*.

60, 27. traᴃfgᴃyd.   A late hand has inserted a letter
resembling *l*? above -gᴃ-.   On p. 61, l. 26,
the letter *l* is similarly inserted.

61, 1. tei*u*i.   MS. reads tei*n*i.

61, 3. uuᴃyvt.   Or. w. *b*; cor. into *v*.

61, 3. ᴃ₁th*u*nt.   MS. reads ᴃ₁th*n*nt.

63, 8. yn ych ol.   MS. reads yny chol.

64, 21. *e*idaᴃ.   Or. w. *r*; cor. into *e*.

66, 5. gi*lu*aethᴃy.   Or. w. gi*u*aethᴃy, then the first
limb of *u* was cor. into *l*, thus making a
word gi*lu*aethᴃy.

66. — The words within brackets on this page
are supplied from the WHITE BOOK.   The
vellum of the RED BOOK seems to have
been originally scaly where these words
occur, and the surface has peeled off.

66, 21. hon aᴃch.   The gap is occasioned by a hole
in the vellum.   Read honaᴃch.

68, 6. camma.   Read cam|ma.

68, 10. be*l*han.   See fac. and cf. wy*l*, l. 4.

69, 6. ℓℓy*f*.   Or. w. *z*; cor. into *f*.

69, 15. Oia.   Read Oi a.

70, 12. wnaant.   Read wna|ant.

71, 6. ℓℓeᴃ.   The *b* was begun as *u*, then cor. into *b*.
Lleu is the old form, *not* Lleᴃ.

PAGE. LINE.

72, 18. Ic.   See fac.

72, 22. a [da]lo.   MS. reads a | lo.

73, 6. ua*b*.   MS. reads va*t*.

76, 25. enneint.   See fac. and cf. geimat, &c.

78, 6. mo*c*h.   Or. w. *r* ?; cor. into *c*.

80, 3. a*n*yan.   Or. w. *u* ?; cancelled by puncta delentia, and cor. into *n* above line.

80, 25. feui*ſ*∗ .   A letter has been scratched out after final *ſ*, which is a cor. letter.

80, 26. by*ı*ya*b*d.   Or. w. *o* or *b*; cor. into *y*.

82, 4. dywa*bt*.   Or. w. *a*; cor. into t*t*.

83, 23. amd yfr*b*ys.   A letter has been scratched out after *d*.

83, 27. aʀ *t*ra*b*s.   The ʀ and *t* are faint and doubtful.

84, 28. ed*r*ych.   Begun apparently as *y*; cor. into r.

85, 10. yg*h*waethach.   See fac.

86, 22. a*u*on.   MS. reads a*n*on.

89, 12. v*ı*e*v*i.   Or. w. *n* ? cor. into *v*.   The true reading is v*ı*e*n*i.

93, 4. p*ı*ydein.   Or. w. *o* ?; cor. into *y*.

94, 7. ar*v*a*b*c.   Cor. letter.

95, 27. yſty*r*.   Cor. letter ?

96, 29. keffych.   Or. w. *b*; cor. into *y*.

96, 29. p*b*nt.   Or. w. *o*; cor. into *b* (in late ink ?).

97, 11. kylc*h*.   See fac.

100, 1. wledi*c*.   Imperfect letter.

101, 30. imi.   Read i mi.

102, 23. g*n*b*ch.   Cor. letter ?

103, 19. a*r*ugeint.   Or. w. *d* with an *e* inserted above (immediately after) it, thus reading a*de*ug-eint.   The d*e* were next cancelled in red ink and replaced by r.

103, 30. dr*bſ.*   Or. w. *ı*; cor. into *ſ.*

PAGE. LINE.

105, 12. gatƀidogyon.   See fac.  ? gatƀidogyon.

106, 4. aryant.   Or. w. *6*? cor. into *y*.

106, 10. nottych.   Or. w. *o*; cor. into *y*.

106, 19. poch.   See fac.

107, 12. fulyen.   Cor. *y*.

107, 18. choch.   See fac.   ? chołh.

107, 27. Erinit.   In the next line the word is Ermit.
     Both readings are unmistakable.

108, 7. waeƀ.   Or. w. *r*; cor. into *e*.

110, 16. fflendoƌ.   See fac.

111, 15. ueifcaƀn.   See fac.   Cf. the modern word
     gwisgon:  if there is a word ueiſƚaƀn it
     can be so read.

111, 30. Hƀyƌdyaƀc.   Cor. letter.

111, 30. dƌƀcdyaƀc.   The *d* is cor. (in later ink ?).
     For *c* the MS. reads *t*.

114, 6. eiryo|et.   This word was omitted originally
     but afterwards filled in by the scribe, partly
     on the right margin and partly on the left.

117, 23. gaean.   Or. w. *r*; cor. into *e*.

117, 23. ffynhonws.   Cor. letter.

118, 12. hyſtaueℿ.   The *ſ* is not regular.   ? cor. *ƌ*.

120, 22. gƀenith.   Cor. letter.

120, 26. *h*aƀd.   Cor. letter.

121, 16. pechaƀt.   See fac.

128, 20. eidoel.   Or. w. *y*; cor. in later ink into *o*.

129, 12. *a*oed.   Cor. letters.

129, 13. *oe*dƀn.   Cor. letters.

130, 26. affƀyſ.   Or. w. *ƌ*; cor. into *ſ*.

130, 28. gƀƌyſ.   Or. w. *ƌ*; cor. into *ſ*.

131, 9. ym *ach*.   Or. letters scratched out and *ach*
     substituted.   (? Inked over later.)

131, 18. doſiet.   Or. w. *ƚ*; cor. into *f*.   Read *ſ*.

131, 22. cat*w*ent.  MS. gives w but the punctum appears to be accidental.

133, 6. di*llu*s.  Or. letters scratched out, and *llu* substituted.  Read di*llu*s.

133, 6 and 9. uarr*u*aƀc.  The *u* in both instances has been cor. by a later hand.  The vellum bears marks of having been scratched both over and under the *u*, and there can be no doubt that uar*ch*aƀc was or. w. in both instances.

134, 23. gƀed*ƀ*.  Or. w. *y*; cor. into *ƀ*.

134, 25. m*ell*t.  Several letters have been scratched out here.  The *e* was or. *o*, and the length of the or. word is that of m*odʑon*.

137, 16. ada*n*ed.  Sic in MS.  ? ada*u*ed.

137, 27. *dʑƀc*.  Retraced (? by a later hand).

140, 8. y*ſtr*at.  Cor. letter.

141, 10. uynyd✻ .  Apparently there was a letter after d.

142, 5 and 7. *æ gyʑru*.  ? later hand.  *wedy eu llad*, . w. in margin.

145, 24. gof$^{yn}$ a.  MS. reads gof'a.

146, 3. aghe*n*edyl.  ? aghe*u*edyl.  See fac.

147, 26. hac*c*raf.  See fac.

149, 15. vy|d*i*n.  See fac.

150, 13. kygho*ʑ*wy*ʑ*.  Or. w. *ʑ*? cor. into *o*.

150, 23. *u*adon.  MS. reads *n*adon.

150, 25. cher*d*ych.  Cor. letter.

152, 21. wych . . . .  There is a blank space nearly equal to the length of this word left after it, which shows the word was not completed.

158, 11. la*c*tƀn.  See fac.  The reading lactƀn is unmistakeable in l. 17.

PAGE. LINE.

159, 26. e*c*hel.  See fac.

159, 27. Dy*z*stan.  Or. w. *z*; cor. into *y*.

163, 6. adech*z*eu.  MS. reads ad ech*z*eu.

163, 13. r*y*vic.  Cor. letter.

163, 14. gam*h*6*z*i.  Cor. letter.

163, 28. yneu*traet*.  Sic. in MS.  Read *kaeu*.

164, 1. ada*n*ed.  A hybrid form, which is neither
*n* nor *u*.

164, 29. b*l*iant.  Or. w. *z*; cor. into *l*.

170, 4. na*c*.  ?na*t*.  See fac.

170, 4. ad*e*ua6d.  Cor. *e*.

170, 13. gwenh6yfar.  Begun as *e*; cor. into **w**.

173, 9. *itt*.  Cor. letters.

173, 10. oed*u*t (first word).  Or. w. *y*; cor. into *u*.

173, 21. e*l*6yf.  Or. w. *t* (or *d*); cor. into *l*.

173, 27. o*a*ruc.  Or. w. *z*; cor. into *a*.  Read ao*z*uc.

174, 29. o*w*ein.  Begun as *z*; cor. into *w*.

179, 24. dy*u*ot.  MS. reads dy*n*ot.

179, 30. hy*st*y*z*.  ?hy*fc*y*z*.  The top part of the fourth
letter is illegible: it is rather tall for a *c* or
a *t*, and looks 'very like' an *f*, or an *l*.  Any
one with 'very good sight' can here read
anything his imagination may suggest. We
are not at all certain of the third letter
either, but *hy . . yz* are unmistakable.
See facsimile.

180, 2. *eithyz g6a-*.  These letters are retraced in
late ink, but the or. writing is still legible.

180, 20. a6y*z*.  Or. w. *z*; cor. into *y*.

180, 24. g6elynt.  ?*o*.  Irregularly formed letter.

181, 15. marcha6c.  See fac.

181, 21. tr*y*dyd.  Or. w. *v*.; cor. into *y*.

190, 29. di*f*gre*c*hu.  See fac.  The *g* was or. w. *k*.

193,   1. E*ff*ra*b*c.   It may be worth while to point
        out that the letters *ff* here stand for F.

193,   1. bi*o*ed.   Or. w. *e* ; cor. into *o*.

193, 10. phryder*u*. The *u* has been partially scratched
        out recently.

193, 12. diff*i*eith*b*ch.   See fac.

194, 30. elli*t*.   Or. w. *r* ; cor. (? by later hand) into *t*.

195,   8. y*f*ky*z*ni*c*.   See fac.

195, 14. gych*b*ynnu.   Or. w. *cl* or *ch* ; cor. into *g*.

195, 26. o*z*u*c*.   Possibly the *c* should be read *v*, i.e.
        a stop.

196, 10. meluo*c*h.   See fac.

198. 19. ma*r*cha*b*c.   See fac.   Cf. the two letters
        italicised.

199, 18. dio*f*cles.   It is useless to torture this spelling
        into dio*fd*es.   See fac.

200,   5. *herwr*.   By a later hand.

200, 27. py*f*cotta.   See fac.   Cf. hy*f*cy*z*, &c.

206, 18. h*e*b.   Or. w. *j* ; cor. into *e*.

206, 27. d*b*z*b*f.   Or. w. *y* ; cor. into *b*.

208, 16. by*dy* eneit.   See fac.

209,   6. MS.  reads :—ac eu Ilynn "ac eu harueu" ac
        eu meirch.

209, 24. dy*u*ot.   MS. reads dy*n*ot.

210, 30. a*c*.   Cor. letter.

211,   5. *c*han.   See fac.

212, 21. v*b*yha*f** .   This was or. w. v*b*yha*h*a.

212, 27. *fo*z*res.   Or. w. *z* ; cor. into *f*.

213,   3. *v*liant.   Cor. letter.   Or. w. *b* ?

213, 13. *dy*.   Cor. letter.

213, 28. y*r* *e*ira.   Or. w. y*r*ira.   The *r* was then cor.
        into something like *e*, but the meaning
        requires *re*.

PAGE. LINE.

215, 28. r6ym.  Or. w. *o*; cor. into something like *6*.

220, 15. kyuarſot.  Or. w. *6*?; cor. into *ſ*.

220, 29. d₂6ſ.  Or. w. *2*; cor. into *ſ*.

221, 4. mo₂ynyon.  Cor. letter.  See fac.

221, 20. aryſhau.  Cor. letter, like that of line 4.

222, 9. g6iſca6.  See fac.  Cf. ueiſca6n.

225, 6. d₂6od.  ? d₂6ad.  Cf. kynⅡyuaneu, col. 683, l. 5.

226, 18. welei.  Or. w. *r*; cor. into something like *e*.

226, 25. coch.  Cor. letter.

226, 28. minneu.  See fac.

230, 13. o₂uc.  Cor. letter.

231, 23.  Note that col. 688 is blank in the MS.

232, 3. aradanc.  The puncta delentia are late.

232, 13. Ⅱa6.  Cor. letters.

232, 14. agharueid.  Cor. letter.

232, 25. ᴋyuarch g6elⅠ y arthur ae teulu olⅠ.  Or.
     words scratched out by the scribe, and
     these substituted.

233, 2. yn ᵈ6₁n.  The *d* is by a later hand ?

235, 14. d₂6ſ.  Or. w. *2*; cor. into *ſ*.

236, 30. 6₁th.  Or. w. *2*; cor. into a kind of *6*.

237, 27. 6yt.  Cor. letter.  (? or. w. *d.*)

245, 5. hyt dyd.  Cor. letter.

245, 6. dremhitit.  Or. w. *e*; cor. into *r*.

245, 10. ſ6₂cot.  Cor. letter.

245, 12. Henpych.  Or. w. *Ⅱ*; cor. above line into ch.

247, 7. yſta6yl.  Cor. letter.  (? or. w. *u.*)

247, 8. aethant.  Cor. letter; it looks more like *c*

248, 19. eſ.  Cor. letter.            [than *t.*

249, 2. d₂acheuynt.  The *t* has been partially
     scratched out.

249, 26. ym.  See fac.

249, 28. dianghaf.  Cor. letter.

PAGE. LINE.

260, 30. h*i*. The *i* is extremely shadowy. Or. letter has been scratched out.

265, 2. gymƀeu. Cor. letter.

268, 27. *y* ereint. Cor. letter.

268, 28. a*e*. Cor. letter.

269, 2. ryƀudyaƀ. Or. w. *d*; cor. into something resembling *b*.

269, 9. o*ſ*. Or. w. *ı*; cor. into *ſ*.

272, 7. segvr. The *v* is irregular in form, and in paler ink : something has been scratched out.

274, 19. gy*ı*chaſſant. Or. w. *o*; cor. into *y*.

275, 6. rago*ı*. Cor. letter.

276, 26. o*ſ*. Or. w. *ı*; cor. into *ſ*.

277, 24. a*x*. Cor. letter and very irregular in form.

280, 2. dƀnn. See fac. Cf. y*m*choelut, l. 22.

289, 3. Ⅱy*ſ*. Or. w. *ı*; cor. into *ſ*.

287, 1. a*t*. Or. w. *r*; cor. into *t*.           [than *c*.

289, 19. rac*c*o. Cor. letter, which looks more like *o*

290, 3. *e*tteil. There is a dot over the initial *e*.

290, 20. a*c*. Cor. letter.

290, 29. Ⅱetrithaƀc. Cor. letter.

292, 11. Ⅱy*ſ*. Or. w. *ı*; cor. into *ſ*.

293, 22. d*ı*ƀ*ſ*. Or. w. *ı*; cor. into *ſ*.

294, 1. diodeuaƀd "y araⅡ eiſted" eiryoet—in MS.

301, 13. ar*c*hanat. ? *t*. Cf. Ar*t*hur, col. 592, l. 15.

301. Blank at bottom of page represents four blank lines in MS.

302, 7. keredigya*ı*ƀn. Or. w. *o*; cor. into some semblance of *y*.

303, 14. chaedy*u*ieith. At first sight the *i* looks like a regular *l*, but closer examination will show the top half of the would-be *l* to be an addition.

PAGE. LINE.

303, 30. aueirin.   The *u* here is unmistakable.

304,  4. kyn|*nun*tei.   See fac.

304,  8. Ilenna6c.   See fac.   The ´ seems accidental.

304, 13. fe*nn*llt.   See fac.   The ´ is suspiciously bold, and can scarcely be original.   The oldest MS. of the Triads reads SenylIt.

304, 14. henbrie*n*.   ? henb*ı*ie*u*.

304, 30. gwaet|*c*ym.   See fac.   (? *r* or *t*.)

305, 17. k*a*er.   Cor. letter.

306,  3. m*e*len.   A bungled, cor. letter.   ? *a*.

306,  4. Ilemmeni*c*.   An irregularly formed letter. ? *t*.

306,  5. ga*t*|cor.   See fac.

306, 10. Il*e*dyeith.   Cor. letter.

306, 11. euro∫wyd.   Or. w. *ı* ; cor. into ∫.

306, 12. g6*e*iryoed.   Cor. letter.

306, 29. K*a*tuan.   Cor. letter.

306, 30. y*n*ys.   Or. w. *ı* ; cor. into *n*.

307,  4. p*e*nn.   A bungler who lived rather over a century ago has written *y* over the *e*.

307, 13. arna6.   Cor. letter.   (Or. w. *o* ? ; there is also a deletion.)

308, 13. *men*ed.   See fac.

308.   The remainder of col. 598, the whole of col. 599, and lines 1–14 of col. 600 have Proverbial Triads.

309.   1. The full title in the MS. is 'En6eu ynys p*ı*ydein ae rac ynyffed ae anryuedodeu,' but as the *anryuedodeu* are not given in this Volume the word has been omitted in the title.

# Index.

The large figures refer to the page, the small ones to the line.
ab = mab ; b = brenhin ; m = merch.

ABER, Tri Priv, 309, 7.
Aber Alaw, 40, 23.
Aber deu Gleđyv, 132 ; 138, 5.
Aber Gwy, 140, 26.
Aber Havren, 140, 14.
Aber Henvele*u*, 40, 17 ; 42, 17.
Aber Keirawc, 144, 19.
Aber Kleđyv, *see* Aber deu G.
Aber Menei, 33, 20 ; 69, 30.
Aber Sein, 87, 15 ; *see* Kaer A. S.
Aber Tywi, 139, 3.
Aberffraw, 28 ; 304, 4.
Absolon ab Dauyđ, 297, 5.
Achleu, 301, 12.
Ađanc, 223, 3 ; 224 ; 226 ; 232, 3.
Adaon, *see* Auaon.
Adar Gwendoleu, 303, 24.
Adar Riannon, 40, 13 ; 41, 20 ;
    43, 18. [?168-169; 172; 180.]
Ađav, 297.
Aeđenawc, 304, 15.
Adeon ab Eudav, 88, 23 ; 90, 17 ;
    91, 22, 30.
Adwy ab Gereint, 106, 21 ; 159, 27.
Aerva, Teir Drut, 301, 21.
Aerueđawc Y. P., Tri, 304, 6.
Aethlem, 125, 4 ; 141, 20.
Aethole, 95, 16.
Affric, 104, 17.
Alaw, *see* Aber, 40, 30.
Albeinwyn, 301, 3.
Alclut, *see* Kaer Alclut.          [19.
Allictwn, ? Bal- *or* Mallictwn, 144,
Alser ab Maelgwn, 307, 2.
Amaethon ab Don, 120, 28.
Amanw, 139.
Amhar ab Arthur, 246, 20.

Amherodres Kristinobyl, 229-232,
    240-241.
Amhren *or* Amren ab Bedwyr,
    110, 6 ; 246, 19.
Amren, *see* Hir Amren, 111, 16.
A*n*eiryn Gwawtryđ *Mech*teyrn
    Beirđ, 303, 30.
Anet, 125, 3 ; 141, 20.
Angawd ab Kaw, 107, 15.
Angharat, *see* Yngharat.
anglađ Gwr Iarlles y Ff., 174-175.
Anniuyget (Triad), 40-41 ; 98, 14.
Annwas Adeinawc, 107, 2. cf.
    Henwas Adeinawc.
Annwvyn *or* Annwn, 2-3 ; 5, 30 ;
    6, 16 ; 8, 9 ; 60, 22 ; 61, 16 ;
    124, 24.
Annyanawc ab Menw, 107, 25.
Anoeth, *see* Kaer Anoeth.
Anoeth Veiđawc, 111, 16.
Aram, *see* Arym.
Aran-vagyl, 301, 3.
Aranrot m. Don, 68-73 ; 298, 13 ;
    308, 18., *see* Kaer Aranrot.
Arawn b. An : 2-3 ; 5-7 ; 60, 23.
Arberth, 1, 3, 6 ; 8 ; 17, 22 ; 18,
    13 ; 19, 30 ; 23 ; 45-46 ; 49,
    16 ; 52-53.
Archan, 35, 17.
Archanat, 301, 13.
Arđerchawc Prydein, 110, 13.
Arderyđ, 301, 11 ; 305, 11.
Ar-derys, 302, 19.
Ardudwy, 26, 3 ; 73, 30 ; 74, 2 ;
    77, 22 ; 79, 20 ; 81, 7.
Arđun, 306, 5.
Ardwyat ab Kaw, 107, 19.

Argyngroec, 146, 20; 148, 19.
Arllechwed, 63, 2.
Arouan bard Selen, 306, 8.
Arthur, 100, 14; 102–115; 125;
    128–142; 147–160; 162; 163,
    1; 170; 179–183; 192; 197–
    200; 204; 205; 211–215; 218–
    220; 232; 233; 235; 243–
    247; 258–265; 282; 284–
    287; 299; 300; 303; 306–308.
Arthur's Brother, 107, 30.
Arthur's Chief Huntsmen, 110, 7.
Arthur's Court, see Kaerlleon;
    Llys A.
Arthur's Cousins, 100, 14; 102,
    10; 106, 10; 114, 19; 151,
    15; 264, 16; 285, 19; 286;
    300, 6.
Arthur's Father, 107, 14.
Arthur's Grandfather, 299, 9.
Arthur's Hall, see Ehangwen, 103;
    111; 197.
Arthur's Household, see Teulu.
Arthur's Mantle, 105, 28.    [23.
Arthur's Nephew, 114, 18; 147,
Arthur's Squires, see Eiryn Wych;
    Hir Amren; Hir Eidyl; Hyg-
    wyd; and Kachamwri.
Arthur's Uncles, 109, 1; 110, 11;
    140, 11; 263.
Arthur's Weapons, 105, see Karn-
    wenhan; Rongomiant.
Arthur's Wife, see Gwenhwyvar.
Arvon, 77, 30; 87, 14; 88, 19;
    308, see Kedernit G., Pennard.
Arwystli, 62, 23; 144, 3.
Aryanllu Y. P., Tri, 298, 18.
Aryanrot m. Beli, see Aranrot.
Aryen, see Brynn Aryen.
Arym, ? Garym, 112, 1; 125, 15.
Asse, see Kaer Asse.
Atrwm, see Hir Atrwm.
Auallach, 299, 30.
Auan Vedic bard Kat: 306, 9.
Auaon ab Talyessin, 150; 160,
    1; 303, 15; 304, 7.

Avarwy ab Llud, 298, 20.
Avena, 298, 9.
Avon, see Auaon.
Awydawc Vreich Hir, 306, 25.

Badon, 150, 23; 151, 23.
Bangor, 304, 27.
Bannawc, Mynyd, 121, 13.
Bard, Tri Over, 300, 9.
Beda, 297, 7.
Bed Branwen, 40, 29.
Bed b. Kernyw, 308, 25.
Bed Pryderi, 64, 27.
Bedwyr ab Bedrawt, 106, 15; 114,
    5; 118, 26; 127; 129, 6;
    131, 28; 132, 29; 133, 8, 14;
    136, 7; 138, 11; 265, 18;
    307, 16.
Bedyw ab Seithvet, 107, 4.
Belen o Leyn, 305, 7.
Beli Mawr ab Man- or Mynogan,
    26, 9; 88, 17; 93, 1, 4; 108.
Benyn Byneu, Tri, 111, 28; 125.
Bergaed, 308, 2.                [12.
Berth ab Kado, 108, 2.
Berwyn ab Gerenhir, 109, 27.
Betwini Eskob, 112, 20; 148, 24;
    150, 1, 12; 159, 18.
Blathaon ab Mwrheth, 159, 9.
Blathaon, see Penn Blathaon.
Bleidwn, 67, 20.
Blodeued or Blodeuwed, 73–77;
    79, 22; 80, 5, 8.
Bran ab Dyuynwal, 299, 13.
Bran Bendigeit ab Llyr, 26–31;
    33–44; 300, 11, 23.
Branwen m. Llyr, 27–29; 33;
    34; 36; 37; 39–43; 301, 18.
Bratwen ab Iaen, 107, 12,    [23.
Bratwen ab Moren Mynawc, 106,
Brenhin Bychan, see Gwiffert P.
Brenhin Kloff, 232–233. Cf. Gwr
    G. o'r Llynn.                [18.
Brenhin o veibon Eillon, Tri, 308,
Brenhin Romani. 85, 24; 86, 16.
Brenhin y Diodeiueint, 223.

Breui Vawr, 89, 12.    [15.
Broch, Chware, 15, 27 ; 16 ; 57,
Brych, Ych, 121, 10.
Bryneich, 303, 16.
Brynn Aryen, 71, 25.
Brynn Etwin, 305, 8.
Brynn Griffri, 302, 5.
Brynn Kyuergyr, 76–77.
Brys ab Bryssethach, 111, 24.
Brytaen, 92, 7.
Brytanyeit, 91, 1 ; 97, 28.
Brythach, *see* Kaer Brythach.
Brythwch, *see* Kaer Brythwch.
Buches Lom, 306, 29.
Budyr Havren, Tri. 308, 21.
Bwlch, 111, 25 ; 125, 9.
Bwrgwyn, 90, 5.
Bwyellawt, Trydyd, 304, 4.

Dalldav eil Kimin *or* Kunin Kov,
    106, 24 ; 307, 3.
Dallwyr *or* Datweir Dallpen 107,
    6 ; 307, 19.
Dallwyr, Glynn, 307, 19.
Danet ab Oth, 159, 23.
Daronwy, 308, 9.
Datkud, Tryded Anvat, 42, 27.
Dawri, *see* Kaer Dawri.
Degynelw bard Owein, 306, 7.
Deheu, 59, 3 ; 60, 16 ; 63–65.
Deheubarth, 60, 13 ; 308, 21.
Deivnyawc Y. P., Tri, 302, 27.
Deivyr, 303, 16.
Dena, *see* Fforest y Dena.
Denmarc, 151, 21 ; 160, 6.
Deu Gledyv, *see* Aber &c.
Deveit, 115 ; 225.
Diadema, 297, 9.
Diarwya, 1, 7.
diaspat, 94, 21 ; 96, 27 ; 98, 15 ;
    103, 30; 112, 1 ; 125, 15 ; 175,
    19 ; 195 ; 203 ; 210, 21 ; 287–
    289.
Diffeidell ab Dissyuyndawt, 303,
    18, 19.
Diganhwy, 267, 27.

Digniv ab Alan, 301, 15.
Digoll, Gweith, 308, 22.
Digon ab Alar, 107, 8.
Dillus Varvawc ab Eurei, 133.
Din Sol, 104, 2.
Din Tywi, 140, 3.
Dinas Dinlleu, 71, 16.
Dinas Emreis, 98, 12 ; 300, 15.
Dinas Ffaraon Dande, 98, 12.
Dinodig, 73, 29.
Dirmyc ab Kaw, 107, 14.
disgrech, 186, 23 ; 189, 29.
Dissynyndawt, 303, 17.
Diuogat ab Kynan G., 301, 7.
Divwlch, Kledyv, 111, 27 ; 138,
Diweir Y. P., Tri, 306, 4.    [14.
Diwrnach Wydel, 136. *see* Peir.
Doget Vrenhin, 101, 11.
Dol Pebin yn Arvon, 59, 9.
Dol Penmaen, 64, 2.
Dreiceu, Y, 96 ; 97 ; 98 ; 300.
Drem ab Dremidyt, 109, 9 ; 245, 6.
Dreon Lew, 302, 19.
Drustwrn Hayarn, 107, 1.
Drutwas ab Tryffin, 107, 9.
Drutwyn keneu Greit 123, 24 ;
    133, 10 ; 134, 3 ; 135, 2 ; 138,
Drwc, 112, 3 ; 125, 17.    [9.
Drwcdydwc, 111, 30 ; 125, 14.
Drych eil Kibdar, 114, 8.
Drystan ab Tallwch, 159, 27 ;
    303, 5 ; 304, 24 ; 307, 13.
Drytwen, ederyn y, 34.
Dryw, Y, 71, 1 ; 112, 14.
Du, Gwr, 126, 3 ; 166–169 ; 171 ;
    180 ; 221–223 ; 231 ; 240–242.
Du Hir Tynedic, 306, 24.    [27.
Du march Moro Oeruedawc, 124,
Du Trahawc marchawc y Ffynawn,
    221–223.
Du Traws, 191–192.    [25.
Du y Moroed march Elidyr, 300,
Duach, 106, 27.
Duawc, Marchawc, 172, 14 ; 174
    –175.    [Dyvnarth.
Dunart b. y Gogled, 109, 3. *cf.*

Dunawt Wr ab Pabo, 301, 9; 304, 10.
Dygyvlwng, 111, 15.
Dwnn Diessic Unben, 112, 6.
Dwnn, Y Iarll, 276–281.
Dyffryn Amanw, 139, 24.
dyffryn avon, 225, 1; 228, 24; 236; 237; 242.
Dyffryn Havren, 151, 6.
Dyffryn Krwn, 215–218.
Dyffryn Llychwr, 139, 10.
Dylan Eilton, 68, 16, 20.
Dyuel ab Erbin, 107, 28.
Dyuet, 1, 1; 14, 16, 20; 17, 17, 22; 18, 2; 23, 19; 25. 9; 45, 12; 46; 49, 14, 15; 52; 57, 26; 136, 17; 138, 1; 308, 16.
Dyvet see Kantrevi.
Dyvnarth ab Gwrgwst, 134, 10.
Dyvneint, 110, 17; 140, 13.
Dyvynwal Moel, 109, 3.
Dyvyr ab Alun Dyvet, 106, 24; 125, 1; 159, 30; 265, 17.

Ector Gadarn, 297, 3.    [29.
Echel Vordwyt Twll, 107, 5; 139,
Eda Glin Gawr, 305, 18.    [30.
Edystyr Y. P., Tri Thom, 306,
Edeirnon. 35, 5.
Edelfflet Ffleissawc, 303, 23.
Edern or Edyrn ab Nud. 106, 21; 151, 21; 159, 20; 248–250; 253–256; 259–262; 265.
Egrop, 104, 17.    [13.
Ehangwen, see Arthur's Hall, 109,
Ehawc Llynn Lliw, 130–131.
Eheubryt m. Kyvwlch, 112, 4.
Eidoel ab Aer, 124, 8; 128–129.
Eidon Vawr Vrydic, 107, 29.
Eidyl, see Hir Eidyl, 111, 16.
Eidyol ab Ner, 109, 12.
Eil (cf. Eli), 140, 4.
Eil Taran, see Glinneu.
Eiladyr ab Penn Llarcan, 112, 6.
eillon, 308, 18.
Einyawn ab Bed, 308, 25;

Eiryawn Penn Lloran, 139, 2.
Eiryn Wych Amheibyn, 152, 2c
Eissiwet, 112, 2; 125, 16.
Eiwynyd, 73, 30.
Elen Luydawc m. Eudav, 87–9 298, 9.
Elen Vannawc, 297, 10.
Elenit, 62, 22.
Eli, 110, 7. see Ely.
Elidyr Gyvarwyd, 111, 22.
Elidyr Mwynvawr, 300, 26, 29.
Eliffer Gosgordvawr, 301, 6.
Elinwy ab Kadegyr, 303, 16.
Eliuri Anaw Kyrd, 265, 14.
Eliuri Penn Mackwy, 245, 29; 24
eliwlu o lygot, 53–54.
Ellyll Ednyvedawc Drythyll, 30
Ellyll Gyrthniwl Wledic, 306, 1
Ellyll Gwidawl, 305, 30.
Ellyll Llyr Marini 305, 30.
Ellyll Manawc, 306, 2.
Ellyll Melen, 306, 2.
Ellyll Y. P., Tri Gwyd, 306, 1.
Ellyll Y. P., Tri Karw, 305, 29
Ellylw m. Neol Kynn Kroc, 113,.
Elphin ab Gwydno, 150, 19.
Ely, 110, 6; 138, 9. see Eli.
Emerchret, 306, 6.
Emlyn, 307, 11.
Emrys or Emreis Wledic, 98, 1; 298, 28; 299, 1; 300, 15.
Emyr Llydaw, see Howel, 159, 2.
Eneas Yskwydwyn, 297, 10.
Eneilian, 306, 5.
Eneuawc m. Bedwyr, 112, 27.
Enit m. Ynywl, 251–258; 26+ 295.
Enrydrec m. Tutuathar, 112, 2
Erbin ab Kustennin, 263, 28; 26; 267, 11; 270.
Erch march meibon Grythml Wledic, 301, 11.
Ercwlf Gadarn, 297, 2.
Erdutvul m. Tryffin, 112, 28.
Ergyryat ab Kaw, 107, 19.
Erinit ab Erbin, 107, 27.

Eedogyon, see Aeruedawc.
Erm, see Hir Erwm.
Er, yr, i. e. Lleu, 77–79.
Eryt, Tryded Anvat, 68, 23.
Er Gwern Abwy, 130; 131, 4.
Er y Vreat, 308.
Eri, 87, 11; 98, 10.
Ethlyn, 302, 20.
Eeir Kulhwch, 106, 30.
Eeir Oervel, 104, 2; 112, 14; 35, 18; 136, 28.        [25.
Eemyd Aereu Y. P., Tri, 304,
Eob (Llwyd ab Kilcoet), 56–58.
Evllt, 307, 15.
Evllt Vingul, 113, 7.
Evllt Vinwen, 113, 7.
Frm Gledyv Koch, 226–228.
Euc ab Kaw, 107, 15.
Erin, 302, 6; 305, 7; 307, 1; 08, 9, 23. see Brynn Etwin.
Et. 297, 9.
Emv ab Karadawc, 84, 13; 87, 1; 88, 24.
Eurein m. Maelgwn, 300, 29.
Eurryd Y. P., Tri, 308, 14.
Eurryd, Trydyd, 49, 3; 71, 9.
Euneit m. Klydno Eidin, 112, 26.
Eulwen m. Wdolwyn G., 112, 29.
Euswyd, 26, 8; 39, 2; 306, 11.
Euab Erim, 108, 12.
Euns, 140, 12, 20.
Eved, see Heveyd; Hyveid.
Evrssien, 26, 6; 28, 20; 38–39.
Evrwc, Iarll, 193. see Kaer E.
Evynwy, 144, 20.
ewid, 193–194.
Ewr, see Llwch, 139, 27.

Ffaon Dande, 98, 12. see Dinas.
Ffern, 305, 19.
Ffers march Dalldav, 307, 3.
Fficeit, 299, 23.
Ffla ab Nuyvre, 107, 26.
Ffledor ab Nav, 110, 16.
Ffletur Fflam Wledic ab Godo, 16, 22; 160, 2; 303, 13.

Fflur, 308, 15.
Ffodor ab Ervyll, 36, 9.
Fforest y Dena, 246, 17; 247–248,
Ffotor, 104, 14.
Franc, see Odyar.
Ffreinc, 40, 12; 44, 3; 90, 5; 94; 95, 17; 107, 11; 109, 28; 110, 15; 124, 28; 136, 20; 281, 22; 300, 12.
Ffynnawn, Y, 167–169; 171; 177; 179; 180, 10.

Gadyal, 297, 15.
Gallcoyt, 106, 27.
Galovyd Y. P., Tri, 304, 23.
Gamon, 109, 3.
Garanaw ab Golithmer, 265, 15.
Garanhir, 122, 4.
Garanwyn ab Kei, 110, 5.
Garym, 112, 1; 125, 15.
Garsclit or Garselit Wydel, 110, 16; 124, 10; 138, 21.
Garth Gregyn, 140, 5.
Garwen m. Henin Hen, 302, 14.
Garwyli eil G. G., 107, 6.; 139, 30.
Gast Rymi, 111, 7; 132, 5.
Gascor ab Goroluyn, 306, 5.
Gavran ab Aedan, 305, 10.
Geir ab Geiryoed, 300, 2.
Gelli Wic, see Kelliwic.
Geneir Gwystyl, 194. cf. Gweir.
Gereint ab Erbin, 107, 27; 247–295; 303, 11.
Gilbert ab Katgyffro, 160, 3; 304, 26; 306, 26.
Gildas ab Kaw, 107, 20; 160, 5; 258, 18.
Gilhenhin, see Gwilhenin.
Gilla Goes Hyd, 110, 18.
Gilvaethwy ab Don, 59, 12, 15; 60, 29; 63, 16, 17; 65, 7, 18; 66, 5; 67, 21.
Glas, 111, 29; 125, 13.
Gleissac, 125, 13.
Gleissat, 111, 29.
Gleissiar Gogled, 304, 16.

Gleissic, 111, 29 ; 125, 13.
Glew ab Yscawt, 138, 21.
Glew Y. P., Tri, 304, 14.
Glewlwyt Gavaelvawr, 103–104 ;
    105, 6 ; 107, 1 ; 138, 25 ; 162,
    7 ; 244, 19.
Glini, 128, 20, 21.
Glinneu eil Taran, 40, 7 ; 134, 9.
Gliuieri, 40, 7.
Gloyw, see Kaer Loyw.
Gloyw Wallt Lydan, 25, 16.
Glwyđyn Saer, 109, 12 ; 138, 29.
Glynn, see Dallwyr, Kuch, Nyuer
    Ystu.       [1 ; 138, 11.
Glythmyr Letewic, 134, 26 ; 135,
Gobrwy ab Echel Vorđwyt Twll,
    107, 4 ; 159, 26.
Goewin m. Pebin, 59, 9 ; 60, 9 ;
    63, 18 ; 65, 12.
Gogigwc, 103, 10.
Gogigwr, 138, 25.
Gogleđ, Y., 104, 2 ; 109, 4 ; 134,
    14, 29 ; 141, 27 ; 193, 1 ; 209,
    14 ; 300, 27 ; 308, 3, 19.
Gogov yr Ađanc, 224, 226.
Gogyvwlch, 245, 4.
Goleuđyđ m. Anlawđ Wledic,
    100–101 ; 106, 8 ; 116, 11.
Golyđan Varđ, 301, 20 ; 304, 4 ;
    308, 25.
Gorascwrn m. Nerth, 112, 4.
Goreu ab Kustenin, 127 ; 140, 24 ;
    142, 20, 30 ; 159, 23 ; 246, 20 ;
    265, 14 ; 300, 6 ; 306, 18.
Gorcorn, see Kaer Gorcorn.
Gorgyrn, see Kaer Gorgyrn.
Gormant ab Ricca, 107, 7, 30.
gormes, 97 ; 99, 10.
Gormes, Teir, 94 ; 99, 19 ; 308, 8.
Gorseđ Arberth, 8–10 ; 46, 15 ;
    50, 7 ; 55, 2, 3.
gorseđ, (in Ireland 32, 1) ; 166.
Gorwenn Gwen, Teir, 111, 27 ;
    125, 11.          [18.
Gosgorđ Ađvwyn Y. P., Teir, 302,
Govan Gwann, 111, 28 ; 125, 12.

Gouannon ab Don, 68, 22 ; 121, 1.
Grant, see Kaer Grant.
Granwen ab Llyr, 159, 28.
Grathach, 106, 27.
Grei march Edwin, 307, 1.
Greidyawl Galouyđ or Galldouyđ,
    106, 15 ; 160, 3 ; 304, 24.
Greit ab Eri, 106, 16 ; 123, 24 ;
    131, 19 ; 134, 9. see Drutwyn.
Groec, 104, 21 ; 160, 7 ; 298, 8.
Groes, see Ryt y Groes.
Gronw ab Echel V. T., 303, 13.
Gronw Pebyr, 74–77 ; 80–81 ; 305,
Grudlwyn Gorr, 111, 25.    [14.
Grudnei, 304, 14.         [140.
Grugyn Gwrych Ereint, 137 ; 139–
Gryffri or Griffri, 302, 4, 5.
Grynn, 245, 3.
Gusc ab Atheu, 107, 8.
Gwadyn Odyeith, 110, 21, 24.
Gwadyn Ossol, 110, 20, 22.
Gwaedan m. Kynvelyn, 112, 5.
Gwaeth, 112, 3 ; 125, 17.
Gwaethav oll, 112, 3 ; 125, 17.
Gwaetcym Herwuden, 304, 30.
Gwaew Lliueit, 232, 30.
Gwaew Ruđ Y. P., Tri, 306, 7.
Gwaew, Tri, 111, 28 ; 125, 12.
Gwal-as or -es, 40, 16 ; 41, 26.
Gwalchmei ab Gwyar, 112, 8 ;
    114, 16 ; 159, 19 ; 179 ; 181
    –182 ; 194, 13 ; 212–214 ; 219 ;
    220 ; 232–236 ; 242–244 ; 246,
    5 ; 261, 10 ; 265, 11 ; 266, 29 ;
    284–286.
Gwalhauet ab Gwyar, 112, 8.
Gwall ab Dissyuyndawt, 303, 23.
Gwall ab Gwyar, 302, 28.
Gwallawc ab Llennawc 261, 9 ;
    304, 8.
Gwallgoyc, 109, 24.
Gwanar ab Lliaw, 298, 12.    [25.
Gware Gwallt Euryn, 111, 7 ; 134,
Gwarth Y. P., Trywyr, 298, 19.
Gwarthegyt ab Kaw, 138, 10, 18 ;
    148, 24 ; 159, 18.

Gwas Gwineu, 201 ; 216–217.
Gwas Melyn, 201 ; 216–217 ;
Gwasgwyn, 298, 16.      [242.
Gwauan, 144, 3.
Gwawl ab Klut, 12–16 ; 57, 13, 15.
Gwawrđur Kyrvach, 106, 28.
Gweir ab Gwestel *or* Gwystyl, 159,
  26 ; 303, 4. *cf.* Geneir.
Gweir ab Gweiryoeđ, 306, 12.
Gweir ab Kadellin Tal Aryant,
  110, 10.
Gweir Baladyr Hir, 110, 11.
Gweir Dathar Wenidawc, 110, 9.
  112, 25.
Gweir Gwrhyt Ennwir, 110, 10.
Gweir Gwrhyt Vawr, 265, 15.
Gweith, *see* Bađon, Bangor, Digoll,
  Kamlan.
Gwelwgan Gohoewgein march
  Keredic, 307, 3.
Gwenn, *see* Arthur's Mantle.
Gwenn-Alarch m. Kynnwyl Kan-
  hwch, 112, 25.
Gwenn Benn Dragon, 306, 14.
Gwennabwy m. Kaw, 109, 7.
Gwendoleu ab Keidyaw, 301, 10 ;
  303, 24 ; 305, 10.
Gwenhwyach, 112, 23.
Gwenhwyvach, 301, 18.
Gwenhwyvar gwreic Arthur, 105,
  30 ; 111, 23 ; 112, 22 ; 162,
  4 ; 164, 19 ; 170, 13 ; 197 ;
  199 ; 219, 16 ; 244 ; 246–249 ;
  253 ; 255 ; 256 ; 258–265 ;
  286 ; 301, 19, 24.
Gwenhwyvar's Squires, *see* Ysku-
  dyđ ; Yskyrwyn.      [12.
Gwenhwyvar m. Gwythur, 302.
Gwenhwyvar m. Gwryt Gwent,
  302, 11.
Gwenhwyvar m. Ocuran, 302, 13.
Gwenllian Dec, 113, 1.
Gwent is Koet, 20, 7 ; 307, 26.
Gwennwledyr m. Waledur Kyr-
  uach, 112, 28.
Gwennwynwyn ab Lliaw, 298, 12.

Gwenwynnwyn ab Nav Gyssevin,
  107, 3 ; 108, 30 ; 159, 22 ; 303,
  12.
Gwernabwy, *see* Eryr.
Gwern ab Matholwch, 33, 30 ;
  37–39.
gwern gwngwch viwch V. Tyll-
  yon, 39, 19.
Gwers *or* Gwres ab Reget, 158,
  28 ; 159, 5.      [20.
Gwerthevyr Vendigeit, 300, 16,
Gwerthrynyawn, Kastell, 299, 2.
Gweuyl ab Gwestat, 111, 17.
Gwgawn *or* Gwgon Gleđyvruđ,
  159, 4 ; 304, 26, 27 ; 306, 30.
Gwgon Gwron ab Peredur ab
  Eliffer, 304, 20, 25.
Gwiawn ab Kyndyrwyn, 304, 28.
Gwiawn Lygat Kath, 112, 15.
Gwibei Drahawc, 304, 18.
Gwiđon Orđu m. y Wiđon Or-
  wenn, 123, 6 ; 141–142.
Gwiđolwyn Gorr, 123, 11.
Gwiđon,-ot Kaerloyw, 210 ; 211,
  5 ; 242, 28 ; 243.
Gwiffert Petit, 281–283 ; 290–
  293 ; 295.
Gwilenhin b. Ffreinc, 110, 14 ;
  124, 28 ; 139, 5.
Gwilim ab Rwyv Freinc, 159, 23 ;
  265, 13.
Gwillwr, 210, 24.
Gwiner, 304, 30.
Gwineu Gwđwc Hir, 307, 1.
Gwittart ab b. Iw., 110, 15.
Gwlat yr Hav, 136, 20.
Gwlgawt Gogodin, 122, 10.
Gwlwlyd Wineu, 121, 6.
Gwlyđyn Saer, *see* Glwyđyn S.
Gwr Du, *see* Du.
Gwr Gwynllwyt, 235, 7, &c.
Gwr Gwynllwyt o'r Đol 202, 203.
Gwr Gwynllwyt o'r Llyn, 200–202.
Gwr Hir, *see* Kei.
Gwr Koch, 145, 27.
Gwr Llwyt Kloff, 242, 16, &c.

Gwr Llwyt o'r Dyffryn Crwn, 216; 217; 218. [179.
Gwr Melyn, 32; 164; 165; 171;
Gwr o'r Llech, 242.
Gwr Pengrych Koch, 231, 21.
Gwrach, 101; 145, *see* Gwiðon.
Gwrageð Arthur, Teir, 112, 1.
Gwrbothu Hen, 109, 1; 140, 10.
Gwrbrith march Raawt, 307, 4.
Gwrðiual ab Ebrei, 109, 5.
Gwrðnei Lygeit Kath, 245, 4.
Gwrei G. I., *see* Gwrhyr G. I.
Gwreic, Arthur, Teir Karedic, 302,
Gwreic Veinlas, 145, 28. [13.
Gwreic y Melinyð, 229, 230, 231.
Gwri Wallt E., *see* Pryderi, 21–24.
Gwrgi, 301, 6; 305, 16.
Gwrgi Garwlwyt, 303, 20.
Gwrgi Gwastra, 64, 5.
Gwrgi Seueri, 134, 28.
Gwrgwst Letlwm, 134, 9.
Gwrhyr Gwalstawt Ieithoeð, 112,
  9; 114–116; 126, 12; 129–
  131; 137; 160, 1; 265, 17.
Gwrhyr Gwarthecvras, 106, 26.
Gwrhyt Gwyr, 140, 16; 219, 27.
Gwrnach Gawr, 125–128.
Gwrvan Gwallt Auwyn, 110, 14.
Gwrveichyat Y. P., Tri, 307, 7.
Gwrvorwyn Y. P., Teir, 302, 15.
Gwrtheyrn Gwrtheneu, 298, 24;
  299, 1; 300, 19.
Gwrthtir Ardudwy, 74, 2.
Gwrthtir Uffern, 106, 28; 123, 7;
  141, 26.
Gwryat ab Gwryan, 308, 19.
Gwryt Gwent, 302, 11.
Gwy, 299, 2. *see* Aber G.
Gwydar ab Run, 302, 25.
Gwydawc ab Menestyr, 110, 3.
Gwyðel Vonllwm, deu, 40, 1.
Gwyðneu Astrus, 111, 8.
Gwyðneu Garanhir, 122, 4.
Gwydre ab Arthur, 138, 21.
Gwydre ab Llwydeu, 109, 7.
Gwyðbwyll, Chware, 84–88; 153

–158; 220, 30; 235, 16; 240,
  7. *see* klawr gwyðbwyll.
Gwydrut, 111, 8.
Gwydyon ab Don, 59–65; 68–73;
  77–79; 302, 22; 308, 17.
Gwydyr Drwm, 306, 6.
Gwylathyr, *see* Karn G.
Gwyl m. Endawt, 302, 15.
Gwyllennhin, *see* Gwilhenin.
Gwynn ab Ermit, 107, 28.
Gwynn ab Esni, 106, 20.
Gwynn ab Nuð, 106, 21; 113, 5;
  124, 23, 26; 134; 139, 7;
  141, 28; 142, 8. [26.
Gwynn ab Nwyvre, 106, 20; 107,
Gwynn ab T. ab N., 139 1; 265, 14.
Gwynn Da Gyveð, 301, 1.
Gwynn Da Reimat, 301, 1.
Gwynn Gloyw, 44, 21.
Gwynn Gohoyw, 25, 16.
Gwynn Gotyvron, 110, 9.
Gwynn Hen, 40, 9.
Gwynn Hyuar, 110, 17.
Gwynn Llogell, 265, 16.
Gwynn Mygdwn march Gweðw,
  124 5; 134, 23; 140, 24.
Gwynn Penngech, 153, 10.
Gwyneð, 59, 1; 60, 13; 62, 30;
  63, 25; 64, 19; 65, 9; 77,
  28; 79, 14, 20; 81, 11; 302,
  8; 308, 20.
Gwyngat ab Kaw, 107, 17.
Gwyngelli, 140, 29.
Gwynvrynn, 40, 11; 42, 26; 44,
  2; 300, 12, 23.
Gwyr Denmark, 151, 21; 160, 6.
Gwyr Groec, 160, 6.
Gwyr Gwyneð, 64, 19; 65, 1.
Gwyr Iwerðon, 136, 27.
Gwyr Kaer Dathal, 107, 13.
Gwyr Kernyw, 267.
Gwyr Llychlyn, 151, 13; 160, 6.
Gwyr Llydaw, 140, 9.
Gwyr Powys, 144, 16.
Gwyr Ruvein, 89, 23; 90; 298–
  299; 302, 30.

Gwyr y Deheu, 63–65.
Gwyr Y. P., 89, 20 ; 90, 29 ; 157, 27 ; 158, 24 ; 298.
gwys, 139, 23.
Gwystyl ab        , 109, 6.
Gwythawc Gwyr, 107, 6.
Gwythyr ab Greidawl, 106, 16; 113, 4; 132, 17; 134; 141, 28; 142, 8.
Gwythwr Y. P., Tri, 303, 27.
Gyrthmwl Wledic, 160, 4.

Hadwry, *see* Kadwry.
Haearnweð Vradawc, 304, 17.
Hael Y. P., Tri, 304, 12.
Harðlech, 26, 3; 26, 4; 40, 12; 41, 1, 17; 43, 17.
Havgan, 3, 1; 5.
Havren, 140; 141,.4; 146, 21; 148, 20; 151; 266; 308.
Hawrda ab K. V. *see* Kawrdav.
Hawyð, *see* Kaer Hawyð.
Hawystyl Drahawc, 304, 29.
Heiðen ab Euengat, 303, 30.
Heilyn ab Gwynn Hen, 40, 8; . 42, 14.
Heilyn Goch ab Kadwgan, 145, 7.
Heirua, *see* Aerva.
Heleð, 306, 4.
Hen Gedymdeith, 109, 24.
Hen Groen march K. S. 108, 11.
Hen Wrach, *see* Gwrach.
Hen Wyneb, 109, 23.
Henbetestyr ab Erim, 108.
Henbrien, 304, 14.
Heneidwn Llen, *see* Hyveið U.
Henfford, 47, 12, 20.
Henvelen, 42, 17.
Henveleu, 40, 17.
Henwas Adeinawc ab Erim, 108, 12, 16; 109, 23. *cf.* Annwas.
Hennwen, 307, 20.
Hettwn Tal Aryant, 112, 7.
Heveyð ab Don, 59, 13.
Heveyð Hen, 12, 20; 16; 17; 57, 16, *see* Hyveið; Llys.

Heveyð Hir, 29, 17 ; 30, 9 ; 35, 8.
Heyngyst, 303, 1.
Hir Amren, 111, 16 ; 142, 10.
Hir Atrwm, 110, 27.
Hir Eiðyl, 111, 16 ; 142, 10.
Hir Erwm, 110, 27.
Hir Peissawc b. Llydaw, 140, 9.
hobeu, 60, 18.
Hors, 303, 1.
Howel ab Emyr Llydaw, 159, 22; 232, 10; 265, 13.
Howel ab Ieuav, 302, 7.
Hualo eur Y. P., Tri, 305, 22.
Huandaw, 103, 9; 138, 25.
Huarwar ab Avlawn, 111, 3.   [9.
Hueil ab Kaw, 107, 21; 109, 8,
Hunabwy ab Gwryon, 110, 8.
Hut Y. P., Teir Priv, 302, 21.
Hwyrdyðwc, 111, 30; 125, 14.
Hychen, 307, 24.
Hychtwn Hir, 67, 8, 22.
Hydwn, 66, 26; 67, 22.   [1, 4.
Hygwyð, 136, 8; 141, 29; 142,
Hyveið ab Bleiðic, 308, 20.
Hyveið Unllen, 107, 29; 159, 11, 25. *see* Heveyð.

Iago, 302, 8.
Iarll Bychan *or* Ieuanc nei Ynywl *see* Kaer Dyff.
Iarll Trist, Y, 188–189.
Iarllaeth y Gogleð, 193, 1.
Iarlles Weðw, 183–185.
Iarlles y Ffynnawn, 175–178; 182; 183; 187; 191–192.
Iarlles y Kampeu, 223; 227.
Iason ab Eson, 297, 5.
Iðawc Korð Prydein ab Mynyo, 146–152; 158–160.
Iðic ab Anarawc Wallt Grwn, 29, 16; 35, 8.
Iðon ab Ner, 308, 26.
Ieuav, 302, 4, 8.   [14.
Indec m. Arwy Hir, 112, 30; 302,
India, 224, 28.
India Vawr, 104, 14.

India Vechan, 104, 15.
Iona b. Ffreinc, 107, 10.
Iorwoerth ab Maredud, 144. [22.
Iskawin ab Panon, 108, 3 ; 138,
Iskouan Hael, 108, 3 ; 138, 19.
Isperyr Ewingath, 106, 26.
Iulius, 298, 21.
Iustic ab Kaw, 107, 15.
Iwerdon, 26–28 ; 31–43 ; 89, 3 ;
    104, 3 ; 110, 15, 20 ; 122, 19,
    28 ; 124, 11 ; 134–136 ; 139,
    18.

Kachamwri *or* Kacmwri *or*
    Kacymwri, 111, 11 ; 136, 9 ;
    140, 28 ; 141–142.
Kadavel ab Kynvedw, 308, 20.
Kadeir Vaxen, 89, 13.
Kado Hen, 297, 7.
Kado o Brydein, 123, 1.
Kadwaladyr Vendigeit, 301, 21 ;
    305, 23.
Kadwallawn, 308, 21.
Kadwallawn ab Beli, 299, 8.
Kadwallawn Law Hir, 305, 3, 9.
Kadwallawn Vendigeit ab Katvan,
    300, 10 ; 302, 4 ; 306, 29.
Kadwgawn Vras, 145, 6, 7. [29.
Kadwr, Iarll Kernyw, 152 ; 159,
Kadwry ab Gwryon, 265, 18.
Kadyrieith ab Porthawr Gandwy,
    246, 18 ; 258, 15 ; 286, 24, 27.
Kadyrieith ab Seidi, 160 ; 303, 14.
Kae Nywl, Y, 291 ; 293–294.
Kaer, 30 Priv, 297, 18.
Kaer, 33 Priv, 309, 9.
Kaer Aber Sein, 88, 20.
Kaer Alclut, 309, 10.
Kaer Anoeth, 104, 22 ; 306, 14.
Kaer Aranrot, 69–72.
Kaer Asse, 104, 13.
Kaer Baris, 109, 28.
Kaer Beris, 309, 17.
Kaer Brythach, 104, 18.
Kaer Brythwch, 104, 18.
Kaer Dath- yl *or* -al, 59, 11 ; 63,

6, 16 ; 65, 7 ; 69, 27 ; 74, 5,
    6 ; 79, 13 ; 107, 13.
Kaer Dawri, 309, 13.
Kaer Dyff, 250 ; 260, 11.
Kaer Dyff, Iarll, 252–257.
Kaer Evrawc, 309, 11.
Kaer Gei, 309, 12.
Kaer Gent, 309, 11.
Kaer Glini, 128, 20.
Kaer Golin, 309, 12.
Kaer Gorcon, 309, 15.
Kaer Gorgyrn, 309, 15.
Kaer Gradawc, 309, 17.
Kaer Grant, 309, 13.
Kaer Greu, 305, 17.
Kaer Hawyd, 309, 10.
Kaer [Hut], 50–52.
Kaer *or* Kastell Iarlles y Ffyn-
    nawn, 172 ; 173 ; 176 ; 182,
    29.
Kaer Kusrad, 309, 15.
Kaer Kynoeth, 305, 18.
Kaer Lirion, 309, 12.
Kaer Lleon, 309, 15.
Kaer Llion ar Wysc, 89, 10, 29 ;
    162, 1 ; 183 ; 215, 10, 11 ; 220,
    24 ; 232 ; 236, 7 ; 244 ; 249, 30 ;
    263, 23 ; 299, 6 ; 309, 17.
Kaer Loyw, 131, 9, 27 ; 210, 15 ;
    242, 243 ; 309, 12.
Kaer Lud, 93, 14.
Kaer Lundein, 93, 15 ; 309, 11.
Kaer Lwytkoet, 309, 14.
Kaer Lyssydit, 309, 16.
Kaer Lyr, 309, 10.
Kaer Mygeid, 309, 16.
Kaer Nerthach, 104, 18 ; 106, 28.
Kaer Nevenhyr, 104, 22.
Kaer Oeth, 104, 22 ; 306, 13.
Kaer R., *see* Ruvein.
Kaer Se, 104, 13.
Kaer Seint yn Arvon, 34, 23.
Kaer Selemion, 309, 16.
Kaer Siri, 309, 13.
Kaer Vadon, *see* Badon.
Kaer Vyrdin, 89 ; 309, 14.

Kaer Urnas, 309, 16.
Kaer Weir, 309, 17.
Kaer Went, 309, 13.
Kaer Widawl Wir, 309, 18.
Kaer Wynt, 309, 13.
Kaer Wyrangon, 309, 11.
Kaer yn Arvon, 89, 6 ; 309, 14.
Kaer yr Enryveðodeu, 236, 30 ; 237 ; 239, 27 ; 240 ; 243.
Kaer Ysbidinongyl, 240, 18, 23 ; 242, 24.
Kaer Yspaðaden Penn Kawr, 115, 19 ; 118–119 ; 120 ; 126–127 ; 143.
Kalam m. Idon ab Ner, 308, 26.
Kalan Ionawr, 103, 8.
Kalan Mei, 20 ; 94, 22 ; 113, 5 ; 134, 19.
Kalch Llasar, 47, 16.
Kall, 111, 29 ; 125, 13. *see* Nant.
Kalcas ab Kaw, 107, 20.
Kaletvwlch, 105, 28 ; 136, 11.
Kamlan, 108 ; 110, 18 ; 147 ; 299, 27 ; 301, 20 ; 303, 3 ; 305, 21.
Kampeu, *see* Iarlles.          [28.
Kanhastyr Kanllaw, 106, 30 ; 123,
Kantrev Dinodig, 73, 29.
Kantrev Prydein, 123, 1.
Kantrev Ros, 62, 28.
Kantrevi Dyvet, 1, 2 ; 13, 30 ; 25, 9 ; 44–45. 57 ; 59, 4.
Kantrevi Keredigyawn, 25, 12 ; 59, 5.
Kantrevi Morganhwc, 59, 4.
Kantrevi Seissyllwch, 25, 13.  [9.
Kantrevi yn y Deheu, 59, 2 ; 63,
Kantrevi Ystrat Tywi, 25, 11 ; 59, 5.
Karadawc, 308, 14.
Karadawc ab Bran, 35 ; 41, 6, 9.
Karadawc Vreichuras ab Llyr Marini, 150, 30 ; 159, 19 ; 261, 9 ; 306, 23.
Karcharawr Y. P., Tri Goruchel, 300, 1 ; 306, 10.

Karn Gwylathyr, 132, 30.
Karnavlawc, 306, 27.          [29.
Karnedyr ab Gouynyon Hen, 108,
Karnwenhan, 105, 30 ; 142, 16.
Karw Purwyn, 245–246 ; 258 ; 263.
Karw Redynure, 129, 20, &c.
Karw Un-corn, Y, 241 ; 242, 25.
Kas ab Saidi, 110, 14.
Kasnar Wledic, 25, 17.
Kasswallawc ab Beli, 308, 15.
Kaswallawn ab Beli, 41 ; 45, 27, 29 ; 46, 7 ; 48, 17 ; 93, 2 ; 298 ; 306, 22. *see* Kadwallawn.
kastell syberw, 233, 9.
Kat K. *see* Kamlan.
Katcor ab Gorolwyn, 306, 5.
Katraeth, 302, 19.
Kath Paluc, 308.
Kavall, 111, 30 ; 125, 14 ; 135, 3, 10 ; 138, 12 ; 258, 9.
Kaw o Brydein, 135 ; 142.
Kawr o'r Mynyð, 189–190.
Kawrdav ab Kradawc, 160, 4 ; 302, 26.
Kedernit Gwyneð, 62, 30 ; 63, 25.
Kei ab Kyner (Y Gwr Hir), 105 ; 106, 15 ; 109, 14 ; 110, 4, 5 ; 113–117 ; 126–134 ; 152 ; 160, 28 ; 162–166 ; 168–170 ; 180 ; 181 ; 197–200 ; 204 ; 205 ; 212– 215 ; 219 ; 265, 19 ; 284 ; 303, 4 ; 307. *see* Kaer Gei.
Kei's horse, 307, 1.
Keirawc, *see* Aber K.
Kelein Y. P., Tri eur, 116 ; 305, 1.
Keli, 110, 18.
Kelin ab Kaw, 107, 16.
Kelliwic, 109, 10 ; 112, 15 ; 133, 23 ; 135, 12 ; 141, 22 ; 301, 23.
Kelyðon Wledic, 100, 1 ; 106, 8.
Kent, 45, 28. *see* Kaer Gent.
Kennadeu Arthur, 129–131.
Kennadeu Erbin, 263–265.
Kenuerchyn, 192, 20, 21.
Kerdin, *see* Porth.

Keredic ab Gwallawc, 307, 4.
Keredigyawn, 25, 12; 59, 5; 60, 30; 62, 20; 140, 4; 301, 13; 302, 7.
Keri, 62, 23.
Kernyw, 40, 18; 41, 30; 42, 17; 104, 1; 108, 1; 109, 10; 110, 17; 140; 141; 152; 160, 29; 263, 28; 264, 23; 301, 23; 307, 20, 24; 308, 25.
Kerric y Gwyḋyl, 305, 5.
Kerwyn, see Kwm.
Kessar, Ul, 298, 21; 302, 30.
Kessaryeit, 298, 15.
Kethtrwm Offeirat, 112, 10.
Keugan Peillyawc, 305, 1.
Kevyn Digoll, 151, 3.
Kevyn Klutno, 71, 25.
Ki, Tri, 111, 29.
Kib Vaen, 116, 27.
Kicva m. Gwynn Gohoyw ab Gloyw Wallt Lydan ab K. W., 25, 16; 44, 20; 45, 14; 51, 17; 52, 19; 53, 22; 54–55.
Kilgwri, see Mwyalch K.
Kilyḋ ab Kelyḋon W., 100–102.
Kilyḋ Kanhastyr, 106, 29; 123,
Klas, 298, 8.                    [29.
Klas Myrḋin, 309, 2.
klawr gwyḋbwyll, 235, 16; 240, 241, 242.
Kleḋyv Wrnach Gawr, 125–128.
Kleis, see Porth K.
Kleis ab Merin, 104, 19.
Klust ab Klustveinat, 112, 10; 245,
Klutno, 71, 25.                   [6.
Knychwr ab Nes, 106, 18.
Koch ab Kaw, 107, 18.
Koet Alun, 63, 27.
Kolin, see Kaer Golin.          [18.
Koll ab Kollvrewy, 302, 24; 307,
Konnyn ab Kaw, 107, 16.
Korr, 248–250; 252–255; 259; 260; 265.
Korr a'r Gorres, Y, 197–200; 204; 214; 215.

Koranneit, 94, 18; 96; 97, 24,
korn evyḋ, 96.                   [27.
Kors or Kwrs Kant Ewin, 106, 30; 123, 26; 134, 24.
Korsica, Ynysseḋ, 104, 17.      [5.
Korvan march meibon Eliffer, 301,
Korvil Bervach, 106, 20.
Kradawc, see Karadawc.
Kradawc ab Iaen, 107, 13.
Kreiḋylat m. Lluḋ Llaw Ereint, 113, 2; 134, 4.
Kreu, see Kaer Greu.
Kreuwyryon, 63, 4.
Kristinobyl Vawr, 229, 9.
krofft, 52–54.
krogi lleidyr, 55, 56.
Kroglith, Gwener y, 236, 13.
Kruc Galarus, 222–225; 227.
Kryḋ, see Eurgryḋ.
Krynweissat, Trydyḋ, 98, 13. ? Kynweissat.
Kuall, 111, 30; 125, 13.
Kuan Kwm Kawlwyt, 130, 3.
Kubert ab Daere, 106, 18.
Kuḋ, Tri Anvat, 300, 19, see Datkuḋ.                           [10.
Kuḋ Y. P., Tri Mat, 42, 26; 300,
Kueli, 110, 18.                  [11.
Kuch, Glynn, 1, 5, 8; 6, 7; 307,
Kulhwch ab Kilyḋ, 100–103; 105–107; 113; 115, 28; 116–125; 132, 26; 135, 9; 142–143.
Kulvanawyt ab Goryon, 109, 2.
Kusrad, see Kaer Kusrad.
Kustennin ab Dyvnedic, 115, 20.
Kustennin ab Elen, 299, 13.
Kustennin Heussawr, 116, 17; 119, 2.
Kustennin Vendigeit, 299, 9.
Kustennin Vychan ab Kus. Vendigeit, 298, 27.
Kwm Kawlwyd, 130, 3, &c.
Kwm Kerwyn, 138, 16.
Kwrs, see Kors Kant Ewin.
Kyhoret eil Kynan, 306, 25.

Kyledyr Wyllt ab Nwython, 134; 141, 3.

kylleill, saethu, 108, 26; 164; 171; 179; 216, 10.

Kymry, 34; 137, 28; 281, 23; 303, 21; 308, 14, 22.

Kynan ab Eudav, 88, 23; 90, 17, 21; 91, 22, 30; 92, 4.

Kynan Garwyn 306, 25.        [11.

Kyndelic Kyvarwyd, 106, 17; 114,

Kyndrwyn ab Ermit, 107, 28.

Kynedyr Wyllt ab Hettwn Glavyrawc, 124, 19.  Cf. Kyuedyr.

Kynghor Y. P., Tri Anvat, 302, 29.

Kynhaval ab Argat, 303, 15.

Kynlas ab Kynan, 139, 4.

Kynlleith, 145, 7.

Kynnwric Vrychgoch, 145, 5.

Kynnwyl Sant, 108, 9.

Kynoeth, see Kaer Kynoeth.

Kynon ab Klydno, 162–172; 179–180.

Kynvael or Kynwael, 74, 15; 76, 28; 79, 24; 80, 25; 81, 7.

Kynvelyn Drwsgyl, 301, 10; 304,

Kynwas ab Kaw, 107, 19.      [11.

Kynwas Kurvagyl, 106, 26; 138, 4.

Kynweissat, Seith, 35, 12.

Kynweissyeit Y. P., Tri, 302, 25.

Kyuedyr Wyllt ab Hettwn Tal Aryant, 112, 7.

Kyverthwch, see Riw K.

Kyvlavan, Teir Mat, 303.

Kyvwlch, 111, 26; 125, 9.

Kynyr Keinvarvawc, 109, 13.


Limwris, Iarll, 288–290.

Lotor, 104, 14.

Lunet, 173–177; 187; 188; 190.

Lwndrys, 93, 16.              [28.


Llacheu ab Arthur, 159, 28 ; 302,

Llaes-gymyn or -kenym, 103, 10; 138, 27; 245, 4.

Llamrei kassec Arthur, 135, 4; 142, 14.

Llan Veir, 308, 4.

Llan Silin, 302, 2.

Llara ab Kasnat Wledic, 160, 2.

Llary ab Kasnar Wledic, 107, 23.

Llary ab Yryv, 301, 15.

llannerch, 1; 166; 167; 169; 171; 195–196; 204; 209; 287, 15; 293.

Llashar ab Llaesar Llaesgygwyd, 35, 10.

Llasar Llaesgygwyd, 47, 15, 18.

Llassar Llaesgyvnewit, 31, 23.

Llawnrodet Varvawc, 108, 1.

Llawuroded Varyvawc, 159, 29.

Llawr eil Erw, 107, 25.

Llech Echymeint, 300, 4; 306, 16.

Llech Elidyr, 300, 27, 28.

Llech Gronw, 81, 8.

Llech Las, Y, 147, 30.

Llemennic, 306, 4.           [11.

Llenlleawc Wydel, 110, 13; 136,

Llenuleawc Wydel, 109, 2.

Lles Amher: Ruv: 299.

Lleu Llaw Gyffes, 68–81; 303, 6; 305, 16; 306, 23; 308, 17.

Lleuelys ab Beli Mawr, 93–99.

Llew Ll. G., see Lleu; Nant.

Llew, 186–192; 215, 216.

Llewei m. Seitwed, 302, 16.

Lleyn Erythlyn, 302, 20; 305, 7.

Lli, 35, 17.

Lliaw ab Nwyvre, 298, 12.

Llinon, 36, 16, 17.

Llirion, see Kaer L.

Lliwan, see Llynn.          [110, 12.

Lloch Llaw Wynnyawc, 107, 2 ;

Lloeg-yr or -er, 45, 28; 47, 11, 12; 49, 13; 52, 3, 5; 55, 10; 144, 14; 270; 303, 23; 304, 29; 308, 10, 23.

Llofuan Llaw Divro, 303, 28. [29.

Llongat Grwm Vargot Eidin, 303,

Llouyon, 307, 28, 30.

Lluagor, 306, 23.

Lluber Beuthach, 106, 19.

Lluchet, 112, 2; 125, 16.

Lluđ ab Beli Mawr, 93–99; 300,
Lluđ Llaw Ereint, 131, 19.　[15.
Lluđ Llurugawc, 308, 13.
Lluđ, *see* Kaer Luđ.
Llundein, 26, 2; 40, 11, 20; 41,
　6; 42, 23, 25; 44, 3, 4; 93;
　300, 12. *see* Kaer Lundein.
Lluyd march Alser, 307, 2.
Llwch Ewin, 139, 27.
Llwch Ll. W., *see* Lloch.
Llwch Tawy, 140, 1.
Llwybyr ab Kaw, 107, 18.
Llwydawc Govynnyat, 139–140.
Llwydeu ab Kelcoet,110,8; 136,16.
Llwydeu ab Nwython, 109, 6.
Llwyr ab Llwyryon, 121, 29.
Llwyrdyđwc, 112, 1; 125, 15.
Llwyt ab Kilcoet, 57, 12.
Llwytkoet, *see* Kaer Lwytkoet.
Llychwr, 139, 10.
Llychlyn, 104, 16; 151, 13; 160,
　6; 297–298.
Llydaw, 92, 7; 107, 24; 134, 25;
　136, 20; 140, 9; 298, 29.
Llygatruđ Emys, 108, 30; 140, 10.
Llynghes Gyniweir Y. P., Teir,
　301, 14.
Llynghesswr Y. P., Tri, 303, 10.
Llynn Lliwan, 140, 25.
Llynn Llyw, 130, 23; 131, 4.
Llynn y Morynyon, 79, 27.
Llynn y Peir, 32, 1.
Llyr Lledyeith, 300; 306, 10.
Llyr, *see* Kaer Lyr.
Llys Arthur, 103–104; 128, 11;
　152, 6; 162, 6; 177; 178; 187;
　191–195; 197–205; 214; 215;
　218–220; 234; 238; 242;
　256–258; 261–268; 301, 22.
Llys Arthur, Tri Anvođawc, 306.
Llys Arthur, Tri Anwyl, 308, 10.
Llys Arthur, Tri Chatvarchawc,
　308, 10.　　　　　　[306, 3.
Llys Arthur, Tri Thrwyđedawc,
Llys Brenhin y Diođeiveint, 223.
Llys Heueyd Hen, 12; 14; 57, 16.

Llys Iarlles y Kampen, 226–7.
Llys Medrawt, 301, 27.
Llys Owein, 292, 1.
Llys Pryderi, 61.
Llys y Brenhin Kloff, 232, 29.
Llys y Gwiđonot, 211, 5.
Llys Yspađaden, *see* Kaer Ysp:
Llysgatrud, *see* Llygatruđ.
Llyssydit, *see* Kaer L.
llythyr bygwth, 89, 27.
Llythyr Maxen, 90, 3.
Llyw, *see* Llynn Llyw.
Llywarch Hen, 304, 20; 306, 4.

Mab Alun D., *see* Dyvyr.
Mab Beli, 304, 5.
mab eillt, 77, 30.
Mab Gwryon, 106, 25.
Mab Saidi, 106, 25.
Mabon ab Dewengen, 306, 6.
Mabon ab Mellt, 134, 25; 135, 1.
Mabon ab Modron, 124;　128–
　132; 140, 23; 141, 1; 159,
　24; 300, 2; 306, 11.
Mabsant ab Kaw, 107, 17.
Mackwy Mut, *i.e.* Peredur, 220, 14.
Madawc ab Brwyn, 305, 1.
Madawc ab Mareduđ, 144.
Madawc ab Run, 304, 28.
Madawc ab Teithyon, 139, 1.
Madawc ab Twr Gadarn, 245.
Mael ab Roycol, 107, 5.
Maelawr, *see* Riw Vaelawr.
Maelgwn, 305, 23; 308, 27.
maen, 149; 173; 222; 224; 226;
　228; 230.
Maen Du, 308.
Maen Tyvyawc, 64, 26.
Maenawr Koet Alun, 63, 27.　[1.
Maenawr Pennarđ, 63, 26; 78,
Maer, *see* Dyvneint; Kernyw;
　Odgar.　　　　　　　　[19.
Maes Argyngroec, 146, 20; 148,
Maes Gwenith, 307, 26.
Maelwys ab Baeđan, 106, 17.
Manaw, 309, 7.

Manawydan ab Llyr, 26; 28;
    30; 38-41; 44-58; 107, 23;
    140, 28; 304, 20.
Manawydan ab Llud, 308, 16.
manec, 54; 115; 116.
March ab Meirch-awn *or* -yon,
    151, 14; 159, 18; 303, 11;
march koch, 226, 18.        [307.
March, Y. P., Tri Anreith, 306,
    27.                        [2.
March Y. P., Tri Gorderch, 307,
March Y. P., Tri Phenn, 307, 5.
March Y. P., Tri Phriv, 306, 24.
March Y. P., Tri Rodedic, 306,
    21.
Marchawc y Ffynawn, 168-169;
    172; 174.
Marchawc y Kae Nywl, 294.
Marchlwyth Y. P., Tri, 300, 25.
Math ab Mathonwy, 50; 59; 60;
    63-68; 73; 74, 5; 77; 79;
    302, 21.
Matholwch Wydel b. Iwerdon,
    27-37; 42, 13; 301, 17.
Mathuthauar, 297, 17.
Mawdwy, 145, 6.
Maxen Wledic, 82-92; 298, 9.
Mederei Badellvawr, 302, 17.
Medrawt, 147; 299; 301, 22;
    303, 3, *see* Llys M.
Medyr ab Methredyd, 112, 13.
Meibon Gwawrdur Kyruach, 106,
meibon eillon, 308, 18.        [28.
Meibon Eliffer, 301, 5.
Meibon Grythmwl W., 301, 11.
Meibon Llwch Llaw W., 110, 12.
Meibon Paluc, 308, 6.
Meigen, 302, 2.
Meilic ab Kaw, 107, 18.
Meinlas, 306, 21. *see* Pwyth M.
Meirch, Tri, 111, 30.
Mel Ynys, Y, 309, 3.
Melenryt, Y, 64, 8, 26.
melineu, 228, 229.
Melinyd, 228-231.
Melyn Gwannwyn, 121, 9.

Melyngan Gamre, 306, 22.
Menei, *see* Aber.
Menw ab Teirgwaed, 107, 7, 26;
    114, 19; 115, 11; 119, 13;
    135; 140, 25; 160, 3; 302, 23.
Merch, Iarll Rāgyw, 181, 16.
Merched Eur Dyrchogyon, 112,
Merched, Teir, 112, 3.        [21.
meredic, 115, 18; 126, 6.
Messur y Peir, 136, 17.
Meudwy, 211, 9.
Mened, 308, 13.
Mil Du ab Ducum, 104, 20.
Milwyr Y. P., 128, 18; 131;
    133, 28; 140, 14.
moch, 60-65; 112; 136; 137;
    139; 307.
Mochdrev, 62.
Mochnant, 62, 27.
modrwy, 116; 117; 149, 11;
    173, 12; 183, 14; 196; 197;
    218, 27; 219, 1; 234, 26, 29.
Moelure, 145, 6.
Mon, 87, 13; 300, 28; 305, 5;
    308; 309, 7.
Mor Groec, 298, 8.
Mor Iwerdon, 89, 3; 139, 17.
Mor Rud, 89, 3.
Mor Terwyn, 110, 12.
Mordav Hael ab Servan, 304, 13.
Mordwyt Tyllyon, 39, 18, 19.
Moren ab Iaen, 107, 12.
Moren M. *see* Moryen.
Morgan Mwynvawr, 303, 7.
Morganhwc, 59, 4; 71, 30.
Morgant Hael, 109, 5.
Morgant Tut, 261; 286-287.
Morvran eil Tegit, 108, 4; 159,
    30; 304, 26.
Morwyn Bengrech Du, 232-233;
    236, 6; 240-242.
Morwyn, Teir, 112, 4.
Morvud m. Uryen Reget, 112, 30.
MoryenManawc, 106, 23; 159, 28.
Mul Melyn, 232, 12.
Mur y Kastell, 74, 1; 79, 21.

Muryel, 40, 8.
Mwyalch Kilgwri, 129, 8, 11.
Mygdwn march G. *see* Gwynn M.
Mygeid, *see* Kaer Mygeid.
Mynach Nawmon, 301, 1.
Mynachesseu, Y, 206, 207.
Myngan, 302, 2.
Mynneu, 299, 17.
Mynogan, 26, 9.
Mynyd Amanw, 139, 20.
Mynydawc, 302, 18.
Mynyw, 138, 2.
Myr, 110, 6; cf. Trachmyr.

Nadolic, 164, 20; 244, 3.
Nant Kall, 63, 30.
Nant y Llew, 78, 20.
Nawmon, 301, 1.
Neb ab Kaw, 107, 20.
Neges o Bowys, Teir, 302, 1.
Neol Kynn Kroc, 113, 6.      [25.
Nerth ab Kedarn, 107, 9; 159,
Nerthach, *see* Kaer N.
Neuet, 112, 2. Cf. Vynet.
Nevenhyr, *see* Kaer N.
Nillystwn Trevan, 145, 3. [39, 2.
Nissyen ab Euroswyd, 26, 6, 12;
Nodawl Varyv Twrch, 108, 2.
Normandi, 136, 20.
Nud Hael ab Senyllt, 304, 13.
Nwython, 134, 11.          [15.
Nynnyaw ab Beli M., 93, 2; 121,
Nyver, Glynn, 138, 13, 15.
Nywl, 46, 18; 51, 15, *see* Kae.

Och, 112, 1; 125, 15.
Odgar ab Aed, 122, 19, 28; 134,
    28; 135, 26; 136, 3, 6.
Odyar Franc, 244, 14; 265, 19.
Oeth, *see* Kaer Oeth.
Offeirat, 55; 56, *see* Kethtrwm.
Ogov y Widon, 141–142.
Ol ab Olwyd, 112, 16.
Olwen m. Yspadaden P., 102, 3,
    8; 106, 13; 113, 19; 115,
    23; 117; 118, 18; 143, 3, 5.

Ondyaw ab Duk Bwrgwin, 265,
    12; 267, 28.
Openn? *see* Penn.
Osla *or* Ossa Gyllellvawr, 109, 28;
    140, 27; 141, 11; 150, 24;
    159, 12; 160, 21.
Ovan ab Kaw, 107, 16.
Owein ab Maxen, 302, 26.
Owein ab Nud, 261, 10.
Owein ab Uryen, 153–159; 162
    –163; 170–192; 194; 199;
    205, 3; 220; 232, 9; 300, 7;
    306, 8, 28.
Owein Gwyned, 302, 7.
Owein Iarll, 292; 293; 295.

Palvawt Branwen, 43, 13, 16.
Palvawt, Teir Gwith, 301, 16.
Palvawt, Tryded Anvat, 43, 14.
Paluc, 308.
Panawr Pen Bagat, 110, 16.
Paris ab Priav, 297, 5.
Paris b. Ffreinc, 109, 27.
Pasc, 164, 20; 237, 4; 244, 2.
Peibaw, 121, 15.
Pebin o Dol Pebin, 59, 9.
Peir Arthur 136, 10.
Peir Dateni, 31; 39–40
Peir Diwrnach Wydel, 122, 18;
    135, 26; 136.
Pelymyawc, 138, 30.        [dun.
Penardim m. Beli, 26, 9.  Cf. Ar-
Pendaran Dyvet, 24; 35, 10;
    41, 15; 307.
Pengwaed, 104, 1.
Penn ab Nethawc, 134, 10.
Penn Bendigeit Vran, 300, 11, 23.
Penn Blathaon, 109, 11.
Penn Hynev Kernyw, 108, 1.
Penn Pingon, 103, 10; 138, 25;
    245, 4.
Penn Rianed, Y. P., 112, 113.
Pennant Govut, 123, 7; 141, 25.
Pennard yn Arvon, 63, 15, 26.
    *see* Maenawr Pennard.
Pennkerd, 61, 7.

Pennllemhidyđ Iwerđon, 110, 19.
Penllwyn, 1, 6.
Penllynn, 74, 13; 77, 22; 80, 9; 305, 15.
Pennryn Hawstin, 307, 24.
Penvro, 40, 16; 41, 26; 307, 29.
Pentir Gamon, 109, 3.
Percos ab Poch, 106, 19.
Peredur Paladyr Hir ab Evrawc, 159, 24; 193–243; 265, 16; 301, 6; 305, 17.
Peredur's foster sister, 203, 204.
Peredur's mother, 193–5; 203.
Petrylew Mynestyr, 301, 2.
Polixena m. Priav, 297, 11.
Porforđ, 144, 2.
Post Kat Y. P., Tri, 304, 10.
Porth Kerdin, 136, 17.
Porth Kleis, 138, 1.
Porth, 54 Priv, 309, 8.
Porthawr Gweith Perllan Bangor, Tri, 304, 27.
Powys, 60, 13; 62, 26; 77, 29; 144; 145; 159, 4; 302, 1.
Pren Hir ae hanner yn llosci, 225;
Prenn Glas, 167; 168; 171; 172; 180.
Presseleu, 18, 2; 138, 7.
Prydein, 109, 11; 110, 13; 111, 25; 123, 1; 135, 4, 6; 142, 18, 23; 148, 1; 160, 13.
Prydein ab Aeđ M., 309, 4.
Pryderi ab Pwyll P. A. (see Gwri Wallt Euryn), 24–25; 40, 7; 44–52; 57–64; 66, 3; 307, 7.
Prytwenn (Llong Arthur), 105, 28; 132, 12; 136, 1; 137, 30.
Pryv du or Garn, 222; 223; 228.
Pumlumon, 132, 29.          [1.
Pump Ran Iwerđon, 43, 10; 137,
Pwynt Perveđ Y. P., 96, 29; 97, 30.
Pwyll Pendevic Dyvet, 1–25. or,
Pwyll Penn Annwn, 8, 12; 14, 24; 19, 16; 22; 24, 7; 25, 8; 57, 16; 307, 10.
Pwyth Meinlas, 303, 1.

Raawt eil Morgant, 300, 9; 307, 5. Cf. Ryawd.
Rac Kaer Glini, 128, 20.
Rac Ynys, Teir, 89, 3; 110, 3; 113, 3; 136, 19.
Rac Ynys, Teir Priv, 309, 5.
Rac Ynys, Seith-ar-ugeint, 309, 5.
Racymwri, see Kacymwri.
Rathtyeu m. Unic K., 112, 23.
Redynawc, see Tal y R.
Redynure, see Karw.
Reidwn ab Beli, 108, 3.
Reidwn ab Eli Atver, 138, 18.
Reidwn Arwy, 107, 30.
Relemon m. Kei, 112, 24.
retkyr hwch, 100, 13.
Reu Rwyđ Dyrys, 110, 6.
Riannon m. Heveyđ Hen, 8–20; 22–24; 40, 13; 44, 17; 45; 51, 2, 4; 52, 25; 57; 58.
Riein Arthur, Teir Priv, 302, 11.
Rieni, Trydeđ Priv, 27, 30; 29, 23.
Rinnon Rin Barnawt, 123, 16.
Riogan or Riogoneđ ab b. Iwerđon, 159, 21; 265, 11.
Riw Gyverthwch, 307, 30.
Riw Vaelawr, 301, 13.
Riwallawn ab Uryen, 305, 6.
Riwallawn Wallt Banhadlen, 302, 27; 305, 23.
Ronabwy, 145–152, 158–161. [2.
Ronnwen Baganes, 300, 21; 303,
Rongomyant, 105, 29.
Rore m. Usber, 302, 17.
Ros, 62, 28; 302, 20; 305, 8.
Rotwyđ Arderys, 302, 19.
Ruđ Broen Tuth Bleiđ, 306, 26.
Ruđlan Teivi, 61, 1.
Ruđlwm Gorr, 302, 24.
Ruđvoawc Y. P., Tri, 303, 5.
Ruđuyw Rys, 140, 7.
Run, 305, 23,
Run ab Beli, 303, 6.          [7.
Run ab Maelgwn G., 160, 9; 300,
Run ab Nwython, 109, 6.
Run Ruđwern, 110, 7.

Ruvein, 82, 1, 7; 85–92; 298; 299: 308, 16.

Ruawn Pebyr, *or* Pybyr ab De-
 . orthach *or* Dorarth Wledic, 106, 22; 148; 149, 16; 159, 10, 20; 300, 8.

Ruawn Penyr Drahawc, 304, 18.

Ruawn Pevyr ab Gwyđno, 305, 2.

Ryawd eil Morgant, 159, 30. *Cf.* Raawd.         [12.

Ryđerch Hael ab Tutwal T., 304,

Ryſuerys Penn Kynyđ, 245, 28; 246, 28.

Rymi, 111, 7; 132, 5.

Rysswr A., *see* Gwennwynwyn.

Rysswyr Prydein, 140, 27.

ryt, 3, 17; 5, 6, 13.

Ryt ar Wysc, 249, 30.

Ryt Wilure, 144, 20.

Ryt y Groes, 146, 21; 148; 149; 15; 151, 4.

Ryt Ychen, 46, 8; 97, 30.


Sach, 104, 13.

Saesson, 298, 25; 299, 22; 300; 305, 6.

Salach, 104, 13.

Samson Vinsych, 107, 22.

Sanđe Bryd Angel, 108, 7.

Saranhon ab Glythwyr, 107, 25.

Sarff, 186; 218–219.       [18.

Sawyl Benn Uchel, 112, 7; 304,

Se, *see* Kaer Se.

Sein, *see* Aber Sein; Kaer A. S.

Seint, *see* Kaer Seint.

Seint Iwerđon, 136, 24.

Seissyllwch, 25, 13.

Sel ab Selgi, 107, 11.

Selemion, *see* Kaer S.

Selen ab Kynan, 306, 8.   [304, 7.

Selyv ab Kynan Garwyn, 159, 4;

Selyv ab Sinoit, 107, 8.

Serygei Wyđel, 305, 5.      [22.

Sgavynell ab Dissynyndawt, 303,

Sgilti Yscawntroet ab Erim, 108, 13, 18.

Siawn ab Iaen, 107, 13.

Sibli Đoeth, 297, 7.

Silin, 302, 2.

Sinnoch ab Seithvet, 107, 3.

Siri, *see* Kaer Siri.

Sol, 110, 20, 21.   *See* Din.

Solor ab Urnach W., 301, 16.

Sompson Gadarn, 297, 3.

Sugyn ab Sucnedyđ, 111, 8.

Sulyen ab Iaen, 107, 12.

Sulgwyn, 244, 3; 245, 7; 263, 23.

Syvwlch, 111, 26; 125, 10.


Tal Ebolyon, 31, 19; 40, 23.

Tal y Redynawc Đu, 111, 25.

Taleithawc, Y. P., Tri, 303, 4.

Talhaearn, 304, 2.        [22.

Talyessin Penn Beirđ, 40, 8; 107,

Tannwen m. Gweir Dathar Wen-
nidawc, 112, 25.

Tarawc Allt-klwyt, 138, 18.

Tathal Twyll Goleu, 106, 17. *See* Kaer Dathal.

Tavawt Hir, 306, 28.

Tawy, 140, 12.   *See* Llwch.

Tecuan Gloff, 109, 4.

Tegyr Talgellawc, 109 5.

Teirnon Twryv Bliant, 20–24; 109, 4.

Teithi Hen ab Gwynhan, 108, 23.

Teivi, 61, 1.

Teleri m. Peul, 112, 29.

Telyn Teirtu, 122, 13.

Teregut ab Iaen, 107, 11.

Teulu Arthur, 137, 3; 170, 22; 177, 22; 197–199; 205; 211, 20; 219–220; 232–233; 243;

Teulu Gwrgi, 305, 16.      [267.

Teulu Kleis ab Merin, 104, 19.

Teulu Pryderi, 64, 10.

Teulu, Trydyđ Aniweir, 80, 23.

Teulu, Y. P., Tri Anniweir, 305, 14.

Teulu, Y. P., Tri Diweir, 305, 8.

Teulu Y. P., Tri Hualogeon, 305, 3.

Teyrn Y. P., Tri Gwyn, 300, 7.

*tournament described*, 252–253.

Trachmyr, 110, 7 ; 138, 9 ; 140, 4.
Traeth-mawr, 64, 7.
Trahawc, Y. P., Tri, 304, 17.
Trevan, 145, 3.
Tringat, 132, 7.
Tro, 297, 11.
Twrch ab Annwas, 107, 10.
Twrch ab Periv, 107, 10; 159, 25.
Twrch Llawin, 139, 22.
Twrch Trwyth ab Tared Wledic,
    123–125 ; 135–141.
Tywi, 59, 5.

Uchdryt Varyv Draws, 111, 19.
Uchtrut Ardywat Kat, 106, 25.
Uchtryt ab Erim, 108, 11.
Uffern, 106, 28 ; 123, 8 ; 141, 26.
Ul Kessar, see Kessar.
Unbenn Deivyr a Bryneich, Tri,
    303, 16.                        [12.
Unbenn Llys Arthur, Tri, 303,
Unbenn Trydyd Lledyv, 44, 11.
Unbenn, Y. P., Tri Lledyv, 44,
    11 ; 304, 19.
Unbenn Y. P., Tri Tharw, 303, 14.
Unic Glewyscwyd, 30, 9 ; 35, 8.
Urdawl Benn, 42, 12.
Urnas, see Kaer Urnas.
Uryen ab Kynvarch, 303, 28 ;
    304, 11.
Uthur Pendragon, 298, 28 ; 299,
    1 ; 302, 22.

Velenryt, 64, 8, 26.
Vergaed, 308, 2.                    [3.
Vreat, Prince from the North. 308,
Vreui Vawr, 89, 12.
Vynet, 125, 16.   Cf. Neuet.

Weir, Ynys, 309, 7.   See Kaer.
Wilure, see Ryt Wilure.
Wlch Min Ascwrn, 35, 9.
Wrnach Gawr, see Gwrnach G.
Wyryon, Teir, 112, 2.

Wyryon Kledyv D., 125, 10.
Wysc, 220, 24 ; 247, 9 ; 249, 30 ;
    263.   See Ryt ; Kaerlleon.

Ychen Bannawc, 121, 12.
Ychen Gwlwlyd Wineu, 121, 5.
Ynawc Grudyeu ab Muryel, 40, 8.
Yngharat Law Eurawc, 205–208 ;
    215, 12 ; 220, 15.
Ynyr, deu, 104, 15.
Ynys, see Mel ; Rac ; Weir.
Ynys Prydein, 87–94 ; 96 ; 97 ;
    99 ; 109 ; 112 ; 136 ; 147 ;
    149 ; 164 ; 165, 4 ; 170, 3 ;
    183 ; 201 ; 205 ; 263 ; 297 ;
    309.   See Gwyr.
Ynys Prydein, Teir, 110, 2.
Ynys y Kedyrn, 27, 22 ; 28, 7 ;
    29, 24 ; 36–41 ; 44, 9.
Ynys y Kedyrn, Teir, 113, 3.
Ynysed Groec, 160, 20.
Ynywl, 250–257.
Yrp Luydawc, 297, 14.
Ysbidinongyl, 242, 24.  See Kaer Y.
Yscolheig, 55.
Yscottyeit, 299, 23.
Ysgwyd, Teir, 111, 27 ; 125, 11.
Yskithyr Yskithyrwyn Penn Beird,
    122, 23 ; 135.
Yskithyrwynn Penn Beid, 134, 30 ;
    135, 11 ; 138, 14.
Yskudyd, 111, 22.
Yskyrdav, 111, 22.
Yspadaden Penn Kawr, 115; 117–
    121 ; 132, 26 ; 135, 9 ; 142 ;
    143.   See Kaer Ysp.
Yspaen, 158, 11.
Ysperin ab Fflergant b. Llydaw,
    107, 24.
yspydawt, 42, 12 ; 43, 15, 18.
Ystrat Tywi, 25, 12 ; 59, 5.
Ystrat Yw, 140, 8.
ystwffwl, 202.

# Cross References.

b. = brenhin ; ep. = epithet ; f. = father.

Ab b. Iwerđon, *f. of* Gwittart ; Riogan.
*Adeinawc, ep. of* Ann- *or* Henwas.
Aeđ M., *f. of* Odgar ; Prydein.
Aeđan, *f. of* Gavran.
Aer, *f. of* Eidoel.
Alan, *f. of* Digniv.
Alar, *f. of* Digon.
*Alarch, see* Gwenn.
*Allt-klwyt, ep. of* Tarawc.
Alser, *see* Lluyd.
Alun *f. of* Dyvyr. *See* Koet.
Amheibyn, *f. of* Eiryn Wych.
Amherawdyr, *see* Arthur ; Lles ; Maxen.
Anarawc Wallt G., *f. of* Iđic.
Anaw Kyrđ, *see* Eliuri.
*Angel,* see *Pryd Angel.*
Aniweir, *see* Teulu.
Anlawđ W., *f. of* Goleuđyđ.
Annwas, *f. of* Twrch.
*Annwvyn, see* Arawn ; Pwyll.
*Anvat, see* Bwyellawt ; Datkuđ ; Ergyt ; Kuđ ; Palvawt.
*Ardywat Kat, ep. of* Uchtryt.
Argat, *f. of* Kynhaval.
Arthur, *f. of* Amhar ; Gwydre ; Llacheu. *See* Gwenhwyvar ; Gwrageđ ; Gwreic ; Kennadeu ; Llamrei ; Llys A., Peir A., *Pensaer* ; Prytwen ; Rieni ; Rysswr ; Teulu.
Arwy, *f. of* Indec ; *ep. of* Reidwn.
Ascwrn, see *Min Ascwrn.*
*Astrus, ep. of* Gwyđneu.
Atheu, *f. of* Gusc.

*Atver, ep. of* Eli.
Avlawn, *f. of* Huarwar.
Awstin, *see* Pennryn.

Baeđan, *f. of* Maelwys.
*Bagat,* see *Penn.*
*Banhadlen,* see *Gwallt B.*
*Bannawc, ep. of* Elen. *See* Ychen.
*Barđ, ep. of* Arouan ; Auan ; Degynelw ; Golyđan.
*Bargot,* see *Krwm V.*
*Barnawt,* see *Rin B.*
*Barvawc, ep. of* Dillus ; Llawn- *or* Llawuroded.
*Baryv Draws, ep. of* Uchdryt.
*Baryv Twrch, ep. of* Nodawl.
Beđ, *f. of* Einyawn.
Bedrawt, *f. of* Bedwyr.
Bedwyr, *f. of* Amhren ; Eneuawc.
*Beiđawc, ep. of* Anoeth.
Beli Mawr, *f. of* Aryanrot ; Kadwallawn ; Kaswallaw*n* ; Lleuelys ; Lluđ ; Nynnyaw ; Penardim ; Reidwn ; Run.
*Bendigeil, ep. of* Bran ; Gwerthevyr ; Kadwaladyr ; Kadwallawn ; Kustennin. *See* Penn B.
*Bervach, ep. of* Korvil.
*Beuthach, ep. of* Lluber.
Bleiđic, *f. of* Hyveiđ.
*Bliant,* see *Twryv B.*
*Bradawc, ep. of* Haearnweđ.
Bran B., *f. of* Karadawc.
*Bras, ep. of* Kadwgawn.
*Breich Hir, ep. of* Awyđawc.
*Brenhin, ep. of* Doget.

Brwyn, *f. of* Madawc.
*Brychgoch, ep. of* Kynnwric.
Bryssethach, *f. of* Brys.
*Bychan, ep. of* Gwiffert; Iarll Kaer Dyff; India; Kustennin.
Byneu, *see* Benyn.

Chware, *see* Broch; Gwyðbwyll.

*Da Gyveð, ep. of* Gwynn.
*Da Reimal, ep. of* Gwynn.
Daere, *f. of* Kubert.
Dalldav, *see* Fferlas.
*Dallpen, ep. of* Dallwyr.
Dateni, *see* Peir.
Dauyð, *f. of* Absolon.
Deheu, *see* Gwyr; Kantrevi.
Denmark, *see* Gwyr D.
Deorthach W., *f. of* Ruawn.
Dewengen, *see* Mabon.
*Diessic Unbenn, ep. of* Dwnn.
Dinlleu, *see* Dinas.
Dinodig, *see* Kantrev.
Dioðeiveint, *see* Brenhin; Llys.
Dissynynðawt, *f. of* Diffeidell; Gwall; Sgavynell.
*Divro,* see *Llaw Ðivro.*
*Doeth, ep. of* Sibli.
Don, *mother of* Amaethon; Aranrot; Gilvaethwy; Govannon; Gwydyon; Heveyð.
*Drythyll, ep. of* Ednyvedawc.
*Du, see* Maen; Mil; Morwyn.
Duk B., *f. of* Ondyaw.
Dukum, *f. of* Mil Du.
*Dyrus,* see *Rwyð D.*
*Dyvel, ep. of* Alun; Pendaran Pwyll; *see* Kantrevi.
Dyvnedic, *f. of* Kustennin.
Dyuynwal, *f. of* Bran.

Ebrei, *f. of* Gwrdiual. *Cf.* Eurei.
Eiðin, *ep. of* Klydno; Llongat.
Echel V. Twll, *f. of* Gobrwy; Gronw.
Echymeint, *see* Llech.

Ednyvedawc D., *see* Ellyll.
Edwin, *see* Grei.
*Eiðin, ep. of* Klydno; Llongat.
*Eilton, ep. of* Dylan.
Elen, *mother of* Kustennin.
Eli Atver, *f. of* Reidwn.
Elidyr, *see* Du y M., Llech.
Eliffer, *f. of* Peredur: *see* Korvan
Emyr Llydaw, *f. of* Howel.
Emys, *see* Llygatruð.
Endawt, *f. of* Gwyl.
*Ennwir,* see *Gwrhyt E.*
Enryueðodeu, *see* Kaer yr E.
Erbin, *f. of* Dyuel; Erinit; Gereint. *See* Kennadeu E.
*Ereint, see Gwalli; Gwrych; Llaw.*
Eri, *f. of* Greit.
Erim, *f. of* Eus; Henbetestyr; Henwas Ad., Sgilti; Uchtryt.
Ermit, *f. of* Gwynn; Kyndrwyn.
Eruyll, *f. of* Ffodor.
Erw, *f. of* Llawr.
*Eskob, ep of* Betwini. *See* Llwyt.
Esni, *f of* Gwynn.
Eson, *f. of* Iason.
Eudav, *f. of* Adeon; Elen Luyðawc; Kynan.
Euengat, *f. of* Heiðen.
*Eur, see* Hualo; Kelein; Kryð.
Eurei, *f. of* Dillus V.
*Eurawc,* see *Llaw E.*
Euroswyð, *f. of* Nissyen.
Evrawc, *f. of* Peredur.
*Ewingath, ep. of* Isperyr.

*Fflam, ep. of* Ffleuður.
*Ffleissawc, ep. of* Eðelfflet.
Fflergant, *f. of* Ysperin.
Ffreinc, *see* Gwilenhin; Gwilim; Iona; Paris.
Ffynnawn, *see* Du; Iarlles; Marchawc.

Galarus, *see* Kruc.
*Galouyð, ep. of* Greidyawl.
*Gandwy,* see *Porthawr.*

*Garanhir, ep. of* Gwyðneu.
*Garwlwyt, ep. of* Gwrgi.
*Garwyn, ep. of* Kynan.
*Gavaelvawr, ep. of* Glewlwyt.
Geirioeð, *f. of* Geir.
Gereint, *f. of* Adwy; Erinit.
Gerenhir, *f. of* Berwyn.
*Glas, see* Llech; Prenn.
*Glavyrawc, ep. of* Hettwn.
*Glew, ep. of* Dreon.
Glewlwyt Gavaelvawr, *see* Gogigwr; Huandaw; Penn Pinghon.
*Glewyscwyd, ep. of* Unic.
Gloyw W. L., *f. of* Gwynn Gohoyw. *See* Gwynn Gloyw.
Glythwyr, *f. of* Saranhon.
Godo, *f. of* Ffleuður Fflam W.
Gogleð, *see* Dunart; Gleissiar; Iarllaeth.
*Gogodin, ep. of* Gwlgawt.
*Gohoewgein, ep. of* Gwelwgan.
*Gohoyw, ep. of* Gwynn.
*Goleu, see Twyll.*
Golithmer, *f. of* Garanaw.
*Gorðu & Gorwenn, see* Gwiðon.
Gorolwyn, *f. of* Gaðcor.
Goryon, *f. of* Kulvanawyt.
*Gosgorðvawr, ep. of* Eliffer.
Gotyvron, *see* Gwynn.
Govut, *see* Pennant G.
*Govynnyat, ep. of* Llwydawc.
Gouynyon H., *f. of* Karnedyr.
Greidawl, *f. of* Gwythyr.
Groec, *see* Gwyr; Mor; Ynysseð.
Gronw, *see* Llech.
*Gruðyeu, ep. of* Ynawc.
Grythmwl Wledic, *see* Erch.
Gwaledur K., *f. of* Gwennwledyr.
Gwallawc, *f. of* Keredic.
*Gwallt Auwyn, ep. of* Gwrvan.
*Gwallt B., ep. of* Riwallawn.
*Gwallt Ereint, ep. of* Grugyn.
*Gwallt Euryn, ep. of* Gware; Gwri.
*Gwallt Grwn, ep. of* Anarawc.
*Gwallt Lydan, ep. of* Gloyw.

*Gwalstawt Ieithoeð, ep. of* Gwrei; Gwrhyr.
*Gwann, ep. of* Govan.
Gwannwyn, *see* Melyn G.
*Gwarthecvras, ep. of* Gwrhyr.
*Gwastra, ep. of* Gwrgi.
*Gwawtryð, ep. of* Aneiryn.
*Gwdwc Hir, ep. of* Gwineu.
Gweðw, *see* Gwynn Mygdwn; Iarlles.
Gweir Dathar W., *f. of* Tannwen.
Gweiryoeð, *f. of* Gweir. *Cf.* Geiryoeð.
Gwener, *see* Kroglith.
Gwenith, *see* Maes Gwenith.
Gwenn, *see* Gorwenn.
*Gwent, ep. of* Gwryt. *See* Kaer.
Gwestat, *f. of* Gweuyl.
Gwidawl, *see* Ellyll; Kaer W. W.
Gwiðolwyn Gorr, *f. of* Eurolwen.
*Gwineu, ep. of* Gwas; Gwlwlyd.
*Gwir, ep. of* Gwidawl.
Gwith, *see* Palvawt.
*Gwledic, ep. of* Anlawð; Deorthach; Emrys; Ffleuður Fflam; Grythmwl; Kasnar; Kelyðon; Maxen; Tared.
Gwrgwst, *f. of* Dyvnarth.
*Gwrhyt Ennwir, ep. of* Gweir.
*Gwrhyt Vawr, ep. of* Gweir.
*Gwron, ep. of* Gwgon.
*Gwrtheneu, ep. of* Gwrtheyrn.
Gwryan, *f. of* Gwryat.
*Gwrych Ereint, ep. of* Grugyn.
Gwryon, *f. of* Hunabwy; Kadwry. *See* Mab Gwryon.
Gwryt Gwent, *f. of* Gwenhwyvar.
Gwyar, *mother of* Gwalchmei; Gwalhavet; Gwall.
*Gwych, ep. of* Eiryn.
Gwyð, *see* Ellyll.
*Gwyðel, ep. of* Diwrnach; Garselit; Llenlleawc; Llenuleawc; Matholwch; Serygei; Urnach.
Gwyðno, *f. of* Elphin; Ruawn P.
Gwyðyl, *see* Kerric.

*Gwyllt*, *ep. of* Kyledyr; Kynedyr *or* Kyuedyr.
Gwyneb, *see* Hen Wyneb.
*Gwyneꝺ*, *ep. of* Maelgwn; Owein. *See* Gwyr; Kedernit.
Gwynhan, *f. of* Teithi Hen.
Gwynllwyt, *see* Gwr; Ynywl.
Gwynn Gohoyw, *f. of* Kicva.
Gwynn Hen, *f. of* Heilyn.
Gwynn, *see* Teyrn.
*Gwynnyawc*, see *Llaw*.
Gwynt, *see* Kaer Wynt.
*Gwyr*, *ep. of* Gwrhyt; Gwythawc.
Gwyrangon, *see* Kaer W.
Gwystyl, *f. of* Gweir. *Cf.* Geneir.
Gwythawc G., *f. of* Garwyli.
Gyrthniwl Wledic, *see* Ellyll.

*Hael*, *ep. of* Iskovan; Mordav; Morgant; Nuꝺ; Ryꝺerch.
Hav, *see* Gwlat yr H.
*Hayarn*, *ep. of* Drustwrn.
*Hen*, *ep. of* Gouynyon; Gwrbothu; Gwynn; Henin; Heveyꝺ; Kado; Llywarch; Priav; Teithi. *See* Gwr; Gwrach; Gwyneb; Kroen.
Henin Hen, *f. of* Garwen.
Herwuden, *see* Gwaetcym.
Hettwn Tal Aryant, *f. of* Kyuedyr.
Hettwn Glavyrawc, *f. of* Kynedyr.
*Heussawr*, *ep. of* Kustennin.
Heveyꝺ, *f. of* Riannon, *see* Llys.
*Hir*, *ep. of* Arwy, Heveyꝺ; Hychtwn. *See* Amren; *Breich;* Eiꝺyl; *Gwꝺwc; Gwr; Llaw; Palaꝺyr;* Prenn; *Tavawt.*
*Hir Tynedic*, *ep. of* Du.
Hualogeon, *see* Teulu.
Hynev, *see* Penn H. K.
*Hyuar*, *ep. of* Gwynn.

Iaen, *f. of* Bratwen; Kradawc; Moren; Siawn; Sulyen; Te-•regut.
Iꝺon, *f. of* Kadwgawn; Kalam.

*Ieithoeꝺ*, see *Gwalstawt.*
Ieuav, *f. of* Howel.
Ionawr, *see* Kalan.
Iwerꝺon, *see* Aeꝺ; Esgeir O., Gorseꝺ; Gwittart; Gwyr; Matholwch; Mor; Pennllemhidyꝺ; Pump Ran; Riogan; Seint.

*Kadarn*, *ep. of* Ector; Ercwlf; Sompson. *See* Twr G.
Kadegyr, *f. of* Elinwy.
Kadellin Tal A., *f. of* Gweir.
Kado, *f. of* Berth.
Kadvan, *f. of* Kadwallawn V.
Kadwallawn, *see* Auan V.
Kadwgan, *f. of* Heilyn Goch.
Kaerloyw, *see* Gwidonot.
Kamre, *see* Melyngan.
*Kanhastyr*, *ep. of* Kilyꝺ.
*Kanhwch*, *ep. of* Kynnwyl.
*Kanllaw*, *ep. of* Kanhastyr.
*Kant Ewin*, *ep. of* Kwrs.
Karadawc, *f. of* Eudav; Kawrdav.
Karn, *see* Pryv.
Karw, *see* Ellyll.
Kasnar Wledic, *f. of* Gloyw Wallt Lydan; Llary.
Kastell, *see* Gwerthrynyawn; Kaer Iarlles y Ff., Mur y K.
Kat, *see* Ardywat; Post.
Katgyffro, *f. of* Gilbert.
*Kath*, see *Llygat, -eit.*
Katvan, *f. of* Kadwallawn.
Katvarchawc, *see* Llys Arthur.
Kaw, *f. of* Angawd; Ardwyat; Dirmyc; Ergyrat; Etmic; Gildas; Gwennabwy; Gwarthegyt; Gwyngat; Hueil; Iustic; Kalcas; Kelin; Koch; Konnyn; Kynwas; Llwybyr; Mabsant; Meilic; Neb; Ouan.
Kawlwyd, *see* Kwm; Kuan.
*Kawr*, *ep. of* Gwrnach. See *Klin; Penn Kawr.*
Kedarn, *f. of* Nerth.
Kedymdeith, *see* Hen Ged.

Kedyrn, *see* Ynys y K.

Kei, *f. of* Garanwyn ; Relemon.

Keidyaw, *f. of* Gwendoleu.

Keimat ? *see Reimat.*

*Keinvarvawc, ep. of* Kynyr.

Kelcoet, *f. of* Llwydeu.

Kelyđon W., *f. of* Kilyđ.

Keredic, *see* Gwelwgan.

Kernyw, *see* Gwyr ; Kadwr.

Kibdar, *f. of* Drych.

Kilcoet, *f. of* Llwyt.

Kilyđ, *f. of* Kulhwch.ʼ

Kimin Kof, *f. of* Dalldav.

*Kleđyv Koch, ep. of* Etlym.

*Kleđyvrud, ep. of* Gwgawn.

*Klememhill, ep. of* Unic.

*Klin Gawr, ep. of* Eda.

*Kloff, ep. of* Brenhin ; Gwr Gwyn-
llwyt ; Gwr Llwyt ; Tecuan.
*See* Llys y B. K.

Klustveinat, *f. of* Klust.

Klut, *f. of* Gwawl.

Klydno, *f. of* Eurneit ; Kynon.

*Koch, ep. of* Heilyn. *See* Gwr ;
*Kleđyv ;* March.

*Koes Hyđ, ep. of* Gilla.

Kollvrewy, *f. of* Koll.

*Korđ Prydein, ep. of* Idawc.

*Korr, ep. of* Grudlwyn ; Gwiđol-
wyn ; Ruđlwm.

Kradawc, *f. of* Kawrdav. *See*
Kaer.

Kregyn, *see* Garth.

Kristinobyl, *see* Amherodres.

*Krwm Vargot E., ep. of* Llongat.

Krwn, *see* Dyffryn ; *Gwallt.*

Kulhwch, *see* Esgeir K.

Kustennin, *f. of* Erbin ; Goreu ;
Kustennin Vychan.

*Kurvagyl, ep. of* Kynwas.

*Kyffes, see Llaw.*

*Kyllellvawr, ep. of* Osla.

Kynan, *f. of* Diuogat ; Kyhoret ;
Kynlas ; Selen ; Selyv.

Kyniweir, *see* Llynghes.

Kyndyrwyn, *f. of* Gwiawn.

Kynyr, *f. of* Kei.

*Kynn Kroc, ep. of* Neol.

Kynvarch, *f. of* Uryen.

Kynvedw, *f. of* Kadavel.

Kynvelyn, *f. of* Gwaedan.

Kynwyl K., *f. of* Gwenn-Alarch.

Kynwyl Sant, *see* Hen Groen.

*Kynyđ, see Penn K.*

*Kyruach, ep. of* Gwaledur ; Gwawr-
đur.

*Kysseuin, ep. of* Nav.

Kyuergyr, *see* Brynn K.

*Kyvarwyđ, ep. of* Elidyr ; Kynđelic.

*Kyveđ, see Da Gyveđ.*

Kyvwlch, *f. of* Eheubryt.

Llaesar Ll., *f. of* Llashar.

*Llaesgygwyd, ep. of* Llasar.

*Llaesgyvnewit, ep. of* Llassar.

Llarcan, see *Penn Llarcan.*

*Llaw Đivro, ep. of* Llofuan.

*Llaw Ereint, ep. of* Lluđ.

*Llaw Eurawc, ep. of* Yngharat.

*Llaw Hir, ep. of* Kadwallawn.

*Llaw Gyffes, ep. of* Lleu.

*Llaw Wynnyawc, ep. of* Lloch.

*Llawin, ep. of* Twrch.

Llech, *see* Gwr o'r Llech.

*Lledyeith, ep. of* Llyr.

Lleđyv, *see* Unbenn.

*Lletewic, ep. of* Glythmyr.

*Llellwm, ep. of* Gwrgwst.

*Llennawc, f. of* Gwallawc.

Lleyn, *see* Belen.

Lliaw, *f. of* Gwanar ; Gwennwyn-
wyn.

Lliueit, *see* Gwaew.

*Llogell, see* Gwynn.

*Llom, see* Buches.

*Lloran,* see *Penn Lloran.*

Lluđ, *f of* Auarwy ; Manawyđan.

Lluđ Ll. E., *f. of* Kreiđylat.

*Llurugawc, ep. of* Lluđ.

ˑLluyđawc, *ep. of* Elen ; Yrp.

Llwch Ll. W., *see* Meibon Ll. W.

Llwydeu, *f. of* Gwydre.

Llwyt, *see* Gwr.
Llwyth, *see* Marchlwyth.
Llwyryon, *f. of* Llwyr.
*Llydan,* see *Gwallt L.*
Llydaw, *see* Emyr; Gwyr; Hir
    Peissawc; Howel; Ysperin.
*Llygat Kath, ep. of* Gwiawn.
*Llygeit Kath, ep. of* Gwrdnei.
Llyr, *f. of* Bran; Branwen; Gran-
    wen; Karadawc V., Manawy-
    dan. *See* Ellyll.

Maelgwn, *f. of* Alser; Eurgein;
    Run.
*Manawc, ep. of* Moryen. *See* Ellyll.
Man- *or* Mynogan, *f. of* Beli M.
Maredud, *f. of* Iorwoerth; Mad-
    awc.
Matholwch, *f. of* Gwern.
Mathonwy, *f. of* Math.
*Mawr, ep. of* Aed; Beli; Brewi;
    India; Kristinobyl; Traeth.
    *See Gwrhyl.*
*Mawr Vrydic, ep. of* Eidon;
    Gwenllian.
Maxen, *f. of* Owein. *See* Kadeir.
Mechteyrn B., *see* Aueuryn.
*Medic, ep. of* Auan.
Mei, *see* Kalan.
Meinlas, *see* Gwreic; Pwyth.
Meir, *see* Llan Veir.
Meirchawn, *f. of* March.
Melen, *see* Ellyll.
Mellt, *f. of* Mabon.
*Melyn, see* Gwas; Gwr; Mul.
Menestyr, *f. of* Gwydawc.
Menw, *f. of* Annyanawc.
Merin, *f. of* Kleis.
Methredyd, *f. of* Medyr.
*Min Ascwrn, ep. of* Wlch.
*Mingul, ep. of* Essyllt.
*Minsych, ep. of* Sampson.
*Minwen, ep. of* Essyllt.
Modron, *mother of* Mabon.
*Moel, ep. of* Dyvynwal.
*Mordwyt Twll, ep. of* Echel.

Moren M., *f. of* Bratwen.
Morganhwc, *see* Kantrevi.
Morgant, *f. of* Raawt *or* Ryawd.
Moro Oeruedawc, *see* Du.
Morynyon, *see* Llynn.
Muryel, *see* Ynawc G.
*Mul, see* Mackwy.
*Mwynvawr, ep. of* Elidyr; Morgan.
Mwrheth, *see* Blathaon.
*Mynestyr, ep. of* Petrylew.
Mynyo, *f. of* Idawc K. P.
Myrdin, *see* Kaer V., Klas.

Nav, *f. of* Gwennwynwyn; Fflen-
    dor.
Neol, *f. of* Ellylw.
Ner, *f. of* Eidyol; Idon.
Nerth, *f. of* Gorascwrn.
Nes, *f. of* Knychwr.
Nethawc, *f. of* Penn.
Neuet, *f. of* Tringat.
Nud, *f. of* Edern; Gwynn; Owein.
Nwython, *f. of* Kyledyr; Llwydeu;
    Run.
Nwyvre, *f. of* Fflam; Gwynn;
    Lliaw.
Nywl, *see* Kae; Marchawc.

Ocuran, *f. of* Gwenhwyvar.
Odyeith, *see* Gwadyn.
*Oeruedawc, ep. of* Moro.
Oeruel, *see* Esgeir O.
Olwyd, *f. of* Ol.
*Ossol, ep. of* Gwadyn.
Oth, *f. of* Danet.
Owein, *see* Degynelw.

Pabo, *f. of* Dunawt Wr.
*Padellvawr, ep. of* Mederei.
*Paganes, ep. of* Ronnwen.
*Paladyr Hir, ep. of* Gweir; Peredur.
Panon, *f. of* Iscawyn.
Paris, *see* Kaer B.
Pebin, *f. of* Goewin.
*Pebyr, Penyr, Pevyr, Pybyr, see*
    Gronw; Ruawn.

*Peillyawc, ep. of* Keugan.
Peir, *see* Llynn; Messur.
*Pendevic D., ep. of* Pwyll.
*Pendragon, ep. of* Gwenn; Uthur.
*Pengech, ep. of* Gwynn.
*Pengrech Đu, see* Morwyn.
*Pengrych Koch, see* Gwr.
Penmaen, *see* Dol P.
*Penn Annwn, ep. of* Pwyll.
*Penn Bagal, ep. of* Panawr.
*Penn Beiđ, ep. of* Yskithyrwynn.
*Penn Beird, ep. of* Talyessin; Yskithyr Y.
*Penn Kawr, ep. of* Yspađaden.
*Penn Kynyđ, ep. of* Ryfuerys.
Penn Llarcan, *f. of* Eiladyr.
*Penn Lloran, ep. of* Eiryawn.
*Penn Mackwy, ep. of* Eliuri.
*Penn Uchel, ep. of* Sawyl.
*Pensaer, see* Glwyđyn.
Peredur ab E., *f. of* Gwgon Gwron.
Periv, *f. of* Twrch.
Perllan, *see* Bangor.
*Petit, ep. of* Gwiffert.
Peul, *f. of* Teleri.
*Pingon, ep. of* Penn.
Poch, *f. of* Percos.
Porthawr G., *f. of* Kadyrieith.
Powys, *see* Gwyr Powys.
Priav, *f. of* Paris; Polixena.
*Pryd Angel, ep. of* Sanđe.
Prydein, *see* Arđerchawc; Gwyr; Kado; Kantrevi; Kaw; Rysswyr; Ynys.
Pwyll P. A., *f. of* Pryderi.

Raawt, *see* Gwrbrith.
Rangyw, *see* Merch.
Reget, *f. of* Gwers.
*Reget, ep. of* Uryen.
*Reimal* [? Keimat], *see Da R.*
Ricca, *f. of* Gormant.
*Rin Barnawt, ep. of* Rinnon.
Romani, *see* Brenhin.
Ros, *see* Lleyn; Kantrev.
Roycol, *f. of* Mael.

Ruđ, *see* Gwaew; Mor.
*Ruđwern, ep. of* Run.
Run, *f. of* Gwydar; Madawc.
Ruvein, *see* Gwyr; Kaer R., Lles; Maxen.
Rwyđ Dyrys, *see* Reu.
*Rys, ep. of* Ruduyw.

Saer, *ep. of* Glwyđyn.
Saidi, *f. of* Kadyrieith; Kas. *See* Mab Seidi.
*Sant, ep. of* Kynnwyl.
Seithvet, *f. of* Bedyw; Sinnoch.
Seitwed, *f. of* Llewei.
Selen, *see* Arouan.
Selgi, *f. of* Sel.
Senyllt, *f. of* Nuđ.
Servan, *f. of* Mordav H.
Seueri, *ep. of* Gwrgi.
Sinoit, *f. of* Selyv.
Sucnedyđ, *f. of* Sugyn.

*Tal Aryant, ep. of* Hettwn; Kadellin.
*Talgellawc, ep. of* Tegyr.
Taliessin, *f. of* Auaon.
Tallwch, *f. of* Drystan.
Tanđe, *see* Ffaraon.
Taran, *f. of* Glinneu.
Tared Wledic, *f. of* Twrch T.
Tathal, *see* Gwyr; Kaer, *cf.*
*Tathar Wenidawc, ep. of* Gweir.
*Tec, ep. of* Gwenllian.
Tegit, *f. of* Morvran.
Teirgwaeđ, *see* Menw.
Teithyon, *f. of* Madawc.
Teivi, *see* Ruđlan.
Terwyn, *see* Mor.
*Trahawc, ep. of* Du; Gwibei Hawystyl; Ruawn P.
*Traws, ep. of* Du. See *Baryv.*
Tremhidyt, *f. of* Drem.
Tringat, *f. of* Gwynn.
*Trwm, ep. of* Gwydyr.
*Trwsgyl, ep. of* Kynvelyn.
Trwyth, *see* Twrch.

Tryffin, *f. of* Drutwas; Erdutvul.
*Tut, ep. of* Morgant.
*Tuth Bleid, ep. of* Ruď B.
*Tutklyt, ep. of* Tutwal.
Tutuathar, *f. of* Enrydrec.
Tutwal T., *f. of* Ryderch H.
*Twryv Bliant, ep. of* Teirnon.
Twr Gadarn, *f. of* Madawc.
*Twrch,* see *Baryv T.*
*Twyll Goleu, ep. of* Tathal.
*Tyllyon, ep. of* Morďwyt.
Tyvyawc, *see* Maen.
Tywi, *see* Aber; Din; Ystrat.

*Unbenn,* see *Diessic U.*
*Uchel,* see *Penn U.*
*Unllenn, ep. of* Hyveiď.
Unic K., *f. of* Rathtyeu.

Urnach Wyďel, *f. of* Solor.
Uryen Reget, *f. of* Morvuď; Owein; Riwallawn.
Usber, *f. of* Rore.

Wďolwyn, *see* Gwiďolwyn.
*Wenidawc,* see *Tathar W.*
*Wr, ep. of* Dunawt.

Ych, *see* Brych; Melyn Gwannwyn; Nynnyaw; Peibaw.
Ynywl, *f. of* Enit.
Yryf, *f. of* Llary.
*Yscawntroet, ep. of* Sgilti.
Yscawt, *f. of* Glew.
*Yskithyrwyn, ep. of* Yskithyr.
*Yſkwydwyn, ep. of* Eneas.
Yspaďaden P. K., *f. of* Olwen.

# List of Subscribers.



### PATRONS' EDITION.

Bute, The Most Honourable the Marquis of, K.T., Cardiff Castle.
(4 *copies.*)
*Cymmrodorion, The Hon. Society of,* London.
Davies, Miss Mary, 5 Gordon Square, W.C.
Davies, Richard, Esq., Treborth, Lord Lieutenant of Anglesey.
Davies-Cooke, P. B., Esq., Gwysaney, Mold, and Owston, Doncaster.
Dynevor, The Right Hon. Lord, Dynevor Castle, Llandeilo.
Edwards, Owen, Esq., B.A., Balliol College, Oxford.
Emrys-Jones, A., Esq., M.D., Oak Hill, Fallowfield, Manchester.
Evans, Alderman David, 24 Watling Street, E.C.
Evans, E. Vincent, Esq., 30 Leconfield Road, N.
Evans, Rev. O., M.A., Prof. of Welsh, St. David's College, Lampeter.
Evans, Stephen, Esq., J.P., Llwyngwern, Chiselhurst.
Griffith, J. Milo, Esq., 45 Mornington Road, N.W.
Griffiths, John, Esq., 3 Hawthorn Villas, Flookersbrook, Chester.
Griffiths, John, Esq., M.A., Jesus College, Oxford.
Hughes, Rev. W. Hawker, M.A., Jesus College, Oxford.
*Jesus College Library*, Oxford.
Jones, J. W., Esq., The Grange, Highbury New Park, N.
Jones, John, Esq., Central Buildings, Llandudno.
Jones, Rev. Michael D., Principal, Independent College, Bala.
Jones, Pryce, Esq., Dolerw, Newtown, and 63 Upper Berkeley
    Street, Portman Square, W.
Jones-Parry, Sir T. Love D., Bart.; Madryn Park, Pwllheli. (2 *copies.*)
Kemeys-Tynte, Colonel C. K., Cefn Mably, Cardiff.
Lewis, David, Esq., Barrister-at-law, Kilvey Terrace, Swansea.
Lewis, Sir William Thomas, The Mardy, Aberdare.
Llanover, The Right Hon. Lady, Llanover, S. Wales.
Llewelyn, John T. D., Esq., M.A., Penllergare, Swansea.
Lloyd, E. O. V., Esq., B.A., Berth, Ruthin.
Morfill, W. R., Esq., M.A., 4 Clarendon Villas, Oxford.
Morgan, R. Aneurin, Esq., Plas Teg, Catford, S.W.
Morris, Rev. R. E., B.A., 3 Upper Bedford Place, W.C.
Phillips, James M., Esq., M.D., J.P., Priory Street, Cardigan.

Phillips, J. Roland, Esq., West Ham Police Court, West Ham
Lane, Stratford, E.
Powel, Thomas, Esq., M.A., Prof. of Welsh, University Coll., Cardiff.
Powis, The Right Hon. the Earl of, Powis Castle, Welshpool.
Pugh, D., Esq., M.P., Manoravon, Carmarthenshire.
Puleston, J. H., Esq., M.P., 31 Sussex Square, Brighton.
Price, Captain T. P., M.P., Triley Court, Abergavenny.
Rendel, Stuart, Esq., M.P., 4 Whitehall Gardens, S.W.
Reynolds, Llywarch, Esq., B.A., Merthyr Tydvil.
Richard, Henry, Esq., M.P., 22 Bolton Gardens, S.W.
Roberts, Mrs. L. H., 8 Willow Bridge Road, N.
Ryle, Rev. H. E., M.A., Principal, St. David's College, Lampeter.
Stokes, The Hon. Whitley; D.C.L., 15 Grenville Place, S.W. (*2 copies.*)
Thomas, Charles, Esq., J.P., Pitch and Pay, Stoke Bishop.
Thomas, G. Ap., Esq., M.D., 162 Stockpool Road, Levenshulme,
Manchester.
Thomas, Rev. T. Llewelyn, M.A., Jesus College, Oxford.
Vaughan, J. Williams, Esq., J.P., D.L., The Skreen, Radnorshire.
Warren, T. Herbert, Esq., President, Magdalen College, Oxford.
West, Lt. Colonel the Hon. W. E. Sackville, Limegrove, Bangor.
Williams, David, Esq., Taff Vale Brewery, Merthyr Tydvil.
Williams, His Honour Judge Gwilym, Miskin Manor, Llantrisant.
(3 *copies.*)
Williams, John, Esq., M.D., 11 Queen Anne Street, London.
Williams, M., Esq., School of Chemistry, 27 Chancery Lane, W.C.
Williams, William, Esq., M.A., H.M. Senior Inspector of Schools
for Wales, Aberystwyth.
Williams-Wynn, Sir Watkin, Bart., Wynnstay, Ruabon.
Wynne, W. R. M., Esq., Peniarth, Merioneth.

## LIBRARY EDITION.

Bute, The Most Hon. the Marquis of, K.T., Cardiff Castle. (*2 copies.*)
Allen, The Very Rev. James, Dean of St. David's, Cathedral Close.
Allen, Edward G., Esq., 28 Henrietta Street, W.C.
*Boston Free Public Library*, Boston, Mass., U.S.A.
Burrell, J. Esq. (Treasurer C.B.S.), 6 Ella Road, N.
*Cardiff Free Library.*
Davies, D. S., Esq., 8 Dale Street, Manchester.
Davies, Morgan, Esq., M.D., F.R.C.S. (President C.B.S.), 9 King
Street, Finsbury Square, E.C.

Davies-Evans, Colonel Herbert, Highmead, Llanybyther, S. Wales.
Edwards, Rev. J. C., M.A., Ingoldmells Rectory, Lincolnshire.
Edwards, Rev. T. C., M.A., Principal, University College of Wales,
　　Aberystwyth.
Evans, E. D. Priestley, Esq., Laburnum House, Cefncoed, Merthyr.
*Exeter College Library*, Oxford.
Green, Robert, Esq., 1 Founder's Court, E.C.
*Harvard College Library*, Cambridge, Mass., U.S.A.
Hilles-Johnes, Sir James, Dolaucothy, Llandeilo.
James, Arthur Perkins, Esq., Brynheulog, Treharris.
James, Charles H., Esq., M.P., Brynteg, Merthyr Tydvil.
James, C. Russell, Esq., Courtland House, Merthyr Tydvil.
James, Frank, Esq., Garth Newydd, Merthyr Tydvil.
James, Dr. John (M.C.B.S.), Llangwyryfon, Aberystwyth.
Jayne, Rev. F. J., M.A., The Rectory, Leeds.
Jones, His Honour Judge Brynmor, Ll.B., 23 De Vere Gardens, W.
Jones, Evan Parry, Esq., J.P., Cefnfaes, Festiniog.
Jones, R. Pughe, Esq., Barrister-at-law, Lincoln's Inn, W.C.
Jones, Thomas, Esq., B.A., H.M.S.I. of Schools, Aberystwyth.
Kenyon, The Hon. George T., M.P., Llanerch Paunce, Ellesmere.
Lewis, Rev. D., M.A., Vicarage, St. David's, Canon of St. David's.
Lewis, Lieut.-Colonel David Rees, 2nd Glamorgan R. V., Merthyr.
Lloyd, John Edward, Esq., B.A., University College, Aberystwyth.
Lloyd-Phillips, F. L., Esq., M.A., Pentyparc, Clarbeston, R. S. O.
*Merton College Library*, Oxford.
Morgan, Sir Walter, Naish, Nailsea, Somersetshire.
Morris, Lewis, Esq., M.A., J.P., Penbryn, Carmarthen.
Mostyn, The Right Hon. Lord, Mostyn Hall, N. Wales.
Napier, Arthur S., Esq., M.A., Ph. D., Merton Professor of English
　　Language and Literature in the University of Oxford.
*Newcastle-upon-Tyne Free Library.*
Owen, Daniel, Esq., J.P., Ash Hall, Cowbridge.
Owen, Edward, Esq., India Office, Whitehall, S.W.
Owen, Isambard, Esq., M.D., M.A., 5 Hertford Street, Mayfair, W.
Owen, Rev. John, M.A., Warden, The College, Llandovery.
Parkins, W. Trevor, Esq., Glasfryn, Gresford, Wrexham.
Phillips, Rev. T. Lloyd, M.A., The Abbey, Beckenham, Kent.
Plummer, Rev. Charles, M.A., Corpus Christi College, Oxford.
Powell, F. York, Esq., M.A., Christ Church College, Oxford.
Pritchard, Lewis J., Esq., Inland Revenue, Somerset House.
*Queen's College Library*, Oxford.
Rees, Griffith, Esq., Birkenhead.
Rees, Rowland, Esq. (Sec. C. B. S.), 27 St. James Street, N. L.
Roberts, Lewis H., Esq., 8 Willow Bridge Road, Canonbury, N.
Roberts, T. D., Esq., M.I.C.E., Penrallt, Newport, Mon.
Roberts, Thomas, Esq,, Asso. M. Inst. C. E., Portmadoc.

Roberts, G. F., Esq., B.A., Prof. of Greek, University College, Cardiff.
Roberts, Sir William, M.D., F.R.S., 89 Mosley Street, Manchester.
*Royal Institution of S. Wales*, Swansea.
St. Asaph, The Right Rev. the Lord Bishop of, The Palace,
*Swansea Public Library*.                              [St. Asaph.
*Sydney Free Library*, New South Wales.
Thomas, T. W., Esq., M.R.C.S., &c., Ty'n y Wern, Pontypridd.
Wilkins, Charles, Esq., Ph.D., Springfield, Merthyr Tydvil.
Williams, Arthur J., Esq., M.P., Victoria Mansions, S.W.
Williams, T., Esq., J.P., Llewesog, Denbigh, 5 Button Street, L'pool.
Williams, T. Marchant, Esq., 4 Paper Buildings, Temple, E.C.
Williams, W. Prichard, Esq., Crescent, Upper Bangor.
*University College of Wales*, Aberystwyth.
*University College*, Bangor.


## STUDENTS' EDITION.

Adams, Rev. David, B.A., Bryn Hawen, Newcastle Emlyn, S. Wales.
Anwyl, Edward, Esq., Oriel College, Oxford.
Asher and Co., Messrs., 13 Bedford Street, W.C.  (*2 copies*.)
Arnold, E. V., Esq., M.A., Professor of Latin, University Coll., Bangor.
Bevan, Rev. W. L., Hay, Canon of St. David's.
Blackwell, Henry, Esq., 201–213, East Twelfth Street, New York.
Browne, J. W., Esq., M.B., 7 Norland Place, W.
*Calvinistic Methodist College*, Bala.
Carne, J. W. Stradling, Esq., D.C.L., St. Donat's Castle, Bridgend.
*Christ Church Library*, Oxford.
Coram, C., Esq., L. and Prov. Bank, Tottenham, N.
*Corpus Christi College Library*, Oxford.
Cowell, E. B., Esq., M.A., Professor of Sanskrit and Fellow of C.C.C.
    in the University of Cambridge.
Davies, Dan Isaac, Esq., B.Sc., H.M.S. I. of Schools, Cardiff.
Davies, E. Emrys, Esq. (M.C.B.S.), 17 Albert Road, S.E.
Davies, Ivan T., Esq., Llanuwchllyn, Bala.
Davies, Rev. J. E., M.A., 23 Belitha Villas, Barnsbury.
Davies, Rev. John Evan, M.A., Rector of Llangelynin, Merioneth.
Davies, W. E., Esq., Brenton Villa, Marlborough Road, Merton,
    Surrey.
*Edinburgh University Library*.
Edmondes, The Venerable Archdeacon, Warren, Pembroke.
Edwards, David, Esq., 222 Kentish Town Road, N.W.
Edwards, Rev. David Charles, M.A., Tegid House, Bala.
Edwards, Edward, Esq., Caerhys, Llanuwchllyn, Bala.
Edwards, Rev. Prof. Ellis, M.A., C.M. College, Bala.
Edwards, Hugh, Esq., 25 Myddelton Square, E.C.
Edwards, John, Esq., 2 Camp Street, Broughton, Manchester.

Edwards, Rev. Thomas, M.A., Brynheulog, Bedwas, Caerphilly.
Ellis, Thomas E., Esq., B.A., M.P., Cynlas, Merioneth.
Evans, D. H., Esq., 10 Cornwall Terrace, Regent's Park, N.W.
Evans, Rev. D. Silvan, B.D., Llanwrin Rectory, Machynlleth.
Evans, Rev. D. Wynne, Mount Pleasant, Briton Ferry.
Evans, John, Esq., Old Change Buildings.
Evans, Titus, Esq., Post Office Llanwnen, Cardiganshire.
Evans, T. Cadrawd, Esq., Llangynwyd, S. Wales.
Evans, W. Charles, Esq., 3a Poet's Corner, Westminster.
Gaidoz, M. Henri, 22 Rue Servandoni, Paris.
Gilbert, T. H., Esq., 3 Vernon Chambers, Southampton Row, W.C.
Griffith, Maurice, Esq., Exeter College, Oxford.
Gwynoro-Davis, J., C. M. Minister, Llanuwchllyn, Bala.
Hart, Prof. J. M., Cincinnati University, Ohio.
Hartland, E. Sidney, Esq., Beresford House, Swansea.
Henrhi, Ioan Matthew, Esq., *Ascanas*, Pant Tawel, Llanddarog.
Hopkins, Rev. Gerard M., S. J., University College, St. Stephen's
    Green, Dublin.
Hibberd, Shirley, Esq., Kew, Surrey.
Hughes, T. R., Esq., N. and S. Wales Bank, Liverpool.
James, Ivor, Esq., Registrar, University College, Cardiff.
Jenkins, Edward, Esq., Gwalia House, 9 Upper Woburn Place,.
Jenkins, Rees, Esq., Bronyderi, Glyncorrwg.                [W.C.
*Jesus College Library*, Oxford.
Jones, Rev. Prof. D. E., M.A., Presbyterian College, Carmarthen.
Jones, Rev. D. M., B.A., Bottwnog, Pwllhelli.
Jones, Rev. Henry, M.A., Professor of Philosophy, University
    College, Bangor.
Jones, D. Pryce, Esq., The Board School, Denbigh.
Jones, E. D., Esq., 26 Exchange Place, New York.
Jones, Henry, Esq., Watergate Hays, Chester.
Jones, J. M., Esq., Jesus College, Oxford.
Jones, J. Puleston, Esq., Balliol College, Oxford.
Jones, John T., Esq., N. & S. Wales Bank, Bala.
Jones, L. D., Esq., The Board School, Garth, Bangor.
Jones, Miss Lloyd, Penrallt, Penmaenmawr.
Jones, Rev. Owen, B.A., 143 Bedford Street, Liverpool.
Jones, Rev. R. J., M.A., Meirion Cottage, Aberdare.
Jones, Thomas, Esq., M.B., F.R.C.S., 96 Mosley Street, Man-
    chester.
Jones, Thomas H., Esq., Lima, Ohio, U.S.A.
Jones, T. Roberts, Esq., 22 Old Bailey, E.C.
Jones, T. R., Esq., c/o Messrs. Stephen Evans and Co., Old Change
    Buildings.
Jones, William, Esq., 42 Brecknock Road, N.
Jones, William, Esq., Belmont House, Hay, Breconshire.

Jones, William, Esq., 13 Upper Baker Street, N.W.
Jones, Rev. W. Jenkyn, 8 Rue de la Halle, Quimper, Brittany.
Jones-Williams, W., Esq., Somerset House, W.C.
Jubainville, M. d'Arbois de, Paris.
Levi, Rev. Thomas, Aberystwyth.
Lewis, The Very Rev. Evan, The Deanery, Bangor.
Lewis, Owen, Esq., *Owain Dyfed*, Parkwaun Villa, Mornington
    Road, N.W.
Lindsay, W. M., Esq., M.A., Fellow of Jesus College, Oxford.
*Liverpool Free Public Library*.
Lloyd, Howel W., Esq., M.A., 19 Hogarth Road, S.W.
Longmans, Green and Co., Messrs., Paternoster Row, E.C.
Loth, Joseph, Esq., Professeur à la Faculte des Lettres, 1 Rue de
    Toulouse, Rennes, Brittany.
Mackinnon, Donald, Esq., M.A., Professor of Keltic Literature in
    the University of Edinburgh.
Mainwaring, Charles S., Esq., M.A., Galltfaenan, Rhyl.  (*2 copies.*)
Meyer, Dr. Kuno, University College, Liverpool.  (*2 copies.*)
Mills, R. M., Esq., 15 Alexander Road, Upper Holloway, N.
Morgan, C. E., Esq., B.A., Keble College.
Morgan, Owen, Esq., *Morien*, Ashgrove, Treforest.
Morgan, Major W. Ll., R. E., The Curragh, Ireland.
Morice, Rev. Thomas R., M.A., Jesus College, Oxford.
Morris, John H., Esq., c/o Messrs. R. Mills & Co., 79 Cornhill, E.C.
*Oriel College Library*, Oxford.
Owen, David, Esq., M.A. (Ex-P. C. B. S.), Inner Temple, E.C.
Owen, Rev. R. Trevor, M.A., Llangedwyn, Oswestry.
Owen, T. W., Esq., Garn Dyvi, 32 Cornwall Road, Strand Green, N.
Owens, John, Esq., 37 Mornington Road, Regent's Park, N.W.
Parry, David, Esq., 78 Granby Street, Liverpool.
Parry, D. C., Esq., Merchant, Llanelly.
Parry, Robert, Esq., B.A. (M. C. B. S.), 9 Poynings Road, N.
Parry, Tom, Esq., 9 Upper Woburn Place, W.C.
Phillimore, Egerton G. B., Esq., M.A., Llandovery.
Phillips, R. W., Esq., B.A., B.Sc., University College, Bangor.
Powell, Prof. T., University College, Cardiff.
Prichard, Thomas, Esq., Llwydiarth Esgob, Llanerchymedd.
Prickard, A. O., Esq., M.A., New College, Oxford.
Pugh, J. W., Esq., M.R.C.S. (M.C.B.S.), 252, Mile End Road, E.
Randell, Rev. Thomas, M.A., The Training College, Durham.
Rathbone, William, Esq., M.P., Greenbank, Liverpool.  (3 *copies.*)
    One copy each for the Univ. College Libraries at Aberystwyth,
    Bangor, and Cardiff respectively.
Rees, Evan Griffith, Esq., Presbyterian College, Carmarthen.
Rees, Rev. L. A., Caerphilly, Cardiff.
Rees, T. Aneuryn, Esq., Tonn, Llandovery.

Rees, William, Esq. (M. C. B. S.), Eithin Duon, St. Clears.
Reichel, H. R., Esq., M.A., Principal, University College, Bangor.
Rhys, D., Esq., M.R.P.S., Bryncelyn, Rhydlewis, S. Wales.
Roberts, David, Esq., 29 Swinton Street, King's Cross, W.C.
Roberts, R. Esq., B.A., 10 Willow Bridge Road, Canonbury, N.
Roberts, W. D. Esq. (Jesus Coll., Oxon), Rhydyronen, Tregaron.
Rogers, J. B., Esq., Univ. Coll. of Wales Office, 27 Chancery Lane,
Rogers, J. E., Esq., Abermeurig, Talsarn, S. Wales.      [W.C.
Rogers, Rev. T. P., B.A., Rectory, Llanvihangel, Torymynydd, Mon.
Rowlands, Rev. D., M.A., Principal, Normal College, Bangor.
Rowlands, William, Esq., M.D., Ebenezer, nr. Carnarvon.
Rowlands, W. Bowen, Esq., Q.C., M.P., 33 Belsize Park, N.W.
Rowse, Messrs. E. E. & Co., 12 Castle Square, Swansea.
St. David's, The Right Rev. the Lord Bishop of, Abergwili Palace.
      Carmarthen.
*St. David's College*, Lampeter.
Sayce, Rev. A. H., M.A., Dep. Prof. of Comparative Philology in
      the University of Oxford.
Shrimpton & Son, Messrs., Broad Street, Oxford.
Smith, Samuel, Esq., M.P., Carleton, Prince's Park, Liverpool.
Spurrell, William, Esq., Publisher, &c., Carmarthen.
*Taylor Institution*, Oxford.
Thomas, Abel, Esq., Barrister-at-Law, Southville, Swansea.
Thomas, D. Lleufer, Esq., Lincoln's Inn, London.
Thomas, Rev. D. R., M.A., F.S.A., Vicar of Meifod, Canon of St.
      Asaph and Archdeacon of Montgomery.
Thomas, Ebenezer, Esq., 12 Woburn Square, W.C.
Thomas, Howel, Esq., Local Government Board, Whitehall, S.W.
Thomas, John, Esq., *Pencerdd Gwalia, Harpist to the Queen.*
Treharne, J. Ll., Esq., Newport Road, Cardiff.
*Trinity College*, Cambridge, per Messrs. Deighton, Bell & Co.
Vivian, Sir H. Hussey, Bart., M.P., Singleton, Swansea.
Williams, David, Esq., (M. C. B. S.), 26 Dartmouth Road, S.W.
Williams, E. Lloyd, Esq., M.R.C.S., 2 James Street, Buckingham
      Gate, S.W.
Williams, Rev. Garnons, M.A., Abercamlais, Prebendary of St.
      David's.
Williams, Rev. Prof. Hugh, C. M. College, Bala.
Williams, Lucas, Esq., 9 Upper Woburn Place, W.C.
Williams, S. W., Esq., Penralley, Rhayader, Radnorshire.
Williams, W. Prydderch, Esq., Borough Road College, S.E.
Windisch, Ernst, Esq., Ph.D., Professor of Sanskrit in the Uni-
      versity of Leipzig.
*University College Library*, Cardiff.
Zupitza, Julius, Esq., Ph.D., Professor of English Philology in the
      University of Berlin.

𝔒𝔵𝔣𝔬𝔯𝔡

**PRINTED AT THE CLARENDON PRESS.**

BY HORACE HART, PRINTER TO THE UNIVERSITY.